W0206312

Extraño en el paraíso

(Memorias. El Peso de la Paja 3)

Autores Españoles e Iberoamericanos

Terenci Moix

Extraño en el paraíso

(Memorias. El Peso de la Paja 3)

PLANETA

Este libro no podrá ser reproducido, ni total ni parcialmente, sin el previo permiso escrito del editor. Todos los derechos reservados

© Terenci Moix, 1998
© Editorial Planeta, S. A., 1998
Córcega, 273-279, 08008 Barcelona (España)

Diseño de la sobrecubierta: Compañía de Diseño (foto © Colita)

Primera edición: marzo de 1998
Segunda edición: abril de 1998

Depósito Legal: B. 17.319-1998

ISBN 84-08-02532-5

Composición: Foto Informática, S. A.

Impresión y encuadernación: Printer Industria Gráfica, S. A.

Printed in Spain - Impreso en España

A Pedro Manuel Víllora,
un recuerdo leopardiano:
Oimè, quanto somiglia
Al tuo costume il mio!

Quanto è bella giovinezza,
che si fugge tuttavia!
Chi vuole esser lieto, sia,
di doman non c'è certezza.

LORENZO DE' MEDICI
(Canzona di Bacco)

¡Cuán bella es la juventud, aunque huya!
Quien aspire a ser dichoso, séalo ahora:
del mañana no hay certeza.

LIBRO PRIMERO

—

SUEÑOS DE BOHEMIA

(Barcelona-París)
1962-1963

Chi fui? Che senso ebbe la mia presenza
in un tempo che questo film rievoca
ormai così tristemente fuori tempo?

PIER PAOLO PASOLINI
(*Un'educazione Sentimentale*)

¿Quién fui? ¿Qué sentido tuvo mi presencia
en un tiempo que este filme evoca ahora,
tan tristemente más allá del tiempo?

ESTA CABALGATA DE QUIMERAS se sitúa en el tiempo que transcurrió entre dos sueños cuando el mundo tenía el color del alba.

Un pastor negro, que moriría asesinado, anunció la buena nueva: «he tenido un sueño». Ocho años después, un Beatle que caería abatido a balazos proclamó: «el sueño ha terminado». Y entre esos dos instantes fluctúa la década de los sesenta, con sus colores alterados, sus sonidos contrahechos, su inquieto trasiego de libertad a través de los países y por encima de los idiomas. Fluctúa, transcurre, agoniza, proponiendo a cada paso el valor del descubrimiento, la virtud de las sensaciones, el fresco aroma de cuerpos que despiertan a la vida, de sexos que se abren como flores para descubrir su propia importancia e imponerla como un reto. Es, al fin, el sueño de los cuerpos eyaculando mensajes de juventud mientras profieren los agónicos lamentos de un último romántico.

Yo fui hijo de esta década y por un momento creí que me prefería a todos sus retoños, porque mi propia, florida juventud así lo exigía. No sé si acababa de salir de la adolescencia o si la estaba perpetuando. ¿Qué se es a los veinte años? Niño, hombre, adolescente, todo a la vez, como la propia década. Se es un desconcertado y un peregrino. Un extraño en todos los paraísos y un eterno viajero que todavía ha de averiguar adónde conducen las rutas que empezaron al este del edén.

Un cinéfilo, un literato, un enamorado; un masturbador, en resumen. Y el tiempo es siempre el del onanismo.

Pero era, sobre todo, aquel tiempo dulce, evanescente, en que se abre a la mirada juvenil el ignoto escenario del mundo. Esto escribió el poeta, cuidando tanto la belleza que se olvidó de incluir los impactos del sexo. Como era hijo de la década tuve que incluirlos yo mismo, sin reparar en poesías. Porque después de conocer los decretos de la muerte, indecisos aún los caminos de la vida, los escenarios de la sexualidad se revelaron de forma arrolladora, y esta revelación conmocionó mi ser y me hizo libre.

Nací a los años sesenta asumiendo que el amor entre hombres es una bendición y no el nefando delito que castiga la religión de los curas, de manera que me deshice de ella con urgencia para sentirme libre a toda prisa. En cuanto al Dios de mis padres, era tan quisquilloso en estos temas que no encontré mejor solución que prescindir de sus servicios y colocarme bajo la protección de los dioses paganos, especialmente los que se proclamaban paladines de la libertad de los sentidos. Así fue como trastorné la divinidad a mi antojo, como había hecho con todas las cosas desde que era niño; como hice con la fe cuando decidí que entre la absolución de un vulgar confesor y el cine prohibido me quedaba con el cine, y cuanto más prohibido mejor. La elección era sencilla, pero no tanto las inspiraciones de la lujuria. Los estragos de la religión en una alma núbil nunca se curan completamente y su huella es capaz de introducirse en los dominios del sexo, aunque ella los maldiga. Así, la razón me llevaba a admirar la apostura de Apolo, mientras mi educación cristiana me decía que los cristos barrocos también tienen un punto filipino.

Al comenzar la década, mi erotismo viene marcado por la contradicción entre el sentido de la agonía, heredado de la religión, y el libre fluir de los instintos, fruto de la rebeldía contra cualquier herencia destinada a reprimirme. Es una pugna que sólo se resolvería en la ficción, pero ignoraba bajo cuál de sus formas: si por medio de la plástica, que permite al erotismo visualizarse hasta aplastar la sensibilidad; si a través de la literatura, que retuerce los sentidos por el conjuro de la sugerencia, también ella retorcida. En cualquiera de los dos casos, el erotismo empieza por gobernarme y al final se impone como una tiranía. No intervendrá en absoluto la raza humana. La tradición del cine de los sábados decidirá el pleito, imponiendo una suntuosa escenografía situada entre el Parnaso y el Monte Calvario.

Yo no había sido un niño normal; después fui un adolescente raro; ahora me estaba adiestrando para ser un joven herético, pero ni siquiera me parecía a los que comulgaban en mi herejía. No era como los demás en ningún campo. No estaba previsto en ningún sitio. ¿Podía pedirse mayor conflictividad en un sexo joven? Mis inclinaciones me llevaban a la libertad pagana, mis quimeras al desorden de los sentidos, pero el cine de los sábados me había acostumbrado a desear el calor ortodoxo de la pareja, el rescoldo de un hogar, el amor que implica compromiso, asociación, monogamia. Tenía por un lado la urgencia de la carne y, por el otro, rendía culto a los convencionalismos del amor tradicional. Moría de ansias de sexo pero las domaba pensando en la seguridad de un noviazgo en toda regla. Es cierto que tuve la gran oportunidad de iniciarme a los quince años, pero adolecía de una educación sexual mediocre, digna de una ama de casa reaccionaria y aburrida: en el fondo aspiraba a ser esclavo de un galán de oficina que me obligase a ser planchador de camisas, cosedor de botones y *manine di fata* en una cocina copiada de las páginas de *El Hogar y la Moda.*

Estas contradicciones se acentuaron cuando llegó a Barcelona Néstor Almendros, convertido en mendigo de la vida y príncipe de mis expectativas. No parecía en absoluto un futuro Oscar de Hollywood; si hay que hablar de premios adquiridos, hablaremos, como mucho, de un Pulitzer de la derrota. Alguien enmarcado por una aureola de fracaso que lo hacía doblemente atractivo. Tanto es así que aún no había bajado del barco que le traía de Cuba y yo sabía que estaba dispuesto a adorarle. Todo mi ser había sido adecuadamente adiestrado por las explicaciones de Rubén, el fotógrafo cubano amante de Roberto, mi mejor amigo.

Mi ciudad vivía las fiestas que marcan el final del verano. En realidad el verano oficial había muerto dos días antes, pero en la bonanza mediterránea el otoño oficioso siempre tarda en pronunciarse. Así, la nueva década: llevábamos dos años en ella, pero nadie diría que estábamos viajando en los felices sesenta. Los aduaneros del franquismo harían lo posible para que su paso por los Pirineos no resultase fácil. Pero la década fue más lista que sus esbirros. Los pescó con la mierda en el culo.

Nunca sabré referirme al franquismo sin recurrir al esperpento. Su mediocridad intrínseca había arrebatado hasta el tono de las fiestas. Los carnavales de la República, que solían evocar mis padres, habían sido sustituidos por los ridículos rituales de la Sección Femenina, el quiero y no puedo de doña Carmen, con su apariencia de señoritinga de provincias venida a demasiado, la sensación de geriátrico en toda la vida nacional. Era, lo recuerdo bien, un régimen de viejos que llevaban bigote y gafas oscuras. Nunca tuvo el franquismo ganas de jolgorio pero, ante los días de la Merced, no le quedó más remedio que aguantarse. Esas fiestas tenían algo que excedía al tiempo y a todos sus avatares. La ciudad estrenaba un sinfín de colores, se multiplicaba en ruidos, desbordaba los límites marcados a la excitación. Era el último residuo del genio popular levantado como un baluarte contra los opresores de los sentidos.

Paralelamente a las fiestas de Barcelona, yo celebraba la suprema fiesta de la emancipación, otro evento que la moral oficiosa habría maldecido. A principios del verano había traspasado con mis bártulos los límites del Peso de la Paja, convencido de que dejaba para siempre los mugrientos callejones de la ciudad antigua, y dispuesto a iniciar una nueva vida en un apartamento de la parte rica, concretamente en una de las calles que daban a la plaza de Adriano, nombre tan profético que no puedo evitar una sonrisa al recordarlo. Aunque entonces no lo sabía, fue un emperador culto, inteligente y amado por un efebo de excelsas prendas.

La libertad, cualesquiera que fuesen sus matices, tenía mala prensa entre la gente de orden. Para confirmarlo, la tía Florencia dejó oír su voz entre los crujidos de la dentadura postiza, dando a sus palabras los acentos de la sibila.

—Mal asunto. Cuando un niño abandona su casa es porque ha caído en las redes de alguna mujer de mala vida. Volverá con una sífilis que le habrá pegado la *bandarra.* Y si no, al tiempo.

Seguía mi familia empeñada en prevenirme contra los peligros que conllevan las mujeres de mala vida; pero yo los tenía tan asumidos que respondí, en tono de sorna:

—Tendré siempre presentes los saludables consejos de mis mayores. Si he de ir con mujeres, que sea con la Coccinelle.

—¿Y esa hija del Señor, quién es? —decía la tía Florencia.

Como nunca había oído hablar del Carrousel de París, consideré inútil decirle que Coccinelle, mi elegida, era una de las flores de aquel cabaret: un varón operado en Tánger y con unas ubres que no las tuvo la vaca lechera en sus días de mayor opulencia.

El niño de veinte años se fue del Peso de la Paja con esa facilidad que teníamos entonces para dejar en casa las cosas que ya no servían de cara al futuro, siendo las primeras los mandamientos de la ley de Dios y el manual de urbanidad. Me hallaba en esa edad divina en que la profesión más deseable es la de respondón, y todos los oficios que los padres han elegido se nos antojan una insoportable rémora del pasado. Oficios y beneficios, quiero decir. Y también bendiciones, bondades, dádivas. Nada de cuanto ellos pudieron planear nos sirve, ninguno de sus intereses nos interesa, todo cuanto hacen para conseguir nuestra complicidad repercute en un efecto contrario. Su sola presencia nos enajena, sus comentarios nos llevan a ser respondones, sus opiniones generan al punto una opinión contraria que puede llegar a gritos y acompañada de tacos. Y ese descaro es la máxima expresión del deseo de libertad.

Para un joven de sexualidad herética también pueden ser una rémora los compañeros inscritos en la antigua nómina del machismo: los aficionados al fútbol, los bromistas de la mili, los borrachines del sábado noche, los chistosos de oficina, los que insisten en llevarte de putas *e così via*. Quedan, como mucho, los gafudos que uno encuentra en las catacumbas de los cine-clubs, los sirenos del Liceo y los alegres jóvenes que frecuentan los bares de ligue. No es mucho, pero para combatir la soledad basta. Y por si algo falta, están los grupos de solterones burgueses, perfectamente instalados, dignos y respetables, pero dispuestos a destaparse en privado, con un brío de castañuelas, un andar de faralaes y la imaginación puesta en los apodos, que surgen siempre brillantes e ingeniosos.

Esas locas egregias a las que el joven herético ha ido conociendo en los bares, llevan en su combate por la supervivencia nombres de guerra que denotan la inventiva del gremio en épocas de represión: apodos que mezclan cierto tono menestral con los últimos disparos del Hollywood de ayer. Como si la Moreneta hubiera enloquecido y le diese por disfrazarse de Carmen Miranda.

Había, además, una elevada nota de surrealismo. Recuérdese a *la Sotracs* (es decir, la Sobresaltos), un cuarentón así llamado porque cierto día, intentando meter mano a un casado en la general de un cine de reestreno, éste le empujó con tan malos modos que le hizo caer al patio de butacas. Pero había otros apodos menos accidentados. Así, a un tal Albert le llamaban la Tecla, sólo porque era profesor de piano. A Felipín, jefe de empresa, la Rebeca de Winter, porque siempre se presentaba con esa prenda, discreta a la par que elegante. A Ramiro, ejecutivo, la Jane Eyre, porque de tan serio parecía una institutriz. A Gonzalo, la Alice Faye, por los carrillos hinchados. A un profesor de latín, la Calpurnia Graco. Y, en fin, a tres reputados directores de teatro de vanguardia dieron en llamarlos las Gradulux porque los tres llevaban gafas.

Por la abundancia de referencias cinematográficas se entenderá que me estoy refiriendo a las supremas locazas de una generación anterior: aquellas que se habían alimentado con películas de los años cuarenta, habían descubierto los ensalmos del technicolor en estado puro y no se les ocurría admirar a Sofia Loren porque les cogía muy desplazadas y ellas pensaban que el no va más del *glamour* seguía siendo Gilda.

En esta pequeña sociedad el joven herético se divierte, pero no se complace. Le pierde el asqueroso pudor de intelectualillo en ciernes. En el futuro, recordará las burlas del grupo porque en lugar de bestsellers tipo Vicki Baum lee a autores alemanes raros —«Tesoro, ¿cuántos discos ha grabado la Thomas Mann?»—, y para colmo de males se ha entusiasmado con *La peste*, de Camus, libro que toda mariquita detestó siempre porque deprime mucho y, además, no salen testas coronadas.

La cultura y el sexo no se concilian en este clima, y así empieza el joven a buscar alivio a través de la modernidad o lo que se considera como tal: un idioma mal aprendido en la Berlitz y las dos o tres películas de vanguardia que la censura se ha dignado permitir. La modernidad, prohibida a la mente, se instala en el cuerpo y en cuantas industrias se derivan de él. Las playas de la Barceloneta también resultan ideales para hacer amistades, especialmente cuando llegan los primeros extranjeros. Quiso después la mitología machista representar a toda España como el feudo de suecas emancipadas que venían a colmar sus anhelos con cualquier semental de bajo precio, pero conviene recordar que la España franquista también ofrecía un buen caudal de machitos que se vendían a postores de gustos opuestos. Seguro que Franco lo ignoraba, pero bajo su régimen ardían los culos, y algunos cobraban no por vicio, sino para salir de la miseria.

En este clima todavía tercermundista, que un asiduo llamado Tennessee Williams glorificará en alguna de sus obras, el joven herético ha conocido a dos neozelandeses de aspecto travieso que buscan a un tercero para compartir los gastos de un apartamento coquetón. Se llaman Kent y Bryan, pero se apresuran a aclarar que en las mejores playas de tres continentes los llaman las Dolly Sisters, no fuese alguien a dudar de por dónde van los tiros. Es cierto que pintan, si a lo que hacen se le puede llamar pintar, pero encuentran sus mejores ingresos decorando escaparates como Dios les dio a entender; es decir, aplicando una curiosa mezcla de dibujo de Cocteau y portada del *Harper's Bazaar.* También es cierto que buscan sexo en las playas más subdesarrolladas, pero se realizan igualmente, o mejor aún, si pueden exhibirse a gusto en playas de postín. Ellos enseñan al joven herético que toda maricuela que se precie de cosmopolita encuentra en el exhibicionismo una forma de realización erótica tanto o más satisfactoria que en el coito. ¡Benditos sean en el recuerdo! La locaza que ha decidido erigirse en espectáculo tiene ganado el cielo en la tierra.

Kent y Bryan practicaban ambas formas de realización con acierto singular y sin reparar en gastos. Por unos cuantos dólares se llevaban a los mejores albañiles, y por un precio mucho menor compraban peinetas y castañuelas en las tiendas de souvenirs de la Rambla. Sus gustos eran disparatados pero coherentes: cada tarde, a eso de la caída del sol, envolvían su cuerpo serrano en un mantón de Manila, se ponían un clavel reventón entre los dientes y bajaban hasta el puerto en busca de marineros. Sólo Dios sabe cómo no fueron a parar a una comisaría por escándalo público.

La tía Florencia les echó el veredicto cuando los llevé a comer a casa, un dieciocho de julio, festividad cuyo significado no supieron apreciar porque el único acontecimiento bélico que podía interesarles era el sitio de Atlanta, y aun por haberlo sufrido Scarlett O'Hara.

Al citar a la dama se les escapó un mohín y un vuelo de manos tan peculiar que la tía Florencia preguntó en voz altísima:

—Niño, ¿esos dos señores son maricones o hacen comedia?

—Esas palabrotas no se pronuncian en esta casa —exclamó mamá que, sin embargo, acababa de oír el más suave de los tacos habituales en nuestra santa mesa.

—No se pronuncian —dijo la tía Florencia—, pero ¿son maricones o no?

—De ningún modo —contesté yo—. ¿Por qué lo pregunta?

—Porque en mis tiempos un hombre que tenía el hilillo de voz de Raquel Meller, movía las manos como la Bella Dorita y encima se pintaba como una mona, era un maricón como una catedral.

—Mal pensada que es usted —dijo mamá—. Son artistas. Y los artistas, ya se sabe.

Decidió que la tía había bebido más Agua del Carmen que de costumbre, y cuando papá dio la razón a la vieja apostillando que me había entregado a las malas compañías, mamá comentó que el hombre había tomado demasiados carajillos. Esto significaba que si los dos firmes opositores a mis caprichos pimplaban de lo lindo, sólo ella y yo estábamos lo bastante serenos para decidir sobre mi destino. Que para eso se había celebrado aquel ágape singular: para conseguir que mis padres me autorizasen a irme a vivir con dos extranjeros. Cosa si se quiere absurda, porque yo ya era mayor de edad, pero en aquella época todavía se guardaban ciertas formas. Para lo poco que iban a durar, mejor respetarlas.

Como de costumbre, mamá reinaba sin dificultad. Kent y Bryan, que sin duda tenían en Nueva Zelanda madres parecidas, emprendieron sabiamente el ataque por el mejor de los flancos posibles: tratándola de divina y haciendo que se considerase como tal.

Por otra parte, aportaban un detalle definitivo: conocían con toda exactitud la vida y milagros de Lana Turner, rubia actriz a quien mamá aspiraba a parecerse por glamourosa, bien peinada y mejor lacada.

—Nene, la Nueva Zelanda de donde proceden esos señores, ¿no es el exótico país adonde fue a parar Lana Turner en *La calle del Delfín Verde*?

—Ese país y no otro —dije yo.

Y a continuación traduje los comentarios de mis amigos.

—Pero Lana llegó por error... —corrigió Kent—. El protagonista, que era tonto y además andaba borracho, quería a Donna Reed, pero al pedirle matrimonio por poderes se equivocó y puso el nombre de Lana. De ahí el conflicto.

—Tienen mucha cultura esos dos pollos —comentó mamá, cuyo respeto por la laca de Lana Turner tenía categoría de biblioteca.

Nos dedicamos a cantar las elegancias de Lana en aquella y otras películas, y Kent y Bryan obsequiaron a mamá con el mejor de los piropos: dijeron que les recordaba a la artista en *Mi amor brasileño,* donde hacía de millonaria. Añadieron que habría podido lucir con empaque inigualable los costosos visones blancos que Lana sacaba en la película para ir por Río de Janeiro en plena canícula, lo cual, dicho sea de paso, es uno de los grandes milagros del cine que se hacía entonces.

Hablarle de visones era pillar a mamá en un doloroso renuncio. Pero sabía justificar como nadie la ausencia del lujo en nuestras vidas.

—Las señoras de Barcelona, cuando somos señoras de verdad, no usamos visones porque no lo pide el clima. Todo lo más, un abriguito de patas. Y ya da calor.

Se quedó tan ancha, para asombro de la tía, que pensaría en los apuros que pasábamos para llegar a fin de semana, y aún gracias que alcanzase el presupuesto para pastillas del caldo de pollo cien por cien o sobres de la sopa que siempre compra quien siempre sabe lo que se guisa.

Dejando a un lado esas quisicosas del miniconsumo local, Kent y Bryan mandaron a mamá Lana una cajita de jaboncillos «Maderas de Oriente», que causaron admiración entre las cuñadas y envidia entre las vecinas.

Mamá, lo he dicho a menudo, nació para ser fetiche de homosexuales, y habría encontrado en este altar toda su gloria de haber ejercido su magisterio en Londres, Nueva York o San Francisco, pero en Barcelona tuvo que resignarse a ser madre comprensiva que, una vez pasado el cataclismo del descubrimiento, sabe hacer el papel de suegra con gran *allure*, sin reparar en que su hijo le adjudica yernos en lugar de nueras. Por eso, por saber prescindir de prejuicios, se llevaba a papá al cine Goya cuando yo tenía que recibir a alguno de mis amigos que no dispusiera de domicilio donde acogerme. Y antes de salir, me advertía:

—Estad tranquilos hasta las doce, porque hay programa doble. Pero a las doce en punto, que este mozo se ponga los pantalones y a su casa. Más no puedo hacer.

Y bastante era para lo que hacían otras madres de Barcelona.

También es cierto que mis deslices dieron a mamá la oportunidad de ver buen cine, pues esa temporada pasó por el Goya lo más florido de la Metro y la Fox, sin contar algunas comedias italianas de las que tanto le gustaban, sobre todo si eran de *maggiorate* que, habiendo empezado de ordinarias, habían sabido refinarse. Y aunque su culto a Lana seguía prosperando en sus aspectos más technicoloreados, veía en el destino de una Loren algo parecido a lo que habría podido ser el suyo si la hubiesen refinado a tiempo.

A esas mujeres superiores por el dinero unía mamá la admiración hacia las que, aun siendo pobres, eran abnegadas, serenas, abiertas de criterio y capaces de demostrar entereza en el difícil trance de aceptar el éxodo de sus crías.

Con lágrimas en los ojos me dejó ir al nuevo apartamento, y con más lágrimas contesté yo que iría a comer a la calle Ponent día sí día no, porque no estaba mi presupuesto para hacer distingos entre la libertad personal y la falta de protección familiar. Y es que los padres eran una lata, pero siempre tenían más dinero que nosotros.

En 1962, estas decisiones colocaban al joven herético en un punto excepcional, máxime si se tiene en cuenta que los dos neozelandeses llegaban dispuestos a tomar Barcelona por asalto, y que su batalla tenía al sexo por bandera, y su culto podía congregar a muchos más feligreses de cuantos la moral oficial podía sospechar e incluso proscribir. Y es que, por si no les bastase con su propio garbo, habían trabado amistad con una de las maricuelas más respetadas de la Barcelona de la época: la mítica Maria dels Ous (1), así llamada porque tenía un puesto de «menudos» de gallina en el mercado del Ninot y llevaba siempre el pelo muy bien cardado y dos anillos que, al decir de los jovencitos incautos, le había regalado el secretario de un jefe de aduanas. Con todo esto, la Maria dels Ous daba a entender que estaba muy bien relacionada —ella decía «introducida»—, y siempre dispuesta a llenar de invitados cualquier fiesta de alcurnia. Luego resultó que se limitaba a recoger charneguillos de los bares de alterne, y lo más distinguido que supo encontrar fue un antiguo maquillador del Liceo —alguien que le puso la pestaña a Kirsten Flagstad y el peluquín a Lauri Volpi—; pero cabe reconocer que, por lo menos durante aquel verano, no faltaron en nuestro piso pelotones enteros de homosexuales que no llevaban la navaja en la liga y olían a jabón Palmolive. También vino Jaime Gil de Biedma, pero en aquel ambiente sólo yo sabía

(1) María de los Huevos.

que era un gran poeta. Como tal, tenía algunos fetichismos que ya recordé en otra ocasión:

—Lo más excitante son esos «suspensorios» que llevan los atletas de las revistas americanas —solía decir.

Kent y Bryan tenían varios números de esas revistas que, bajo el pretexto de la cultura física, se dedicaban a la exhibición del cuerpo masculino, cuya desnudez aparecía sólo aliviada por un recuadrito de ropa llamado *posing strap*. Era lo que Jaime conocía por suspensorio, y Llorenç Villalonga, más gráfico, llamaba *el tapadet*. Cualquier bailarín de El Molino lo llamaría «el tapahuevos», y santas pascuas.

En el piso de la plaza de Adriano aquellas revistas continuaban siendo un poderoso incentivo para la excitación; en su forzado quiero y no puedo —o, mejor, me desnudo o no me desnudo— complacían más a mis sentidos que los jovencitos que pululaban entre los invitados en busca de ocasión. Podía aplicárseles sin duda el mismo comentario que Jaime dedicó a los modelos de *Adonis* y *Physique Pictorial*:

—Tienen el divino cuerpo de los dioses y el rostro consolador de los tontos.

Me dediqué a meditar sobre el dudoso consuelo que puede ofrecer un tonto cargado de belleza, pero nunca he hallado en semejante combinación un acicate erótico. Y es probable que en la búsqueda de la inteligencia en detrimento del físico se encuentre la base de muchas frustraciones posteriores.

Todavía a finales de los ochenta me preguntaba Jaime, en el jardín de su casa del Ampurdán:

—Tú que te acuerdas de todo: ¿llegamos a hacer el amor alguna vez?

—Nunca —dije yo—. De ser así se lo habría contado a todo el mundo, porque hacer el amor contigo da buen tono. En los círculos literarios habría sido una anécdota muy apreciada.

¡Triste pedantería, la del joven herético! Los círculos literarios eran un dominio inalcanzable, una especie de Walhalla que Maruja Torres y yo solíamos observar con envidia y el secreto afán de acceder a ellos algún día. En mi caso, aquel ascenso implicaba algo mucho más importante que la posibilidad del conocimiento: estaba convencido de que en ellos se encontraba el gran amor, la relación perfecta, capaz de combinar la hermandad del espíritu con la culminación de la carne. Pero en 1962, en la plaza de Adriano, tenía que dejar que la carne llegase a mí, avasalladora, sin permitirme distinguir los verdaderos límites del placer. Todo tan alborotado que acababa por desbordarme.

Debo decir que me asustaba la absoluta falta de inhibiciones de mis compañeros de piso. A medida que hacían amistades playeras crecía el número de invitados, y aunque el solo hecho de contarlo ofrece una imagen de permisividad inusitada durante el franquismo, conviene recordar que la denuncia de un vecino o la llegada de la policía habrían bastado para mandarnos a todos a la cárcel.

Si en aquellas noches báquicas vivía obsesionado por la amenaza de la ley de peligrosidad social, de día me permitía soñar que era completamente libre en una ciudad extranjera donde nadie me conocía y cuyos recovecos podía explorar a fondo con un apasionamiento nuevo y original. Sensación no muy alejada de la realidad, porque esa Barcelona nueva, feudo de los ricos, era por fin un conjunto de posibilidades que se abría como un espacio infinito más allá del Peso de la Paja. El solo hecho de hallarme instalado en un barrio tan fino me parecía una ascensión social de puro cine. Cierto que sólo podía permitirme el alquiler gracias al poder adquisitivo de unas locas que pagaban en dólares, pero la dura realidad no impedirá nunca a un niño práctico llevar todas las ventajas a su terreno. Así, los neozelandeses se convirtieron en hermanitas de la Caridad de mis nuevas opciones, pues por pasados de moda que fuesen sus gustos siempre estarían por delante de lo que la realidad me había ofrecido hasta entonces.

En esa ciudad extranjera que yo me había forjado lejos del Peso de la Paja destacaba la pasión por todo lo nuevo, viniese de donde viniese, bajo cualquier signo. Que los dos neozelandeses comprasen el *Herald Tribune* ya era a mis ojos la máxima expresión de lo último. Un piso de espacios generosos, cuyos muebles habían sido retirados, dejando los asientos justos para sentarse, quedaba tan esnob como los ejemplares de *Vogue* que se iban amontonando en el salón. Y se me antojaba el culmen del esnobismo los montones de microsurcos apilados por el suelo, con un descuido intencionado para que siempre quedasen en primer término los que eran una novedad absoluta en España, especialmente musicales de Broadway como *West Side Story*, *Pal Joey* o *The King and I,* que Kent y Bryan se habían traído de Londres. Presidía mi colección, más modesta, la *Norma* de la Callas y algunas rancheras y corridos de Jorge Negrete, Pedro Infantes y otros charros, cuya voz rotunda me excitaba más que todos los invitados a nuestras fiestas nocturnas.

Nada me parecía tan emancipado como disponer de mi propio teléfono, que alcanzó facturas desorbitadas por culpa de las eternas conversaciones sobre cine con Maruja Torres, la amiga insustituible, la consejera ideal. Y ese teléfono del pasillo pasó definitivamente a la leyenda cierta tarde de agosto en que Maruja me comunicó, con voz entrecortada, que acababa de enterarse por la radio de la muerte de Marilyn Monroe. Fue una anécdota tan importante en nuestras vidas que nos pasamos el futuro exprimiéndola.

La importancia de esta muerte no se entiende sin contar con factores de complicidad generacional que en mi caso, y supongo que en el de Maruja, tienen mucho que ver con el abandono definitivo de la adolescencia y aun de la infancia, pues es posible que los soñadores anduviésemos muy retrasados. No por casualidad, cuando quise escribir una intencionada novela sobre mi generación la titulé *El día que murió Marilyn,* sustituyendo a un título primitivo que, no menos intencionadamente, era *El desorden.* Y para confirmar mi voluntad de crónica y a la vez de memorial, encabecé el libro con una dedicatoria que, con el correr del tiempo, resultó emblemática para las gentes de mi generación: «A todos los que tenían veinte años, el día que murió Marilyn.»

Más allá de toda la mitomanía que ha generado después, la desaparición de la Monroe tiene, en mi libro, función de efemérides al concretar un año, el de 1962, en que mi generación empezaba a adquirir sus señas de identidad. Pero al mismo tiempo es la crónica de un año que marcó decisivamente mi vida personal, con la muerte de mi hermano Miguel y el abandono del hogar familiar, signos ambos de que se estaba derrumbando el entrañable universo de la infancia.

Así había sido también la figura de Marilyn Monroe para el niño cinéfilo: el elemento más entrañable de un mundo de quimeras que le habían ayudado a evadirse de la realidad, formándole y deformándole a un tiempo. Y eso mismo pensaría Bruno, el protagonista de mi novela, cuando escribía: «Buscamos un cuaderno del instituto, donde yo solía pegar las fotos de mis artistas preferidos, y fuimos siguiendo la carrera de Marilyn y la quisimos más que nunca. Gracias a aquel cadáver blanco del otro lado del Atlántico, llegaba de nuevo hasta nosotros una especie de perfume de adolescencia perdida... «Marilyn era prohibición, y lo prohibido era una Tierra de Maravillas donde habitaban todos los sueños no realizados. Habíamos odiado la adolescencia a causa de Marilyn, habíamos deseado ser tan viejos como para poder pecar con su sola visión. *Los caballeros las prefieren rubias.* Le bastó entreabrir la boca para que toda una generación descubriera el deseo... La imagen fue el trono desde el que reinó a la manera de las reinas sin patria, de todos los reyes sin patria que había conocido el siglo. Muerta como los dioses antiguos, que siempre se encuentran solos en el pináculo de la adoración que despiertan, aquella Marilyn que luchó por convertirse en estrella cuando nosotros éramos niños, nos abandonó cuando nuestra adolescencia acababa de morir. Al final de aquella carrera, de aquella alienación, empezábamos nosotros como hombres del futuro. Y Marilyn salió de mi vida igual que mi hermano, igual que la tía dos años después, igual que el mundo...»

Nunca he dejado de amar a Marilyn, pobre y grande a la vez. Con los años se le han dedicado miles de artículos, pero yo hice mucho más: le dediqué mi vida en forma de novela. Y todo porque Maruja quiso exorcizar nuestros fantasmas una tarde de agosto en que el mundo empezaba a no parecerse a sí mismo.

APROVECHANDO QUE ME IBA HACIENDO HOMBRE, mi aspecto físico presentó alguna novedad. Paralelamente a la aceptación de mis tendencias eróticas asumí la necesidad de gustar para sobrevivir en un ambiente donde el físico lo era todo. Llevado por este imperativo pasé de adolescente desgarbado y comido por los complejos a coqueto impenitente, que si a la postre no resultaba guapo sí quedaba, cuanto menos, pinturero. En mis intentos por enmendar los errores de la naturaleza recurrí a las técnicas aprendidas en el Estudio de Actores: apliqué, sin miedo, todos los recursos de una mirada, de un gesto, de una inflexión de voz. Y al mirarme al espejo me creía lindo, bien vestido y tan moreno que en Yanquilandia me habrían hecho la vida imposible por negrito.

Para un acomplejado la suerte es adversa incluso en los terrenos de la imitación. Yo había querido parecerme a James Dean, después al blondo principito de Elsinor y, en cambio, salí aproximado a Sal Mineo que, a su vez, parecía un cruce entre inmigrante siciliano y chaparrito de Monterrey. Si bien se mira, parecérsele no era la desventaja que entonces creí. El triste niño solitario, el tierno Platón que se enamoró platónicamente de James Dean en *Rebelde sin causa,* se había convertido en un mocito dinámico, pizpireto y muy picante en las películas de rockerillos universitarios que no llegaban a España. Por esta razón no me era posible presumir entre las mariquitas desinformadas, pero los labios de Sal colocados en mi rostro lunar producían el mismo efecto. Tanto es así que cierto periodista radiofónico, de gran popularidad y buen dinero, me dijo un día con voz melosa que tenía boquita de piñón. Quise morir del ridículo.

Sin embargo, no llegué a ser el chico del año, ni siquiera el más popular entre mil. El cuerpo y la mente iban por caminos distintos, con absoluto privilegio de la mente, y esto no gustaba en los bares de alterne. Comprendí en aquellos días que la cama y la biblioteca están reñidas y que los buscones esperan el placer ciego, porque los ojos demasiado abiertos ahogan la alegría de los orgasmos. Y puesto que así pensaban los que debían proporcionarme el placer, regresaba siempre solo a casa, buscando en el libre curso de la imaginación lo que el mundo se negaba a darme.

En esos momentos en que el cuerpo ansiaba liberarse, me hubiera vuelto loco de no contar con mis viejos amigos, los libros. Seguía con el viejo pleito entre lo que me apetecía leer por placer y lo que debía conocer por obligación, y el resultado fue un batiburrillo pintoresco, cuyo alcance he dejado de comprender, pasados tantos años. Sí comprendo, en cambio, que aquella caterva de lecturas era una parte vital de mi aprendizaje y al mismo tiempo el más importante de los refugios. Si alguien creó en su interior un Absoluto partiendo de lo que habían escrito los demás, ése fui yo en aquel intenso verano del 62.

Como además podía escribir a gusto, era evidente que mis días perdidos acababan de instalar en Barcelona un consulado de la bohemia ideal. Que, por cierto, debía ganarme a pulso y fatigosamente, porque había elegido la escritura como forma de vida y esto era entonces lo más parecido a la indigencia que era dado imaginar. Todo lo que ingresaba venía de traducciones pésimamente pagadas —cualquier asistenta cobraba más— y por si fuese poco eran textos ínfimos, de fotonovelas italianas o tebeos sentimentales británicos. Cuando caía alguna novela, era de guerra o del Oeste, temas que siempre detesté y que, además, presentaban enormes dificultades de vocabulario, por lo específico. Traducir una batalla entre tanques no es algo que enseñen en las mejores academias, así pues se me iba el tiempo consultando diccionarios técnicos, que sólo podía encontrar en la biblioteca del Instituto Americano.

Por la noche irrumpía el habitual cargamento de bacantes acaudillados por la Maria dels Ous. Llegaban desde los más subdesarrollados, inconfundibles hijos de la inmigración, a los más emperifollados, que eran catalanes y sabían desde niños que no podían presentarse en una casa bien con las manos vacías. Esos herederos de unas formas de urbanidad en franco desuso más allá del Ensanche traían siempre lo que se llamaba «un detallito»: que si una botella de Calisay, que si unas pastas, que si un paquete de café. Y el más considerado, que solía ser Rebeca de Winter, detalles para la casa: un tapetito de encaje, unas cortinas para el baño, un pote de cerámica de La Bisbal para la cocina... Coqueterías, en fin, del macho catalán convertido en damisela visitadora.

Hoy, en la época del movimiento gay, con su carga de agresividad reivindicativa, aquellas mariquitas del detallito parecerán un anacronismo tenue, delicado y tan cursilón como una balada del Festival de San Remo. Pero nunca olvidaré cuánta frustración dejarían por el camino, qué caudal de sueños nunca realizados o, como mucho, transfigurados en la imitación de modelos finiseculares. Así era el espíritu que las más dispuestas intentaron aportar a nuestras orgías, amenazadas por la sombra del cosmopolitismo.

Todo empezó como una prudente réplica de los bailes de modistillas. Sonaban en el *pick-up* las canciones de moda —entre ellas el travieso twist— alternadas con alguna flamencona de postín, repertorio inevitable dadas las tendencias de la parroquia. Siempre había el mocito jerezano que imitaba a Marisol, la niña rubia que había sabido ganarse el amor de un abuelo arisco; siempre había el capullo que imitaba a Gelu o a Estela de Los Cinco Latinos y otras modernas de pelo crepado, pero destacaba por encima de todo la patriótica tendencia del grupo a quedarse en lo racial, despreciando las aportaciones de Kent y Bryan, que consideraban hermanas del alma a Peggy Lee, Judy Garland y otras diosas de la gaya mitología anglosajona.

La honesta hermandad de las primeras fiestas fue derivando hacia el absoluto dominio del sexo. La mayoría de los invitados no disponían de espacio propio para practicarlo porque en aquella época eran muy pocos los que pudieran pagarse un apartamento, siquiera fuese un pequeño picadero. Tendrían que contentarse con raudas escaramuzas en los urinarios de la plaza de Cataluña o en la oscuridad de un cine de los llamados «de ambiente». En el caso de los menos atrevidos, podían pasar muchas semanas sin hacer el amor. Otros, o lo hacían en mi casa o no lo harían nunca. Y con tantas habitaciones vacías, ¿quién tenía valor para negarles aquella posibilidad de desahogo?

Cumplíase, así, la ciega obediencia a un precepto que solía propugnar la Maria dels Ous:

—*Podem estar malmirades, però malcardades... mai!*

Tenía mérito, porque la Maria dels Ous ya no estaba en edad de torneos sexuales; lo que de verdad le gustaba era organizar parejas, escuchar confidencias, aconsejar al desvalido y, si se hubiese terciado, aguantar la palangana o las toallas. Trasladaba a las orgías el entrañable espíritu de su puesto en el mercado y sentíase reina del corral con sólo que alguien la encontrase bien conservada y con la piel tersa. Por lo demás, siempre gallina clueca.

Yo me limitaba a rezar para que no llegase la policía y nos llevase a todos al cuartelillo. Como la chica fea del cuento, iba cambiando discos y llevando canapés de un lado para otro, si bien no era tan tonto como para no dejarme caer de vez en cuando entre las desordenadas pilas de carne a cuyos miembros aprovechaba para pedir silencio. Y entre unas cosas y otras iban transcurriendo las noches sin mayores incidencias que las que ya adornaron las amenas veladas de Sodoma y Gomorra en tiempos muy lejanos.

Pero estos ciudadanos de la casta España de Franco no estaban en absoluto cerrados a las novedades que venían de fuera: diría, por el contrario, que eran extraordinariamente receptivos a ellas, y nunca hubo mejores importadores que los dos neozelandeses. Molestos acaso al ver que los de Barcelona estábamos muy al día en las materias de la carne, quisieron mostrarse más originales que la originalidad misma y adiestraron a algunos mocitos en ciertas industrias que los bienpensantes habrían considerado perversión, y que yo me limité a considerar prodigios del pintoresquismo. Porque la noche en que la Maria dels Ous, con mirada alucinada, me arrastró hasta el dormitorio de Kent, descubrí que el neozelandés recibía en su boca, abierta de par en par, un Éufrates, un Nilo, un Niágara que surgía a borbotones del pene de un albañil murciano. Y para no ser menos, Bryan recibía una lluvia parecida, que ponía en sus mejillas arrugadas ese tono amarillento que tienen los mantos de las vírgenes procesionales.

En alguna ocasión la tía Florencia atribuyó la extrema delgadez de los neozelandeses a que iban mal comidos. En revancha, nadie podría decir que andaban mal duchados.

No me preocupó la llegada de la policía, que seguramente no habría comprendido el alcance de tanta sofisticación, pero sí sufrí por los aspectos más prácticos de aquellas duchas. Y pensando en lo precario de mi economía, sólo supe exclamar, con un grito de angustia:

—¡Que no mojen la moqueta, que me tocará pagarla a medias!

Esto ocurría pocas horas antes de que me presentasen a Néstor Almendros. En cuanto a la moqueta, tuvimos que pagarla porque sobre el rostro de mis neozelandeses continuaron cayendo doradas y caudalosas lluvias y quien más quien menos quiso probarlas también.

Mucho me temo que a Franco no le habría gustado aquel apartamento. Porque llovía mucho, pero la lluvia no servía para llenarle los pantanos.

EN 1989 NÉSTOR ALMENDROS era uno de los directores de fotografía más prestigiosos del cine mundial, un personaje que se permitía seguir los tópicos de la industria exhibiendo su flamante Oscar en la repisa de la chimenea de su *loft* de Nueva York, a la sombra del Empire State. Me había enseñado la ciudad en sus mejores sitios, me hablaba continuamente de gente de moda, comentaba sus últimos trabajos y, sin embargo, no dejaba de preguntar sobre rincones insólitos de Barcelona y viejas canciones de Celia Gámez. Y al hacerlo se expresaba en aquella pintoresca jerga que siempre le caracterizó: un catalán con acento ligeramente cubano, salpicado de modismos ingleses, franceses e italianos. Todo ello acompañado por una ingeniosa terminología camp influida a su vez por un sentido del humor derivado de la cultura gay. Así fue como, al elogiar yo su aspecto físico, exclamó con un deje de comicidad: «Calla, calla: soy una vieja ametralladora.» Era un chiste incomprensible para los profanos, pues se refería a una escena de un viejo filme italiano, *Roma, ore undeci*, decididamente minoritario. En una de sus escenas, una solterona feúcha hace una prueba para obtener un puesto de mecanógrafa y el jefe elogia su velocidad diciéndole que es como una ametralladora. Y ella contesta: *«Certo: una vecchia metrallatrice.»*

Era, pues, el Néstor de siempre, el más amado, el insustituible. Pero ya tenía cincuenta y nueve años y había ido acumulando arrugas y, sobre todo, manías, especialmente la de la respetabilidad. Ésta se puso en evidencia cuando, al comunicarle mi decisión de escribir un libro de memorias, exclamó horrorizado:

—¡No, por favor! Espera a que se muera mi madre.

Esta salida me divirtió tanto como me conmueve ahora, cuando hace demasiados años que él y la señora Almendros faltan de este mundo.

—Después de todo, uno nunca sabe cómo va a salir en este tipo de libros —comentó—. Acuérdate de cómo queda la pobre Joan Crawford en las memorias de su hija adoptiva. La ha puesto como un pingo.

—Puedes estar tranquilo —dije sin poder evitar la risa—. Si alguien quedase mal sería yo, que me pasé la vida siguiéndote a rastras por toda Europa sin conseguir que te fijases en mí.

Así fue, en efecto, desde que puso los pies en el apartamento de Rubén. Veintisiete años antes, aquel 23 de setiembre, víspera de la Merced.

En años posteriores presumí de ser el primer barcelonés de nueva planta que el exiliado encontraba en su reencuentro con la tierra natal. Sólo ahora caigo en que fui injusto con Roberto al excluirle de mi afirmación: también él era nuevo, con mis mismos veinte años; dato baladí, si bien se mira, porque son una ilusión tan fugaz como cualquier otra. Pero era más guapo que yo, y eso no es baladí, porque Néstor lo comentó en tono extasiado y a mí sólo me dijo que era inteligente. Cuatro veces lo repitió, es cierto, pero era una mala señal porque ya he dicho que en el mundo del ligue la inteligencia y el atractivo sexual nunca fueron juntos, antes bien se rechazan mutuamente. Y estaba yo muy harto de que me dijeran: «Eres ideal para presidir un cine-club, niño, pero en la cama pareces el convidado de piedra.»

Estas afirmaciones vienen a cuento porque tanto Rubén como Roberto estaban empeñados en encontrarle a Néstor alguien que aliviase su tristeza, y a mí el compañero definitivo. Así pues, Rubén prescindió de disimulos al presentarme.

—Está ansiando enamorarse. Anda, poséele hablando de pirámides.

Ni pirámides, ni esfinges, ni faraones. Ni dioses, ni tumbas, ni sabios. Cualesquiera que fuesen los intereses eróticos de Néstor, no le quedaban fuerzas para manifestarlos. Había pasado noches de insomnio en el barco, obsesionado por la precariedad de su situación y las nebulosas que se cernían sobre su futuro inmediato. En realidad, llegaba en un estado desastroso: con unos pocos dólares y un par de mudas, lo único que las autoridades cubanas le habían permitido sacar. Incluso le secuestraron la cámara, que era su instrumento de trabajo, y sólo mediante argucias dignas de una novela de espionaje había conseguido robar del laboratorio el negativo de una de sus películas *(Gente en la playa)*. Esta odisea la cuenta él en uno de sus libros, pero queda en la pequeña historia un detalle fundamental de su miseria: Rubén tuvo que comprarle urgentemente un jersey barato en unos grandes almacenes.

Llegaba dispuesto a mostrarnos impúdicamente las partes más dolorosas del exilio, y entre ellas el odio por lo que dejaba atrás. No la isla de Cuba, que siempre estuvo viva en su nostalgia, sino el régimen castrista, que estuvo siempre en sus insultos. Lo primero que dijo fue en este sentido:

—Nadie cuenta lo que está pasando realmente en Cuba. Hay muchos amigos que siguen pudriéndose entre rejas. A algunos los han condenado a trabajos forzados. Nunca los soltarán. Y, aunque los suelten, ¿quién los ayudará a huir del infierno?

Habló luego de la feroz represión iniciada contra los homosexuales, y me atrevo a decir que se refirió a su compañero, que sufría pena en una cárcel atroz. Aunque no pude confirmar este último punto, sí recuerdo mi perplejidad, si no indignación, ante el alegato anticastrista.

Yo era lo que los «gusanos» llamaban un jovencito «ñángara»: es decir, alguien que en términos europeos podríamos definir como un compañero de viaje de los marxistas. Nada era más adecuado, entonces, para reaccionar contra veinte años vividos bajo el franquismo. Además, la revolución cubana era una de las armas que yo había esgrimido para sentirme distinto en casa: en su nombre, en su defensa acérrima, había atacado el conformismo de mi padre durante innumerables discusiones de sobremesa. Toda mi furia había pasado de imitar a James Dean, el rebelde sin causa, a encontrar una causa fundamental del progreso en la experiencia de Fidel Castro. «*Cuba ja no serà una illa*», había escrito el poeta Pere Quart, y aunque yo no conocía este poema podía suscribirlo plenamente. Cuba era, en efecto, todo un continente y cuando lo soñaba levantado en armas sonaba en mis oídos un sinfín de soflamas revolucionarias. No había nacido aún el culto al Che que marcó la iconografía progresista de la década; lo más parecido a un justiciero universal que se podía encontrar en el terreno de las ideas era Fidel. Ante el poder de seducción de este forjador de mundos, un intelectual que escapaba a su influencia sólo podía ser el representante de la reacción más abyecta.

Una de las características de los exiliados cubanos es su necesidad de hacer proselitismo durante todas las horas del día; en este sentido, Néstor fue durante toda su vida el más feroz de los combatientes. No perdió la ocasión de desacreditar a Fidel, tanto en conversaciones privadas como en las entrevistas que le hicieron cuando ya era famoso. Culminó su trabajo de oposición escribiendo, dirigiendo y fotografiando la película *Conducta impropia*, estremecedor alegato contra la represión en las cárceles cubanas.

Aquella mañana de la Merced el rollo fue el mismo, acentuado por lo trágico de la inmediatez. Ni pirámides, ni esfinges, ni faraones. Ni dioses, ni tumbas, ni sabios. Un pedazo de sueño cubano desmitificado a la altura del crimen.

Y, sin embargo, Rubén no mentía al referirse a mi predisposición sentimental. Me había hablado tanto de la sabiduría de Néstor que estaba dispuesto a entregarme abiertamente, no sé si a él o a todo cuanto él representaba. Después de todo necesitaba enamorarme más que nada en el mundo, y aquel año había elevado el listón de las exigencias poniéndolo muy alto. Mi viejo anhelo del compañero cultural, del compinche en el espíritu, seguía siendo más importante que el compañero de cama. Rubén tenía razón al decir que Néstor me obtendría hablándome de pirámides. O en su defecto de Valle-Inclán. O de Bellini. O de... *so, so and so.*

Por otro lado, aquel Néstor derrotado era muy atractivo. Era alto, bien formado y hacía pesas —tuvo que dejarlo, después, porque el médico le dijo que podía sufrir un desprendimiento de retina, cosa que no acabé de entender—; además, vestía con la simplicidad y el desaliño intencionado que yo asociaba con los distinguidos bohemios del Village neoyorquino. Pero sobre todo tenía treinta y un años, exactamente los que yo habría deseado para mi padre ideal; un padre que, además de hacer el amor sin brusquedad, me enseñase a leer la gran literatura y a ver el cine —tanto el grande como el ínfimo— con mirada distinta. En este sentido nunca me cansaré de agradecer a Néstor que llegase a tiempo para encauzar mi primer aprendizaje. Entró en mi vida de forma arrolladora y a partir de entonces estuvo siempre presente en mi carrera en forma de consejos certeros. Es muy probable que nadie haya ejercido sobre mí una influencia tan crucial en un momento tan decisivo. Pero era imposible que cumpliese el rol de amante, y ésta es la carencia que me marcó durante dos temporadas haciéndome ingresar en los dominios de la locura y dándome, además, el complejo de rechazado. El peor que puede tener un veinteañero bajito. De talla cadete, para ser exactos.

La única memoria del escritor, la última salida del romántico, es la esquizofrenia. Esto es particularmente cierto cuando las experiencias vitales han sido utilizadas con fines literarios. Al ser convertida en literatura una experiencia se altera, y al ser recordada nuevamente es imposible escapar a la deformación de que fue objeto. ¿Dónde empieza la verdad, dónde la ficción? Esta misma pregunta ha sido formulada tantas veces que cada creador debe dar su propia respuesta. Nunca serán iguales.

Yo he convertido todas mis experiencias vitales en obra literaria, y esta reconversión hace que lo real y lo imaginado se confundan continuamente. Alejandría es siempre Barcelona, yo puedo ser Fedro o los niños de *El día que murió Marilyn* —no uno de ellos: los dos a la vez—; y Nuria Espert es Cleopatra y Porcia Honoria, y Jordi Pujol es una mediocre imitación de César Augusto, y en el cuerpo de todos los atletas de Olimpia aparece siempre la sombra de Steve Reeves y el recuerdo de la primera vez que me masturbé a su salud en la soledad de un cine de barrio. Del mismo modo que allá al fondo de mi búsqueda de la felicidad están Néstor, Enric Majó y el Niño del Invierno.

Con todos estos componentes, da igual que la historia transcurra entre egipcios o entre vikingos. La quimera es siempre la misma. Y como quimera máxima, la que contiene la última verdad, surge el inaprehensible misterio de la creación.

Imposible delimitar campos que ya han sido hollados en tantas ocasiones. No existen fronteras posibles. No hay compartimientos estancos. Al contrario: éstos se salen de madre, se invaden mutuamente, se apoderan de temas que pertenecían a uno y de manera imprevisible pasan a otro.

Memoria, literatura, presente y pasado, lo que imaginamos y nunca fue, los sueños que tuvimos y nunca se cumplieron, las realizaciones inesperadas que se impusieron a nuestros pequeños logros, todo pasa a la literatura y, al hacerlo, todo forma un absoluto que se parece mucho a un juego.

Escenas que viví se transforman en secuencias que ahora interpretan mis personajes (y por eso los quiero, porque son mi yo, atreviéndose a ser mucho más sinceros de lo que nunca supe ser). Si a ello añadimos los fragmentos de agendas y diarios que redactaba en aquellos años, se comprenderá que la esquizofrenia del creador planee continuamente sobre la realidad y acabe gobernándola.

Al final no sé si Néstor ingresó en esta locura o si sólo contribuyó a formarla. Se convirtió en personaje literario gracias a la carga romántica que arrastraba su fracaso, pero yo no tardaría en traicionarla incorporando mi sentido crítico, de modo que la ternura y el desprecio se dieron la mano por algún tiempo. Y en su transcurso, continuaban triunfando las taras que me dejó el cine de los sábados.

Néstor no era sólo el primer exiliado que conocía; además, lo era por partida doble, ya que en 1948 se vio obligado a abandonar España debido a la represión contra su padre, don Herminio Almendros, hombre a quien siempre consideró eminente. Una vez afincados en Cuba, los Almendros vivieron todos los avatares de la isla, incluida la revolución, que hicieron causa propia. La hija mayor, María Rosa, ocupaba un cargo destacado en la Casa de las Américas, y don Herminio, gran autoridad en la pedagogía, trabajó intensamente en la Campaña de Alfabetización. Lo mismo el propio Néstor, que dejó constancia de aquella vasta empresa y a la vez de la figura y obra de su padre en sendos documentales rodados bajo el régimen castrista y en las críticas cinematográficas publicadas en el semanario habanero *Bohemia*, hasta apenas un año antes de su regreso a Barcelona. Por si algo faltaba a esta imagen de activista revolucionario, arrojó huevos podridos contra los poetas Panero y Rosales cuando éstos viajaron por Hispanoamérica como embajadores de la poesía española bajo el franquismo.

De todas estas circunstancias me fascinaba sobremanera el personaje, inédito en mi vida, del intelectual que se desilusiona con la idea por la cual luchó en un principio. Y el caso de Néstor era límite, porque en las pocas ocasiones en que consiguió ponerse en comunicación con sus amigos en Europa dio síntomas de una alarmante manía persecutoria, y no cesaba de repetir que Cuba se había convertido en un infierno y su vida en una tortura.

La contradicción entre mi idealismo y la figura de Néstor, conmovedora por su fracaso y reaccionaria por su actitud, me guardaba todavía otra sorpresa: su obsesiva búsqueda de la infancia. El conjunto me impresionó de tal modo que se convertiría en uno de los cuentos de *La torre de los vicios capitales* (1967), el titulado «El temps fet fonedís». Prohibido varias veces por la censura, nunca vio la luz en aquella edición ni en cualquier otra. Años después, acabó formando parte del meollo argumental de la novela *El sexo de los ángeles.*

Una vez más la ficción y la vida se entremezclan y el yo-narrador se convierte en personaje disimulado tras la tercera persona. Cuenta mi narración el encuentro entre un catalán, exiliado de Cuba, que, al regresar a Barcelona, coincide con un estudiante progresista en el estudio de un fotógrafo de modas, cubano también, y se lanza a una perorata de parecido signo a la de Néstor. En realidad era su propia historia la que reproducía para que el joven protagonista sacase su moraleja política. Pero el joven era mucho más ñángara de lo que yo nunca conseguí ser, porque en un momento determinado llegaba a la conclusión de que, a fin a favorecer el avance del mundo, es necesario eliminar a todos cuantos se oponen a su avance. El debate concluía con una escena espectacular, heredada del cineclubismo: de madrugada, en un escenario desnudo y bañado por luces expresionistas (la gótica plaza del Rey), los dos personajes se enfrentan definitivamente. Tras una nueva disertación del exiliado sobre los errores de la revolución castrista, el joven le arrojaba a la soledad absoluta, gritándole: «Mátate de una vez. Mátate.»

¿Eso pude escribir yo? Extraña crueldad la del autor cachorro para con un hombre del que se estaba enamorando a marchas forzadas.

Por fortuna para mi responsabilidad de escritor, la aridez de un «mensaje» tan propio de la época aparecía compensada por la ola de ternura que me invadía ante la rememoración del pasado de Néstor. Así, su contrafigura literaria no hacía sino reproducir sus propias palabras al recordar los primeros años del exilio en Cuba:

«Paso a paso, reaparecía la Barcelona de la infancia. Sólo acertaba a recordar aquellos días serenos como una vaga referencia en la memoria de mis padres; un recuerdo continuamente invocado en Cuba, cuando la familia se reunía en torno a la mesa. Entonces se hablaba de la ciudad que habíamos dejado atrás, náufragos del exilio. Y la recordábamos con palabras catalanas que se iban degradando en beneficio del acento local, melodía subyugadora que tanto yo como mis hermanos fuimos adoptando hasta que la mezcla nos prestó un ritmo atípico y, según los cubanos, encantador. Curiosamente, la terquedad de los idiomas logra vencer a las melodías más atractivas y, durante quince años, el catalán continúa siendo el medio de expresión doméstico. Mis padres se empeñaban en mantenerlo como baluarte inexpugnable, que les servía para continuar anclados en su propio tiempo. Amaban a Cuba profundamente, pero seguían viviendo en la Barcelona de la República.

»En mi caso, reencontrar la ciudad y los barrios de la infancia equivalía a arraigarme en un retazo de mi historia más veraz. Pero si la nostalgia poseía el tono de la ciudad que me vio crecer, también tendría el rostro del amigo que fue compañero de juventud en mi otra tierra, la segunda patria; la que, finalmente, consta en mi pasaporte. Ese amigo no sólo era la única persona a quien podía acudir, sino el compendio de muchas horas felices y el que tuvo la excelente idea de huir de Cuba antes de que la situación fuese a peor. Uno de los primeros que intuyeron los engaños de la revolución...»

En la vida real ese gran amigo era Rubén, y como ya he dicho, no encaja completamente en las descripciones que de él hace el Néstor de la ficción. Tan apolítico fue, que ni siquiera podía presumir de anticastrista.

Siempre tuvo el buen gusto de no mezclar la ideología con su ya vieja ausencia de la isla. Solía explicar que se marchó por razones crematísticas: en París le pagaban mejor que en Cuba, y lo mismo en Roma. Y en Barcelona se le presentaba un gran futuro porque podía aplicar ideas publicitarias que había aprendido en Nueva York. Entre ellas los famosos spots televisivos sobre señoras que no quieren cambiar de detergente porque están muy contentas con el suyo de toda la vida. (O cuando menos él solía atribuirse el mérito de semejante invención.)

Esas referencias al *advertising* más vulgar no hacen justicia a un hombre cuyo aspecto siempre pareció el de un dandy de los años treinta. Desde sus años juveniles poseía una gran cultura y un gusto exquisito, que solía repartir a guisa de dádiva entre los grupos más selectos de jovencitos *particuliers*. En cualquier caso tuvo una gran influencia en la formación de Néstor a partir del momento en que éste llegó a Cuba. Intentó explicarle la isla, le ayudó a comprenderla y amarla al tiempo que le introducía en una afición definitiva: la del cinematógrafo, como es fácil deducir. Aunque las crónicas castristas borraron posteriormente los hechos de esta generación, todos los exiliados recuerdan todavía la gran efervescencia que se produjo en aquellos tiempos, con el aporte decisivo de hombres como Guillermo Cabrera Infante, Carlos Clarens y René Jordan. Mediados los años sesenta, ya estaban en el exilio.

Néstor Almendros se adelantó a todos, o cuando menos a muchos. Tenía sobre los demás la ventaja de la veteranía en el dolor. Pero en algo no mentía, ni en la realidad ni en la ficción.

—Éste es un encuentro providencial, Rubén. Hace veinte años, me enseñaste a comprender Cuba. Ahora tendrás que ayudarme a entender Barcelona, esa ciudad que ya no conozco, que debo redescubrir paso a paso, para que vuelva a ser mía...

Pero fui yo el encargado de acompañarle, y aquí entran en escena la esquizofrenia del escritor y la tristeza del enamorado. Tanto en el cuento como en la novela, el tema central se ampliaba en una meditación sobre el tiempo y sus estragos al presentar a dos personajes de generaciones distintas paseando por un escenario que les había sido común en dos tiempos también distintos.

Porque eso fue mi encuentro definitivo con Néstor: los dos a solas en un largo paseo nocturno por las calles de Barcelona, desde el Ensanche hasta el Barrio Gótico. Yo le guiaba desde mi experiencia para que él recuperase la suya. Él hablaba desde su adolescencia en los años cuarenta, y yo iba reconstruyendo la mía, en los cincuenta, cuando él ya se hallaba en Cuba. Este choque de tiempos opuestos me dio la idea de la inevitable decadencia de las personas evolucionando frente a una escenografía urbana que permanece inmóvil, opresora, como la acusación permanente de nuestra pobre vulnerabilidad.

Durante el día, prosiguió la búsqueda de la infancia. Las fiestas de la Merced desplegaban ante nosotros una serie de rituales que predisponían a la nostalgia. Paseábamos sin rumbo, en espera de que la fiesta nos arrastrara, prestos a dejarnos poseer por la algarabía y al mismo tiempo reconociendo todo lo que pertenecía a otros que nos habían precedido en el tiempo. Surgía el recuerdo de nuestros padres, cuando nos llevaban a las procesiones de gigantes, cabezudos y vírgenes de manto azul. Néstor lo recordaba con dulzura interrumpida por el dolor de la discontinuidad. Surgían de nuevo los diez años que nos separaban y el recuerdo del exilio. Yo caminaba a su lado, convertido en lazarillo de su reencuentro. Avanzábamos en silencio, por las mismas calles y avenidas que un tiempo separaba y otro, más provocador, reunía. Ambos habíamos vivido los mismos escenarios, pero el tiempo dispuso un abismo. Sólo las pequeñas cosas podían ayudarnos a superarlo, reuniéndonos en una dimensión común que era la inmortalidad de Barcelona.

El reencuentro se producía de una manera lógica, como surgida de la voluntad de la naturaleza. Tras el patetismo inicial, Néstor ya no se avergonzaba de proclamar a gritos su sorpresa ante los recuerdos que todavía se mantenían en pie: el primer colegio, el instituto, el solar de casas derruidas donde solían instalarse los circos ambulantes, un cine cercano a la Diagonal, donde vio las primeras películas americanas permitidas al terminar la guerra...

Y en esa dimensión compartida, que se levantaba más allá del tiempo, todo iba coincidiendo: sus recuerdos iban alternando con los míos.

En el cine Aristos de la calle de Muntaner vio *Luz que agoniza* y diez años más tarde yo asistí embobado a la proyección de *Ivanhoe*. «En esta época yo estaba haciendo la universidad, en Cuba», confesó él, riendo. Pero la risa se le heló no bien pasamos por el cine Astoria de la calle de París. Allí, en épocas de gran penuria, Ángel Zúñiga organizaba sus legendarias sesiones de cine-club con la proyección de títulos que resultaba impensable ver algún día en las pantallas comerciales. Esto ocurría en 1946, cuando Néstor tenía dieciséis años, esa edad en que el cine entra en nuestras almas y se queda para siempre.

Al pronunciar el nombre de Zúñiga, se emocionó sin disimulos.

—Siento reverencia por este periodista. A él debo el descubrimiento del mejor cine del mundo. Le seguía en sus crónicas de la revista *Cinema,* donde hablaba de las grandes figuras del período mudo, un cine perdido para siempre. Después, le seguí en *Destino,* y guardo como una reliquia su *Historia del Cine,* que está llena de intuiciones geniales, muy avanzadas para su época.

Estos recuerdos fueron determinantes. Todo cuanto Néstor reencontraba me iba marcando. También yo, algún día, podría ser un extraño que regresaba a su ciudad tras una larga ausencia; también yo la buscaría como Néstor la estaba buscando ahora. Y no es casual que varias de mis novelas empiecen con un personaje que regresa sobre los pasos del tiempo en una angustiada búsqueda de su pasado expresado en las formas obsesivas de una ciudad.

En mis constantes regresos sobre la propia memoria, descubro que ya nadie se acuerda de Ángel Zúñiga, pero aquella noche de mi paseo barcelonés la sola invocación de su nombre y los elogios a su *Historia* jamás reeditada me permitieron vislumbrar una de las facetas más importantes de Néstor Almendros: su idea de la amistad como deuda que, una vez contraída, debe mantenerse hasta la muerte. Así obró con algunas personas de mi círculo de amigos —José Luis Guarner y Gimferrer, entre ellos— y así obraría también con Zúñiga, a quien no dejó de visitar cada vez que pasaba por Nueva York, donde aquél residía en calidad de corresponsal de *La Vanguardia*, y, más adelante, en Barcelona y Sitges, donde Ángel buscó su retiro final, lindante con el olvido.

Pero los aspectos más tiernos de Néstor se manifestaban en sus relaciones familiares, ya fuesen las personas amadas que había dejado en Cuba, ya sus tíos de Barcelona. Recuerdo especialmente a un encantador matrimonio de viejecitos por quienes sentía auténtica devoción.

El marido —el tío Juanito— era un típico espécimen barcelonés, un artista que se situaba entre la burguesía ilustrada y el artesanado tradicional. Se dedicaba a la talla de imágenes, oficio que heredaría con extraordinario provecho Sergio Almendros, el hermano mayor de Néstor, que muchos años después también consiguió salir de Cuba en compañía de su madre.

El taller del tío Juanito se hallaba situado en uno de los primeros números de la calle Casanova, justo al otro lado de la plaza del Peso de la Paja. Allí empieza ese mundo ordenado y limpio del Ensanche que tanto me imponía de niño. Por una rara casualidad, aquella misma plaza, aquella encrucijada de mundos, ejerció una gran influencia sobre la imaginación de Néstor, aunque de signo contrario a la que siempre ejerció sobre la mía. A menudo he contado que cuando leyó el manuscrito del primer volumen de estas memorias, Néstor subrayó los párrafos en que yo describía mi estado de ánimo al abandonar los estrechos callejones donde nací y me internaba en ese Ensanche de calles amplias, aireadas, que representan el triunfo de la razón. En este barrio era precisamente donde el niño Néstor se sentía seguro, pero cuando bajaba al taller del tío Juanito imaginaba la desordenada conjunción de mi barrio y se aterrorizaba pensando que, al otro lado del Peso de la Paja sólo había negras covachas habitadas por malhechores.

Pero tanto él como yo sabíamos que ambos extremos eran la consecuencia sentimental del impacto de Barcelona sobre las almas errantes. Una geografía que permanece porque se la ama y que no se borra aunque se la odie profundamente.

AQUELLA NOCHE DE LA MERCED los dos neozelandeses habían organizado una fiesta que prometía ser concurridísima. La Maria dels Ous había hecho una buena labor de reclutamiento en los mejores bares de la ciudad alta. Habría mocitos de buen ver y mariquitas feúchas, de esas que, a falta de oportunidades de cama, tenían la virtud de alegrar la noche a los demás a base de imitaciones desmadradas. Esto divertía mucho a Néstor y también a Jaime Gil de Biedma, que se encontraba en la fiesta con unos amigos.

Casualmente, Néstor tenía algunas cartas de presentación para Jaime, que gozaba de gran influencia en el círculo del editor Carlos Barral, círculo que entonces representaba la culminación de las tendencias progresistas, no sólo en el terreno de las publicaciones sino también en el de la actuación pública. Alguno de sus autores había viajado a

Cuba, y la política del clan Barral era claramente procastrista. Seguramente la compartía Jaime una vez salía de fiestas como aquélla.

El caso es que su actitud hacia Néstor no fue en absoluto cordial. Por tres veces aludió a lo reaccionario de abandonar Cuba cuando la Revolución necesitaba de los esfuerzos de todos, y por tres veces intentó defenderse Néstor contándole los castigos que le habían impuesto por manifestar opiniones disidentes.

Mientras, las mariquitas feúchas ya habían ofrecido alguno de sus números habituales —preferentemente, imitar a Sara Montiel— y se anunciaba el plato fuerte de la noche, que era la actuación estelar de los dos neozelandeses. Ya he contado que se habían puesto el nombre de guerra de las Dolly Sisters, y esto siempre obliga. Como mínimo, a bailar entre plumas y marabúes.

No era este vestuario lo que aquella noche interesaba más a Gil de Biedma. Por el contrario, miraba fijamente a Néstor, con una mezcla de curiosidad y sarcasmo que hacía temer alguna salida desafortunada. Por alguna razón que no recuerdo conocía a don Herminio Almendros y a su esposa, de manera que se interesó por ellos y hasta preguntó cuándo llegarían a Barcelona.

—Es que ellos no quieren irse —explicó Néstor—. Ten en cuenta su pasado. Ellos creen que lo ocurrido en Cuba equivale a la revolución que intentaron hacer en España. En cuanto a mi hermana, María Rosa, tiene un enchufe demasiado bueno para dejarlo. Gracias a su influencia no me estoy pudriendo en un campo de regeneración, pero ha sido a cambio de pagar un precio muy alto. Ella y yo no nos hablamos.

Esta situación con la hermana enemiga fue una de las obsesiones de Néstor durante tres décadas; pero aquella noche era otro dato decisivo para despertar la animadversión de Jaime.

Todo lo cual no fue óbice para que las Dolly Sisters hiciesen una fastuosa irrupción exhibiendo marabúes rojos sobre sus cuerpos completamente desnudos. Cuerpos que, dicho sea de paso, recordaban a una gamba y un langostino.

Haciendo caso omiso de lo que en otro momento le habría divertido hasta el delirio, Néstor prosiguió con sus ataques contra Castro, llegando incluso al terreno personal. Le llamó la Fidelona, con todas las consecuencias.

Las Dolly Sisters iniciaban el famoso cantable de *South Pacific,* «No puedo quitarme a este hombre de la cabeza».

Jaime acababa de recoger el desafío de Néstor, arrojándole una acusación fatal: ¡gusano! Néstor le contestó que se remitía a la experiencia directa, la única realmente válida. Y tras acusar a Jaime de revolucionario de salón, añadió que era más cómodo vivir en una sociedad capitalista, gozando de todas sus ventajas, que sufrir diariamente un drama que va ahogando progresivamente, como una mordaza de la conciencia.

Comprendí que Néstor se estaba deslizando por un terreno inseguro, porque cada uno de sus ataques contra el régimen cubano provocaba en Jaime una reacción de desprecio que fue degenerando hacia la máxima tensión. Después de algún insulto, preguntó a Néstor cómo podía hablar de dictadura a gente que, como nosotros, estaba viviendo bajo el fascismo. A no ser que Néstor fuese uno de ellos. A lo que él contestó con las palabras que en adelante le servirían de escudo en discusiones como aquélla:

—No soy de derechas. Huir de la isla no me convierte en un fascista. Nunca he caído en esta trampa. Atacar el comunismo no me arrastrará a defender el fascismo. La dictadura dominante en España no me inducirá a aprobar la falta de libertad en Cuba.

Las pobres mariquitas que nos rodeaban se quedaron mudas y hasta intimidadas cuando Néstor las señaló, gritando.

—Coge a todas estas locas y llévatelas a Cuba. ¿Crees que te dejarán montar una bacanal como ésta? Al primer plumazo os meten a todos en un campo de regeneración.

—Esto es lo que diría cualquier burgués indocumentado —contestó Jaime, también a gritos—. En lo que a mí se refiere, nunca pensé que el hijo de una familia que se ha caracterizado por su lucha en favor de la libertad acabaría convertido en un fascista.

Las palabras que siguieron fueron de extrema dureza: nunca volví a ver a Jaime tan exaltado. Muchos años después, cuando Ana María le refirió mis recuerdos de aquella escena, él dijo no acordarse de nada. Es posible que hubiese bebido demasiado, o simplemente que no le diese la menor importancia. Pero al recordársela yo en su jardín del Ampurdán, me contaba que siempre se arrepintió de su reacción. No fue éste el caso de Néstor. Acaso porque era el mismo trato que recibió de cuantos intelectuales izquierdistas intentó frecuentar en Barcelona. No se ha contado suficientemente que, si Néstor no se quedó entonces, fue debido al desprecio de la progresía local. No digo que no fuese lógico: en aquella época todos nos sentíamos capitanes. Pero también es curioso destacar que algunos se han vuelto, con el tiempo, anticomunistas furibundos.

Román Gubern, en su libro de memorias *Viaje de ida*, refiere una anécdota que yo desconocía: «... su nombre se barajó para fotografiar *Cabezas cortadas*. Pero el cónsul de Cuba en Barcelona, Estévez, que había sido antes actor de teatro, me llamó para hacerme saber con energía que consideraba impropio que un cineasta progresista del Tercer Mundo, como Glauber Rocha, utilizase los servicios de un *gusano* como Néstor. Finalmente, por problemas sindicales, Néstor no fue elegido. Cuando se lo conté años más tarde, Néstor no se sorprendió (1).»

Néstor Almendros lloró mucho durante varios días. Después del encuentro con Jaime ya nada volvía a ser igual. Al dolor de dos exilios, al llanto por un pasado imposible de recobrar, se añadía el descubrimiento de la crueldad de Barcelona, convertida en la ciudad del rechazo.

La búsqueda de las propias raíces le impulsó a buscar las de su padre en un pueblo de la provincia de Albacete llamado Almansa. Le animé aventurando que el lugar seguiría como en la juventud de don Herminio, porque si algo no podía haber cambiado, si algo conservaba un poco de autenticidad, tenía que ser la España rural. Pero el día primero de octubre recibí una modesta postal en blanco y negro que decía: «Para que sigas pensando que La Mancha es como tú piensas, he encontrado esta postal tan rústica. Detrás del castillo está la verdad: un torbellino de pantalones tejanos, snacks bar y casas del más puro estilo *jewish-american renaissance*.»

Después de esta comprobación, Néstor partió para París, dispuesto a abrirse camino. Sin proponérselo, estaba abriendo también el mío.

(1) Román Gubern, *Viaje de ida*, Editorial Anagrama, 1997.

Aquella amistad, saboreada de modo tan breve, me había dejado el convencimiento de que acababa de conocer el amor en sus formas más elevadas. Rubén lo intuyó, y supo analizarlo a su manera, que era la del hombre de mundo acostumbrado a inspirar sentimientos parecidos en jovencitos inexpertos. En este sentido, decía: «Al fin y al cabo, Néstor no ha hecho más que introducir en la realidad los dominios del sueño. Todo en él corresponde a lo que has venido soñando y nunca encontrarás en un bar de ligue: el hombre internacional, cultivado, inteligente y, sobre todo, creador. Es lógico que te fascine.»

Lo que no intuyó Rubén era que aquel sentimiento me iría encaminando lentamente hacia la obsesión. El recuerdo de los paseos con Néstor invadió mis días y se fue adueñando de mis noches. Por primera vez me sentía indefenso ante algo que me sobrepasaba, y en mis intentos por escapar al delirio intentaba convencerme de que todo era una jugarreta de la imaginación. En los momentos de mayor lucidez me decía a mí mismo que aquello no era amor en modo alguno. Era, una vez más, la herencia del cine de los sábados, conectando con la tradición de los amantes helénicos. Nada que la lucidez no pudiese solucionar si lo enfrentaba con decisión y voluntad de sanar a toda costa.

En cierto modo, me engañaba a mí mismo. Porque aquel sentimiento maléfico podía no ser amor, pero me hacía sufrir como si lo fuese.

Al mismo tiempo, la obsesión me inspiraba la necesidad de seguir a Néstor, y esta misma idea, por peregrina que pudiera parecer, me ayudó a comprobar lo estéril de mi existencia en Barcelona y, sobre todo, la banalidad en que se hallaban hundidos mis prometedores veinte años.

La fuerza que meses antes me había impulsado a huir del hogar paterno me llevaba ahora a desear con todas mis fuerzas huir de la ciudad madre. Todo cuanto había acompañado mi evolución en los últimos años se me antojaba antiguo, desfasado, fuera de la órbita internacional. Incluso mis amigos eran una rémora respecto a lo que me ofrecía el exterior. No amigos, todavía no, pero sí la promesa de que todos cuantos encontrase serían de categoría superior, a juzgar por el ejemplo de Néstor.

Este remolino de sentimientos confusos se hallaba enmarcado en la obsesiva necesidad de aprender, y también en esto sentía que Barcelona se me iba haciendo pequeña. En el apartamento de Rubén había conocido las posibilidades del arte a través del esnobismo —un esnobismo, no lo niego, eficaz—, pero la experiencia de Néstor en ciudades como Nueva York, Roma o París me enseñaba los prodigios del aprendizaje serio, riguroso en espacios cada vez distintos y, por lo tanto, portadores de provocaciones continuas.

Confiaba de tal modo en la influencia de Néstor que cada día que pasaba sin verle me parecía un penoso retraso en mi evolución intelectual. No había carta suya que no contuviese una indicación sobre la película que debía ver, sobre el libro que estaba obligado a leer. Me hablaba de tantas cosas nuevas, de tanta gente interesante, que le imaginé ansioso de convertirse en mi maestro.

Pero la vida del exiliado iba por otros caminos, todos desesperantes. La acogida que le dispensó el mundo intelectual de París no era muy distinta de la que había recibido en Barcelona: también allí fue víctima del anatema de los ortodoxos de izquierda, con alguna excepción que supo agradecer a lo largo de su vida (entre ellas Juan Goytisolo, que a la sazón ocupaba un cargo importante en la editorial Gallimard). Así era la realidad: una trinchera levantada contra los sueños. Y mientras yo me dedicaba a cultivar los míos contra viento y marea, Néstor se encontraba llamando de puerta en puerta, sin que ninguna se abriese o, caso de hacerlo, para darle después en las narices.

«Estoy pasando verdadera miseria —escribía—. Le debo a la Chelo, a Chunchui, a Dios y a su madre, y no tengo a quién pedirle. Por esto te mando esta postal que ya tenía y porque el franqueo es más barato que la carta...»

Como sea que la postal reproducía la cascada del Parque de la Ciudadela de Barcelona, era evidente que la miseria de Néstor en París no era un cuento.

Mientras siguió la mala racha, los nombres del cine —lógicos destinatarios de su búsqueda— fueron sustituidos por personas relacionadas con la docencia. Así son los caminos de la necesidad: aquel hombre que era mi dios sobre la tierra tuvo que ganarse la vida enseñando español en un colegio de las afueras de París y dando clases privadas a algunas personas relacionadas con el mundo del cine (decía, con orgullo: «entre ellas el hijo del antiguo productor de la UFA, de dos películas de Pabst y Lang»). Encontraba algún alivio a su situación escribiendo artículos sobre cine latinoamericano en la revista *Cuadernos*, que se publicaba en París en lengua castellana. Esta faceta de crítico contribuyó a aumentar mi admiración. Y cuando Rubén contó, como *en passant*, que Néstor había ejercido como profesor de Filología en la Universidad de La Habana me sentí como el joven Telémaco cuando descubre que, tras la persona de Mentor, se esconde nada menos que Palas Atenea.

Mi obsesión fue creciendo en los meses que siguieron, entró en el nuevo año y se impuso triunfalmente a la primavera y al verano. A finales de agosto llegó otra carta de París, y su contenido era tan patético que en mi interior volvió a encenderse la fiebre romántica, si es que en algún momento había decrecido: «Hoy hace un año exactamente que salí de Cuba —escribía Néstor—. Me siento como Ulises en tierra de Nausica, como si fuera el único superviviente de un gran naufragio que, habiendo alcanzado milagrosamente una orilla, ha logrado rehacer su vida. A veces mi felicidad relativa de ahora se ve, sin embargo, perturbada por los fantasmas de tantas personas queridas que no veré ya más... (1)»

Era la confesión más apropiada para hacer vibrar al adolescente soñador; pero, al mismo tiempo, los dos artículos que Néstor adjuntaba volvían a encender las luces del discípulo voluntarioso. Aprendí bastantes cosas sobre Luis Buñuel en aquellos textos, que debía devolver urgentemente porque Néstor sólo tenía dos copias, pero al margen de la información sobre un autor que casi me era desconocido —otra cortesía de la censura franquista— tomé la experiencia como una nueva muestra —o, mejor dicho, promesa— de todas las cosas que podía aprender al lado de Néstor.

Es cierto que en el mundo existían otras cosas además de Mentor Almendros, pero todas parecían referidas al pasado, y sólo las que él encarnaba tenían carácter de avance y se introducían en el futuro.

(1) Fechada en París el 2 de agosto de 1963.

Mi iniciación debía producirse sobre la marcha, en el camino, en progresión continua, sin detenerse jamás. No estaba inventando nada, otros lo habían intuido antes que yo, otros lo habían practicado, y esta práctica sería uno de los síntomas de los años sesenta, cuando toda una generación empezaba a lanzarse por los caminos del mundo para que nunca volviesen a ser iguales.

La memoria, siempre artera, borra a menudo los orígenes de nuestras actitudes más importantes; así, esa huida mía, que fue una necesidad largo tiempo mantenida, se condensa ahora en el nombre de Néstor, y es como si sólo el amor la hubiese impulsado; pero había muchas otras causas y todas tenían relación con el ambiente que me rodeaba. Al igual que los dos protagonistas de *El día que murió Marilyn*, empezaba a tener claro que sólo saliendo de España podría hacer algo de provecho. Ellos reaccionaban con un soberbio corte de mangas dirigido a la familia y a una clase social, la burguesía, a la que sólo podían decir: «ahí os quedáis, y que os acaben de criar». Pero no se expresaban así por casualidad, no eran personajes rebeldes a la voluntad del autor. Todo lo contrario. Desde aquel año 62 que cierra la novela, yo conocía la necesidad de hacer un desplante parecido. Sabía perfectamente que el mundo que me rodeaba era una cárcel espantosa. Sólo el miedo a perder mis privilegios de niño mimado me retenía en ella; sólo la comodidad me impedía romper las rejas que podían hacerme libre, con Néstor o sin él.

Cierta madrugada dirigí mis pasos hacia el Barrio Chino en busca de mi confesionario preferido: el bar de la Esmeralda. Ella seguía siendo la gran consejera, la que era capaz de escuchar con paciencia de viejo zorro y lanzar sentencias remojadas con Pernod e incluso soportar mis latazos cuando me daba la llorona.

Como era de esperar, puso su característica expresión de escepticismo canalla cuando le dije que pretendía irme a París siguiendo a un tío.

—Cielito: siempre está bien irse a París, tanto si es siguiendo a un tío como para poner un cirio en Notre-Dame dels Collons. O sea, que no le veo el problema.

—Que me humilla —dije—. Que me hace sentir como un trapo sucio.

—Mira, guapito, tú vienes a buscar franqueza y te la voy a dar. Seguir a un tío o no seguirlo, no es la cuestión. A ti, lo que te pasa, es que el cuerpo te está pidiendo largarte, y no me extraña, porque este país es una mierda. Te lo digo yo, que he vivido en Tánger. Tienes que tocar el dos, con este tío o sin él. Piensa en ti, releche. Porque tíos son lo que sobra y tú sólo eres tú, que es mucho si sabes tomártelo con gracia.

—Será que no sé hacerlo —dije con timidez ante tanta exuberancia verbal—. De hecho, nunca he sabido. Seguro que tengo angustia existencial crónica. Lo he leído en los libros.

—Pero tú, ¿cuántos años tienes? Porque parece que te hayan destetado ayer.

Cuando le dije la edad se llevó las manos a la cabeza y, en su magnífico catalán barriobajero, exclamó:

—¡Veinte años! ¡Madre de Dios, si yo los tuviera! No me veían en Barcelona ni para limpiarle los mocos a la Virgen de la Merced. A buena hora volvía a desperdiciar mi vida aguantando borrachos detrás de un mostrador.

Estas palabras no me eran desconocidas. Algo parecido me había dicho mamá un par de años antes, cuando me expresó su frustración por no haber sido otra cosa en otro lugar. Sólo me sorprendía oírlo ahora en labios de una mujer considerada como la reina del Barrio Chino, una lesbiana de tanto crédito como para recibir las confidencias de la gente más insospechada entre los circuitos gay de la muy alta burguesía.

Una reina de la noche que se sentía tan frustrada como una esclava del hogar era más de lo que yo estaba dispuesto a recibir, pero tuve que hacerlo porque ella cambió inmediatamente de registro, para incluir sus propios problemas.

—Hasta el mismísimo me tenéis los jovencitos con vuestros líos. Os habéis creído que la Esmeralda es la señora Francis de la radio, y ya va siendo hora de que cambiéis de emisora porque en la mía, *nen*, también pasan cosas y nadie se interesa por ellas... —Pausa. Trago de Pernod. Y prosiguió—: Con problemas me vienes, a mí, que estoy hecha un guiñapo. Para que te enteres: la Zoraida me ha dejado para irse a bailar a un palenque de México capital. O sea, que a poco que te interesases por mí verías que me sale del alma un vómito de sangre. Estoy jodida, *nen*, y no porque me deje un pendón cualquiera, que por este chocho mío han pasado más lenguas de las que tú nunca podrás catar, sino que estoy jodida porque tengo que quedarme detrás de este mostrador, aguantando el tipo y sufriendo como una perra, en lugar de coger el portante y seguir a la infame a lo de los mariachis y empezar allí una nueva vida. Esto es lo que debería hacer una hembra con los ovarios bien puestos. Y esto harías tú si no fueses más corto que la picha de los santos.

—¿Y por qué no lo haces? Tú no tienes quien te mande.

—Me manda la edad. Cuarenta castañas. ¿A que no te las puedes imaginar? Cuando las tengas, ya verás lo que mandan. Te mantienen atada a un sitio para sentirte segura, y de ahí ya no hay quien te arranque. ¿Qué quieres? La seguridad es esencial cuando te ves a las puertas del asilo. Pero querer seguridad a tus años, esto es un crimen contra la vida. Despiértate de una vez, pipiolo. Piensa que lo que no hagas ahora ya no lo harás nunca. ¡Veinte años! No tienes perdón de Dios si no los aprovechas.

Lo cierto es que no paró hasta desembuchar completamente, justo pago a las veces que había desembuchado yo. Pero entre varios vasos de Pernod —sin duda demasiados, porque acabamos llorando— supe ver la diferencia con otras noches de confidencias. Ahora no estaba empeñada en solucionarme problemas sentimentales. Ahora me empujaba a aprovechar la vida en toda su intensidad.

De pronto, sentí un terror inexpresable. Sentí espanto al pensar que esos veinte años de los que todo el mundo hablaba podían perderse en la esterilidad, como les había ocurrido a todas las personas que me rodeaban. ¿Qué habían hecho ellos con su vida, en qué marasmo la habían hundido, día tras día, año tras año? Éste era el precio de quedarse en Barcelona forjándose un brillante porvenir. Un plazo demasiado largo, con demasiadas horas muertas para justificarlo.

A partir de entonces, todas mis horas tuvieron muy mala muerte y mis días nuevos ni siquiera se atrevieron a nacer. Todo lo que deseaba estaba ocurriendo en la lejanía: la pasión por Néstor y la pasión de vivir estaban enclavadas en un horizonte que sólo un golpe de audacia me permitiría alcanzar.

Es cierto que cayó sobre Barcelona la nevada más copiosa de toda mi historia, y es cierto también que a todos nos impresionó tanto que lo puse como apoteosis de los recuerdos de *El día que murió Marilyn,* pero era algo ajeno a mis propósitos, algo que mi voluntad no había decretado y que sólo me permitía una actitud pasiva. Fue un milagro ordenado por otros. Y ahora quería mandar yo.

Cuando comuniqué a la familia mi decisión de marcharme a París se produjo el cataclismo que cabía esperar, y todos hicieron la interpretación sainetesca a que estaban habituados y que ya les presuponía. Es el tono que domina el final de *El día que murió Marilyn,* con todas las frustraciones de mis mayores coincidiendo con el rechazo de los jóvenes.

Finalmente, la narrativa y la realidad confluyen y lo único que me veo capaz de precisar es que, en efecto, salí hacia París dispuesto a perseguir a Néstor y a conseguirme a mí mismo. Y ésta es a partir de ahora la novela de mi vida. O, mejor dicho, la vida de mi propia novela.

La estela de mal humor que siempre provoca la imposición de la libertad a quienes nunca fueron libres invadió mis relaciones familiares durante los días que precedieron a la partida. Con todo, la frialdad del ambiente no evitó que mamá cumpliese con uno de los preceptos básicos de la ética menestral: a los hijos hay que cuidarlos aunque salgan bordes, pues para algo los traemos al mundo. Y como a sus ojos yo no había salido borde, sino simplemente tarado mental, procuró equiparme de acuerdo a su conciencia, y con el claro propósito de que en el llamado «día de mañana» no pudiese formularle el menor reproche.

Conociendo de oídas que el invierno de París suele ser frío, me llevó a Tejidos Llenas para surtirme de ropa de abrigo pagada en cómodos plazos, que es como entonces se pagaban los jerseys baratos; no digamos ya las prendas de más enjundia.

Cuando elegí un tabardo tipo marinero del Báltico, mamá levantó la voz para que la oyesen todos los dependientes:

—¡Qué valor tienes, hijo mío, qué valor! Nosotros empeñándonos hasta el cuello, y tú en París, dilapidando como un conde de Brandeburgo.

—Querrás decir de Luxemburgo —corrigió la tía Florencia.

—Digo lo que me da la gana. Y usted cállese, que siempre busca maraña.

En cualquier caso, este estado de ánimo no evitó que mamá se preocupase por mis cosas, esmerándose particularmente en la preparación del botiquín. Y mientras ella iba metiendo gasas, una botellita de alcohol y hasta mercromina, la tía iba haciendo sugerencias según su elevado criterio paracientífico.

—Sobre todo ponle aspirinas, que en París no habrá.

—¿Cómo no va a haber si la señora Lola va a Andorra a comprarlas a kilos? Lo que no hay en París es Vicks VapoRub. Te pongo tres tarros por si las humedades. Ya sabes: se frota y basta. Esas pastillas de Lacteol son para las diarreas. Quién sabe las comidas que vas a encontrar, porque París será mucho París, pero escudellas como las de casa no te las hará nadie. Y sobre todo vigila la sinusitis, que si se te infecta podría subir el pus al cerebro y tendríamos que correr todos. Vamos, ya sólo faltaría que tuviésemos que ir a París a recogerte como una piltrafa, con lo mal que están los tiempos y el poco dinero que entra.

Era lo último entrañable que le oí decir, porque al punto se puso mandona:

—Con razón aseguran los refranes que lo que hace una madre no lo hará nunca un hijo. Ya ves, nosotros te compramos un botiquín entero y tú, como pago, nos mandas a hacer puñetas. No tienes consideración. ¡Mira que marcharte ahora, cuando el cadáver de tu hermano está todavía caliente! Ése sí que era un buen hijo. Si te llegas a morir tú se hubiera quedado con nosotros, para consolarnos siempre. En fin, en todo tiene que verse lo egoístas que llegáis a ser los jóvenes de hoy. Tu pobre padre hace noches que no duerme... ¡y mira que con los carajillos que se ha tomado podría dormir una buena turca!

—Es un borracho —dijo la tía. Y se puso a gritarle a papá—: ¡Borracho, más que borracho!

Acostumbrado a estas salidas de tono, papá se contentó con dirigirle una mirada asesina. A continuación intentó ponerse en actitud patriarcal, pero lo único que le salió fue un administrativo. Depositando sobre la mesa un sobrecito marrón, como los que se utilizaban para pagar el jornal de los obreros, advirtió:

—No lo abras hasta llegar a París, porque te conozco y sé que te lo pulirás durante el viaje...

No entendí qué posibilidades de gasto podría ofrecer un vagón de tercera, pero le dejé continuar.

—Aquí hay dos mil pesetitas que nos hemos quitado de la boca. Franco no se cansa de pregonar que la economía está muy saneada, pero esto se notará en los collares de su mujer, porque lo que es en esta casa no entra un duro desde la época de los reyes godos. ¿Te acuerdas del piso de la señora Roig? Lo pintamos en mayo y todavía no ha apoquinado. El señor Rius nos va entregando una módica cantidad al mes, pero a este paso llegará el año dos mil y todavía no habrá terminado de pagar el vestíbulo. Es decir, que si la Renfe no nos da trabajo urgentemente nos vamos al garete.

Yo empezaba a mostrar mi impaciencia.

—Al grano, papá, que los trenes no esperan.

—¿Me lo vienes a decir a mí, que soy quien los pinta? Pero tienes razón: vamos al grano y miremos de hacer granero. Como de costumbre, nadie ha pedido mi opinión en este asunto del viaje, pero la voy a dar porque soy el *paterfamilias* y, además, porque me sale de los cojones. A mí esta situación no me enfurece como a tu madre. Tú, con lo mimado que estás, no duras en París ni quince días. O sea, que, de trabajar, nones. Yo veo que lo tuyo va por otro lado. Yo veo que te pasa lo que nos ha pasado a todos: que tienes ganas de echar una cana al aire. Yo también soy hombre y entiendo tus necesidades, que son las propias del Macho de la Creación Universal. Tú, lo que quieres, es echar unos polvos y volver. Pues échalos, hijo, échalos. También te diré que con las putas que hay en el Barrio Chino, ya son ganas de gastarse el dinero en lejanías. Y, para acabar, que el tiempo no lo regalan ni toca en el cupón de los ciegos: si fueses un buen hijo y quisieras darnos una alegría, volverías casado con una buena francesa y te pondrías ipso facto al frente del negocio, que es donde está el porvenir.

—Mal consejo, mal consejo —refunfuñó la tía—. Las francesas son todas putas.

—No diga tonterías —exclamo mamá—. ¿Era puta madame Curie? ¿Y Coco Chanel? ¿Y Bernarda la de Lourdes? Hay muchas santas francesas, tía. Muchas.

Por si algo faltase, fue llegando el resto de la familia acaudillada por la tía Victoria. Era una de esas raras épocas en que ella y mi madre no estaban peleadas, de manera que se mostró comprensiva a la par que sentenciosa:

—No te pongas triste, Angelina, que no es para tanto. ¿No está mi hija Rosa en Angers desde hace un año? Y bien que le ha ido: ya sabe más francés que Chevalier. Claro que tu hijo es otra cosa: con lo tarambana que siempre ha sido, igual se equivoca y vuelve sabiendo alemán.

—Sin faltar, tieta —dije—, que yo no la he llamado a usted gorda.

Ella hizo caso omiso de mis quejas y, por supuesto, de la alusión a su peso.

—Los jóvenes se van, y es justo que así sea —prosiguió—. Para eso los hemos criado sanos, piadosos y con instrucción básica. Lo que pasa es que lo de este niño no es normal: siempre ha estado pegado a tus faldas y a las de la tía. Que se espabile, que es ley de vida. Y escucha lo que te digo: si nosotras hubiésemos hecho lo mismo, otro gallo nos cantara. Que se vayan los jóvenes, Angelina, que yo te digo que es para mejor.

Y me dio cien pesetas de la época, no sin antes advertirme que no me las gastase en vino.

Con lo antedicho se comprenderá que la hora de la partida no tuvo la tristeza que yo había imaginado. La tendencia al sainete pudo con cualquier posibilidad de melancolía, aunque es cierto que, al final, la tía Florencia lloró recordando a todos los niños de la calle de Ponent que habían sido asesinados debajo de la torre Eiffel y sus cadáveres arrojados al Sena. Maruja vino a despedirme a casa; en los últimos tiempos había cambiado notablemente; estaba muy atractiva, con un jersey verde de cuello alto, gabardina magenta con cinturón atado y el rostro sin apenas maquillaje. Tampoco ella traía tristeza tópica; por el contrario, me aconsejó sobre todas las cosas de provecho que podía hacer en París: libros y películas, y películas y libros. Dijo que era un afortunado porque podría ver todas las obras de la *nouvelle vague.* Teniendo en cuenta que casi todas estaban prohibidas por la dictadura, se comprenderá que mi huida seguía siendo una excelente decisión.

Al final, la ira de mamá se desvaneció en el taxi. Papá, que había jurado no venir a despedirme, se hallaba ya en el interior del tren, guardándome un sitio. Gonzalo Yagüe se presentó con un libro, *La vida privada de la emperatriz Josefina,* que no aproveché hasta treinta años después, cuando me hallaba escribiendo *Venus Bonaparte.* En aquel viaje, la pedantería veinteañera me llevó a inclinarme por un buen Faulkner, *Desciende, Moisés,* que me deparó la oportunidad de llenar todo un cuaderno con anotaciones sobre la utilización del punto de vista y cosas parecidas. Por lo demás no recuerdo emoción alguna cuando el tren salió por fin de la estación de Francia. Tampoco añoranza. Sólo la indignación que me producía no abarcar completamente las propuestas de Faulkner y la impaciencia que me asaltaba, pues quería ser de una vez el lector más culto del mundo.

«Esto ocurrirá en París —me dije, con entusiasmo—. Cuando regrese, estaré en condiciones de entender todo lo que se ha escrito en esta edad moderna.»

Como se ve, esperaba mucho de aquel viaje, además de ganar los favores de Néstor. Entre otras muchas cosas esperaba comunicarme con personas que pensasen como yo, y quiso la suerte que esta ocasión se me presentase a poco de cruzar la frontera. Compartía mi asiento con una joven de las que en la época se llamaban «interesantes»; es decir, ni fea ni guapa pero tirando más hacia lo primero. No tardé en descubrir que era inteligente. Había nacido en Cuenca, se educó en Marruecos y estudiaba Filosofía y Letras en Barcelona. Empezó a hablar de los derechos de la mujer y acabamos discutiendo de política. Se notaba que habíamos dejado atrás la frontera, porque se puso a despotricar contra Franco en voz alta y desinhibida, de manera que casi me dio miedo, tan acostumbrado estaba yo a la estrategia del tapujo. No tardé en comprender que la joven era algo más que un ejemplar de moda, con melena lacia, flequillo que le cubría medio rostro y pantalones en lugar de falda. Puestos a ser, era del Partido Comunista y esta circunstancia me hizo pensar con ironía en los temores de la tía Florencia. Seguramente habría exclamado: «¡Los peligros del mundo! Con sólo cruzar la frontera, ya ha caído en las redes de una Pasionaria.»

Muy distintos eran mis pensamientos: «No hay nada como salir del Peso de la Paja para aprender. Todavía no he llegado a París y ya he encontrado una persona interesante.»

Encontrar gente interesante seguía siendo una obsesión para los chicos que queríamos evolucionar mentalmente. También es cierto que el solo hecho de agarrarse a lo primero que encontrábamos significaba que el mercado no estaba próspero, pero la joven me propuso ampliarlo dándome consejos sobre los sitios progresistas que debía frecuentar en París: la librería Española y una tiendecita de antigüedades propiedad de un tal señor Solsona, que me fue pintado como el propulsor de la resistencia antifranquista o algo parecido. Cuando lo traté, fui víctima de una fascinación que no tardó en desvanecerse. Asistí embobado a sus explicaciones sobre la guerra civil desde un punto de vista completamente opuesto al que solían contar mis padres, pero toda la magia se desvanecía cuando abordaba el presente. Me dio muchos ánimos asegurándome que al régimen de Franco sólo le quedaban dos años de vida porque los mineros de Asturias estaban preparando la revolución marxista, pero empecé a dudar de sus palabras cuando me aseguró que la Cibeles estaba teñida de sangre porque, tres días antes, las fuerzas de la represión habían fusilado a cuarenta estudiantes de Económicas. Como no conocía a nadie en Madrid, no pude confirmar aquel suceso, pero cuando el señor Solsona contó un nuevo fusilamiento masivo en la plaza de Cataluña, llamé a mis amigos de Barcelona y ninguno de ellos se había enterado, cosa rara, porque cincuenta obreros no se liquidan sin que tenga alguna repercusión incluso en los bares de mariquitas. Cuando mi flamante mentor político me pasó el balance de nuevas ejecuciones, yo ya creía que me estaba contando *Agustina de Aragón.*

Pero en una cosa no exageraba el señor Solsona: Franco había ejecutado a Julián Grimau. Y ya se sabe que el que hace un cesto, hace ciento.

LOS PRIMEROS DÍAS EN PARÍS tuvieron a Néstor como protagonista absoluto, y en este protagonismo entraba su elevado sentido de la hospitalidad. Por ausencia de la patrona podía tenerme en casa durante unos días, los justos para que me esforzara buscando un hotel de bajo precio o, lo que era más bajo, un cuartucho en cualquier casa particular.

Néstor vivía entonces en Ville d'Alesia, un callejón con casas del siglo XVIII pertenecientes a ese estilo nórdico que se me antojaba el colmo del exotismo comparado con las arquitecturas de mi ciudad. De momento, mi tendencia a la idealización no se sentía desilusionada. El otoño era benigno, los pequeños comercios exhibían sus más variopintas mercancías para deleite de los compradores del sábado por la mañana; además, había tres puestos de flores y el aire olía a pan recién cocido. Para completar la impresión idílica, el cuarto de Néstor, sito en una planta baja, daba a un pequeño jardín y correspondía en todo a la imagen que yo me había formado de la vida bohemia: cuadros, libros y discos esparcidos por el suelo, todo en un desorden que contribuía a inspirar la sensación de libertad.

Tal como le ocurría al señor Solsona con el franquismo, recurrí a la política del avestruz para enfrentarme a una situación que, insisto, quedaba referida únicamente a Néstor. En los últimos tiempos había llegado a creer que estaba pasando una cura de amor verdaderamente eficaz y que había solucionado la incómoda pasión por medio de lo que los franceses más inteligentes dieron en llamar *amitié amoureuse.* No era un mal sistema. Gozaba de muchas de las ventajas del amor sin ninguno de sus inconvenientes. En realidad creo que siempre confundí la identificación con el amor. El caso de Néstor era de los más flagrantes dentro de la larga carrera de engaños que ha sido mi vida sentimental. Él había llegado a mi vida en un momento en que mi espíritu, ahogado por la esterilidad de la vida barcelonesa, estaba tan necesitado de él que no dudé en convertirlo en otra parte de mí mismo, y tan importante que llegó a sobreponerse a todas las demás. La falta de contacto sexual lo exaltó hasta la deformación.

Todo esto creía. O, por lo menos, todo esto quise creer.

Néstor había cambiado ligeramente en los últimos meses. No le veía la amargura ni la desesperación que destilaban sus cartas. Su aspecto no revelaba al fracasado que tanto me impresionó aquella noche de la Merced, en una Barcelona oscura y quieta. Por el contrario, bullía en proyectos, concertaba una cita tras otra, se ausentaba unos instantes para hacer veinte llamadas en el bar de la esquina y todavía le quedaba tiempo para llenarme de buenos consejos.

Aquella tarde tenía que encontrarse con el cineasta Jean Rouch y su mujer Jeaninne, personas que habían sido una ayuda inapreciable en su lucha por relacionarse con la fauna parisina. Viendo en aquel encuentro una oportunidad para que yo iniciase también mi vida de relación, me invitó a acompañarle al Musée de l'Home, donde tendría lugar la proyección de unos documentales sobre tribus ignotas del África central. No descarté la cita, pero de momento todo mi interés estaba centrado en recuperar el cine que el franquismo me había negado durante años. Teniendo en cuenta que los locales que me interesaban se hallaban todos en una misma calle, y algunos puerta con puerta, pude aprovechar al máximo mis siguientes seis horas y media viendo *Nazarín*, *Con faldas y a lo loco* y *Nunca en domingo.* No tuve tiempo de probar bocado, pero ¿quién se preocupa de comer cuando hay tantas películas en una sola cartelera y todas ellas prohibidas en España?

Además, todo hombre prudente sabe que una cena en La Tour d'Argent acaba uno echándola por el ano, mientras que una buena película se queda en el alma para toda la vida.

Néstor me había inscrito en los cursos de la Alliance Française, no sólo por exigencias administrativas, ya que necesitaba justificar mi residencia, sino con la esperanza de que me proporcionarían hospedaje a precio razonable. Desgraciadamente, habían dado la última cama a un japonesito, y yo tuve que buscar la mía en la pensión que ocupaba un primo de Néstor. También estaba completa. A partir de entonces llegó un continuo rosario de decepciones: buscaba y rebuscaba por todos los hoteles de la Rive Gauche, sin resultado o, peor aún, con resultados alarmantes, pues la patrona de Néstor estaba por regresar y mi presencia podía resultar comprometedora. Así, imaginándome de patitas en la calle, empecé a caer en la depresión, pero Néstor conocía mis mejores armas y me conminó a usarlas sirviéndose del cebo que más podía apetecerme: la Cinémathèque Française. El templo que abre de repente sus puertas para acoger a los desesperados de la vida.

Para colmo de felicidades, aquella institución contaba con dos locales distintos: el clásico de la rue d'Ulm y la confortable sala inaugurada recientemente en el palacio de Chaillot. Como sea que en cada local se proyectaban seis películas al día, la elección era más un desafío al tiempo que un placer de coleccionista.

Pero la depresión que me acometía al pensar en la vivienda no era nada, o era muy poco, comparada con la que me acometió al sentir que rebrotaba mi amor por Néstor. Todos los propósitos de serenidad que me había forjado en Barcelona desaparecieron al verme obligado a compartir con él una misma cama. Y si es cierto que no existe sensación tan angustiosa como la proximidad de un cuerpo que nunca conseguirás, en mi caso era angustia doble, porque, además, aspiraba a poseer el alma de Néstor.

No hay que engañarse con seductores destellos de romanticismo. Las víctimas del amor no correspondido podemos ser muy enojosas, por no decir aburridas, hasta el punto de convertir en víctimas a los demás que, a fin de cuentas, nada pueden hacer para solucionar nuestro problema. Y si es cierto que estamos dispuestos a hacer todos los sacrificios imaginables, no lo es menos que los destinatarios están autorizados a contestar: «¿Y quién te los pedía?»

Al final el amante no correspondido acaba amargando la vida de los demás, mientras él se siente realizado. Porque, sufra lo que sufra, siempre se realiza en el mundo de los sueños.

Esto no se sabe a los veintiún años, cuando el espíritu de sacrificio está presto a todas las emergencias y muy en especial a todos los exhibicionismos: cuando el dolor es más susceptible de convertirse en espectáculo. La capacidad de exhibición de los heridos de amor es infinita, y mucho más si corresponde a un espíritu histriónico. Y yo era esto o no era nada. Era histriónico hasta el punto de que mi destino natural habría sido un plató de la Metro Goldwyn Mayer en la Edad Dorada. Y es posible que la crisis del sistema de estudios, con el consiguiente final del Hollywood clásico, sea la responsable de mi dedicación a la literatura. Al fin y al cabo, en mis principios no hacía sino poner en letras los sentimientos que me hubiera gustado interpretar en la pantalla.

Como sea que los sentimientos que estaba interpretando en la vida real precisaban el aplauso del público, me lancé a buscarlo ávidamente, con la esperanza de que fuese comprensivo. Ninguno lo era tanto como Néstor, que había asumido sus deberes de asilo con un celo insospechado en una situación tan apurada como la suya. En realidad, obraba a la manera de una tieta preocupada por las correrías de su sobrino favorito. Seguía en esto una consigna muy barcelonesa. Había conocido a mamá, se cayeron muy bien —ley de comadreo, sin duda— y temía que en cualquier momento ella pudiese llamar, responsabilizándole de mi dieta alimenticia, mi temperatura corporal y hasta el color y calidad de mis caquitas. Pero lo único que mi madre no le hubiese preguntado era precisamente lo que a él más le preocupaba: mi vida sentimental que, en realidad, no existía. Mi única vida sentimental continuaba siendo la obsesión que me mantenía atado a cada uno de sus pasos. Era lógico que él se preocupase no sólo por mi salud mental sino por su propia tranquilidad, porque un pesado como yo debía de ser una verdadera carga para alguien que estaba intentando sobrevivir desesperadamente en la jungla de París. Y lo fui también para mí mismo, pues en lugar de imitar a Néstor y buscar solución a los aspectos más urgentes de mi vida de inmigrante, me dediqué a forjar una especie de tela de araña pasional, que me robaba todas las horas, todos los pensamientos, ya que este tipo de estrategias cuestan mucho de tejer. Y mientras tanto seguía sin domicilio fijo ni trabajo a la vista.

Néstor optó por una solución casi dramática: buscarme destinatario entre sus ya numerosas amistades de la Rive Gauche. Era imperativo que me dedicase a probar lechos, para ver si me quedaba por fin en alguno. Forjé entonces un plan de ataque digno del peor melodrama, y aun de sus heroínas más torpes. Pensaba que cualquier experiencia erótica serviría para dar celos a Néstor, inclinándole definitivamente en mi favor. Lo ingenuo de mi pretensión salta a la vista, pues ¿qué celos iba a sentir alguien que sólo estaba esperando colocarme para librarse de mí? («Vamos a ver si hoy te casamos de una vez», solía decir cada noche, antes de salir de parranda.)

Empezamos por Le Fiacre, un local situado en las cercanías del boulevard Raspail y decorado con las pretensiones de un Petit Trianon en miniatura. Pese a este detalle de pomposidad, no difería mucho de los locales que yo había conocido en Barcelona, a excepción del público, que era muy parisino. Y esto, que escrito parece una *boutade*, vivido era una fatalidad porque si en el amplio continente del erotismo hay algo cursi, relamido, antipático, creído y rimbombante son las mariquitas parisinas. Nada menos apetecible que esas «preciosas ridículas» especializadas, además, en la estricta aplicación de todos los principios del racismo. Nadie como ellas para hacer sentir al inmigrante que es un ser socialmente inferior y culturalmente nulo. Por no hablar del vestuario: con un simple jersey de boutique juvenil sentíanse los reyes de la sandunga, y los demás quedábamos como patanes sin redención posible.

Para un amante de la belleza —y yo lo era hasta extremos obsesivos— aquel ambiente bastaba para ridiculizar los mejores sueños y las aspiraciones más elevadas. Tenía que fracasar y fracasé, obteniendo además una nueva tanda de complejos de inferioridad que no me abandonaron durante mucho tiempo.

Una vez me había visto fracasar en los terrenos mejor abonados del trato, Néstor optó por recurrir a las demandas particulares. Había al parecer un tam-tam secreto que lanzaba por los círculos más privados de París todo tipo de requerimientos eróticos, a la manera de una insólita ley de mercado donde cupiese de todo. Se sabía del matrimonio que necesitaba un tercero para sus juegos eróticos, de la adúltera vocacional que esperaba algún candidato fogoso para ocupar el lugar del marido en las horas laborables de éste, e incluso del famoso cantante que precisaba un compañero sin tener que arriesgarse a buscarlo en los locales de la noche, con el consiguiente peligro para su reputación.

Recorrí algunos apartamentos de las dos orillas con resultados dispares; para ser exactos, obtuve más risas que orgasmos satisfactorios, y más conocimiento de las partes extravagantes de la naturaleza humana que pasión por cualquier cuerpo. Porque lo cierto es que vi cosas muy raras; no digo escandalosas, que también, sino raras en el sentido de barraca de feria. Y yo permanecía tan distante como si estuviese contemplando el nacimiento de bacterias mutantes a través de un microscopio.

—La verdad es que me divierto mucho —le dije a Néstor un día—. Excitarme, no me excito ni a tiros, pero lo que es reírme, me río la mar.

—No progresamos —decía Néstor—. No progresamos en absoluto. Y es natural, porque vas de *partouze* en *partouze* sin detenerte en alguien concreto. A este paso acabarás de señorito de compañía de parejas que se aburren. Hay que buscarte alguien que esté solo. Aunque sea menos divertido, te aprovechará más.

Iniciamos el lento recorrido entre los solitarios y yo pensé que no era extraño que se hubiesen quedado en esta situación, pues no había uno mínimamente presentable. Cierto que me acosté con alguno sólo para cumplir el ya viejo propósito de darle celos a Néstor, pero sufrí la humillación de tener al lado a alguien más feo que Picio, mientras Néstor seguía indiferente. Lo más que decía era: «*You can do better*», sin querer reconocer que, a mis ojos, lo mejor entre lo mejor era él mismo.

Un tal Jonathan, que vivía permanentemente rodeado de jovencitos con pretensiones de dandy, sugirió una especialidad que al parecer gozaba de gran predicamento: frecuentar las clases más bajas de la inmigración, porque un inmigrante siempre está solo y, al ser despreciado por los parisinos, necesita a alguien de su condición para no morir de soledad. A mí me parecía una actitud muy cínica la de Jonathan, porque no hacía más que referir mi propio caso.

El mismo grupo disfrutaba descendiendo a los estratos más bajos del canallismo. Se sabe que esto funciona con determinados buscones, pero no era mi caso en absoluto. Nunca supe apreciar el feísmo aplicado a la relación sexual. Toda mi vida he intentado superar la fealdad que conocí de niño; no se trataba, pues, de devolver mis orgasmos a los límites del Peso de la Paja. En cualquier caso aquella frecuentación me hizo conocer aspectos insólitos de la vida parisina, aspectos personificados en los pequeños hoteles de la Rive Gauche y sus huéspedes fijos.

Algunas personas de las que me presentó Néstor habían llegado a París veinte años antes y continuaban ocupando la misma habitación convertida en hogar intransferible. Cada uno había ido depositando allí una parte de su vida, si no la vida entera. Allí estaban representadas todas las nacionalidades, todas las tendencias, todos los gustos. Y en el caso que nos ocupaba, todas las formas del erotismo, desde la lesbiana que había convertido su habitación en un almacén de consoladores hasta el sádico que vivía inmerso en una decoración de calabozo medieval sólo amenizada por fotografías de señoritas torturadas en el más puro estilo Betty Page, indiscutible reina de estas cosas.

Mientras yo asistía, asombrado, a los caprichos de la humana condición, Néstor proseguía su labor de tutelaje pensando en los aspectos más elementales de la existencia. Así, recurrió a todos sus contactos para conseguirme un trabajo decente, que resultó ser el de deshollinador provisional en casa de una amable antropóloga americana que trabajaba en el Musée de l'Home y que, después, me recomendó a otros amigos que también tenían chimenea. Pero su acción más importante fue llevarme a un local que sería definitivo en mi vida, como lo había sido a lo largo de los años para muchos exiliados del mundo. Y aquí es necesario volver atrás para recuperar una serie de recuerdos que adelanté en el volumen anterior de estas memorias.

La Shakespeare and Company se hallaba situada a pocos metros de la diminuta capilla ortodoxa de Saint-Julien-le-Pauvre, situación que permitía a los románticos asombrarse ante el sublime panorama de los atardeceres brumosos sobre Notre-Dame. El señor George Whitman, americano con alma de bohemio europeo, había convertido un humilde edificio con apariencias de siglo XVII en un auténtico emporio de los libros, su dedicación absoluta a lo largo de más de medio siglo. Pero además de aquel paraíso, anárquicamente dispuesto, la librería era el lugar de residencia provisional de los jóvenes que llegaban a París empujados por sus sueños artísticos o, simplemente, por el sueño de la juventud.

Dormían en los camastros del primer piso, y sólo se les exigía que hicieran limpieza a la mañana siguiente y desapareciesen hasta la noche cuando la vida bohemia volvía a reanudarse a puerta cerrada. Los residentes iban llegando con sus mochilas y sus guitarras, no sin antes efectuar una ronda por los tugurios del barrio: Caméléon, Chez Aurélie, Havane. A partir de aquel momento los milagros de la promiscuidad y la liberación se manifestaban en las formas más anticonvencionales que jamás pudo imaginar un jovencito del Peso de la Paja.

Muchos de aquellos jóvenes eran nativos permanentes del desarraigo, mutantes de varios pueblos conocidos aunque sin apariencias de pertenecer a ninguno. Ya en aquella época era difícil distinguirlos por su atuendo: todas las prendas evocaban viajes fantásticos, itinerarios por universos perdidos de los que yo pensé que sólo existían en la imaginación de los locuelos. Daba igual. De doquiera que fuesen eran exóticos a mis percepciones, que seguían siendo las alimentadas en horas de soledad, pero ya no con películas de infancia, pregoneras del delirio, sino con los libros aspirantes a la sensatez. En realidad, mis nuevos amigos parecían sacados de las páginas de Kerouac, Ginsberg y otros malditos de gran prestigio. Era inútil esperar que adoptasen a alguien que provenía, como mucho, de un sainete costumbrista catalán. Ellos eran *On the Road* y yo era «*La Mary Pickford del carrer Hospital*».

Había luchado en solitario para parecerme a ellos o, a falta de parecido, intenté admirar su mundo y entender sus significados. Estaba en posesión de numerosos ejemplos, que consideraba el culmen de la modernidad. Los había archivado en lo más hondo de las nuevas mitomanías que me exigía el tránsito de la adolescencia a una supuesta madurez. Cualquier Gertrude Stein de pacotilla —siempre las hubo en el mundo de la cultura— se habría referido a ellos como una nueva generación perdida, pero a mis ojos novatos eran los primeros miembros reconocibles de un extravío anterior al de la generación que en puridad me correspondía. En alguna revista culta —*Índice*, sin duda— leí un análisis del fenómeno. Se les daba el nombre de *beatnik*, pero no sabría decir ahora si ellos aceptaban esta calificación; más bien creo que las rechazaban todas. Algunos habían empezado su peregrinaje a mediados de los años cincuenta, mientras yo me preparaba para bailotear en mi primera verbena. Hablaban de peripecias sin cuento en paisajes que nunca se me habría ocurrido mitificar: la detestable América profunda, convertida de pronto en oculto paraíso de la bohemia, trampolín para catapultarse hacia todos los paraísos artificiales que la nueva década prometía. Ya entonces estaban mitificados, ya eran espíritus que proyectaban su influencia sobre nuestra incipiente y alarmada juventud.

Oponiéndose al tiempo y a las realidades que el tiempo impone, deambulaban de un país a otro, de un cafetucho a otro del gran París, desdeñando todas las verdades de una sociedad metálica, repulsiva y aprisionadora. Ellos eran los nuevos poetas de una era apocalíptica.

Aprendí mucho durante aquellos días. Era un aluvión de sensaciones que me llegaba de procedencias tan distintas que me hacían alucinar, expresión nunca mejor utilizada por cuanto mis amigos desaparecían cada noche del mundo real envueltos en una nube de marihuana y sometidos a las más propicias ensoñaciones. Había una larga práctica de aquel arte, porque no todos eran jóvenes ni podían presumir de inexperiencia. Siempre había representantes de una anterior generación de fugitivos, antiguos rebeldes a quienes aquellos muchachos daban tratamiento de mitos. La *big mamma* de la librería en aquellos meses era una poetisa llamada Tatiana, que estaría en sus cuarenta años y se había pasado veinte recorriendo el mundo. Siempre vestía de negro, y llevaba colgado del cuello un collar de huesos que había comprado en la India y le servía para improvisar las más increíbles sesiones de magia blanca, moteada de negro en algún caso. Ella se encargaba de preparar los cigarrillos de marihuana, distribuirlos y medir cuidadosamente el tiempo que cada uno de los iniciados empleaba en la succión.

Presidía aquellas ceremonias en actitud de sibila antigua. Igual que ellas, tenía un pelo muy largo, negro noche, enmarañado, y no hablaba nunca. Sólo leía libros de política internacional. Se decía que había leído todo lo escrito por literatos y que ya sólo le quedaba interesarse por aquellas cosas tan raras. Su marido, George, tenía fama de ser el último de los auténticos poetas malditos. Publicaba poemas de índole entre panteísta y pacifista en revistas de poca venta, si acaso tenían alguna. Cultivó durante todo el invierno una infección en el cuello que le supuraba y le impedía afeitarse, haciéndole parecer una verdadera piltrafa humana. Aumentaba aquel efecto el gato escrofuloso de Tatiana, una bestia a la que empecé temiendo como al diablo, porque solía introducirse en mi camastro con las costras supurando. Pero al final decidí que el pobrecito no era más desastroso que su dueño, y acabé por cogerle cariño.

George y Tatiana ocupaban la sala grande, la de los libros nuevos, con el balcón abierto sobre el Sena. Si su gran experiencia les garantizaba el respeto, sus largos itinerarios por tierras islámicas les otorgaban una autoridad que hubieran querido para sí las mejores agencias turísticas. En contraste con tantos viajes, George no salía nunca de la librería. Por las noches, cuando todos los demás se promiscuían en los camastros, Tatiana encendía la radio y sintonizaba emisoras magrebíes que emitían canciones árabes durante horas y horas. Producía una extraña sensación dormirse bajo el arrullo de aquellos lamentos impregnando el espacio. Las continuas toses de George y el ronroneo del gato escrofuloso eran lo último que yo oía antes de quedarme dormido.

De día, cumplía el viejo sueño de ser como Kim de la India: el amigo de todo el mundo. La Rive Gauche era la patria ideal de jóvenes como yo. Todos teníamos ansias de pertenecer a esa patria utópica, y en especial todos teníamos una intensa curiosidad por las cosas que pudiera proponernos la nueva década. ¡Curiosidad! Ésta era la palabra mágica, la que nos empujaba constantemente. Yo la completaba asistiendo a las clases de la Alliance Française o colándome como oyente en algunos cursos de la Sorbonne. En sus alrededores se congregaba la mayor variedad de tipos que había visto en mi vida. La mezcla de razas y nacionalidades me fascinaba continuamente y, dentro de ella, mi vieja necesidad de hacer amigos se cumplía con creces.

En los restaurantes universitarios se me concedía la oportunidad de integrarme a esta mezcolanza de juventudes. Comiendo el cubierto único en el autoservicio universitario del Luxembourg; después de haber hecho una buena tanda de cola, leído los anuncios de ofertas, demandas y sesiones culturales, y una vez pagados los tres francos, me complacía sentirme acompañado por tantas nacionalidades, tantas razas. Empezaba a romper la muralla que hasta entonces me aislaba del mundo. Ya no me resultaba tan difícil entablar conversación, en un francés balbuceante, y saber que el compañero negro habitaba en una residencia cerca de Cluny, reservada a los jóvenes de su raza; que la muchacha vietnamita compartía un pisito con dos hermanas noruegas y una chilena que iba para arquitecta. O, en fin, que el otro joven de color era hijo de algún reyezuelo africano que le pagaba la carrera de abogado en aquel París tan compartido. Y era a partir de esta sucesión de posibilidades que cada segundo se multiplicaba y la ciudad se iba revelando como la más deliciosa alcahueta del entendimiento juvenil. A condición de que todos sus habitantes fuesen extranjeros, porque los verdaderos franceses no se entregaban ni pa' Dios.

Esta vida inesperada y en tantos matices insólita aliviaba mis contactos con los nativos, contactos tanto más penosos cuanto que eran diarios y eran, además, los de la esclavitud. Desde un primer momento me encontré con un pueblo por el que era imposible sentir afecto. Mucho más adelante me sería difícil justificar esta fobia ante los grupos de la cultura catalana, cuyo afrancesamiento siempre fue notorio, y cuando en cierta ocasión me dijo Josep Pla «piense que en Cataluña todo lo hemos aprendido de los franceses», estuve a punto de contestarle: «Cierto, pero no han trabajado para ellos.»

Habría sido una aguda respuesta, susceptible de algunos añadidos; como, por ejemplo: «Los catalanes siempre hemos ido a París a aprender arte, a ampliar ideas, a cultivarnos. Tenemos todos los motivos para sentirnos afrancesados. Las humillaciones han quedado para los andaluces, los murcianos o los extremeños. Pero vaya a trabajar para un francés, señor Pla, y veremos si no cambia su obra literaria.»

De nuevo me veía en la contradicción que guiaba mi rebeldía desde que decidí lanzarme a la vida en vez de estudiar cualquier cosa destinada al provecho; hijo de la pequeña burguesía de una ciudad respetable, no había querido seguir el oficio paterno para no mancharme las manos de pintura, y en cambio tenía que introducirlas en los retretes de la clase media parisina, que alquilaba mis servicios sin distinguir si era catalán de pura sangre o mediocre charnego de los que acarreaban sobre sí las burlas de los niños del barrio. Y así el niño mimado de la calle de Poniente, flor y nata de la menestralía, pasaba a ser uno más entre los obreretes que los domingos por la tarde sacaban a bailar a las chachas españolas en aquel lugar llamado Salle Wagram, considerado por los parisinos como uno de los feudos más bajos de la inmigración. No era mi destino natural, pero lo cierto es que me dejé arrastrar en más de una ocasión porque algún amigo de la Alliance se había conquistado a alguna criadita, nodriza o chica *au pair.*

Pongamos las cartas sobre la mesa: en lo tocante al pueblo español, los franceses de clase media jamás distinguieron entre un príncipe y un trabajador de la vendimia. En compensación los traté como vulgares paletos que, además, tenían fama de sucios. Yo podía hablar con conocimiento de causa. Mi papel de fregona me colocaba en una situación privilegiada para entrar impunemente en esas partes íntimas de las casas donde, según las señoras finas, se nota siempre el carácter de los propietarios. En muy dignos hogares fregué cocinas que no habían conocido un detergente desde la época de Carlomagno, y en alguna ocasión tuve que pagarlo de mi bolsillo para quedar bien ante los dueños, dejándoles el horno como una patena. Tampoco entendí que en los cuartos de baño, las toallas permaneciesen intocadas durante varios días. Y no me asombraba menos comprobar que el rollo de papel higiénico permanecía intacto mientras desaparecían las páginas amarillas del semanario *Ici Paris* y, a veces, del *France Jour.* Porque limpiarse no se limpiaban, pero lo que es cagar lo hacían con extraordinaria prodigalidad. Y aunque es cierto que para un adolescente obligado a introducir la mano en el retrete han de ser iguales las mierdas de todos los países, la de los parisinos era peor porque, además, la utilizaban para agredirme verbalmente.

Así pasé a convertirme en el prototipo del ser inferior: el representante del tópico que quiere que África empiece en los Pirineos. Como el resto de los inmigrantes españoles. Un número más en una estadística despreciable.

En todo París, sólo Néstor sabía que yo era distinto. Y la suerte de la fea —envidia de las bonitas— hizo que otra persona viniese a confirmarlo. Fue el amigo siempre esperado en medio del desconcierto. El que no suele encontrarse en los bares de ligue ni entre los humildes obreros de la Salle Wagram. Le llamaremos de vez en cuando el Niño Judío, porque pudiera resultar una ostentación recordar a cada párrafo que llevaba el glorioso nombre de Alexander. Con esto tendría asegurada su monarquía en mi recuerdo. Pero, además, era bueno, era culto, era complaciente. Y para culminar la singular fortuna, era tan bello como un pedazo de púrpura desprendido del ojo de Adonis.

HE SOÑADO MUCHAS VECES que nuestro encuentro se repetía. No es una escena difícil de componer ni requiere del aparato escenográfico y las complejas bandas sonoras que forman mis sueños habituales. Todavía no necesito transportar al héroe a la antigüedad clásica ni revestirle con los atributos de los cuadros inmortales. No precisa de apostillas. El recuerdo se centra siempre en la planta baja de la Shakespeare and Company, y se ofrece con la naturalidad que fue, desde el principio, la mejor arma de aquel joven tan especial.

Viste un atuendo característico: pantalones de pana negros, jersey de cuello alto, también negro, y un tabardo azul oscuro que, al parecer, compró en una tienda de marineros de Le Havre. Éste había sido su destino más reciente, pero yo continúo viéndole en ese rincón de la planta baja de la Shakespeare and Company: sentado sobre un enorme petate, por lo que es fácil deducir que está esperando plaza en nuestras camas. Reparo en sus cabellos: son negros, ensortijados, con ese brillo azulado que sólo tienen los rizos mediterráneos. Mantiene la mirada errante entre los libros hasta que de pronto se posa en la estantería donde yo busco y rebusco uno que me apetezca. Percibe sin duda mi desconcierto, la tribulación que me acomete cada vez que me veo obligado a elegir entre muchas opciones, *l'embarras du choix* que siempre me embarga ante un cúmulo de promesas apetecibles. Y al descubrir el libro que ojeo sin decidirme a tomarlo, me anima con una amplia sonrisa y exclama que es *merveilleux*.

Se trata de *The Diamond as Big as the Ritz*, un pequeño volumen que no me corresponde leer, porque tengo otras urgencias, o porque Scott Fitzgerald todavía no forma parte del código de obligaciones de un jovencito barcelonés más o menos progresista. Mis únicos conocimientos del autor están relacionados con el cine: una desangelada versión de *Tender is the Night* provocó que Plaza & Janés editase la novela, sin otras referencias ni imperativos que los que aconsejaban publicar todos los textos trasplantados a la pantalla, ya fuesen obras maestras, ya simples bestsellers, hoy olvidados.

No hay mediación del cine en el impacto de Alexander; como mucho se entrevé la literatura: parece un marinero de Melville, listo para representar ante mis ojos el divino papel de Billy Budd. Pero incluso esta percepción me está negada porque, entre las vacilaciones ante el libro que me ofrece, se encuentra mi escasa tendencia a apreciar la narrativa corta... esa que termina no bien la historia empieza a interesarme.

Cuando se lo comento me mira sorprendido, en la conciencia de que yo acabo de omitir una perla rara.

—*Have you tried James?*—pregunta.

A los pocos minutos de conocernos, sin tiempo de intercambiar credenciales, el Niño Judío establece las líneas maestras de lo que han de ser mis influencias literarias en un futuro todavía lejano. Tanto es así que, en mi novela *Olas sobre una roca desierta,* el protagonista Oliveri medita largamente sobre sus posibilidades narrativas, oponiendo una escritura basada en la experiencia vital —Scott— a otra de tipo estrictamente intelectual, fruto de la reflexión —James—. Es la pugna que ha dirigido mi carrera. Y Alexander ya la planteaba a los pocos minutos de conocernos.

Un ser que entra en nuestra vida con tan excelentes credenciales, ¿no es digno de ser atendido?

Nos atendimos mutuamente frente a un par de cafés en un bar mal iluminado de rue de la Huchette, junto a un teatro de bolsillo donde se representaban desde tiempo inmemorial dos obras de Ionesco que, ya desde antes de viajar a París, formaban parte de mi ingreso en la modernidad: *La lección* y *La cantante calva.* Quedaron retenidas para siempre en el archivo de primeras experiencias fundamentales. Y todavía hoy, cuando quiero definir el gran absurdo del mundo, mi frase favorita es que aquella cantatriz del título «se sigue peinando».

La literatura, que nos unía en primer grado, desapareció momentáneamente en provecho de la vida real o, para ser exactos, de confesiones que se le parecían. Ese joven marinero era un yanqui de Boston, aunque sus padres eran griegos. Para ser exactos: judíos griegos que habían tenido la suerte de emigrar mucho antes del exterminio nazi. Más adelante iría conociendo detalles sobre la infinita maldad de la historia, pero en aquel momento sólo me interesaba lo más inmediato de mi nuevo amigo. Era un ciudadano perfectamente tranquilo, fruto de un hogar acomodado y sin traumas aparentes. Acababa de terminar el servicio militar en Alemania y, al igual que los americanos de la generación perdida, había optado por quedarse unos meses en Europa, aunque no tenía el menor propósito de consagrarse a una actividad intelectual concreta. En realidad, llevaba un mes recorriendo los escenarios del Holocausto, desde los campos de Auschwitz y Treblinka al gueto de Varsovia, o lo que de él quedase. Debo decir en su honor que no se mostró nostálgico: simplemente dolorido porque era cierto que se sentía judío y asumía el drama de su pueblo como una suerte de legado permanente. Sus proyectos más inmediatos consistían en un viaje a las tierras de sus padres, un pueblo ignorado de un insensato lugar de Grecia llamado Salónica. Después pasó a hablarme de un primo de su madre que residía en Beirut y era al parecer patriarca de una congregación de judíos libaneses; quiero decir jefe de clan, rabino o alguno de esos oficios que yo había leído en *Ivanhoe* referentes al padre de la linda Rebeca.

Me fijé en el petate de Alexander: unos cuantos libros, principalmente de narradores norteamericanos. Pero al cabo de un rato llegó una caja, más voluminosa, que contenía un centenar de *long plays* dedicados exclusivamente a la música de jazz. Fueron apareciendo ante mis ojos los grandes nombres con su repertorio inmortal; y cuando le pregunté a Alexander si los había comprado en Alemania, me observó con cierto desprecio, porque era evidente que sólo en la próspera Yanquilandia era posible encontrar aquel tesoro. Supe después que la colección le acompañaba por todas partes, como si los viejos fantasmas de Dixieland se hubiesen convertido en compañeros de viaje. Y aseguró que ni por todo el oro del mundo se desprendería de ellos, porque representaban su refugio más importante desde la época de la universidad.

Le acompañé a recoger su correspondencia en la oficina del American Express. Con gran complacencia comprobé que entre las misivas refulgía un cheque de sus padres, lo cual se me antojó una adecuada contribución a la literatura viviente. Porque en la mítica institución de la place de l'Opéra recibían los jóvenes airados el peculio que les permitía pasear su exilio espiritual por tierras europeas sin más apuros que los necesarios para mantener una imagen de emancipación. No diré que los padres yanquis no estuviesen contentos de mantener así alejados a sus molestos retoños, pero puedo asegurar que sentí envidia lícita. Me habría ahorrado fregar más de un retrete si la tía Florencia me hubiese mandado alguna pesetita a una vulgar oficina de correos, contentándome con la más modesta, ya que al parecer sólo los poderosos de la tierra podían aspirar a un apartado en el American Express.

También me deslumbró que el Niño Judío me invitase a comer ostras en una *brasserie* del boulevard des Italiens, como si fuésemos personajes de Sacha Guitry que salen de la ópera. El destino de nuestra amistad estaba trazado. Aunque en principio quise integrarla a la realidad, ya había pasado a formar parte de la ficción. Y debo decir que él la engalanaba, y no al revés, porque sus atributos físicos eran considerables. Aquí, lamento contradecir al tópico que quiere ver determinados rasgos faciales en el pueblo judío: el rostro de Alexander parecía sacado de una escultura de Praxíteles quien, dicho sea de paso, se habría mostrado agradecido a los dioses por encontrar semejante modelo.

Paseamos por lugares que el Niño Judío conocía de memoria por la sencilla razón de que otros los habían trazado para él. Los arcos de la rue Rivoli le recordaban un fragmento de Scott Fitzgerald, el bar del Ritz al inevitable Hemingway, la place Vendôme no sé qué descripción de John Dos Passos.

Feliz época ésa en que la literatura tenía poder para manipular la imaginación de dos jovencitos. Es posible que ya nunca vuelva a repetirse ni en América ni en las putrefactas ruinas de lo que un día fue Europa. Adiós para siempre, imaginación, que fuiste Nuestra Dama preferida.

La mía, que estaba ya lanzada a una idealización de la nueva amistad en términos completamente griegos, recibió su primer golpe cuando Alexander me comunicó que estaba citado con una *girl-friend* a quien había conocido en uno de esos trenes que hacen el trayecto Le Havre-París, no sé si directamente, no sé si con enlaces. En realidad, me importaban un bledo los trenes franceses, el clima brumoso de Le Havre y las veinteañeras rubias que se llaman Nicolette y quieren mostrarse seductoras con chicos como Alexander.

La odié, por supuesto. En revancha, ella detestó el mítico café Flore, por cutre, rechazó Les Deux Magots por anticuado y prefirió una heladería iluminada con neones de colorido escandaloso. En este punto yo ya le estaba deseando una embolia cerebral.

Era la típica jovencita a quien sus compañeros de curso suelen considerar hechicera, y el resto de la humanidad cretina. La que en pleno atolondramiento se permite parecer rebelde sin causa, airada sin motivo y cabreada con un mundo circunscrito a la mediocre salita de estar de su hogar insulso. Por si faltase algo, imitaba a la cursi de Sylvie Vartan. Era, pues, un perfecto ejemplar de esa nueva juventud francesa que aparecía agrupada bajo la falsa modernidad propuesta por la revista *Salut les Copains*, con su caudal de pijadas sicodélicas, modistillas supersónicas, imitadores de Elvis con acento de Tintín y guitarras eléctricas bendecidas por De Gaulle. De un país que retrató a la Marianne con los rasgos de Mireille Mathieu puede esperarse de todo, incluso que una pavisosa como Nicolette se toque con el gorro frigio para cantar una balada ye-ye. Y yo la odiaba doblemente porque la iconografía que representaba se oponía a la poética que me había enseñado a amar París en la prolongada soledad de la adolescencia. Y sé que podía hablar en nombre de mucha gente: de Maruja, de Ana María, de Guillermina; de todos cuantos habían aprendido el valor de un desgarro en labios de Piaf y el estremecido lamento del barrio en la guitarra de Brassens. La maravilla de la canción francesa, que tanto había contribuido a la educación sentimental de mi generación, empezaba a desaparecer, agobiada por la invasión de jovenzuelos cursis.

Frente a estos recuerdos del legado popular, Nicolette tenía poco que ofrecer. Quiso llevarnos a un concierto del rockerillo rubio Johnny Hallyday y al día siguiente pretendía enseñarnos la tumba de Napoleón. El Niño Judío, siempre admirable, se interesó por la de Oscar Wilde en el cementerio del Père Lachaise y los discos de no sé qué partitura musical de Miles Davis aplicada a una película de Louis Malle. Nicolette no sabía de qué le estábamos hablando. Para llevar el agua a su molino, proclamó con voz importante que por algún lugar de Saint-Germain había pasado Jeanne d'Arc montada a caballo. Manifesté mi total indiferencia por la doncella de Orleans, y el Niño Judío se limitó a confundirla con María Antonieta. Nicolette nos miró con abierto desprecio, y llegó a la conclusión de que, fuera de Francia, no había cultura. Tuvimos que callar porque es cierto que, fuera de Francia, Jeanne d'Arc sólo es una visionaria un poco marimacho que se parece a Ingrid Bergman.

Fue entonces cuando dije que prefería a Genoveva de Brabante, santa mujer que hoy no está de moda pero que, en otro tiempo, salía mucho en las estampitas. Y para aumentar el asombro de la repipi, aclaré que mi admiración no iba dirigida especialmente a ella, siempre envuelta en pieles, siempre encerrada en aquella cueva, sino a su hijo, representado como un tarzancillo de notables prendas.

—Un niño medio desnudo es asqueroso —comentó Nicolette—. Queda Tercer Mundo.

Burra que era, porque a madame de Brabante nos la venden como patrona de París. ¿O era otra Genoveva? Francamente, ¿a quién le importa en estas postrimerías del milenio?

En aquel otoño del 63 me importaba anotar con gran satisfacción que Nicolette era estúpida y pavisosa; pero, además, estaba visiblemente enamorada del Niño Judío, y el solo hecho de pensar que él pudiera corresponderla volvía a convertirme en sufridor, repitiendo clisés ya probados a lo largo de mi adolescencia. Él vendría a completar la larga lista de amores imposibles: todos compañeritos heterosexuales que, al no corresponder a mis requerimientos, me habían hecho llorar.

Lo mío, más que un destino, era una vocación y un oficio.

Acompañamos a Nicolette a su casa, que estaba en la Rive Droite y tenía ese aspecto de quiero y no puedo que caracteriza a quienes creen poderlo todo. No volvimos a sentirnos nosotros mismos hasta encontrarnos de nuevo al otro lado del río al amparo de los libros y en la camaradería de los otros huéspedes, hijos del exilio espiritual. A cambio de un prudente porro, que entonces parecía el colmo de la imprudencia, Alexander les dejó oír uno de sus discos de Thelonious Monk y después unos espirituales de Sister Coretta que nos estremecieron a todos. Un jovencito recién llegado, y que se caracterizaba por una profunda cicatriz en la mejilla, empezó a tocar el bongo en sordina mientras el eterno Boris se colocaba en actitud de gran gurú y contaba una epopeya hindú sobre gigantes celestes que habían bajado a vivir entre los hombres y encontraron el amor de una princesa convertida en elefanta. Todos veían en esta historia síntomas de cosas extraordinarias, y los exponían en voz queda, acompañados por el bongo y las palmas de la gran Tamara. Me hallaba yo completamente diluido tras el velo de serenidad que la marihuana ponía siempre ante mis ojos, pero acertaba a vislumbrar que Alexander estaba más diluido aún, porque hacía aletear los brazos como si fuese un pájaro, y aunque yo estaba predispuesto a considerarle un arcángel, no me dio tiempo a entrar en la quimera porque, en uno de sus vuelos, me cogió en brazos y me llevó hasta mi camastro, bajo los libros del legado de Sylvia

Beach. Y caímos de una manera tan pesada que el gato escrofuloso dio un salto fenomenal acompañado por maullidos que parecían los del mismísimo Belcebú.

Seguramente dijimos cosas pornográficas, porque a ninguno se nos escapaba que el siguiente paso tenía que ser la posesión total. Sin tiempo para desnudarnos —ni ganas, tanto frío hacía— hicimos el amor o algo que se le parecía mucho, porque recuerdo el delirio de Alexander y también el mío y, en un momento culminante, el de ambos a la vez. Por eso sé que, a pesar de ir mal nutridos, alcanzamos la perfección y la repetimos para fastidio del gato, que no podía regresar al sitio que ocupaba en mis noches solitarias.

Cuando más entusiasmados estábamos, Alexander se detuvo y, encendiendo la luz, preguntó con una firmeza lindante en la agresividad:

—¿Qué te parece cómo funciona un judío? ¿Bien? ¿Mal? Pues ¿qué? Contesta de una vez.

Yo ignoraba que en las industrias de Eros hubiese distinción de pueblos, elegidos o no, así que me limité a elogiarle con absoluta sinceridad; pero me quedaría corto, porque insistió en la misma pregunta, poniendo tanto énfasis como si toda su vida dependiera de mi opinión o la de quienquiera que fuese su pareja.

Como me había demostrado nuevas formas del perfeccionismo, ya no me limité a elogiarle, más bien canté sus alabanzas; a cambio recurrí a mi condición de *voyeur* y exigí que me permitiese contemplar su cuerpo, ya que de él se había servido para arrollarme. Confirmé mis primeras impresiones: ofrecía el irreprochable aspecto de los modelos de *Physique Pictorial* y *Young Adonis*; es decir, esas formas de atleta clásico que ya sólo tienen los yanquis. O por lo menos esto me había enseñado el cine de los sábados cuando aprendí que Alcibíades tuvo que ser como Steve Reeves y nunca como los griegos modernos.

Me guardé mucho de decirle que había llegado al cenit del placer comparándole con modelos de la ficción. Pero temí que hubiese adivinado alguna interferencia de este tipo, porque de pronto apartó la mirada y todo su esplendor desapareció bajo una expresión hosca, enemiga, tanto más sorprendente al ensombrecer un rostro de común noble y gentil. Así entendí que no era un americano tan tranquilo como parecía, ni un judío tan seguro de sí mismo como daba a entender. Pero, lejos de entrar en averiguaciones innecesarias, quedé abrazado a su cuerpo y él al mío, no sin que otro porro nos precipitase en un letargo definitivo donde se me aparecieron todas las visiones que sólo una yerba de buena calidad es capaz de convocar. Entre ellas el Pato Donald y un vals de Offenbach.

FORZOSO ES QUE PIDA PERDÓN a la historia de la literatura, porque la belleza de Alexander me llevó a reincidir en la poesía. El pecado de obstinarme en seguir los pasos de los grandes encuentra su penitencia en la comprobación de mi pequeñez. Aunque sólo dos años atrás solía mecanografiar con la vieja Underwood del abuelo mis descabelladas imitaciones de Byron y Shelley, no había adquirido pericia técnica ni gusto poético ni la necesaria distancia entre mi ego y algo remotamente parecido a la disciplina. Cierto que es atrevida la ignorancia e insolente la juventud. Cuando me salía un verso medianamente aceptable era el peor Zorrilla. Cuando malo, un Minou Drouet de segunda mano. De haber sacado el fusilamiento de algún obrero, tal vez habría salido en alguna publicación del Ruedo Ibérico; de haber perseverado en la modernidad, tal vez habría aparecido en la futura antología de Castellet *Nueve novísimos*; pero como estaba frecuentando la Comédie Française, decidí que mi verdadero lugar estaba en el neoclasicismo, triste empeño de un autodidacta pretencioso cuya sola justificación, la única digna de inspirar un poco de simpatía, eran sus arrebatos románticos.

Estos errores demuestran cuán equivocados pueden estar los autodidactas, en su afán por asimilar todas las fórmulas culturales, incluso las que se oponen a su verdadero espíritu. Que el niño del Peso de la Paja encontrase digerible el acartonamiento del *prestige* francés es algo que, en la actualidad, escapa a mi comprensión. ¿Sería su desmesurado afán de conocimientos o una nueva pose de pedantuelo? Lo que fuese era antinatural.

Al idealizar a Alexander por vías poéticas partía de la copia de la copia: mi musa era de papel carbón. Los espectros más caducos reaparecían para dar un tono a quien menos lo necesitaba. Él fue en mis versos todos los mitos que encerraban a su vez mis anhelos antiguos: el compañero, el hermano, el amante y todas las fuerzas benignas de la creación encarnadas en la camaradería masculina. Fue Apolo Citereo, Orestes y Aquiles. Quedaba, sin embargo, un papel que no le atribuía. Era el de Ulises. Y es que sabía que cuando Néstor me llamase para salir, todo mi universo quimérico volvería a dar un giro radical para devolverle el papel del gran padre, y a mí el de un Telémaco jamás correspondido.

Si la compañía de Alexander iba derivando hacia las desmadradas fabulaciones a que siempre fui proclive, su conversación, con la constante recurrencia al tema judío, me introducía en un nuevo culto a la quimera, nada casual por otra parte, antes bien anunciada en lo más lejano de mi propia biografía. En realidad me remitía a los aspectos legendarios de mi infancia, a los fantásticos relatos del matrimonio judío de la calle de Ponent; relatos, imágenes, símbolos que, lejos de olvidar, se habían visto vigorizados por el cine de los sábados, y, una vez más, nunca el mejor aunque sí el más agradecido. Muy borde sería mi espíritu si no volviese a agradecer el éxtasis que me producían los delirios cromáticos de *Sansón y Dalila*; muy prosaico quedaría si no recordase con ternura el inolvidable caudal de universos *kitsch* que forjé cuando Lana, convertida en la primera sacerdotisa rubia de la historia de Babilonia, ejerció sus embrujos Max Factor para apartar al Hijo Pródigo del recto camino. Como sea que ese vástago ingrato era un trasunto de lo que yo aspiraba a representar, no es extraño que tomase la parábola al revés, considerándole sabio cuando dilapidaba su fortuna y tonto de remate cuando regresó a un aburrido hogar provinciano para complacer a su tedioso papá. Es el problema de las historietas moralizantes: para un joven inquieto siempre tendrá razón el hijo malo y quedará como un pobre panoli el que permaneció labrando en el hogar.

Así andaban mis conocimientos hasta que un día quiso la impertinente madurez que toda esta verbena de quimeras en technicolor fuese sustituida por la historia de Anna

Frank, contada en blanco y negro (fatalidad inevitable, por otro lado). No es de extrañar que también en este caso los aspectos más dramáticos de la historia contemporánea llegasen a través de la ficción. El calvario de la niña judía gozaba de gran predicamento en aquella época; en realidad, la boga databa de los últimos años cincuenta. Yo había conocido su *Diario* con el título *Las habitaciones de atrás* que publicó la editorial de María Fernanda Gañán, madre de Elisenda Nadal; después llegó la obra teatral, representada en el desaparecido Calderón por la compañía Lope de Vega. Recordaba como un impacto visual —lo más moderno entre lo moderno— un decorado corpóreo que reproducía dos plantas de la casa de Amsterdam donde se esconden las dos familias judías fugitivas de los nazis. Y entre esta caterva de provocaciones históricas y estéticas reaparece constantemente la frase de la pequeña Anna que cierra el diario: «Siempre he creído en la bondad de los humanos.»

Estas palabras, pronunciadas por uno de los actores que regresa del campo de exterminio para informar de la muerte de la niña, me produjeron un profundo estremecimiento que tardó mucho tiempo en borrarse. Por él supe que los amados mentores de mi infancia habían sufrido un calvario parecido antes de encontrar asilo en una calle de menestrales; entendí que tenían a sus espaldas historias mucho más pavorosas que las que solían contar a un gordito fantasioso. Igual ocurría con Alexander y, además, de manera muy pintoresca. En sus intentos por convencerme de los grandes valores del judaísmo, pasaba de sus logros culturales más importantes a una exhaustiva enumeración de nombres pertenecientes al gran negocio del espectáculo. Y es que el galán era muy astuto. Intuía que los nombres de políticos y científicos no me dirían absolutamente nada. En cambio, despertaba completamente mi atención cuando me hablaba de ídolos cinematográficos que se habían visto obligados a cambiar su nombre judío para triunfar en Hollywood: Kirk Douglas, Norma Shearer, Judy Garland, Tony Curtis, Lauren Bacall, Jeff Chandler, Jerry Lewis...

Cuando yo abandonaba mis quimeras de adolescente retardado, él hurgaba en temas más profundos, si bien diré en su honor que nunca intentó pasar al proselitismo. No estaba tan apegado a una ortodoxia religiosa cuanto a la tradición que se había desarrollado a su alrededor y a las tremendas repercusiones internacionales de la misma. Era un amante de la continuidad hasta extremos que yo no estaba capacitado para comprender. No negaré que a veces resultaba fatigoso pues, como rastreador de la historia de su pueblo, tenía que ser inevitablemente un cantor de sus desgracias y en esto no hacía concesiones al pintoresquismo: no había día u hora en que no recordase algún acto perpetrado contra los judíos. Y ante tanta insistencia llegué a suponer que no hubo en toda la historia de la Humanidad un solo segundo en que uno de aquellos actos no hubiese sido perpetrado.

La sombra del Holocausto se deslizaba sobre nuestra relación de hermanos, y así el yanqui impecable, el fogoso atleta universitario, se iba convirtiendo en una alma atormentada. Y yo, que me había pasado la infancia soñando con entrar en el Templo de Salomón como palafrenero de la reina de Saba, me veía convertido en compañero de un salmista que consagraba lo mejor de su inspiración a llorar por las ruinas del santuario. No me había correspondido David ni Josué, ni siquiera un díscolo Absalón. Me había tocado un Jeremías, que ya es desgracia.

Años después encontré en la egregia figura del poeta Espriu una réplica a esta actitud, réplica fermentada en la serenidad de los años y la madurez del desencanto. En Cataluña, donde todo se olvida aun antes de ser asimilado, no se recuerda el impacto que produjo la asimilación de la diáspora de los judíos en el devenir del pueblo catalán. En realidad, fueron muchos los poemas judaizantes de Espriu, y no sólo en lo referente al tema político, sino también en la creación de un universo personal, sin duda la parte que más me cautivó y a la cual llegaba debidamente preparado por las largas noches de conversación con Alexander. Sin él saberlo, sin yo sospecharlo, me enriquecía desde el territorio del mito. ¿Podrá parecer exagerada esta pretensión? Contó Espriu a menudo que su obra teatral *Primera Història d'Esther* le fue sugerida por un remoto recuerdo de infancia: unas estampas que reproducían la relación de Esther con el rey Asuero. Una inspiración de parecido signo me había llevado a prendarme de una época o de un rostro en las tinieblas del cine de los sábados, y estas preferencias se tradujeron posteriormente en obra literaria.

La simple exposición de estas cuestiones llevaría al memoriógrafo más lejos de lo que su empeño permite e incluso exige, porque aparecería, dominándolo todo, la voz de Núria Espert, en sus registros más trágicos. También ella se dejó llevar por las inspiraciones de la época grabando un disco memorable titulado *Cançons del Ghetto*, que no era sino una recuperación de cantos populares hebreos pasados al catalán, ese idioma que luchaba por sobrevivir desde el fondo de las «oscuras cavernas». Para ampliar la violencia de su alegato, Núria aparecía en escena envuelta en una especie de mortaja, cual si fuera un espectro del campo de Auschwitz. Y cantaba: «¡Foc! ¡Foc! ¡Foc!»

Pero la obra de Espriu es la que se erige como experiencia definitiva, la que a través de la mitología judía marca mi descubrimiento de la realidad política de Cataluña, la pequeña patria, y sus relaciones, siempre espinosas, con Sefarad, la patria hispana. Y aun otros aspectos de la obra de Espriu —el profundo concepto de la ética y la presencia constante de la muerte— caracterizan mi personalidad en la segunda parte de los años sesenta, empezando por una ardiente voluntad de encontrar alguna causa en la que creer hasta la obsesión.

Toda mi vida la pasaría buscando esa utopía. De ahí que la pasión de Alexander, su acérrima fidelidad a una idea, me conmoviese profundamente. ¡Bendito, ilusionado explorador de la memoria perdida! Yo sólo tenía raíces en las parcelas de la memoria relacionadas con un egotismo feroz y, como escape máximo, en las influencias que me había dejado la ficción; todo lo que ésta había aportado a mi vida, modificándola constantemente. Por lo demás, era incapaz de trascender a aquel niño del Peso de la Paja que seguía tomando el mundo como su juguete particular.

Así pues, en 1963 no disponía de otra ortodoxia que la de la fantasía, y Alexander continuaba fomentándola por los caminos más inesperados. No negaré, para escándalo de algunos, que llegó a excitarme como víctima. Después de tantas persecuciones, matanzas y torturas, no me era difícil imaginarle como un gallardo mártir inmolado en el Coliseo. Más de una imagen de mi erótica futura —luego de mi obra literaria— se beneficiaría del recuerdo de su cuerpo atravesado por las flechas o ardiendo en la siniestra pira de la Inquisición. Todo en ese cuerpo despertaba impresiones en las que la agonía y el placer andaban juntos, de manera que, cuando las ediciones Jean-Jacques Pauvert pusieron en mis manos la obra prohibida del Marqués de Sade, Alexander ya había representado en mi imaginación todas las jornadas de Sodoma. Y no cien, sino cien mil.

Su cuerpo me enardecía por medio de una épica tan insólita como desesperada, introduciendo para siempre el erotismo del dolor en mi obra literaria; paralelamente, el erotismo de los franceses modernos se me antojaba vulgar, anodino y cursi; como mucho, un coito entre Tintín y madame De Gaulle, contemplado en el Folies-Bergère ante una copa de champán. Pura trivialización que sólo servía para excitar a forasteros incautos.

Así, empiezo a pensar que la fiesta nunca fue París sino Alexander en París y Néstor en París. Mucho me temo que regresé a Barcelona sabiendo más de Jerusalén que de la Comuna. Y pese a los esfuerzos de las profesoras de la Alliance, había mejorado mi inglés mientras mantenía un francés macarrónico, que se entremezclaba continuamente con el catalán. De hecho, todo se iba mezclando, y no para salir mejorado. Incluso mis mejores sueños culturales perdían con el trato directo: puestos en labios de los pedantes amigos de Néstor, los grandes maestros de mi adolescencia se convertían en *fait de mode.* Y era tal la vulgarización, que todos los escritores, músicos y pintores antes admirados acabaron reducidos a nombres de calles.

Por todo esto y otras muchas cosas me dijo un día Maria Aurèlia Capmany:

—¿No le influyó la cultura francesa? ¡Qué raro!

—Me influyó muchísimo, como a todos. Pero sólo cogí las cosas que me interesaban. Ya sabe que los franceses son excelentes vendedores de lo suyo. Al lado de obras sublimes te colocan cualquier mediocridad. Conviene estar a la defensiva.

—¡Decir esto de la cultura francesa! Es usted el catalán más pintoresco desde que Domènec Badia salió en busca de La Meca.

—Es posible —dije—. Pero él entró en La Meca, y yo ni siquiera he llegado a saber dónde se encuentra la Atlántida.

He de aclarar que nos estábamos refiriendo a Ali Bey. Otro héroe que tenía nombre de calle.

CUANDO HABÍAMOS SOBREPASADO con creces el tiempo que nos concedían en la Shakespeare and Company, tuvimos que buscar un alojamiento a toda prisa. De nuevo me hizo saber Néstor que, a causa de la patrona, le era imposible tenerme en su casa, mucho menos ahora que iba acompañado y yo no manifestaba el menor deseo de dejar mi compañía. Así pues, buscamos un hotel provisional sin esperar que pudiera ser mejor que aquellos a los que habían ido a dar otros compañeros que se hallaban en nuestra misma situación, o peor. Ese día descubrí que la mugre que me parecía característica de los burgueses parisinos no era nada en comparación con la que se reservaba a las clases menos privilegiadas. Y pocas lo eran tanto como la primera ola de inmigrantes magrebíes, cuya vida se desarrollaba en un inframundo que pocos franceses estaban interesados en sospechar. Ese infierno ardía a escasos metros del Mitch, en pleno centro del París estudiantil, de manera que el ilustre fulgor de la Sorbonne disimulaba la más escandalosa visión de la miseria que me había sido dado contemplar.

Entre todas las personas que había conocido, sólo las maricuelas del círculo de Brian y similares dedicaban un poco de atención a aquellas razas, y no por motivos compasivos, sino por la medida de sus órganos sexuales, ponderados en términos de gigantismo. En realidad no se sabía si hablaban de hombres o de camellos, pero lo cierto es que el más elemental sentido de la justicia social quedaba sustituido por una especie de soterrada economía de mercado.

Ignorantes de las medidas de los magrebíes —o, simplemente, prescindiendo de ellas—, fuimos a dar con nuestros huesos a un hotelucho siniestro del que se decía que era la nueva Argelia. La memoria, que exagera las cosas bellas del pasado, obra igual con las malas, de manera que mis visiones de tres décadas después recrean un cuartucho maloliente, donde nos hacinábamos siete personas, y un inmenso pasillo, de techo abovedado, del que colgaban bombillas polvorientas que proyectaban una media luz siniestra sobre unas paredes mal encaladas bastantes siglos atrás. Era algo espantoso, inimaginable, que enervaba al tiempo que deprimía. Y para completar mi depresión, Alexander continuaba con sus meditaciones sobre el destino del pueblo elegido, viniese o no a cuento en aquellas circunstancias.

Al horror de la realidad inmediata se unía entonces el pavor por un pasado lleno de atrocidades, que Alexander invocaba con voz profunda, ronca, de agorero profesional. De sus conversaciones surgían imágenes que permanecerían grabadas para siempre en mi recuerdo: negra noche sobre inmensos campos sembrados de alambradas, espesa niebla rasgada a cuchilladas por clamorosas imprecaciones de signo militarista, trenes que avanzan repletos de seres humanos, amontonados como bestias, con destino a una estación de nombre impronunciable en cuyos andenes la estrella de David y la calavera de la muerte se sobreponen continuamente como la revelación de una tragedia que condensa a todas las que conmovieron al mundo. Es la voz de exterminio. Y esa voz anula mis sentidos.

Curiosamente, las lúgubres crónicas de Alexander no me provocaban el mismo rechazo que las interminables disertaciones de mis padres sobre los estragos de la guerra civil. Esta actitud mía respondía sin duda a un factor de cotidianeidad. Yo no había nacido cuando sucedieron los hechos que obsesionaban a la generación anterior a la mía; en cambio, estaba plenamente instalado en este mundo, era un niño feliz, mimado y excesivamente nutrido cuando acontecieron los hechos condensados para siempre con el nombre de Holocausto. Es decir, mientras estaba viendo las adoradas películas de Walt Disney, millones de personas sufrían una agonía peor que la muerte en los campos de exterminio. Y esta idea, al tiempo que me estremecía, me explicaba la inmediatez de algunas tomas de conciencia. Por *démodé* que esto pueda parecer, en aquella época era una evidencia brutal. Implicaba que a lo largo de mi vida se reproducirían en el mundo atrocidades paralelas a mis momentos de placer. Que las crueldades del mundo irían sucediéndose mientras yo iba desarrollando mi insaciable ego.

Por fortuna para mi tranquilidad, las clases de la Alliance y el trasiego continuo de la juventud cosmopolita que se amontonaba en el Mitch, contribuían a apartarme del tormento espiritual fomentado por los relatos de Alexander. Al mismo tiempo, el contacto con sus amigos americanos —en general, poetas y estudiantes de música— obró el mismo milagro alejándome de los franceses, a quienes llegué a considerar invasores de un París que sólo pertenecía a mis películas soñadas. Cierto que había muchos indígenas sueltos, pero opté por no darme cuenta más allá de mis horarios de trabajo. Puesto que ellos habían optado por tener al esclavo, no podrían aspirar a tener al amigo. Tampoco sentí el menor afecto por la lengua que vehiculizaba el desprecio racial y los malos tratos, y así mi lengua parisina fue definitivamente el inglés.

En cuanto al idioma del amor, continuó siendo el de las películas, y el decorado el de una ópera mejor o peor representada por una compañía de aficionados, eso sí, fervientes. Gracias a un empleo providencial de Alexander pudimos cruzar el río e instalarnos en la Rive Droite. Como era el patrón quien pagaba la vivienda, nos vimos transportados a una buhardilla de proporciones exiguas, pero no tanto como para que no permitiese la entrada a raudales de la luna llena. Y este ambiente de tarjeta postal en colorines, apto para ser amenizado con música de *La Bohème*, completaba su encanto gracias a su ubicación: estaba cerca del faubourg Saint-Honoré, casi lindante a una casa (hoy restaurante) donde decían que vivió el mismísimo Robespierre. Y sólo tres décadas después, cuando me hallaba tomando notas para mi novela *Venus Bonaparte*, supe que a pocos pasos de mi antigua buhardilla tuvo su palacio soñado la impar Paulina.

El palacio Charon es en la actualidad sede de la embajada británica, y tal vez mi buhardilla se haya convertido en el picadero de algún fotógrafo que pueda pagar su elevado alquiler, pero en aquella época sería una vivienda barata, el equivalente de la institución típicamente francesa que llaman *chambre de bonne.* Ninguna persona bien nacida la hubiera aceptado ni siquiera para cobijar a su aristogato; sin embargo, para Alexander y para mí fue algo parecido al hogar perfecto.

No había más que lo esencial, si se excluye el pequeño tocadiscos de Alexander y una caja de champán vacía para guardar sus *long plays.*

A falta de cama, teníamos un colchón de gran tamaño, sobre un somier bastante confortable. Por todo mobiliario había una mesa que aprovechábamos para escribir, en turnos rigurosos, y un sillón orejero de tapicería un tanto apolillada. Lo demás se reducía a lo que llevábamos en los petates; y esto seguía siendo libros de bolsillo, jerseys negros y algunas mudas.

Una claraboya de tamaño considerable se encargaba de poner en tanta estrechez el grado de belleza que necesitábamos. Desde el colchón podíamos atisbar los tejados del barrio, con su pintoresco juego de torrecitas y buhardillas, y aunque es cierto que gracias a los viejos cuplés yo podía considerar los *toits* de París como un lugar común, para mi amigo yanqui eran una experiencia inédita, algo que, como máximo, podía asociar con alguna película de arte y ensayo. Sin embargo, estaba familiarizado con la luna, que baña los vastos espacios de su continente. Y la luna era amable con nuestra buhardilla y la mimaba en forma de invasión.

Recibíamos los dones de la Castísima Diva tendidos en el catre, ya leyéndonos en voz alta algún texto que nos hubiese impresionado, ya escuchando lánguidos lamentos de Bessie

Smith, Billie Hollyday o alguna otra negra para quien el blues era un caso de vida y muerte. Y cuando nos despertaban los primeros rayos del sol, tan tierno en aquella época del año, sabíamos que la vida siempre acaba triunfando.

El carácter novelesco de nuestra situación se complementaba gracias a la calidad del trabajo de Alexander en una galería de arte propiedad de un judío amigo de su padre. Este buen señor, casado y con hijos, me llevó un día a la trastienda, con el pretexto de mostrarme unas litografías de no sé qué surrealista, pero el verdadero surrealismo fue su acecho, que se convirtió en persecución por el exiguo espacio, con tropezones, caída de cuadros y todo cuanto pueda corresponder a una comedia bufa con el sexo por bandera. Debo decir que el hombre no era completamente repulsivo, pero yo ya tenía un judío en mi vida y no estaba dispuesto a que se me follasen las doce tribus. Sólo cuando él sugirió la posibilidad de unas monedas se me despertó el interés. En realidad fueron treinta francos, y se me antojó muy casual que fuese precisamente la cantidad que cobró Judas por entregar a Jesús.

Esta coincidencia me dio que pensar.

Y es que mientras yo me dedicaba al comercio del cuerpo, Alexander estaba consagrado a su trabajo, que consistía en colgar cuadros, descolgar cuadros, trasladar unos a otra galería y transportar los que había allí. Y aquel día, ajeno a cualquier sospecha sobre mi comportamiento, se mostraba tan feliz que era como si hubiese encontrado el sacro tabernáculo en la panadería de la esquina.

—¡Hoy me han permitido colgar una litografía de Klee! —exclamaba, lleno de júbilo—. Esto significa que ya me tienen confianza.

Tal era el carácter de aquel alma noble.

La mía sentíase envilecida porque acababa de ponerle cuernos, pero también porque me había rebajado a percibir un estipendio en pago a mi gigantesco error. En este punto detuve mis razonamientos. ¿Iba a tolerar que la moral burguesa me amargase la vida? ¿Y si el error no fuese tan gigantesco? Era incluso posible que en lugar de un error fuese una ganga. Las cuatro tonterías que el pariente de Alexander me había pedido eran la forma más fácil de acceder al dinero que me había sido dado conocer. El único problema estaba en los remordimientos. Esto sí podía doler. Esto mortificaba. *Hélas!*

Aquella noche tuvimos cinemateca. Daban una película rusa que bien pudo titularse *El nene quiere un tractor* o *Los amantes del plan quinquenal.* Sólo recuerdo que era muy aburrida; el tipo de panfleto que, una vez asumido el mensaje colectivizador, te permitía pasarte una hora y cuarto pensando en tus propios asuntos. Alexander se dedicó a reflexionar acerca de la política agraria del Estado de Israel. Yo seguía con mis remordimientos fijos en la ciudad de París, concretamente en la trastienda de la galería de arte. Todas las teorías de la moral vigente llegaban en tropel para perseguirme hasta el propio averno, pero yo estaba dispuesto a correr más que ellas. Disponía de una coartada maravillosa: Alexander no podía sentirse herido, porque no le había engañado por placer. Su honor no quedaba dañado y, en última instancia, ¿qué leche era el honor de un bostoniano para un barcelonés de pura cepa?

Eso estaba muy bien pensado. Desde los tiempos del señor Esteve se sabe que para todo buen barcelonés antes que el honor y la moral importa la rentabilidad. Y, en última instancia, contaban mis indiscutibles derechos a imponer mis intereses con la autoridad que me otorgaba una vieja máxima de la tía Florencia: «En mi coño y mi jaranda, nadie manda», solía decir, con su vocecilla de monja borracha.

De donde se deduce que el *seny* catalán, en sus infinitas variantes, puede servir para silenciar de una vez por todas a las conciencias más indiscretas.

EN LA MEMORIA SE VA CUMPLIENDO el itinerario del romanticismo bastardo y, una vez más, éste triunfa sobre la realización erótica y acaba perjudicándola. La imagen de Alexander en su manifestación de divinidad tutelar se impone sobre la eficacia de su cuerpo como fuerza sexual. Porque en la cinemateca, mientras aparece en la pantalla la señorita de la Columbia sosteniendo su antorcha de toda la vida, las manos del amigo se juntan con las mías y, lejos de excitarme, me producen un sentimiento dulce y amargo, parecido a la nostalgia. Y siento ganas de llorar y él me asegura que siente lo mismo.

Señal de que había calado en mi espíritu mucho más de lo que convenía a mi tranquilidad. También había calado yo en él, por fortuna y para mi sorpresa. Pues ¿no estaba París bullendo a su alrededor con mil promesas de poderío? ¿Cuántos amantes, chicos o chicas, no habría podido conseguir aquel ser tan divinamente equipado? Extraño era, en verdad, que prefiriera a los bajitos, género de poca salida en aquellos tiempos locos. En cualquier caso, dijo que era yo un bajito muy parecido a Sal Mineo, y con este pretexto se pegó a mí de tal manera que más que un asiduo fue un hermano siamés.

Amargaba la situación otro personaje tan imprevisto como indeseado. Era la intrusa, papel tópico, si se quiere, pero siempre resultón si lo interpreta una empecinada que, además, se deja guiar por un *amour fou* pasado por la banalización de las fotonovelas. Que así actuaba la odiada Nicolette: siempre al acecho, siempre intentando entremeterse, nunca dispuesta a permanecer en ese segundo término que toda mujer prudente debiera adoptar cuando descubre que dos chicos se atraen. Aunque diré en su desagravio que ni siquiera llegó a intuir tal posibilidad, porque era incapaz de imaginar que en el ancho océano de los grandes pecados pudiese darse una abominación de esta categoría. Tonta hasta en presencia del pecado; tonta sin remisión. Y es probable que su tontería me inspirase, años después, el personaje de la insoportable noviecita de Bruno Quadreny en *El día que murió Marilyn.* La imagen de la niña burguesa vacía de sesos y sin otro proyecto que la seguridad de un matrimonio tan cómodo como gris.

La memoria y la literatura se entremezclan una vez más, pero en cualquier caso es cierto que la criatura inspiradora de mi anodino personaje resultó más estúpida de cuanto era posible imaginar. Lo fue hasta el punto de elegirme como confidente y, con tal intención, me pidió una entrevista a solas, antes de que Alexander llegase para ir al cine como cada tarde.

Hice el cálculo propio de los desprotegidos: cualquier consumición damnificaba gravemente mi presupuesto, y no estaba dispuesto a sacrificar una sesión de la cinemateca para dar de beber a aquella perra, hija mimada del pueblo que me explotaba. Me declaré pobre de pedir, y ella quiso mostrarse santa de altar ofreciéndome la bebida a cambio de escuchar sus penares. No me extrañó saber que se referían a Alexander, pero aun así redoblé la guardia. Ella era experta en los horrísonos cantables de Johnny Hallyday, pero yo lo era más en los viejos folletines del cine italiano. Guiado por mis conocimientos, sospeché lo peor: Alexander la había dejado embarazada, intervendrían los padres escopeta en mano, le obligarían a ir al altar y yo me quedaría solo una vez más, contemplando cómo las aguas del Sena se llevaban para siempre quimeras e ilusiones.

Ella no me dio tiempo a hablar. Fue más atrevida de lo que cabía esperar en un cerebro tan restringido.

—Habrás notado que Alexander me gusta... —Hizo una pausa para saborear el alcance de sus palabras. A continuación, insistió—: Que me gusta mucho. En realidad, más que gustarme es mi primer amor.

—Pues qué bien —dije yo, pensando de nuevo en la solución de la embolia cerebral—. ¿Y él te corresponde?

—No lo sé. Pero hay algo peor. Me ha engañado. Y esto sí que afecta a mi dignidad. Para que lo sepas: no es americano. Es judío.

—Judío americano —corregí yo.

—Americano de cara, pero judío de raza.

No supe si tratarla de tonta o dejar que lo descubriese por sí misma en la mediocre vida que le esperaba, cualquiera que fuese su opción. Porque ya sabía que los dioses no envían una embolia así como así y que los estúpidos sobreviven siempre, aunque sólo al final se dan cuenta de la magnitud de su estupidez. Cuando ya yacen en un cementerio.

—Es lo más grave que me ha ocurrido en mi vida —decía—. Sé sincero. ¿No te dan asco los judíos? ¿Harías tú el amor con uno de ellos?

—Ya lo he hecho —contesté. Y, antes de darle tiempo a responder, añadí—: Varias veces. En realidad, Alexander y yo follamos cada noche. Y hoy mejor que ayer y peor que mañana.

Se quedó lívida. Por toda respuesta preguntó:

—Cuando dices follar, ¿qué insinúas?

—Las cosas que hacen dos hombres íntegros cuando se gustan. Tú ya me entiendes. De todos modos, los franceses tenéis un verbo más apropiado. Me parece que es *enculer*.

—*Enculer!* —exclamó ella—. Esto sólo lo dicen los homosexuales.

El pánico acababa de asomar a su rostro, y permaneció en él todo el rato necesario para que mi placer fuese aumentando en debida proporción. Porque no hay placer mayor que asomar a los imbéciles a esos abismos que nunca habrían esperado frecuentar y de los que siempre los protegió la coraza de la moral. Y a fe que Nicolette estaba perfectamente acorazada, porque al punto cambió su expresión de horror por una mueca de desprecio prematura para su edad.

—Sois un par de cerdos. Claro que no debiera extrañarme. Siempre supe que esa librería era un antro de perdición.

Así de ruin es la moral cuando se pone en actitud de ataque. Llega al extremo de ignorar la valía y calidad de sus víctimas. Lo he sufrido en muchas ocasiones: he visto a personajes extraordinarios execrados por gentecilla de mierda, de esa a quienes negaríamos el saludo si nos molestásemos en saber que existen y que, además, dirigen el mundo.

Aquella tarde tenía ante mí a un magnífico ejemplar de la nueva generación de imbéciles: allí estaba la más perfecta de sus herederas, una iletrada, permitiéndose condenar en bloque a los artistas e intelectuales que me estaban enseñando a vivir una existencia más libre. Gente que, además, nunca la habría admitido en una sola de sus reuniones aunque se conformase aceptando el papel de mi gatito escrofuloso.

Me permití asumir la voz de todos mis amigos al contestar:

—Pero esta librería tiene una ventaja: no hay franceses. Como sólo se habla inglés, permite encontrar en París un residuo del mundo y no de la provincia. Además, es una maravilla hacer el amor con alguien que no susurra cursiladas en vuestra jodida lengua. Alguien que no dice *mon petit chou, alouette, minette* y cosas así. Y en última instancia es muy higiénico hacer el amor con uno que se lava los dientes cada día porque no es francés.

—¿Qué quieres decir con esto? —exclamó ella, pasando a la indignación—. Yo me lavo los dientes.

—Seguro. Con el mejunje que deja en el bidé la guarra de tu madre.

Lloró a mares, procurando que en las otras mesas no se notase. Fue inútil. Cuando llegó Alexander se cruzaron palabras y ella profirió insultos que no me habían enseñado en la Alliance. Ni ganas. No me había puesto a estudiar un idioma tan culto para que se me contagiasen sus abominaciones.

Seguía llorando sin disimulos, prescindiendo del qué dirán o acaso reclamándolo para demostrar a los extranjeros corrompidos lo sensible que puede ser una francesita de buena familia. Se la oía pronunciar a intermitencias el nombre de Alexander. Y lo más fantástico era que no le reprochaba los enculamientos a que yo me había referido, sino el hecho de haberle ocultado su verdadero origen.

Era tan tonta que rechazaba por judío a alguien a quien su madre habría rechazado por maricón.

Abandonó la cafetería escondiendo su rostro de porcelana en un pañuelo que recuerdo lleno de mocos, con lo cual se confirma mi teoría sobre la suciedad gala.

Contraviniendo todas mis expectativas, Alexander no quedó dolido. Como mucho, preocupado. Y aun así, sin excederse. No por el desespero de la vacaburra, sino por el problema que más le afectaba personalmente.

—¿Tú me despreciarías por judío? —preguntó, titubeando.

—Desde luego que no —dije con mi mejor sonrisa—. Y mucho menos por homosexual.

Acarició con melancolía su medalla y se encogió de hombros como si nada de aquello fuese con él. Pero a mí me iba tanto que estuve a punto de decir: «Benditos sean los cuerpos que se unen por encima de ideologías, credos y culturas. Bienquistos sean los cuerpos que se unen sin necesidad de pasar por la sinagoga, ni la mezquita, ni la catedral.»

Pero había un santuario que nos unía más que el sexo: el templo que confrontaba los intereses de toda mi generación. Éste era el cine, y el cine había avanzado mucho desde los años en que Errol Flynn saltaba de almena en almena. Ya no encontrábamos consuelo en la aventura, ni evasión en el technicolor, pero nos compensaba el descubrir, día a día, todos los misterios del arte y ensayo. Acogiéndose a ellos, Alexander cortó toda posibilidad de dolor.

—Antes de que me dé un ataque de misoginia agresiva, vámonos a ver *Le feu follet.*

—Eso —dije yo—. Los suicidas siempre sirven de catarsis aunque los hayamos visto catorce veces.

Y es que lo único que puedo reprocharle a Alexander era que siempre quería volver a ver *Le feu follet,* y yo había aprendido a dormirme en los títulos de crédito.

Tuvimos que desplazarnos hasta Montmartre, y después de la película nadie quiso darnos de cenar porque era muy tarde, así que caminamos hasta el mercado de Les Halles, donde siempre había sopa de ajo tardío y putas tempraneras y el ir y venir continuo de los descargadores de hortalizas. También se veía circular a personajes del gran mundo, que iban a tomar nuestra misma sopa o un último champán o simplemente a mirarse y comentarse. Y era bonito ver aquella réplica del *Paris-Match* bajo el rosicler del alba otoñal, que teñía con aura incierta los vetustos hierros de ese mercado que ya no existe. Y recuerdo que yo señalé a una dama vestida con una capa negra, de esas que salían en el *Vogue,* y mostré toda mi admiración porque era Audrey Hepburn parecida a Maria Callas; pero Alexander dijo que era Maria Callas pareciéndose a Audrey Hepburn, que es lo que había querido conseguir cuando se tragó la famosa solitaria. Discutí esta opción, que me repugnaba viniendo de una mujer tan divina, y él rebatió mi tesis y así nos entretuvimos paseando por las calles silenciosas del Marais, con sus aleros de novelón de Dumas, y fuimos llegando a las calles vecinas al Châtelet, sombrías, empapadas, silentes como un concurso de sepulcros. Hablábamos de la importancia que la *nouvelle vague* había tenido para nuestra generación, tanto como el neorrealismo para la anterior y el cine soviético para los vanguardistas de los años veinte. Y cuando volvíamos a discutir por enésima vez el deprimente mensaje de *Le feu follet,* Alexander me empujó hacia un portal y, mirándome a los ojos, me dijo que tenía ganas de besarme y yo pensé que era un privilegiado por vivir una situación parecida a la de la volátil Garance y el mimo Batiste en aquella película sublime. Y pude haber exclamado, como Arletty: *«C'est tellement simple, l'amour.»*

¡Bien por los diálogos de Prévert!

La calle estaba desierta y recién regada. Cierto que olía a basuras húmedas, pero el aroma del deseo era más penetrante y, si el amor tuvo algún perfume, se estaba manifestando ahora con dominio sobre todo lo demás. Al día siguiente sólo recordaría sus efluvios, porque las imágenes de la calleja mal pavimentada se mezclaban con un portal destartalado, una puerta entreabierta y unas escaleras raídas contra las cuales fueron a dar nuestros cuerpos. Y en esa oscuridad, plena, rotunda, protectora, rodamos abrazados, desnudos de cintura para abajo, entregados a esa forma de delirio inimaginable, inexpresable y que una vez sentido se fue para no volver.

Pagado ya el tributo al descontrol que el verdadero impulso del amor juvenil exige, fuimos caminando hasta la buhardilla. Quedaban pocas horas para permanecer abrazados, con los ojos entreabiertos, entregados a la tontería más placentera y a las promesas que no es necesario cumplir porque basta con creerlas. Pero mientras paseábamos, entonábamos a voz en grito las entrañables canciones de la Piaf, de Brassens, de Trenet; himnos de un París destinado a desaparecer bajo la amenaza del pop: voz de gente antaño prodigiosa enterrada para siempre bajo el avance de criaturas como Nicolette.

De momento, nosotros éramos la amenaza de los vecinos. Y como sea que nos detuvimos más de la cuenta en una plazoleta con arbolitos, acabamos recibiendo violentas imprecaciones y hasta un cubo de agua.

Debo decir que, aunque lo arrojaba un francés, tenía más razón que Blaise Pascal en horas de lucidez.

COMO SIEMPRE ME HA OCURRIDO con los grupos humanos, había ocasiones en que el mundo de Alexander me aburría; entonces, íbamos cada uno por nuestro lado, que en mi caso seguía siendo el de Néstor. No sé si Alexander reparaba en que la vieja fascinación no había desaparecido, pero supo disimular yéndose a sus fiestas de jazz y poesía mientras yo acompañaba a Néstor a las suyas. Que no eran un prodigio de diversión, como se verá.

Una noche de sábado me llevó al otro extremo de la Rive Gauche, al fondo de Montparnasse, en el lugar sombreado y húmedo donde culminaba otra cita de los jóvenes del mundo. Era una ciudad universitaria que los más optimistas veían como una prolongación del espíritu que me rodeaba en la Alliance: el de la concordia universal sin distinción de razas, credos o ninguna de esas barreras que entonces y ahora dificultan la comprensión entre los pueblos. Así me lo dijeron y así lo cuento, evocando al mismo tiempo el mensaje de la Alejandría clásica; una sabiduría de alcance global unida por un interés común que sería la difusión del espíritu francófono personificado a su vez por un instrumento básico: el idioma entendido como *koiné*. Y esto todavía era posible entonces, cuando el francés no había sido completamente desterrado de las prioridades de los hombres cultos en beneficio de la lengua inglesa.

Los intereses de Néstor en La Cité no eran tan alejandrinos. Su visita semanal a la Casa de Cuba tenía aires de conspiración, debido a los intereses anticastristas de muchos de los residentes, pero en realidad era un intento desesperado de poner al día los recuerdos de la isla, que era como decir los de la juventud y el primer aprendizaje.

Idéntico sentimiento parecía emanar de todos los rincones de La Cité. Aquel complejo de casas nacionales construidas en el estilo de sus países respectivos podía obedecer a un intento de prestigio, pero también a la necesidad de que los residentes encontrasen entre las brumas parisinas la autenticidad que habían dejado atrás. Dichosos ellos. Yo no tenía una mala imagen de la Moreneta para recordarme de vez en cuando que era catalán. Claro que en mi caso habría preferido a la primera dama de Montserrat disfrazada de Carmen Jones.

Recorríamos La Cité entre las brumas lácteas, más espesas que en el centro de París. Una mezcla confusa de continentes trasladados se ofrecía en alardes de imitación. Otros edificios, como el comedor de los días laborables, al otro lado del campo de deportes, respondían a concepciones arquitectónicas más avanzadas: enormes ventanales hacían de paredes y, dentro de ellas, cenaban los últimos retrasados mientras las camareras arreglaban el recinto para el desayuno del día siguiente.

En la sala de recreo de la Casa de Cuba oímos melodías que sabían a selva y a vals criollo. Alguien se empeñó en hacerme notar las reminiscencias europeas, de corte barroco, contenidas en el danzón. Como sea que estas academias tienen ya sus maestrillos, me limité a dejarme arrastrar por la poderosa sensualidad de aquella música que me hacía pensar en las opíparas rumberas de cuya existencia me habían informado Rubén y otros exiliados. Se imponía la incomparable Ninón Sevilla, que hasta disfrutaba de un culto minoritario entre los cinéfilos franceses, pero también recordaba a otras que habían triunfado en el cine mexicano: Merche Barba, María Antonieta Pons, Blanquita Amaro, Rosa Carmina... mujeres de bandera, especializadas en interpretar a reinonas de cabaret y aventureras de pasado dudoso. Con sólo recordar sus películas me llegaban sones de Agustín Lara, trepidaciones del mambo, bamboleo de formas femeninas caracterizadas por su opulencia...

No niego mi pasado, Si fuera una cualquiera, Amor de calle, Amor vendido, Cuando los hijos pecan, Casa de perdición... Ya nadie tiene valor para poner títulos así. Incluso el coraje para el *kitsch* se ha perdido. ¡Y los nombres que aquellas flores del mal se adjudicaban a sí mismas en otros títulos tanto o más provocativos! *Pecadora, Ambiciosa, Pervertida, Aventurera, Perdida, Señora Tentación, Cortesana...*

Como sea que ninguna de estas películas llegó a España, tenía que fiarme de la nostalgia de Néstor para ampliar mis nociones del camp al tiempo que vampirizaba ávidamente la memoria ajena. Porque toda aquella basura formaba parte de la educación sentimental de alguien y explicaba los usos y costumbres de algún lugar. Así pues, incluso el cine basura era una llave de oro que abría la puerta de nuevos e insólitos conocimientos.

Nos integramos en un grupo que se había formado en la habitación de un profesor de arquitectura. Los presentes no eran demasiado jóvenes: o ya no eran estudiantes o serían estudiantes eternos. Cuando alguien se refirió a la liberación de Cuba, la nostalgia se tiñó de tristeza y a mí me entró el desconcierto. ¡Qué extraños me resultaban aquellos cubanos que hablaban contra Castro en un edificio financiado por su régimen! ¿Ocurriría lo mismo en el Escorial? ¿Estaría lleno de españoles que comían la sopa de Franco mientras arrojaban dardos envenenados contra su fotografía? ¿Se fraguaba entre aquellos muros el pensamiento, el arte, la política destinada a redimirnos? Ésta era entonces la gran contradicción de los pueblos oprimidos, pero yo no quise que llegase a obsesionarme. Tenía demasiado fija la idea de mi formación y ésta pasaba por el olvido del franquismo y todos sus impedimentos. Sólo Néstor se obstinaba en recordarme que el dictador existía; y aquí conviene recordar que, pese a las campañas de difamación de que fue objeto, Néstor Almendros sentía hacia Franco el mismo odio que hacia Castro. Si éste le había atormentado en Cuba, el otro había atormentado a su padre en España. No distinguía entre los matices de ambas dictaduras, ni de cualquier otra.

Seguramente siempre fue partidario de la libertad en un sentido tan abstracto que era imposible ubicarla en ningún lugar de la historia de la Humanidad. Pero en aquella época fue considerado fascista por criticar a Stalin, atrevimiento mortal porque el marxismo seguía ejerciendo su imperio en el mundo de las ideas y, ¿por qué no?, en el del esnobismo. Y yo, que me consideraba marxista redomado —folklórico si se quiere, pero marxista al fin—, seguía mezclando la adoración a Néstor con el repudio de su drama personal.

Algo parecido me ocurrió aquella noche con los residentes de la Casa de Cuba. No tardé en confirmar mi primera impresión: se trataba de exiliados que habitaban allí desde hacía mucho tiempo, y casi todos se dedicaban a empresas relacionadas con la cultura, o con sus mímesis más pintorescas. Quien más quien menos, acabaría escribiendo un calco de Juan Rulfo, pintando una imitación de Orozco o edificando una hacienda al estilo de Beltrán.

Faltos de medios para disfrutar el París *joyeux*, los cubanos se reunían en sus cubículos para celebrar el sábado. En la habitación de un tal Roberto Brauman nos hicieron sitio y, después de un breve examen, pareció que nos aceptaban. Había un par de estudiantes que hablaban de teatro de vanguardia; un mulato que trabajaba en una editorial charlaba con una futura violoncelista acerca del amor en la literatura francesa contemporánea; otra mujer, de pelo cenizo y prendas multicolores, discutía acaloradamente su último artículo anticastrista con un joven rechoncho que, según me dijeron, iba para liberador de la isla; su joven esposa, preñada de cuarenta meses a juzgar por la barriga, permanecía en silencio, siguiendo con los dedos el compás de un melancólico bolero. Fueron sonando los mitos de la isla, trasladados de país en país por los largos caminos del exilio: Beni Moré, Mercedes Valdés, Toña la Negra, Bola de Nieve... Después, nos cambiamos a una habitación donde sonaban violines de Vivaldi —otra moda de entonces— y más tarde fuimos a otra donde estallaba Celia Cruz y la Sonora Matancera, y cuando nos cansamos de ella volvimos a cambiar. Recorrimos muchos rostros, algunos de los cuales volví a ver en otras ocasiones porque entraban en la asiduidad de Néstor y éste continuaba necesitando de todo lo que le recordase a Cuba para añorarla y atacarla, todo a la vez.

Volví a sentirme extraño y, además, con la sensación de que la quiosquera de mi infancia me estaba vendiendo cromos repetidos. Todos los cuartos se parecían, todas las nostalgias eran iguales. También los libros y revistas e, inevitablemente, las conversaciones. Lo mismo de lo semejante; y para confirmarlo, hubo un momento en que todo el mundo empezó a hablar de la Revolución a través de su propia experiencia. No fue difícil enterarse de que un rubiales de aspecto agradable pertenecía a una rica familia cubana a la que Fidel arruinó; que la mujer multicoloreada había sido embajadora del castrismo tiempo atrás, antes de que su marido fuese fusilado en una purga colectiva; que el joven mulato había dejado a su amante pudriéndose en una cárcel; y, en este punto, Néstor volvió a recordar con amargura que los castristas no le habían permitido sacar de Cuba su cámara, que era como sus gafas o su otro yo. Con tantos ejemplos, parecía como si todos hubiesen ensayado a conciencia para ofrecerme aquella representación que arrancaba de un anticomunismo feroz.

No me sentía cómodo. Todos los mensajes que salían de aquellas bocas se oponían a mis ideas, pero ellos hablaban desde la experiencia directa y yo sólo podía oponerles un caudal de especulaciones aprendidas en los libros. Ni siquiera había tenido cojones para implicarme en la lucha antifranquista, o en cualquier tipo de lucha. Mientras algunos de mis amigos españoles buscaban en París el contacto con viejos exiliados, en un intento de comprender la historia que nos había precedido, yo solucionaba mis noches en bares de ligue o viendo cine antiguo en la mejor cinemateca del mundo.

¿Dónde estaba mi derecho para pedir imparcialidad a aquellos cubanos que acababan de sufrir la historia en sus propias carnes? Todos los reproches que pudiera formularles se me helaban en los labios. Ellos podían abrir los suyos para arrojarme verdades más aplastantes que todas mis teorías. Y, en última instancia, podían contestarme con la desesperada nostalgia de su isla, mientras yo ni siquiera me molestaba en mirar hacia el sur para recordar mi ya remoto lugar de origen.

No sentía nostalgia de Barcelona ni de España. Habría sido como echar de menos la abstención, y yo aspiraba a la totalidad. Así solucionaba un nuevo pleito, acogiéndome como siempre a la política del simpático avestruz.

No sentía nostalgia, pero sí extrañeza. Ese sentimiento que siempre me había invadido regresaba en cualquier lugar donde me encontrase. Ni siquiera me atrevía a preguntarme en qué pintoresco elemento me habían convertido las circunstancias. Dormía con un judío sin ser judío, aspiraba al marxismo y había elegido como mentor a un anticastrista feroz, había sido el juguete sexual de no sé cuánta gente y el sexo continuaba asustándome. ¿Qué coño era yo, a fin de cuentas? Uno que huye y no sabe de qué. Por no saber, ni siquiera sabe que existe la huida.

El aire estaba tan cargado de humo que salí al balcón y me dediqué a respirar. Entre la bruma asomaba la pagoda de la casa de Indochina, que me dio cierta risa. Ya era la madrugada de un domingo invernal. París se perdía al otro lado del conjunto de estilos y nacionalidades, y yo quise dejarlas atrás, embargado por la angustia de saber que no pertenecía a ninguna. Sólo pertenecía al mundo de los sueños y, al recordarlo, sentí la imperiosa necesidad de estar tendido junto a Alexander, en nuestra buhardilla, contemplando distraídamente el viaje de las nubes más allá de la claraboya.

Me acompañó un venezolano que conducía un Renault prehistórico. Al otro lado de las ventanillas, París semejaba una ciudad fantasma consagrada al culto de la belleza. En este momento sentí la obligación de la soledad absoluta: esa que me permitiría enamorarme de la ciudad, a partir de su propio espejismo. Así pues, pedí al venezolano que me dejase en cualquier lugar, preferentemente cercano al domicilio donde se celebraba la fiesta de Alexander.

Me perdí con intención de perderme. Sólo así resulta plausible que fuese a dar con mis pasos a la isla de San Luis, donde el gran espectro de París se había desdoblado en otro espectro todavía más seductor. Había un tono de señorío aristocrático mezclado con rincones de suave tamiz provinciano: había árboles desnudos y fachadas excesivamente revestidas de ornamentaciones, pero brotaba de todo ello una atmósfera de ensoñación que me pertenecía definitivamente. Ante la visión de las calles desiertas me asaltaron dulces reminiscencias de otras madrugadas, en Barcelona, cuando los pasos me llevaban a los rincones del Barrio Gótico y la mente se me llenaba de cábalas sobre el devenir de todo lo devenible. Entonces sentía en la garganta el sabor agridulce de la adolescencia, como ahora, al recordarlo, me invade el amargo vómito de la madurez no deseada. ¡Llegó demasiado pronto, la cabrona!

Aquella madrugada apenas habían transcurrido dos años desde mis paseos barceloneses y, sin embargo, había descubierto cientos de cosas, de las cuales sólo me servirían dos o tres en el futuro; pero entre ellas se hallaba la certeza de que mi única victoria sobre los estragos del tiempo consistía en aferrarlo en cada uno de sus instantes y vivirlos intensamente hasta dejarlos agotados. Nunca he sabido aplicar esta máxima pero, por lo menos, la sé.

Con esta sabiduría incipiente quise tomar París en mis manos y besarlo como si fuese la más hermosa de mis ensoñaciones. No era una empresa difícil. Mistinguett, que sabía mucho más que yo, ya había cantado años atrás:

Il suffit d'une nuit de Paris
pour tomber amoureux...

Cuando la Miss, ídolo de mis padres, entonó aquel cantable a guisa de bandera, los tiempos no eran tan complicados ni la alegría tan neurótica. No habían aparecido las brumas del existencialismo, no se anunciaba el *jumelage* entre la música y la amargura, como en las canciones de la Gréco, sólo promesas de esa felicidad que permite a la inconsciencia convertirse en una copa de champán puesta en nuestras manos para que brindemos a la salud de la vida.

A través de las ventanas, tenuemente iluminadas, adivinaba las cenizas de la fiesta. Había sido con velas y mucho porro, como pude comprobar al atravesar una cortina de humo que, en comparación, dejaba la Casa de Cuba en el liviano velo de Penélope. En alguna habitación se follaba con cierta holgura, pero los invitados que no se dedicaban a esta actividad permanecían arracimados en torno a una chimenea, improvisando charlas, discurseando o simplemente entregados a meditaciones con la cabeza apoyada en la pared. En esta actitud se hallaba Alexander cuando le descubrí, como un foco que irradia luz por encima de todas las luces: «Una paloma en medio de una bandada de grajos», que diría Romeo Montesco. Y como mantenía la mirada extraviada entre el humo y abierto su cuadernillo de notas, comprendí que estaba componiendo alguna poesía, de manera que no quise molestarle. Me senté a su lado y él me acogió rodeándome con un abrazo y así permanecimos durante un buen rato, con el entendimiento que sólo proporciona el buen silencio. Ya nadie se acaloraba a aquellas horas de la madrugada; todas las acciones se iban desarrollando con el fluir delicuescente de la placidez. Aun así, siempre quedaba algún salido dispuesto a recitar un poema de Ezra Pound y, puestos a salirse, una joven cantó una balada irlandesa al ritmo de una guitarra desafinada y Alexander leyó uno de sus poemas sobre la nostalgia que le inspiraba el litoral de Alejandría, nostalgia pintoresca porque nunca había estado allí. Pero fue bonito pensar que algún día iríamos juntos, aunque yo tendría que esperar algunos años para descubrir que Alejandría es mi lugar de nacimiento y el alejandrinismo la única doctrina que me define. Aquella madrugada me limité a pensar que, a pesar de todo, los extraños del mundo nos estábamos encontrando gracias a alguna insólita, inexplicable manifestación de la casualidad.

A MEDIDA QUE AVANZABA EL OTOÑO, París se hizo más amoroso, y yo me entregué sin reservas a los encantos que podían proponer los tonos del asfalto y los barnices de la lluvia. Como todo el mundo sabe, esas proposiciones son infinitas en el tópico parisino.

La vida en la buhardilla continuaba con la placidez de una relación perfectamente establecida, como yo había soñado en mi adolescencia, pero sin la pasión que solía atribuirle en las novelas y en las películas. Algo en la belleza me asustaba, sin duda, porque no me decidía a entregarme a ella. Como mucho, me dedicaba a buscar facetas desconocidas de mi amigo, y esto fue en cierto modo un estímulo, porque toda relación que aspire a ser fructífera debe contribuir a ir revelando originalidades de los seres que la componen. Sólo cuando éstas han terminado empieza la rutina destinada a la muerte. Para no hablar del sexo, que muere a cada orgasmo.

Alexander era un amigo cómodo, cariñoso y bueno, pero con esa bondad que puede rozar la bobería si el cerebro no llega a tiempo para encauzarla. Unos llaman a esta forma de precaución sentido práctico; otros, tacañería. Ambas son necesarias cuando el mundo nos agrede con sus necesidades, y Alexander era particularmente proclive a dejarse devorar por las de los demás. Llegué a pensar que por los tugurios de la Rive Gauche circulaba el rumor de que la próspera Yanquilandia había enviado a un ángel protector de los bohemios, porque no había mesa de bar ni cola de cine en que no nos viésemos asaltados por alguien que pedía unos francos, cuando no muchos. Los pedían para todo: desde porros hasta alquileres. En cierta ocasión, una chica de Nebraska y un jovencito de Dios-sabrá-dónde querían celebrar un matrimonio místico en un remoto oasis de Tunicia, y Alexander vendió sus mejores discos de Duke Ellington para pagarles el viaje. En otra ocasión, una rubia italiana con melenas de walkiria tenía que abortar y Alexander vendió sus discos de Bessie Smith para pagar a la mano ejecutora. Como sea que estos discos eran un tesoro de coleccionistas *(collector's items)*, le acusé de tonto, especialmente al resultar que la italiana no estaba siquiera preñada y se sirvió del dinero para comprarle vino a su amante, un desastroso panadero francés que la trataba como a una perra.

Debo decir que, en el fondo, envidiaba a las chicas que tienen un amante panadero que las trata como a una perra, porque había momentos en que la bondad de Alexander llegaba a empalagar. Cuando esto ocurría, me desviaba por los acreditados caminos de la mitificación, asociando su virtud con una natural tendencia a la alegría. Porque siempre estaba alegre, como una verbena portátil, y tenía la rara facultad de contagiar su alegría a los demás. Sin duda era consciente de ello porque se afanaba en cumplirlo a guisa de apostolado. De tener ambos más sentido práctico habríamos podido abrir en Saint-Germain un negocio dedicado a la consolación de almas amargadas.

Por suerte para mis percepciones, siempre necesitadas de originalidad, esas cosas sólo eran el aspecto más elemental de un carácter que, de pronto, podía volverse sumamente complejo. Era bastante neurótico y con cierta tendencia a dejarse invadir por la depresión cuando yo menos lo esperaba. La convivencia me hizo ver cuán variable podía ser su estado de ánimo, y aquí llegaron las primeras sorpresas. No era de ventoleras, como yo, sino de silencios que podían prolongarse durante más de una hora.

En un principio yo atribuía sus depresiones a la complejidad del quehacer poético; concretamente a los desdenes de una musa casquivana, que iba y venía a propio antojo. Luego supe que la musa de Alexander era más formal que la de muchos otros y que las depresiones estaban en relación con las cartas de sus familiares o, como era niño pudiente, con sus llamadas telefónicas.

Su padre estaba empeñado en hacerle volver a América, del mismo modo que el mío no cejaba en su pretensión de que yo volviese a Barcelona. En ambos casos las razones eran idénticas: ya no estábamos en edad de continuar vagabundeando, era necesario establecerse en el negocio familiar y edificar un futuro basado en el provecho. Esta máxima afectaba a todos los chicos y chicas que en un momento determinado quisieron echarse al mundo para sacarle a la vida mucho más de lo que la vida les tenía destinado. En cuanto a los padres, sabían por experiencia propia que la libertad no es rentable. Por eso se habían convertido en esclavos de la vida y, por lo mismo, detestábamos la sola idea de llegar a ser como ellos.

La respuesta de Alexander fue genial: necesitaba permanecer en París como estudiante para tomar clases de guitarra con un profesor brasileño. No les dijo que el profesor dormía en el metro de la Bastille y se ganaba la vida haciendo masturbaciones en cines de barrio. Y no hay que censurarle: esa actividad daba a su mano la destreza necesaria para tensar las cuerdas de la guitarra con la sabiduría que Alexander necesitaba. En cualquier caso, cayó muy bien en Boston la noticia de que el pequeño fugitivo se había decidido a seguir una carrera de provecho. Al padre le interesó principalmente si el diploma de guitarra brasileña era válido en los States. Una mentira piadosa de Alexander pareció solucionar el pleito, aunque sólo en apariencia; como sea que las depresiones continuaban, comprendí que la pesadez familiar no era el único motivo de las mismas. Me dediqué a investigarlas mientras él me introducía en el conocimiento de la cultura judía con la paciencia atribuida al pío Job.

Un buen siquiatra habría encontrado campo abonado en su actitud. Cuanto más me hablaba de su cultura, más criticaba a sus padres. Al principio lo encontré natural en este tipo de atavismos. Pensaba que los odiaba por ser demasiado estrictos, pero resultó ser lo contrario. No les reprochaba que fuesen demasiado judíos sino que lo eran poco. En realidad, no querían ser judíos en absoluto.

—Son un par de renegados. Y ella más que él. Ella es pura bazofia.

Era un relato complicado, especialmente por incluir un fragmento de historia contemporánea que yo desconocía. Cuando Alexander nació, el verano de 1940, su familia llevaba cinco años instalada en América, y sólo el abuelo seguía considerándose griego y judío. Fue él quien solazó su infancia con historias antiguas y referencias a la patria y a la cultura dejadas atrás. Algo parecido a lo que había hecho conmigo el matrimonio de la calle de Ponent: algo que dice mucho en favor de la cultura de transmisión oral.

Pero ese abuelo encantador era una anomalía en aquel hogar definitivamente bostoniano, con un padre pendiente sólo de los negocios y una madre obsesionada por el estatus social. Había llegado al extremo de cambiarse el nombre. Salió de Grecia llamándose Judith y ahora se llamaba Doreen. En resumen, era tan yanqui como la muñeca Barbie y la perra *Lassie*, y sólo en una ocasión recordaba Alexander que se hubiese referido a la cultura judía. Fue después de ver la película *Éxodo*: «Es completamente irreal —afirmó—. Resulta incomprensible que Paul Newman no dirija *ese* barco a Nueva York en lugar de llevar a tanta gente a pudrirse en un desierto.»

—Así es mamá Doreen —comentaba Alexander con tristeza—. Y cuando dice Nueva York quiere decir Park Avenue. Las subastas de Christie's son su sinagoga particular.

Siempre pensé que mi aprendizaje tomaba a veces caminos muy raros, pero casi eran normales comparados con los de Alexander. Toda referencia a sus padres era un reproche continuo, tomando siempre como base que eran traidores a la religión de sus antepasados. Nada más podía reprocharles ese hijo vengador: había sido un niño mimado hasta el exceso, y seguramente muy amado, aunque él no pudiese darse cuenta porque actuaba inducido por el dedo de Jehová, y este dedo hace arder todo lo que señala. A él le dejó echando llamas de inspiración. Cuando empezó a hacerse mayor, sin que al parecer decreciesen los mimos, se puso de parte de su abuelo, adoptando todas las formas del judaísmo ortodoxo, incluida la circuncisión, que era una de sus asignaturas pendientes, pues mamá Doreen se había negado a que se la practicasen porque no quedaba en absoluto *Wasp.*

Alexander se dedicó a recuperar su identidad judía con la obstinación de un converso furibundo, pero sin olvidar el tiempo que la traición de los demás le había hecho perder; así, mientras ensalzaba la belleza de las grandes festividades, también recordaba con enojo que en su casa siempre se habían negado a observarlas. Tenía que agenciarse la invitación de unos parientes para celebrar la *hanuká*, porque esa noche mágica, llena de luces, sus padres habían decidido ir a la ópera.

Yo quise quitar leña a la situación aventurando:

—Igual daban *Nabucco.* Seguro que para un judío es un *must* absoluto.

No le hizo la menor gracia. En realidad, no se le hacía ninguna broma que atentase contra la dignidad del *establishment* judío. El dulce, maravilloso, perfecto Alexander carecía de sentido del humor. Me pregunto cómo reaccionaría, años después, ante las parodias de Woody Allen.

Más allá de cuanto me estaba exponiendo, comprendí que, al igual que muchos homosexuales, había en su vida una madre que ocupaba más parcelas de las que la salud mental aconsejaría. Yo podía hablar por experiencia propia porque en cuestión de madres ningún americano tenía que darme lecciones. En la distancia que va de una soberbia mansión bostoniana a la oscura posguerra del Peso de la Paja, aquella Doreen, judía renegada, se parecía un poco a la obsesiva señora Angelina, capaz de creer que estaba trascendiendo su ambiente por la peregrina ilusión de parecerse a Lana Turner. O sea, que en el terreno de las madres invasoras todos andamos desamparados. Y es probable que Alexander reaccionase contra la imagen de Doreen convirtiéndose a sí mismo en la imagen mutiplicada del Judío Errante. Siguiendo con el cine: a mí me tocaba hacer de Pandora, pero no sé si estaba por la labor; en cambio seguía estrechando mi cordón umbilical hasta el punto de superar la mitomanía de mi propia madre, colocándola a mayor altura de la que ella misma se atribuía.

Cuando veía una foto de la etapa de madurez de Lana, con su pelo lacado y sus vestidos de relumbrón, ya no decía que mamá se le parecía. Por el contrario, exclamaba con lícito orgullo:

—Aquí está Lana, interpretando a la señora Angelina.

OBSERVO COLGADA EN MI ESTUDIO una fotografía que muestra a Néstor Almendros durante el rodaje de *Places of the Heart*. Es un cincuentón todavía fornido, más americanizado que nunca, con la gorra calada casi hasta los ojos. Ese Néstor triunfal de 1984 escribe una dedicatoria con estilo característico: «*To that naughty little boy.*» Pero podría haber escrito: «*Al Ramonet del carrer de Ponent*» o «*Al fill de la senyora Angelina*», y seguiría siendo Néstor.

La memoria salta sobre sí misma —su deporte favorito— y rebusca entre los papeles del lejano 63. En un cuaderno deslucido por el tiempo, reaparece mi letra desgarbada, un horrible insulto al arte de la caligrafía. En esta ocasión se consagra a una vieja costumbre que el lector ya conoce: apuntar todas las películas que iba viendo, con la fecha y el local. La memoria, así ayudada, rescata aquellos entrañables tugurios que eran los cines de repertorio, a la sombra de la Sorbonne u otros como el de la rue des Ursulines, que no existe ya. La lista de una sola semana contiene títulos de Truffaut, Godard, Wyler y Buñuel, todos analizados, comentados, admirados o desacreditados junto a Néstor, y, gracias a él, todos convertidos en pasos hacia el conocimiento, pasos que yo daba sin la menor vacilación, porque además del amor enloquecido me guiaba ese instinto último de saber dónde se hallaban las mejores fuentes de mi aprendizaje. Y durante mucho tiempo cada frase de Néstor fue la Biblia del cinéfilo al tiempo que sus ocurrencias seguían siendo un catálogo de *boutades* que entonces se me antojaban el colmo de la brillantez. Son destellos que aparecen también en sus cartas, donde aun los momentos más dramáticos despedían un punto de ironía. Así trataba también sus proyectos profesionales, que siempre me exponía con rigurosa puntualidad y sabrosas ocurrencias. Iba a hacer un libro editado en París sobre cine latinoamericano y los editores pensaban mandarle a São Paulo, Montevideo y Buenos Aires. Él reaccionaba a su manera: «¡A ver lo que hay allí en las cinematecas! Ardo en deseos de ver los filmes de Sabina Olmos y las mellizas Legrand.» Ni que decir tiene que estas actrices se cuentan entre lo más florido de la mitomanía argentina, y el hecho de que también fuesen muy apreciadas por Manuel «Sally» Puig demuestra hasta qué punto el sentimiento camp se estaba imponiendo sobre las viejas apreciaciones.

Esta cultura que sacaba oro de la chatarra era una facultad de la que yo carecía, sobre todo porque seguía en mi empeño de sacralizar; pero Néstor sabía cómo darle la vuelta a mi petulancia, y así, cuando después de leer una novela de Severo Sarduy le envié una carta llena de análisis joyceanos, me contestó: «*Gestos* tiene que ver con Joyce, pero de rebote, pues "la Chelo" a quien imita es al *nouveau roman.*» Y aquí urge aclarar que, pese al apodo, Sarduy entraba en el culto a la amistad que Néstor profesaba de manera incondicional.

¿No fue en esta época cuando empezó a hablarme maravillas de una novela de Puig que acabó titulándose *La traición de Rita Hayworth*? El futuro autor trabajaba entonces como azafato —«una chica del aire», decía él—, y pocos le consideraban algo más que el sumo sacerdote de la subcultura argentina; una religión en la que entraban los tangos lacrimógenos de Libertad Lamarque y Tita Merello, los desplantes arrabaleros de Mecha Ortiz y las poses estatuarias de

Zully Moreno. Mi espíritu de aprendiz disciplinado se indignaba ante un argentino que no me hablaba de Borges o, en el terreno cinematográfico, de Torre Nilsson. Sin duda era injusto con él. No acertaba a ver todavía que aquellas concesiones al reconocimiento de lo efímero me serían de gran utilidad para comprender las nuevas mitologías del siglo.

Aunque yo seguía prefiriendo la momia de Lenin a la de Evita Perón, el sentimiento camp avanzaba hasta contagiar a mis referentes catalanes. Mi nostalgia de estos asuntos, así como de los grandes personajes de la Barcelona popular, estaba circunscrita a las conversaciones con mamá, cuyo anecdotario, vivo y sandunguero, me influiría de manera decisiva durante la redacción de *El día que murió Marilyn*. En efecto, muchos lectores de la anterior generación se maravillaron de que, en esa novela, efectuase una cuidada reconstrucción de los años treinta barceloneses, época que, por supuesto, no conocí, pero más se habrían maravillado de saber que no necesité recurrir a libros ni hemerotecas; en realidad, todos los recuerdos de la gran protagonista Amelia y de su marido Xim son las evocaciones que la señora Angelina y el señor Jesús destilaban, con dolor por el tiempo ido, en el lóbrego entresuelo de la calle de Poniente y, más adelante, en las soleadas sobremesas dominicales del piso del Ensanche.

Todos somos herederos de las pequeñas cosas, he afirmado en múltiples ocasiones, y mi predilección por esas parcelas aparentemente ínfimas del devenir humano se impone sobre los grandes avatares históricos y crea en mi memoria una imagen múltiple del mundo que conocí. En este contexto resultan básicas las conversaciones con los demás, su caudal de nostalgias y frustraciones. Mi barcelonismo es el producto incontrolado, salvaje acaso, de la experiencia ajena: soy el heredero de un matrimonio judío de la calle de Ponent, de las vecindonas de la granja, de un padrino homosexual y de una familia decididamente surrealista.

Y también de Néstor. Nuestro paseo nostálgico por las fiestas de la Merced me había influido mucho más de lo que en su momento creí, y aun de lo que ya he comentado. A través de la nostalgia de Néstor, aprecié facetas de la mitología barcelonesa que me habían pasado inadvertidas. Era como ver la ciudad con ojos distintos, que es como deben verse las ciudades: con los mil ojos que atesora el alma perpleja de sus habitantes.

Así era el amor de Néstor por Barcelona, sólo comparable al que sentía por Cuba.

«Barcelona me pertenece también —escribía—, con la ventaja, además, de que yo cuento con una distancia para comprenderla verdaderamente: rica, abierta y espléndida.»

Esta debilidad por Barcelona se fue convirtiendo en una fijación, que el tiempo no haría sino aumentar. Asumió los tics del pequeño burgués del Ensanche a través de la adoración a sus ancianos tíos, y a partir de un momento determinado su léxico catalán respondía al de una típica *tieta*, expresión que le encantaba. Era curiosa aquella forma de ser, contrapuesta a la del Néstor internacional, básicamente el americanizado. Si disfrutaba tanto con el *kitsch* universal, era lógico que disfrutase o supiese apreciar el de la Cataluña profunda; yo solía mandarle postales que reproducían trajes típicos pasados por el tamiz del horterismo y la cursilería, ostentosos ejemplos de gastronomía donde destacaban butifarras y *peus de porc* colocados como si fuesen bodegones de Rembrandt, o poesías patrióticas, con su lado inevitablemente *naïf.* Y en un terreno mucho más serio, supo apreciar sobremanera un disco de María Vila, la gran «doña» de la escena catalana de anteguerra, que recitaba algunos poemas de Josep Maria de Sagarra, autor que ella había interpretado en la escena. Eran precisamente los versos que mi padre solía recitarnos en las sobremesas de Navidad, cuando éramos niños, y aun después.

Dijo Néstor que escuchar aquellos versos en el invierno parisino le produjo un cosquilleo. ¿Por qué no? La vida de un sentimental —y Néstor lo era mucho— no se detiene en Visconti; además, como yo empezaba a saber, el sentimiento y la razón no tienen por qué ser necesariamente excluyentes, ni el ternurismo, vergonzante.

Esas manifestaciones de Néstor fueron siempre deliciosas y se completaban con una incesante curiosidad por todo lo barcelonés, curiosidad que le llevaba a fotografiar cuantos edificios modernistas se le ponían a tiro, o a bucear entre los libros viejos del Mercat de Sant Antoni los domingos por la mañana, en busca de números atrasados de la revista *Destino,* otro de los fetiches de su adolescencia como, más adelante, lo sería de la mía. Ambas nostalgias coincidieron en 1965, cuando yo publiqué mi primer artículo en esta inolvidable revista. Se trataba de un extenso texto titulado *La orilla joven de París,* donde esbozaba por primera vez una parte de las impresiones que el lector está leyendo ahora. Pedí a Néstor que se lanzase con su cámara por las callejas de la Rive Gauche, con preferencia en los lugares de la bohemia que él mismo me había enseñado a conocer. «Si me las pagan las tomo», escribía. Y el resultado fue que entramos cogidos de la mano en la revista de nuestros sueños. Ni que decir tiene que las fotografías eran soberbias.

Pero la memoria regresa a la miseria, y ésta impone sus leyes, que son crueles, y yo empezaba a temer que salir de su yugo sólo está en manos de la casualidad. Estoy tentado de afirmar que esto ocurrió con Néstor, si no supiese por propia experiencia los esfuerzos que le costó que esta casualidad se produjese. En una de sus cartas, fechada en agosto de 1963, escribió recuadrado aparte con bolígrafo rojo y presa de una urgencia que supongo debida a la desesperación: «Me he puesto un plazo: si para la primavera no he conseguido nada sustancial, regreso a Barcelona y recobro mi ciudadanía española.»

Sin duda le previne contra esta solución, porque en una carta posterior me da la razón al tiempo que lanza la gran noticia de aquellos tiempos: «Sí, querido: como diría Papay Taloka, ¡por fin Néstor ha conquistado París! Por fin me salió la oportunidad que había esperado durante un año de incertidumbre. ¡Qué razón tenías cuando me aconsejabas que no me fuese de París! Yo estaba intranquilo porque mi mayor defecto es la impaciencia. Pero ahora me doy cuenta de que en un año sólo lograr llegar a trabajar en el cine aquí es un tiempo relámpago.»

Su primer encargo fue intervenir con un cometido menor en una película titulada en principio *Quartiers de Paris* y que es hoy conocida como *Paris vu par...* y resulta emblemática por reunir en sus seis episodios a los principales autores de la *nouvelle vague*: Godard, Rouch, Rohmer, Pollet, Chabrol y Douchet. Después de trabajar como fotógrafo de plató en el *sketch* de Godard, Néstor se encontró de pronto debutando como *cameraman* principal. Y lo explicaba a su manera que, no por casualidad, era la de Busby Berkeley: «¡Fíjate qué suerte! ¿Te acuerdas de la historia de la *vedette* que se tuerce el tobillo y la sustituye la noche del estreno la chica tercera a la izquierda en el coro? Pues esto fue: se le torció el tobillo al *cameraman* y allí entré yo.»

El providencial accidente de la primera *vedette*—entonces yo no sabía que era como Bebe Daniels en *La calle 42*—hizo que, a mi regreso a París, descubriese a un Néstor completamente distinto del que había dejado. Recuerdo un día soleado, en la place de l'Étoile, invadido por un equipo de cineastas, con Rohmer al frente y Néstor montado en un camión donde había sido colocada la cámara. Desde aquella situación parecía estar, como James Cagney, en la cima del mundo.

Según sus propias palabras, empezaron a llover ofertas muy variadas, algunas poco interesantes, que demuestran hasta qué punto la lucha por la supervivencia no había terminado. Llegó un documental sobre Correos, que él consideraba de escaso interés, pero estaba bien pagado y haría que el sindicato le diese carta de profesional y papeles de residente en Francia. La televisión francesa pasó su documental *Gente en la playa* con buenas críticas incluso en el periódico comunista *Combat.* Además, estaba en proyecto el pase de otro de sus cortometrajes, pero antes tenía que incluir unos textos explicativos en francés.

Para este empeño se vio obligado a aprovechar la cámara de Rohmer, porque la suya seguía secuestrada en Cuba. Se la devolvieron, no sé merced a qué influencias, a mediados de 1964, cuando ya casi llevaba dos años de exilio. Una vez recuperado su instrumento de trabajo, la obsesión cubana tomó otros derroteros que marcaron toda su vida: ganar dinero para mantener a sus familiares, que se habían quedado en la isla y, con absoluta prioridad, conseguir que su madre se reuniese con él en París. Pese a todas las penalidades, la señora Almendros no quiso abandonar Cuba hasta muchos años después, y la reunión, anhelada durante tres décadas, ya tuvo lugar en Barcelona, en un piso que Néstor había comprado para ella en el Ensanche, esa geografía que siempre mantuvo fijada en el recuerdo.

Lo digo con desesperación: cuando la muerte nos roba a alguien como Néstor, hay que abominar de Dios. Pero ¿a quién habrá que maldecir cuando perdemos a un ser como Alexander por propia insensatez? Nada en el mundo podía ser más hermoso que la sólida amistad que habíamos establecido en la penumbra de una buhardilla operística, pero al mismo tiempo nunca me mostré tan ciego a la verdadera belleza del espíritu. Mientras Alexander proponía algo muy parecido a la perfección, yo seguía aferrado al loco sentimiento que me convertía en esclavo de Néstor. No podía pedir mejor garantía de infelicidad que esa sumisión absurda a la que Néstor era incapaz de corresponder. ¿Por qué iba a hacerlo si estaba encauzando su vida sentimental con la persona adecuada? O, para ser exactos, con una de las numerosas personas adecuadas que fueron llenando su vida. El más elemental sentido de la discreción me impide inmiscuirme en este terreno, pero sí tengo derecho a afirmar que, en el mío propio, los primeros amores de Néstor en París fueron causas de profundas heridas, que acababa pagando Alexander. El poético joven era excesivamente educado para manifestarse, pero no le pasaba por alto que yo estaba siguiendo el camino ideal para mortificar a un amante tranquilo: no el ligue de una noche, desliz que él habría sabido perdonar, sino ese sentimiento profundo, esa necesidad permanente, que me hacía correr detrás de Néstor como un perro. En esto sabía Alexander que habría tenido todas las de perder... si Néstor hubiese querido.

Pero Néstor se limitaba a perfeccionar su papel de consejero, demasiado prudente para mi gusto.

—Eres un caso bien peculiar. Das adoración a quien te rechaza, y rechazas a quien te quiere.

Era como decir que convenía tenerme a distancia. Lógico. Un asesino de veinte años empieza a ser peligroso, sobre todo cuando se está asesinando a sí mismo, cumpliendo la forma más sutil del crimen espiritual.

En el doble juego de crímenes que siempre es el amor, cualesquiera que sean las máscaras bajo las que se esconde, incluso el egoísmo de un niño mimado puede recibir los castigos más atroces; a partir de un momento concreto, sentí que mi resignación al castigo me estaba convirtiendo en un bendito, lo cual, en mi vocabulario de entonces, significaba tonto de remate. Era mala cosa la abnegación; o para decirlo de un modo más gráfico: era antiestética. Regresó entonces, arrolladora, la tentación del Mal, la necesidad de infligírselo a los demás y en especial a mí mismo. No había pasado tanto tiempo desde que el Lafcadio de André Gide me dio algunas lecciones sobre el acto gratuito. Y las brumas de París se prestaban a una interpretación en toda regla. Siempre podía disfrazar mi alma con el siniestro uniforme de Belfegor, el fantasma del Louvre.

De todas las maldades posibles se me ocurrió la prostitución, cosa bien rara si se piensa que, desde niño, la consideré el oficio más normal del mundo. Pero la reconversión de mis sentimientos incluía seguramente el concepto de la moral; por tanto, no veía las cosas más que como los demás las veían. Un acto que la sociedad pudiera considerar atroz me parecía la mayor atrocidad que podía infligirle. Y así, en mi pleito contra Néstor y Alexander quedaba incluido el mundo entero.

Incluso en este cafarnaum de ideas más o menos retorcidas apareció el espíritu práctico y, al escucharlo, instrumentalicé la atrocidad en provecho de mis intereses. Después de todo, en la galería de arte había tenido ocasión de descubrir las ventajas que un pícaro moderno puede obtener con el comercio del cuerpo.

Lafcadio y el *senyor Esteve* se daban la mano en la gigantesca escena de las pasiones distorsionadas. Por un lado, entendía que el comercio de mi cuerpo me permitiría obtener ciertas ventajas que me estaban negadas, entre ellas la de un empleo, porque creo recordar que en algún momento me planteé seriamente la posibilidad de quedarme a vivir en París. La experiencia de Néstor, su desesperada lucha por la supervivencia, me demostraba que la honestidad sirve de poco en la jungla de los necios. En tales condiciones un buen prostituto tenía todas las de ganar y poco que perder. Como mucho el remordimiento. Mi memoria de lector me recordaba algunos tópicos sobre la cuestión. El clásico dijo que el alma sólo es de Dios, pero en este punto todo remordimiento era vano, porque yo prefería pensar que el cuerpo es de uno mismo. Y en última instancia, que se quedase Dios con mi alma, puesto que las colecciona.

Diré también que, en un principio, la rentabilización de mi cuerpo contó con una coartada de tipo intelectual o que quise considerar en tales términos. Mis ambiciones eran respetables aunque no lo fuesen los medios: acababa de escribir un artículo sobre el neorrealismo italiano y pretendía colocarlo en alguna revista de mi nueva patria cultural. No me atreví a aspirar a los *Cahiers*, símbolo del prestigio; en cambio, se me antojó ideal *Cinémonde*, más accesible por ser sus contenidos más triviales. Me lo confirmaban los titulares de los números de aquel octubre: «*Paul Newman et Joanne Woodward: les époux déchaînés*», «*Gilbert Bécaud, toujours dans le vent*», «*Cinq techniques du baiser*», etc.

Casualmente había conocido en Le Fiacre a un influyente redactor de *Cinémonde* que me había requerido algún favor, pero era tan feo que se los negué todos. Semejantes escrúpulos, útiles un sábado por la noche, resultan inoportunos cuando se ha decidido esgrimir el sexo como arma de trabajo, de manera que, atento a mi nueva carrera, decidí que no hay nadie tan feo que no tenga algún encanto, y concerté una cita con ese caballero a quien daremos el nombre de Fígaro. Tras pedir a un profesor de la Alliance que corrigiese el francés de mi artículo, encaminé mis pasos hacia una de esas entrevistas donde las grandes heroínas del melodrama confiesan estar «dispuestas a todo». Otras, más tímidas, aseguran que se dirigen a un destino «peor que la muerte». Yo me limitaba a repetir para mis adentros «a lo mejor, una vez desnudo no es tan feo...».

Fígaro me llevó a un restaurante chino, portentosa novedad a la que yo no tenía acceso por razones económicas. Él se lució comiendo con los palillos en un claro intento de deslumbrarme. Era una forma de dar a entender que me hallaba ante un *gourmet* de pro. En algún momento de la noche debió de reconocer que alguien que escribe un artículo sobre el neorrealismo italiano en un idioma que no es el suyo merece una conversación más inteligente que la que podría entretener a Giulietta Masina en *Las noches de Cabiria.* Me tomó, pues, por el tipo puta ilustrada, y al cabo de un rato ya me trataba como a un colega. Me sentí orgulloso de que me confiase sus dificultades para confeccionar semanalmente una revista; al fin y al cabo, ¿quién podía garantizar que la semana siguiente Brigitte Bardot seguiría con Jacques Charrier? ¿Y si Sylvie Vartan y Johnny Hallyday no se casaban, como habían anunciado? Estos razonamientos no eran tan estúpidos como puede parecer: en los años treinta *Cinémonde* había sido una revista exclusivamente cinematográfica, compaginada con un gusto exquisito, o así nos lo parece ahora, desde la recuperación del art déco; con los años, se había visto obligada a hacer concesiones al chismorreo sentimental y al mundillo hortera de los imitadores del rock. El monstruoso auge de la televisión ha favorecido que, en la actualidad, se limite a ser una vulgar vocera de este medio.

Fígaro me llevó a su apartamento, situado en una de las calles que dan al Odéon. Recuerdo un ático parecido a los que iría conociendo en Londres o Roma a lo largo de la década: una mezcla de modernidad y atavismo con las luces colocadas con gran sentido de la teatralidad, todo a punto para una fotografía. Como sea que lo nuevo alternaba con antigüedades baratas y objetos exóticos caros, y como el confort había sido asegurado por un decorador de gusto, no tuve inconveniente en reconocer al propietario como la perfecta loca *bon vivant.* Esto, para un veinteañero recién salido de la España gris, no dejaba de ser impactante. Máxime cuando en la biblioteca aparecían muchos libros de cine de los que me deslumbraban, con sus precios prohibitivos, en las librerías del Boul Mitch.

Sobre un muro tapizado de tela carmesí había una excelente colección de fotografías dedicadas a la revista o al propio Fígaro: eran artistas franceses y algunos extranjeros que me hubiera gustado observar con tranquilidad, pero mi huésped se había abalanzado sobre mí sin la menor contemplación mientras murmuraba cosas raras en un francés que no entendí, tan de argot era.

La verdad es que Fígaro, una vez desnudo, me repugnó más que antes. Necesitaba no pensar en lo que estaba haciendo. Necesitaba la falta de espíritu de un autómata. Así pues, mientras el otro me aplastaba con su cuerpo, yo dejaba vagar la mirada por la habitación hasta que la fijé en las fotografías y jugué a adivinar nombres. El entretenimiento sólo duró unos minutos porque me los sabía todos de memoria. Igual que las acciones que el bacante iba efectuando sobre mi cuerpo, con tanta fuerza, tal delirio que estuvo a punto de machacarme. No le gustó nada que, en plena excitación, me levantase a poner un disco. Busqué uno de la Gréco, porque suelen tener buenos textos y esto me permitiría distraerme en algo mientras trabajaba. Debo decir que la elección no fue completamente afortunada, ya que después del *Coin de rue*, que me enternecía, sonó la canción que cuenta una gira del diablo por el mundo de los humanos:

Un jour le Diable va-t-en terre
pour surveiller ses intérêts...

Parecía una premonición. Parecía como si, desde los abismos del tiempo, todos los curas del colegio me recordasen, en horrísona plática, que Lucifer se lleva a sus calderas a los niños que se portan mal. De todos modos, no había por qué alarmarse; yo seguía siendo un niño, según Néstor, pero me portaba muy bien: me estaba ganando el pan con el sudor exigido.

Una vez satisfechos los intereses del diablo y los de Fígaro, decidí procurar por los míos, y así le conminé a que leyese mi artículo mientras yo me entretenía mirando libros. Y cuando ya me veía publicado en *Cinémonde* con periodicidad semanal e incluso anunciado en portada, me di cuenta de que Fígaro perdía todo interés por la lectura. En realidad, no pasó de la primera película de Rossellini; y si se piensa que ésta todavía no era estrictamente neorrealista, se comprenderá mi decepción, que no tardó en pasar al desamparo. Él no formuló la menor opinión, ni siquiera si estaban bien puestos los acentos; se limitó a decir que el tema era demasiado espeso para los lectores de la revista. Y sin darme tiempo a responder, exclamó con voz severa:

—Además, siento decirte que no follas bien.

—¿Que yo no follo bien? ¡Yo, que me gano la vida con esto!

—No todo lo bien que se requiere para abrirse camino en Francia. Por si no lo sabes, lo haces como si estuvieses ausente. Que no te concentras, vamos.

Estuve a punto de aconsejarle que se mirase a un espejo, pero estoy seguro de que, dada su petulancia, habría visto al propio Apolo vestido de mariscal del Imperio.

No tenía prisa en echarme; en cambio, yo estaba ansioso por huir, tan penosa fue la experiencia de ver rechazado un texto en el que había puesto tanto amor. Como venganza, le robé un par de libros de bolsillo, uno sobre Jean Renoir y otro sobre Fritz Lang, que aún conservo. Por supuesto, no tuve el menor remordimiento. Y es que pese a no haber dedicado al asunto toda la atención necesaria, un poco de esfuerzo sí me había costado. El sexo, aunque sea con indiferencia, también cansa.

Al oír la historia de mi fracaso, Néstor se echó a reír porque decía, con razón, que había en París muchos y muy apuestos chulos que harían lo mismo que yo, y seguramente mejor, sin exigir que les colocasen un artículo en una revista de gran prestigio comercial. Pero me dijo que estaba bien escrito y con esto me sentí recompensado y empecé a escribir otro artículo sobre el expresionismo alemán que, por cierto, nunca vio la luz en *Cinémonde* ni en parte alguna.

Pero el desaliento no entraba entre las costumbres de mis heroínas favoritas; así pues, no me desanimé.

Néstor acababa de encontrarme un restaurante macrobiótico donde necesitaban pinches de cocina, pero yo decidí que era más fácil ganar dinero por el camino que había elegido. Él se escandalizó, y me puso en contra de mis propósitos alegando que una cosa era hacer la prostitución para ver publicado un artículo sobre el neorrealismo, y otra muy distinta para no trabajar como Dios manda. Remató su perorata con una expresión muy típica: «*¿Qué diría tu madre si supiera que estás haciendo la calle?*»

Cierto que en el mundo del melodrama el dolor de una madre es siempre sagrado, pero en la vida real lo es más el hambre del hijo. Además, tampoco estaba muy seguro de que a mi madre le importase la cuestión mientras no se enterasen los vecinos. Y, en última instancia, cuando Carla del

Poggio reprochó a Giulietta Massina que se hubiese echado a la prostitución, ésta contestó:

—*Io me ne vado in America, e chi mi conosce?*

Encaminé mis pasos hacia el Carrousel, emporio de travestís con senos postizos y paraíso de erotómanos adictos al sexo estrambótico. Pululaba por los camerinos un chico gaditano que, aunque no se había practicado el injerto de tetas, ostentaba el glorioso nombre de Malvaloca. Mientras ordenaba las plumas de alguna *vedette*—¿sería la Peggy d'Oslo?—, me dio algunos consejos de provecho respecto a los lugares donde la prostitución era más rentable, pero me advirtió de la seria competencia existente, sobre todo desde que los jovencitos yanquis se habían echado al puterío una vez terminados sus dineros del American Express. De todos modos, Malvaloca me consiguió un matrimonio que se aburría, experiencia ésta por la que ya había pasado cuando me empeciné en inspirar celos a Néstor. Di gracias al cielo porque el nuevo matrimonio, que vivía en la Porte de Saint-Denis, era de buen ver, pero maldije al propio infierno porque resultó que ellos querían un negro por razones que todo conocedor encontrará obvias.

Completamente desangelado y, lo que es peor, con el bolsillo vacío pues lo poco que lo llenaba se había ido en un taxi, regresé al Carrousel. Mientras esperaba a Malvaloca, pude ver entre bastidores parte del espectáculo: una operada famosa, la Bambi, cantaba *Je cherche un millionaire*, que había sido una creación de Mistinguett y ahora era la perla imprescindible en el repertorio de las operadas que creen parecerse a Marilyn (en aquel tiempo, todas).

Malvaloca me presentó a la anciana Madame Arthur, que era el gran mito del travestismo, una especie de Hot

Mamma, ajada ya, con la papada cubierta de bisutería y el descomunal corpachón envuelto en marabúes, sedas y lamés. A guisa de autógrafo estampó un beso en mi ejemplar de bolsillo de Mallarmé, y es una pena que lo perdiese después, porque morros como aquellos no se han visto ni en las más recientes operadas de la España de la democracia, donde todo son morros mal diseñados.

Sin apartarse de la senectud, Malvaloca me recomendó un caballero de setenta años que había sido magistrado o algo parecido, y se contentaba con trabajitos elementales que a mí se me antojaron trabajos forzados porque eran de boca y nariz.

—De ninguna manera —protesté—. Yo no puedo hacer el «sifón». Yo tengo sinusitis crónica.

—Pues vaya panorama —exclamó Malvaloca—. Un puto con sinusitis no va a ninguna parte. Mejor te quedas en tu buhardilla, haciendo inhalaciones.

Sin embargo, contemplé la posibilidad de una cincuentona que hasta entonces se lo hacía con su perro faldero y al morir éste necesitaba algún jovencito con la lengua igual de ágil, opción que tampoco me gustó. Y a costa de rechazar a todos los componentes del gigantesco geriátrico que me iba proponiendo Malvaloca, opté por buscar suerte en el ligue libre, en cualquiera de sus emporios más conocidos, destacando, en primer lugar, los jardines de las Tulleries a partir de medianoche.

Malvaloca me felicitó por mi elección, ya que el lugar era próspero, pero al mismo tiempo me advirtió sobre la posibilidad de que lo pasase mal a causa de alguna posible helada. Tenía razón aunque no mérito por tenerla: a fin de cuentas, lo que uno espera del diciembre parisino es frío.

Sobre todo a partir de medianoche, cuando los franceses honestos se encuentran protegidos en la *intimité du foyer* —nombre, por cierto, de una revista muy cursi— y el mundo queda en manos de los desplazados que desafían al frío para saciar el calor que los consume por dentro.

Si asocio la prostitución con la niebla no es por Fellini, que solía ponerla en sus películas de putas, sino porque nada más que niebla pude ver en las largas noches que pasé en las Tulleries a la espera de probables clientes. Recuerdo acaso, como imágenes evanescentes, los rostros de los otros chicos que pululaban entre los matorrales, todos con el gabán abierto a pesar del frío, de manera que yo decidí abrirme incluso la camisa a pesar de la sinusitis. Y recuerdo también un intenso temblor, no sé si debido al frío, a los nervios o al miedo de ser elegido, sentimiento éste que se juntaba a la humillación de ser rechazado. Esto último sí era una experiencia desagradable, y al sentirme expuesto a la decisión de varios desconocidos que pasaron de largo, estuve a punto de desistir en mi empeño y acostarme para no llegar tarde al restaurante macrobiótico que me había conseguido Néstor. Quiso la suerte que por fin la niebla se abriese de par en par y apareciese un señor con sombrero, bufanda y guantes que hablaba inglés con acento americano y tenía el signo del dólar marcado en la frente. Después de pedirme fuego, como suele hacerse, me palpó todo el cuerpo, cosa lógica si bien se mira, porque en los buenos mercados siempre se aconsejó no comprar una mercancía sin catarla antes. Pero la suerte no es siempre tan pródiga como aparenta, porque debajo del abrigo de piel de camello el caballero lucía un cuerpo vacuno que ni siquiera el resplandor del dólar puede justificar. En realidad, cuando le dio la luz creía estar viendo a un muñeco de manteca.

Me llevó en taxi hasta su hotel, que estaba en la zona de los grandes bulevares y tenía todo el aspecto de haber albergado a reyes, princesas y hasta algún zarevitz de aquellos que en la Belle Époque pasaban por París camino de algún balneario de moda. Y era todo tan rutilante que me negué a coger el ascensor, para así disfrutar de la escalinata principal y sentir que había llegado a alguna parte. Peregrina idea. Como mucho, había llegado a una habitación de hotel, haciendo una pobre imitación de respetuosa profesional.

Malvaloca me había dicho que no hay que dejarse penetrar porque ni siquiera un yanqui paga tanto como para justificar el dolor, ni tampoco penetrar uno, porque es un desgaste y en general ellos se quedan igual de satisfechos con una *fellatio*, porque es algo que nunca les harán sus esposas. Yo, esto de que pudiese haber esposas de por medio no me lo creía, y cuando el americano me enseñó la foto de una señora con cara de llamarse Mildred y tres niños vestidos de rugby no entendí nada. Sólo reparé en que se hallaban en un jardín muy bonito con una piscina de aguas transparentes y la foto estaba hecha en Kodakcolor, que en aquellos tiempos era signo de opulencia. De manera que pensé que el caballero me pagaría con aquel sistema técnico y hasta estuve a punto de pensar que los dólares serían en cinemascope, tal era todavía mi sentido de lo grandioso y espectacular.

Si bien no habíamos acordado el precio, transcurrió la noche como si fuese un precio decente: no excepcional pero sí con garantías de que la legendaria profesionalidad catalana no quedaba mal en aquel hotel de señorones. Tal como se aconseja hacer con los clientes de la raza de Picio, me dediqué a pensar en otras cosas mientras aquel señor se entregaba a sus espasmos, que fueron múltiples y ruidosos porque, al parecer, iba mal servido. Su esposa yanqui, o cumplía mal o llevaba mucho tiempo sin cumplir.

Por la mañana me despertó suavemente para decirme que salía a comprar algo. Se me encendieron los ojos porque, si no me echaba, quería decir que el destinatario de su compra era yo. Había dos posibilidades: iba a elegir una joya de precio o a retirar dinero del American Express para pagar mis honorarios. Si tenía que recurrir a esta solución significaba sin duda que los consideraba muy altos.

Quedé solo frente a un desayuno que parecía sacado de un anuncio del *Saturday Evening Post* (en los anuncios de esta lujosa revista el desayuno de un día laborable era más abundante que todos los banquetes de Navidad del Peso de la Paja). Es posible que se limitase a ser el típico menú llamado continental, pero la memoria le pone piñas tropicales, arándanos, uvas negras y hasta un meloncito de aquellos que dan tanto pisto en los grandes restaurantes. Y seguro que los huevos eran de faisán y el agua mineral era de la Viuda Cliquot y el té venía directamente de la hacienda que Liz Taylor poseía en Ceilán en *La senda de los elefantes*. Además, había una tarjetita con el emblema del hotel que me daba las gracias por haberlo elegido, y seguro que la firmaba el mismísimo Aga Khan, pues según había leído en *Fotogramas*, poseía varios hoteles en París. Pero esta idea no me gustó porque el hijo del Aga, el apuesto Alí, se había portado muy mal con Rita Hayworth, y yo era de la opinión de que no hay que perdonar a quienes se portan mal con los ídolos que nos han dado felicidad.

Nunca había estado en un cuarto de baño como aquél, con tanto mármol y luces indirectas y un espejo enorme que me reproducía entero, devolviéndome la imagen seductora de los pecadores que pecan sabiendo lo que se hacen. Tampoco me había bañado en una bañera tan grande, así que empecé poniendo la punta del pie en el agua, con temeroso respeto, pero lo perdí no bien empecé a mezclar jabones y gel de baño hasta crear una espuma muy densa que iba subiendo, subiendo como si fuese un *soufflé* histérico. Me dejé arrastrar por la mística del baño, y, si bien jugué con las burbujas, como había visto hacer a Greer Garson en *Julia se porta mal*, también chapoteé como Esther Williams, porque un mito nunca debe excluir a otro. Además, recordé que en las películas de amor y lujo los personajes cantan en el baño y entonces imité la voz de Celia Gámez en su segunda época, que me salía muy bien por lo ronca y hasta cascada, y entoné la coplilla oriental de *La estrella de Egipto*, que trataba de la reina Semíramis encadenada por la pasión.

Cuando me encontré envuelto en un albornoz blanco parecido a los de Rock Hudson en sus comedias mundanas, me fui poniendo triste porque comprendía lo alejado que estaba todo aquello de mi realidad, de lo alejado que continuaría cuando decidiese volver a Barcelona para encerrarme en el sombrío entresuelo de mis padres. En cualquier lugar del mundo el lujo era un sueño inalcanzable, una trampa urdida para embaucar a los niños bobos. Y algo me decía que, aunque un día lo alcanzase, siempre sería un emplasto, un camino artificial que me sentaría como a esas carniceras enriquecidas del mercado de la Boquería que al cambiar su mandil almidonado por un visón sintético provocan la risa de las verduleras de los puestos vecinos.

De momento, me limitaba a desear que llegase de una vez mi cliente con su carga de dólares, y me distraía apuntando el nombre de un jabón de hierbabuena para regalárselo a Alexander, que tenía muy buen gusto en la elección de jabones pues, como era rico de Boston, estaba acostumbrado desde niño a bañarse en bañeras de verdad, y no de cine.

Llegó por fin el americano portando un paquetito que desde un principio me escamó: el envoltorio ostentaba el sello de la librería Gibert Joseph y el tamaño no excedía el de un libro de bolsillo. Que esto era, en realidad, el regalo: un volumen que ostentaba un título seductor sobre un mosaico romano.

Se trataba de la novelita *Memorias de Adriano*. La señora Yourcenar, nada menos. La alta cultura. Pero en aquellos momentos representaba una puñalada trapera.

—¿Eso qué es? —exclamé, en mi desaliento—. ¿Qué demonios es?

—Un libro —dijo el yanqui—. Se ve a la legua. Yo iba a comprar una caja de bombones, porque te la has ganado. Pero al pasar por una librería, me he dicho a mí mismo: «Un chico que sabe dónde está Baltimore tiene que ser leído.» Así que he pedido consejo a la librera y me ha dado este ítem. Dice ella que está muy de moda porque es fácil de leer y no complica la vida.

Yo no tenía nada contra Marguerite Yourcenar, pero estas cosas no se hacen. Simplemente no se hacen.

Faltaban todavía dos décadas para que un presidente del gobierno impusiera aquel libro entre los esnobs españoles. De momento los esnobs de la época pasábamos con Cernuda, que se había muerto o estaba que se moría.

Andaba yo entre sorprendido y cabreado. Todavía intentaba convencerme de que aquello no era una broma, cuando el americano me obligó a vestirme y me echó con cajas destempladas, pretextando una reunión. Cierto que prometió mandarme una postal de Baltimore, que maldita la falta, pero al dejarme en el pasillo casi sin tiempo de ponerme el jersey, se me representó como el símbolo viviente de la desconsideración y la tiranía. Maldije a Adriano, a sus memorias y al gordito efebo que le hacía de querida. Malditos todos y, sobre todo, maldito París, con aquella llovizna pertinaz que me amargó la mañana porque seguía con la mirada llena del mármol rosado y la espuma del baño y todo lo que se asemejaba al gris me parecía una brutal imposición de la realidad.

En lugar de reírse, como en mi anterior fracaso, Néstor me escuchó con gran parsimonia. Acariciaba el libro de la señora Yourcenar con una mezcla de respeto y simpatía.

—No te quejes —dijo, al fin—. Es una novela maravillosa.

—No lo dudo —exclamé—. Pero un libro todavía puedo pagármelo yo. Además, como dice la tía Florencia, «para ser puta y no ganar nada, mejor honrada».

—¿Eso dice la *tieta*?

—Eso dice.

—Pues mira, es el Evangelio.

Tanto lo fue que cedí mi árbol de las Tulleries a los honestos putos oficiales y me fui a fregar platos en la cocina del restaurante macrobiótico. Donde, por cierto, sólo duré dos días, porque en la cinemateca proyectaban *De repente, el último verano*, y es de hombres sabios considerar las prioridades antes que lo accesorio.

Una de las cosas importantes que Francia ha dado al mundo son las tortilleras. Lo afirmo con admiración. Las tortilleras francesas tienen empaque, majestad, estilo y sobre todo tienen cara de haber leído a Colette. Esto, reconozcámoslo, siempre da un tono.

Conocí a lo más selecto de la tortillería andante en un curioso local de la Montagne de Sainte-Geneviève, caterva de callejas enmarañadas que se retorcían detrás del Panthéon confundiéndose en su laberinto hasta confundir a la propia memoria. Así me ocurre con el bar, un inmenso espacio parecido a una fábrica, sin otra decoración que un mostrador destartalado, algunas mesas de mármol y un estrado de madera donde bailaban las amazonas. Mucho humo, negruzco y denso, espeso hasta el punto de convertirse en un velo que cubre completamente y lo envuelve todo en una capa de irrealidad. Tanto es así que no sabría regresar a aquel local si no me guiase algún personaje de *Los miserables*, ni consigo evocarlo sin que se interpongan la estética de Brassai y, una vez más, el claroscuro del realismo poético. Pero es posible que todo fuese más normal y en realidad las tortilleras se pareciesen a las dependientas de Galeries Laffayette.

Me había llevado Néstor cierta noche lluviosa, después de aburrirnos mortalmente con una historia de Ingmar Bergman titulada *A través de un espejo oscuro* o algo parecido. Pese a mi fanática admiración por la obra del sueco, la consabida búsqueda de Dios representada por una especie de araña que iba subiendo por las piernas de una histérica era una experiencia demasiado espesa para soportarla impunemente; de hecho nos desanimó tanto que renunciamos a encontrarnos con Alexander, que estaba guardándonos la vez en la cola de otro cine donde daban un experimento de Godard cuyo punto culminante era un pijeras que leía poemas de Mallarmé durante quince minutos y sin un solo movimiento de cámara. Y es posible que la memoria vuelva a hacer de las suyas, pero en las películas del Godard de aquella época siempre salía un pijeras leyendo algo ante la cámara o alguna señorita alelada que decía cosas como «¿Qué es la vida comparada con el infinito?» Y se contestaba a sí misma: «La vida no es nada comparada con el infinito, del mismo modo que el infinito comparado consigo mismo no es vida.» Como sea que Godard siguió con la cámara fija y escuchábamos esos dislates en sesiones de madrugada, cuando el sueño puede más que la paciencia, acabé mandándole a la mierda.

Néstor, que era diestro en salvar a los demás de la pedantería, recurrió a la Montagne de Sainte-Geneviève para entretenerme, aunque fuese a la desesperada. Y lo sería mucho porque, influido por Bergman, inicié un docto discurso sobre los derechos de la sensibilidad lésbica en una sociedad machista. Pero Néstor, que conocía perfectamente estos derechos, me propinó un ligero codazo acompañado por una de sus frases preferidas: «El mensaje para la Western Union.» A continuación nos dirigimos al mostrador y pedimos dos Coca-Colas, lo cual no fue bien visto por la morenaza con pinta de torero que hacía de *bar-woman*, de manera que cambié rápidamente a un Pernod para no ser tildado de damisela. Y es que todavía me dejaba guiar por la idea de que todas las clientas tenían que parecer cowboys o carreteros, pese a que en el local había algunas tan elegantes que hubieran podido pasar por modelos de alta costura.

Llamó mi atención un tablero de anuncios donde se pedían las cosas acostumbradas en los locales de la Rive Gauche: chicas para compartir habitación, compañeras para vacaciones, asistentas por horas y extranjeras que se ofrecían como profesoras de idiomas. Pero más que esas émulas de Cristina Guzmán me llamó la atención una especie de pancarta que decía: «Aviso: en la isla de Lesbos no queda nada de lo que tú esperas. Busca tu ocasión en Amsterdam.»

Aparecía, acaso prematuramente, una de las ciudades destinadas a convertirse en símbolo de la libertad sexual a lo largo de la década.

Una vez comprobado el indudable empaque de las tortilleras francesas empecé a temer que la noche no diese más de sí, pero estaba menospreciando la capacidad de Néstor para las relaciones sociales, capacidad que ya no se limitaba a lo imperioso de encontrar influencias para sobrevivir, sino a su propio agrado. Así pues, no me sorprendió que en menos de un año hubiese llegado a hacer amistades entre los grupúsculos más cerrados de la Montagne de Sainte-Geneviève.

No tardamos en sentarnos junto a un pequeño grupo que destacaba entre la concurrencia por su aspecto sofisticado. Las presidía una rubia de aspecto formidable, con mirada taladradora que contrastaba con una sonrisa llena de encanto. Se llamaba Véronique, aunque todas la llamaban Véro y, en algún caso, la Môme Véro, como si fuese la dueña de una tienda de ultramarinos en la Porte de les Lilas. Que no era el caso. Se trataba de una decoradora famosa por sus actitudes vanguardistas y al mismo tiempo muy discutida a causa de ellas. Según me dijo Néstor, era una gran conocedora del arte contemporáneo y había tendido un puente París-Nueva York que le permitía hablar antes que nadie de la irrupción del pop-art y movimientos similares. No podía estar más en la onda. Empezábamos la época que devoraría los ismos a velocidad supersónica; la vertiginosa edad de los tres ismos por semana, con la consiguiente aparición de doctrinas teóricas que se desmentirían a sí mismas cinco veces por día.

Lo que hoy pudiera parecer un exceso era entonces un desafío, a juzgar por la vehemencia con que la Môme Véro se lanzaba a hablar de una serie de nombres completamente desconocidos para mí y seguramente para sus compañeras. No así para Néstor, que había vivido en Nueva York y aplicaba su prodigioso olfato para detectar todas las conmociones que se anunciaban en el cambiante mundillo del arte. Mejor dicho: de todas las artes.

En plena conversación advertí que éramos los dos únicos varones en el local. Estaba a punto de sentirme intimidado cuando la Môme Véro me acarició la mano, dándome ánimos. Era obvio que tenía un gran ascendiente sobre las demás, porque todas empezaron a interesarse por mis cosas y hasta llegaron a preguntarme cómo se llamaba mi mamá. Así la conversación fue derivando hacia mis necesidades más inmediatas, entre ellas la de encontrar un empleo.

No tardé en comprender que Néstor le había hablado de mí, porque ella supo llevar la conversación hacia el terreno que más podía interesarme: se había quedado sin el matrimonio que cuidaba su apartamento y, mientras encontraba un criado fijo —preferiblemente argelino, porque comían poco—, necesitaba a alguien que le hiciese los trabajos más urgentes. Me apresuré a decir que sabía hacer todas las cosas que, en realidad, nunca había hecho, y puse tanta convicción en mis palabras que ella no tuvo la menor duda en reconocer que acababa de encontrar la perla de la corona.

Nos hallábamos enfrascados en tan amena conversación —y yo particularmente en las dudas sobre mi capacidad para cumplir lo que estaba prometiendo— cuando una joven que hasta entonces había permanecido en silencio vino hacia mí y, agarrándome del pelo, me obligó a levantarme. A continuación empezó a acariciarme el pecho, como quien cata una mercancía, y al final me espetó a voz en grito:

—*Vous n'êtes pas un garçon. Vous êtes une fillette!*

Aunque Néstor se echó a reír ante aquella salida, nuestras acompañantes guardaron un silencio violento. Al parecer estaban muy hartas de los exabruptos de aquella joven, que no era sino la amiga de mi flamante protectora, quien, por cierto, estaba más violenta que todas las demás, y navegaba directamente hacia la furia. Así lo expresó, aferrando a la otra del brazo y obligándola a sentarse.

—*Ça suffit, Madeleine. C'est jeune homme est presque un écrivain.*

Pero la tal Madeleine hizo caso omiso de aquellas y otras aclaraciones, y continuó tirándome del pelo sin dejar de repetir que yo era una chica y suponiendo sin duda que estaba interfiriendo en la paz de su hogar. Néstor, sin dejar de reír, sólo supo decirme que la culpa era mía, por llevar un jersey tan ceñido que me daba más pecho del que en realidad tenía. Sin mencionar el cabello, que caía en forma de bucle y formaba un largo flequillo para parecerme a un paje del Renacimiento, cuando, en realidad, recordaba a Claudette Colbert de joven.

La agreste Madeleine continuó con sus improperios hasta que la Môme Véro se revistió de autoridad y le pegó un sonoro bofetón mientras la trataba de gorrina, si no de algo peor. Tras un intercambio de palabras gruesas, la otra acabó sentándose a regañadientes, bien porque las demás no celebraban su actuación, bien porque sus celos no eran fingidos. De todos modos, optó por callarse, y así pude continuar la conversación con la Môme Véro. Desde el punto de vista laboral fue el encuentro con una nueva tirana, pero esta vez tan dulce que casi llegó a parecer amiga.

Como siempre en mi vida, las mujeres venían a socorrerme y, también como siempre, eran mujeres mayores, aptas para interpretar con gran ventaja el papel de hermana, si no el de madre. Pude comprobarlo en la casa de una tal madame Renard, donde fui a servir tres veces por semana con gran ventaja para mi tiempo, pues vivía en el mismo barrio que la Môme Véro (creo que ya en la parte de Montparnasse). Además de hermana y madre, madame Renard fue la abuelita más encantadora que jamas soñé tener: un espécimen sacado de las ilustraciones decimonónicas, mitad hada madrina, mitad personaje de la condesa de Ségur. Y si bien es cierto que sus características no exigirían más que una simple nota, debo destacar su amistad, porque a través de ella pude entrar en contacto con el amado París de ayer, gracias a su formidable colección de discos y al almacén de recuerdos que abarrotaba su piso.

Una vez más, la memoria íntima de los otros me daba lecciones de historia. O de esa anécdota maximizada que la memoria colectiva ha sabido historiar.

Además, era buena mujer. Acaso lo fuese por obligación ya que se había quedado paralítica al tiempo que perdía al marido en un accidente de coche y a su único hijo en la guerra de Indochina. Con tantos incidentes una asume su destino y se vuelve buena mujer o se tira por la ventana. Cosa que madame no habría podido hacer si no la ayudaba a moverse su hermana Yvette, que venía a pasar con ella las tardes y fiestas de guardar, y aunque no tan dulce como la impedida, era cuando menos simpática y educada y llevaba aquellos sombreros espantosos, tipo olla a presión, que caracterizan a las señoras mayores de clase bien, aunque no inmejorable. Al contrario de su hermana, madame Yvette tenía una familia maravillosamente organizada —con dos hijos casados a la perfección— y entre todos se ocupaban de la inválida hasta el punto de desplazarse en bloque a su casa cuando se trataba de celebrar alguna fiesta señalada. La portera —una eterna fumadora de Gauloises— decía que lo hacían por interés, porque madame Renard gozaba de una buena pensión y, además, era de las que habían sabido guardar, y todo el piso olía a herencia opípara. Pero esto siempre se ha dicho de los familiares bondadosos para con los ancianos solitarios, tan incomprensible resulta en nuestro siglo que exista un poco de caridad.

Mis obligaciones en casa de madame Renard eran de las más agradables a que puede aspirar un esclavo: hacerle la compra, ordenar las revistas femeninas que dejaba amontonadas junto a la cama, prepararle el desayuno y pasar el plumero por la caterva de recuerdos personales, un almacén de camafeos y fotografías enmarcadas, así como sillones vetustos, cortinajes de terciopelo y cojines de raso y puntillas.

Cierto que a causa de su invalidez tenía que limpiarle el orinal, pero nunca me dio asco, porque si bien era mierda, era de santa. Y mientras trasladaba el recipiente al cuarto de baño o pasaba el plumero por relojes, conchas de nácar y esculturas art déco, oía sonar viejas canciones en la gramola que madame Renard tenía siempre a su alcance, porque lo que más la distraía, aparte de la televisión, era recordar las horas doradas del París de entreguerras a través de sus voces inmortales: Damia, Chevalier, Alibert, Mistinguett, Joséphine Baker o Arletty.

Para distinguirlos a todos, para emocionarme con algunos, llegaba debidamente preparado por mis recuerdos de la Barcelona que no viví. Recurría una vez más al legado oral de mis padres y a mis primeras lecturas de los nostálgicos barceloneses, los entrañables artículos de Ángel Zúñiga y Sebastián Gasch en *Destino* o los dibujos de Muntañola y Peñarroya en *Tururut*, una revista satírica de vida efímera —sólo se publicó durante el año 1953— que me encandilaba por reproducir, en deliciosas miniaturas, los principales momentos de mi ciudad.

Pero era sobre todo el recuerdo de las voces del barrio, la memoria viva de las vecindonas, acaudilladas por el gesto imperioso de mamá, que todavía se acordaba de los años en que las frenéticas danzas de Joséphine Baker sacudieron los cimientos del Peso de la Paja:

—Era negra como el carbón, pero la guapura no se la quitaba nadie. Cuando empezó bailaba en cueros; como les digo, en porretas, con un plátano aquí y otro plátano allá, pero al envejecer se volvió cabal y empezó a adoptar huerfanitos de la China, la Cochinchina y la Vall d'Andorra.

—Es que los negros tienen golpes escondidos —decía la señora Lola. Y apostillaba, con extrema seguridad—: Acuérdese del negro que tenía el alma blanca.

Y era sobre todo el recuerdo de papá, con su lado absurdo, de locura menestral, su tendencia a la *rauxa* expresada en la deformación a través del chiste fácil y con un punto de escatología inocentona. Así, el *couplet* de la Baker que decía «*Quand il m'appelle sa coquete, / son anana, son anana, son ananette*», era traducido por él a una impura jerga arrabalera, mezcla de mal catalán y peor castellano, que afirmaba:

El dia de San Franciscu
me cago en Déu, me cago en Déu
ma cago en Cristu
varen fer una procesó
quatre putes i un cabró...

Lo mismo que le gustaba hacer a Alberti cuando tomaba la música de un conocido pasodoble de anteguerra y por alguna secreta manipulación del genio poético la frase «*Rocío, ay mi Rocío*» se convertía en los cojones de Murillo («*Murillo, ay mi Murillo*», cantaba Rafael, y al hacerlo se convertía en el niño más divertido de la Roma trasteverina).

Imposible traducir a la cauta madame Renard el delirio callejero de estos cambios de letras. Por otra parte, me compensaba más atender a su nostalgia personal, llena de recuerdos de gente maravillosa que al parecer había conocido íntimamente, pues en tono íntimo hablaba de todos ellos. Luego supe que se trataba de una fantasía, que sólo los había visto sobre la escena o en las pantallas mudas. Era una precursora de la mitomanía, una perenne forofa de la gente que había admirado sobre la escena y a la que seguía admirando pese a los años transcurridos. ¿Cuántos? El tiempo mismo habría perdido la cuenta.

Quedaba muy poco de los recuerdos de madame Renard en el París de 1962, pero entre las tapicerías añejas de aquel piso sumido en una dorada penumbra yo iba aprendiendo lo que fue el *esprit* francés en otro tiempo, e incorporaba la nostalgia ajena a mi propia, irresistible nostalgia de todos los tiempos perdidos. Y de este modo mi esclavitud se ennoblecía, mientras mi sensibilidad se deformaba un poco más. Casi estaba en condiciones de sentirme contemporáneo de Gigi y obrero especializado en la fábrica de los Lumière.

Mientras realizaba las labores de la casa, iban sonando los viejos discos de pasta, que en mi barrio llamaban «placas». Cécile Sorel se hacía la *diseuse* con algún texto un punto picante, pero al momento llegaba Chevalier parodiando el ridículo aspecto del nuevo sombrerito de Zozo; vital, agresiva, canallesca, Mistinguett me recordaba que había nacido en el faubourg Saint-Denis; Tino Rossi, más cursi que un guante, cantaba canciones napolitanas a Marinela; Lucienne Boyer tarareaba *la valse de France* («*elle est charmante / et vous enchante*») y Arletty dudaba sobre si entregar a un galán engominado su «*amour de parisienne*».

—¿Le gustan esas canciones? —preguntaba madame Renard, con su sonrisita entrañable—. ¡Qué jovencito tan raro!

—Usted no me entendería, madame Renard, pero soy alguien que siempre llega tarde a las cosas.

En el fondo, quería decirle que habría reaccionado igual si en el tocadiscos hubiesen sonado todos los timbales del ejército cartaginés o las atronadoras trompetas de los jenízaros turcos. La misma nostalgia por el tiempo que no viví.

A última hora de la tarde iba a hacer las faenas a casa de la Môme Véro, y con sólo cruzar el barrio me encontraba en un mundo completamente distinto, un microcosmos presidido por la modernidad y, a veces, anticipado a ella. Moverme en aquel espacio casi mágico fue una experiencia extraordinariamente saludable, que me curó de la desazón producida día a día por el mal gusto que se estaba apoderando de la cultura de masas. Ésta respondía cada vez más a la imitación degradada de influencias externas; en cambio, en el piso de la Môme Véro la modernidad era una dinámica razonada, y sobre todo asumida por un espíritu selecto. Con sus muros lacados, su moqueta clara, y las luces estratégicamente colocadas para crear ambientes dispares, me alejaba del barroco escenario donde dejaba morir sus días madame Renard para integrarme en un espacio límpido, uniforme, que creaba su propio código de valores. Y en este espacio, los cuadros, las esculturas, los móviles que coleccionaba la Véronique palpitaban con la fuerza que sólo puede darles un museo especializado en el gusto selectivo y no en la acumulación.

Entre las bondades de la Môme Véro destacaba la de permitirme el acceso a su biblioteca, que ocupaba toda una habitación. Había allí los mejores libros de arte publicados en varios países, y aunque muchos de los temas escapaban a mi comprensión, fui encontrando todo lo necesario para completar los conocimientos que más me urgían: los que estaban relacionados con París y sus etapas artísticas culminantes. No era nada que no hubiese hecho soñar anteriormente a otros párvulos: la vida de Modigliani en Montparnasse, las reuniones de bohemios en La Rotonde, las cenas de Picasso en La Coupule, el trasiego de los surrealistas en Montmartre, los grupos que se arremolinaban en torno a Jean Cocteau en Le Boeuf sur le Toit y todas esas imágenes que durante años nos ayudaron a ingresar en los terrenos del arte a través de la anécdota y, por supuesto, con el cargamento de la envidia. Una vez revividos estos sueños parisinos, tendría tiempo para aprender qué estaban haciendo al otro lado del Atlántico Andy Warhol y su enloquecida cofradía.

De momento, era un aprendiz con el oído siempre presto y la boca bien cerrada. El grupo de amigas de la Môme Véro constituía un terreno abonado para mis prácticas, pues todas se dedicaban a profesiones relacionadas con la cultura. Tuve la suerte de que lo tardío de mi horario me permitiese coincidir con ellas cuando venían a recoger a la Môme para salir o se limitaban a improvisar una cena apresurada en el apartamento. Como sea que Néstor me acosaba a menudo preguntándome qué guarradas hacían aquellas mujeres en su intimidad, yo intentaba pescar algún detalle venal; pero eran serias, recatadas y dignísimas, no sé si porque mi presencia las intimidase o porque habían leído a Colette. Ante aquella conducta tan respetable estaba por pensar que Néstor se había equivocado y yo me hallaba en el locutorio de un convento de ursulinas. Sólo me sacaba de este convencimiento la conducta exhibicionista y hasta soez de Madeleine, la amiga de la Môme Véro, que continuaba demostrándome la misma hostilidad que la noche de la Montagne de Sainte-Geneviève.

Era la única del grupo que se complacía adoptando actitudes masculinas y sobre todo mostrándose agresiva sin el menor pretexto. Se diría que iba por el mundo pidiendo guerra, y sólo al final comprendí que no hacía sino actualizar constantemente un viejo pleito con su amante, pleito que consistía en determinar quién era la dominadora y quién la dominada. Tenía, además, la extraña capacidad de incluir en la lucha a cualquier persona por la que la Môme Véro hubiese demostrado algún afecto, o siquiera deferencia, de manera que yo fui blanco de sus ataques, tan constantes que al cabo de poco tiempo fueron diarios. Porque la Véro continuaba dándome instrucciones —en realidad, simples consejos sobre libros que debía leer—, y este leve amago de solicitud me convertía en enemigo potencial.

No descarto una última y en ningún modo absurda posibilidad: mi aspecto andrógino podía hacerle pensar que la Véro había decidido probar nuevas experiencias sin arriesgarse a caer en la brutalidad de un macho normal. De otro modo, no me explico por qué cada noche, cuando ya había llegado el resto de sus amigas, la Madeleine me arramblaba contra el muro y, echándome al rostro un aliento que olía a tabaco de pipa, exclamaba con desprecio:

—*Vous rassemblez toujours une fillette!*

Debo decir que, mientras pronunciaba estas palabras, buscaba mis partes íntimas y las apretaba con tanta intensidad que un día estuvo a punto de reventarme un testículo.

La insistencia de sus ataques atrajo la atención de las demás, si bien en un sentido positivo, porque se ponían de mi lado y me daban consuelo, en lo cual entendí yo una forma de ponerse en contra de mi agresora. Y es que al parecer veían en su actitud algo vejatorio contra la Môme Véro, a quien compadecían por tener al lado semejante pendón que, encima, le sacaba dinero.

Así, me encontré protegido por seis magníficas tortilleras. Una de ellas trató de consolarme prometiendo que me presentaría a Jean Marais, lo cual me permitiría presumir ante Néstor. El encuentro nunca se produjo, entre otras cosas porque la reciente muerte de Cocteau habría dejado a Jeannot muy compungido, como puede comprender el más inculto de los cinéfilos gayos. Por otro lado, no quería engañarme: mi humilde posición de fregona hacía difícil que conociese a alguien más importante que el primo de la cuñada de la portera de una antigua condiscípula de Michèle Morgan. Y, además, tenía muy reciente el chasco con que me había herido uno de los ídolos *kitsch* más acreditados de mi adolescencia.

Sucedió dos meses antes. A raíz del asesinato del presidente Kennedy, el *Herald Tribune* se había visto obligado a ampliar su nómina de vendedores callejeros. También en esta empresa había hecho Néstor algunos amigos, y como sea que yo aún no había encontrado retretes por fregar, juzgamos conveniente aceptar el empleo de vendedor provisional. Sería sólo para seis días, pues ni siquiera un magnicidio tan formidable daba para más expectación, pero cuando menos me reportaría el dinero necesario para sobrevivir a base de *baguettes*, huevos duros y cafés con leche. Así, me encontré imitando a Jean Seberg en el mítico filme de la *nouvelle vague A bout de soufle*: con la camiseta del *Herald Tribune* y pregonando la mercancía arriba y abajo de los Champs Élysées. «*Kennedy's Death*», «*Kennedy's Death*», gritaba con la pericia del imitador esnob y el orgullo de un hijo legítimo de la modernidad. Sin embargo, no tardó en salirme la antigualla. Frente a un restaurante que gozaba de gran prestigio, vi detenerse un opulento automóvil del que bajó un caballero de mediana edad, envuelto en un enorme abrigo de pieles: era Luis Mariano, tal y como le había soñado en el imperio del Gevacolor, el sistema más patético de los cinéfilos tercermundistas.

No tuve vacilaciones. Dejé de lado mi pregón y, colocándome frente al ídolo, quise demostrarle mi admiración cantando la primera estrofa de uno de sus triunfos más acreditados (que fue, naturalmente, *Violetas imperiales*). Se trataba a todas luces de un homenaje muy sentido, pero no lo interpretó así monsieur Mariano porque, mirándome de pies a cabeza, exclamó: «*Petit idiot.*»

Me quedé de piedra. Temiendo que no hubiese entendido mis intenciones quise homenajearle de nuevo, así que entoné las gloriosas estrofas que decían: «Milagro de París, en seda y encaje...» El ídolo me dirigió una mirada de desprecio, se volvió con altivez de marquesona y mientras avanzaba hacia el restaurante a golpes de visón, uno de sus acompañantes me empujó contra un árbol, de manera que los periódicos cayeron al suelo y hasta creo que la foto de Kennedy se mojó con pipí de perro. O algo parecido ocurriría, porque tuve que pagar de mi bolsillo diez ejemplares del *Herald Tribune.*

Este desafortunado encuentro me enseñó a albergar cierto escepticismo cada vez que imaginaba una entrevista con cualquier personaje de mi devoción. De ahí mi desconfianza cuando mis tortilleras favoritas me proponían un encuentro con Marais o quienquiera que fuese el ídolo elegido. Y aun así, no pude dejar de sentir un baqueteo en el corazón cuando, cierta mañana, Alexander llegó de la galería más temprano que de costumbre para anunciarme, con expresión radiante, que había conseguido una cita de importancia definitiva para su desarrollo intelectual.

Mientras se cambiaba a toda prisa, poniéndose un jersey negro en lugar del jersey negro que llevaba, me comunicó que iba a reunirse con Jean-Paul Sartre y Simone de Beauvoir, ambos en el mismo lote o, lo que es igual, los dos por el precio de uno. Esta cita, impensable para aprendices como nosotros, se la había proporcionado un tejano comunista que tenía a gala haber participado en la guerra civil española. (¡Joder! ¡Todos los yanquis de la Rive Gauche parecían haber ido a pasear por aquella dichosa contienda!)

Estaba a punto de ponerme mi mejor jersey negro cuando Alexander me anunció que yo no había sido invitado; es más, que mi presencia podría resultar inoportuna por distraer la reunión del tema que más le interesaba: algunos puntos oscuros en el libro del señor Sartre sobre la cuestión judía.

Aquel partidismo me pareció injusto. Por grande que fuese el interés de Alexander, el mío era mucho más profundo. Tanto Sartre como la Beauvoir habían dado un sentido a mi adolescencia, habían contribuido a mejorarla en una época en que toda mejoría estaba proscrita por el franquismo. Recordaba cuando Maruja y yo buscábamos sus obras en una librería de la calle Parlamento, cuya trastienda estaba llena de títulos prohibidos: revivía horas robadas al sueño, quemándome las cejas en infructuosos intentos de comprender *El ser y la nada*; evocaba la sensación de intensa felicidad que solía embargarme cuando acertaba a penetrar en obras más sencillas o cuando a través de mis amigas empezaba a asumir el sentido de la lucha por la emancipación femenina ejemplarizada en el libro-fetiche *El segundo sexo.*

Obras que en su tiempo fueron míticas, alimento espiritual de toda una generación, ¿quién se acuerda de ellas ahora, en el irreversible asesinato de las generaciones?

Tenía muchos, muchos méritos a mi favor para sentarme frente a Sartre y la Simone y escuchar, embelesado, cuantos mensajes tuvieran a bien comunicarme. Tenía un derecho espiritual y hasta físico, porque en mi anterior viaje a París me había instalado en un hotelucho vecino a su casa, en la rue Bonaparte, con la esperanza de verlos salir, de sentir su presencia aunque fuese de lejos. Y ocupé cada día una mesa en Flore llevado por esta misma esperanza. Y ahora un americano ricachón conseguía lo que para mí era imposible; y, además, lo conseguía sin el menor esfuerzo, sólo para intercambiar chismes acerca de un lugar lejano llamado Israel.

De verdad que el señor Jehová es injusto en sus dádivas.

Pero Jehová estaba de parte de los suyos y no de los hijos del Peso de la Paja, así que tuve que contentarme acompañando a Alexander hasta Saint-Germain-des-Prés, y esperar pacientemente su regreso. Antes de separarnos le hice algunas recomendaciones:

—Sobre todo no le preguntes por Albert Camus.

—¿Por qué razón? —pregunto él con inocencia no fingida.

—Es un presentimiento —dije yo—. Creo recordar que acabaron a hostias.

Le esperé en una mesa de Flore, revisando los enojosos deberes que me habían puesto en la Alliance y haciendo planes para meter una rata en el bocadillo de la maestra.

Convencido de que nunca conseguiría descifrar la cuestión de los acentos, aparqué los papeles en provecho de algún bolsilibro de los que siempre llevábamos encima para amenizar cualquier espera. Aquel debía de ser voluminoso, porque estuve más de dos horas leyendo hasta que al fin regresó Alexander, con el rostro escondido en el cuello del tabardo y las manos hundidas en los bolsillos. Tenía la nariz roja como un tomate, y yo lo atribuí al frío del atardecer, pero pronto me di cuenta de que era la rojez de la ira. Ésta contrastaba con mi avidez al preguntarle varias veces seguidas qué había ocurrido. Ya no podía dominar la impaciencia. Ansiaba beber una a una las palabras del maestro, aunque me llegasen de segunda mano. Pero Alexander contestó con un puñetazo en la mesa y una serie de tacos y maldiciones que concluyeron con una declaración completamente inesperada:

—Asómbrate, pequeñajo: mister *John*-Paul Sartre es idiota.

Tres veces tuvo que repetirlo para que yo alcanzase a entenderle y otras tres lo repetí yo para negarlo. Y como sea que él seguía en sus trece, decidí escucharle.

—En dos horas ni siquiera se ha dignado mirarme. También es cierto que mi amigo, el tejano, no paraba de contar cosas sobre vuestra guerra civil: una atrocidad tras otra. Mister Sartre permanecía en silencio, dándole a una pipa bastante mugrienta. Cuando Herbert paraba de hablar, yo introducía una pregunta rápida sobre asuntos candentes del sionismo. Esperaba ansioso el veredicto de tu ídolo. Pues bien: nada de nada. En un momento determinado, ya sin contemplaciones, le he preguntado abiertamente sobre la cuestión judía. Él se ha limitado a decir:

«*Hélas, la question juive! Hélas, la question juive!*» Por tres veces le he formulado la misma pregunta, y por tres veces ha contestado: «*Hélas, la question juive!*» Y no ha habido modo de sacarle una jodida opinión.

—Sin duda la opinión estaría implícita en el tono —dije yo, con expresión angustiada ante aquel cúmulo de decepciones—. Seguro que hablaba desde el escepticismo filosófico.

—Hablaba desde la cretinez. Yo seguía esperando su veredicto sobre algún nombre concreto, así que he citado a varias personalidades de la política judía. Nada de nada. Sólo al despedirnos me ha dado la mano con extrema frialdad, al tiempo que preguntaba: «*Alors, vous êtes juif ?*» Y ante mi afirmación, se ha limitado a comentar: «*Quelle question, mon ami! Quelle question!*»

Me negué a creer lo que me estaba contando. Dichoso él que era yanqui. Yo, como europeo, no podía permitirme semejante opinión. Yo no podía renunciar a los sueños culturales que tanto me había costado adquirir. Así que intenté buscar un último refugio en la dama que había contribuido a la concienciación de mis mejores amigas.

—¿Y ella? ¿Cómo es madame?

—*That Beauvoir woman!* Otra que tal baila. Parece sacada de los años cuarenta, pero con arrugas de la nueva década. Se ha pasado el rato con la mirada fija en una de esas revistas.

—Sería *Les Temps Modernes*, por la parte que le toca.

—Era el *Paris-Match*. No pongas esa cara de asombro. Estaba concentrada en un reportaje que trataba de una cena en Maxim's. Cuando me he interesado por su libro sobre los *States*, no se ha dignado dedicarme algo que se pareciese remotamente a una sonrisa. Sólo agitaba la revista y exclamaba: «*Hélas, les gens du monde!*» Luego ha seguido pasando páginas y ha repetido dos veces más: «*Hélas, les gens du monde!*» Y esto ha sido todo.

Guardamos unos minutos de silencio, como si acabásemos de perder a nuestros mejores soldados en un frente de macabros suspiros. Tan negro estaba el ánimo de mi amigo, que me sentí obligado a consolarle contando mi decepción el día que vi en persona a Luis Mariano. Pero al calcular las horas que me tomaría contarle quién era este personaje, me limité a decir:

—Será que a la gente que admiramos es mejor no conocerla porque de cerca pierden el interés que tienen de lejos. Es como cenar con Walt Disney y descubrir que el elefantito Dumbo no lo pintó él, sino un ayudante. ¿Comprendes?

Fue una de las pocas ocasiones en que le vi enfurecerse.

—Eres subnormal. Sólo a ti se te ocurre mezclar a un gran maestro de la filosofía con los dibujos animados. Se nota que no has pasado por la universidad.

Me sentí profundamente herido. Estuve a punto de contestarle que no tenía tantos motivos para presumir: al fin y al cabo Walt Disney es lo más parecido a un filósofo que han tenido los yanquis.

No se lo dije en atención a la paz doméstica, siempre tan difícil de conseguir. Solucionamos el pleito a mi modo: en la cinemateca, felices como siempre, y ese día mucho más, porque veíamos por primera vez en nuestra vida *La règle du jeu.* Y está escrito que una obra maestra de Renoir siempre amansará al león que llevamos dentro.

LOS MITOS SE DERRUMBAN, la gente nos muestra sus aspectos más ingratos y sin embargo algo de la devoción inicial perdura en el recuerdo. Nunca he dejado de sentirla por todas aquellas personas que entretuvieron mi infancia o, en un terreno más serio, ayudaron a formarla. ¿Qué decir entonces de los que ayudaron a configurar el pensamiento de toda una generación?

Nunca llegué a cruzar palabra con Sartre y su dama, pero años después, cuando disfrutaba en Roma de mi engañosa condición de escritor de éxito, solía ver a la pareja en uno de los bares de la plaza del Panteón. Me dijeron que ocupaban siempre la misma mesa, en la acera, desde donde se abarca la gigantesca fachada del monumento y, sobre todo, el constante ir y venir de la vida romana, ese movimiento que, durante unos años, no supe parangonar con nada del mundo. Sentado dos mesas más atrás, me sentía atrapado entre la vida y la literatura. Observaba a los dos intelectuales, ajados ya, momias prestigiosas, inmóviles, sin cruzarse palabra, como si sólo estuviesen esperando que los avances del Tiempo se los llevasen de una vez. Y esa actitud distante —aislamiento, ensimismamiento o lo que fuese— presentaba aspectos de autoconsagración a la que tenían lícito derecho. Ya no eran personas. Eran iconos a los que la historia —la larga historia que habían vivido y juzgado— colocaba más allá de toda consideración. Esto no era exactamente así, por supuesto, pues a finales de los años sesenta la figura de Sartre estaba siendo muy cuestionada, pero mi admiración se dirigía principalmente hacia el pasado. Y aun cuando yo había cambiado y el mundo mucho más que yo, seguía sintiendo por aquella pareja emblemática un punto de adoración transfigurada a través del respeto adulto.

Allí estaban en cualquier caso: inmóviles, silentes, como figuras de cera del entrañable museo donde se forjó mi juventud. Figuras de un lejano ayer, en mi fogosa marcha hacia la indeseada madurez.

Seis años antes de Roma, mi juventud parecía fijada para siempre en los devaneos de la ciudad de París y el sueño de perfección que representaba Alexander. Entre las horas de amor en la buhardilla y la continua epifanía que proponía la cinemateca, seguía vigente el pacto que firmé con Peter Pan, y aunque pugnaba fuertemente por ganarme el ingreso en la madurez, seguía siendo un niño con los ojos abiertos de par en par a la *inconsapevole* escena de un mundo que evolucionaba rápidamente a mi alrededor. Nada podía permanecer y era cierto que la esencia de la vida era el fluir, el cambio, la mutación. O así lo dijo un filósofo griego que otros recordarán pero nunca yo.

Como me había ocurrido desde niño, la idea de que todo estaba destinado a pasar me amargaba el presente. De momento, los días de París aparecían presos en una moviola que observaba con indiferencia, como si todas las imágenes concerniesen a otra persona. Convertido en *voyeur* de mí mismo, llevaba mi desdoblamiento a la cama y en ella aparecían dos versiones distintas del mismo Ramón: uno hacía el amor, el otro contemplaba desde el exterior. Y ninguno de los dos se ponía de acuerdo respecto a la oportunidad del acto y ninguno acababa de gozarlo plenamente. Era así como el amor se convertía en una variante de la masturbación comentada por un idiota sin necesidad de ruido ni furia.

Mientras todo esto ocurría en el juego de espejos que era mi vida, seguía soñando junto a Alexander en la cinemateca y en las cavas de jazz. Siempre había un saxofonista a quien parecía dolerle el alma y una negra de voz ronca y oscura (*smoky*, decía Alexander, aludiendo al humo que habría tragado para convertirse en el eco de los abismos). No faltaba un batería que en algún momento de la noche se ponía bravo, ni el consabido greñudo que aporreaba el bongo, como Brando y Dean en su época airada, cuando el bongo y la rebeldía juvenil estaban estrechamente asociados. Pero también las viejas cavas donde floreció la tradición existencialista habían cambiado hasta el punto de convertirse en atracción turística y escenario inevitable de las películas yanquis que transcurrían en París. Junto a los poetas ocasionales que seguían brotando como flores tardías en la Rive Gauche, aparecían gentes vestidas de lujo, que salían de los teatros o acababan de cenar en la *brasserie* Lipp, siempre de moda. Sólo los estudiantes extranjeros imitábamos a los existencialistas de ayer, dando a nuestras posturas el tono de una vieja fotografía de Wolfgang Heider. Nada más plástico y al mismo tiempo nada más sentido. Optábamos por quedarnos en un rincón, preferentemente oscuro, con el cuerpo hundido, la cabeza apoyada contra un muro encalado, consagrándonos a profundas meditaciones. O algo que en nuestra opinión se le parecía.

París continuaba derramando encanto a pesar de los parisinos. A decir verdad, incluso su antipatía se transformaba en provocación cultural, porque era la misma gente que, en su tiempo, había obligado a mi maestro Stendhal a buscar refugio en Italia y a estampar en su tumba que era milanés y no de Grenoble.

¿Qué hubiera pensado Stendhal de la subcultura que se estaba desarrollando a mi alrededor? Día a día, el horterismo acentuaba sus ataques. El problema no es que fuese moderno. Es que en sus intentos desesperados por parecerlo desembocaba fatalmente en el *kitsch.* Empezaba a ser el triunfo de las Nicolettes. Y por su fuerza, la gran cultura que habíamos soñado estaba perdiendo su fascinación, y el idioma su encanto.

Nada de esto era perceptible para Alexander, que al fin y al cabo era hijo del país de donde provenían las influencias destinadas a machacar las cosas más bellas de Europa, pero yo sólo pensaba en la autenticidad perdida, y sentía una extraña nostalgia por todo lo que no había vivido. Y al evocarlo desde la experiencia ajena recordaba otro lamento inmortal, el de la gran popolana Arletty cuando, entre las brumas de un filme de Carné, exclamó: «*Atmosphère, Atmosphère! J'ai une gueule d'atmosphère.*»

Atmósfera. Contenido. *Cafard* poetizado. Atmósfera. Todo lo contrario de la banalidad que empezaba a envolvernos.

Intentamos en todo momento que esta mutación no nos alcanzase. Habíamos acordado un cauto cincuenta por ciento que era en realidad una especie de *no man's land,* entre cuyos límites uno cedía a los placeres del otro, sin entregarse completamente. Después, cuando reposábamos en la buhardilla lunar, sólo hablábamos de infancias perdidas. El cine mío y el jazz suyo eran cosas excluidas de un universo donde imperaban los sueños de ayer. Y por culpa del inevitable devenir de los años, ya entran en estos sueños mis noches parisinas de aquel otoño de 1963.

En este invierno de las remembranzas, Néstor y Alexander se convierten en víctimas de mi inextinguible voluntad de reciclar a todo ser humano colocándolo a la altura del mito. ¿O se trata de una disminución? ¿Llegué a conocer verdaderamente a esos seres tan mitificados? Es dudoso que me molestase siquiera en comprenderlos, y este pensamiento me remuerde la conciencia ahora, cuando hace tanto tiempo que han desaparecido de mi vida.

Mientras yo trasladaba a Alexander a las mitologías de la infancia, o como mucho a las tomas de conciencia de la mocedad, no percibía que él se hallaba enfrascado en una compleja búsqueda espiritual, representada por una llave guardada en la bolsita de cuero que colgaba siempre de su cuello.

—Es la herencia que me dejó mi abuelo —mumuró cierta noche, con una mezcla de nostalgia y cariño—. No creas que es fácil comprenderlo, porque más que herencia es un mensaje.

—Qué cosas tan extrañas te inventas. Pues ¿no me contaste que tu abuelo te dejó un dineral?

—Esos fondos duermen en un banco. Pero esta llave está siempre en mi corazón.

Para no comprometerme en la emoción corrí a refugiarme en la memoria cinéfila. No faltaban en ella historias de llaves de todos los tamaños y en cualquier formato. Hitchcock, sin ir más lejos, hacía prodigios con ellas.

Flaco servicio de la imaginación que, una vez más, me llegaba de segunda mano. En cambio, la historia que Alexander me proponía era mucho más apasionante. Para comprenderla plenamente, me hubiera bastado con salir de mis quimeras y acercarme a la historia de mi época.

La llave, tan traída y llevada como los discos de Miles Davis, pertenecía a la casa familiar paterna, sita en un pueblo del norte de Grecia cuyo nombre olvidé durante años y sólo muy recientemente he recuperado. Pero acaso las reglas más elementales de la narrativa, si no de la verdad, exigen que permanezca perdido para el lector como lo estuvo para mí durante cuatro décadas: en un espacio brumoso y denso como el descanso de los muertos.

Esa llave me remite a una costumbre sefardí que me autoriza a atribuir tal origen a la familia de Alexander, pero esto es algo que ni siquiera su abuelo había podido confirmar. El recuerdo del viejo, trasladado a la memoria infantil de Alexander, se perdía entre las callejas de su pueblo; y por su influencia, aparecían y reaparecían vocablos en ladino, tradiciones y ritos ancestrales, atuendos exóticos transmitidos de generación en generación.

¡Y yo me atrevía a comparar su llave mágica con una vulgar película de Hitchcock!

He entendido, después, que todas mis referencias al cine del pasado eran una arma que me ayudaba a no enfrentarme a la realidad, y en aquella ocasión mucho más: era un subterfugio para no reconocer que Alexander estaba dispuesto a seguir un camino diametralmente opuesto al mío. Y aun así fue generoso, pues me propuso acompañarle hasta el final de su búsqueda. Aunque seguía sin comprenderla, me incorporé con entusiasmo a lo que se anunciaba como la aventura más fascinante que le fue dado vivir a un ciudadano del Peso de la Paja.

Como he apuntado anteriormente, se trataba de desplazarse a Salónica, donde yacían las fuentes de la historia, y posteriormente a Beirut, donde residía el tío de Alexander encargado de mantener viva la llama de la tradición familiar.

En aquella época todavía no se habían puesto de moda los viajes iniciáticos o, cuando menos, no eran un pretexto generacional; el itinerario propuesto por Alexander tenía todas las características de búsqueda del propio ser, sin concesiones a influencias externas ni mucho menos al esnobismo. Además incluía puntos tan alejados de mis aspiraciones que se convertía en un fin del mundo. Ni siquiera mi amado Julio Verne habría podido concebir periplo tan fantástico. Y era natural que me lo pareciese, teniendo en cuenta que el simple desplazamiento de Barcelona a París, vía Perpiñán, ya me había parecido en su momento una incursión en el imposible dominio de los selenitas.

Una de las características de la libertad es que una vez probada siempre pide más. ¿La llamarán algunos libertinaje? Pues entonces el libertinaje es maravilloso, y esta maravilla abarca las geografías más dispares, los horizontes más osados, esos que nunca nos habríamos atrevido a frecuentar. Llevado por esta idea, y una vez recibido el primer estímulo, el viaje a Salónica sólo era un humilde eslabón en una cadena que estrechaba los confines más remotos; y una vez alcanzados continuaba perdiéndose en una infinitud sin límites. Y al calcular todas las posibilidades contenidas en ella, Alexander rememoraba una canción de recia raigambre yanqui que le había impresionado profundamente en su infancia. Se llamaba *Dont' fence me in*, la cantaba el vetusto Bing Crosby y las pizpiretas Hermanas Andrews, y se refería a los sueños de libertad de un vaquero, amante de los grandes espacios:

Oh, give me lands, lots of land
under starry skies above
don't fence me in...

Let me ride through the wide
open countries that I love
don't fence me in... (1).

Y me explicó Alexander que, con la frase *«don't fence me in»*, el vaquero estaba pidiendo que nadie pusiera vallas a su libertad. Por aproximada que fuese la traducción bastaba para hacerme exclamar:

—*Don't fence me in!* Que así sea. Ni cercados, ni murallas, ni barrotes de prisión.

Para rubricar mi propósito hicimos el amor con más ímpetu que nunca, como si ya nos encontrásemos bajo los palmerales de un idílico oasis, reposo de las caravanas que siguen la Ruta de la Seda.

Alexander sacó todo su dinero del American Express y, como sea que era insuficiente para costear nuestro viaje, recurrió a la solución que más podía dolerle: vender su magnífica colección de discos de jazz en una tienda especializada del Mitch o, mejor dicho, en la plazoleta donde empieza este bulevar. Por lo que entendí, se los paga-

(1) Dadme tierra, mucha tierra / bajo un cielo estrellado. / No me pongáis vallas... / Dejadme cabalgar / por el campo ancho, abierto, que tanto amo. / No me pongáis vallas...

ron muy bien porque muchos eran piezas que no habían llegado a Europa. Tal vez el acto de justicia, implícito en el reconocimiento de la calidad, mitigó el dolor de la pérdida, y si bien es cierto que Alexander derramó algunas lágrimas, éstas se secaron no bien recordó el objeto de nuestro viaje, cosa que por otro lado venía haciendo veinte veces cada mañana y otras treinta cada tarde.

Después de separar en sobres distintos el dinero destinado a la comida y a los porros, calculó lo necesario para comprar un coche que en un principio debía ser de segunda mano y al final resultó ser del dedo meñique de la mano de un liliputiense. Tan destartalado estaba, que el vendedor se sintió obligado a advertirnos:

—Yo que ustedes sólo lo utilizaría para trayectos cortos. En realidad, no deberían pasar de Versalles.

Lo tomamos por insidioso. Al fin y al cabo, el coche tenía que llevarnos hasta el norte de Grecia, de manera que cualquier advertencia resultaba impertinente. Con el aire de suficiencia propio de quien se cree más entendido que los propios expertos, Alexander ordenó que lo limpiasen. Al día siguiente fuimos a recogerlo, provistos del equipaje más elemental: dos petates cargados de libros y jerseys negros, y la guitarra, adornada con las firmas de los amigos de la Librairie.

—Ahora que lo han limpiado parece otra cosa —exclamó Alexander con orgullo.

—Tiene empaque —contesté, admirado—. Mismamente un *haiga,* que así se llamaban los coches de lujo cuando era niño.

De todos modos, no deberíamos de esperar mucho de él, porque a tenor de las advertencias del vendedor lo bautizamos *Turtle*. Y es cierto que más tortuga no podía ser, el pobrecito.

Una vez pasado Versalles, respiramos aliviados. *Turtle* resistía. Cincuenta kilómetros después, seguía resistiendo. Y sólo al detenernos en una gasolinera cercana a la ciudad de Dijon renqueó ligeramente, como si le doliesen las tripas. Pero al oír que el ronroneo seguía subiendo de tono, el empleado comentó:

—No vayan demasiado lejos con este trasto. Pueden quedarse en la cuneta... si no se estrellan contra un árbol.

—¡Mira que llegan a ser antipáticos los franceses! —comenté, por lo bajo—. Hasta el viaje quieren amargarnos.

Quedaban más de veinticuatro horas para que lo consiguiesen. De momento, los placeres del paisaje descartaron cualquier posibilidad de amargura. Aunque el cielo tenía un color plomizo, manchado por nubes negruzcas, la vegetación desmentía todos los tópicos sobre la desnudez del invierno por medio de una infinita variedad de tonalidades: las hojas de los árboles se protegían bajo un manto escarlata y, una vez desprendidas de las ramas, formaban tupidas alfombras doradas.

De vez en cuando nos sorprendía la lluvia y entonces la gran capota celeste semejaba la bóveda de un calabozo. Pero la sensación de claustrofobia que nos producía era provisional, ya que en un momento determinado el sol se desparramó sobre un juego de fértiles campos desplegados como un acordeón, y hasta la carrocería de nuestro pobre coche adquirió el inusitado brillo de un diamante. Así supimos que habíamos dejado atrás las brumas del Norte y nos adentrábamos en los diáfanos espejos de la Provenza.

Yo recordé a Alexander que por aquellas carreteras Grace Kelly conducía a toda velocidad un descapotable rojo ante la expresión aterrorizada de Cary Grant, y él comentó que con un coche de aquellas características habría derrotado a todas las estrellas de cine, por no hablar de los más reputados corredores de fórmula-no-sé-qué. De momento tuvimos que conformarnos con lo que *Turtle* quisiera darnos, es decir, un poco más de velocidad que la de algunos carros cargados de heno a los que sólo por milagro íbamos dejando atrás. Pero nada había tan milagroso como las mutaciones del paisaje, cada vez más accidentado, cada vez más imaginativo. Desde el fondo de las florestas rojizas emergían torturadas peñas coronadas a su vez por oscuras fortalezas a cuyos pies se extendían pueblos diminutos, cuya severa arquitectura me recordaba la discreción de los pueblos que había ido conociendo en Cataluña. Y esta impresión, que puede parecer mesiánica, se confirmaba en las ciudades donde nos deteníamos para repostar; discretos conglomerados urbanos cuya eficaz geometría se resquebrajaba de pronto con el trazado de frondosos paseos parecidos a la Rambla barcelonesa.

La identificación con el paisaje me daba nuevas luces sobre mi identidad, pero Alexander seguía sin vislumbrar la suya, y así reaccionaba ante cualquier estímulo con una actitud taciturna, que le convertía en un compañero de viaje aburrido y de escaso interés. Sólo de vez en cuando aceptaba salir de su ensimismamiento para acogerse a alguna remembranza de carácter literario. Y pocas tenía tan acariciadas como las obras de Scott Fitzgerald y, para aquel viaje, las que se referían al sur de Francia.

Cierto día, muy de mañana, nos detuvimos a desayunar en uno de los cafés que jalonan la rambla de Valence. Pese a lo avanzado del otoño las hojas continuaban en sus árboles, como un prodigio reservado a nuestro deleite. Para su primera lectura del día, Alexander no había elegido un fragmento del Pentateuco, como era su costumbre, sino una página concreta de la novela *Tendra és la nit.*

¡Cómo! ¿Irrumpe por sorpresa el idioma catalán en las peripecias de un ilustre borrachín yanqui? La memoria debe excusar, aquí, sus propios deslices, que el tiempo se complace en ficcionar una vez más. Este recuerdo entremetido pertenece a mi traducción de la novela de Scott, traducción que no efectué hasta cuatro años más tarde, cuando los árboles de Valence pertenecían a la tesorería de los recuerdos, igual que la mirada ensoñadora de Alexander y el lento devenir de *Turtle.*

Por cierto, que nuestro trastito no se portaba mal del todo. En realidad, fuimos afortunados, porque sólo tuvimos que empujarlo en cinco ocasiones. Lejos de maldecirle, le cojimos cariño, porque además de transportarnos como buenamente podía se convirtió en un segundo hogar o, mejor dicho, el primero, el absoluto, porque no teníamos otro. Si era de día, aparcábamos debajo de los árboles y comíamos el pan y los embutidos que habíamos comprado durante la marcha; cuando caía la tarde, aparcábamos en la plaza mayor de algún pueblito y dormíamos hasta la salida del sol. Y en cierta ocasión, sintiéndonos excitados por una puesta de sol del color de las cerezas, saltamos a pleno campo e hicimos el amor de una manera harto desenfrenada.

Cuando los cuernos de la luna ya empezaban a pronunciarse sobre los tejados de los pueblos y masías, exclamé medio extasiado:

—Hoy en día ya no se tienen orgasmos así. Seguro que ha sido la fuerza del crepúsculo. Y si éste es tan bonito, ¿cómo serán los de Grecia, que tienen tanta reputación?

—Me temo que serán de tarjeta postal —dijo Alexander—. Puro fraude para turistas bobos.

—No seas tan cenizo. Piensa en Byron. —Y poniéndome en actitud de rapsoda cursi recité—: *«Isles of Greece, Isles of Greece...»*

—No iremos a ninguna isla. Además, si Byron viviese hoy, sería un vulgar asalariado de la Pan American.

Y como sea que la tapicería de *Turtle* estaba manchada de semen, añadió:

—No seas descuidado. Piensa que este coche tiene que llevarnos muy lejos. Dependemos de él.

Pasadas las veinticuatro horas de tranquilidad, *Turtle* empezó a emitir ruidos extraños. Recordando la práctica de Alexander en el servicio militar, yo iba extremadamente confiado, pero poco antes de llegar a Aix-en-Provence empecé a sentir miedo. El coche ya no se contentaba emitiendo ruidos horrísonos, sino que a partir de un momento determinado empezó a hacer explosiones intermitentes. Dada mi ignorancia absoluta en estas materias, decidí confiar en los expertos. Primero Alexander dijo que era un fallo de algo llamado carburador, y yo opté por creerle. A medida que iba subiendo el humo aclaró que era un problema de otra cosa llamada el géiser, y yo le creí de nuevo. Pero cuando el coche se detuvo inesperadamente y empezaron a salir llamas de la capota, salté al suelo con la velocidad del rayo y, aunque seguía creyendo en Alexander, comprendí que las leyes de la mecánica podían más que él.

Apenas llegamos a tiempo de rescatar los petates y la guitarra. En cuanto a *Turtle*, quedó convertido en un amasijo de hierros chamuscados. Lamenté perder a aquel entrañable compañero, pero es sabido que el espectáculo debe continuar aunque mueran todos los artistas. Necesitábamos llegar a Marsella con tiempo suficiente para coger el barco que debía llevarnos a Atenas, y no podíamos perder unas horas preciosas intentando salvar algo que, de todos modos, había cumplido con creces el plazo que le habían decretado los sabios. Así pues, dejamos su cadáver en la cuneta y recurrimos al autostop hasta alcanzar una localidad donde se detenía el autobús que efectuaba la ruta Aix-en-Provence-Marsella.

Después, vino el mar, y costas abruptas sazonadas de vez en cuando por un estallido de vegetación; y vino, también, una escala en la ciudad de Nápoles que no pudimos aprovechar por falta de tiempo. Fueron tres días de lenta navegación, como un suspiro prolongado sobre unas olas tan quietas que parecían una balsa de aceite. Y esta condición idílica contribuyó a adormecer nuestro ánimo, de manera que en vez de viajeros osados parecíamos dos sonámbulos y, en el caso de Alexander, un pobre pato mareado. Porque a pesar de la bonanza sintió el mal del mar de forma tan activa que en más de una ocasión quedó fuera de combate, acurrucado en un rincón de cubierta y con la sola compañía de una roñosa palangana para ir vomitando.

Cuando el mareo decrecía, Alexander recuperaba su euforia y entonces se enfrentaba al horizonte, con la cabeza alta y los negros rizos ondeando al viento marino. Ante la grandeza de su porte, lo consideraba el último de los argonautas, que hubiera cambiado la búsqueda del vellocino por el hallazgo de su propia, indestructible identidad.

Y aún tuvo el detalle de apearse de su altar para acordarse de que yo existía.

—Esto es maravilloso —exclamaba—. Y si nos ocurre ahora, piensa en todas las cosas que nos ocurrirán en el tiempo que nos queda de vida. No dudes de que las compartiremos, pequeñín, porque es evidente que nos hemos acostumbrado el uno al otro.

Pero mi romanticismo debía de transitar por caminos más indecisos, porque ante aquella declaración sólo se me ocurrió exclamar:

—Es cierto que me he acostumbrado a ti, y a lo mejor esto significa que te quiero mucho, pero sé que la vida es muy larga y nadie puede prever qué va a quedar del presente o ni siquiera si nos interesará que quede algo. Y ¿sabes una cosa?, todo esto queda muy lejos de casa y tanta lejanía empieza a darme miedo.

—Dichoso tú que tienes casa y puedes volver a ella aunque ahora la rehúyas. Pero yo tengo que buscar la mía, y sé que está mucho más allá de este viaje.

Y acurrucándose en su rincón, canturreaba por lo bajo su vieja canción de infancia:

Let me be by myself
in the evening breeze
don't fence me in....

PALAS ATENEA, QUE SIEMPRE FUE UNA DIOSA muy suya, no se dignó iluminarme para que descubriese los encantos de su ciudad en aquella primera visita. Caía un clima ingrato, y tuve la sensación de que todos los matices de la grisura se habían confabulado para poner depresión en el cielo y fealdad en la tierra. Mucho he escrito después sobre Atenas, mucho la he amado, pero la gracia de los callejones de Monasteraki, el escondido encanto de las calles del Plaka ascendiendo por los flancos de la Acrópolis, las suntuosas hecatombes del sol al ponerse sobre la colina del Pnyx, todo son estampas que pertenecen a otros viajes y, así, el amor por Atenas se va retrasando en mi vida. Aquel día, de tránsito tan corto, la ciudad del mármol pentélico se me representó como una gigantesca colmena de hormigón armado que correspondía a la estética del No-Do, y aun el de 1943.

Para colmo de infortunio, Alexander se negó a visitar los vestigios arqueológicos que más podían interesarme, alegando que las reproducciones los habían convertido en una réplica de los calendarios de la Pan American.

—Pues bien bonitos que eran —dije yo, recordando con cuánto afán codiciaba aquellas lujosas láminas en rutilantes colores naturales. Codicia siempre insatisfecha, porque aquel tipo de calendarios no los regalaban a los pobres niños barceloneses y yo tenía que contentarme viéndolos en la biblioteca del Instituto Americano.

Templos budistas, santuarios egipcios, rascacielos neoyorquinos, castillos franceses, todo se mezclaba en mi recuerdo con las imágenes grises, vulgares, de una posguerra cuya mediocridad no podía comprender un niño bien de Boston. Pero como sea que yo no tenía el menor interés en rememorar las horas tristes, me limité a decir en tono suplicante:

—¿Ni el Partenón veremos?

—El Partenón menos que nada. Ha salido en todas partes. Esto quiere decir que al visitarlo no veríamos el Partenón que idearon los griegos, sino una mixtificación mediatizada por el mal gusto de la clase media. Si debo ser sincero, este mal gusto te pierde a veces. Es necesario que lo superes, aunque el precio sea renunciar a nuestros sueños de infancia.

—Tienes razón —dije, cansado de tanto insistir—. Debemos renunciar, no fuera a pasarnos lo que al poeta Wifredo Rus cuando fue a Disneyland.

—¿Y qué le pasó a un hombre tan sensible en ese lugar espantoso?

—Cuando fue al retrete le siguió el chico que hacía del perro Pluto. Él se la sacó para mear y Pluto se la chupó. En ese momento, se le derrumbó a Wifredo toda su infancia.

—¡Qué desagradable puedes ser cuando te sale el tercermundista que todos los españoles lleváis dentro! —exclamó Alexander, con evidente desagrado.

Pese a tantas prevenciones, pudimos pasar unas horas en el Museo Arqueológico, donde descubrí tres *kuroi* que en lugar de calendario de líneas aéreas recordaban a las revistas de cultura física que habían solazado mi pubertad. Al comparar las protuberancias de las estatuas con las que adornaban el cuerpo de Alexander, se me reveló que ciertos clisés eróticos no me habían abandonado. Ni ganas.

Aunque apenas entrevista desde los aspectos más grises y anodinos de su invierno, la gloria pretérita de Atenas tuvo el poder de revestir a Alexander con el poderío que mi imaginación precisaba. La antigüedad clásica y la influencia de la cultura de masas hicieron de las suyas. ¿Era Alexander uno de los *kuroi* del museo o el atractivo modelo John Tristam en las páginas del *Physique Pictorial* de los años cincuenta? Yo le imaginé mejor: coronado con laureles, ataviado sólo con una hoja de parra ascendía majestuosamente hacia la Acrópolis, por el camino de las panatenaicas.

Por lo menos ese camino sí llegamos a verlo, aunque por casualidad, desde las ruinas del Ágora. Alexander había conseguido comunicarse con un sefardita, el señor Kapiro, a quien dimos en llamar nuestro «contacto ático». Este caballero, dechado de gentileza y hospitalidad, se ofreció a guiarnos por los escasos restos de la cultura judía que quedaban en Atenas; además de las dos sinagogas modernas de la calle Melidoni visitamos un cementerio antiguo y otro moderno, y finalmente ese punto del Ágora, cercano a la prisión de Sócrates, donde se hallan los restos de la primera sinagoga establecida en Grecia en tiempo de los romanos. Desde allí levanté la mirada hacia el Partenón y, en la imposibilidad de visitarlo, exclamé con un profundo suspiro:

—¡Qué bien les salían los templos dóricos a los arquitectos de la Pan American!

Continuó dominando mis sueños la imagen de un Alexander helenizado. En este punto conviene ser sincero de una vez: mi erotismo era rarillo, pero mejoraba la realidad. Si no la del cuerpo de Alexander, que era inmejorable, sí la de Grecia en esta primera incursión. Me faltaban años y viajes para descubrir los encantos de Atenas, y cuando aprendí a amarla, Alexander ya no estaba a mi lado y su figura se reproducía en otros amores, generalmente fatales.

Dormimos en una estación destartalada para tomar a tiempo el tren que debía llevarnos a Salónica. Hacía un frío de mil demonios, que serían por cierto los que nos acompañaban en la sala de espera: hombres y mujeres, campesinos en su mayoría, ataviados con todas las variantes de la negritud y con los rostros marcados por arrugas prematuras, que más bien diríanse surcos provocados a golpes de arado, tal era su profundidad.

En la memoria, el viaje en tren a través de los montes de Grecia resucita un cortejo de fantasmas que nada tienen que ver con la realidad de aquellos años, antes bien responden al pasado que Alexander se obstinaba en reconstruir con voluntad suicida. En efecto: a través de la siniestra oscuridad que se perfilaba más allá de la ventanilla, reaparecían los rostros de las víctimas del Holocausto, rostros sin ojos, con las bocas retorcidas en una expresión alucinada. Tal parecía que nuestra investigación no pudiese ser otra cosa que una encuesta sobre la muerte.

Esta afirmación no es aventurada. El señor Kapiró nos había contado el atroz destino de la comunidad judía. Al estallar la primera guerra mundial, había en toda Grecia unos ochenta mil miembros; cuando los alemanes arrasaron el país, más de setenta mil fueron transportados a los campos de exterminio polacos. En los años sesenta, los judíos griegos no pasaban de cinco mil, casi todos concentrados en Atenas.

Volvía, pues, el vademécum de la siniestralidad, expresado en historias que ponían la piel de gallina. Entre todas ellas me impresionó particularmente la de los judíos de la ciudad de Hania, en la isla de Creta. Los alemanes no se limitaron a destruir la sinagoga, una de las más reputadas de Grecia; además, sitiaron la judería y detuvieron a todos sus habitantes con el propósito de enviarlos a los campos de exterminio del continente. Aquellas víctimas nunca llegaron a su destino: los aliados bombardearon el barco por error y no hubo supervivientes.

La siniestralidad se iba adueñando de mi ánimo como antes. No sabíamos, pues, lo que podíamos encontrarnos en Salónica, la región que en otro tiempo había cobijado a la colonia judía más importante en número y calidad. Tanto es así que los sefarditas dieron en llamarla «Madre de Israel».

Llevados por la prisa —y, hoy, no descarto la ignorancia—, Salónica nos pareció una ciudad más mediocre aún que Atenas. Se nos antojaba que no tenía nada que ofrecer, pero es probable que ni siquiera nos interesara la posibilidad de un ofrecimiento. Podía cobijar el palacio de Pericles, la tumba de Alejandro y el picadero de Clitemnestra y no los habríamos buscado. Todo el interés de Alexander se concentraba en la búsqueda de sinagogas que todavía quedasen en pie. Visitamos un cementerio judío y después otro cementerio judío y acto seguido una sinagoga y después otra sinagoga, pero todo fue en vano. Era ruina sobre ruina, desolación del abandono; lejos de parecerse a un calendario de la Pan American, como Alexander podía temer, se me antojaba la página de esquelas mortuorias de un periódico de sucesos.

Tomamos un autocar de línea que nos llevó por varios pueblos hasta llegar al que había sido cuna de la familia de Alexander. No hubo en el mundo mañana más ingrata ni tiempo más inclemente: el cielo amenazaba nieve, pero en nada sugería una nevada de las que solían amenizar mis ilusiones de niño. No una nevada de cuento de hadas, de personajes de Walt Disney, de prósperas Navidades. Se anunciaba, por el contrario, nieve sucia, copos guarros que, al deshacerse, formaban los enormes charcos de sangre que empapaban el recuerdo.

A pesar del frío nos aventuramos por las calles del pueblo con paso apresurado. Nuestro contacto ático nos había informado sobre el antiguo emplazamiento de la judería: recordaba cómo era antes de la guerra y, según él, había conservado sus aspectos más genuinos después de muchas guerras. Aquí pude complacerme en la mitificación. La llave del abuelo autorizaba a ello. A juzgar por su tamaño, pertenecería a una mansión de noble planta, acaso un soberbio caserón medieval, lleno de reliquias que me permitirían saciar mi sed de lo pintoresco. Pero no quise expresar mis quimeras en voz alta para que Alexander no volviese a tildarme de niño iluso, precisamente en un momento tan importante para su búsqueda de adulto.

A medida que avanzábamos iban asomando por puertas y ventanas las cabezas de vecinos que no habrían visto un extranjero desde la época de la Liberación. No era posible que, en pleno caos, les hubiese dado por aprender un poco de inglés, pero el pope de la diócesis conocía el francés gracias a la correspondencia con un cura de Annecy con quien compartía afición por la botánica. Este singular *jumelage* entre católicos y ortodoxos iba mucho más allá de nuestros intereses, pero sirvió para que el buen pope se hiciera entender entre vasos de un ponche amargo que nos iba sirviendo una señora tan bigotuda que parecía llevar una guirnalda de espinas sobre el labio superior. Cuando trajo unas pastas del tamaño y forma de las magdalenas españolas, el pope ya había atestado el golpe de gracia definitivo contra nuestras esperanzas.

De los miembros de la comunidad judía, ninguno había sobrevivido a los campos de exterminio; en cuanto al gueto, quedó completamente arrasado tras la primera matanza de los alemanes.

Pero Alexander no se dio por vencido. Aferrado a la llave de sus antepasados, como si fuese un báculo ceremonial, pidió al pope que nos condujera a la zona del gueto. No harían falta mayores indicaciones. Recordaba perfectamente los relatos de su abuelo, que habían llenado de fantasía sus horas de niño. Según esos relatos, la casa se levantaba en una plazoleta en cuyo centro había una fuente coronada por la estatua de un héroe en la lucha contra los turcos.

El pope no había mentido. Ni la plazoleta, ni la fuente, ni la estatua del héroe nacional escaparon a la destrucción. Ante nuestros ojos aparecía un espacio baldío, lleno de piedras ennegrecidas, sin duda rastros de un incendio como los que pueden apreciarse en las ciudades antiguas destruidas por alguna catástrofe. Pero aquí no quedaba siquiera el consuelo de la arqueología: cualquier rastro de prestigio había sido borrado por el paso de los años y el olvido de los lugareños. Entre las piedras sólo transitaban algunas cabras, cuyos guardianes se calentaban las manos con una hoguera improvisada a base de madera vieja. Y Alexander hizo gala de humor negro al sugerir que sin duda provenían de la antigua sinagoga.

Visitamos el cementerio judío, que había gozado de cierta reputación desde la época en que los sefardíes llegaron al pueblo, huyendo de las hogueras de España. Una vez más, nuestra búsqueda se reveló inútil. También aquel lugar había sido profanado por los alemanes y las pocas tumbas que se mantenían en pie estaban medio cubiertas por la maleza, que crecía en estado salvaje.

Aquí Alexander no se permitió ni un escape de humor, cualquiera que fuese su coloración. La negritud y el sarcasmo estaban implícitos en la presencia misma de la Muerte. Sólo quedaba el respeto que exige la memoria de los muertos, y acaso la curiosidad que inspiran los nombres que llevaron en vida. En este aspecto, era apasionante ir descubriendo apellidos de inconfundible origen hispano, así como las relaciones entre el ladino y la cultura de aquellas tierras. (Leímos en algún lugar que los sefarditas de Salónica se referían a la sinagoga de los judíos askenazís con el nombre de «Kal de los Lokos» y que a un grupo de estatuas encontradas entre unas ruinas romanas las llamaron «Las Inkantadas».)

En su búsqueda de nombres relacionados con su propia familia, Alexander se detuvo ante una lápida que presentaba mejor estado que las demás, y leyó en voz alta:

—Shema, Israel, Adonai Elohenou, Adonai Ehad.

—*Qu'est-ce qu'il a dit?* —preguntó el pope, perplejo.

—*Connais pas la langue* —contesté.

En realidad, era lo único que me faltaba para que me nombrasen hijo adoptivo de Nueva Sión.

El regreso a Atenas fue patético. Desfilaban paisajes desnudos, peñas ariscas que sugerían horas de violencia. El terror seguía rasgando los mantos de la noche, y cuando quería esquivarlo observaba a Alexander, que permanecía inmóvil, la mirada inescrutable, cerrada en sí misma, como si hubiese caído víctima de un prolongado letargo. Y lo peor era que ni siquiera se prestaba a la mitificación; sólo a la lástima. Mantuvo esta actitud durante los dos días que pasamos en un barco de carga, camino de Beirut. Amontonados entre viajeros y sacos, contemplábamos el mar sin el menor interés, deseando únicamente que no se pusiese bravo. De vez en cuando Alexander escribía algún soneto en su cuaderno de viaje o pulsaba las cuerdas de su guitarra mientras tarareaba alguna cancioncilla folk. Todo ello sin abandonar la tristeza.

Al día siguiente nos despertamos con la soberbia visión del puerto de Beirut, que se nos iba acercando. La ciudad, atrapada entre el mar y la montaña, se ofreció como una concha inmensa, a la que el sol saliente ponía tonos dorados. A medida que el barco se iba acercando, fui recibiendo las impresiones que años después convertiría en las descripciones del puerto de Alejandría, tal como las soñé en mis delirios ptolemaicos.

Apoyados en la baranda asistíamos al fabuloso espectáculo que sólo las llegadas en barco pueden ofrecer. La proa se abría paso entre navíos de todas las nacionalidades, sorteaba las barcas de los pescadores, trataba de evitar el embite de los yates de los ricos, que entraban o salían de su embarcadero especial. Y estaba yo entregado a una de mis habituales meditaciones sobre el lujo y las posibilidades de conseguirlo cuando, de pronto, mis ojos se fijaron en unas letras que parecían salir a recibirme: *Franco, Franco, Franco.*

No pude evitar un sobresalto. Cierto que era el nombre de un yate cuyo propietario tendría delirios de grandeza, pero me pareció poco propicio como bienvenida *Franco, Franco, Franco.* Sólo la presencia del pabellón italiano, ondeando en lo alto del mástil, me tranquilizó de aquel impacto que Alexander no supo comprender aunque en realidad ni falta hacía. Bastante llevaba encima con los desastres invocados en Salónica, y bastante le quedaba por ver entre los judíos de Beirut, según temíamos.

Por fortuna, todos los temores se desvanecieron cuando conocimos la situación de su tío, próspera y, sobre todo, estable, según nos explicó su ayudante, un simpático joven árabe que nos estaba esperando al salir de la aduana. Este mancebo, que hacía las veces de chófer, se llamaba Kalim y se apresuró a aclarar que también él era judío, seguramente para que no albergásemos ningún temor, porque al parecer los árabes tenían mucha tirria a los judíos y viceversa. También nos contó que el negocio de alfombras de su patrón iba viento en popa y a continuación se lanzó a enumerar una larga lista de clientes europeos y americanos.

Lejos de pararse a reparar en lo que su sensible espíritu consideraba menudencias, Alexander expresó su satisfacción por encontrarse cerca de Israel y, en especial, por ver a su pariente.

—Espero mucho de este encuentro con tío Efraim —me confió en voz baja—. Sólo le he visto en una ocasión, cuando vino a Boston, pero ofició en las ceremonias del Purim y me pareció una especie de profeta antiguo. Mi abuelo me contó que tiene un gran ascendiente sobre nuestra comunidad en Beirut. Todos le obedecen. Quién sabe si me ayudará a encontrarme a mí mismo.

Llegamos por fin a nuestro destino, en los límites de la judería. Si bien abundaban callejas estrechas, obsesivas, que son características de este tipo de barrios, el edificio del tío Efraim se abría a una espaciosa plaza llena de acacias y palmeras, y presentaba en su elegante fachada un frondoso jardín botánico convertido en piedra, como en las mejores casas del Ensanche barcelonés. De hecho, nos hallábamos en una zona que delataba la influencia francesa.

Monsieur Efraim no respondía a la imagen mesiánica invocada por su sobrino. De no saber que era comerciante le habría tomado fácilmente por un miembro del cuerpo diplomático, porque hablaba un francés finísimo y tenía porte y maneras de salón internacional. Poseía, además, una cultura muy vasta y llegó a deslumbrarme cuando me formuló algunas preguntas sobre el barrio judío de Gerona, cuya existencia ignoraba yo entonces.

Mientras hablaba, con voz queda y pausada, parecida a la de un predicador que además tuviese el arte de recitar, comprendí que era un hombre habituado a ganar voluntades. Ya se ha visto que la de Alexander estaba predispuesta a ser tomada por asalto, y me lo confirmó cuando, inclinándose ante su tío, dijo con voz solemne:

—Estoy a punto de tomar una decisión que cambiará mi vida. Necesito consejo y ánimo. Acaso encuentre en estas tierras lo que no he sabido encontrar en América.

—¿Lo saben tus padres? —preguntó nuestro anfitrión, en voz igualmente solemne.

—*Fuck them!* —exclamó Alexander.

Antes de proseguir, monsieur Efraim nos condujo a una espaciosa estancia donde una decoración típicamente oriental alternaba con lujosos muebles del modernismo francés. El ayudante nos sirvió una especie de horchata que, según me contó Alexander, era típica de los judíos de la zona, y que a mí me resultó un poco empalagosa, aunque no tanto como unos pastelitos de hojaldre rebañados con miel y almíbar que me revolvieron el estómago. A continuación, monsieur Efraim extremó sus amabilidades interesándose por mi vida, pero llegó un punto en que sus explicaciones se dirigían sólo a Alexander, por lo que entendí que estaban deseando abordar cuestiones que me excluían.

Debo decir que lo agradecí. Empezaba a sentirme asfixiado por el mundo de espectros torturados que rodeaba a mi amigo, y ansiaba abrirme a las soleadas perspectivas que había intuido en nuestro trayecto desde el puerto. Supe después que el Líbano estaba ahogado en problemas que no excluían el judaísmo, pero aquella mañana soleada sólo supe ver el magnífico ejemplo de un espejismo: la colonización europea y el lujo oriental combinados en una excitante simbiosis de sofisticación y horterismo. Esto último aparecía debidamente representado en los grandes hoteles, con sus entradas de mármol y sus piscinas californianas; pero los restos del espíritu europeo aparecían todavía en las calles del centro y, como aspecto más espectacular, en la Corniche abierta sobre el mar.

Antes de aplastarse contra la montaña, el Mediterráneo había depositado en aquellas tierras todos los dones propios de un edén sobre la tierra; el tópico turístico quería ver en Beirut una segunda Niza, y yo no tuve el menor inconveniente en creerlo a pies juntillas.

Se me había aconsejado que tomase un tranvía e hiciese el trayecto de ida y vuelta para apreciar las zonas más importantes de la ciudad. Disfruté con los numerosos ejemplos de arquitectura ecléctica y al final del trayecto me encontré en un gran mercado de flores y más allá una mezquita de aspecto imponente y después una iglesia católica de porte más humilde. Como sea que el primer edificio parecía sacado de *Las mil y una noches* y el segundo de una vidriera neogótica de Viollet-le-Duc, me dejé llevar por el asombro que siempre provoca la confluencia de mundos opuestos. Pero también comprobaría, en Baalbeck, que entre las ruinas del templo romano emergía un palacio de los califas omeyas, y al pensar que antes que nadie estuvieron allí los fenicios quedé completamente enamorado de la extrema diversidad del mundo en su fornicio con el Tiempo.

Ya que estoy siempre en manos de esta deidad adversa, no quiero pensar siquiera en sus resultados: los años que me separan de aquel paseo prodigioso, y las atrocidades que ha sufrido Beirut desde entonces. He visto numerosas fotografías de los bombardeos que la asolaron a partir de 1975 y no he podido creer que la prensa y mi memoria se estuviesen refiriendo a la misma ciudad. He visto montones de escombros, edificios convertidos en esqueletos, plazas en las que se advierten heridas tan profundas como cráteres de volcán. Todo esto he visto en la prensa y en la televisión y, entre tanto horror, me ha parecido vislumbrar el esplendor de lo que fue la hermosa plaza de los Mártires, centro de la ciudad moderna y punto de reunión de una sociedad cosmopolita. A nadie sorprendía ver circular un Cadillac con tres vampiresas rubias vestidas a la parisina; en cambio, yo parecía un pueblerino por quedarme embobado al comprobar que, inmediatamente detrás, llegaba un Rolls Royce con un jeque dentro y, a pocos metros, tres Mercedes con más árabes con cara de ricos, todos vestidos de blanco impoluto. Después me contaría monsieur Efraim que estos señores, enriquecidos por el petróleo, habían convertido Beirut en su ciudad de recreo preferida, favoreciéndola, además, con inversiones astronómicas. Algo parecido habría ocurrido en la más remota antigüedad, según cuentan quienes saben mucho de lo antiguo: los levantinos, que así llaman algunos a los libaneses, siempre supieron atraerse a sus vecinos, de manera que su tierra se convirtió en encrucijada favorita del dinero y en punto estratégico del comercio entre Oriente y Occidente. Estas condiciones de enclave cosmopolita me apasionaron tanto como los contrastes sociales que se revelaban al otro lado del lujo. Así, una vez me había informado por la guía que en Beirut había más de mil quinientos restaurantes, cien entidades bancarias y casi cincuenta cabarets y *night clubs,* sólo tenía que salir de la zona moderna para encontrarme con la miseria más absoluta, expresada en una imaginería que el viajero romántico suele confundir con el tipismo: niños medio desnudos que se revolvían en la suciedad, viejos agónicos que intentaban poner en pie a un borrico moribundo, jóvenes tullidos que mendigaban un mal mendrugo o mujerucas escondidas bajo espesos mantos negros y que comían ávidamente con los dedos en cuencos invadidos por las moscas. Pero los contrastes no terminaban aquí. Tras retroceder ante alguna escena que pudiera deprimirme, me encontraba inmerso en la algarabía de un zoco que proponía los variopintos colores del exotismo, el aroma de especias desconocidas, el ardor de los artesanos trabajando a las puertas de sus tiendecitas, y tras perderme por una calleja destinada a los libreros de lance, desembocaba en la moderna rue Hamra, de origen seductor pues en otro tiempo había sido punto de salida y arribo de las caravanas que hacían la ruta de Damasco. Pero ahora era una arteria de aspecto internacional, donde no sabía si apreciar el lujo de las tiendas, la sofisticación de las cafeterías o la opulencia de los edificios públicos. Incluso los cines disputaban su rango a los palacios y ostentaban fachadas rimbombantes y nombres suntuosos: el Kursaal y el Rivoli, entre ellos.

Completé mi inmersión en el cosmopolitismo tomando un *ligeois* en la Pâtisserie Suisse, que, según me dijeron, era el ágora de los esnobs locales. En realidad la decoración no difería demasiado del Pastrouris de Alejandría, con sus *boiseries,* sus cristales biselados y sus lámparas art-déco, de modo que la condición inicial de encrucijada de culturas se ampliaba con la idea de provisionalidad que siempre producen esas capitales cuyo espíritu, al acumular influencias tan dispares, acaba por no pertenecer a ninguna.

Por la noche, monsieur Efraim nos llevó a cenar a un casino que estaba situado en las afueras de la ciudad y, sin embargo, parecía enclavado en el centro de Las Vegas. Era otra faceta de la colonización, sólo que más decepcionante. Si en otro tiempo el poder europeo había importado la noción del gran estilo, ahora los yanquis y los árabes del petróleo imponían el mal gusto.

Terminada la cena, y puesto que no manifestamos el menor deseo de pasar a las salas de juego, monsieur Efraim propuso visitar unas ruinas situadas a unos veinte kilómetros del casimo. Creo recordar que se trataba de la necrópolis de Tiro o de cualquier otro departamento cercano a esta mítica ciudad. Recuerdo con más precisión el largo camino por una carretera bordeada por frondosos árboles que se me antojaron los inmortales cedros que sirvieron al sabio Salomón para construir sus santuarios y a los artesanos del rey faraón para llenar su corte con muebles perfumados. Pero no quise hacer comentarios por temor a que el tío de Alexander me obligase a apearme de mis fantasías con una explicación aquejada de lógica. Por fortuna, fue más generoso de lo que suponía y, al adivinar mi interés por los míticos árboles, me aconsejó que buscase unos versículos de Ezequiel donde aquéllos eran debidamente cantados y elogiados.

Monsieur nos invitó a pasear por el recinto arqueológico. Era un conglomerado confuso, cuyas formas se perdían en un mar de sombras. Destacaba en primer término un arco de triunfo que parecía anunciar la entrada del inframundo. La luna era demasiado modesta para arrancar a las piedras poco más que un reflejo albino, semejante a la palidez de los difuntos. Y así, más que el esplendor del pasado, nos acogían los parpadeos de la desolación.

No había lugar más adecuado para evocar uno de mis temas favoritos: el de la caída de los imperios. Y monsieur Efraim debió de adivinar mis pensamientos, porque a medida que avanzábamos entre las ruinas de una basílica paleocristiana citó a Ezequiel con tan deprimente pompa que parecía dirigirse a una asamblea de guerreros derrotados:

Tiro, tú decías: yo soy un navío
de perfecta hermosura.
Eras rica y gloriosa
en medio de los mares.
Mas ahora yaces quebrada por los mares
en las honduras de las aguas.
Los mercaderes de los pueblos
silban sobre ti
porque te has convertido en objeto
de espanto y has desaparecido para siempre...

Alexander estaba hipnotizado por la autoridad del predicador, pero distaba mucho de parecer tranquilo. Al contrario, todas sus acciones denotaban un intenso nerviosismo que supo controlar como digno aprendiz de un maestro tan munífico.

De regreso al hotel busqué en la Biblia las descripciones de Ezequiel que me había recomendado monsieur Efraim; y al llegar a los «Oráculos contra las naciones» di con una descripción del rey de Tiro que consideré encantadora:

Eras el sello de una obra maestra
lleno de sabiduría, acabado en belleza...

Al levantar la mirada, encontré el rostro de Alexander. Todo en él era tan perfecto que no vacilé en compararle con el monarca acreedor de tan hermosos elogios.

—Mala comparación —dijo él, riendo—. Sigue leyendo y verás que este modelo de perfección cayó en la iniquidad y fue degradado en el monte de Yahvé. —De pronto cambió de tono y se hizo más tierno—. Por cierto que yo he incurrido en descortesía contigo. Debo excusarme por haberte dejado solo tanto tiempo, pero la conversación con mi tío me importaba más que esta ciudad y todas las del mundo.

—¿De qué habéis hablado? —pregunté, sin molestarme en disimular mi curiosidad.

—De mi futuro.

—No me dirás que vas a ponerte a vender alfombras —exclamé, en tono jocoso.

—Por cierto que no —dijo él, riendo también—. Se trata de algo muy distinto. Mi tío me ha hecho ver que estoy siguiendo un camino falso. Hasta ahora he buscado mis raíces en la muerte, pero hoy he comprendido dónde está la vida, y es necesario que me integre a ella de una vez.

Al día siguiente debía celebrar una nueva reunión con monsieur Efraim, pero le quedó tiempo para regresar a la muerte, expresada esta vez en las ruinas de Baalbeck. Y agradecí profundamente que no hubiesen aparecido con demasiada frecuencia en los calendarios de la Pan American, porque accedió a interesarse por ellas e incluso consultó la guía para saber de qué época eran y quién las había construido.

Nada más fácil que saber esas cosas: el gran templo de Júpiter, el pequeño templo de Baco, dedicado en realidad a Venus, una monumentalidad sólo comparable con los templos de Luxor y Karnak y, como verdad última, dieciocho siglos contemplándonos.

Dentro de esta facilidad, Alexander tenía la cortesía de informarme de que Lamartine estuvo allí —*thanks, my boy*—, que los romanos emplearon el estilo helenista en algunos puntos —*thanks again, fellow*— y no sé cuántos detalles sobre los métodos de construcción, el tamaño y altura de las columnas.

Muy distintos eran mis sentimientos. Eran los del miedo cósmico, ese terror inconmensurable que me asalta siempre ante las ruinas, con su imponente carga de tiempo transcurrido y vidas sacrificadas.

Durante las casi tres horas que había durado el viaje, con Kalim atacando carreteras imposibles a velocidad suicida —es decir, conduciendo a lo moro aunque fuese judío—, yo había tenido ocasión de alimentar todos los tópicos de un especialista en belenes navideños. Nada más apropiado que los paisajes del Antilíbano, que se iban desarrollando con la delicadeza de una miniatura: ríos y arroyos, que pasaban de pacíficos a saltarines según nos alejábamos del mar y nos introducíamos en las montañas; huertas y campos, donde se alineaban los árboles ancestrales, olivos, higueras, palmeras que disputaban a la vid su derecho a sentirse primogénitos del paisaje; y, además, aquí y allá, ruinas de una fortaleza de los cruzados, restos de un alcázar moro, arcos medio derruidos de un acueducto bizantino...

Al llegar al valle del Bk'aa la naturaleza dio un súbito cambio para ceder su protagonismo a la arquitectura. Sobresalían los nevados picos de las montañas, y el cielo nos enviaba un azul que diríase inventado para el cine, pero nada podía compararse a la grandeza de las columnas y al vigor de sus fustes, no tan erosionados por la acción del tiempo como por su propia furia interior.

Al penetrar en el gran templo reparamos en un gigantesco muro donde habían dejado su nombre multitud de viajeros de siglos distintos. Lo mismo hizo Byron en Sunion. Lo mismo Adriano y su emperatriz en la base de los colosos de Memnon. Igual cientos de viajeros en Palmira, en Philée, en Petra, en cuantos lugares la obra del hombre le ha sobrevivido, haciendo creer a sus descendientes que también sobrevivirán por el mero reclamo de una firma apresurada. Sueños vanos, sueños fatuos. Pero es la estofa de que está hecho el afán de inmortalidad.

Era como caminar por una inmensa ciudadela del silencio. De vez en cuando sonaba el graznido de algunas aves que anidaban entre las hojas de acanto que sobresalían en los inmensos capiteles. Avanzábamos con paso lento entre la hierba que crecía en las junturas de las piedras, en los escalones, sobre los altares derribados. Al trasponer un muro, forrado por cenefas ondulantes, la soledad volvía a animarse gracias al canto petardón de las cigarras, pero a los pocos pasos volvíamos a sumirnos en la nada: extrañas ruinas de distintas épocas mezclábanse con las más reconocibles: mármol gris, piedra rosada, argamasa oscura, todo formaba un caos del que huíamos levantando la mirada por donde avanzábamos con los ojos extraviados en las alturas, absortos en la conjunción que formaban los capiteles con el azul del cielo. Y cuando la mirada regresaba a la tierra descubría que ésta se había vuelto más pequeña.

Mi estado de ánimo no pasó inadvertido a Alexander. Aprovechando que Kalim estaba hablando con una campesina de senos orondos, me abrazó dulcemente como si quisera protegerme de males que él ya tenía superados. Y en este tierno abrazo nos solazábamos cuando, de repente, declaró con voz solemne:

—Me voy a vivir a Israel. Y es para siempre.

Repetí mi broma sobre la venta de alfombras. Pero esta vez no se rió.

—Mi tío me ha encontrado plaza en un kibutz. Allí está la vida que se renueva. Allí está mi verdadera misión, y no en la muerte.

Casi puedo asegurar que no me extrañó. Tantos conciliábulos secretos tenían que dar como resultado alguna salida singular. Aunque me hubiera dicho que se pondría a recitar a Ezequiel en el metro de Nueva York lo hubiera encontrado natural.

Yo no sé cuántas veces habré puesto en mis libros paseos entre ruinas, pero aquél fue el primero y Alexander la deidad que lo inspiraba. Él, que era magno en todo, no podía limitarse a un solo oficio: además se encargaba de proporcionar una profunda sensación de fracaso. Era el mensajero de fantasmas que llegaban para aprisionarme; en realidad, mientras recorríamos el mundo cantando «*Don´t fence me in*», yo había estado viviendo cercado por todos los espectros del inmenso pasado de Alexander; por los infinitos recovecos donde yacían los mensajes de su pueblo, con todos sus profetas levantándose unidos contra mi presente.

Prolongamos nuestro abrazo como un último tributo a la ternura que amenazaba con perderse en el tiempo. Y, sin embargo, no era ésta la intención de Alexander porque, una vez en el coche, se inclinó sobre mi rostro y musitó con extrema dulzura:

—Tú también estás extraviado, como yo lo estuve hasta ayer. ¿Por qué no te vienes conmigo?

—¿Yo en un kibutz? —exclamé, horrorizado—. Francamente, no me veo empuñando una arma. Para eso hice el servicio militar en régimen voluntario: para no ir al frente si se moría Franco y había una guerra, como siempre temen mis padres. ¿Comprendes?

Como era de esperar, no comprendió nada de un país de locos llamado España. Se limitó a decir:

—A lo mejor no tendrías que pasar por el ejército. Podrías ser útil haciendo trabajos agrícolas.

Por un momento me vi inclinando la espalda de sol a sol y empuñando un azadón de esos que dejan las manos llenas de callosidades. Y aunque es cierto que en las películas soviéticas este tipo de trabajo siempre ennoblece, yo nunca había expresado el menor deseo de llegar a ser noble.

Pero la nobleza de alma era una de las características de aquel pintoresco joven, y todavía lo demostró diciendo:

—Te estoy pidiendo que vengas conmigo, y deberías hacerlo porque es cierto lo que te dije hace días en el barco: nos hemos acostumbrado el uno al otro, y yo siento ganas de llorar cuando no estás conmigo, y ésta es sin duda una de las formas del amor.

Mientras celebraba otra plática con el tío Efraim fui a echar una siesta en el hotel, pero la escena desarrollada en las ruinas de Baalbeck ocupaba todo mi recuerdo, impidiéndome conciliar el sueño. Me enfrenté al espejo, cosa que solía hacer para dar cierta espectacularidad a mis dudas.

—Si vacilas, es que eres idiota. ¿Qué más quieres? Nunca encontrarás un chico tan guapo ni tan bueno ni con tanto dinero en el American Express.

Este último detalle habría bastado para convencer a cualquiera, pero a mí no me habrían convencido todas las astucias de Dalila con su capa de plumas de pavo real ni toda la galanura de un Sansón en taparrabos. Personajes que, por cierto, ya no estarían en Israel. Ni Betsabé, ni Ruth, ni Esther, ni Salomé. En su lugar había un pueblo que buscaba su identidad, una lucha cotidiana, una desesperada voluntad de sobrevivir. Y a mí se me exigiría acatarla, si no con las armas, sí en el campo. Todo demasiado urgente, todo excesivamente dramático para un niño egoísta que sólo ansiaba dejar atrás los torturados callejones del Peso de la Paja navegando por los ríos del ensueño.

Al final tomé mi decisión y se la comuniqué a Alexander en una de las pocas cenas en que pudimos escapar a la tutela del tío Efraim.

—No me veo haciendo trabajos agrícolas en un kibutz. Para que te enteres: estas manos no han nacido para plantar remolachas.

—Notable decisión... —murmuró Alexander con desprecio—. Son manos nacidas para fregar retretes franceses.

Fue la única vez en que le vi enfadado. ¿O acaso era la extraña autoridad de que aparecía revestido desde que tomó su decisión? En cualquier caso me pareció una persona más madura, pero con esa madurez que mata a quienes no hemos accedido a ella. Al mismo tiempo, sentaba un precedente: siempre que alguien se ha visto obligado a elegir entre mi compañía y su destino, el perdedor he sido yo.

Nos separamos como en las películas de llorar, en un amanecer lloviznoso, frío para Beirut, con miradas tristes, sonrisas forzadas y promesas de cartas que nunca llegaríamos a escribir. Alexander tomó un autocar para la frontera y yo un barco para Atenas y, desde allí, otro para Marsella. Todo quedaba muy romántico, de un romanticismo oscuro; todo podía pertenecer a la mejor ficción que yo pudiera escribir en toda mi vida. Pero no me gustó. Me pareció que la había organizado otro, algún demiurgo ajeno a mis manejos, alguien que a cambio de la intensidad me obligaba a vivir el dolor.

Decidí acogerme a todas las mitologías del mar. Quise creer que me había convertido en un capitán de quince años, que era el niño mimado Freddie Bartholomew en *Capitanes intrépidos* o aquel absurdo Achab que malgastó su vida persiguiendo a una ballena histérica. Quise creer todo esto, pero sólo fui un indefenso urbanita que veía, horrorizado, el impresionante contubernio de las olas y el viento, así como el insoportable bamboleo de la cáscara de nuez en que se había convertido el barco (y a lo mejor no era más que esto: un cascarón lanzado a los remolinos para que éstos engullesen de una vez a un pasaje de ralea tan miserable como los huéspedes de los hoteles para argelinos). Y aunque al llegar al Egeo quise darme ánimos pensando que me hallaba en el mar de los héroes, los vómitos pudieron más que Homero y no hubo ocasión para cantar la divina epopeya de aquellas aguas, sólo para lamentaciones y el deseo de una muerte rápida, que abreviase la agonía. Apenas tuve tiempo de recuperarme durante el cambio de barco en el Pireo: sentado en una esquina pútrida y maloliente devoré unas salchichas rebañadas en una especie de mostaza que tenía el color de la caca de ganso. Después, me embarqué en otro cascarón al que tenían las narices de llamar navío y sólo parecía un vulgar transbordador. Era como un esqueleto metálico, un golem de hojalata que rodeó la península gozando de algunos momentos de calma —y entonces el mar sí parecía bendecido por la sonrisa de un dios— y a las pocas horas volvía a hundirse en violentos empíreos que parecían dispuestos a engullirse el mundo. Esto fue particularmente cierto en el golfo del León: una tempestad más mala que la tiña me arrojó contra los maderos desvencijados del barco lleno de levantinos con cara de hambruna y vómitos más oscuros que los míos. Con lo cual se notó mucho la diferencia de razas.

Al llegar a Marsella busqué el puerto viejo a fin de recobrar la emoción que en otro tiempo me produjo un personaje de Pagnol: el joven Marius, que, al igual que yo, soñaba con volar lejos del nido y se sintió particularmente frustrado cuando lo consiguió. Imaginé que tenía a Maruja Torres a mi lado y recorríamos de la mano las callejas populares, reencontrando el espíritu de nuestro primer aprendizaje. Alguien me dijo que la legendaria zona había sido parcialmente destruida por los bombardeos alemanes, pero yo la recordaba como la había visto en el cine, y esta evidencia seguía triunfando sobre cualquier cataclismo.

Porque lo que el cine ha contado una vez es ley eterna.

Mi tendencia a la deformación, lejos de amainar, iba en aumento. Todas esas emociones no me llegaban por la vía que los puristas considerarían natural —es decir, la versión original francesa de la llamada *Trilogía de Marsella*—, sino a través de una entrañable versión hollywoodiense titulada *Fanny* (1). Pero el efecto de la deformación en el mundo de las emociones es tan importante que todo mi comportamiento de eterno fugitivo me hacía sufrir como si fuese auténtico. Mi realidad era esa ficción: había escapado igual que Marius y, como él, no era feliz en la huida. En cuanto al corazón, estaba en algún lugar que seguía siendo ignorado para mi entendimiento.

En esta barahúnda de contradicciones no podía faltar el recuerdo de Alexander, al que me enfrentaba como un autómata, no sé si fingido, no sé si verdadero. Seguramente me convenía creer que no sentía nada, porque este desinterés encerraba la única posibilidad de que el egotismo del niño triunfase una vez más sobre el dolor del adulto.

¡Caramba con el judío! Más de treinta años después he comprendido que le había amado con locura... y fui tan imbécil que no me enteré.

En cambio sí supe que, sin Alexander, París no valía una mala misa, ni siquiera un rosario. Cierto que en sus cines y

(1) ¿Entrañable? Sí, claro. ¿Falsa? También. Pero Leslie Caron era un sueño de mujer y Horst Buchholz muy moreno. Además, Chevalier como Panisse, y Charles Boyer como César, derramaban categoría de inmortales.

cafés no decrecía la actividad que más podía apetecer a un aprendiz de la vida, pero yo sentía que las cosas más bonitas de la mía se habían quedado en las ruinas de Baalbeck, calcinadas por el sol.

Volvía, pues, el pasado, ya fuese el remoto, ya el más reciente. Y este regreso constante, que casi se convertía en residencia fija, me llevó a recapacitar sobre una actitud que en adelante sería característica de todos mis personajes jóvenes. Todos ellos, románticos desplazados en el tiempo, recitarían en alguna ocasión la fe de principios que yo había expresado a madame Renard:

—He llegado tarde a todas las épocas, a todas las cosas. Los cuadros que me gustan, los libros que me enseñan, hasta las películas que me fascinan, todo fue creado antes de nacer yo. Mis mejores sueños se desarrollan en imperios que ya no existen, mis masturbaciones más satisfactorias están consagradas a actores que han muerto. De verdad: he llegado tarde a todo.

Y, sin embargo, me equivocaba. Había por fin algo a lo que llegaba con rigurosa puntualidad; algo que sería completamente mío y cuyo espíritu podría encarnar. Una década y toda su iconografía. Pero necesitaba desplazarme a la ciudad de Londres, donde empezaban a encenderse, para asombro del mundo, las prodigiosas luces de los *sixties*.

PRIMER INTERMEDIO

—

TUMBAS RECOBRADAS

Golondrina de un solo verano
feliz mensajera de cielos extraños,
alma criolla, errante y viajera,
querer detenerte es una quimera...

(Tango)

ANTES DE ENSEÑARME A VOLAR EN LONDRES, la década se detuvo bruscamente y las tumbas del pasado se abrieron una a una para recordarme que continuaban habitadas. También abrió sus fauces el toro ibérico, presto a embestir a quienes osaran desafiar su imperio. Era un bicho muy malo, ese cornúpeta erigido en guardián del inmenso camposanto donde se repetían incesantemente temas, costumbres, tabúes, falsos intentos de supervivencia cotidiana; era el celador de prisiones donde mi juventud podía consumirse para siempre, precipitándose en un pozo de inconmensurable negrura, donde ya no cabría el recuerdo de los fulgurantes destellos de libertad que había conocido en París.

Es posible que la España de 1964 tuviera colores más vivos que los que la memoria les concede; en los documentales de la época, parece un país donde la vida moderna había empezado a abrirse un hueco; la iconografía se parece a la de Italia, y si no fuera por la existencia de una dictadura es incluso posible que las apariencias delatasen la irrupción de la década, con sus primeras formas innovadoras. Las crónicas han contado que la llegada masiva del turismo había contribuido a la liberalización de las costumbres —o a su relajo, según los moralistas—; pero la libertad seguía teniendo un techo y éste era muy bajo para el joven que había aprendido a ser verdaderamente libre. Mientras, los que se habían quedado entre las pezuñas del gran toro se conformaban con los sustitutivos del confort. Nadie pensaba que, después del twist y el madison, pudiera irse más allá en descoco orquestal. Todo parecía insuperable en todos los órdenes: griegos más griegos que Nana Moskouri y Aleco Pandas serían inencontrables para Festival de Canción Mediterránea alguno. Hijita más buena que Marisol no bendeciría jamás ningún hogar del mundo. La sexualidad no podría ser más escandalosa que el primer bikini mostrado por una rubia alemana llamada Elke Sommer en un filme que explotaba la moda del turismo. Tampoco la pornografía se atrevería a superar los escotes de Sara Montiel. Sería de locos imaginar siquiera un decreto más progresista que la ley de prensa de Fraga Iribarne y, en última instancia, el monstruo devora-culturas llamado televisión no podría alcanzar mayor poder del que había conquistado en los dos últimos años, con la llegada de un segundo canal llamado «el UHF».

Sí, es posible que los colores de España fuesen más vivos de cuanto la memoria pretende condenar, pero aquel enero de 1964, el solo hecho de cruzar la frontera convertía el regreso en una experiencia siniestra. Una vez pasada la maldita aduana, con el consiguiente secuestro de diez libros, uno detrás de otro, miré por última vez a las tierras francesas y sentí que caía un gigantesco telón metálico destinado a preservarlas de nuestro contagio. Tal vez exageraba: acaso la única función de este telón —o verja, o reja— fuese la de impedir a los jóvenes españoles cualquier posibilidad de salir a hacerse hombres.

Si el regreso a la tierra natal tiene en la memoria las características de una automutilación, la vuelta al núcleo familiar tiene el mal sabor de las derrotas aceptadas por la fuerza, aceptación dura si se piensa que esta fuerza la ejercen los demás. ¿Qué decir del poder que el fracaso ajeno les concede? Es el arma que mejor utilizarán para seguir imponiendo esa sutil forma de represión disfrazada de amor que se llama «valores familiares». No es que mi regreso los confirmase todos, pero por lo menos confirmaba mi reconocida inutilidad, y una de las leyes tácitas de los mayores: en ningún lugar se está como en casa. Y aquí cabe añadir que, en efecto, en ningún lugar se fracasa mejor.

Aunque yo distaba mucho de sentirme un fracasado, ésta es la imagen que prevaleció, o por lo menos la que intentaron inculcarme. Una vez confirmado que en París no había comido *escudelles* como las de casa, me atreví a responder con malos modos la puta falta que hacía la *escudella* o cualquier otro manjar casero en la cambiante realidad de los años sesenta.

—Mira que llegas a ser burro —exclamó mi padre, con visibles muestras de irritación—. Acuérdate de esto el día de mañana, cuando en lugar de los años sesenta sean los ochenta y te falte la comida por tu mala cabeza. ¡Ya ves tú! ¡El que se iba a conquistar París! Has estado más tiempo del que suponíamos, pero también es cierto que el excedente te ha cundido bien poco, ya que vuelves con una mano delante y otra detrás.

Como sucede con las mujeres, mamá comprendió mejor mi situación, y conociendo los sentimientos que me guiaban a Néstor, me tomó aparte para reprenderme a su modo y manera.

—Hijo mío, lo tuyo no tiene remedio. Ni para retener a un hombre sirves. ¿Tendré que darte lecciones de cómo tratarlos?

La tía Florencia le dirigió una expresión de amenaza:

—Tú vale más que calles, que todavía se te descubrirá el pastel.

Era el típico chantaje de la vieja, ansiosa siempre de ser ella la que descubriese el pastel de mamá con su dibujante adicto. Y cuando las dos se enzarzaron en una de sus violentas discusiones, confirmé que volvía a estar en casa. Como sea que la discusión continuó durante todo el mediodía, papá sonrió con forzada resignación.

—Hijo mío, seguro que estas escenas no te las montaban en París. Y es que no hay nada como la calle de Ponent para sentir el sabor de lo auténtico. Bueno, digo auténtico porque de alguna manera hay que calificar a esas dos histéricas. Deja que se desahoguen y tú disimula como tu padre viene haciendo desde hace veinte años.

—Yo no sabría disimular más de diez minutos. Ahora mismo, me niego a hacerlo. Tú pensarás que vuelvo de París fracasado, pero no es cierto. He aprendido más cosas en estos meses que en toda mi vida encerrado entre libros.

—¡Si por lo menos fuesen cosas de provecho!

—De provecho o no, las he aprendido. Algún día me servirán.

—Pero ¿qué has aprendido, botarate? ¿A contar con los dedos?

La necesidad de reaccionar contra su desprecio me llevó a acentuar el que él me inspiraba. Quise hacerlo evidente con un acto de pedantería.

—He aprendido a decir: «*Atmosphère! J'ai une gueule d'atmosphère.*» Cierto que es una *idée reçue,* pero me sirve para precisar lo que encuentro a faltar en esta casa de locos. Y ahora, no me preguntes más, porque me vería obligado a explicarte quién es Marcel Carné y sería muy largo y, además, no te enterarías de nada.

—¡Qué salidas tiene el niño! —exclamó, dando un puñetazo en la mesa—. Te aconsejo que no te pases de listo ni vayas a creer que tu padre es un patán. ¿Me vienes con un tal Carné? Pues yo te respondo con Carner, Josep, que es un poeta como la copa de un pino del que tú no tienes ni idea. Y si quieres *atmosphère,* con los parsifales que arman en esta casa tu madre y la tía Florencia tienes *atmosphère* y además *stratosphère.* Y te lo dice tu *père,* que sabe *la mer. Collons!*

No pude evitar reírme porque era evidente que el absurdo de la calle Ponent ganaba batallas sobre la pedantería de todos los niñatos que se largan a soñar quimeras bajo los puentes del Sena.

Animado por sus propios aciertos, como suelen hacer los bromistas de oficio, papá decidió proseguir en profundidad su sesión didáctica.

—Ya que estamos en plan culto, siéntate, que voy a cantarte las verdades de la señora Turandot, esa de la ópera. —Una vez me hube sentado frente a él, añadió—: Tú no eres un hijo: tú eres un forúnculo. No voy a tratarte de gandul, porque cuando te da la gana eres más trabajador que una mula; ahora bien, tendrás que oír que eres un trasero de mal asiento y sobre todo un *tastaolletes,* que es como en esta calle se ha llamado siempre a los que se pasan la vida probando cosas sin destacar en ninguna. Desde que decidiste dejar colgados los estudios has ido pasando de empleo en empleo. Y lo más gordo del asunto es que a las órdenes de otros has hecho cosas que yo nunca me habría atrevido a mandarte. Has barrido suelos, has hecho recados, te has llenado las manos de aguarrás limpiando rodillos de linotipia, has tirado del carro como un burro y, más recientemente, has ido a limpiarles la mierda a los franceses que, por si no lo sabes, nos quitaron el Rosellón a los catalanes...

—¿Cómo que nos quitaron el Rosellón?

—Por las armas, hijo, por las armas. Han pasado dos siglos y tú sin enterarte. Es que además de tonto eres mal catalán. Pero al grano, siempre al grano. Tu madre y yo hemos aprovechado que la tía Florencia dormía la siesta y así hemos podido hablar en paz de una puñetera vez; lo cual, o séase verbigracia, quiere decir: hemos decidido, en franco conciliábulo, que tu vida tiene que cambiar radicalmente. Mañana mismo me acompañas a abrir el almacén como yo hice con tu abuelo y éste con su padre. A seguir la tradición familiar, que es el negocio. Que tu madre te compre un mono en cómodos plazos, y a formar filas. Ya lo sabes: o eso, o te meto en un reformatorio.

—¿De qué me estás hablando? No puedes meterme en un reformatorio. Soy mayor de edad.

—Tienes razón. De buena se han librado los del reformatorio. Ahora, que tú no te libras de pasar hambre y hasta frío, porque si no te avienes a lo convenido, a partir de esta noche no duermes en casa. Y, si quieres comer, te vas a recitar lo de «*atmosphère, atmosphère*» a los viejos verdes del Molino, que igual te sacas un buen descorche.

En esta ocasión me incliné a considerar la oferta, entre otras cosas porque no tenía nada mejor. En mi horizonte profesional sólo se presentaba un artículo que había enviado a la revista madrileña *Film Ideal* sin encomendarme a Dios ni al diablo. Examinaba la obra completa del director Mankiewicz, que había seguido con gran pasión en la Cinémathèque de Chaillot, y podía resultar de actualidad gracias al estreno de su último filme, la tan pregonada *Cleopatra* que se suponía iba a detener el mundo sin que nadie tuviera tiempo de apearse. Al margen de su importancia como entretenimiento de masas, la obra me había entusiasmado más allá de toda medida, en especial porque la visión del ciclo retrospectivo me permitía situar muchos de sus elementos estilísticos. Pero no ignoraba que el texto era demasiado largo —unas veinte cuartillas— y, por otro lado, era consciente de lo difícil que era publicar sin influencias de algún tipo.

En vista de lo incierto de mi destino, me encogí de hombros y decidí asumir, con absoluto desinterés, mi categoría de burguesito barcelonés sin mácula ni mezcla de sangre impura.

—Igual no está tan mal hacer de *hereu*. ¿Cómo tengo que ir vestido?

—Con una mortaja, de la paliza que te voy a dar si continúas hablando en plan *gili*. El tratamiento de *hereu* tienes que ganártelo y esto sólo lo conseguirás aprendiendo a dominar tu oficio y sobre todo la ley de las tres emes.

—Las conozco —dije, resignado—. «Menestración, menestración, menestración.»

Mientras me disponía a emprender el arduo aprendizaje del arte de «menestrar», se celebró una importante reunión de los tres hermanos Moix, acompañados por las esposas, que estuvieron calladas durante media hora para llenar las otras dos con todo tipo de negros pronósticos, amenazas y reconvenciones anticipadas. En un negocio tripartito convenía dejar todos los cabos bien atados, porque si bien yo era el *hereu* de mi padre, estaba el primo Emilio, que podía serlo de mi tío Juanito, y lo mismo alguno de los nietos del tío Pere. Paso por alto cuestiones tan complejas que ni siquiera en aquel momento llegué a comprenderlas. Mejor dicho, me cerré en banda a todo cuanto no fuese el empaque que me daría presumir de *hereu* en los bares de ligue. Pero esto no podía sospecharlo mi honesta familia.

La decisión más importante concernía a mi aprendizaje. La teoría de que el *hereu* debe empezar desde la base contaba con una larga tradición, y mis tíos dudaban de que yo pudiese seguirla si me ponía a las órdenes de mi padre. Dado que él tenía trato de calzonazos y además era débil de voluntad, era lícito suponer que un truhán como yo no tardaría en tomarle el pelo. Así pues, sólo me dejaron a su cargo para las funciones de primerísima hora de la mañana. A partir de las ocho y media quedaría a disposición de los principales oficiales de la empresa, hombres que habían entrado como aprendices en tiempos de mi abuelo y conocían el oficio a la perfección.

Entre los rituales que se me presuponían estaba en primer lugar acompañar a mi padre a abrir el almacén, ante cuyas enormes puertas de madera nos esperaban los obreros; así se había hecho siempre, aunque no sin notables esfuerzos, porque a veces los obreros llevaban media hora esperando y papá continuaba durmiendo en el entresuelo. Recuerdo los gritos de mamá, intentando despertarle, con resultados catastróficos porque papá tenía muy mal despertar y podía arremeter contra el mundo entero. Cuando la cosa se presentaba más negra que de costumbre, bajaba la tía Victoria invocando su parte en el negocio, como solían hacer, por otro lado, las tres cuñadas Moix.

—«¡Gandul, más que gandul!» —gritaba. Y, dirigiéndose a mamá en plan de guerra, decía—: Esto no tiene nombre. Los trabajadores esperando y este marido tuyo durmiendo. ¿Es que no ve que son jornales que se pierden? No me extraña que os vayan tan mal las cosas. Tú con un agujero en cada mano, y éste durmiendo como un lirón.

He de decir en honor a papá que cuando se trató de darme ejemplo hizo todos sus esfuerzos para levantarse a la hora. También es cierto que bajábamos como dos sonámbulos, pero por lo menos los obreros contaban con la presencia del amo y el *hereu*, pilares de toda la industria catalana. Sin embargo, la nuestra no debía de ser una presencia demasiado respetable, no sólo a causa del penoso aspecto, sino también por el tipo de relación que papá mantenía con aquellos hombres; siempre los había tratado como amigos, y a algunos como padres, porque de muchos de ellos había aprendido el oficio. En justa correspondencia, los obreros le adoraban.

A la media hora de empezar la jornada laboral, papá convocaba a los más allegados y se los llevaba al bar La Parra para hacer el primer carajillo del día. Por suerte para el negocio, llegaban mis tíos y organizaban los equipos que debían desplazarse a varios puntos de la ciudad. A mí me tocó la brigada del oficial Ramírez, hombre que tenía gran prestigio en la casa porque pintaba las puertas como nadie y mezclaba los pigmentos naturales con técnicas que se han ido perdiendo desde que llegó la pintura plástica.

Este hombre me era tan familiar, que al punto respiré aliviado. Era evidente que bajo sus órdenes podría hacer lo que me diese la real gana. Pero fue como si hubiese adivinado mis intenciones, porque cuando nos disponíamos a salir para nuestro punto de trabajo, me dijo:

—Yo te he visto nacer, Ramonet, y hasta estuve en tu bautizo, cosa que no pueden decir muchos trabajadores del gremio, porque se sabe desde siempre que a los festorros de los que pagan no asiste nunca el que cobra. Y todavía recuerdo cuando eras un crío gordito y patoso que venía para que le hiciera pelotas de trapo y cordel. Pero tengo que olvidarlo porque tu tío Juanito me ha dicho que quiere que seas un gran pintor. Él es un hombre sensato y sabe que ningún aprendiz pasa jamás de la mediocridad si su oficial no le trata a golpes de vara, sin dejarle pasar ni una falta y sin darle una licencia. Por todo esto te digo que no esperes de mí contemplaciones, porque no las tendrás.

El tono autoritario de aquel hombre a quien suponía mi amigo me soliviantó de tal modo que adopté la actitud más altanera, por no decir despótica.

—Me parece que se equivoca usted, Ramírez. Yo no soy un aprendiz: soy el *hereu*. Que quede esto claro o tendré que hablar con mi madre.

—¿Así que ésas tenemos? —exclamó, agarrándome por el hombro—. Tú eres un aprendiz de mierda, y como vuelvas a contestarme así te doy una hostia que te van a saltar todos los dientes.

Busqué desesperadamente a mi alrededor la ayuda de mamaíta. En vano. Estaba en el entresuelo, vistiéndose de Lana Turner para ir al mercado de la Boquería a comprar cebollas.

Pasé varios días odiando a Ramírez como si de un francés se tratase. Menos fregar retretes, me hizo pasar por todas las humillaciones, en un momento en que cualquier humillación me hería el doble, porque ser esclavo siendo *hereu* es peor que ser esclavo siendo inmigrante.

Trajiné tablones, escaleras, barriles de cola, botes de pintura, rollos de papel, y así, poquito a poco, de trajín en trajín, acabé encontrándome con una brocha en la mano y un rodillo en la otra. Algún desastre cometí, pero no tantos como mi absoluto desinterés haría suponer, porque el día que fui a cobrar mi quinta semanada el tío Juanito me felicitó, al tiempo que decía:

—Como ya has demostrado que sabes rascar una pared sin llevarte el cemento por delante, y además me ha dicho Ramírez que se te da muy bien el rodillo, te vamos a premiar enviándote al campo. Así te aireas un poco, que el olor del aguarrás te ha dejado amarillento.

Ese campo al que se había referido el tío Juanito era en realidad un pueblo del Ampurdán llamado San Miguel de Fluviá, famoso por su esbelto campanario románico, según me dijo papá y según confirmaron las páginas de *Destino*. Nuestra empresa se ocupaba de pintar las viviendas de los empleados de la Renfe, situadas al otro lado de la vía del tren. Pero antes de empezar este trabajo, deberíamos detenernos unos días en Gerona para pintar las puertas de la estación.

Pese a las buenas intenciones del tío Juanito, una ausencia tan prolongada de Barcelona se me antojó una rotunda incomodidad, por no decir un fastidio. El grupo de la Maria dels Ous había programado varias fiestas que prometían ser el delirio y, por otro lado, se anunciaban varios estrenos cinematográficos y teatrales que reclamaban toda mi atención. Sin contar un detalle fundamental: con el propósito de librarme cuanto antes del yugo familiar y escapar de nuevo a París, había empezado a escribir un par de novelitas rosa que me ocupaban gran parte de la noche. Pensaba utilizar un seudónimo cuanto más cursi mejor, y mandarlas a Editorial Bruguera, gran especialista en este tipo de publicaciones. Después de todo, cuando en el futuro consiguiese ser tan bueno como Camus y tan respetado como Sartre, nadie recordaría que había cometido el desliz de publicar en las colecciones «Pimpinela» y «Madreperla». No aspiraba a ser Corín Tellado, pero quería largarme de casa a cualquier precio.

El que pagué por la prostitución de mi posible talento fue demasiado alto porque me encontré de nuevo ante el horror del rechazo. Pese a que rebajé el listón de la exigencia hasta ras del suelo, la editorial consideró que mis dos novelitas eran «demasiado complejas» para su público. Regresó, como siempre, la frase favorita de la tía Florencia: «Para ser puta y no ganar nada, mejor honrada.» Volvía a ser el evangelio, como dijo Néstor en cierta ocasión. Para aquellos librillos había tomado el esquema de *Creemos en el amor, Cómo casarse con un millonario* y comedias similares, pero la editorial los encontraba tan difíciles como un buen *totxo* de Thomas Mann. Lo malo resultaba tan difícil de colocar como lo bueno; así pues, la consecuencia lógica era que es preferible perder con una carta de prestigio en la mano que con una porquería en el cesto de los papeles.

Con tantos desengaños a cuestas y tanta filosofía barata en el cacumen, comprendí que lo más sensato sería aceptar la sugerencia del tío Juanito y poner tierra de por medio durante algún tiempo. Podía ser el Ampurdán o el lejano país de los watusis: cualquier lugar serviría para afirmar mi aprendizaje de pintor al tiempo que prestigiaba mi condición de *hereu*. Y papá lo celebró a su manera: exhibiéndome por todas las tiendas y negocios del barrio con el claro propósito de demostrar al vecindario que la semilla no muere.

—Aquí tienen al hijo pródigo, que se ha olvidado de los Parises y los Versalles y se ha decidido a ser pintor, como sus más lejanos antepasados. —Y, dirigiéndose a mí, decía con voz conmovida—: Ahora sí que eres un *hereu* Moix de pies a cabeza. Ahora sí que darás lustre a tu apellido.

Cuando se ponía en lenguaje barroco, papá acababa invocando el apellido Moix, como si de una baronía se tratase. Pero seguramente lo consideraba también la calle entera, porque todos acogían la noticia de mi nuevo oficio como garantía de continuidad y permanencia. Animado así en sus ínfulas, papá me llevaba de la panadería de la valenciana a la tienda de ultramarinos y del colmado La Tupinamba a la Mercería Celia, donde yo me entretenía mirando postales de artistas de cine de aquellas que ya valían dos pesetas y cincuenta céntimos porque venían en color. Pero cuando se habían acabado las postales y todo el barrio conocía mi decisión y sólo faltaba que ésta saliese en el pregón de las Fiestas de la Merced, acabábamos en los bares de siempre, tomando un café ancestral y ensayando un poquito de ternura. Al fin y al cabo nos la debíamos, y yo, además, se la debía a la tradición de mi ciudad.

—Papá, ¿te das cuenta de que me estás haciendo lo mismo que el viudo Rius hacía con su hijo en *Mariona Rebull*?

—¿Por qué dices esto, *hereu*?

—Porque estoy viendo que, haga lo que haga, no consigo salir de la ficción.

—¡Qué tonterías dices! Estamos haciendo lo que se ha hecho siempre desde que la calle de Ponent es la calle de Ponent, que es como decir desde que el mundo es mundo.

Le miré con curiosidad. Siempre lo hacía cuando hablaba en tono elegíaco de la calle natal, de los escenarios donde transcurrió su vida entera. Cumplió su promesa. Nunca consiguieron arrancarle de su calle, de sus bares, de sus pequeños comercios; y, así, toda la historia de Barcelona podría estar condensada en la obsesiva permanencia de mi padre.

Que no era la mía. Pese a que en los últimos tiempos había adoptado la mansedumbre del cordero, en mi interior continuaba rugiendo el león, y ninguna bestia de este calibre se contenta con estar encerrada en una jaula aunque los barrotes hayan sido forjados en el sutil yunque del afecto. Y aunque aquel año el Festival de la Canción del Mediterráneo dejó caer sobre Barcelona un buen número de melodías cautivadoras, en mis oídos continuaba resonando la canción del cowboy, que solía tararear Alexander:

Oh, give me land, lost of land
under starry skies above,
don't fence me in...

Lo más parecido a esta libertad folk fueron las horas que dediqué a recordar el casco antiguo de la ciudad de Gerona, experiencia fascinante y amplia incursión en una escenografía nocturna que desbarataría todas mis nociones recientes, devolviéndome, una vez más, a los paseos de adolescencia por el Barrio Gótico barcelonés. Al mismo tiempo, el reciclaje de las fascinantes calles gerundenses en una escenografía irreal prepararía el camino para experiencias de parecido signo cuando me enfrenté a esa gigantesca coctelera de los tiempos que siempre será, en mi imaginación, la ciudad de Roma.

Mi trabajo, en cambio, permitía pocos delirios: debía limitarme a ir pintando puertas de la estación, mientras pasaban a toda velocidad —o a la relativa velocidad de entonces— los trenes que llevaban a Francia. Este trayecto tenía para mí el verdadero sentido de la vida: el que seguía desarrollándose lejos de mi monotonía, el que sólo podía realizarse en espacios desconocidos, prestos a ser colonizados con un gesto de suprema audacia.

La audacia no era, por cierto, el punto más destacado del jefe de estación, que me obligó a pintar de nuevo varias puertas al ver el color que había elegido en un acto de desobediencia al oficial Ramírez. Se trataba de un azul celeste que, según el jefe de estación, quedaba poco serio. Cierto. Era un color de lo más mariquita, pero quedaba divertido en una estación que era el colmo del aburrimiento.

Cuando el tío Juanito llegó a visitar las obras, como hacía cada semana, me recriminó severamente. Dijo, con razón, que un color que podía quedar precioso en un cuarto de baño quedaría como un emplasto en un espacio más serio, sobre todo en una estación en la que bien pudiera apearse el Caudillo durante uno de sus viajes. Pero dejando aparte tan elevadas miras, lo más grave era que acababa de asestar un rudo golpe a la ley de las tres emes: «El trabajo tiene que ser rápido, seguro y limpio —dijo el tío, didacticón—. Piensa, además, en lo que nos cuesta tu disparate. Porque cada puerta que hay que repetir es un jornal, y si te dedicas a ir probando colores tendremos que poner nosotros dinero en lugar de ganarlo.»

Después de aquel interludio, tan práctico como aburrido, nos instalamos en San Miguel de Fluviá para atacar las viviendas de los empleados de la Renfe. El pueblo no tenía la vitalidad que ha ido adquiriendo en los últimos años, concretamente desde que el Ampurdán se puso de moda entre los veraneantes barceloneses, lectores de Josep Pla. En aquel entonces, el pueblo sólo atraía la atención de algunos fanáticos del románico que encontraban en su casi abandonado campanario causa de lícita admiración.

Este campanario fue mi única compañía durante los largos días e interminables noches que pasé en San Miguel de Fluviá. Aunque los trabajadores de mi padre eran amables conmigo y a veces llegaban a mimarme, sus eternas conversaciones sobre fútbol, mujeres y experiencias de la mili no tenían la menor posibilidad de interesarme; así pues, solucionaba mi pleito con la soledad ampliándola en largas meditaciones a los pies del campanario, con la mirada errante en un cielo tan estrellado como no había visto en mi vida. Correspondía a la canción que tanto le gustaba a Alexander, pero también a las noches que, años después, me harían llorar de emoción en las islas del Egeo o a las orillas del Nilo.

He tenido ocasión de confirmar en numerosas ocasiones esa magia incomparable de las noches ampurdanesas porque el destino me llevó a vivir en una localidad vecina a San Miguel de Fluviá. No podía imaginarlo aquella noche lejana, pero veinticinco años después acompañaría a Néstor a llorar bajo aquel campanario porque acababa de recibir la noticia de que su amigo François Truffaut, era víctima de una enfermedad mortal. En otra ocasión, efectuando con Miguel Boyer una pequeña ruta del románico ampurdanés, paramos en San Miguel de Fluviá y nos vimos obligados a pedir la llave de la iglesia, que guardaba la dueña de un bar situado al otro lado de la plaza. No pude reprimir un deje de emoción cuando conté a Miguel que en aquel bar, también fonda y pensión, me había hospedado treinta años antes, cuando soñaba con comerme el mundo bajo la bendición de las estrellas locas.

Pero si algo quedó claro en aquel lejano tiempo de mi aprendizaje era que nunca me comería ni un bocado del mundo de los negocios. Se vio el día en que el oficial Ramírez tuvo que desplazarse a Barcelona para elegir material y me confió el mando de los demás obreros, con la orden expresa de hacerlos trabajar de lo lindo.

Tuve un mal comienzo como jefe en funciones: perezoso a la hora de despertarme por la mañana y pusilánime a la hora de transmitir órdenes que me importaban un comino, aproveché la ausencia de Ramírez para permitir que la anarquía se introdujese en nuestro pequeño grupo.

Durante aquellos días, me desperté gozosamente a eso del mediodía, y los trabajadores, faltos de otra indicación, me imitaron de muy buen grado. El desayuno se mezcló con el almuerzo y cuando nos desplazábamos a las viviendas de la Renfe, situadas al otro lado de la vía del tren, ya se estaba haciendo noche oscura. O sea que, gracias a mi gandulería, los trabajadores tuvieron tres días de vacaciones pagadas.

Por supuesto, aplaqué la mala conciencia con justificaciones de mocito concienciado: puesto que mi familia de execrables burgueses explotaba a aquellos hombres mediante el trabajo, yo los liberaba aliviándoles del mismo. De haber escrito mi autobiografía en aquel momento la habría titulado con gusto *El hereu vengador*. ¿O acaso habría funcionado mejor el concepto «redimir»? Porque, siguiendo la misma idea, se me ocurría consolar mis remordimientos decidiendo que los trabajadores aprovecharían aquel plazo de asueto inesperado aprendiendo algunas nociones sobre el románico catalán. O sea, que más redención, imposible.

Pero las largas veladas del invierno ampurdanés no llegaron a ver aquel milagro didáctico. Mientras yo me refugiaba en un rincón del comedor leyendo panfletos de Lenin, mis protegidos jugaban al dominó y discutían ardientemente sobre cosas de fútbol, cuyo significado se me escapaba entonces como se me han escapado siempre.

Quiso la fatalidad que Ramírez regresase inesperadamente y, además, en compañía del tío Juanito. Caía el sol de un liviano mediodía invernal y decidieron ir directamente de la estación a las viviendas de la Renfe, con la esperanza de encontrarnos a todos trabajando con la alegría que hace al caso (por lo menos, esa alegría cancionera que siempre se atribuyó a los obreros manuales).

Ramírez contó, después, que el tío Juanito pronunció palabras muy fuertes cuando un ferroviario le dijo que por aquellas viviendas no había pasado pintor alguno en los tres últimos días. Pero los tacos del *tiet*, por lo demás desacostumbrados en un hombre tan plácido, no fueron nada comparados con los que salieron de su boca cuando llegó a la pensión y nos encontró a todos durmiendo a pierna suelta, pese a que la dueña tenía ya preparado un suculento *fricandó* de su especialidad y pericia.

Al parecer, el detonante de aquel escándalo es que ningún catalán que aspire a dominar la ley de las tres emes puede estar durmiendo a la una del mediodía, y menos aún si arrastra consigo a seis trabajadores. Como resultado de semejante reflexión, me desterraron del campo para devolverme a la dura vida del asfalto, lo cual no fue tan dramático, si bien se mira. Al contrario, repercutió en mi favor porque en el cine-club del Casal del Metge daban una película de Bergman inédita en España y cuyo valor cultural igualaría sin duda al del campanario románico de San Miguel de Fluviá.

De todos modos, el tío Juanito se quedó con la mitad del cuento, porque durante aquellas noches ampurdanesas había ocurrido algo cuya importancia excedía a la flexibilidad de un horario laboral. Concernía a la carne en sus aspectos más directos, sin la coartada del espíritu ni la justificación, siempre agradecida, de la búsqueda del amor. Fue el contacto con un cuerpo no buscado, no deseado y, en última instancia, ni siquiera conseguido: el cuerpo divinamente formado de un obrero de mi misma edad, un joven andaluz cuya cama me vi obligado a compartir, como por otro lado hacían los demás a causa de la escasez de plazas en la pensión.

En una cama tan estrecha, el roce era inevitable. No digo que voluntario: él, en su inocencia, no debió de imaginar siquiera que me excitaba; yo, desde el sentido de culpabilidad que aquella inclinación me producía, no hubiera osado mover un solo dedo. Pero el contacto se producía en pleno sueño y como dormíamos sin pijama cada roce casual se convertía en una incitación; y el cúmulo de todas ellas, al no ser correspondidas, se convirtió en un tormento. Paradójicamente, pasaba el día esperando que el tormento llegase, aun sabiendo que todo acercamiento sería vano y todo intento de insinuación ridículo. Era, de hecho, un nuevo aspecto del onanismo, tanto más cruel cuanto que no podía darle curso. Para mayor infortunio, ni siquiera en San Miguel de Fluviá existía ya el derecho de pernada, y durante los siglos que nos separaban del campanario románico mi clase social había aprendido que un *hereu* como Dios manda debe tener, entre sus muchas virtudes, la muy catalana de la continencia.

¡Qué pandilla de capados, los aprendices de *hereu* como Dios manda!

MIENTRAS LA VIDA ME IBA OBSEQUIANDO con sucesivas oleadas de tedio decretadas por mi nueva situación, llegó a Barcelona la película *Cleopatra,* cargada de elementos extracinematográficos: por un lado los sonados romances de la pareja protagonista, Liz Taylor y Richard Burton, convirtieron los palacios de Alejandría en un patio de vecindad; por el otro, algunas incursiones de los grupos ultra motivaron uno de los ejemplos más penosos de la mojigatería ibérica. En efecto, en un gigantesco mural del paseo de Gracia que reproducía a la reina de Egipto entre sus dos amantes favoritos, los fascistas echaron unos cuantos botes de pintura negra para tapar el escote de la pecadora. Escote que, además, era sumamente recatado, porque Hollywood nunca fue Alejandría, a pesar de los adulterios de Liz.

Otro escándalo se produjo la noche del estreno, en el Kursaal, resplandeciente con la majestad del sistema Todd-Ao. No puede decirse que el público se divirtiese mucho, porque esperaban tomate y, en cambio, les había salido una Cleopatra intelectual. Sería ya la segunda parte, cuando unos saltos temporales en la planificación —tres conversaciones entre Cleopatra y Antonio condensadas en una— provocaron un sonoro pateo, acompañado de gritos contra la censura. No hay que extrañarse de que el público atribuyese a esta siniestra institución lo que era claramente un ejercicio estilístico del director. La gente olía la censura a varias manzanas de distancia y ya no se callaba ni siquiera en atención al refinamiento que se suponía a un estreno de gran clase.

Pero la barca dorada de Cleopatra, que no consiguió abrirse camino en el corazón de los críticos ni casi del público, aparcó gloriosamente en el Peso de la Paja, y su entrada fue tan apoteósica que cambió radicalmente mi vida.

Inesperadamente, y sin influencias ni contactos personales, *Film Ideal* acababa de publicar mi artículo sobre Mankiewicz, dándole mucho espacio e ilustrándolo con fotografías que yo había soñado ver durante toda mi vida. Manía de mitómano, por supuesto, pero también fetichismo de escritor en ciernes. Era la sensación incomparable de que lo escrito por mí se convertía en elemento físico, algo que salía del encierro de la imaginación para ocupar un lugar en el espacio. Y si bien es cierto que había visto mis cosas publicadas en la época de la Editorial Mateu y de la revista *Picnic,* siempre habían sido bajo seudónimo y de calidad ruin, o que yo consideraba como tal. En realidad, la nueva ocasión implicaba el reconocimiento de un trabajo hecho en serio, planteado con todo el rigor de que era capaz y reconocido por una serie de personas cuyos planteamientos críticos había seguido y respetado en los últimos años.

«Respeto.» Ésta era la palabra exacta. Sentía que llegaba a raudales desde las páginas de la revista e inundaba el entresuelo de la calle Ponent, hasta arrastrar a papá como un torrente inesperado.

Si su alegría ante un texto mío fue grande, su entusiasmo al ver impreso su apellido alcanzó el delirio. Agitando el número de *Film Ideal* como si fuese una bandera, corrió hacia la cocina para enseñárselo a mi madre y a la tía.

—Mira lo que ha escrito tu hijo, Angelina. Y esta vez se ha dejado de monsergas y ha firmado con su nombre y apellidos. Esto es un orgullo. Es la primera vez que el nombre de los Moix sale en la prensa.

—Mentira podrida —dijo la tía Florencia—. Cuando se murió su padre de usted toda la familia salió en *La Vanguardia.* Y en letras bien grandes, que me acuerdo yo.

—Eso no vale, por tratarse de una necrológica. Yo fui a un mostrador de la redacción de la calle de Pelayo y dije: «Pongan a mis hermanos Juan y Pedro, a mi sobrino Jaime Tutusaus...» Y un señor iba anotando nombres y se acabó. Pero esto que ha hecho el Ramonet tiene mucho mérito, porque ha salido de su cerebro, y esto se llama creación, señora Flore, aunque usted no lo entienda porque es analfabeta.

Mamá cogió el artículo y empezó a pasar páginas distraídamente hasta que al final señaló un par de fotos pertenecientes a *Cleopatra.*

—Qué guapa está la Liz. Aunque en esta foto tiene papada.

—¡El texto, Angelina, el texto...! —gritaba papá—. Esto tiene mucho trabajo, y lo ha escrito el Ramonet sin que nadie le ayudase. ¿Verdad, *hereu*?

—Bueno —dije yo, en tono muy resabiado—. En ocasiones me he remitido al libro de Coursodon y Tavernier: *Vingt ans du cinéma américain*. Pero sólo para las cronologías, que conste.

—Esto no quiere decir nada. Sin ir más lejos, Marañón consultaba el Diccionario de la Real Academia, y eso que era el doctor Marañón. Mira, yo hubiera preferido que hablases de cosas más nuestras, de Barcelona, o si quieres tú de Valls, porque los *calçots* de esa localidad son muy buen tema literario; de todos modos, a juzgar por el espacio que te han dado, este señor Mankiewicz también debe de tener mucho mérito.

La persona más ajena a la obra de Mankiewicz era la tieta Victoria, pero papá la llamó a gritos por el patio, y aunque ella estaba cociendo la verdura bajó corriendo, con la esperanza de cotillear sobre algún gran acontecimiento. Se quedó muy sorprendida al ver mi nombre en una revista, porque se había pasado la vida considerándome gandul, atolondrado y corto de entendederas, y a nadie se le ocurre asociar estos defectos con un dinámico periodista. Pero como sea que me quería, no tuvo inconveniente en reconocer que acababa de revelar un rasgo de ingenio, o más de uno a juzgar por la extensión del artículo.

—Sí que es largo, sí. ¿Y trata de cine? Pues menudo exceso. Para mí el cine es: se abren las cortinas, sale una película y se vuelven a cerrar las cortinas. Quiero decir que sacarle tanto texto a *esto* tiene que tener un mérito u otro. ¿Y decís que la revista es de Madrid? Pues más mérito, porque menudos son los de la Cibeles para darnos algo a los catalanes.

Papá se llevó la revista al bar de los espejos y la enseñó al dueño y a todos los parroquianos y al final nos quedamos sentados y yo le veía extrañamente feliz, reposado, acariciando el *Film Ideal* con una ternura que nunca le habría supuesto y que tuvo el poder de conmoverme. En especial, cuando dijo:

—Ya veo que no serás pintor, *hereu*, porque esto se lleva en la sangre y la tuya se ha convertido en sopa de letras. Como puedes ver, me lo estoy tomando muy bien, porque a cierta edad debemos aceptar nuestro margen de error y, sobre todo, saber que no podemos disponer del destino de las personas. También pienso que si llegas a publicar libros de verdad, los tendré en la biblioteca, junto a la Espasa y *El poema de Nadal* de Sagarra, y esto valdrá más que todos los pisos que haya pintado yo.

¡Qué extrañas son las metamorfosis del afecto! Tanto como para retroceder y avanzar por el tiempo, transformándose continuamente según los altibajos del propio ser. Durante toda mi adolescencia yo había odiado a papá, no sé si por ley de vida o por ley de James Dean o todas esas zarandajas que configuran el insoportable infierno llamado edad del pavo. Y ahora, después de múltiples desencuentros, lo estaba queriendo como en una lejana época de la infancia en que me llevaba con él a la mancebía de madame Rosario para, después, inscribirme en la Biblioteca Central, y allí, bajo sus naves góticas, comunicarme su amor a los libros y su enorme respeto por la cultura. Así que dije:

—Algo te debo, papá. Eso, por lo menos, lo sé.

—Mucha pela, me debes —dijo con su risotada de carajillo y tabaco negro—. Acuérdate de lo que tragabas cuando niño. Quiero decir con esto que si empiezas a ingresar con lo que escribas, te acuerdes de tu padre y de tu madre. Y, además, mira lo que te digo: si tienes un éxito como el de *Los cipreses creen en Dios,* empieza a hacer hucha, que el mañana nadie lo ha visto.

—Es que yo quiero ser escritor minoritario.

—*Collons!* —exclamó con un atisbo de decepción que no descartaría la posibilidad de tenerme como mantenido durante el resto de mis días. Y una vez asumida su nueva condena, añadió—: Muy minoritario serás si continúas escribiendo sobre este señor Mankiewicz. Lo que tienes que hacer es irte a Palafrugell y entrevistar al señor Josep Pla. Esto lo colocas en *Destino* y lo lee todo el mundo.

Sonreí con ternura, dejándole hablar a su aire, que era el de siempre, teñido por una nueva complicidad. Pero lo importante es que los términos del afecto acababan de sufrir una transformación radical. Había perdido a un falso enemigo y recobraba a un consejero entrañable.

LIBRO SEGUNDO

—

PÍCAROS DE CHELSEA

(Londres, 1964)

Chi rimembrar vi può senza sospiri,
O primo entrar di giovinezza, o giorni
Vezzosi, inenarrabili...

GIACOMO LEOPARDI
(*Le ricordanze*)

¿Quién puede recordaros sin suspiros,
oh, alba de la juventud,
oh, días hermosos, indescriptibles...?

Ramón encontró a otro Ramón, y al mirarle vio un doble y se prendó de la maravilla como si se hubiese enamorado de sí mismo.

Mi nuevo amigo se me parecía tanto que todo el mundo nos tomaba por gemelos. Era el resultado de una clonación precoz, cuando este concepto sólo podía existir en la terrorífica isla de las almas perdidas, donde hervían las pócimas del doctor Moreau.

Le llamaban Carlitos, pero a los pocos momentos de conocerle decidí que podía llamarse Ramón Segundo. O él Cástor y yo Pólux, si se prefiere. Cualquier declaración que implicase homogeneidad era aceptada, si no suplicada, porque era el sueño de mi vida hecho carne. Desde que en los umbrales de la pubertad descubrí que para ser feliz necesitaba a alguien igual que yo, todas mis búsquedas sentimentales habían estado encaminadas al fracaso porque este doble no existía, y si alguna vez pudo existir en la persona de algún amigo de la escuela, pronto se desvaneció cuando el otro se fue en busca de su propia, inevitable evolución. Y ésta me excluía de tal modo que todas mis amistades componen una larga serie de dobles que acabaron convirtiéndose en mi antítesis.

Carlitos era, por fin, el idéntico, el calcado, el preciso. Puestos en el límite de los parecidos, Néstor no pudo salir de su asombro cuando nos vio juntos por primera vez.

—Nunca he estado borracho, nunca en mi vida, pero ahora creo estarlo porque veo doble. ¡Sois iguales! Sólo hay algo que os diferencia, pero no sé explicarlo. Un matiz, un rasgo, un *petit rien*, qué sé yo... Por lo demás, como Bette Davis en *Una vida robada*. Y ahora, adivinen quién es la hermana buena y quién la mala.

A Carlitos se le ocurrió sonreír, mostrando una hilera de dientes ligeramente irregulares. Los dos caninos aparecían separados, y la hendidura que se formaba entre ellos era lo único que nos diferenciaba. Pero al parecer era uno de esos defectos que, al decir del tópico, embellecen, porque yo sonreía y el mundo no se inmutaba, y Carlitos, al entreabrir la boca, hacía que la vida se postrase a sus pies.

El *petit rien* que Néstor se veía incapaz de definir era algo más que el carisma, el ángel, el gancho, el aquél, el «ello» o un vocablo que se había puesto de moda en Londres para definir el indefinible encanto de los modernos: el *knack*. Yo tenía alguno de estos atributos, según decían los amigos, pero cualquier enemigo me habría hecho notar que carecía por completo del único don que no he citado: esa cualidad devastadora que se llamaba morbo y contra la cual no sirven todas las horas que los chicos del mundo pasábamos ensayando encanto delante del espejo del baño. Y en mi caso, de cualquier baño, porque cada vez que salía de casa, ya fuese al cine, al teatro o a las fiestas de la Maria dels Ous, buscaba un espejo para ensayar la sonrisa, el mohín, la mueca destinada a subyugar voluntades.

Carlitos no necesitaba ensayos para subyugar. Me lo demostró con creces en la playa de San Sebastián, donde provocó efectos devastadores entre los ansiosos ocupantes de la zona gaya. Su capacidad de morbo se reveló tan eficaz que apenas paraba en su toalla. Era requerido de todas partes, mientras yo me quedaba aislado, leyendo o analizando aspectos presuntamente serios de mi situación en el mundo. Y el más serio, por no decir grave, empezaba a ser Carlitos, cuyo trasiego me estaba produciendo un hondo penar. Mala señal.

Cuando no tenía que desplazarse a las duchas para atender a sus conquistas, me contaba detalles sobre su vida. Empezaba con un padre gallego y una madre murciana que emigraron a Barcelona siendo él muy niño. Seguía la historia con la típica descripción de la miseria de posguerra y una incursión en el apartado de los sucesos policiales: el padre se escapó a Brasil llevándose los ahorros de la madre. Terminaba Carlitos contando cómo ésta se dedicó a la prostitución en los bares de la Carretera de Sarriá para dar de comer al niño que era él y, de paso, comprar vestidos y alhajas para la presumida que era ella. A ninguno de los dos se le ocurrió crear un fondo para estudios superiores, y, de haberlo creado la madre, es posible que el hijo se lo hubiese gastado en ropa. Le bastó a Carlitos con lo que le contaron los curas en la enseñanza primaria, si bien es cierto que no se molestó siquiera en memorizarlo. Salió de la cultura tan virgen como había entrado. Y para justificar su hostilidad a todo cuanto oliese a lección, manifestaba que la lectura cansa la vista y, además, afea los ojos.

Cuando le conocí, él acababa de regresar de París, su ciudad preferida, pese a que no le había permitido destacar como algo más que un vulgar camarero de restaurantes pequeños. De todos modos, era un afrancesado tan voluntarioso como trivial: un esclavo de la subcultura que yo había aprendido a detestar. Cierto que se le escapaba la pluma repitiendo constantemente un disco de la bailarina-*vedette* Zizi Jeanmaire titulado *Mon truc en plumes*, que pretendía evocar los fastos de los años treinta, pero sus principales tiros se dirigían a las cursiladas de Claude François, France Gall —la de *poupée de cire*— y a los inevitables pincha rocks de la *banlieue* con ínfulas de motorista californiano.

Soliviantado por aquella sumisión a la falsa modernidad francesa quise curarle con interminables discursos sobre las ventajas de la alta cultura. Ahora bien, al hablarle de modelos superiores me acogía a Proust y a la música dodecafónica, con lo cual contribuía a fomentar su hostilidad más que su afición. Así pues, no fueron precisamente los intereses culturales lo que nos unió, sino la tendencia a bucear en la memoria para resucitar todos los fetiches que habían formado nuestra educación sentimental. Al igual que yo, Carlitos era un ferviente coleccionista de imágenes pretéritas, reminiscencia de los tebeos, las películas de amor y lujo, los seriales radiofónicos, los álbumes de cromos y los juguetes que recordaban al cinematógrafo. Así, no me sorprendió que además de los tebeos de *El Guerrero del Antifaz* y *Diego Valor*, en la memoria de Carlitos destacase sobremanera cierta noche de reyes en que su madre le obsequió con un proyector Nic, la marca de los niños soñadores; la marca de las películas de papel protagonizadas por los Tres Cerditos, Goofy y el Pato Donald.

El vínculo generacional había quedado establecido gracias a las pequeñas cosas, pero yo seguía empeñado en conseguir que Carlitos se interesase por las grandes o las que yo consideraba como tales. Mi actitud puede parecer pedante, pero resultó eficaz en un punto inesperado: contribuyó a que mi gemelo me mirase con admiración y hasta respeto.

—Hermanito, estoy bien contigo porque sabes muchas cosas.

—Hermanito, estoy bien contigo porque tienes un polvo que no aparece en las crónicas.

—Olvídalo. No estaría bien que dos hermanos hiciesen el amor.

—El incesto place a los dioses. —Al punto me detuve para meditar sobre mi afirmación—. Bueno, en realidad no sé a cuál de ellos, pero a alguno seguro que sí.

—Seamos prácticos: con toda la variedad que hay en el mundo, ¿para qué voy a contentarme con alguien que es igual que yo? Acuérdate del refrán: «Pan con pan, comida de tontos.»

Intenté reprimir el deseo en provecho de lo que iba siendo una entrañable amistad, y como sea que esto era lo que venía haciendo desde niño, empecé a considerarme panoli. Carlitos me tomó desde un principio como el hermano mayor, y en este sentido comprendí que cualquier otro tipo de relación sería impensable. Era cuestión de acarrear sobre mis hombros a mi otro yo, y asumir que su afecto era lo máximo que estaba dispuesto a concederme.

No negaré que era una situación singular, por no decir cómica. Medio mundo podía conseguir el cuerpo de mi hermano gemelo, mientras la otra mitad se preciaba de haberlo conseguido ya, pero a mí se me negaba siquiera la posibilidad de esperar en el último puesto de la cola. Esta absoluta falta de posibilidades me producía nuevos sufrimientos, porque si bien es cierto que aspiraba como de costumbre a una relación basada en la comunicación espiritual, sabía que el verdadero absoluto sólo se alcanza combinando el amor con el contacto carnal. Máxime cuando los efluvios morbosos que despedía Carlitos actuaban sobre mi voluntad con efectos arrolladores. Y en esto no me diferenciaba de sus conquistas de playa. A las que, por cierto, nunca dejé de considerar más vulgares de lo que eran. Y lo eran mucho.

Sobre todas estas consideraciones seguía planeando la evidencia de nuestra semejanza.

—Es muy caprichosa la naturaleza —dijo un día Néstor—. Con la mitad de Carlitos y la mitad tuya se podría crear al perfecto compañero de cama.

¡Tamaña grosería! Y yo soportándola. Yo asumiendo que siempre me faltaría una mitad de algo para resultar mínimamente aceptable en las lides de Eros. Era una forma como cualquier otra de echarme en cara mi deficiencia más incordiante, así que seguí sufriendo por este motivo y esperando largas horas en un bar de la Rambla mientras Carlitos se encerraba en una pensión del Barrio Chino con algún extranjero que hubiera conocido en la playa.

Aquel verano cayó un inglés aceptable: se llamaba Frank, tenía treinta años y exhibía el tipo de modales con apariencia cosmopolita que solían impresionar favorablemente a los jóvenes subdesarrollados. Es cierto que no poseía un gran atractivo, pero Carlitos había hecho guardia en garitas mucho peores, y en última instancia yo le había aconsejado la conveniencia de tener contactos en todo el mundo. Incluso en unas extravagantes islas colgadas en lo alto del mapa de Europa según se miraba desde nuestro Mediterráneo natal.

Como sea que la idea de convertir a Frank en un contacto necesario escapaba a las entendederas de Carlitos, tuve que recurrir al repertorio de mi padre para explicárselo mejor.

—Cuando muera Franco se desencadenará inevitablemente una guerra civil. Entonces será bueno tener domicilios en todas las ciudades de Europa. Porque supongo que tú no querrás ir a la guerra, ¿verdad?

—¡Qué chorradas dices! Si hay una guerra será atómica, y entonces no habrá escapatoria en ningún lugar. A rezar y *au revoir les copains!*

Mientras esperábamos la muerte de Franco, Carlitos se dedicó a dar vida a los deseos de Frank y, después, a los de todos los amigos que se dignó enviarnos desde Londres. Que fueron tantos como para mantener a mi gemelo ocupado durante todo el verano.

Tuve que aceptar su absoluta entrega al sexo como algo natural, pero aunque no lo hubiera hecho él, se encargaba de recordármelo cada vez que le reprochaba algún exceso. «No me vengas con sermones. Soy puta como mi madre, y hasta me lo paso mejor que ella porque lo hago por placer. Y ¿sabes lo que te digo? No hay nada en el mundo que me guste más, y el resto no me interesa...» Cuando supe que podía hacer tres entregas en un mismo día ya no me extrañé de nada. Sólo de algo que afectaba a la mente: empezaba a creer que yo estaba sustituyendo a Carlitos; que sus lances eróticos eran los míos, que ocupaba su lugar en el catre de una pensión mugrienta. Sus excesos me pertenecían hasta tal punto que los consideré una parte vital de los extraños rituales que había venido ensayando en la imaginación sin atreverme a ponerlos en práctica.

Esta especie de desdoblamiento me llenaba de orgullo, porque había oído decir a los más expertos que mi gemelo era un rey en la cama. Esto, si bien se mira, siempre es un galardón, pero al aceptarlo volvía a caer en un equívoco de repercusiones incalculables. Como hermano mayor podía sentirme orgulloso del virtuosismo del niño, pero como amante imposible tenía motivos para sufrir. Ni siquiera desdoblándome en otro podía superar la patética verdad de los rechazados.

Aquel alegre ejemplar de puto voluntarioso tenía, además, una vida sentimental mucho más compleja que lo que sus devaneos permitían intuir. En París convivió con un fotógrafo de mucho nombre —aquí, le daremos el de Jean-Paul— que le mantenía atado con hilos muy poderosos, a juzgar por la absoluta sumisión que él demostraba al recordarle. Aseguraba que en los cinco años que estuvieron juntos le había enseñado todo cuanto debe saber un chico moderno... exceptuando la alta cultura, que ya entonces no parecía conciliar con la modernidad. De todos modos, la dedicación de Carlitos resultaba conmovedora, como lo era, también, la de su amigo. «Cogió a un niño inexperto y lo ha ido formando —decía—. Para mí, él es el padre que nunca tuve; para él, soy el hijo que nunca tendrá.» Conmovedor, sí, aleccionador también; pero tratándose de Carlitos, las cosas no podían ser tan claras.

—Me marché de París porque me pegó más de la cuenta. Quiero decir que siempre nos pegamos; vamos, no siempre, pero a menudo sí. Cada vez que discutimos, que es todos los días. Entonces, él me pega, yo me voy, paseo por las orillas del Sena, hago una escena de película de llorar, me siento solo, comprendo que sin él no puedo vivir y entonces vuelvo a casa y le encuentro dulce y sumiso. Al día siguiente vuelve a pegarme, pero esto no debe extrañarte, porque los dos somos de carácter fuerte y, además, signos de tierra: él Tauro y yo Capricornio.

—¡Qué casualidad! —dije—. Yo también soy Capricornio.

—¿De qué día?

—Del cinco de enero del cuarenta y dos.

—No fastidies, hermanito. Yo también soy del cinco de enero del cuarenta y dos.

—Carlitos, no me digas esto porque mi imaginación se pone a cien por hora.

Me enseñó el carnet de identidad: las mismas fechas de nacimiento en dos ciudades distintas. Yo en Barcelona; él en Murcia. Sólo un detalle: según nuestras respectivas madres, yo nací media hora antes. Era, pues, el mayor con todos los derechos.

—¡Jo, hermanito! —decía mi gemelo, mezclando la perplejidad con la risa—. ¿Cómo estarían los astros ese día?

—Estarían locos, no lo dudes. Y más loco debo de estar yo, porque no puedo creer lo que me está pasando. Tiene que existir alguna parte del cuerpo donde no seamos iguales.

—Ahora que lo dices, nunca nos hemos visto desnudos. Ya es hora de que nos conozcamos.

No tuvo el menor reparo en desnudarse ni en pedirme que le imitase. Su absoluta falta de inhibiciones tuvo el poder de cohibirme; temí que la única diferencia entre nosotros residiese en el tamaño del pene, proponiendo el suyo una de esas sorpresas que suelen colocarnos en inferioridad de condiciones. Pero seguíamos siendo iguales hasta en el último pelo del cuerpo; ni siquiera había un lunar en forma de flor de lis que nos diese, por lo menos, esa originalidad que distinguía a la perversa Milady de Winter del resto de los mortales.

Pero la originalidad existió a partir del momento en que Carlitos tomó mi mano y la colocó sobre su pecho. Noté entonces que su piel era ardiente, mientras él notaba que la mía era glacial o, todo lo más indecisa, porque debo reconocer que la proximidad de su desnudez me llenaba de un temblor intenso y provocativo. Por otro lado, el volcán que él tenía entre piernas me lo habían colocado a mí en el cerebro, y este cambio sustancial hacía que, pese a todas las coincidencias, los astros se hubiesen equivocado al intentar crear una pasmosa unidad cierta noche del cinco de enero del 42.

—Tengo miedo —dije.

—¿De mí?

—De este parecido. No es normal.

—¡Qué tontería! ¿Eres tú normal? ¿Lo soy yo? Ni ganas, por otro lado. La gente normal es aburrida, fea de morir y, además, follan poco porque no se gustan entre sí.

Era un razonamiento perfectamente lógico; en su nombre, me lancé a elaborar una serie de fantasías que nunca se atrevieron a salir de mí mismo. Sin duda porque, de hacerlo, habría tenido que enfrentarme a la cualidad que más podía intimidarme en los vastos continentes del erotismo: el morbo de los seres especiales, ese infinito lago de aguas turbias en cuyo fondo suelen ahogarse todas las fuerzas de la razón.

No pasamos de leves caricias, porque el miedo podía más que el deseo y la cálida piel de Carlitos se me antojaba una amenaza más que un consuelo. La razón llegó puntualmente para decirme que era mejor así, aunque es posible que dijese lo contrario: que no podía ser de otra manera.

En este punto, un espíritu romántico se siente autorizado a maldecir a la razón, por tramposa y entremetida.

Durante tres semanas fuimos amigos inseparables y durante cinco días llegué a creer que lo seríamos siempre. Fatalmente, llegó una llamada de Jean-Paul suplicándole que volviese a París, y Carlitos le obedeció como un perro; es decir, como yo podía obedecer a cualquier llamada suya, lo cual demuestra que en el terreno de la pasión nunca hay nadie tan fuerte como aparenta. Porque a los pocos días hice los bártulos y me largué de nuevo a París, no sin provocar un nuevo desbarajuste en mi familia, que ya me creían encarrilado, los pobrecitos, y veían grabado en mi frente el escudo de la empresa, con sus laureles incluidos.

Una vez en París, recobré con gran alegría mi camastro de la Shakespeare and Company, y sin la menor dilación corrí en busca de Carlitos, que se había instalado en casa de su amante. Una idea inmejorable, porque la excelente situación profesional de Jean-Paul le permitía ocupar un lujoso dúplex en el Marais, muy cerca de lo que en la actualidad es el Centre Pompidou. Pero esta circunstancia, que me llevaba a alegrarme por el bienestar de un amigo, presentaba un lado adverso: si él había encontrado un nido de amor tan coquetón, era impensable que aceptase vivir conmigo en un hotelucho de la Rive Gauche, que sería mi destino natural una vez concluido el plazo de residencia en la librería.

En esto meditaba mientras iba subiendo las escaleras de una antigua casa de vecinos reciclada según el gusto más esnob. De pronto, mis pensamientos se vieron interrumpidos por un caudal de gritos violentos que procedían del piso de Jean Paul. Y cuando él me abrió la puerta presentaba todo el aspecto de un luchador que todavía se halla en el segundo *round.*

Le observé con la perversa atención que dedicamos a un enemigo. El famoso fotógrafo era un perfecto espécimen de francés de clase media que ha conocido el éxito fácil y goza de un notable poder adquisitivo: un francés de flequillo al viento, coche descapotable y ropa sport de marca. Por lo demás, bajito como yo e incluso canijo, si se me permite el encarnizamiento.

Jadeando en el esfuerzo de la batalla, se me quedó mirando de hito en hito, como si yo fuese una aparición.

—¡Otro! —exclamó con expresión desolada. Y volviéndose a Carlitos dijo—: Pero ¿qué es esto? No me habías dicho que tenías un hermano.

Salía Carlitos de la cocina, con el mandil puesto, señal inconfundible de que estaba haciendo su papel de ama de casa cuando le sorprendió la pelea. Por lo demás, sostenía un enorme cuchillo que no presagiaba nada bueno.

—No es mi hermano —dijo con pasmosa tranquilidad—. Es mi mantenido. Lo que tú me das para ropa se lo gasta él en discos de Sylvie y Johnny. Le he pedido que viniera para demostrarte que sin ti puedo arreglármelas perfectamente. ¿No tenías celos? Pues ahora puedes tener el doble, cornudo, más que cornudo.

Nunca me había visto envuelto en un caso tan claro de manipulación a fin de provocar los celos de otra persona. Y a fe que Jean-Paul debió de sentirse muy provocado, porque empezó a perseguirme por la sala, acusándome de inducir a su chico por los caminos del vicio. Y mientras yo corría en busca de refugio tras un sillón o un armario, Carlitos gritaba: «Huye, hermanito, huye, que está furioso y es capaz de todo.»

Los dejé peleándose, si ésta no es palabra suave para definir una sangrienta conflagración en la que yo podría haberme llevado la peor parte de no haber huido a tiempo.

Al día siguiente fui con Carlitos a ver *Pasión de los fuertes*, que reponían con gran acierto en uno de los cines de repertorio cercanos a la Sorbonne. Pude comprobar que mi hermano gemelo llevaba un ojo amoratado y tres arañazos en las dos mejillas, amén de un chichón que asomaba en la parte superior de la frente en forma de atributo de unicornio. No era el mejor estado para disfrutar de un western, género que, por otro lado, ni él ni yo tolerábamos en demasía. Ante sus reiterados intentos de abandonar el local tuve que recordarle que, aun siendo del Oeste, la película era una obra maestra de John Ford, lo cual equivalía a decir la *Ilíada* del cinematógrafo. Esto dije, o alguna pedantería de signo igualmente insoportable, porque él continuó manifestando su aburrimiento de manera tan estentórea que los espectadores de la fila de delante nos obligaron a guardar silencio. No tuvimos que hacerlo durante mucho rato. Después de ver cómo agonizaba Linda Darnell salimos en busca de una de nuestras *brasseries* habituales. Como aquella noche íbamos a la Cinémathèque a ver un Cukor, el presupuesto sólo nos dio para una *baguette* y tres huevos duros. La comida parisina del cinéfilo de escasos medios.

Sin necesidad de preguntas, comprendí que los golpes del día anterior habían hecho alguna mella en el ánimo de mi gemelo, porque aparecía triste y con deseos de dejar para siempre su relación con Jean-Paul.

—Si me pega una vez es porque me quiere con locura, pero ayer me pegó tres veces y esto quiere decir que me odia, porque el amor que le inspiro le obliga a tragar con los cuernos que le pongo, y como tiene mucha dignidad me odia por sentirse vil. Y yo, antes que sentir el odio de la persona que más quiero, prefiero desaparecer de la circulación. O sea, que lo dejo y santas pascuas.

Parecía razonable, siempre que la razón se midiese según los baremos de Carlitos. De todos modos, nunca esperé que su decisión conllevase un proyecto de vida como el que me propuso a bocajarro:

—Con todo esto quiero decirte que ha llegado el momento de largarme a vivir a Londres. Y tú me acompañarás, porque me aprecias.

No me dio tiempo a reaccionar. Lo apreciaba, en efecto, y seguramente lo quería, pero al mismo tiempo lo deseaba ardientemente sin posibilidad de conseguirlo. Así pues, tuve que preguntarme: ¿te aprecio tanto como para ir a sufrir por ti en la más imprevista de las ciudades?

—¿Por qué Londres? —pregunté, al cabo—. Debe de ser más triste que el rosario en viernes.

—No estás al día —dijo él—. Varios amigos me han contado que es la ciudad más alegre de Europa. Además, he visto fotos en las revistas de música pop. Todas dicen que en Londres están a punto de ocurrir grandes cosas. Es una ciudad hecha para gente como nosotros.

—¿Como nosotros?

—Jóvenes. Pero «lo otro» también. Hoy en día, en ningún lugar se practica tanto el sexo como en Londres. Acuérdate de aquel inglés que conocimos en la playa de Barcelona... Frank, creo que se llamaba. Ahora que caigo: nos ofreció su casa. Podemos aprovecharla y yo, de paso, juego un poco con él. No te negaré que me lo pasé muy bien.

—Pintas Londres como si fuese Sodoma esquina Gomorra. —comenté—. ¿Qué diría la reina Victoria si levantase la cabeza? Pero, en fin, con probar nada se pierde.

No era cierto: yo perdía la posibilidad de integrarme en un grupo de americanos de la Shakespeare and Company que acababa de programar un viaje a la India. Era una experiencia seductora, el tipo de viaje iniciático que mejor convenía a mi aprendizaje, pero entre los componentes del grupo no había ninguno que se pareciese a Carlitos, que era como decir que ninguno se parecía a mí. Y yo sabía que es de sabios viajar siempre con el espejo a cuestas.

Volví a mirarle; volví a ver que tenía todo lo que a mí me faltaba y al mismo tiempo sabía que a él le faltaba lo que sólo yo podía aportarle. Era justo que la unidad no se dividiera. Era justo que el extraño monstruo bicéfalo llegase íntegro a cualquier lugar. Que todos los paisajes del mundo nos reflejasen unidos, exactos, prestos a burlarnos de la naturaleza en su propio terreno.

Pero antes de incurrir en semejante idealización le miré a los ojos con expresión de borrego enternecido, que es lo que acaban pareciendo los enamorados convencionales:

—¿Supongo que sabes por qué voy a Londres?

—Claro que lo sé —contestó él alegremente—. Porque voy yo. Pero quítate esta idea de la cabeza. Piensa que yo ya tengo un amor imposible y, además, follo cuando quiero. Así que limítate a contarme cómo es el mundo, porque hasta aquí no llego.

Por no llegar no llegaba ni a los mínimos conocimientos que se requieren para organizar un viaje. Empeñado en la urgencia de poner tierra entre él y Jean-Paul, decidió que debíamos partir en el plazo de dos días, sin previos preparativos ni precauciones mínimas. Sin enterarnos siquiera de que, para entrar en Gran Bretaña, necesitábamos presentar cuarenta libras por cabeza a los oficiales del departamento de inmigración. Era garantía de que viajábamos por turismo y no para quedarnos a trabajar.

Sólo disponíamos de veinte libras para los dos. Afortunadamente, yo había guardado en mi máquina de escribir las cartas de Frank. Si el oficial destinado a investigarnos tenía buena fe, podría creer que alguien nos reclamaba en Londres. Si su voluntad era pésima, precisaríamos de mil argucias. Pasé todo el viaje preparándolas a conciencia, porque era evidente que no teníamos ningún triunfo a nuestro favor.

No era tan tonto como para no intuir la importancia de la seriedad y la distinción cuando se trata de pasar fronteras. Los signos externos del inmigrante despiertan la animadversión de cualquier polizonte revestido con un mínimo de autoridad; en cambio, los signos de la riqueza avivan de inmediato su sentido más servil. En las aduanas del mundo siempre son las maletas de los pobres las que se abren con mayor celeridad. Para pasar con la cabeza bien alta basta lucir una Louis Vuitton; y si puede llevarla un *porteur* con turbante de raso, mucho mejor.

Puesto que Carlitos y yo éramos pobres de bolsillo, tuvimos que aparentar riqueza en el aspecto. Nos pusimos nuestro mejor traje y, por supuesto, corbata. Recurrimos al fijador para ordenar nuestros revoltosos cabellos y, a fin de acentuar un aspecto de seriedad, presté a Carlitos mis gafas de leer de cerca. Al observarse en el espejo del retrete colectivo no pudo reprimir su admiración.

—Parecemos dos estudiantes de casa bien.

—Se nos nota demasiado —murmuré yo—. Ningún profesor de Oxford nos creería.

Pero no se trataba de engañar a los miembros de tan docta especie; sólo debíamos convencer a algún rústico inspector de inmigración. Así pues, esperamos su veredicto mientras el barco iba rompiendo las nieblas que atenazaban el canal.

Nos mostramos como pijos de mucha consideración: niños de pista de tenis, club de golf y barra americana en bolera de lujo. Para acentuar la sensación de prestigio, sostuve la máquina de escribir durante todo el tiempo que duró la entrevista con el oficial de inmigración quien, por cierto, hizo la broma habitual sobre nuestro parecido. Debo decir que era lo que los italianos llaman un *galantuomo* provisto, además, de la misma cualidad inclasificable que caracterizaba a Carlitos. Estoy intentando decir que era un oficial sexy; además, el uniforme contribuía a hacerle irresistible para ciertas mentalidades que saben encontrar en lo autoritario un acicate erótico de primera magnitud.

Cuando Carlitos sacó sus caninos, esbozando el tipo de sonrisa agresiva que yo conocía a la perfección, el oficial le correspondió esbozando una sonrisa sospechosa bajo un bigote deslumbrante. No hacía falta temer lo peor, porque ya se estaba produciendo: Carlitos acababa de iniciar su plan de ataque, sin considerar siquiera si aquel macho bigotudo era un honesto padre de familia. Aunque ahora me escandalizo al recordar un pensamiento tan tonto, es el que entonces me guió para llevarme a mi gemelo aparte, en prevención de males mayores. Entre ellos, el de no ser aceptados en Gran Bretaña pese a nuestra apariencia de hijos de ministro.

Pero Carlitos tenía respuestas para cualquier emergencia, de manera que me espetó:

—Al contrario: querrán que nos quedemos porque este buen oficial se encargará de contar que los españoles sabemos dar placer mejor que nadie. En cuanto a ti, hermanito, aléjate de mi cama, porque siempre la verás ocupada. Recuerda que te previne: soy puta, me encanta serlo y pienso vivir a lo loco todo el tiempo que pasemos en Londres.

No es la mejor noticia que puede recibir un romántico perdido por el canal de la Mancha.

De la ciudad de Londres sólo sabía lo que todos los niños noveleros. Conocía Baker Street porque en una de sus mansiones vivieron sus mejores años de felicidad Sherlock Holmes y el doctor Watson. Podía hablar de las callejas de Drury Lane, donde se graduó en masoquismo el niño Oliverio Twist. Gracias a Ricardo III sabía de cierta Torre tenebrosa donde acabaron teniendo domicilio fijo algunas esposas de Enrique VIII, señoras que siempre me aburrieron porque se les iba la cabeza con demasiada frecuencia. También sabía cosas terribles, referidas a la niebla, hábilmente recreada en los tebeos y el cinematógrafo con el solo propósito de asustarme. Esa niebla, que se desparramaba sobre una ciudad siniestra, había sido refugio de asesinos maníacos, amenaza de damiselas vulnerables y sepulcro de abuelitas indefensas.

¿No vivió también en una mansión londinense el doctor Jeckyll? Era un dato a tener en cuenta, porque yo llegaba con mi señor Hyde particular.

Si dejaba aparte mis experiencias como lector de ficción, la realidad de Londres me cogía tan desprevenido como la década. ¿Qué podía representar esa inmensa metrópolis? ¿En qué red de pasiones para mí desconocidas o simplemente no cultivadas conseguiría atraparme? Habría muchos aspectos de Londres, y todos me sorprendían corto de conocimientos, aunque con muchas ganas de adquirirlos. Por fortuna, y como siempre, se avistaba una mujer en el horizonte: la prima Rosa, que fue mi mejor amiga de adolescencia, compañía irremplazable en tantas correrías por cines de estreno, guateques de bailes nuevos y primera confidente en temas de mucho cuidado. La moderna de la familia, la aventurera, mi otro yo en femenino —o yo el suyo en masculino— según las crónicas de la calle de Ponent; la que tuvo el valor de marcharse a Francia antes que yo y, una vez dominado el idioma francés, se había empecinado en aprender el que hablaban los británicos. Yo no tenía excesivos problemas en este aspecto, pues desde que tomé mis primeras clases a los trece años el inglés era mi lengua vocacional, pero necesitaba alguien que me ayudase a dar los primeros pasos en la realidad desconocida. Esa realidad que Rosa ya dominaría, por lo sencilla: cine, cine y todo lo que, en Londres, se relacionase con el cine.

Mi mundo de ilusiones me engañó en esta ocasión: no era necesario enclaustrarse en una sala cinematográfica porque algunos barrios de Londres parecían un escenario de película que todavía estaba por rodar (la hicieron al año siguiente con el nombre de *Darling*, apoteosis de cierta Julie Christie, y, un año después, Antonioni lo completó con *Blow Up*).

Al parecer todo lo importante ocurría en el barrio de Chelsea, que resultó ser el de Frank. No lo sabíamos antes de llegar a Londres: ni la importancia del barrio ni el domicilio del amigo. La enumeración de los privilegios que nos aguardaban llegó después, cuando el autobús de dos pisos que nos transportaba desde la estación Victoria dejó atrás el sombrío Pimlico y desembocó en la despampanante correlación de luces y melodías que surgían a borbotones en todo el recorrido a lo largo de King's Road. Y esta primera, deslumbrante visión de la arteria que atraviesa el barrio como una saeta de fuego parlanchín, ya no nos abandonaría en el futuro. Fue como si Londres se hubiese abierto de piernas para recibirnos; como si su matriz, expectante y ansiosa, nos arrojase directamente a las pupilas un gran castillo de fuegos de artificio como celebración de una noche de sábado tan perpetua como fiel, pero también insólita a nuestras percepciones, porque llegábamos en un miércoles, día sumamente vulgar en cualquier otra parte del mundo.

No tardaríamos en saber la regla básica del ritual: «*Where the action is*», que diría un inglés puesto al día; «*The real scene*», que dirían los yanquis dos años después, cuando los ritmos de la década coincidieron allende el Atlántico con las innovaciones de Nueva York y California. Pero en 1964 la gran revolución se estaba fraguando en ese inesperado barrio londinense que había sido refugio de poetas y artistas en el pasado y tuvo una importante fábrica de porcelana y un montón de otras cosas bonitas que he descrito en muchas ocasiones, cuando mi literatura se ha visto obligada a coincidir con la verborrea de un guía turístico. Que no ocurra así ahora, porque los flujos y reflujos de la emoción no quieren saber de datos precisos.

Los únicos datos que necesitábamos eran los que se inspirasen en el día a día. Voluble regla, si se quiere, pero válida al cabo. Porque en Chelsea pasaban las cosas tan de prisa que ya no valía decir «donde está la acción»; era más simple saber de antemano que la acción estaría donde estuviésemos nosotros.

Siempre consideré una agradable jugada de los hados que nos llevasen al centro del mundo gracias al encuentro con un ligón de playa. Y nunca una aventura de Carlitos tuvo una retribución más opulenta, porque el apartamento de Frank se hallaba situado a tres pasos de King's Road, en una zona de apartamentos selectos conocida como Elm Park Mansions. Era uno de esos complejos residenciales, tan habituales en Londres, que se organizan alrededor de frondosos jardines cuidados con mimo en todas las épocas del año. Son oasis de silencio, hosterías de la calma, fragmentos del edén que se hubiesen incrustado como por ensalmo en la espalda viva de la orgía.

Pero no todo fueron mieles. Si debo juzgar por lo forzado de su amabilidad, era evidente que Frank nunca pensó que aceptaríamos su invitación; un viaje de placer de dos jóvenes españoles no encajaba en el orden de la economía mundial. Ya se sabía: español igual a subdesarrollo. Aunque él no era más que un anodino empleado de banca, tenía muy clara la diferencia entre un inglés y un ciudadano de los países del Tercer Mundo; es decir, cualquier país que resultase barato para pagarse unas vacaciones llenas de sol y conquistas portuarias. Una vez asumido que acaso Carlitos y yo disfrutábamos de cierta holgura económica que nos permitía desplazarnos a la manera europea, nos ofreció un oporto como si fuésemos ingleses. La sonrisa se le heló en los labios cuando Carlitos comentó en tono dicharachero que pensábamos quedarnos a trabajar en Londres. Intentó disuadirnos, pero viendo que era en vano acabó por resignarse. Frank debió de considerar que la sociedad inglesa sabría deshacerse de nosotros con viento fresco. Quedaba poco lugar para los espejismos. No tendríamos mayores posibilidades que las de otros inmigrantes de cualquier raza inferior: hindúes, italianos y griegos, preferentemente. Una cosa quedaba clara: desde un punto de vista social no éramos presentables, como no fuese en calidad de carne de cañón. Y ya era mucho, porque no eran putos presentables lo que faltaba en Chelsea.

Por suerte para nuestras posibilidades de supervivencia, el instinto sexual de Carlitos actuó a velocidad animalesca. No llevábamos dos horas en aquel apartamento y ya se había metido en la cama con nuestro anfitrión. Será que la voluntad de los hijos del león británico es débil ante la furia mediterránea, porque Frank pasó de las reticencias del recibimiento a una continua sonrisa que nos instaba a aceptar su hospitalidad; cuando menos, mientras a Carlitos le quedasen fuerzas que desahogar. Como yo empezaba a conocer el paño, temí que un desahogo completo no llegase nunca, y que mientras la situación se eternizaba yo me vería obligado a buscar pensión en cualquier lugar, de cualquier manera y, lo que resultaba más pavoroso, completamente solo en una ciudad desconocida. No ocurrió así, porque Carlitos dejó bien claro que no pensaba separarse de su hermano gemelo; y, así, el ardiente Frank, atrapado por sus pericias, se vio obligado a conservarme en calidad de carabina.

La flaqueante voluntad del macho inglés me confirmaba en la situación de hermano mayor, siempre en vela por los desmanes de su hermanito libertino. Como recompensa a mis servicios no recibí una suite en el Claridge, pero sí un sofá. Al fin y al cabo, no dejaba de ser una residencia y, además, bastante cómoda, pues Frank tenía su saloncito decorado a la manera *cosy*, ese estilo que siempre resultó el más apropiado para dejar pasar las horas perezosas cuando la lluvia golpea los cristales y el viento cimbrea las ramas desnudas de los árboles del parque.

Mientras Frank y Carlitos se entregaban a sus delirios, yo no tenía otra misión que ir atizando el fuego del hogar con la mirada extraviada entre las llamas ondulantes y el oído adormeciéndose con el monótono crepitar de la leña. La chimenea como elemento normal de la vida doméstica era un capricho que nunca pudimos darnos los del Peso de la Paja, en cambio solía aparecer como elemento esencial de mis inviernos de infancia, a medio camino entre los paisajes nevados de *Bambi* y los suntuosos árboles de Navidad colocados en el centro de una cálida biblioteca victoriana.

Desde un principio supe que la vida inglesa era más entrañable que todas las que había intentado emprender en París, y esta sensación era la que iba a dominar numerosos aspectos de la Década.

De todos modos, saliendo de España cualquier nimiedad era un atisbo de lo nuevo, y la acumulación de discos que sobresalía en un rincón me introdujo fácilmente en el apartado: «todo lo que Broadway y el West End han aportado a la cultura gaya». Ya no se trataba del jazz de Alexander (movimiento cultural, a fin de cuentas), sino de este tipo de comedias musicales que, en Londres, gusta tanto a las abuelitas de provincias como a las probas maricuelas que trabajan en la City. Era un género que sólo había traspasado fronteras a través del cine —nunca con demasiado éxito en España— y cuyos significados más profundos quedaban encerrados en la sensibilidad de la clase media británica, con los sueños puestos a medio camino entre la *grand opéra*, inalcanzable, y la opereta vienesa, pasada de moda.

Para entretenerme mientras él se entretenía con Carlitos, Frank me hizo oír algunas obras que yo desconocía, desde las deliciosas cursiladas de Gilbert and Sullivan —*El Mikado* y *Los piratas de Penzance*— hasta la sacarina monjil de *Sonrisas y lágrimas*, con un aparcamiento más exigente en el supremo recital de Judy Garland en el Carnegie Hall. Éste era el *must* indiscutible de la cultura gaya en aquellos años, pero las abuelitas del West End se inclinaban por las peripecias de la baronesa Von Trapp y su rebaño de críos canoros, tan ideales para colmar mi tendencia al fenómeno camp. Que, por cierto, siguió haciendo estragos en mi alma, tan vulnerable al pasado.

Descubrimientos de aquellas noches en que el sexo pertenecía a los demás: la Streisand en todas sus cosas, damas extravagantes que placen a las locas anglosajonas —Fanny Brice, Coral Channing, Ethel Merman— y un viejo musical sobre los locos años veinte: *The Boy Friend.* Era un Fitzgerald sin Scott que lo amparase, pero significó el debut de Julie Andrews antes de ser una *lady* de lo más *fair*, y con esto y unas píldoras de nostalgia me bastaba para considerarlo el descubrimiento del año.

(Curiosos caminos presenta, a la larga, la vida del escritor. En ella, todo sirve o todo acaba por servir. Lo que en aquellos días era un escape de frivolidad, acaso de gazmoñería, se reveló, con el tiempo, una saneada inversión. Cuando estuve en condiciones de someter a análisis mis experiencias de aquellos días produje una gran cantidad de artículos, así como los fragmentos más importantes del libro *Los cómics, arte para el consumo y las formas pop*.)

No tuvieron la misma virtud de solazarme los libros de la coquetona biblioteca de Frank, con títulos que incluso una abuelita habría considerado cursis. Eran los últimos detritus del romanticismo expresados en historias que mezclaban el amor, el lujo y, con deformación histórica; variantes de viejos éxitos de los años cuarenta —*Ambiciosa, Mientras la ciudad duerme, La calle del Delfín Verde*— con personajes apasionados que se movían en escenarios habituales —el viejo Sur, la Inglaterra victoriana— y otros que variaban según el éxito de alguna reciente superproducción cinematográfica: la Rusia de los zares, la Polinesia o el conflictivo Japón de los matrimonios mixtos. Afortunadamente para mi formación hacía tiempo que había dicho *sayonara* a este tipo de novelas. Colocadas en una estantería vecina, las obras completas de Agatha Christie se me antojaron una revolución en la historia de la literatura universal.

Dada la escasez de material propicio, no tuve otro remedio que inaugurar mi estancia en Londres con un pequeño hurto. Me acerqué a la librería más cercana y salí de ella con tres bolsilibros, dos de ellos novelas de Henry James, como mi devoción mandaba. Sintiéndome equipado para una semana, conté a Carlitos mi acción como parte de una maniobra destinada a hacerle conocer en todo momento mi elevado grado de inteligencia.

Sin embargo, él tuvo una reacción contraria a la que yo esperaba. No hubo admiración por mi proeza; ni siquiera le hizo gracia. Con expresión horrorizada, exclamó:

—No se te ocurra hacer esto viviendo conmigo. Que no sepa que has vuelto a robar aunque sea un miserable caramelo. Soy capaz de volverme a España antes que arriesgarme a pasar la noche en un calabozo de Scotland Yard.

—No seas exagerado —dije yo, un tanto perplejo por lo desproporcionado de su actitud—. Nunca han llevado a nadie a la cárcel por robar tres libros de bolsillo. Como mucho, me obligarían a pagarlo, y tal vez me pondrían una multa y sanseacabó.

No conseguí calmarle: al contrario, insistió tanto en los horrores de un posible castigo que consiguió intrigarme. Tal parecía que toda su vida hubiese transcurrido en un calabozo.

—La vida no, pero una noche entera sí —dijo con amargura—. Por circunstancias adversas, no vayas a creer otra cosa. Yo era muy niño, y en casa no entraba dinero porque mamá todavía no se había decidido a adoptar el putería como forma de vida. Perra miseria, vamos.

—Perdona, ¿y de dónde salían los tebeos, los cuentos, el cine Nic, todo lo que me has contado?

—Es que entonces mamá ya tenía tres paganos fijos. Pero en la época a que me refiero se veía obligada a vivir con lo que le había dejado mi padre, y si piensas que sólo le dejó un sifilazo que le curaban las monjas de la calle de Montalegre, comprenderás la de apuros que pasábamos. Yo la acompañaba cada día a la compra, porque no tenía dónde dejarme. Entonces, una mañana que fuimos a la Boquería, tuvo un mal momento y cogió un pollo de un tirón y, ¡zas!, se lo metió en el cesto. La dueña del puesto la vio, y arrojándose sobre ella empezó a tratarla de ladrona y, después, de murciana, que vosotros los catalanes no os podéis imaginar lo que duele que te lo digan como un insulto. Cuando queréis, los catalanes sois muy malos con los charnegos.

—¿Y a mí qué me cuentas? —exclamé acaso como disculpa—. Yo jamás he utilizado este tipo de insultos, entre otras cosas porque me considero mestizo.

—Tú puedes considerarte lo que quieras, pero los niños de la calle me hacían la vida imposible tratándome de murciano. Y eso que papá era gallego. —De repente se detuvo y me espetó—: Por cierto: hay algo que nunca te he preguntado, ¿te avergüenza que la madre de tu hermanito gemelo sea puta?

—¿Cómo quieres que me avergüence si me crié entre ellas? Para que lo sepas: mi padre me llevaba cada domingo a pasar el rato a una mancebía. Por otra parte, la madre de mi mejor amigo de infancia también era del gremio, sólo que de gran lujo. Su amante la tenía como a una reina, y a su hijo como a un principito. Tanto es así que yo le llamaba el Niño Rico. De todos modos, esta conversación no va con mis recuerdos. Como mucho, está sirviendo para exorcizar tus demonios interiores. Es evidente que lo que te horroriza de aquella noche no es una vulgar comisaría, sino la humillación del detenido que se añadía a la que ya llevabas como murciano.

Detesto parecer un siquiatra argentino, pero ésta es exactamente la estupidez que dije. Por fortuna, el carácter de Carlitos estaba acorazado contra cualquier forma de remordimiento.

—La verdad es que fue una noche de órdago porque mi madre se vio obligada a hacerle unos trabajitos al comisario para que nos dejase salir de una vez y sin ficharla. —Estuvo a punto de intervenir de nuevo el siquiatra argentino que todos llevamos dentro, pero Carlitos me atajó de golpe—. Te advierto que lo de mi madre no me atormenta en absoluto, porque al fin y al cabo practicaba lo que acabó siendo su oficio y beneficio. Es el recuerdo de aquel sótano lo que me ha acompañado siempre. No te puedes imaginar cómo era, con aquella oscuridad y los meados de los detenidos y hasta dos ratas que me corrían entre las piernas.

—¿Encima ratas?

—Del tamaño de un conejo. Y yo venga llorar y mamá sin poderme atender, porque estaba manipulando el manubrio del comisario. Ahora podrás comprender que me horrorice la sola idea de robar algo: ¡imagínate cómo serán los calabozos de Scotland Yard! Seguro que, en vez de ratas, habrá cobras.

—En Londres tienen más de todo que en España, pero tanto como cobras en Scotland Yard, no creo.

—Acuérdate de las historietas del Inspector Dan. A Stella le salió una cobra más grande que las de *Gunga Din.*

—Le salió en el Museo Británico, pero como no te veo en disposición de visitar museos, no corres el menor peligro.

—Es verdad, los museos me dan alergia. Siempre pienso que huelen a muerto y yo quiero sentirme entre cosas vivas. Pero no hablemos de esto. Limítate a prometerme que no robarás más libros, aunque sólo sea para evitarme la angustia del calabozo.

—¡Ay, hermanito! ¿Qué nos importa lo que tengamos que hacer para sobrevivir? Después de todo, somos dos pícaros. Todo nos está permitido.

—¿Pícaro no viene de picardía? Si es así, yo soy un picarón porque me gusta más follar que a un tonto un lápiz. Pero no robo.

—Tú, lo que quieres decir es que eres un pendón. Pícaro es aquel que tiene que sobrevivir a cuchilladas. O a mordiscos, aunque le falten dientes. Así pues, tenemos que fabricárnoslos.

De momento teníamos que inventarnos una nueva capacidad de asombro para enfrentarnos al barrio de Chelsea en todas sus provocaciones.

Dos noches después tuvimos un ligero atisbo de lo que era su vida nocturna: empezar con una cerveza en un *pub*, desplazarse a cenar a un restaurante continental, beber un par de horas en otro *pub* y dejarse caer de madrugada en una casa particular. Cierto que no conocíamos a nadie que nos sirviera de introductor, pero también en Londres se cernía, protectora, la sombra de Néstor, por la sencilla razón de que también allí había cubanos. Uno de ellos era un pintor de escaso renombre pero considerables medios económicos. Presumía de algo que pocos exiliados podían repetir: sus bienes eran de familia, evadidos milagrosamente de la isla a escasas horas de la revolución. Si alguien pudo presumir alguna vez de hacer suyo un refrán, éste era Juan Alfonso con el que dice: «A río revuelto, ganancia de pescadores.» Lejos de limitarlo a la experiencia cubana, lo aplicaba cada noche a los barullos que sacudían el barrio, donde no había pez que se le resistiera. Yo supe resistirme a algo peor que cualquier escamoteo sexual: la inevitable paliza dialéctica con que los cubanos me obsequiaban cuando querían expresar su nostalgia de la isla, su repudio del régimen castrista o ambas cosas a la vez. Pero Juan Alfonso era más avispado que otros exiliados: sabía que estábamos en la década progresista y que le resultaba más práctico someterse a la moda Castro que incurrir en el desprecio de los comunistas de salón. El caso de Néstor no sería nunca el suyo. Entre otras cosas porque era lo bastante rico para hacer la moda y no la revolución.

—¿Gusano yo? Dios me libre. Yo soy castrista convencido, pero vivo fuera de Cuba porque si viviese allí dejaría de ser castrista en cuatro días. ¿Comprendes, *bubles* (1)?

Como sea que no comprendí, se dedicó a instruirme sobre las distintas fiestas que se celebraban aquella noche en Chelsea. Había tantas que lo más inteligente era dejarse llevar a la que los demás eligiesen.

Iniciamos todo el itinerario montados en el coche de un amigo de Juan Alfonso, lo proseguimos en la moto de otro amigo de Juan Alfonso y acabamos en la camioneta de un amigo-de-todos-los-amigos que iba recogiendo gente por los locales de King's Road, de manera que antes de llegar a un cine donde ponían una película de la actriz de moda, Rita Tushingham, debíamos de ser veinte o más, todos amontonados en el pescante.

Estábamos a punto de girar por una de las calles que conducen a Kensington, cuando Juan Alfonso me señaló

(1) *Bubles*: burbuja. De moda entre los chicos alegres de Chelsea, en 1965.

un restaurante de aspecto distinguido que obedecía al nombre de La Casserole, siguiendo la moda francesa como exponente de lo más chic. Justo al lado de la entrada aparecían unas escaleras que descendían hasta un sótano donde se ubicaba un club privado. Se llamaba Gigolo y su letrero rojo destacaba como una mancha de provocación entre el blanco impoluto que distinguía la decoración del restaurante.

Juan Alfonso me informó sobre las características de los clubes privados ingleses —ya se sabe: *members only*— y concretamente sobre el que acabábamos de dejar atrás. Era propiedad del dueño de La Casserole y estaba de moda entre el público gay, que se reunía para bailar y conversar con mayor compostura que en otros establecimientos de parecido corte. Tras precisar que en Gigolo se reunía *everybody who really counts*, citó a un famoso actor cuyo solo nombre me dejó literalmente pasmado.

—¿Pues no está felizmente casado con...?

—Cohabitan para despistar a la prensa, que en este país es muy meticona. Pero, de hecho, con quien él está casado es con un decorador de los estudios Ealing.

Pese a tanta información, no parecía divertirle el cotilleo, en cambio era dueño de un asombroso repertorio de chascarrillos y adivinanzas. Me adiestró en los diversos aullidos que, según él, caracterizaban a las locas cubanas. Me preguntó si conocía el grito de la Negrita de las Trenzas, yo dije que no y él gritó: «¡Ahhhh!» Luego, si conocía el grito de la Mulata Paralítica que Llevaba la Nariz de Carmen Miranda Tatuada en el Pezón, y yo dije que tampoco lo conocía, de manera que me lo enseñó haciendo «¡Ahhhh!» A continuación hizo el grito de la Santera que Tenía la

Memba Sucia y también era «¡Ahhhh!» Al final, exclamé, desesperado:

—No entiendo nada: todos esos gritos son iguales.

—Es que todas gritan, pero ningún grito debe cambiar porque todas las histéricas somos iguales a ojos de Dios. Así que grita según el prototipo de la histérica universal, es decir: *¡ahhhhhhh!* Piensa que es el grito más fino que se le ocurrió a santa Kate Hepburn cuando se le cayó el rosario de su madre en el inodoro del Waldorf Astoria.

—¿Desde cuándo es santa la Hepburn?

—Desde que la diosa Yemanjá salió del mar y puso su mano cuajada de perlas en las mujeres divinas. Todas ellas están santificadas. Santa Judy la primera. Y santa Carole Lombard. Y santa Cary Grant. Por eso yo siempre digo: «Santa Lena Horne, ruega por nos.» Contesta «amén», anda, no seas descreído.

Lo dije, y él añadió:

—Por cierto, Lena canta en el Talk of the Town dentro de dos meses y tengo entradas. Si quieres, te llevo.

—¡Dos meses! ¿Cómo voy a saber qué será de mí en todo este tiempo? Yo no puedo decidir qué película veré hasta media hora antes de entrar en el cine. Cambio mucho de opinión, ¿sabes?

—Entonces olvídate de ver todo lo que hay que ver porque en Londres todo está vendido con meses de antelación. Si no lo sabes es que eres un pueblerino. Además, eres tonto y te lo voy a demostrar. Mira, viene Marlene Dietrich —emitió un gritito de entusiasmo—: ¡Ella, sí! Actúa dentro de nada. Y dime: ¿tienes que esperar para tomar tu mediocre decisión? ¿No puedes saber *ahora mismo* que te arrastrarás por el escenario como una pecadora bíblica, sólo para conseguir que ella te roce con una lentejuela de su vestido?

—¡Sí! —exclamé, contagiado por el entusiasmo—. Y le gritaré: ¡Virgen, Virgen ,Virgen!

—No, *bubles*, de virginidad nada. Ni siquiera Marlene puede hacer milagros.

Lo cierto es que ese ser enloquecido me llevó a ver los mejores espectáculos musicales con la sola condición de que las canciones no rebasasen los años cuarenta, que eran su especialidad. A su lado vi a Marlene, a Judy, al glamouroso travestí Dany la Rue, y a mucha gente más. Pero, como él había dicho, todavía faltaban días y semanas para estos eventos, y aquella noche de mi debut londinense se trataba de llegar a algún lugar. Y empecé a pensar que me conformaría con cualquiera, porque llevábamos tanto rato en el camión que ya no sabía si seguíamos en Londres o, por el contrario, me estaban repatriando a España.

Cuando llegamos a la fiesta, la gente estaba muy animada. Corrían de coro en coro, charlando a viva voz, como en todas las fiestas del mundo, pero con la particularidad de que al desarrollarse ésta en una casa de dos plantas permitía a los invitados extraviarse por rincones inesperados. Como yo seguía dejándome guiar por Juan Alfonso, descubrí los chistes de moda de aquel año, que eran los de muñecas.

—¿Sabes el de la muñeca modelo Jackie Kennedy?

Yo decía, entre porros, que no conocía el modelo de muñeca Jackie Kennedy, y la mujer que me había acaparado accionaba como una marioneta articulada mientras su acompañante contaba el chiste.

—Jackie abre el regazo y le cae la cabeza del marido con el cerebro saliendo por las sienes.

—No le veo la gracia —decía yo.

—Eso dice mucho a favor de la nobleza de tu alma, porque sólo un ser abyecto podría encontrar graciosa la desgracia de esa bruja.

Seguían los chistes de muñecas y hasta había uno dedicado a la reina madre y otro a un conocido miembro de la nobleza que, según contaron, bebía litros de agua de rosas para defecar perfumado. Yo me sentía aturdido ante tantos chistes absurdos, y a continuación ante el incesante cotilleo sobre personajes; el aturdimiento aumentó de tono cuando en otros grupos fui atrapando conversaciones referidas a una exposición pictórica, un experimento teatral, el próximo estreno de la primera película de los Beatles o yo qué leche sé, a estas alturas del Tiempo.

De pronto, el aluvión de impresiones nuevas me sumió en una ya bien conocida sensación de extrañamiento, a la cual contribuía la pintoresca decoración: porque la mayor parte de las habitaciones de aquella casa estaban llenas de disfraces, o quizá trajes de teatro pero, en cualquier caso, un vestuario ecléctico en épocas y estilos. La desconcertante caterva adquiría tonos fantasmagóricos a la luz de las múltiples velas que constituían la única iluminación. El olor a marihuana y pachulí creaba vapores por los que avanzaba vacilante, como un peregrino asombrado ante un sueño maravilloso. Y para confirmar rotundamente ese juego de sensaciones encontradas, los trajes más aparatosos se revelaban idóneos como refugios de cuerpos que huían de las conversaciones para entrar en estrecho contacto con otros cuerpos. Un miriñaque que servía de tienda de campaña para una pareja de sonrosados amantes que se pasaban el humo a besos me dio la idea de que aquel vergel de ropajes enloquecidos era el equivalente de las setas donde habitaron los amados gnomos de mi infancia. Sólo que la Gran Década les había enseñado a follar.

Antes de que se me apareciese Peter Pan bailando la machicha con uno de los hermanitos de Wendy, me puse a buscar a Carlitos, cuya pista había perdido cuando tomé el camión en Chelsea. Después de un buen rato de búsqueda conseguí localizarlo bajo las amplias faldas de un vestido Tudor. Andaba yo enredado con la capa de terciopelo rojo, cuando Carlitos echó a correr para perderse en brazos de alguien a quien no tardó en perder para entregarse a otro. Por lo menos eso entendía cada vez que se cerraba alguna puerta tras él, dejándome en la sospecha de que estaba haciendo el primo, con el consiguiente dolor de amante imposible y la indignación de compinche atribulado. Para no reconocer estos excesos del sentimiento opté por pensar en los derechos de Frank, que a fin de cuentas nos estaba manteniendo a los dos. Así que cuando Carlitos regresó al salón le abordé en tono severo:

—No puedes convertirte en la Alegría del Batallón mientras Frank te está esperando.

—Tonterías. Porque me deje un sitio en su cama y a ti un miserable sofá no va a pretender la exclusiva.

No tuve tiempo de contestarle, porque alguien le arrastró hacia la cocina y de allí a un dormitorio, según supe después. Por cierto, que lo aprendí a tiempo, porque en adelante todas las fiestas terminaban con la misma escena, y así, dueño ya de cierta práctica, dejaba a Carlitos en brazos múltiples y regresaba al apartamento de Frank. No diré que fuese bien recibido, porque no era a mí a quien esperaba, pero era educado como todo inglés que trabaja en un banco y se mostraba solícito conmigo, preparándome un mejunje extraño, una cosa repugnante que aquellos isleños llamaban café; a continuación, se dedicaba a entretenerme con discos de Alice Faye, Betty Grable y otras estrellas de la Fox del ayer más lejano. En realidad no creo que lo hiciese por mí: era una forma de esperar despierto a Carlitos, fingiendo que se ocupaba en algo para no parecer un esclavo del deseo o algo parecido. Pero todo disimulo era imposible. A medida que pasaban las horas, la furia asomaba a sus mejillas de por sí sonrosadas y, en casos extremos, rojas como un tomate. Yo temía lo peor; que era, simple y llanamente, verme de patitas en la calle. No cabe duda de que menospreciaba el talento de mi hermano gemelo, cuyas dotes de seducción podían permanecer intactas aun después de habitar en doce lechos. No bien abría la puerta, esbozaba una amplia sonrisa, echaba ligeramente hacia adelante los perversos caninos y pronunciaba la frase fatal: «Te he echado de menos, Frank», lo cual equivalía a decir que llegaba preparado para el polvo del amanecer. Y a eso se iban ambos, mientras yo seguía escuchando a Julie Andrews, tan fina ella, tan presta a hacerme creer que el paraguas de Mary Poppins sería la solución a todos mis problemas eróticos. Al fin y al cabo tenía mango.

Con el correr de las noches, se fue repitiendo la misma historia, con la consiguiente indignación de Frank, que exhibía unos cuernos sospechosamente parecidos a los de un reno de Papá Noel. Pero no estábamos en Navidad y él empezaba a cansarse de tenernos a media pensión con las consiguientes alteraciones en la vida de un hombre de orden. Por otro lado, diez días en Chelsea habían bastado para agotar nuestras reservas económicas, de manera que tuvimos que recurrir al estricto régimen de sándwiches de lechuga y tomate a fin de proseguir por la noche nuestro ritmo de vida, que continuaba siendo un ritmo de fiestas.

Pasando por alto mis propios sentimientos, que no podían sentirse más humillados, decidí enfrentar a Carlitos con la verdad, por cruda que fuese. Y cierta noche, mientras nos arreglábamos para salir a hacer la ronda de King's Road, le espeté directamente:

—Carlitos: tenemos que hablar en serio. No nos queda ni un duro.

—¿Para qué quieres duros? Aquí, lo que vale es la libra. —Y, sin dejar de arreglarse, arrojó sobre la cama un puñado de billetes—. Toma unas cuantas y no me marees.

Eran bastantes para un chico que no había encontrado empleo ni ganas tenía de encontrarlo. Eran suficientes para inquietarme.

—¿De dónde las has sacado?

—Los ingleses, que son dadivosos. Te dan placer, y encima pagan.

Le observé fijamente, con la perplejidad que me inspiraban sus reacciones espontáneas. ¿Qué placer podía darle un británico de piel blancuzca comparado con el que podía ofrecer él? Sabía por amigos comunes que poseía una asombrosa técnica amatoria y, no nos engañemos, esto siempre es un grado. Por lo demás no era lo que se llama un chico guapo; me habría dado cuenta porque, de haberlo sido, también lo sería yo. Pero su físico siempre escapaba a mi análisis: era mi doble y, sin embargo, mejoraba todos mis rasgos hasta extremos turbadores. Otra vez la cuestión del morbo. Esa extraña forma de erotismo que le salía a flor de piel. Se estaba convirtiendo en una obsesión. Ya no sabía si lo deseaba o lo envidiaba. Ya no podía decir si quería gozar su atractivo o tenerlo yo.

Pero la cuestión no se limitaba al morbo. Era, además, algo que se parecía a la modernidad. Ese chico llevaba en la sangre el estilo de la época y se lo había puesto encima sin renunciar a ser original. No había necesitado muchos días para captar los aspectos más rabiosamente últimos de la indumentaria de Chelsea. En todos los escaparates de John Stephen había maniquíes que se le parecían. Y, sin embargo, ninguno era como él, del mismo modo que tampoco lo era yo pese a que nos parecíamos tanto.

Creo recordar algunas tendencias de la moda juvenil de aquellos años. El acceso al mercado de jóvenes de origen proletario, animados por las revueltas de dos tribus urbanas llamadas *mod* y *rockers*, había decretado una revolución en la moda que estaba destinada a tener repercusiones incalculables. Si hasta entonces la rebeldía juvenil se había caracterizado por la chaqueta de cuero típica de los *teddy boys*, los nuevos rebeldes se inclinaban por el eclecticismo y la vistosidad. Esta mezcla podía dar resultados contradictorios, especialmente cuando los rebeldes pretendían usurpar los modelos de las clases elegantes combinando el traje tradicional con pañuelos chillones, corbatas estridentes y hasta unos botines, estilo Beatles, que se vendían en Carnaby Street (por no hablar de las chaquetas sin solapas que Pierre Cardin había diseñado para el omnipresente grupo). Era más que una revolución de la moda. Era un grito de protesta de las clases inferiores, animadas sin duda al ver a muchos de sus hijos elevados a la categoría de ídolos públicos.

Pero Carlitos no tenía nada de que protestar y aun siendo un fiel reflejo de su tiempo no caía en imitaciones porque su máxima preocupación consistía en combinar la modernidad con el atractivo erótico. En esto se mostraba como un ejemplar característico del gueto gay: marcar culo y paquete era tan importante como la tela de los pantalones. Dispuesto a llevar hasta sus últimas consecuencias el tipo de atractivo masculino garantizado por los yanquis desde la década anterior, había recurrido al modelo cowboy que presta agresividad y, sacado de su contexto, está íntimamente relacionado con la oferta sexual.

Aquella noche de las malditas libras yo sufría ante la visión de aquel reclamo destinado a los demás. Por temor al ridículo que suponía revelar mis sentimientos por enésima vez adopté el cauto papel del reformador moral.

—Carlitos: no hemos venido a Londres a hacer la carrera. Por lo menos, no ésta.

No podía ser más contradictorio, por no decir idiota. Al fin y al cabo, él hacía con gracia lo que yo quise hacer en París sin el menor éxito.

—Ya lo sé, pero si hay que hacerla se hace. Y no pongas esa cara, que me harás llorar.

Me miré en el espejo: tenía, en efecto, cara de pena, además de un aspecto penoso. Frente al ejemplar de cowboy joven que Carlitos representaba a la perfección yo quedaba como una especie de cuervo disonante con la orgía de colores que empezaba a poblar mi vida. Los jerseys negros, de cuello estrangulador, que en París me convertían en un digno representante de actitudes postexistencialistas habían pasado a la historia: la década exigía el triunfo de la imaginación, y la mía se estaba quedando entre las páginas de los libros.

¡Páginas arteras! Ninguna de ellas me enseñaba lo que Carlitos veía claramente gracias a su sabiduría de la calle.

Que además de sufrir por la imposibilidad de conseguir su cuerpo me atormentaba la evidencia de mi inferioridad física.

—No pongo ninguna cara —susurré—; pero tu actitud me hace daño. Y mucho.

—¿Qué es lo que te hace daño? ¿Que esas libras no te las hayan dado a ti? Seamos sinceros, hermano: tú no te comes un rosco y me lo haces pagar a base de sermones. Si eres menos sexy que una almeja, ¿qué quieres que yo le haga? No tienes ningún derecho a arruinarme el placer. ¡Mira que te lo advertí! Yo he venido a Londres a vivir intensamente. Me voy a merendar esta ciudad, y nadie va a impedirlo con sensiblerías.

—Escucha: se supone que nací unos minutos antes que tú. Esto me concede cierta autoridad.

—En absoluto. Sólo quiere decir que has perdido más tiempo que yo. Nada más.

—Tengo la mala suerte de haberte cogido afecto.

—Y yo tengo la buena suerte de tenértelo a ti. Hemos quedado en que somos hermanitos y eso está muy bien, pero, chico, tú te montas unos líos de coco que es imposible seguirte. —Y antes de salir, añadió—: Te aconsejo que me sigas a mí. Yo sé dónde está el placer.

No le hice caso. Le dejé salir, pisando fuerte con sus botas de vaquero. Aquella noche paseé solo por King's Road, mezclándome en el bullicio general hasta que el bullicio desapareció y la calle quedó desierta y yo seguía deambulando arriba y abajo. Me dejé caer por el Gigolo, pero todos los clientes se habían ido. Ya sólo quedaba el *manager* pasando caja. Quiso la casualidad que fuese catalán y además ejerciese, quiero decir que lo llevaba como bandera para diferenciarse del resto de la inmigración española.

Personaje curioso, ese a quien llamaremos Jaime. Era alto y bastante fornido, seguramente un tipo que podía sacar fuerza si se terciaba, lo cual explica que le hubiesen elegido para un cargo que podía exigirle plantar cara a posibles alborotadores. Por otro lado no carecía de elegancia, o esos aspectos de la misma que presentaban los oficinistas que iban al Liceo y que, además, habían pasado el suficiente tiempo en Londres para asimilar todos los gestos del perfecto inglés o, mejor dicho, el tópico de lo inglés.

Por ser yo catalán y porque traía noticias frescas sobre algunas reinonas oficiales del ambiente barcelonés, no tardamos en entablar una conversación que al cabo degeneró en intercambio de confidencias, paseando por King's Road. Jaime insistió varias veces en la superioridad de los catalanes sobre los españoles que trabajaban en Londres: mientras un murciano, un andaluz o un gallego nunca pasarían de camareros, los catalanes prosperaban con extraordinaria rapidez y varios de ellos habían conseguido establecerse en negocios relacionados con el gremio de la hostelería. Él mismo tenía de qué presumir: con sólo seis años en Londres había comprado dos pisos en Kensington y una casa de tres plantas al final de King's Road, en la zona conocida como el World's End.

No tardó en salirle la *tieta* del Ensanche: consejera, reprendedora y ayudadora de cualquier sobrino que pudiese surgirle de improviso. Me dio un afecto que después trasladó a mi prima Rosa, con quien trabaría una amistad todavía más sólida. De momento me aconsejó sobre el modo de encontrar un empleo rápido sin salir del barrio y, desde luego, sin pretender superar los límites de un fregadero en cualquier cocina. En cuanto a la vivienda, acababa de encontrar a mi hada tutelar: precisamente tenía dos habitaciones libres en su casa. En este punto fue muy sincero: «No os las cederé hasta que no dispongáis de solvencia económica. Como decimos en Barcelona, *la pela és la pela*, y como dicen aquí, *money is money*. Perdona la franqueza, pero si no pensase de este modo no habría llegado donde estoy.»

Quedaba poco de qué hablar aquella noche pero muchas cosas para aprender al día siguiente, así que almorcé con él y me instruyó sobre las líneas esenciales de lo que debía ser mi vida en Chelsea. Dibujé un plano mental todavía insuficiente, porque lo único que había conseguido atisbar era una calle larga y concurrida, llena de tiendas preciosas y restaurantes sofisticados. Por la tarde, mi prima Rosa se dedicó a instruirme sobre las aficiones que nos habían unido desde niños: el cine y el teatro. Al parecer, batía récords de taquilla y aplausos una adaptación de la novela *Tom Jones* interpretada por un nuevo actor llamado Albert Finney. Naturalmente, se anunciaba con grandes carteles en uno de los cines de Chelsea. Pero había un local todavía más atractivo para mis intereses de cinéfilo: pertenecía a la cadena Classics, que se extendía por todo Londres y alternaba semanalmente películas antiguas con títulos europeos que habían obtenido reputación de arte y ensayo. Arrastré a mi prima sin dificultad al interior del Classic de Chelsea, donde reponían *La Reina de África*. Y esta antigualla fue la primera película que vi en la modernidad de Londres.

Aunque para un joven de la España de Franco habría sido apasionante hasta la cartelera de Tanzania, Londres nunca pudo equipararse a París en materia de exhibición cinematográfica. Tenía que buscar otras fuentes de aprendizaje más allá de la consabida búsqueda de celuloide perdido.

De pronto, el aprendizaje se desplegó ante mí en forma de cartelera teatral, y no sé si decirte, lector, que lo soñé. ¿Ocurrió todo en una sola semana o se fue desplegando a lo largo de los meses? Esa cartelera enajenó mis sentidos, mucho más que en París. Aquí las figuras de la pantalla cobraban vida sobre la escena y esa tercera dimensión las ponía a mi alcance, como había deseado en tantas horas de la calle Ponent encerrado en la lectura de los corresponsales extranjeros de *Fotogramas* y *Triunfo.* No importaba que tuviese que ver a las grandes divas colgado del gallinero: desde aquella lejanía, habría podido tocar el visón de Marlene Dietrich cuando ella cantó *Johnny* sólo para mí. Desde otra butaca acaso más alejada, acaricié la ya rugosa mejilla de Judy Garland cuando ella cantó *The Trolley Song* sólo para mí. Aunque en este caso me engaña la presunción, porque Judy enardeció a un público que había crecido con sus películas y todos nos pusimos a cantar el estribillo... sólo para ella.

El teatro salía de sus propios límites en Londres. Todo el teatro resultaba ser más grande: los montajes, los repartos, incluso los locales y su ubicación: uno al lado del otro en Shaftesbury Avenue, otros cuatro en Charing Cross, otros tres en sendos rincones de ese conjunto fabuloso que yo aprendí a conocer como el West End. Y en este aprendizaje de algo más fuerte que la realidad no hubo siquiera discernimiento: quedé obnubilado con el primer gran musical que veía en mi vida, *Oliver*, y enmudecí de respeto ante un montaje de *La gaviota* donde resplandecía una joven actriz llamada Vanessa Redgrave. Si de respetar se trataba, siempre habría una nueva propuesta partiendo del gigantesco repertorio shakespeariano; pero si se esperaba el asombro, la perplejidad, el estremecimiento bastaba con asomarse a un nuevo montaje de Peter Brook que presentaba un nombre tan misterioso como sensacional: *Marat/Sade*, extraña fórmula que los entendidos se complacían en anunciar con su título completo: *Persecución y asesinato de Jean Paul Marat en su bañera, interpretada por los internos del asilo de Charenton bajo la dirección del marqués de Sade.*

A los jovencitos de la España de Franco no nos preparaban para desentrañar el mensaje político ni la compleja estructura dramática de aquel maravilloso ritual escénico, luego me quedé con sus aspectos más periféricos, si es que con alguno pude quedarme. El tiempo pasó sobre mi ignorancia como sobre todas las cosas. Tres años después escribía un sesudo artículo sobre la versión cinematográfica del espectáculo y, al cabo de otros dos años, cuando Marsillach montó su espléndida versión, me encontré polemizando en tertulias y conferencias con la pedantería del erudito y el entusiasmo del admirador.

Es cierto: el tiempo pasó sobre mi ignorancia, pero tuve que ayudarle.

Para acceder a la cultura era necesario tener dinero y para ganarlo había que imponerse en un mercado laboral que en principio se nos negaba porque habíamos entrado en Londres en calidad de turistas. Como me había advertido Jaume, la elección no era mucha; en realidad, era la única que se ofrecía a los jóvenes extranjeros: un puesto de *girl au pair* para las chicas, o las cocinas de algún restaurante para los chicos. Si respondíamos a determinadas exigencias —entre ellas prestancia y conocimiento del idioma— podíamos ser considerados para un puesto de camarero.

Probé todas las cocinas del barrio. Fregué platos en restaurantes suizos, italianos, chinos, y hasta fui a parar a un horrible local de desayunos en el Soho, un cuchitril lleno de mugre y vapores grasientos que definí como «las letrinas del infierno». Por fortuna para mi paciencia, perdía los empleos con la misma celeridad que los iba consiguiendo, y esto por culpa de un viejo vicio no contabilizado entre los inventos de la década: el cinematógrafo. Y es que, si bien la oferta londinense distaba mucho de ser próspera, había una serie de clubes privados —como la Judy Garland Society— donde era posible recobrar gran parte del cine que nunca había llegado a España. Ciñendo mi vida a los horarios del cine, y nunca al revés, descubrí que aquéllos eran incompatibles con los que se me exigía cumplir en las distintas cocinas que iba recorriendo. La cosa se complicó cuando me hice socio del National Film Theatre, entidad que, en su sede provisional de Millbank Tower, junto al río, celebraba interesantes ciclos alternados con las sesiones de repertorio tituladas «The Films of the Archive».

Cuando caía una obra interesante no dudaba entre la obligación y la devoción, si bien considerando que mi obligación era la cultura, y que la aburrida existencia en las cocinas podía engendrar cualquier cosa menos devotos. Confiando en la buena fe de los propietarios de restaurantes, me fingí enfermo según el ritmo de la programación del National. La frecuencia de mis enfermedades se tradujo en una frecuencia de despidos sin precedentes en la historia de la inmigración española. *Ciudadano Kane* me hizo perder mi puesto en la cocina de la Maison Suisse, el ciclo Frank Borzage sirvió para que me echasen de Le Bistrot y, en fin, *Un sombrero de paja de Italia* armó la marimorena en las cocinas de la pizzería Sorrento, cuyo encargado había cometido el error de cogerme voluntad porque me sabía de memoria las canciones de Renato Carosone y Doménico Modugno.

Tantos despidos sirvieron, además, para que se volviesen contra mí las crisis de conciencia que le había provocado a Carlitos dos semanas atrás; ahora él tenía todo el derecho a recordarme que no disponíamos de una sola libra, mientras Frank nos recordaba a los dos que su pequeño apartamento no era un orfanato.

Por las noches, cuando bajaba a bailar al Gigolo, Jaume aprovechaba para amonestarme en parecidos términos, y ante tantas reprimendas no tuve más remedio que reconocer la gran verdad del mundo: o sentaba la cabeza o no podría volver a sentar mis posaderas en la butaca de un cine. Y ese concepto de sentar la cabeza, que detestaba cuando lo esgrimían mis mayores, tuve que tragármelo para sobrevivir en mi mundo de sueños.

Tras hacerme prometer que abandonaría la costumbre de ponerme enfermo según el ritmo de la cartelera, Jaume me hizo un doble ofrecimiento: hablaría con el encargado de La Casserole para que nos tomase a Carlitos y a mí como pinches de cocina y, una vez garantizada nuestra solvencia económica, nos cedería las dos habitaciones prometidas días atrás. Con todo, no se privó de formular su reconocida fe de principios: «Aunque me tranquiliza tener catalanes en lugar de charnegos, no pienso rebajar ni un penique. *La pela és la pela, nen.*»

Con la libra ocupando el lugar de la peseta, quedamos definitivamente instalados en el World's End, que significaba Fin del Mundo, cuando Chelsea era principio y matriz del Universo.

CHELSEA, DONDE NACÍ. CHELSEA, donde aprendí las mejores ecuaciones de mi vida: no que dos y dos son cuatro —ésa nunca conseguí resolverla—, sino que Henry James y Scott Fitzgerald harían Ramón Moix. Chelsea, donde era posible presentir que Ramón Moix sería un extraño conglomerado de melodías, pinturas, esculturas, obras teatrales, modas, ismos, períodos, visiones y augurios. Todo tan lejos de la realidad y, sin embargo, tan cerca de las características exigidas a un perfecto chelsiano y a un aprendiz de la vida.

Chelsea, nuevo barrio, nueva moral, clamor de modernidad, fiebre intensa. Fiebre para los días, las noches, cada minuto de cada noche, cada segundo de cada día. También las horas fueron distintas: nuevas, mágicas, brujas, locas horas. Y lo más importante: fueron *mis* horas. Por ellas, gracias a ellas, viviendo de ellas me aferré al presente y lo devoré como un pastel hecho de entrañas salvajes. Fue una velocidad no impuesta por los decretos del tiempo, fue la mía coincidiendo por primera vez con la de los demás. Corrí con Chelsea incluso mucho después de dejarla. Viví de su ritmo durante muchos años, escribí de sus cosas, por sus cosas cuando ya ni siquiera era Ramón; es decir, cuando pude ser Terenci por el solo hecho de remitirme constantemente a ese origen, por mezclarlo con todo lo que había ido desarrollando a partir de él.

Fiebre de Chelsea, de la década, de Ramón y Terenci, todos a un tiempo, todos encadenados a un fragmento de tiempo que nos confundía en este punto mágico, excelso, en que la juventud prometió quedarse quieta para no moverse jamás.

AQUEL MES DE JULIO DEL 64 OCURRIERON dos acontecimiento fundamentales para el folclore de la década: el centro de Londres se paralizó por completo con el estreno de la primera película de los Beatles, y la diseñadora Mary Quant hizo la presentación oficial de la minifalda. Fue como si el tiempo y la moda se pusiesen de acuerdo para firmar un pacto de efectos fulminantes. A partir de aquel verano empezó a prosperar un tipo físico que no tenía comparación con todos los que había conocido el siglo. Extraños andróginos empezaron a pulular por Chelsea, y los habitantes más conservadores se volvían en la calle para descubrir cuál era el sexo de los nuevos ángeles. En las revistas empezaron a verse cosas extrañas: Mia Farrow, con el pelo rapado, podía ser chica, chico o acaso caniche. La espalda desnuda de Vanessa Redgrave podía corresponder a David Hemmings y la de éste a la de ella. La belleza de Jean Shrimpton recordaba a la de Orlando, ese varón-hembra o hembra-varón concebido por Virginia para que lo fornicásemos o lo sodomizáramos sin que ninguna de las dos opciones dejase de constituir un acto estético.

Pero Chelsea viajaba a mayor velocidad que el tiempo. Llegó un día en que el impacto de la minifalda ya no bastó a los chelsianos y la inspiración se fue a las salas de la Tate Gallery, donde dormían los maestros prerrafaelitas. Alguien, presuntamente de Chelsea, levantó a Dante Gabriel Rossetti de su tumba ornamentada y le puso el rostro de Terence Stamp, cuya inquietante personalidad también remitía a los héroes malditos del romanticismo. También éstos tuvieron mucho que decir, también sus damiselas. Julie Christie, pese a la estrepitosa modernidad de *Darling*, se nos aparecía en el interior de un camafeo victoriano mientras Vanessa, en la publicidad de *Isadora* y *Camelot*, se dejaba ventear la cabellera como una Venus salida de las aguas. A buen seguro que *maese* Botticelli asesoró sus sesiones fotográficas.

Estética. Me estaba emborrachando de estética. No de una: de mil a la vez. Y Chelsea era la apasionante coctelera que las mezclaba todas para devolvérmelas en agitación permanente.

Belleza. Ideales del tiempo en el ojo del huracán. Belleza en forma de pasquín.

Se recuperaba el cartelismo decimonónico y a su auge irresistible se le llamó «la edad del póster». Fue la gran aportación de la década, la absoluta democratización de las formas. De todo hubo, todo se consumió y casi todo fue olvidado. Los hogares se alegraron bajo mil fantasías distintas; Jean Harlow y otras divas del pasado alternaron con mixtificaciones del misticismo oriental, mientras los personajes de Charlie Brown jugaban con hermosas parejas que hacían el amor en las playas de California. Tuvo su momento de vulgarización el *art nouveau*, que saltó del póster para servir de inspiración a los *pubs* y restaurantes de Chelsea, y su espíritu subió algunas calles para hacerse tienda con el nombre de Biba's, punto de peregrinación de todos los modernos del mundo. Pero el *logos* era estilo *art nouveau* y al pasar el tiempo acabó en art déco. Nostalgia en la modernidad. ¡Cuántos pósters impregnados de ayeres para ilustrar un rabioso presente! Por obra y capricho de la moda, Aubrey Beardsley, un artista considerado maldito en su tiempo, se convirtió en bestseller del nuevo esnobismo. Sus dibujos ya no parecían demoníacos, sino decorativos: Salomé, acariciando la cabeza del Bautista, quedaba muy propia colgada en cualquier parte de la casa. Porque el póster, que empezó tímidamente en las leoneras de los más jóvenes, acabó invadiéndolo todo: debidamente enmarcados con marco de filo negro podían ocupar el vestíbulo, con marco de madera de bambú decoraban divinamente un retrete y rodeados con un elegante *passe-partout* ocupaban sin desdoro un lugar en el comedor. En los hogares progresistas se prefería el *Guernica* de Picasso, cuadro que llegué a detestar por su obsesiva recurrencia. Cuando por fin lo vi en su museo de Nueva York creí que estaba cenando en el comedor de la Pasionaria.

Mis sentidos andaban alterados por muchas cosas a la vez. Mi evolución y la década: la encrucijada donde la década chocaba con mi aprendizaje y condicionaba todos sus pasos. En mis percepciones de la modernidad se mezclaba la alucinación de lo sicodélico, la ostentosa recuperacion del pasado, las latas de tomate Campbell's, como sacadas de un tebeo progre; las mareantes combinaciones geométricas del pop art, las luminosas coloraciones de Vasarely...

Fiebres extrañas sacudían los cimientos de Chelsea. Yerbas y ácidos de varia luz permitían ver la realidad con muchos más colores que los que habría podido concebir un demiurgo en estado de embriaguez. Entre tantas nubes variopintas, alumbraba ese extraño prodigio llamado Fe. Prodigio plural en este caso o que se hizo plural en Chelsea, cuando en los tableros colocados en la entrada de las tiendas de *groceries* empezaron a anunciarse multitud de confesiones nuevas. Horas de gloria para los adeptos al yoga y al zen, doctrinas que al parecer calmaban todas las ansiedades provocadas por la vida moderna. Visnú, Shiva y Krisnamurti se convirtieron en vecinos del barrio. Con la peripecia espiritual de Siddharta, Herman Hesse tuvo más lectores jóvenes que Guillermo Brown y Miguel Strogoff. *No wonder.* Los héroes de nuestra infancia habían caído en el error de no ponerse al día. Si Jeromín se hubiera apuntado al taoísmo otro gallo le cantara.

Y cierta tarde, mientras me hallaba leyendo en los jardines del poeta Shelley, oí acercarse una curiosa melodía de resonancias lejanas ejecutada por diminutos platillos colocados en las yemas de los dedos. Era una melopea que parecía flotar entre los ruidos del tráfico paralelamente a nubes de incienso que desbordaban los tímidos jardincillos. Entre esa bruma insólita apareció un cortejo de jóvenes con el cráneo rasurado. Pude tomarlos por sacerdotes de Isis, pero pertenecían a otra mitología.

Fueron los primeros Hare Krishnas que vi en mi vida, mucho antes de que el musical *Hair* los convirtiese en artículo de consumo y su vulgarización despertase el pitorreo de las gentes.

¿O fue más adelante? Una vez más, todas las provocaciones de la década se entremezclan, y el tiempo deja de existir en provecho del instante. Un mes atrás, otros después, quién sabe si al cabo de dos años ningún dato de exactitud importa ya en este altercado de las formas. Dejemos a los suplementos dominicales el detallismo y el gusto por presumir de él. La memoria no sabe de fidelidad al calendario. Sólo sabe que la década y Chelsea se entrecruzaron para conjurar, en un solo instante de magia, todas las innovaciones y los espejismos de la juventud.

Aquel año, o el siguiente, o un año antes, Chelsea se llenó de jóvenes creyentes, y un inmenso nubarrón arrastró a los últimos románticos del siglo. Si el Imperio Romano vio invadidas sus postrimerías por el auge de los cultos orientales, así los últimos cachorros del león británico vieron aparecer sobre Chelsea oscuras religiones cuyo origen se perdía en el alba de los tiempos. Y un gong descomunal anunció, entre leones alíferos, que era llegado el día de la mística.

Mientras Mia Farrow se iba a meditar a la India, los Beatles se asentaban en estilos revolucionarios que a partir de sus visitas a un santón llamado Maharashi no excluyeron un toque de espiritualidad. Esta corriente de devoción fue rápidamente comercializada, y no hubo armario de chico de moda donde no destacase alguna prenda hindú ni mocita puesta al día que no guardase celosamente collares y abalorios de los montes del Kurdistán.

Los nuevos dandis resucitaban atuendos del pasado, parecían figurines de la *Belle Époque*, nos devolvían a una bohemia suntuosa cuyos labios sabían a yerba fresca. Nacía una nueva raza destinada a imponerse: la modelo profesional, que podía cobrar por una sola foto lo que Modigliani no hubiera soñado cobrar nunca por un cuadro. Su presencia era codiciada en todas las fiestas, su llegada condicionaba el curso de un *vernissage* exigente, sus palabras, generalmente incultas, eran recogidas como las de la sibila de Cuma (*cum*, en inglés, es palabra con sexo de por medio). Nombres rutilantes de una iconografía destinada a innovar: Jean Shrimpton, la «Gamba» de los mejores cócteles; Veruschka, la escultura inmensa; Twiggy, la mujer niña, consumida en el propio espectro de su delgadez.

¡Cuánta imaginación en aquella revuelta de las formas! Pocas veces fue la estética tan mitificada ni la nostalgia tomó aspectos tan provocativos. Algo de la vieja Europa permanecía en aquel tipo de recuperaciones. Mientras los vulgares «ye-yes» franceses imitaban a los yanquis, Chelsea fomentó una pasión por el pasado exhibida en todas sus tiendas y mercadillos: cuanto más decimonónico pareciese el atuendo de Paul Jones, menos desentonaría con las maxifaldas 1910 que la Gamba se compró en un *market* de King's Road. Y en algún lugar de Portobello se vendían a buen precio los uniformes que en otro tiempo habían representado toda la gloria del imperio británico. Algo realmente atronador estaba ocurriendo en Chelsea para que los nuevos ídolos entrasen en los restaurantes hindúes exhibiendo las casacas y las chorreras de los oficiales que habían luchado en el paso del Khyber, en la guerra de los Bóers o en las calles ensangrentadas de Jartum.

Colores. Colores de los años sesenta. Colores que inundan las tiendas de Chelsea, saltando sobre la vida e invadiéndola.

Sonidos. El sonido se autocorona y al proclamar su reino altera todo cuanto encuentra a su paso: la luz se deforma según el ritmo de la música, la luz se colorea acorde a las alteraciones del decibelio, los destellos se desintegran finalmente en millones de átomos que nos hacen regresar al alba de la creación, cuando un foco cegador se convierte en la matriz que da nacimiento al Universo.

Lo sicodélico se convirtió en la alucinación de las nuevas pistas de baile, que de una primera intención liberadora de emociones pasaron a esclavizar voluntades. El baile había regresado a su primera manifestación tribal: la tenue melodía de otros tiempos fue sustituida por la percusión insistente, el violín arrullador fue desterrado por el tam-tam que pregona el mismo grito de selva en selva, con sacerdotisas que dirigían el ceremonial desde lo alto de podios iluminados con destellos fluorescentes. Eran las *go-go girls,* danzarinas fanáticas que, emplazadas en lo alto de su altar dudoso, se arrojaban a frenéticos movimientos que el público debía imitar.

La característica de la década fue el clamor, la ostentosidad de los ruidos, de las imágenes, de los colores y de la necesidad misma de crear. Cualquier mirada retrospectiva nos convencerá de que la década fue única, de que sus luces fueron genuinas y su sensibilidad diversa. Fue apoteosis en cuyo seno el esnobismo jugó con la investigación, la juventud con el cansancio, el frenesí con el aburrimiento, el convento con el libertinaje novato y la revolución con el conservadurismo. Es la historia, larga y apasionada, de los años que empezaron con la muerte de Marilyn y que vieron, además, tantas otras muertes. La década de los espejismos múltiples, de tantos tocadiscos de adolescentes que, entre el frenesí de los ritmos *in,* reprodujeron un extraño lamento de los Beatles:

Help!
I need somebody's help!

No sé el resto de mi generación. Yo sí estaba necesitando la ayuda de alguien. Yo seguía suplicando a aullidos la llegada del compañero. Quienquiera que fuese, me sorprendería en carne viva.

En aquel momento de mi vida estaba convencido de haber asimilado toda la producción esencial del saber humano y, por tanto, me consideraba capaz de escribir la obra capital de todas las literaturas. Había ido acumulando una erudición que sólo tenía una salida: destilar en un grito feroz todo lo que había aprendido, aplicándolo a mi propia experiencia vital, actitud por cierto arriesgada si se piensa que, en Chelsea, la experiencia vital de cada quisque estaba cambiando a razón de veinte veces por día. En cualquier caso, me sentía emplazado en una encrucijada donde se me planteaba la necesidad de elegir un camino. Ningún Mefisto podía ayudarme mejor que yo mismo porque, desde mi infancia, venía siendo el mejor Mefisto posible. Y tenía que ser yo, porque ningún otro diablo habría comprado un alma tan ansiosa de venderse como la mía. No es que no valiese la pena, es que en los terrenos donde había decidido moverme se estaba produciendo un proceso de saturación. En un mundo dispuesto a hacer liquidación de almas a un ochenta por ciento de descuento, el Maligno podía encontrar varios millones más baratas y mejores que la mía. Sólo me quedaba el recurso de la inteligencia, porque algún día me la comprarían los inteligentes.

En la cocina de La Casserole mi inteligencia sólo existía

para servir al despotismo del *manager*, una loca inevitable en ese tipo de restaurantes sofisticados, donde todo era loquerío: camareros, cocineros, friegaplatos y hasta el limpiabotas, si lo hubiera. Tanto es así que llegué a preguntarme si las señoras de la limpieza —inglesas *cockney*, ellas— no serían travestidos.

Michael, el *manager*, era un falso pelirrojo de luenga melena y algún que otro rizo, también artificial. Le llamaban Miss Lee por su parecido con Belinda Lee, una vampiresa británica que murió en accidente de coche durante su noviazgo con un príncipe italiano. No le deseaba yo un accidente menor a aquel déspota quien, desde un principio, decidió tratarme de *useless*, que significa inútil. No era la primera vez que me aplicaban semejante epíteto, pero dicho en inglés sonaba más rotundo y, además, me aislaba de un orden al que aspiraba a integrarme, no porque lo respetase, sino para pertenecer a algo de una perra vez. Había decidido convertirme en el niño modelo de las cocinas, y cada uno de mis esfuerzos estaba encaminado a demostrarle al *manager* que se equivocaba en sus apreciaciones; es decir, que podía ser útil para algunas cosas de provecho. No tardé en descubrir que ninguna de ellas se encontraba en La Casserole, ni siquiera en sus sótanos del Gigolo.

Carlitos, que sabía mucho de cocinas gracias a las que había fregado en París, procuraba alentarme, pero eran tantas mis catástrofes que acababa reprendiéndome.

—Mejor harías esmerándote, y así tus problemas con Miss Lee se acabarían de una vez. Haz como yo, que me he esmerado y ya parezco Carmencita, la buena cocinera.

Me sentí orgulloso de él. Por fin había hablado de un libro.

Dispuesto a agradar por medio del esmero apliqué mi inteligencia a innumerables actividades para las que nunca me hubiese creído preparado. Al poco tiempo ya sabía cómo cortar un pato con una cuchilla parecida a una hacha, cómo descalabrar los cadáveres de pollo que llegaban a grandes cestadas y, sobre todo, cómo aplicar a cada acción un método casi cartesiano: primero dos golpes rotundos, secos, para cortar las alas y las patas; después otros dos golpes más rotundos para separar las pechugas, y, por fin, golpes más suaves para cortarlas en raciones más pequeñas aunque procurando que compensasen al cliente por el elevado precio. De hecho, las porquerías que salían de mis manos costaban lo que cuatro bolsilibros de los grandes autores de la literatura anglosajona.

Con nuestra llegada La Casserole estaba al completo de españoles. Entre el grupo recuerdo especialmente a un matrimonio joven, que, por su veteranía, actuaba en calidad de jefes de cocina. Salieron de Bilbao cinco años antes con el propósito de hacer las Américas, y se equivocaron de ruta, pero no de propósito. Trabajaban diez horas diarias, y como ésta era la época en que todo el mundo tenía tiempo para todo, ellos todavía sacaban algunas horas para salir de madrugada a fiestas diversas y siempre por separado. Porque Chema había resultado locaza de estrépito y Marga le permitía serlo no sé si porque le daba placer verle más femenino que ella o porque hubiese descubierto en este sistema una forma desesperada de retenerle. Se comprenderá que la bilbaína era de miras muy avanzadas. En realidad, se había tomado prisa en aprender de Chelsea lo que nunca le habrían enseñado en el Bilbao de la época: que la acción estaba donde estuviese ella, y el resto eran puñetas.

Al principio, la compañía de estos y otros personajes me pareció insufrible a causa de su bajo nivel cultural, pero con los días se fue haciendo más liviana y al cabo se me hizo absolutamente necesaria. Cierto que me tomaron como un animal pintoresco a causa de mis aficiones, pero también me respetaron porque entendían que había ido a buscar a Londres una forma de vida más espiritual que la reservada normalmente a los inmigrantes. ¿Fue su respeto una casualidad? Por la misma regla de tres, podrían haberme cogido manía. Al fin y al cabo, entre la gente del pueblo siempre han tenido mala prensa los empollones. Y es incluso posible que nos lo hayamos ganado a pulso.

Como ya me había ocurrido con Carlitos, las pequeñas cosas, compartidas en la memoria de tanta gente, me fueron acercando a mis compañeros, y aunque todos teníamos orígenes muy distintos, que en cualquier otra situación habrían sido irreconciliables, acabamos como compinches de toda la vida. Incluso Marga parecía haber sido un antiguo condiscípulo de los escolapios, tanto se hermanaban sus referencias con las nuestras. No pasó por los curas, naturalmente, porque esos pajarracos jamás la habrían aceptado entre los chicos, así que le tocaron las inevitables monjitas, pero en cuanto se las quitó de encima siguió el itinerario típico de mi generación: las mismas películas, los mismos programas radiofónicos y los mismos primeros ahorros para el primer microsurco... que no tenía por qué ser el mismo; de hecho, a ella le habían gustado los cantantes españoles mientras Carlitos y yo penábamos por Elvis y Paul Anka.

Más que en los días y sus trabajos nos fuimos aproximando en el culto a lo efímero. Las cancioncillas de los años cincuenta nos acercaron hasta alcanzar el nivel exacto de las confidencias. Mientras iba poniendo gambas minúsculas en una copa llena de salsa rosa, Marga entonaba una primera estrofa: «Juró amarme un hombre, sin miedo a la muerte...»; yo, desde mi cortadero de pollo, seguía: «sus negros ojazos en mi alma clavó...», y Carlitos, desde el fregadero, añadía: «tu amor es mi vida, tu amor es mi muerte, tu amor es mi suerte, me dijo y juró...». Y todos al unísono, berreábamos:

Nena, me decía loco de pasión.
Nena, que mi vida llenas de ilusión...

Chelsea palpitaba con las luces y melodías de los años sesenta, pero en lo más profundo de sus cocinas un grupo de españoles se comunicaban, todavía, con los cuplés de Sara Montiel.

Sin comprometerme demasiado en el juego del afecto, llegué a apreciar a mis canoros compañeros, de perpetuo alegres, ajenos a cuanto no fuese trabajar duro para abrir algún día su propio restaurante con especialidades de la madre patria (*the genuine Spanish paella,* seguramente). Que ésta era su principal obsesión, lo demostraban sus ansias de ahorro, nunca satisfechas porque tenían prisa para integrarse como prósperos propietarios en el bienestar del país que los había acogido.

Esta integración no era fácil, ni siquiera en términos provisionales. La pesadilla de muchos españoles de Chelsea era que nos hallábamos en condición ilegal —es decir, con el visado de turista— y cada dos meses debíamos presentarnos en una oficina de Piccadilly para demostrar que disponíamos de fondos suficientes para prorrogar nuestra estancia sin vernos obligados a entrar en el mercado laboral. Pasar la inspección no era fácil, porque debíamos presentar cuarenta libras como garantía de nuestra solvencia. Se repetía la situación que nos habíamos visto obligados a superar tras cruzar el canal de la Mancha.

La igualdad ante las dificultades crea sin duda igualdad en las defensas y esto revierte en un tipo de generosidad que sería impensable en otros aspectos de la vida. Así, conscientes de que nos hallábamos todos bajo amenaza, en cada restaurante de Chelsea se habían creado una especie de huchas, engrosadas semanalmente con una parte del sueldo de cada trabajador extranjero. Estos fondos comunes eran intocables: sólo podía recurrirse a ellos cuando nos reclamaba el servicio de Inmigración. Entonces, el esfuerzo común servía para que pudiésemos demostrar nuestra solvencia, que en realidad era la de todos.

Seguíamos así, alegres e ilegales, como si las leyes de aquellos ingleses no fuesen con nosotros. Sólo importaba la ley de Chelsea.

POR LAS MAÑANAS, LOS ESPAÑOLES DE CHELSEA salíamos a ser ingleses en un barrio donde el inglés arquetípico había cedido el paso a una Babel prodigiosamente juvenil y deliciosamente bohemia. Actores, pintamonas, novelistas, dramaturgos, críticos, jovenzuelos disfrazados de *star* sicodélica que aspiraban al primer pequeño papel de su carrera, estudiantes extranjeros, y toda la incesante cofradía de amantes, vividores y pelanduscas de lujo, se encontraban a diario arriba y abajo de King's Road, creando la mentira más hermosa del mundo. Cautivados por el esplendor del embuste, Carlitos y yo aprendimos a vivir la calle y, desde esa vivencia, a ser conocidos y a hacernos conocer.

Aunque se acercaba el verano, el tiempo era fresco y las nubes obstinadas. Recuerdo una lluvia tan agradable que era, también ella, un magnífico atributo de mi aprendizaje: clima nuevo, con sabor a Norte; con destellos de lejanía instalados en mi cotidianidad como una sorpresa, si no un agradable susto.

Lluvia de sábado, con *cassata* de postres en uno de los restaurantes italianos del barrio. También Carlitos entra en este recuerdo y lo domina. Mi brazo de hermano mayor iba a ocupar un lugar en su hombro: estábamos listos para el paseo. Reíamos sin cesar. Nuestros pasos parecían formar parte de un juego que consistiese en sortear la multitud, como Alicia las rosas del laberinto. Tarde de sábado, no sé si el segundo, no sé si el séptimo desde nuestra llegada. Rugía King's Road en avalanchas interminables de coches que se eternizaban a cada semáforo, automóviles sport, en muchos casos, carcasas pintadas con los colores más disparatados —rojo bermellón, amarillo oro, verde manzana—, con la capota abierta para exhibir a grupos de alegres ocupantes vestidos a la última moda; jóvenes adoradores de lo más *in* que usaban pamelas estrafalarias o chales hindúes a guisa de pañuelo para protegerse del sirimiri. Todos gritaban pidiendo paso, todas las bocinas aullaban exigiendo audiencia. Era la nueva música de un mundo sin distinción de lenguas, un mundo donde empezaba a imperar la hermandad de los ruidos. Y Carlitos y yo obedecíamos sus consignas como si fuese la música que sonaba, estrepitosa, en las noches del Gigolo.

Andariegos de un siglo de plástico, no éramos conscientes de nuestro papel meramente transitorio en una etapa que era puro tránsito.

Contra el aullido de la modernidad todavía levantábamos, a guisa de torres de defensa, los viejos recuerdos del subdesarrollo, que había quedado fijo en nuestras almas. Y era así: ... cuando Ali Khan, en mortal escaramuza, raptó a la dulce condesita doña Ana María, el joven hidalgo se puso el antifaz y siguió al canalla por tierras moras. Al Guerrero le acompañaba el rubio escudero Fernando, cuya precoz novia, Sarita, había sido raptada con su señora la condesita. En la búsqueda incesante por desiertos y palacios, por espléndidas ciudadelas de una civilización ni siquiera soñada, toparon con una perversa Zoraida, mora tentadora, hembra ardiente que al descubrir la galanura del Guerrero juró por el Profeta que obtendría sus favores...

Al llegar a este punto de mis delirios, Carlitos me interrumpió.

—En esto te equivocas. Te estás refiriendo a la princesa Aldara en *Locura de amor.* No puedo equivocarme porque era Sara Montiel. Ella juraba por el Profeta que se cargaría a la reina Juana y conseguiría el amor del capitán Gonzalo. Sí, era Aldara la que juraba como un carretero de los oasis.

—También Zoraida. En realidad, esas hembras ardientes siempre juraban por el Profeta.

—¿Y por quién iban a jurar, si eran sarracenas?

De repente, esta palabra, pronunciada en King's Road,

tuvo el valor de una revelación que mezclaba memoria y literatura a partes iguales.

—¡Sarracenas! —exclamé—. Ésta es la palabra que he intentado recordar en las últimas semanas. La que decían en nuestros fantásticos tebeos. La que utilizábamos los niños para insultarnos en el patio del colegio. ¡Oh, Dios!, ¿cómo he podido olvidarla?

—Porque has aprendido otras palabras. Los que queréis ser sabios llegáis a aprender tantas que por fuerza tenéis que olvidar alguna... —Se echó a reír, poniendo su divino diente partido al alcance de la llovizna. Y empujándome con un gesto de cariño, añadió—: La culpa es tuya por querer ser sabio. ¡Sarraceno, más que sarraceno!

Fue como una consigna para recuperar las lejanas horas de los patios de recreo. Empezamos propinándonos empujones y, después, corrimos como locos entre los transeúntes de King's Road, que no debían de estar más cuerdos, porque no se asombraron de nuestra insensatez. Y así íbamos sorteando cuerpos y coches mientras él me trataba de sarraceno y yo a él de perro cristiano. Y al llegar a Sloane Square nos detuvimos, jadeando porque terminaba la parte de moda de King's Road y no parecía aconsejable ir más allá. Sin duda, en las encrucijadas adyacentes nuestras locuras ya no habrían sido comprendidas.

No sé cuántas veces habré descrito la escena anterior, haciéndola vivir a personajes que juegan al desvarío para justificar su deslumbrante juventud. Era así Carlitos y así quería ser yo: tan jóvenes como la felicidad cuando empieza y no sabe que está destinada a morir. ¡Ojalá la tenga siempre Carlitos! Para que fuese feliz aquella tarde le dejaba cantar a voz en grito canciones de Adamo y Françoise

Hardy, dos de los pocos franceses modernos que no me parecían insoportables...

et la main dans la main
et les yeux dans les yeux...

...y a continuación le pedía que hablase sin parar, para ser feliz yo también con sus divertidas ocurrencias. Y cuando éstas me parecían excesivas, observaba los enormes escaparates de una librería que se presentaba como un desafío a mi avidez de lector.

—¿Para qué necesitabas recordar la palabra sarraceno? —preguntó, de pronto.

—Porque quiero escribir una novela partiendo de las historietas del Guerrero del Antifaz.

—¡Una novela! —exclamó él, asombrado—. Me parece una tontería. El Guerrero del Antifaz está muy bien como está. Piensa que un buen tebeo no lo mejora nadie.

—Esto lo dices porque es cómodo de leer. Francamente, deberías ser menos perezoso.

—¡Qué valor tienes! Llamarme perezoso a mí, que tengo el récord de platos fregados mientras tú te dedicas a pensar en las musarañas.

—No me refería a esto. Me refería al coco. De verdad, deberías esforzarte en ejercitar tu inteligencia.

—Ya la ejercito. Ayer lo hice para ligarme al marido de una modelo muy famosa. Si te dijera el nombre, te caerías de culo...

Efectivamente, me caí de culo. Y en otra circunstancia le habría demostrado gran respeto, porque un pájaro de aquella envergadura no cae todos los días, ni siquiera en las promiscuas redes de Chelsea.

Pero yo estaba en mi rollo particular, que era el del pedagogo inoportuno; así pues, continué con mi reprimenda.

—Cuando te hablo de ejercitar tu inteligencia es evidente que no me estoy refiriendo a tu capacidad de ligar. En esto tienes *cum laude* asegurado. Yo, como amigo, te pido esfuerzos más importantes. Por ejemplo, que aproveches el tiempo para aprender el inglés. Desde que llegamos no has asistido a una sola clase.

Él estaba a punto de protestar, pero en previsión de una disputa me apresuré a avanzar hacia la librería mientras le advertía:

—Ahora ponte serio porque vamos a mirar libros. Y arréglate la camisa. Que no se note que somos inmigrantes para no infundir sospechas a esos jodidos ingleses.

Me dirigió una mirada suspicaz y hasta asustada. Había aprendido a adivinarme. Más aún: en la mayoría de los casos era capaz de verme llegar desde tres barrios a la redonda.

—Si estás tan empeñado en guardar las apariencias es que tienes intención de robar. Y yo, en este plan, no entro.

—Sólo un par de libros. Y de los baratos.

—Nanai. Yo te espero fuera, así tendrás a alguien que te traiga bocadillos al calabozo cuando te encierren en la Torre de Londres.

—No te preocupes. Sólo robaré lo imprescindible.

Robar libros imprescindibles en Londres... ¡gigantesca utopía! ¿Es que se podía prescindir de alguno? Aquella ciudad había superado todas mis previsiones. La oferta era descomunal, tanto en las librerías normales como en las de lance. Me bastaba una visita semanal a los cuatro pisos de Foyle's para desesperarme ante todo lo que me quedaba por saber. Yo, que tenía la presunción de «haber leído a Henry James», me enfrentaba a la inesperada abundancia de títulos que formaban sus obras completas (la edición de León Edel se hallaba en curso de publicación). Y cuanto más rebuscaba en el repertorio estrictamente británico, más sentía mi ignorancia y, al sentirla, sólo se me ocurría reaccionar contra ella mediante la saturación. De pronto, necesité leerlo todo con urgencia; deseaba que hubiesen pasado ya algunos años para que aquel caudal de conocimientos estuviese debidamente almacenado en mi cerebro, como una de mis posesiones más preciadas. Y, así, renunciaba a los placeres inmediatos en favor de una carrera de obstáculos.

La literatura empezó a importar por sí misma. Ya no era el afán que se apoderó de mí en París, cuando necesitaba conocer todos los libros que me habían sido prohibidos durante veinte años de vida. En las librerías londinenses aprendí que mis necesidades eran mucho más vastas, y que ya no necesitaba recurrir a los impedimentos del franquismo para justificar mi avidez de lectura. Aquí los grandes libros eran un placer en sí mismos, y, aunque muchos los había conocido en traducción española, el hecho de leerlos en su lengua original doblaba su valor y los hacía nuevos. Así, Dickens, Poe, Melville y tantos otros se convirtieron para mí en la novedad del verano. Son, todavía hoy, los grandes bestsellers de la memoria.

Aquella tarde, hice una buena cosecha: seis autores ideales para ser mis amigos. No en vano se llamaban Durrell, Miller, Woolf —¡ella!—, Fielding y Bellow. Además de la referencia a estos nombres, anoté en mi diario: «Por culpa de una gorda que me miraba mucho no he tenido valor para robar las completas de la *tieta* Oscar (Wilde). Me avergüenzo de ser tan acojonado. La próxima vez que miren las gordas, me llevaré hasta la *Británica.*»

Carlitos no sospechó nada hasta que, al llegar a su lado, le mostré mi botín, escondido bajo la gabardina. Estuvo a punto de exhalar un grito de horror pero no le di tiempo; empujándole por el hombro, le obligué a apurar el paso, y así cruzamos Sloane Square y entramos como una exhalación en aquel teatro donde sabía que se habían estrenado las obras más importantes del movimiento conocido como los Young Angry Men.

Fingimos gran interés por las fotografías que adornaban el vestíbulo. ¿No eran de *Lutero*? ¿Era Osborne el autor? ¿Tal vez Pinter? Era gran teatro, en cualquier caso. El teatro que les gustaba discutir a los chelsianos: moderno, comprometido y ajeno a los fastos del West End. Me prometí que llegaría a descubrirlo. Me prometí rastrear una a una todas las madrigueras donde se cocían los fenómenos del *off*: el experimento constante, la pasión por lo nuevo, los fascinantes caminos de lo desconocido.

De momento, tenía que calmar a Carlitos. Cuando consideré pasado el peligro de que alguna dependienta de la librería saliese a buscarnos pistola en mano, salimos a la calle y, sin darnos cuenta, avanzamos por la parte de King's Road que no conocíamos, y así nos adentramos en el barrio de Belgravia.

Quedé maravillado ante el exquisito orden de sus mansiones blancas como la nieve, salpicadas con el brillo del lujo y ornamentadas con los mejores atributos del gusto. Nada había visto tan elegante, nada tan parecido a las formas que suponemos a una cultura firmemente asentada en la tradición y el prestigio.

De pronto, sentí la llamada de Londres, una voz múltiple que me urgía a superar las fronteras de Chelsea en favor de lo ilimitado de una gran ciudad y de toda su historia. Había mucho que aprender, más alla de Sloane Square. Londres no era la ciudad de la niebla. Era, desde luego, mucho más que Sherlock Holmes, habría superado a Oliverio Twist, ni siquiera recordaría a las pesadas esposas de Enrique VIII. Más allá del gueto impuesto por la década, había una vida palpitante, forjada a lo largo de los siglos. Esta vida me estaba esperando para bullir a mi alrededor y tragarme en su ebullición, si era preciso. La ciudad estaba presta a convertirse en mi monstruo preferido. Y sus tentáculos más bellos empezaban a extenderse por las blancas mansiones de Belgravia.

Mi mano volvió al hombro de Carlitos y, así, lo encaminé hacia las calles que acababan de despertar mi curiosidad. Pero inesperadamente él retrocedió, con expresión horrorizada.

—No pasemos de aquí, te lo ruego. Volvamos a King's Road.

—Esto también es King's Road —dije yo, intentando avanzar.

—Pero ya no es nuestro mundo. Cada vez que hemos salido de él me he encontrado con una ciudad que no entiendo. La gente no viste igual, no sonríe igual y estoy seguro de que ni siquiera follan igual.

Y era como si dijese: mi reino es Chelsea, quiero ser monarca en Chelsea, quiero agotar la vida en Chelsea y que me entierren en sus jardines para esperar que la resurrección de la carne me pesque entre las melodías de Chelsea.

Comprendí que siempre sería un chico de gueto: alguien que nunca aceptaría salir de unos límites seguros, pero que dentro de ellos encontraría siempre la felicidad, porque los había organizado adecuándolos perfectamente a su noción del placer y a su rechazo de todo riesgo. Y aunque yo rechazaba esta posibilidad, aunque la idea de encierro en cualquier forma de gueto me horrorizaba, envidié por un momento la enorme seguridad de mi gemelo, su absoluta certeza de que la acción estaría siempre donde estuviese él y todo cuanto se le parecía.

Era, en cualquier caso, una opción a la felicidad. Y como sea que yo nunca tuve ninguna parecida, comenté con un deje de tristeza:

—Carlitos, tienes la facultad de vivir. No sabes cuánto te envidio.

—*I know* —dijo. Y guiñando el ojo, añadió—: ¿Lo ves como he aprendido alguna palabra?

Ante tanta ligereza me eché a reír.

—Ya puedes, cabroncete, ya puedes.

Pero no tenía por qué poder. Después de todo, él era la vida, y la vida siempre tiene un idioma propio, que se comunica sin ayuda de diccionarios.

MIENTRAS CARLITOS SEGUÍA PROPAGANDO POR CHELSEA su culto a la vida, yo continuaba viviendo entre páginas de papel impreso y respondiendo a su impacto con mis vanos intentos de creación. Escribí mucho, desordenadamente, sin un criterio establecido y con influencias distintas de cada libro que leía. Empleé más rigor en alguno de mis primeros cuentos cortos, pero la influencia de Henry James me llevó a alcanzar medidas desproporcionadas, abandonando los límites propios del género para introducirme plenamente en los de la *beautiful and blessed novel.*

Pero en un momento determinado pensé en la necesidad de enfrentarme a experiencias más ambiciosas, y así fui pergeñando la que estaba destinada a ser la gran novela de este siglo. Lamentablemente, el siglo no se dio por enterado, y no porque fuese injusto conmigo, sino sencillamente porque la novela nunca llegó a existir.

No había mentido a Carlitos al manifestarle mi intención de convertir las historietas del Guerrero del Antifaz en una saga novelística de proporciones gigantescas. Pero yo ya no era el niño ingenuo que se deleitaba con aquellas peripecias; por el contrario, las lecturas adultas me habían envenenado y todo cuanto escribiese partiría de lecciones recibidas, luego ajenas a mi placer de otro tiempo. Como todos los «envenenados», excusé la pasión inicial, que pudiera parecer *naive,* prometiéndome a mí mismo que sólo tomaría al Guerrero como pretexto para construir un gigantesco retablo de la España medieval, con análisis sociológico incluido. Le echaría en un principio unas dos mil páginas, calculadas con la misma falta de humildad que, dos años antes, me habían llevado a llenar más de doscientas páginas como prólogo a una saga sobre la burguesía catalana que debía constar de varios tomos y cientos de personajes. Es posible que, mientras lo esbozaba, con la mirada puesta en *Los Buddenbrook,* sonase en mis oídos «la maravilla del sonido estereofónico Perspecta» tal como lo había escuchado en el cine Tívoli cuando sonaban las campanadas del sábado de Gloria y los benditos clarines de la adolescencia.

En algún punto de mis recuerdos creo haberme referido a aquel libro malogrado. Si ahora lo recobro, no es en atención a sus dudosos valores, sino como referencia a la magnitud que presuponía a la novela como género. Hasta tan lejos como podía recordar, todos los títulos que me habían apasionado partían de historias sumamente complejas, que progresaban en un tiempo dilatado y en infinidad de espacios ocupados por personajes fascinantes. A pesar de mis recientes aproximaciones a la novela moderna, los grandes modelos del XIX mantenían algún poder sobre mí. Y no sólo como lector: como creador también. Porque el escritor primerizo siempre se aprovecha de la práctica del lector veterano.

Con el propósito de buscar información sobre el período histórico que pretendía tratar, me desplazaba diariamente a la biblioteca del barrio. Estaba muy bien surtida, pero no tanto como para albergar el tipo de material que yo necesitaba. Ni siquiera el más sesudo de los chelsianos habría ido a interesarse por la España visigótica, las gestas de Almanzor, el urbanismo de las ciudades de al-Andalus y la vida y costumbres de los villanos en el reino de León. Me hallaba en tierra extranjera y esto se paga cada vez que uno siente la necesidad de volver a lo español. Además, España estaba muy desacreditada en aquella época: era una vulgar dictadura bananera, y todo cuanto a ella concerniese iba a parar al mismo cesto: el de la indiferencia absoluta.

Como es de suponer, culpé a Franco de que en la biblioteca de Chelsea no hubiese libros sobre la España musulmana.

Sin duda hubiera podido encontrarlos en las bibliotecas de las grandes universidades, pero su acceso me estaba vedado por motivos obvios. Porque un friegaplatos tiene poco que hacer en Oxford o Cambridge, como no sea barrerles las calles a los estudiantes. No digamos ya cuando intenta suplir esta carencia buscando asiento en la biblioteca del British Museum. Ni de pie es aceptado. Ni aunque se ofrezca a lavar los doctos retretes. Tiene que conformarse con ver los volúmenes a través de los cristales, pensando desesperadamente en una recomendación que le permita acceder a ellos. Yo no la tenía ni veía la posibilidad de tenerla. Toda la gente que había conocido estaba lejos de poder acreditar algún mérito frente a tan alta institución; todos eran esclavos de cocina o mariquitas nocturnas. Y a ninguno de ellos se le habría ocurrido suponer que alguien pudiera tener interés por la cultura.

Cultura. Este nombre volvía a asaetearme con tantos sentidos contradictorios que acababan por aturdirme. Tras numerosos rechazos por parte de quienes la administraban, comprendí que me estaba enfrentando a un coto cerrado, donde importaba sobremanera la división entre las clases. En nombre de esta división, pretendían excluirme del gran banquete de la cultura. Poca gente habría en Londres con tanta pasión por aprender y, sin embargo, mi pasión no estaba prevista. Simplemente: no se le presuponía a un friegaplatos que, además, llegaba de la España inculta y retrógrada.

No estar previsto era una nueva cruz. Quería decir que para alguien en algún lugar yo no existía ni existiría nunca. Y esto es algo que un orgulloso *hereu* de la calle Ponent siempre encontrará difícil de soportar.

Negados todos los caminos por culpa de la oficialidad, me propuse encontrar revancha en los espacios donde la cultura tenía libre acceso. No escaseaban en Londres; al contrario: con sólo consultar la más vulgar de las guías turísticas descubría un abanico de posibilidades que no se me hubiera ocurrido desplegar desde el universo pop de Chelsea. Eso en cuanto a los museos; pero, además, quedaban exposiciones, conferencias, conciertos parroquiales, coloquios sobre todos los temas imaginables y cuantas representaciones de aficionados podía ambicionar mi avidez. La revista *What's On in London*, que compraba para consultar los cines, me informaba puntualmente de todos los santuarios a los que un friegaplatos podía tener acceso. Y juré que esos lugares me los comería a bocados, como Carlitos había jurado comerse la vida. A partir de este momento no me concedí tregua. Entre las antigüedades del British Museum hallé todos los placeres cuyo cultivo venía anunciando desde niño: a nadie podría extrañarle que pasase horas enteras en las salas egipcias, pero mis nuevas pasiones habrían cogido desprevenidos a mis mejores amigos. En la Tate Gallery fue fácil coquetear con los prerrafaelitas, siempre tan lindos, pero la mayor emoción, la más madura me acometió ante los lienzos tumultuosos de un visionario llamado Turner. Para visiones todavía más insólitas estaba William Blake, que, además, me apasionaba desde los frentes de la literatura. Compré para Ana María un póster que reproducía el cuadro de Prometeo. En aquellos tiempos de carestía era un señor regalo, y ella debió de comprenderlo porque, después de enmarcarlo, lo exhibió durante varios años en su primer estudio de adulta.

¡Signo de la década! Ya podíamos exhibir en nuestra intimidad las obras maestras que habíamos admirado en los museos. Ya podíamos sentirnos rodeados por Rafael y Leonardo. Si se sentían solos, Snoopy les haría compañía. Sin descartar al joven trovador Bob Dylan, que estaba emergiendo de manera fulgurante en las conversaciones de los chelsianos más avanzados.

Lejos de Chelsea, la cultura continuaba llevándome por los caminos más raros jamás imaginados. Hoy una conferencia sobre Vivaldi en un club de Berkeley Square. Mañana una disertación sobre Piero della Francesca en la National Gallery. (¿Y ese Piero quién será?) El sábado alguien habla de Haendel y sus relaciones con la ópera italiana. (Acabo de saber, por fin, que existe una maravilla llamada *Rinaldo.*) Y si necesitaba que alguien me explicase más cosas, siempre podía pasar la mañana del domingo en aquella esquina del parque donde todo el mundo tiene la oportunidad de exponer sus ideas. Viniendo de la España de Franco, ese rincón se parecía mucho a la libertad soñada, pero además era mi contacto con infinidad de realidades que desconocía, desde problemas irlandeses que no aparecían en *El hombre tranquilo* hasta las dramáticas dificultades que se le presentan a un inmigrante de Bombay cuando deja de interpretar a Kim de la India.

Y había más, siempre más; siempre pasos adelante, sin retroceder, acumulando, tragando ávidamente, sin masticar, por miedo a que cada experiencia se me deshiciese en el paladar, como decían los curas que había que hacer con la Sagrada Forma, para que el cuerpo de Cristo no rozase los dientes. Pues bien: yo hinqué los míos en todas las hostias que Londres me iba ofreciendo, en un copón destinado a desbordarse. Así llegó el momento en que pude exclamar, con lícito orgullo:

—Que el Museo Británico se meta todos sus libros en el culo. Estoy descubriendo la cultura por mis propios medios. ¡Y eso que tengo las manos destrozadas de lejía!

Sin embargo, mi generación estaba ensayando en Chelsea otros pasos de baile.

PLANEA EL EROTISMO SOBRE LA DÉCADA en formas tan prolíficas que acaban por aturdirme. No sé qué se exige de mí, ni sé qué exijo yo. Sólo la década parece clara en sus planteamientos: estar donde está la acción, entrar en ella, aturdirse con sus dones y parecerse a Carlitos antes que a la Purísima Concepción.

Pero el erotismo tiene más caminos que los del Señor y muchos de ellos habían ido a confluir en Chelsea de manera tan heterodoxa que eran una sorpresa diaria. Una vez asumida la libertad de los cuerpos para unirse a voluntad y aun a discreción, llegaba la deliciosa inquietud de la ambigüedad, de lo que cada uno podía ser más allá de sus apariencias, de lo que podía aparentar más allá de su propio ser. Había jovencitos a quienes les encantaba hacer creer a los demás que eran homosexuales, pese a que se habrían llevado un buen susto si se hubieran encontrado en la cama a una criatura de su mismo sexo; por la misma regla, ciertas damas a la moda se fingían lesbianas sin atreverse a transgredir jamás los límites marcados por la sumisión oficial al macho.

También había casos en los que la ambigüedad dejaba de ser tal, porque gustaba de convertirse en evidencia. Así, muchos hijos de la década probaron lo que nunca habían sospechado probar, y les gustó sobremanera. Son los peligros de la ambigüedad cuando se convierte en ley: empieza por intrigar y acaba por convencer.

Pero ¿qué era legítimo en Chelsea? En última instancia, ¿qué importancia tenía ya la legitimidad?

Es bueno para el siglo que todos los caminos dejen de ser prohibidos, y Chelsea empezó a entenderlo proponiendo una forma de moral que obedecía simplemente a un concepto de liberación absoluta. Más adelante, pero no mucho más, llegarían con violencia movimientos como el Gay Power o el Women's Lib, pero hay que reconocer que estas aportaciones a la libertad del individuo contemporáneo llegaron cuando la ambigüedad dejó de ser ambigua. Del mismo modo, la verdadera libertad del siglo empezó cuando hombres y mujeres decidieron sentirse reyes de la cama. Y la originalidad de muchas camas culminó cuando algunos avanzados optaron por imponer el imperio de la rareza, que era como decir el triunfo de las peculiaridades.

El recuerdo entra ahora en un terreno resbaladizo —y, por lo mismo, divertido—, donde lo peculiar se impone como forma de auto-reconocimiento para placer de aficionados y obsesión de coleccionistas. Era el momento en que empezó a circular la necesidad de ser *kinky*.

Esta palabra, que pertenece a las fórmulas dialectales más acreditadas del barrio, estaba destinada a convertirse en un clásico. Era el vocablo idóneo para definir formas y comportamientos de una rareza tal que ya entraba en el terreno de las patologías. El *kinky* perfecto debía vestir de cuero negro y a ser posible presentar tendencias sadomasoquistas. Éste era el aspecto más relevante del quinquismo, su quintaesencia, pero la palabra servía para definir a cualquier persona más o menos excéntrica, algo muy difícil de conseguir en Chelsea, donde la excentricidad era la regla.

Nadie menos excéntrico que Carlitos, cuyas peculiaridades le eran tan connaturales como una segunda piel. Era, en todas sus cosas, como una planta silvestre. Una planta que follaba mucho, pero sin segunda intención.

Sin embargo, cierta noche quiso aventurarse en los terrenos de la extravagancia erótica, con la misma alegría e inocencia que la mocita que se dirige a su primera verbena de San Juan. Era inevitable que intentase arrastrarme con él, y no menos inevitable que yo me dejase convencer. Debo reconocer que le acompañé debidamente acorazado por algunas ventajas: gracias a mis libros, yo distaba mucho de ser una florecilla silvestre. Había leído algunas cosas sobre la figura del marqués de Sade, y parte de su obra; me habían deslumbrado las teorías de Georges Bataille sobre el mal en la literatura, y en el terreno del coleccionismo secreto había visto algunos números de *Bizarre*, la legendaria publicación de John Willie especializada en fetichismos como la ropa interior femenina, el sometimiento de las señoritas, y otras suculentas variantes del sadomasoquismo más exquisito. En este mismo terreno tampoco me eran desconocidos los perversos dibujos de Eneg, las aventuras de la feroz Baronesa Steel ni los padecimientos de la dulce Gwendoline.

Era difícil que todos esos ingredientes se reuniesen en una casita del World's End de apariencia tranquila y huéspedes absolutamente impersonales, pero la suerte quiso que uno de ellos entrase directamente en la excepcionalidad, tanto por su raza como por sus características físicas.

Ocupaba la habitación del primer piso un joven de color que tenía admirados a todos los vecinos del barrio por lo descomunal de sus proporciones; tanto es así que en poco tiempo le habían salido varios motes. Le llamaban el Gigante de Mombasa, pero Carlitos dio en encontrarle un apodo más acorde con las características que más podían interesar a un *connaisseur* de tamaños: el Pollanco. Yo me limité a llamarle Jungle King a causa de un detalle que todo buen fetichista sabría agradecer: solía pasearse por la casa ataviado únicamente con un liviano taparrabos que imitaba la piel de tigre (en cierta ocasión, la piel era de serpiente, pero tuvo que prescindir de él porque otro realquilado, andaluz de Linares, se ponía a gritar «la bicha, la bicha» haciendo todo tipo de exorcismos). Sea como fuere, el Pollanco, el Gigante de Mombasa o Jungle King no dejó de pasear por la casa su ilustre desnudez, y lo hacía afectando una majestad que autorizaba a preguntarse si no estaría siguiendo un curso de autoestima. En este caso sería un método que funcionaba: en el autobús o en el metro cualquier inglesito mediocre podía hacerle sentirse inferior a causa del color de su piel, pero en la mansión sentíase emperador del mundo por el color de su sexo (al decir de Carlitos, cabía mucho color). Circunstancia que, por cierto, sabía aprovechar de una manera que debería ser una lección para todo inmigrante en apuros: se exhibía en un cabaret del Soho con una señorita llamada Miss Tanya que era su equivalente en hembra; es decir, una estatuaria matrona pródiga en carnes y derrochona en tetas.

Miss Tanya venía todas las tardes a ensayar con Jungle King una especie de baile que reproducía los aspectos más evidentes del acto sexual, suavizados por algo que pretendía ser estilismo y se quedaba en posturas raras. Ir más allá habría sido impensable incluso en Londres, pues la venturosa hora de la pornografía todavía estaba por llegar. De hecho, Miss Tanya y Jungle King no pudieron realizarse como pareja fornicadora hasta que se establecieron en Amsterdam, donde el sexo empezaba a conocer sus horas más boyantes. Allí, en un escenario mugriento de la Zona Roja, ganaron un dineral gracias a la capacidad del negro para hacer cuatro representaciones de *live sex* en un solo día sin fallar un tiro. La magnitud del esfuerzo se comprenderá fácilmente si se piensa que, en este tipo de espectáculos, el papel del hombre es el más comprometido, porque tiene que sacar el instrumento a tiempo y mostrar al público su eyaculación como prueba fehaciente de cumplimiento en toda regla. Tan importante es este requisito que, en los dominios del cine pornográfico, se lo conoce como *money shot*; es decir, el plano del dinero. Significa que el que no eyacula ante la cámara no cobra.

Más adelante Jungle King y Miss Tanya se especializaron en un número que gozó de gran predicamento entre los holandeses adeptos a la lucha en favor de la integración racial: él aparecía atado a un poste con todos los rigores de la esclavitud, ella irrumpía como blanca dominadora que intentaba poseerlo, pero él conseguía librarse de sus ligaduras y acababa sometiéndola por el mismo procedimiento: la violencia pura y dura.

Mientras llegaba su gran oportunidad en Amsterdam, la pareja ensayaba en Londres su número selvático: sólo se precisaba el biquini de la señorita, que también era atigrado, y un casete con música de percusión. Esta melodía, parecida a un vudú, era tan monótona e insistente que llegó a obsesionarme. Además, no tenía escapatoria, porque mi habitación estaba justo encima de la de Jungle King y la percusión me llegaba continuamente, como una taladradora.

Como sea que en esta época me había impuesto la obligación de leer *Así hablaba Zaratustra*, se comprenderá que andaba con la cabeza hecha un lío. Acabé arrinconando a Nietzsche para consagrarme a ensoñaciones de signo tropical, en la más clara acepción del vocablo. Y debo decir que el calor que los ingleses echaban a faltar en su rancio verano fluía a raudales en mi habitación y acababa arrollando mis sentidos, que, por otro lado, no tenían el menor interés en oponer resistencia alguna.

Un día me dijo el andaluz de Linares:

—Estoy hasta la peineta del negro zumbón. Su bongo no me deja dormir la siesta.

No sé lo que entendería por «su bongo», pero lo que fuera acabó en una obsesión para todos los habitantes de la casa. Menos para Carlitos, que conjuró cualquier peligro de caer en obsesiones malsanas —es decir, no satisfechas— agarrando al elefante por el rabo, si se me permite la expresión, poco refinada en este caso, ya que el elefante era Jungle King.

De todos modos, no era refinamiento lo que le sobraba, como demostró cierto día en que osó profanar lo que yo consideraba inviolable: la intimidad del cuarto de baño. Cierto que a Carlitos le complacía bañarse ante testigos, y hasta esbozar conversaciones metafísicas desde la espuma, pero él tenía una complacencia en la exhibición de su cuerpo de la que yo carecía por completo, así que cualquiera que entrase mientras yo me hallaba en la bañera asestaba un golpe fatal a mi pudor o, si se prefiere, a mi estupidez. Porque con la excusa de las formas estaba poniendo una nueva máscara a la represión que venía disimulando bajo la capa de la cultura.

Ese día me estaba afeitando completamente desnudo cuando, de pronto, Jungle King abrió la puerta sin advertencia previa y se colocó detrás de mí. Lo veía reproducido en el espejo, con una expresión entre agresiva y burlona. Lo cierto es que aquella torre colocada a mi lado me intimidaba. No podía sentirme más empequeñecido. Me tuve por descrédito de la orgullosa raza mediterránea. Como si el magnífico Alcibíades, pese a sus ponderadas prendas físicas, se encontrase de pronto humillado por el último de los titanes.

Siguió Jungle King formulando preguntas triviales y yo contestando con evasivas tontas. El tipo de estupideces que suele decirse cuando uno tiene los nervios a flor de piel y, en cambio, se empeña en fingir serenidad. Lo que en mi barrio llamaban darse pisto, cuando uno está deseando darse a la fuga.

No me lo hubiera permitido Jungle King, quien, de pronto, se apoderó de una de las cuchillas de afeitar que quedaban en mi neceser. Tras observarla detenidamente, la paseó por mi hombro hasta hincarla en la carne. Y aunque tuvo el detalle de no ir más abajo, hizo un corte lo bastante profundo como para que empezase a manar la sangre.

—*You like it* —exclamó riendo—. *Sure you enjoy it, you silly bitch.*

Aterrorizado por lo que parecían los prolegómenos de un asesinato en toda regla, me llevé la mano a la herida, y al ver la sangre mezclada con el jabón de afeitar estuve a punto de desmayarme. Eché a correr hacia mi habitación mientras el otro se quedaba en el pasillo, riendo a mandíbula batiente.

Me curó Carlitos, restando importancia a la herida y al suceso. En realidad, logró convertir ambas cosas en el éxito del año.

—¡Qué moderno es ese negro! —exclamó—. A mí nunca me han hecho una cosa así. Ni siquiera Jean-Paul se atrevió a pasar de las palizas.

Lo tomé por deficiente mental, pero después de recapacitar acabé tachándome a mí mismo de retrasado crónico. Al fin y al cabo, la acción de Jungle King obedecía a los sueños que alimenté desde niño, a los delirios que mi imaginación convocaba cada vez que algún cura sádico exponía con todo detalle el suplicio de algún mártir cristiano. Los recuerdos de mi educación judeocristiana me arrollaban de nuevo, cual compañeros inseparables de las sensaciones que me había provocado un vecino con aficiones de verdugo. Y mientras acariciaba lentamente el rugoso esparadrapo que cubría la herida, seguía escuchando el bongo del piso inferior y, a su conjuro, imaginaba a Miss Tanya retorciéndose como una serpiente en torno al tronco poderoso de Jungle King. No sé quién de los dos me dio más envidia. En cualquier caso tuve la sensación de que había equivocado mi lugar en el mundo. Si hubiese sido un Jungle Boy, otro meneo habría tenido mi pobre cuerpo.

Mientras el andaluz de Linares seguía protestando por el ruido, el sentimiento *kinky* continuaba invadiendo aquella casa, contagiándose sin duda de la invasión que sufría Chelsea. Sin llegar todavía a la franqueza de los años setenta, empezaban a verse personajes ataviados según las formas más variadas de la agresividad. Y no fue raro que entre las túnicas orientales y las casacas decimonónicas empezasen a aparecer uniformes nazis, como anuncio de un universo más turbio en cuyos recovecos el placer adoptaba rostros inquietantes, cuando no decididamente angustiosos.

Pero no había rostro que pudiese esconderse a la insaciable curiosidad de Carlitos, que no sólo estaba al día de todos los eventos anunciados en los tablones de Chelsea; además, recibía cualquiera de los múltiples comunicados secretos que se convertían en voz pública en las noches del Gigolo y otros emporios de lo *kinky*.

Cierta noche llegó más temprano que de costumbre y se arregló a toda prisa, conminándome a imitarle.

—Arréglate corriendo. Jungle King nos ha invitado a la fiesta más morbosa del año.

Recordé la cuchilla de afeitar, asociada para siempre con la piel de tigre.

—Al diablo con Jungle King. Aunque subaste el tamtam de su tribu, a mí no me pesca.

—No se trata de eso. Se trata de una subasta de esclavos.

—No le veo la novedad. Es lo que hacemos cada vez que vamos a pedir empleo.

—No te pongas interesante, que no cuela. ¿Vas a decirme que ignoras la de locuras que son capaces de inventar esos ingleses para no aburrirse? Lo de hoy promete la mar. Tu amigo el cubanito me ha dicho que es un asunto fantástico. Te sacan a un escenario, desnudo y cargado de cadenas, y el público tiene que pujar por ti como si fueses un cuadro de Picasso.

No podía decirse que el ceremonial propuesto por Carlitos fuese un invento genuino de la década; en realidad, era el viejo sueño acariciado en todas las revistas de inspiración gay de la década anterior; era la puesta en escena de la ancestral relación entre el dominador y el dominado. Y si, como me dijo Carlitos, el brutal Jungle King era el encargado de amenizar la subasta, el asunto presentaba un atractivo mayor. Ahí estarían todos esos inglesitos, tan remilgados, tan altivos, sometidos a la tiranía de un ser considerado inferior: un negro que, encima, se ganaba la vida haciendo números eróticos en un cabaret del Soho.

Era difícil resistirse a la tentación, sobre todo porque Juan Alfonso ganaba en insistencia y su imaginación poseía más recursos; además de *Carmencita o la buena cocinera*, había leído algún libro de erotismo superior. Creo que ya hablaba de Masoch como si fuese de la familia; parentesco que, por cierto, nunca he descartado en los exiliados cubanos.

Juan Alfonso conducía su propio coche pintado de amarillo loro.

—¿Sabes la sorpresa? Me voy a subastar —dijo Carlitos.

No era una sorpresa en absoluto. Más extravagancias podía hacer aquel pequeño sátiro que todas las que pudiera inventar Chelsea en todos sus días.

Pero la subasta no se celebraba en Chelsea, ni siquiera en Londres. Quiero decir el Londres donde era agradable vivir. Sería en algún lugar del inmenso extrarradio, ese continente de nadie donde sin embargo agonizan muchos en un día a día mediocre y atroz. Era un punto perdido del infierno que rodea a las grandes ciudades, en ese momento de la década en que la superpoblación hacía que ninguna ciudad se pareciese a sí misma. Bloques uniformes, sucios, mugrientos: incluso el cielo parecía de hormigón armado. A veces aparecían casitas de dos pisos, como las de Chelsea, pero sin su toque de coquetería, ni siquiera su apariencia de confort: sucio todo, gris absoluto todo, pura mierda concentrada.

—¿Ves lo que te dije? —comentó Carlitos—. Una vez sales de Chelsea, Londres es muy feo.

—Pero interesante —dijo Juan Alfonso, sorteando basuras—. ¡Eso de los *slums* es tan de nuestro tiempo! Esos barrios inmensos, donde se pudre tanta gente sin mañana, son un nido permanente de conflictividad social, luego génesis de todas las revoluciones.

La actitud de aquel petimetre respondía a una moda. Era el triunfo de la miseria como estética, y lo mismo incluía a los cinturones industriales de las grandes urbes que a las aldeas más remotas del Tercer Mundo. La mirada de las sociedades opulentas se complacía observando aquellas realidades paupérrimas, ya fuese a través de la fotografía, que adquiría visos de insospechado realismo con la ampliación exagerada del grano, ya a través del cine. Y una vez más todas mis informaciones surgían de una pantalla, pero en esta ocasión las imágenes me llegaban en blanco y gris.

Películas como *Mirando hacia atrás con ira* y *Sábado noche, domingo mañana* hacían que la realidad de los suburbios no me resultase completamente desconocida. Gracias a la teoría crítica generada a partir de estos y otros títulos las ratas de cine-club habíamos detectado la carga convulsiva de la nueva generación de cineastas ingleses agrupados bajo el nombre de Free Cinema. Nos había impresionado profundamente su firme voluntad de trastornar los tabúes sociales, buceando en la vida cotidiana de las clases menos privilegiadas, hasta entonces ausentes de los escenarios e incluso de la novela. Y aun antes de que esta revolución llegase al cine, el velo de respetabilidad que protegía al orgulloso león victoriano comenzó a resquebrajarse con la irrupción del grupo conocido como «jóvenes airados« que incluía a dramaturgos, novelistas y hasta críticos teatrales y cinematográficos. El propósito del grupo era claro y rotundo: despertar las conciencias con un mensaje socialista y rescatar para el arte la vida cotidiana de la Inglaterra real. Apareció así un nuevo prototipo: el héroe o la heroína de ascendencia proletaria, el representante de la *working class*, el que denigraba todos los primores del idioma inglés con su acento *cockney*. En última instancia, el que agonizaba en suburbios como el que estábamos recorriendo. Suburbios que intentaba explicar a Carlitos mientras una loca cubana intentaba orientar el coche a través de la basura.

Pero todas las explicaciones que yo pudiera ofrecer —recuerdos vivos de mis horas de lector y cinéfilo— resultaban inútiles, porque mi hermano gemelo sólo pensaba en las posibilidades de diversión que nos deparaba la noche.

El local elegido para la subasta era una nave de enormes proporciones que formaba parte de una fábrica en curso de derribo. En realidad no difería de uno de esos hangares multi-uso que se prodigaban en las películas de agentes especiales; y el agente que hacía latir el corazón de los ingleses se llamaba James Bond. Su importancia sociológica fue enorme, y la imaginería de sus películas sigue siendo uno de los máximos testimonios de las mitologías y estéticas de la década, pero aquel verano había conseguido introducirse también en el ambiente *kinky* gracias a la astuta incorporación del fetichismo a una estética que hasta entonces parecía privilegio de la revista *Playboy*.

El estreno de *Goldfinger,* tercera entrega de la serie, había impuesto la imagen de una damisela discretamente desnuda y extravagantemente untada de oro. Por otra parte, entre las tareas de Bond se imponía domar a la intrépida Pussy Galore (en dialecto, «Coño a Manta»), que aparecía vestida de cuero y se enfrentaba al héroe con estrategia de marimacho, aunque acabase sojuzgada a sus poderes con sumisión de hembra famélica. Sin duda era el atuendo y el tipo de rendición incondicional que encendía a los *kinkies* más sensibles, esos que en el fondo de su corazón de cuero guardaban un rinconcito para los sueños bastardos.

Una vez elegido un hangar que se pareciese a los de cualquier enemigo de James Bond, los organizadores de la subasta completaban la oferta con una serie de figurantes que parecían pertenecer a la organización Spectra, rama dura. Iban todos de cuero reglamentario, a excepción de unos pocos precursores que habían elegido uniformes paramilitares. Casi me estremecí al ver circular a dos oficiales de la Gestapo, pero al punto me tranquilizó Juan Alfonso aclarándome que quienes lo llevaban eran dos santas. También triunfaba el *denim,* que es como en aquellos predios llaman a la tela que sirve para hacer pantalones tejanos. Se veía algún tatuaje, gorras de policía y botas altas, negras como la noche. No sabría asegurarlo, pero creo que vi alguna espuela.

—Ya te he advertido de que, con esta facha, desentonarías —dijo Carlitos en tono de reprimenda.

Tenía razón. Me había advertido insistentemente mientras me ponía una agradable camisa azul, mi mejor americana sport y una corbata a tono. Pero el mal ya estaba hecho y a decir verdad no me desagradaba parecer un comprador de alto *standing.*

En medio del hangar, entre enormes crespones negros, se levantaba un estrado que hacía las veces de escenario. Allí se exhibían los subastados, cuyo atuendo difería considerablemente del de sus posibles compradores. Como se trataba de marcar las diferencias entre amos y esclavos, éstos iban casi desnudos, supongo que con el propósito de sentirse más humillados, aunque lo cierto es que estaban más contentos que unas pascuas. Algunos quedaban francamente atractivos, con sus adminículos de cuero diseñados en las formas más caprichosas, desde el pantaloncito sport tipo tirolés al slip más escueto, así como anticipos de la miniprenda que, en los años setenta, se dio en llamar «tanga». Juan Alfonso contó, en tono jocoso, que la mayoría de aquellos esclavos eran tan diligentes que se cosían ellos mismos su ropita en la intimidad del hogar. Años después, Néstor me habló de rituales de parecido signo en los bares *leather* de Nueva York. Comentaba en tono burlón lo engañoso de la brutalidad que aparentaban los clientes, para acabar cediendo a los tópicos de siempre: «Mucho cuero, muchas cadenas y mucho bigote, pero cuando ya se han subastado, se reúnen todos en la barra para acabar hablando de *Eva al desnudo* y de Mae West.»

Aquella noche, las apariencias eran más toscas. El aprovechamiento de la estética industrial surgía como una primera muestra de la moda del feísmo aplicada al sexo; en cambio, yo seguía enclaustrando el mío en las idealizaciones de tono platónico. Si aquella subasta se hubiese desarrollado en el Ágora de Atenas habría sucumbido a sus encantos; pero allí, entre hierros oxidados, maderas podridas y charcos de aceite, me inspiró una profunda sensación de rechazo. Así, mientras Carlitos se iba a otra nave para que los llamados «capataces de esclavos» le disfrazasen adecuadamente, me fui apartando del escenario para alcanzar los rincones más oscuros.

A causa de nuestro parecido físico, sentía vergüenza por los dos, pero no tardé en privatizar esta sensación en provecho de mis represiones, que seguían siendo únicas. Era como si los insultos que aquel público enardecido dedicaba a los esclavos me concerniesen sólo a mí, como si fuesen un símbolo en vertiente lúdica del desprecio que inspiraba al mundo. Y aunque Carlitos estaba viviendo la noche de su vida, yo me sentía asomado a uno de esos infiernos interiores que siempre me resistía a reconocer por temor a recibir alguna respuesta desagradable. Entre ellas, que seguía sufriendo en carne viva, porque todo el mundo podía disponer del cuerpo de Carlitos menos yo. Y aunque es cierto que, en aquellas circunstancias, podía haberle comprado como los demás, ni tenía dinero ni me apetecía reducir mi adoración a una categoría tan envilecedora. Seguía pensando que la posesión del cuerpo de Carlitos tenía que ser un triunfo del espíritu o no sería nada.

Salí de la sala sin alejarme demasiado de la puerta, porque todo mi terror no excluía cierta curiosidad por saber cómo acabaría mi gemelo: en manos de quién. Me quedé fumando junto a un cartel que proclamaba las virtudes del esclavo perfecto —entre ellas la sumisión a nivel doméstico—, cuando, de pronto, percibí que alguien me estaba observando detenidamente. Era un hombre de unos cuarenta años, que se distinguía de los demás por la seriedad de su atuendo: traje oscuro, corbata a rayas y gafas de concha que le daban cierto interés. Para ser más exactos: le hacían muy interesante. Sobre todo porque parecía un caballero de los grandes salones desterrado al imperio de la mugre.

Estuve a punto de preguntarle qué hacía Beau Brummell en un lugar como aquél, pero él se anticipó formulando la pregunta inevitable:

—Perdona, ¿a ti no te están subastando ahí dentro?

Yo me eché a reír, porque era evidente que estaba fuera del ambiente, protegido por mi americana sport, mi corbata y mis gafas de niño lector.

Él volvió a mirar a la sala y, señalando a Carlitos, preguntó:

—¿Es tu hermano gemelo?

—Será que sí —dije yo—. En realidad, es mi cruz. Nací dos minutos antes que él, luego me corresponde cuidarle durante todo el día.

—Pues hoy va a cuidarlo otro. Acaban de venderlo.

Ni siquiera me molesté en mirar quién se había quedado con mi hermano. El que fuese, no lamentaría la inversión.

—Que haga lo que quiera —dije—. Si de día le cuido yo, las noches son suyas. Por cierto, ¿tú no compras?

—Bien quisiera, pero sería tirar el dinero. Verás: yo no funciono.

Me eché a reír. Él pareció molestarse.

—Perdona, no quería ofenderte, pero siempre que se me acerca alguien, o no funciona o tiene la cabeza echa un lío. Resultado: empieza a ser más práctico que deje de funcionar yo.

—Es una pena, porque tú, cargado de cadenas, quedarías muy vistoso. —Y señalando al escenario, añadió—: Hablo con conocimiento de causa. No olvides que acabo de verte desnudo.

—Es cierto. Y has visto todo lo que hay que ver. Mi hermanito y yo somos iguales hasta en las uñas de los pies. Pero si no funcionas, no deberían interesarte estos detalles.

—Me interesa saber por qué no estás en la subasta. Dos gemelos tienen más salida que uno solo.

—Yo no estoy tan orgulloso de mi cuerpo como mi hermano. Me horroriza pensar que pueda mirarme toda esta gente.

—¿Te ocurre lo mismo en privado?

—Depende. Pero, insisto, si no funcionas no debería importarte.

—Uno puede no funcionar y, en cambio, tener sus fantasías.

—Completamente de acuerdo. ¿Cuál es la tuya?

—La misma que la imaginativa Scheherazade.

—¿Excitas a tus parejas bailándoles la danza del vientre?

—Ésa era Yvonne de Carlo. Yo soy Stephen. Además, la faceta de Scheherazade que me gusta es muy otra: contar y que me cuenten.

—Curiosamente, a mí me gusta contar por escrito. —Añadí que quería ser escritor—. ¿Sabes? Me excitan cosas muy raras. Por ejemplo, los nombres.

—Mal hecho. Acuérdate de Julieta: «lo que llamamos rosa tendría el mismo perfume con cualquier otro nombre».

Por fin había encontrado a un inglés que citaba a Shakespeare. Ya era hora. Empezaba a creer que se había extinguido la especie.

Decididamente animado por el feliz descubrimiento, me dediqué a mis cábalas particulares.

—Cierto que Julieta tiene esta opinión, pero en ello demuestra no ser fetichista. Yo lo soy. Para mí, un nombre está lleno de referencias. El tuyo, sin ir más lejos, me recuerda a Stephen Dedalus.

Amplié mi exhibición de conocimientos imitando la escena de la consagración, tal como la cuenta Joyce. Pero Stephen contestó con una risotada.

—Perdona que te lo diga, pero eres un poco pedante. Y además ingenuo.

—¿Pedante por citar a Joyce en una *kermesse* de locas? Completamente de acuerdo. Ahora bien, ¿por qué lo de ingenuo?

—Todo el mundo que cita el principio de un libro demuestra que no ha pasado de la página diez. Y es ingenuo y hasta ridículo por su parte pensar que no lo notarán los que han conseguido llegar hasta el final. Cuéntame todo sobre las cuitas de Molly Bloom y te respetaré. En realidad te respetaré por partida doble: leerse de cabo a rabo esa pesadez no deja de ser una odisea.

¡Ostras, qué tío tan majo acababa de conocer!

Intercambiamos intereses de conversación. Fueron apareciendo temas curiosos, para calificar de manera suave un rosario de fetiches aptos para aportar al erotismo un punto de inquietud y hasta de horror. En un determinado momento de nuestra charla ya no me sorprendió comprobar que la imaginería propuesta por Stephen se correspondía estrechamente con la que yo estaba desarrollando en mis narraciones cortas, especialmente las tituladas *El demonio* y *Los mártires.* Para comprender la imaginería de este último título le faltaba a mi nuevo amigo la influencia, siempre decisiva, de una educación judeocristiana, con la negra mano de los curas imponiendo su código de represiones. No es que las suyas fuesen menos valiosas, pero eran de orden luterano, para entendernos.

No tardé en deducir que no era un ser en absoluto vulgar: su distinción no era un simple reclamo de la apariencia, dato a considerar si se piensa que en los círculos gays de Chelsea sólo lo aparente importaba y se adueñaba de todos los significados y acababa por dirigirlos. Pero entre los ingleses de clase elevada la apariencia se vuelve palabra, y ésta es la clave imprescindible para distinguirse del sospechoso universo de los plebeyos. Dueño de recursos lingüísticos irreprochables, Stephen se elevaba fácilmente por encima de aquel mundo y de cualquiera que no hubiese tenido lo selectivo como regla. Su acento era tan hermoso como el del mejor rapsoda shakesperiana, y en su conversación abundaban las referencias cultas, datos todos que me autorizaron a suponerle rey de algo en algún lugar.

De momento, me informó que era aspirante al título de baronet, pero que se lo había llevado un hermano mayor a quien detestaba (entre otras cosas, boicoteó sus estudios en Cambridge, y esto parecía ser muy importante para un inglés que se tuviese por algo en una época en que todavía se tenían por mucho).

Amplió la información sobre sí mismo aportando el dato que más podía fascinarme: era un crítico musical de gran prestigio; sus artículos sobre el repertorio clásico publicados en varias revistas especializadas y, sobre todo, sus críticas dominicales en uno de los periódicos cumbres de aquellas islas lo convertían en referencia inevitable y, por ende, en personaje de mucho poder en su medio. Sólo que continuaba siendo un aspirante a baronet, y esto le definía, al tiempo que le frustraba.

Me habló de su colección de discos, considerada un auténtico tesoro por medio mundo. Pero yo formaba parte del otro medio, que no la conocía, de manera que se ofreció a enseñármela, añadiendo que un buen desayuno en un jardín confortable era la mejor manera de recibir la salida del sol.

—¿Dónde vives? —pregunté.

—En Chelsea.

—No podría ser de otra manera —exclamé, con visible satisfacción.

Como todo buen chelsiano tenía un automóvil descapotable, sólo que de color más discreto que los que exhibían sus convecinos. Entendí desde un principio que era enemigo de los colores agresivos; tanto como de los ruidos atronadores. A partir de los impresionistas, la historia de la pintura le parecía una pesadilla de borracho; a partir de Wagner, la música se había convertido en un disparate para sordos. Tenía un ramalazo tan clásico que al punto le consideré idóneo como mentor. Sin olvidar otro atributo fundamental: conducía con gran autoridad, como si hubiese nacido con el volante en las manos, y a mí siempre me habían excitado los conductores de descapotables lujosos. Para poner en términos más asequibles esta parcela de mi erotismo diré que Stephen, al conducir, inspiraba esa sensación de poder que sólo se consigue mediante el convencimiento de pertenecer a una clase elevada.

No diré que yo no tuviese vocación de siervo feudal dispuesto a dejarse deslumbrar por el primer conde que supiese imprimir un ritmo elegante al trote de su alazán. Y en esto se demuestra, una vez más, que cada uno se masturba como puede.

A aquellas horas de la madrugada los arrabales de Londres no eran en absoluto tranquilizadores. Los gigantescos bloques de hormigón, la suciedad de la atmósfera, el aspecto tétrico de estaciones donde iban a confluir infinidad de vías muertas, todo parecía formar parte de un inframundo que me intimidaba. Sólo entonces se me ocurrió pensar que corría algún peligro. Al fin y al cabo, había sido educado en la creencia de que un niño prudente no debe aceptar caramelos de un desconocido.

Mi inquietud no pasó desapercibida a Stephen.

—Pareces asustado. —Yo afirmé con la cabeza. Él se echó a reír—. Puedes estar tranquilo. No pienso arruinar mi situación social asesinando a un estudiante extranjero.

—De todos modos, puedes contarme cómo lo harías.

—A condición de que tú me cuentes cómo lo sufrirías.

Evidentemente, teníamos muchas cosas que contarnos.

Londres recuperó todo su encanto no bien llegamos a Chelsea. Estaba amaneciendo, y aunque el cielo se anunciaba antojadizo proyectaba una luz elegante que arrancaba al asfalto el tono de las perlas. King's Road aparecía completamente vacía, ofreciéndome una visión insólita, como si perteneciese a otro mundo. Para mayor deleite, Stephen sabía preparar desayunos como los que salen en las revistas que pertenecen a un mundo de gusto superior y, desde luego, ecléctico. Tanto es así que, entre sus *cofee table books,* destacaban soberbios ejemplares sobre castillos franceses, jardines italianos y objetos art déco. Pero, además, era suscriptor de la revista *Queens,* la de los esnobs con ínfulas de aristócrata. La que aconsejaba ser moderno sin incurrir en una modernidad que había elevado a los hijos de los proletarios a la categoría de ídolos públicos.

Lógicamente, lo que más me impresionó fue su discoteca, mucho más fabulosa de lo que él mismo había anunciado. Puede ser que me dejase llevar por mi primera impresión de paleto, pero en ningún lugar del mundo vi mayor cantidad de discos ni tan selectos; teniendo en cuenta que coleccionaba todas las versiones existentes de las grandes obras, no extrañará que el conjunto superase a la sección de música clásica de His Master's Voice, la macrotienda de Oxford Street que me había embelesado como respuesta musical al gigantesco emporio de los libros que era Foyle's.

Toda la vivienda estaba en función de la discoteca, que ocupaba una inmensa planta llena de estanterías de almacén cuidadosamente distribuidas, formando pasillos que se comunicaban entre sí. Sobre un apartado destinado a libros —los referidos a temas de arte y heráldica— se levantaba un altillo habilitado para vivienda. Seguía todas las reglas del confort, pero sorprendentemente no el que yo había aprendido a asociar con el carácter británico. De éste sólo quedaba la chimenea. El resto de la decoración correspondía a una especie de diseño industrial adecuado a las características de la planta baja. Todo tan moderno que diríase una osadía. Todo tan funcional como los aparatos de música que aportaban el último grito de la técnica a un mundo dominado por el genio clásico.

Como era de rigor, pusimos música para amenizar la preparación del desayuno. Teniendo en cuenta las conversaciones anteriores, no se me habría ocurrido pedir algo más fácil que Wagner, así que acabamos escuchando la grabación pirata de una histórica representación de *Tannhäuser*, con Victoria de los Ángeles en el papel de Elisabeth.

La gran Victoria era una de las adoraciones permanentes de Stephen y, aquellos años, una favorita del público inglés. Proceder de la misma ciudad que la diva me colocaba en un lugar muy adecuado, especialmente para la pedantería. Era necesario deslumbrar a quien me estaba deslumbrando con tantas cosas a la vez; así pues, rememoré para él mi pretendido arrebato cierta noche en que Victoria se lució como Aida en el Liceo.

De pronto, él se puso serio y, mirándome fijamente a los ojos, me espetó:

—¿Por qué pretendes ser lo que no eres, fingiendo saber lo que ignoras? Mira que esto es propio de advenedizos.

Tuvo que repetirlo. Su inglés era demasiado astuto para mis oídos pop. Su ironía, demasiado enraizada en una tradición que me excluía. Cuando al fin conseguí entenderle, comprendí que me estaba reprendiendo. No le había dado ningún derecho, pero me gustó que se lo tomase.

—¿Por qué me riñes? —pregunté, fingiéndome dolido.

—Victoria nunca cantó *Aida.*

—¡Qué tontería! Si canta Wagner, que es tan difícil, podría cantar perfectamente *Aida,* que es más fácil.

—No es un problema de dificultad, sino de registro.

Revolviendo entre los discos que tenía apartados en un lugar especial sacó uno de Victoria en la *Manon* de Massenet.

—Escucha bien y dime si concibes esta voz en un papel de soprano dramática.

Reconocí que tenía razón. No sólo en lo tocante a la melodía, sino también en las reconvenciones que siguieron. Me acusó de esnob sin práctica para serlo convenientemente. Me acusó de practicar la costumbre que él más detestaba: el *dropping names,* artimaña que utilizan los patanes para ir soltando nombres importantes sin base ni conocimiento, con el solo objeto de deslumbrar al contertulio.

De pronto, se interrumpió, cambiando el tono. Acababa de ponerse cariñoso.

—Es fantástico —dijo—. Te he dominado completamente sin necesidad de ponerte la mano encima.

—Es cierto —reconocí—. Y yo me he sentido más humillado que todos los cretinos de la subasta, porque has sabido encontrar mi punto débil y has clavado la daga hasta el fondo.

Fue el momento para iniciar una larga charla. Puso un acompañamiento musical tremendo, algo de Músorgski, creo recordar. Pocas veces encontraría a alguien tan dispuesto a escuchar mis fantasías. Si quería ganarme la vida como narrador, ¿qué mejor lugar que aquél para entrenarme? En realidad, era como si anticipase en veinte años el principio de una de mis novelas: «Quisiera ser el mendigo que cuenta historias en las puertas de los templos, el que fascina a los niños y hace que se detengan los caminantes, atraídos por tantas maravillas.»

Estas palabras, puestas en labios de un pintor cretense, pudieron haber sido las mías y también las de Stephen. Conseguí entusiasmarle con mis disparates; en cuanto a los suyos tuvieron el valor de excitarme en una medida que no había conocido hasta entonces. A su lado el marqués de Sade era un vulgar gacetillero. A mi lado Sacher Masoch era una pícara puritana.

Alguien podría decir que estábamos inventando el teléfono erótico; pero, naturalmente, a ninguno de los dos se nos ocurrió semejante vulgaridad; ni a Stephen, por refinado, ni a mí, por calculador. Ni siquiera en medio de la excitación podía dejar de pensar en mi aprendizaje. En aquel almacén de discos raros se hallaba encerrada una parcela muy importante del saber humano, y su acumulación era tan tentadora como todas las historias que me contaba Stephen. Lentamente, se iba adueñando de mí la necesidad de acercarme a la música como estaba haciendo con la literatura; quería entrar a saco en el santuario y salir de él debidamente programado para ser algún día el perfecto melómano. Detestaba el abismo que separa el conocimiento de la ignorancia y quería salvarlo de una vez por todas. Nada me angustiaba tanto como descubrir disciplinas cuyo significado se me escapaba. Y así, del mismo modo que cada día leía en voz alta para mejorar mi pronunciación, se me ocurrió que podía hacer lo mismo escuchando noche tras noche las piezas básicas de la historia de la música.

Resucité momentáneamente las grandes noches del Liceo, cuando abría los oídos de par en par no sólo a la música que me inundaba el alma sino a las opiniones de los entendidos, los que estaban capacitados para dotar de un nombre a cada inflexión de la voz; los que tenían autoridad para encumbrar, para ensalzar, para conceder. Era evidente que todos aquellos personajes de respeto confluían ahora en la persona de Stephen y yo estaba dispuesto a sacarle todos sus conocimientos como otros le hubieran sacado dinero de su cuenta corriente. Al fin y al cabo, tenía que rentabilizar mis habilidades de narrador.

—Sé lo que me estás pidiendo —dijo Stephen, tras escuchar mi petición de ayuda—. Debo decirte que me complace, porque el papel de maestro es el más agradecido que puede tocarle a alguien que, como yo, se ha pasado la vida aprendiendo. ¿Qué etapas quieres conocer? ¿Qué autores?

—Todas. Todos.

—Necesitarías años, y yo debo partir para Nueva York dentro de dos meses.

No era la excusa que suele darse para evitar que un ligue se prolongue más de lo necesario. Se iba a Estados Unidos con fines muy precisos. Además de establecer contactos para las asociaciones de cuyos comités formaba parte, debía impartir una serie de conferencias por distintas universidades, y la experiencia podía prolongarse otros dos meses.

Pero un pícaro de ley sabe que su fortuna no puede depender de un largo futuro; que el instante inmediato es lo único que cuenta. Así pues decidí que alguna lotería providencial me había obsequiado con una fantástica estancia en el lugar que yo eligiese. Y yo elegí el *loft* de Stephen o, mejor dicho, su discoteca.

No volví a aparecer por la cocina de La Casserole, ni siquiera me puse en contacto con Carlitos durante la primera semana de mi ausencia. Le mandé una nota asegurándole que estaba vivo y otra a Jaime, pidiéndole que no alquilase mi habitación. Al fin y al cabo, otro de los atributos del pícaro es el de tener en cuenta que nadie sabe lo que puede depararnos el mañana.

No era difícil encontrar una excusa para quedarme con Stephen. Necesitaba a alguien que le ordenase los papeles y pusiese al día el catálogo de la discoteca. Cierto que para estos menesteres habría podido encontrar a una agradable solterona con más práctica que un vulgar friegaplatos, pero también necesitaba un contertulio capaz de descender con él hasta los dominios más secretos de su sexualidad, y en este descenso sólo yo podía acompañarle. Por otra parte, nadie como él podía instruirme debidamente en los misterios de la música, en todos los conocimientos que un chico podía necesitar para olvidarse de que nació en los aledaños del Peso de la Paja, donde nunca llegaron a fluctuar los divinos acordes de Mozart.

Permanecimos varios días sin salir o saliendo poco de casa. Vivimos entregados a la narrativa oral y a la audición de las obras de los grandes maestros. Y así, día a día, noche a noche, fui penetrando en los dominios de la felicidad. Por cierto: la única penetración que aquella casa había visto en todos sus días.

Era sintomático que sólo entre los extraños del mundo no me sintiese yo un extraño en el paraíso. O, cuando menos, no completamente.

LLEVÁBAMOS VARIAS NOCHES ESCUCHANDO piezas sinfónicas de César Franck, *concerti grossi* de los venecianos, música sacra de Bach, *Gymnopédies* y *Gnossiennes* de Satie y todo cuanto mi humilde oído estaba dispuesto a captar y mi engreído cerebro a digerir.

Y llegaba la ópera como un dulce reposo, pues así consideraba Stephen al género entero: una pausa frivolona entre partituras más exigentes, una deliciosa travesura entre empeños más vastos en la historia de la música. Lo cual no evitaba que fuese un coleccionista ferviente de grandes voces, con especial predilección por las del pasado: «las históricas», como él las llamaba. En este aspecto las estanterías destinadas a recitales eran un joyel dentro del gran tesoro que era la discoteca. Tuve suerte. Sólo allí y sólo bajo la atenta tutela de Stephen podía acceder a las grabaciones de los años veinte de artistas como Rosa Ponselle y Lotte Lehman que, según me contó, eran las adoradas de Maria Callas, quien a su vez era su diosa privada.

También era importante el apartado de grabaciones piratas, un nuevo mercado que empezaba a prosperar en las tiendas de coleccionismo. Eran cintas que algún aficionado grababa durante la retransmisión radiofónica de una ópera o un concierto. A causa de su deficiente calidad, las desprecié entonces, pero los años me han revelado su incalculable valor: al pasar, después, a los discos llamados de «música viva», esas grabaciones de aficionado nos han permitido conservar momentos únicos de los grandes intérpretes en ese milagro intransferible que es la actuación en directo.

Voces históricas más oídas en aquellos días: Caruso, Alma Gluck, Lauritz Melchior, Amelita Galli-Curci, Lucrezia Bori —¡qué sorpresa, era valenciana!—, Toti dal Monte...

En la búsqueda de esas perlas raras, Stephen se mostraba insaciable, y era tal su entusiasmo que consiguió transmitírmelo. A la semana de conocernos me había convertido en su compañero de cacería, que no de otro modo debe llamarse al recorrido por una serie de tiendas especializadas en material discográfico antiguo, piezas únicas y grabaciones piratas. Me asombraba la cantidad de dinero que Stephen era capaz de dejarse en aquellas tiendas, lo cual explica el respeto con que le consideraban sus propietarios, interesados en colocar a precios desorbitantes artículos que habrían obtenido a precio de saldo en la desocupación de un piso o de los herederos de algún coleccionista difunto. En cualquier caso, no me conviene criticarlos ni criticar a Stephen, porque es la misma trampa en la que caería yo tres décadas después, cuando me convertí en empecinado coleccionista de material cinematográfico.

Frecuentábamos una tienda musical de Bloomsbury, y al salir solíamos pasear por las calles y plazas más tranquilas del barrio. Él me contaba anécdotas de Virginia Woolf y su amena pandilla, y aunque no recuerdo si había comenzado la moda Bloomsbury, hablaba de todos ellos con la familiaridad de quien cuenta historias conocidas desde la cuna. Luego pasábamos por las calles adyacentes al British Museum y, en atención a la paciencia que yo había demostrado en la casa de discos, me permitía desahogar mi curiosidad en las librerías de lance. Debo decir que no había el menor rastro de inocencia en mis intenciones, porque siempre acababa regalándome algún que otro libro y yo procuraba que fuese de las últimas novedades; libros que, por ser edición de tapa dura, eran prohibitivos para mi bolsillo. Creo que me compró lo más reciente de James Baldwin, *Another Country,* que llegaba de América con fama de escandaloso. Para desintoxicarme me llevó a ver una adaptación teatral de *Las alas de la paloma,* de James, interpretada por Susannah York. Después, me regaló la novela y, aunque no me llegaba aureolada por escándalos y prohibiciones, fue una experiencia más excitante que todas las demás.

Paseábamos un día hablando de las inefables sensaciones que produce la cultura, ciñéndome yo a los libros y él a la música. Llegamos a la conclusión de que una buena experiencia artística era tan importante como un orgasmo satisfactorio, y yo bromeé, diciendo:

—Será por eso que a mí la cultura siempre me llega por la bragueta.

—Nada que oponer. Los caminos de la cultura son inescrutables.

—Como los del Señor —dije.

—Como los del sexo.

No hacía falta que lo aclarase porque nuestra realización erótica se parecía mucho a la cultura, aunque en un estadio tan primitivo que ni siquiera necesitaba la existencia del alfabeto. Es bien cierto que nunca acabamos de conocer el verdadero alcance de nuestras peculiaridades. Las mías de aquellos tiempos quedaban concentradas en la excitación del aprendizaje y el orgullo de compartir mis experiencias con un crítico de una cultura elevada, exigente y bien considerado desde un punto de vista social. En cuanto a las peculiaridades de Stephen, se me iban revelando de manera gradual y resultaban menos perturbadoras de cuanto había supuesto. En realidad no era lo más *kinky* que podía encontrarse en Chelsea. Exceptuando su extraordinaria capacidad para alcanzar el placer por transmisión verbal, sólo tenía un fetichismo digno de destacar: le excitaban los jovencitos vestidos como un *gentleman,* y aun de la manera más convencional. Comprendí entonces por qué me había elegido. A la postre, su modelo erótico resultaba ser una réplica exacta de sí mismo.

En realidad le ocurría lo que a mí: también él necesitaba un hermano gemelo, el espejo en quien verse reflejado como garantía de excitación. En cuanto comprendí este detalle, me apresuré a adaptarme a sus gustos con el propósito de no perder mi lugar de privilegio en aquel paraíso.

No podía ser ni un inmigrante ni un moderno. Tenía que parecerme al duque de Windsor, lo cual no deja de ser divertido si se piensa que antes de llegar a Londres sólo sabía que este nombre y su título pertenecían a un nudo de corbata.

Por otra parte, Stephen nunca ocultó que necesitaba desesperadamente una compañía, alguien que le siguiese en sus salidas a la ópera y a los conciertos, así como en cenas y comidas con gente de la pequeña nobleza y periodistas de alto *standing*.

Pensé que su soledad debía de ser muy grande, porque pocos jóvenes mínimamente elegibles se habrían prestado a interpretar este papel con alguien que, después, no respondía en la cama.

De vez en cuando yo pasaba por el World's End para recoger la correspondencia. Como solían ser horas laborables en los restaurantes de Chelsea, no podía coincidir con Carlitos, que estaría fregando platos en su cocina de La Casserole; pero en cierta ocasión mi visita coincidió con su jornada de asueto, y allí estaba él, frente al espejo, vistiéndose de cowboy para irse al Gigoló, a vivir sus mejores horas.

Las mías escapaban a su comprensión. Era lógico: iba vestido de gris marengo, y llevaba, además, chaleco y corbata. Más formal, imposible.

—¿Dónde andas que no se te ve? —preguntó Carlitos, cogido por sorpresa.

—Estoy aprendiendo música.

—¿Y de qué vas vestido? ¿De entierro, de boda o de primera comunión?

—Voy de Covent Garden.

—¿De mercado?

— De ópera. Bueno, hoy dan ballet.

Le conté cómo había sido mi vida durante las dos últimas semanas. Él me escuchó con evidente complacencia, unida a la complicidad que produce el saber que todos acabamos cayendo en la misma trampa.

—Pues menos mal que has encontrado un pagano, porque lo que es en La Casserole lo tienes negro. La burra del *manager* ha dicho que no se te ocurra acercarte. Estás despedido. Y lo peor es que ha estado a punto de despedirme a mí por ser tu amigo.

Me encogí de hombros. Aquel despido me producía todo el placer del mundo. ¿Qué hubiera dicho un vulgar *manager* de La Casserole si hubiese visto que un crítico famoso y distinguido me estaba esperando con el coche en la puerta para ir a ver *Giselle*?

Cuando el coche ya estaba batallando por abrirse paso entre el caos de King's Road, Stephen me comunicó los planes de la noche.

—Después del ballet cenamos con unos amigos. Son gente de clase. Tienen el verdadero *chic* londinense, no como toda esta fauna de horteras que está arruinando la tranquilidad de Chelsea. A propósito, espero que no te molestes si he tomado una pequeña precaución que te incumbe.

—¿No me habrás comprado un bozal? Te advierto que aunque sea español no muerdo.

Él se echó a reír.

—Pruébalo algún día, tal vez resulte excitante. Pero déjame terminar. Mis amigos son *high class*, luego de moral retrógrada. Lo más parecido a una historia entre hombres que han conocido es la pareja Stan Laurel-Oliver Hardy. Tengo que justificar tu presencia, porque se repetirá a menudo. También es preciso justificar tu acento, que es muy bueno pero no *completamente* británico. Así pues, les he dicho que eres el hijo de mi hermana, la que vive en Madrid.

La esposa de un alto cargo de la embajada británica, como sin duda sabrás.

—No tenía la menor idea. Pero ¿qué tiene que ver esto con mi acento?

—Naciste y te educaste en Madrid, luego es lógico que tengas ciertas deficiencias. Por ejemplo, ese arrastre al pronunciar las eses.

—Esto no tiene nada que ver con mi acento —dije, en tono ofendido—. Es el frenillo. En Barcelona lo llamamos «hablar sopas». Cuando estudiaba para actor (con el método Stanislawsky, no vayas a pensar) me dijeron que si no me operaba el dichoso frenillo nunca llegaría a hablar bien, pero a mí me asustan los quirófanos, así que me negué, en perjuicio de mi carrera.

A él no parecieron interesarle mis intentos de ser actor. Más bien parecía repugnarle una profesión tan baja, porque desvió rápidamente la conversación.

—Tomaré buena nota de tu defecto. Puede ser conveniente explicarlo.

—Explica, explica. De todos modos, son fantásticos los parentescos que me salen últimamente. Un hermano fantasma y un tío fantasmón. De verdad, ¿no sería más fácil decirles que soy tu secretario?

—Es posible, pero te aseguro que sería menos divertido. No te esconderé que me excita la idea de tener un sobrino que puede doblegarse ante mi poder de adulto y al mismo tiempo doblegarme a mí gracias al poder que sólo tenéis los jóvenes... —De repente, se puso serio—. Raymond: ahora eres mi sobrino, pero piensa que cuando regresemos a casa puedes ser mi hijo. Nada me excitaría tanto, así que échale imaginación.

Acabábamos de iniciar una nueva andadura. Pasaba de ser el Ramonet de la calle de Ponent a un Raymond nacido en la embajada británica de Madrid.

Colocada la mentira, sólo faltaba que los amigos de Stephen aprobasen mi atuendo y hasta mi conducta. Pero lo que en verdad tenían que aprobar era mi capacidad de actor, y como me había pasado la adolescencia ensayando delante del espejo, me complacía en gran manera desarrollarla ahora frente al inmenso juego de espejos que Stephen iba colocando a mi alrededor.

Cierta noche, después de un concierto en la parroquia de Saint-Martin-in-the-Fields, comprendí que me estaba poniendo a prueba. Me llevó a cenar al Savoy, un hotel que en los años treinta había sido centro de reunión del gran mundo, y el tiempo había desplazado de la moda para dejarlo convertido en una especie de reliquia. Pero algunos exquisitos seguían apreciando sus posibilidades de privacidad, y en las recomendaciones de la revista *Queens* se aconsejaba su *american bar.*

Aunque Stephen me había prevenido contra el abuso del *dropping names,* busqué en algunos números atrasados de la revista los nombres de personas y lugares que quedaba de buen tono citar. Mientras no se me ocurriese decir que había estado almorzando con lady Antonia Fraser —una de las mejores anfitrionas de Londres— todo quedaba plausible.

En cuanto a Chelsea, sólo quedaba bien decir que había visto a la actriz Sarah Miles paseando a su perrito *Addo.*

Inicié un cuaderno de bolsillo al que titulé *Social Learning,* aunque podría haberlo titulado con igual propiedad «Aprendizaje de la Tontería».

Aquella noche, los amigos de Stephen se esforzaron especialmente en que me sintiese cómodo.

—Resulta, pues, que los españoles pueden hablar un buen inglés. Congratulémonos. Esto no se había visto desde los tiempos de Philip the Second.

—¿El rey Felipe hablaba inglés?

—Su embajador, sin duda. Lo que es seguro es que Gloriana no hablaba español... —Se detuvo un instante para añadir, en tono didáctico—: es el seudónimo poético de la reina Isabel en la obra de Lytton Strachey, pero al mismo tiempo es la reina de las hadas en la obra de Spencer. No creo que usted lo ignore.

En casos así, me apresuraba a mentir descaradamente.

—Por supuesto que no. Todo el mundo sabe *eso* en España.

Y apuntaba rápidamente en mi cuaderno: «Spencer-Gloriana-Elizabeth Regina.»

De este tipo de conversaciones se entenderá que los pícaros siempre van pillando algún conocimiento a medida que ejercen su oficio. No ocurría así cuando los comensales se ponían cotillas y recurrían al incesante picoteo en temas referidos a su círculo de amigos. En este apartado no había nada que aprender y sí mucho que mentir.

Tenía que hacerlo cuando alguno de aquellos personajes me preguntaba por mi presunta mamá, la esposa del alto cargo de la embajada británica en Madrid. En algunos casos, se me escapaba el recuerdo de mi madre verdadera, la señora Angelina de la calle de Ponent.

—Mamá está fantástica. Se parece cada vez más a Lana Turner.

Una señora se volvió hacia Stephen con expresión de extrañeza:

—¿Pues no nos dijo usted que su hermana es morena?

Stephen me dirigió una mirada asesina. Me divertía verle en un apuro, pero le saqué rápidamente de él gracias a las revistas de cine de los años cincuenta y sus anuncios espectaculares.

—Se parece a Lana de morena en *Brumas de traición* —aclaré—. Acuérdese de los anuncios: *«Lana much more exciting now as a brunette.»*

—Es cierto —dijo una señora muy emperifollada—. Esas mujeres yanquis se tiñen y destiñen con una facilidad asombrosa. Al contrario de nuestras grandes artistas. Sin ir más lejos, dame Edith Evans sólo se tiñó para hacer de lady Bracknell en *La importancia de llamarse Ernesto.* Y apenas un mechón.

Enumeró una larga lista de *dames* de la escena británica que nunca se habían teñido. Y a mí se me escapó una sonrisa malévola que sólo Stephen percibió, porque gracias a la mitomanía las conocía a todas, y esto es algo que aquellos honorables isleños no habrían supuesto a un español, ni siquiera a un europeo. Tan conscientes eran de que parte de su grandeza se les había quedado de puertas para adentro.

A Stephen le encantó que yo estuviese en posesión de referencias tan británicas, y sobre todo tan añejas. De todos modos, cuando ya estábamos cómodamente instalados en casa, comenté:

—Van a pensar que soy mayor que tu hermana; es decir, la que se supone que es mi madre.

—Esto no debe preocuparte. Nadie la ha visto.

—¿Tan niña se fue a Madrid?

—Tan niña como que ni siquiera nació.

—No me dirás que tu hermana no existe.

—Tiene que existir porque existes tú. Sólo por eso.

Algo estaba ocurriendo en aquella casa, algo que excedía a todas las posibilidades de excitación pretendidas por un par de visionarios del sexo. De repente, recordé un descubrimiento que me había turbado profundamente cuando crucé el umbral de la adolescencia. Era el juego de las máscaras, esa continua travesura reservada a los humanos para encubrir su verdadero ser tras una serie infinita de capas.

Yo sabía que el juego de las máscaras puede ser criminal, porque nos veta el único camino capaz de llegar al verdadero afecto, como también a la verdadera repulsión. Y como sea que yo necesitaba saber de una vez dónde empezaban mis límites, emplazé a Stephen a una conversación que pretendía definitiva. Vano intento, pues nada puede haber definitivo en el mundo de las máscaras.

Él se disponía a ocupar su lugar en el escritorio. Como tenía que escribir sobre el ballet que acabábamos de ver, puso una vieja grabación de *Giselle*, pero dos audiciones en una misma noche era más de lo que un enemigo acérrimo del ballet como yo estaba dispuesto a soportar.

—Quita esta música tan cursi —dije yo, en tono imperativo.

—Te recuerdo que tengo que entregar mi crítica por la mañana.

—Pero antes quiero hablarte, y esta mariconada no pega con lo que quiero decir.

Puesto que era mi papá adoptivo me senté en sus rodillas ante su visible complacencia. Sólo me faltaba el babero, el chupete y un tazón de Cola Cao.

—Siempre hemos hablado de fantasías, pero no me has permitido llegar al final. Aquella noche, cuando viste a Carlitos cargado de cadenas, no te equivocaste: era yo quien debía estar allí. Veo que no te extraña. —Él asintió con la cabeza—. Los papeles se invierten, y yo soy el primer sorprendido. Para Carlitos esto era un juego más, sin consecuencias, porque es un ser vital; para mí habría sido una necesidad angustiosa, porque soy un cobarde ante el sexo y, seguramente, ante la vida.

—Es una fantasía como cualquier otra. Si quieres, la ponemos en práctica.

—Es más que una fantasía. Entiéndelo de una vez: no basta con cadenas ficticias, tampoco se trata de un disfraz. Desde niño he esperado a alguien que se imponga sobre mí y me enseñe a obedecer. Necesito que alguien mate de una vez al maldito niño que llevo dentro.

—Pero este niño es lo mejor de ti mismo.

—Manteniéndolo, me estás perjudicando. Nunca me he tenido por una persona normal, ni siquiera deseo serlo, tal como está el mundo; pero, francamente, debe de haber un término medio.

Recordé la canción de Alexander: *Dont't fence me in*; volví a escuchar mis propias palabras, pretendiendo que nadie levantaría vallas que cercasen mi libertad. Pero Stephen no podía captar mi mensaje y, así, se convertía en el hombre dispuesto a ponerme todas las barreras.

De pronto, se apartó con visibles muestras de desagrado:

—Necesitas que te traten como un perro, pero te has equivocado de casa. Búscate a alguien que sepa hacerlo. Búscate a alguien que funcione. O, mejor aún, búscate un buen siquiatra.

Le abracé, suplicando su ayuda, algún acto extraño que, por el solo hecho de serlo, estaba más allá de mi entendimiento. Como sea que éste no respondía, busqué compensación en las de mi paternal amante y en el tono enternecido de su voz:

—Estás hecho un lío —decía—, pero en el fondo sólo tienes miedo de ti mismo. Aunque te pese, continúas siendo un niño.

Puesto que era irremediable, opté por aprovechar todas las ventajas de una situación que comprendía al hijo, al discípulo y, ¿por qué no?, al mantenido. Pero como éramos narradores por encima de todo, continuamos inventando historias descabelladas que alternábamos con vetustas grabaciones de las divas de ayer. Así, las fantasías del sexo oculto y los espectros del arte sublimador nos arrollaron día a día para descrédito de la verdad y escarnio de la razón.

FUE UN VERANO MUY AGITADO para Stephen porque lo habían nombrado miembro del consejo de un importante festival de música y esto, unido a los cargos que ya ocupaba en otros comités, lo mantenía en movimiento continuo. Como pasaba el día fuera de casa, yo aprovechaba para saciar mis sueños de cinéfilo, sueños que él no habría secundado porque su afición al cine terminaba con las filmaciones de óperas y ballets o asuntos relacionados con estas disciplinas: *Las zapatillas rojas*, *Los cuentos de Hoffmann* y cosas por el estilo. Como mucho, podía arrastrarle a ver alguna adaptación literaria cuyo prestigio estuviese en el texto original y no en el resultado.

Durante aquellos días recorrí la geografía londinense en busca de cines de repertorio —los *classics*— donde podía encontrar tanto títulos de cine «de arte» como de cine de la emoción, es decir, viejas películas que amé en la infancia y no había vuelto a ver desde entonces. También para los ingleses era la época del redescubrimiento del cine antiguo, y en este sentido había constituido un triunfo insospechado la reposición, un año antes, de viejos títulos de Greta Garbo que no habían tenido circulación en los últimos diez años y, por tanto, permanecían desconocidos para toda una generación de cinéfilos. Se dio el ciclo en un cine de la Metro Goldwyn Mayer, el Loew's de Leicester Square, y tanto los cinéfilos como los amantes del camp aprendieron a llorar con estilo (algo así había apuntado el crítico John Freeman: «Entre los excesos melodramáticos de *Margarita Gautier*, Garbo destila más feminidad, más humanidad, más belleza que todo cuanto la generación de la posguerra ha podido ver en la pantalla. Emergiendo de su eclipse, ella vuelve a revelarse como la más refulgente de las estrellas, sobre todo en comparación con la inconsistente galaxia de chicas monas y vulgares que la han sucedido. La otra tarde murió en medio de un silencio estremecedor, roto sólo por el llanto de dos mujeres muy jóvenes... Mi generación había sido reivindicada. Por lo menos, sabíamos derramar una lágrima...»).

Era curioso: esos ingleses se tomaban el retorno del cine antiguo en términos de lucha generacional. Era como poner tintes intelectuales a la conocida retahíla de mi madre y otras vecinas de la calle de Poniente, cuando decían:

«Ahora ya no se hacen películas como las de antes, ni hay artistas como Clark Gable y Joan Crawford, ni presentaciones tan lujosas como en las películas de Greer Garson...»

El triunfo de la Garbo obedecía a algo más que una moda. Era la consigna de que convenía mirar atrás, y la revista *Films and Filming*, de clara inspiración gay, potenciaba mensualmente esas miradas a base de artículos sobre los grandes mitos del pasado, con títulos tan altisonantes como «How good was Garbo?», «Where are all the stylists gone?» o «Joan Crawford, forty years a queen». No sé quién sería más reina, si Crawford o los redactores de la revista, pero ésta debió de producirme un impacto más duradero de lo normal, porque retuve el título de muchos de sus artículos hasta que un venturoso donativo de Ventura Pons me permitió poseer la publicación coleccionada durante varios años, recuerdo de mi juventud londinense y al mismo tiempo de un momento irrepetible del cine que tanto amamos. Al examinar ahora esos volúmenes descubro que algunas fotos aparecen manchadas de café con leche, señal de que me han acompañado en muchos desayunos.

Seguía el ayer de los demás formando un carrusel que me envolvía, enseñándome muchas más cosas de cuanto el presente podía suponer. En algunas ocasiones la nostalgia servía de alimento del intelecto, como aquella mañana de domingo en que el cine Odeon dejó de proyectar durante unas horas los desmanes de James Bond para iluminarse con las geniales intuiciones de *Intolerancia*, la gigantesca locura de Griffith que yo sólo conocía fragmentada en las deficientes proyecciones de algún cine-club. Pero Londres sabía mucho más, y la epopeya renacía en copia nueva, proyectada sobre pantalla gigante y, además, acompañada por un lujoso órgano que había sobrevivido a los tiempos del cine mudo. Y para satisfacer a los nostálgicos más senectos apareció en persona una anciana que resultó ser Bessie Love, la actriz que en el episodio «La caída de Babilonia» interpretaba el pequeño papel de la novia de Canaán. Habían pasado cincuenta años y la visión de la joven retozona, maquillada según los usos de los años veinte —que en los sesenta nos parecían cómicos— desentonaba con aquella entrañable señora que no pudo reprimir unas lágrimas de emoción; pero más desentona en el momento de escribir estas líneas, cuando leo en la prensa que Bessie Love ha muerto olvidada. O más de lo que estaba ya en aquel año de 1964, tan lejano en la historia como el 1915 de *Intolerancia.*

El cine vuelve al ataque. Mezcla fechas, combina datos, ensombrece certezas, anula voluntades. Y sólo queda la conmovedora certeza de que las sombras de la pantalla continúan acompañándome ahora y siempre y por todos los milenios de la memoria.

La gloria donde Griffith se instala con derechos de genio era resucitada continuamente en otras programaciones del verano londinense. No hacía falta remontarse al cine mudo: en un local de Oxford Street los *«enfants du Paradise»* alternaban con las deliciosas cursiladas que pueden entonar los marinos de Rodgers y Hammerstein cuando se van a hacer la guerra al sur del Pacífico. Era una melodía típica de los años cincuenta que encontraba su correspondencia en el Loew's de Leicester Square, donde se hospedó durante varias semanas la maravillosa fanfarria del musical Metro en todas sus épocas. ¿Qué deidad fue tan bondadosa que me arrastró de nuevo a los lejanos sueños del Peso de la Paja? Como si el tiempo no hubiese retrocedido, mis amigos de ayer invadieron Londres, y así volvieron a ser divinamente cursis Jeanette MacDonald y Nelson Eddy, así saltaron enloquecidos los siete hermanos que creyeron en la posibilidad de representar a las Sabinas en las personas de siete novias típicamente yanquis; Judy, en el momento más florido de la juventud, volvió a convencernos para que la visitásemos en Saint Louis, y la niña Margaret O'Brien volvió a llorar por lo que hemos llorado todos los extraños del mundo: porque se iban perdiendo para siempre en el tiempo sus *happy little Christmas...*

—Ostras, Carlitos —exclamé un día—. Sólo ha faltado que pusiesen *Kim de la India.*

—Pero Kim no bailaba.

—Porque no quiso. Si le hubiese dado por levantar la pierna, ni Gene Kelly, chico, ni Gene Kelly...

Estos dulces sucesos habían tenido lugar en el centro, pero no me los hubiera perdido aunque hubiesen acontecido en la lejana ciudad de Liverpool, donde, además, hubiera podido visitar la casa natal de alguno de los Beatles. Seguramente por error, dicho sea de paso, porque esos muchachos pertenecían a otro sueño y a mí no me quedaba tiempo para aprender sus reglas.

Mientras yo realizaba interminables viajes para obtener mi ración cotidiana de celuloide, Stephen seguía con sus trabajos, que siempre le permitían pasarse a última hora por la tienda de Bloomsbury en busca de alguna novedad.

Y estaba tan satisfecho de haberme contagiado su afición que, al llegar a casa, exhibía sus adquisiciones como si fuesen regalos para mí.

—En recompensa por lo bien que has ordenado mis libros, voy a hacerte inmensamente feliz: ¡he rescatado una grabación muy rara de Melba!

—Seguro que te habrá costado la luna.

—La luna y todos los planetas. Tanto es así que ya no puedo llevarte a Amsterdam como te había prometido.

—Entonces, maldigo a esa Melba que, además, tiene nombre de helado.

Pero fuimos a Amsterdam de todos modos, porque dirigía Von Karajan y dos días después se estrenaba una nueva producción de *Lohengrin.* Y todavía pescamos un concierto en el Vondelpark. Aunque Amsterdam todavía no era el impresionante centro de concentración juvenil que sería a finales de la década —los hippies no llegaron hasta 1967—, destacaba ya por su atmósfera permisiva que para mí hallaba su máxima expresión en la libre circulación de pornografía. Esto sí que era una novedad absoluta, y mi condición de *voyeur* se sintió saciada, ante la firme oposición de Stephen, como era de esperar. No recuerdo si en aquella época habría muchas *porno-shops,* pero las que había distaban de ofrecer la decoración del Savoy, de manera que el heredero de Brummell sintió un rechazo instantáneo, en nombre del buen gusto.

Yo deseaba quedarme a solas para lanzarme al descubrimiento de aquel universo oscuro y prohibido que se anunciaba con rótulos sospechosos en las tiendas de la Zona Roja. Por suerte para mis expectativas, daban en algún cine una versión del ballet *La bella durmiente,* perpetrada por los soviéticos en una época en que les dio por asombrar al mundo con muestras de un *kitsch* pretendidamente artístico. Aunque Stephen había visto la película en Londres, no podía pasar un día sin música, ignorando que yo quería dejar transcurrir los míos sin caer en los peligros visuales del Sovcolor. En otras circunstancias me hubiera resignado a acompañarle, porque la música de Tchaikovski puede con todas las consignas estéticas del Kremlin, pero aquel día estaba obsesionado por recorrer las *sex-shops* que quedasen cerca del hotel, de manera que improvisé una excusa debidamente artística: algo así como visitar las restauraciones de la Sinagoga Portuguesa. Así pues, quedamos citados para la noche en el restaurante del Grand Hotel, uno de los preferidos de Stephen a causa de su decoración art déco milagrosamente conservada.

Corrí literalmente hasta la Zona Roja con el secreto propósito de aspirar el aroma a vicio en todas sus manifestaciones. En alguno de los canales aparecían las famosas vitrinas, con las putillas cómodamente sentadas en su butaca a la espera de que alguno de los hombres que las contemplaban desde el exterior se decidiesen a convertirse en clientes. Yo pasé de largo, poniendo una excusa digna de Alexander: los interiores donde se exhibían aquellas señoritas eran de un mal gusto pavoroso. Podrían haber sido varoncillos y mi reacción habría sido exactamente la misma.

Muy distintas eran las imágenes que me atraparon en la angosta cabina de la *sex-shop*. Este espacio particular, único, ganó mi voluntad dando al acto solitario su sentido más genuino. La privacidad absoluta, la estrechez del espacio favorecía una fascinante relación entre mis ojos y la intimidad de los demás: era como sentirme dueño del sexo ajeno, espectador y agente al mismo tiempo, testigo y reo pero, por encima de todo, soberano absoluto de mi propio placer. Y ni siquiera me detuve a pensar que aquella experiencia me alejaría un poco más de los mortales porque bastante me habían alejado de ellos los gallardos paladines del cine de los sábados.

Sí pensé, en cambio, que mientras ganaba parcelas de libertad dejaba de percibir la inquietante comezón del misterio, que tan gratos delirios me había procurado a lo largo de mi vida. ¿Qué sería de los fetichismos de antaño, los ingenuos pretextos que obligaban a los atletas a disfrazarse para compensar la imposibilidad de mostrarse en desnudez total? La era del *posing strap* —el suspensorio, como lo llamaba Gil de Biedma— quedaba definitivamente obsoleta una vez los penes se ofrecían en libertad absoluta y se ponían a actuar como el más consumado de los intérpretes. Cualquier *atrezzo* era innecesario: el casco de centurión romano, el penacho de plumas del indio comanche, la gorra de motorista, nada de esto importaba ante los grandes primeros planos de penes taladradores y vaginas prestas a las emergencias más inverosímiles. Y también quedaba antiguo que dos jovencitos se pusiesen a luchar cuerpo a cuerpo para sugerir un contacto entre ellos, y quien dice jovencitos dice varón y hembra o dos doncellas a la vez y hasta cinco. No negaré que tanta prodigalidad ilusionaba, pero aquellos sexos, aislados del cuerpo y potenciados por el cuidadoso espionaje de la cámara, no llegaban a alcanzar el Olimpo. Actuaban, eso sí, muy bien (*que bé treballen!*, habría dicho la tía Florencia), pero una vez pasada la novedad, desearíamos volver al misterio, y, así, las revistas del *posing-strap*, que habían provocado tantos sueños húmedos a los honestos masturbadores de los años cincuenta, acabarían convertidas en material codiciado por coleccionistas y nostálgicos.

Es posible que, en el fondo, la pornografía sólo me interesase porque mostraba lo que yo nunca sería capaz de hacer. Y, todavía más en el fondo, estaba convencido de que alcanzaría mi mejor realización intercambiando con Stephen historias cada vez más singulares. Entre ellas la que estábamos viviendo los dos.

Una vez experimentado el placer de la cabina, me dispuse a descubrir junto a Stephen los aspectos más encantadores de la dulce Amsterdam. Había algo tan entrañable en aquella ciudad que la juzgué sacada de un cuento de hadas, con cientos de simpáticos gnomos navegando por los canales sobre pequeñas hojas de loto que despedían chispas de estrellas. Nos gustaba contemplar el interior de las casas, tan primorosamente decoradas que parecían sacadas de una revista de decoración para amantes del estilo clásico. Nos perdíamos por los canales más dispersos, cruzábamos los puentes apostando a que cada paso nos conducía a islas distintas y todas exóticas, a archipiélagos separados de cualquier continente donde imperase la realidad. Y era como si ésta hubiese dejado de existir porque cada vez que intentaba imponerse la rechazábamos entrando en algún anticuario o perdiéndonos en las mejores salas de un museo. Fue en esas fechas cuando decidí que o me enamoraba de Vermeer, o no tenía perdón de Dios. Y aunque quise ser pedante decidiendo que Rembrandt estaba «superado», tuve que bajar del burro y reconocer que Dios se posó un día sobre sus lienzos para no irse jamás.

Dedicamos una mañana sólo a Rembrandt, porque Stephen opinaba que era nefasto combinar a varios pintores, pasando de un estilo a otro sin quedarse a la postre con ninguno. Y aun dentro del colosal legado de Rembrandt, me sugirió concentrarme en unos pocos lienzos, los más apropiados para afectarme desde un punto de vista emocional. Vimos así a la pareja de novios judíos, cuyos ojos, tristes y acuosos, me recordaron la mirada de Alexander, pero Stephen me indicó que reparase con mayor atención en la faz de Titus, el hijo del pintor, cuya profunda tristeza se convirtió en un misterio que nunca he conseguido desentrañar. Y al hallarnos frente a la escena en que Jeremías llora por la destrucción de Jerusalén, Stephen hizo prodigios con las manos para mostrarme, en el aire, el recorrido de la luz y los detalles de las pinceladas, que permitían crear, en un segundo término impreciso, el ensueño de la catástrofe.

Ante aquel alarde de conocimientos técnicos no pude por menos que exclamar:

—Pero ¿qué pasa? ¿Es que, además, entiendes de pintura?

—De pintura, sí. De lo que no entiendo es de Andy Warhol.

Del mismo modo que cuando al ser preguntado si le gustaba la música contestaba:

—La música mucho. Schoenberg nada.

Stephen, que había estado varias veces en Amsterdam, fingió sorprenderse conmigo ante cada nadería que íbamos encontrando: desde un espectáculo frívolo hasta una plantación de tulipanes o un restaurante indonesio. Y aunque siempre se había hospedado en el hotel de l'Europe, fingió también descubrir cada uno de sus rincones, como si fuese un neófito que justificaba, con su alborozo, mi escandalosa bisoñez. Y en última instancia también le gustó nadar entre las columnas de la piscina cubierta, como si estuviese resucitando imágenes de la Europa en que sin duda le hubiese gustado vivir. Una Europa donde la belleza sólo pertenecía a unos pocos, pero era belleza de calidad.

Cuando regresé a Amsterdam, nueve años después, la ciudad había culminado su mito como emporio de la juventud. Llegué con Luis Racionero, que había vivido los agitados años de Berkeley y escrito algunos textos sobre las mitologías de la época. Llegábamos como culminación de un inolvidable viaje «de arte» que nos había llevado por varios puntos de los Países Bajos, picando un poco de Van Dyck y un mucho de Rubens, con énfasis especial en las zonas monumentales de Brujas, Amberes y Gante porque en aquellos días Racionero alternaba sus coqueteos contraculturales con las incursiones en la cultura superior que caracterizarían su etapa definitiva. Su chica de entonces —una estupenda doctora wagneriana llamada Carmen Iglesias— nos descubrió que en Brujas se hallaba una *Pietà* de Miguel Ángel, pero este descubrimiento insospechado no consiguió ofuscar a los que nos esperaban en Amsterdam, todos relacionados con nuestra época y sometidos a las locas pulsaciones de sus hijos más díscolos. En el 73 ya no era la ciudad que había conocido con Stephen: era la inmensa tribu donde se acumulaban las experiencias más convulsas de la década dejada atrás. Era una síntesis de la modernidad tal como la habíamos conocido. Era la ciudad del *Paradiso*, la villa inmortal del porro libre, el sueño que estaba a punto de terminar. Y en el Museo de Arte Moderno vimos un váter colgado de un alambre como muestra de las nuevas tendencias y más allá algunos ejemplos del *body art* consistentes en figuras que habían quedado calcinadas después de una explosión nuclear.

Pero, además, era la ciudad donde Nuria Espert se encontraba representando *Yerma*, su particular contribución a la modernidad. ¿De qué extrañarse? A partir de un momento determinado Espert aparece continuamente en mi vida con carácter de iluminación favorita. Ella había sido la coartada de nuestro viaje, sin descartar que en la gigantesca lona sobre cuyos pliegues se desbordaba su genio aparecía colgado, como un Cristo desnudo, Enric Majó, que había pasado a ocupar mis años setenta con derechos de soberano absoluto.

A la memoria le apetece ponerse tierna; así, a su conjuro, se ennoblecen esos gigantescos conglomerados urbanos donde el hombre contemporáneo ha llegado a perderse a sí mismo. La memoria, tierna y si se quiere un punto cursi, hace que mis seres amados pasen a encarnar las mutaciones de una ciudad en el vértigo del tiempo. Nada más deslumbrante y a la vez doloroso que la incorporación de seres nuevos, tan nuevos que ni siquiera habían nacido cuando el vértigo empezó. Así avanza ahora por las calles de Amsterdam el Niño del Invierno, proyectando sus ojos inauditos sobre esas realidades que mi memoria va modificando sólo para él. Asume su condición de aprendiz con el mismo placer que yo convertí a Stephen en maestro electo. Pero a ese joven de ahora le faltaban diez años para nacer y en todo este tiempo el mundo evolucionó en una medida que él ni siquiera es capaz de sospechar. Evolucionó tanto que el vértigo atroz acabó imponiéndose sobre la ternura. Y lo único que nos quedó a todos fue una mueca de perplejidad de cuyos estragos el Niño del Invierno es, sin duda, heredero.

AQUEL VERANO DE 1964 sólo me mortificaba la idea de que mi aprendizaje terminaría no bien Stephen se embarcase para Yanquilandia. Faltaban todavía tres semanas y Londres nos estaba esperando para llenarlas de intensidad. Cada noche era el mismo ajetreo. Nos reuníamos en casa con el tiempo justo para arreglarnos y salir de estampida hacia algún concierto de verano que terminaba invariablemente con alguna cena en restaurantes franceses, acompañados por el mismo tipo de cacatúas ilustradas. Todos parecían dispuestos a enseñarme, y debo reconocer que eran lo bastante generosos para aplaudir lo que ya llevaba aprendido. Era lo contrario de lo que hubiera hecho cualquier francés de esos que escupen a la cara del extranjero cuando equivoca un acento al preguntar por una birria de calle de los suburbios.

De todos modos, siempre había algún notable caballero que se permitía reconvenirme:

—Su inglés es excelente; por serlo, quedan chocantes algunos modismos *jewish-american*. Sin duda los ha aprendido en las películas.

Se me escapó una risita nerviosa en recuerdo de Alexander: el único que podía haberme contagiado algo remotamente judeoamericano.

—Debería eliminar esas impurezas en provecho del idioma —insistía el caballero—. Y olvídese de esa jerga que hablan en los Estados Unidos. Recuerde a Shaw. «*In some places, English practically dissapears. In America they don't speak it for years.*»

Yo creí que era *My Fair Lady*, pero fue provechoso saber

que antes llegó Bernard Shaw. Así pues, apunté en mi bloc: «*Be a Fabian first.*» Yo ya me entendía.

Entre las cosas que me separaban de los amigos de Stephen se encontraba ese incomprensible ritual de la cursilería que llaman «ballet clásico» y que al parecer sirve a los ingleses para marcar las diferencias entre las clases. No me había sido negado el deleite ante algunas partituras agradables —las de Tchaikovski, especialmente—, pero cualquier posibilidad de emoción se iba al garete cuando aparecían alíferos machitos en mallas y esqueléticas damiselas en tutú.

Una de las amigas de Stephen, que escribía la sección de danza de una importante publicación femenina, solía acaparar todas las conversaciones recordando bailarinas a las que aplaudió en el pasado y comparándolas con las reinas del momento presente. (Por otra parte, éste es también uno de los deportes favoritos de los aficionados a la ópera: siempre habrá alguno que tuvo la suerte de oír a Flagstad; por tanto ninguna wagneriana de la hora presente tiene el menor mérito.)

Yo llamaba a la pesada del ballet Ludmilla Popov en recuerdo de la pareja de payasos Popov y Tedy, muy famosos en mi infancia. Puedo asegurar que me granjeé el odio de la dama cuando declaré que me había aburrido mortalmente durante unas representaciones de la English Ballet Company en el Liceo. A guisa de advertencia, Stephen me arreó un violento puntapié por debajo de la mesa. Una inesperada rapidez de reflejos ante las planchas sociales me permitió rectificar: pese a lo dicho, aseguré recordar con entusiasmo la actuación de John Gilpin en *El espectro de la rosa*, especialmente en el famoso salto. Pero mi rectificación no tuvo el menor mérito: todas las mariquitas del Liceo habían ensalzado aquella pirueta que en otro tiempo fue una de las gestas más celebradas del legendario Nijinski. En el fondo de mi atrofiada sensibilidad yo continuaba considerándola el salto de la rana.

De todos modos, la mirada despectiva de Ludmilla Popov me había servido como señal de alerta y comprendí que podía ser el hombre más sabio del mundo, pero ser despreciado en aquella mesa si no conocía las fechas esenciales de la carrera de la Pavlova, y qué pasos había efectuado Margot Fonteyn para que cierta noche fuese considerada memorable por tantos balletómanos. Por suerte para mi inexperiencia, madame Popov acompañaba sus explicaciones con una gesticulación exagerada: cuando hablaba de movimientos de los brazos movía los suyos como si fuesen pajarracos borrachos; si de los pies se trataba, utilizaba los dos dedos índices para imitar los pasos a que se refería verbalmente.

Nunca he observado con tanta atención el movimiento de unos dedos, por otro lado regordetes y hasta vulgares. Total para acabar escribiendo en mi cuaderno una serie de conceptos que he ido olvidando con los años. Se confirmaba que mi apreciación de la danza dependía más de las atléticas piruetas de Cyd Charisse y Gene Kelly que de los *pliés, pas de deux* y otras sutiles maniobras de dame Margot.

Yo seguía apuntando sin el menor interés. Así perdíamos el tiempo los que confundíamos la cultura con la acumulación. ¡Qué tonto estaba resultando el niño del Peso de la Paja! Stephen me había prevenido contra los abusos del *dropping names*, pero me estaba convirtiendo en «dropero» mayor sólo para complacerle. Buscaba ser brillante a toda costa, sin darme cuenta de que estaba aparcando indefinidamente los aspectos fundamentales de mi aprendizaje. Y una vez más la necesidad de destacar me llevaba a basar todo mi poder en las apariencias.

Esta constatación, que escribía en mi diario, me llenaba de mal humor, y Stephen se convertía en su primera víctima. Porque él era el destinatario de unos reproches que debería haberme dirigido a mí mismo.

—*Fucked Fonteyn!*—exclamé un día—. Reconocerás que tanto esfuerzo para aprender lecciones que me aburren soberanamente tiene mucho mérito.

Stephen sabía conceder. Es más, creo que en mi caso incluso le gustaba hacerlo.

—Esforzarte por algo que no te gusta tiene doble mérito. La verdad, me asombra cómo sabes arreglártelas ante cualquier circunstancia.

Estuve a punto de explicarle que ésta era una de las principales características de la picaresca andante. No hacía falta ponerle en un compromiso citándole al Lazarillo; los ingleses tenían a Moll Flanders, que también supo espabilarse, la muy ladina. Pero al parecer incluso ella, con toda su ciencia popular, habría cometido algún error en el exigente círculo de Stephen.

—Sólo metes la pata cuando hablas de cine —dijo, en tono de reproche.

Ya he contado que toda su sapiencia no le autorizaba a emitir un solo comentario sobre un mal corto de Tom y Jerry. Y ante la sensación de que estaba invadiendo mi terreno protesté:

—Francamente, el cine es una de las pocas cosas de las que puedo presumir. ¿En qué he fallado?

—Cuando te encuentras entre ingleses bien nacidos no puedes alabar *El acorazado Potemkin.* Así de sencillo.

—Así de tonto, querrás decir. Está unánimemente aceptado que *Potemkin* es una obra maestra.

—Para un inglés bien nacido, este barco revoltoso no debió salir de los astilleros. Más de un amigo mío se hubiera encargado de bombardearlo en plena construcción.

Bostecé ante lo que era una evidente declaración de presunciones sociales.

—A veces pienso que te das demasiado tono —dije—. ¿Es necesario que te pongas en plan de pavo real?

—Necesario, no sé; justo, sí. Te recuerdo que soy pretendiente al título de baronet.

—Qué tontería. Yo soy un *hereu* de la calle Ponent y no voy por la vida dando el coñazo.

Llegamos al *loft* y, como cada noche, volví a perderme entre la imponente oferta musical con que Stephen sabía retener mi atención. Pero aquella noche no le fue tan fácil. Mientras él buscaba una grabación rara de Elisabeth Schwarzkopf, intenté abordar un tema que para mí se estaba volviendo fundamental.

—Esta noche, durante la cena, mientras esa Popov no paraba de hablar de la Pavlova y su jodida madre, me he dedicado a pensar en nosotros.

—¿Me estás anunciando una crisis? —preguntó él en tono jovial.

—Pregunto. Sólo pregunto. —Me detuve unos instantes, como para tomar fuerzas. Al cabo, exclamé—: ¿Qué somos, Stephen? ¿Qué demonios somos tú y yo?

—Somos dos seres privilegiados, porque nos estamos desarrollando en la imaginación. —Seguramente estaba ansioso de empezar con nuestro tráfico de historias, porque preguntó, en tono impaciente—: ¿Cómo me imaginas? Dímelo y procura que me guste, de lo contrario te quedas sin Schwarzkopf.

Quedé desalentado. Entre dos no hay verdad posible cuando uno no quiere abordarla. Así que dije:

—Te imagino como mi maestro de música. El mejor que pudo tener un niño de baja extracción. ¿Qué quieres que sea yo para complacerte?

—Acabas de decirlo: un niño, pero te ruego que olvides lo de la baja extracción. No te sienta nada bien. Eres un crío exigente, que siempre pide más. Ahora mismo me estás pidiendo *El caballero de la rosa.*

—Ni en sueños. A estas horas de la noche, un niño romántico se emociona con algo de Verdi; un fragmento cuanto más lacrimógeno mejor. —Una vez soltada mi inevitable frase brillante, rectifiqué—: Olvídalo. Si tú quieres Strauss, es señal de que lo necesito para mi aprendizaje.

—Dices bien. Es una ópera cuyo significado escapa a mucha gente. Y es posible que se te escape también a ti, porque eres demasiado joven. Es la historia de una renuncia que sólo la madurez permite afrontar con serenidad.

No le comprendí en aquel momento y tuve que esperar muchos años para que *El caballero de la rosa* figurase entre mis óperas favoritas. Pero ahora, cuando ha pasado tanto tiempo, la escena final resuena como una espléndida marcha funeraria a cuyos compases avanzan Stephen y todos mis amores frustrados.

—Fíjate bien en el personaje de la Mariscala —dijo—. En esta grabación directa de 1955 Schwarzkopf está sublime, pero no debes dejarte llevar por lo evidente de la belleza. Piensa en lo triste de alguien que acaba de descubrir la necesidad de retirarse del amor con un gesto de suprema elegancia. Sólo que es la elegancia de la muerte.

Puso el disco, y yo saqué mi cuaderno con la celeridad que se le suponía a mi papel de discípulo, creo que aventajado.

No quiero parecer un esnob total: mis notas se llenaban también con modismos españoles, atrapados en los escasos volúmenes de la Austral que podía encontrar en Foyle's. Al consultar ahora ese cuaderno amarillento, no recuerdo de qué autor tomé conceptos como «vinculero», «correr en lenguas», «barragana» o «giboso». Al margen, anoté: «Consultar urgentemente en diccionario Vox.» No llegué a hacerlo. En cambio tuve la humorada de anotar: «Epinicio: canto de victoria. Himno triunfal.»

¿A qué divino griego estaría leyendo mientras me devanaba los sesos intentando salir de los laberintos de Joyce? No cabe duda de que los clásicos estarían acechando, aunque sólo fuese para advertirme de los peligros que corría en manos de los esnobs.

Tales peligros conllevaban una serie de prohibiciones, que podían resumirse en la vieja costumbre de no mezclarse con la plebe, tarea harto difícil porque el verano acababa de estallar de una vez y la plebe salía a llenar los parques y a nadar en la Serpentine, el enorme lago de Hyde Park. Fue como si no existiese. Aunque Carlitos me llamó varias veces para irnos a bañar, tuve que contentarme intuyendo el placer del agua desde el comedor del Hyde Park Hotel, donde Stephen gustaba desayunar los domingos.

Este mismo sentido de la exclusividad dominaba mi trato con los ambientes de Chelsea; algo más profundo e importante de lo que yo pensaba había cambiado en mi vida, porque a pesar de vivir en el barrio, todas las innovaciones de la década pasaban a mi lado sin rozarme. Comprendí entonces el significado de un refrán inglés que Stephen y sus amigos seguían al pie de la letra: «*A home is a man's castle.*» Y aquí deberíamos añadir el concepto de vida. Porque la vida que Stephen se había construido, y que yo estaba imitando, era un castillo provisto de torres tan poderosas que ninguna influencia podía derribarlas. Ni siquiera la modernidad intentaba hacerlo. Había acabado por resignarse a pasar de largo.

Por suerte, los contactos de Stephen con el mundo del arte favorecían la aparición en su vida de personajes más interesantes que aquellos cuyo reloj se había detenido en la década de los sesenta... pero del siglo diecinueve. Y si para aquellos ciudadanos de 1865 era escandaloso el solo hecho de pisar Carnaby Street —la calle de la moda hortera, según ellos—, para los modernos era un escándalo continuar tomando el mismo té en los mismos, caducos interiores donde mantuvo su tertulia Noel Coward, por citar un personaje relativamente actual.

Cierta noche en que Stephen accedió a acudir a una de las fiestas más locas de Chelsea, llegó un providencial personaje de la raza de los orates. Era una dama llamada Letitia, a quien todos conocían como Lettie. Cuando Stephen hablaba de ella lo hacía en tono reverencial, como si se tratase de una de las divas operísticas a quienes tanto admiraba. En realidad, se trataba de su mejor amiga y, como cabía esperar en seres tan especiales, su confidente oficial. Era el tipo de mujer que, a lo largo de los siglos, ha atendido puntualmente a los homosexuales necesitados de comprensión, afecto y sobre todo sensación de camaradería. La *Big Mamma* que suele aparecer regularmente en todos los reinos gays.

La fiesta era una repetición de lo repetido. Cada noche daban un sarao igual tres señoritas que compartían una de las casitas más coquetonas de Paddington; tres locas sueltas, a decir de algunos, que no necesitaban de vínculos familiares para ser hermanas, pues se hallaban hermanadas en el cultivo del despropósito. Las llamaban The Trafalgar Girls, a modo de conjunto musical, pero mi cubano particular, Juan Alfonso, dio al apodo un gracejo más castizo traduciéndolo como las Trafalgaras.

—Como están idas, creyeron que Trafalgar era un nombre de persona, así que se pusieron Trafalgar the First, Trafalgar the Second y Trafalgar the Third. La verdad es que tienen nombres impronunciables: Sun Sun Tong, Yung Yei Lin y Chu Cha Chum, o algo por el estilo, así que hicieron santamente cambiándoselos. Sólo que deberían haberse informado antes. Es como aquella mulata guantanamera que se creía que el Big Ben era el nombre de un cervecero gordinflón.

—¿Y qué son esas tipas, además de desinformadas?

—Asiáticas. La una de Tailandia, la otra de Bombay y la tercera de Hong Kong. Las tres pertenecen a familias riquísimas: pura élite; con decirte que Trafalgar the First es hija de un maharajá está todo dicho. Las tres se han conocido en Londres estudiando cosas tontísimas. Tanto que quieren ser enfermeras.

—Suena raro.

—Bueno, en estos países del Tercer Mundo hay tanta lepra que una maharaní con el título de enfermera quedará regia. Además, las Trafalgaras pueden desinfectar las heridas a chorritos de champán rosado. Divinas que son.

El escenario de la fiesta no me sorprendió en absoluto: todas las curiosidades asiáticas que podían encontrarse en los mercadillos de Chelsea habían sido reunidas sin ton ni son para crear una atmósfera de exotismo a la que la consabida luz de las velas prestaba el misterio necesario para inspirar un espejismo de meditación. Y al ver a un agradable jovencito hindú que tocaba el sitar en un estrado comprendí al instante que las Trafalgaras podían ser despistadas pero en absoluto tontas. Lo que les faltase de información sobre la historia de Inglaterra lo suplían con un conocimiento del carácter de los nuevos ingleses. Como mínimo, de los chelsianos.

El poder de la moda hindú era muy grande en aquellos días. Recuerdo que en la contraportada de *Films and Filming* aparecía a página entera la fotografía de un bailarín muy afeminado, un tal Ram Gopal que anunciaba su Commonwealth Academy of Pakistani, Ceylonese, and Indian Dances a cuyas clases se apuntó más de una mariquita con pretensiones de sofisticación. Además, en un teatro situado detrás de Charing Cross la empresa aprovechaba los domingos, día en que cierran los teatros de Londres, para ofrecer sesiones de tarde con selectos programas dobles de películas hindúes, con resultados no sólo sorprendentes, sino deliciosos. Aunque eran sesiones pensadas para la ingente multitud de emigrantes que cada año llegaban de la India, algunos europeos aficionados a las experiencias originales íbamos a atiborrarnos de una fantasía que excedía todas nuestras previsiones. Porque en medio de una comedia musical ambientada en los años sesenta un ídolo de la canción que imitaba a Elvis Presley podía desdoblarse y aparecer como un príncipe antiguo que se enamoraba de una cobra, reminiscencia indudable del culto a las serpientes; en contrapartida, una princesa arcaica que deshojaba crisantemos ante el Taj-Mahal soñaba que se trasladaba a nuestra época y bailaba un frenético twist ante un público de jovencitos ataviados con esmoquins de distintos colores, todos chillones.

Incluso Stephen, pese a su probada seriedad, podía caer en el arrebato de la moda, y así, aquella noche de las Trafalgaras se había puesto una casaca estilo hindú, aunque es cierto que en su caso no podía ser de mercadillo. Por el contrario, se trataba del modelo «Gandhi», puesto en órbita por el modista Feruch.

En un momento determinado, Stephen se perdió entre los distintos grupos para reaparecer al cabo de unos instantes abrazado a Lettie. Dados los antecedentes, no me sorprendió que el aspecto de la dama resultase espectacular, incluso para Chelsea. La moda la situaría en su exacto lugar: el tipo Vanessa Redgrave, tamizado por la pátina de los años, que no serían pocos. Era muy alta, de belleza un tanto ajada y tal vez por ello más aguda: rasgos afilados, con algo de cuchillo y mucho de agresividad. La secundaba una airosa cabellera, propia de las panochas en su color y disposición: caía a raudales formando ondulaciones que un buen golpe de viento habría puesto en su lugar exacto: el de las hadas prerrafaelitas. Pero además, llegaba en ventolera, saludando a todo el mundo, gritando algunos nombres, agitando un enorme chal cuyos flecos se enredaban con los botones de la casaca hindú de Stephen. Luego supe que me sería difícil ver a aquella mujer sin chales, como no fuese en la cama, aunque en este caso dispondría de un mantón de Manila para envolverse cada vez que iba al baño.

Me dijo Stephen que era muy dada a las vomiteras porque tenía mal whisky, pese a que lo engullía como si lo tuviese inmejorable. Ante la oferta de alguien que le pasó el porro, esgrimió su vaso a guisa de trofeo y contestó con voz agria que ella era de la generación de los hijos de Baco y que de sus viñas no la movía ni su Graciosa Majestad. A continuación se concentró en mí. Tras examinarme detenidamente dijo que Stephen le había dado excelentes referencias y que ella quería a Stephen más que a nada en el mundo, y que por tanto estaba dispuesta a quererme a mí, por poco que yo pusiera de mi parte. De pronto se interrumpió y pasándome el vaso por la frente, añadió:

—Es curioso. Te pareces mucho al follador de arriba.

No necesité más palabras para comprender que el espíritu de Chelsea acababa de reunirme con mi hermanito gemelo.

—¿Carlitos está aquí?

—No sé si es Carlitos o el hijo de Caroline Chérie, pero en el dormitorio está haciendo estragos un joven que se te parece como una gota de agua a tres gotas de lo mismo.

—¿De qué?

—De agua, evidentemente. Si fuese de whisky sería un drama: una gota de whisky que se parece a otra de una marca distinta es para fusilar al fabricante. Si no sabes esto es que eres tonto.

—Más que tonto es que me falta mundo.

—Londres es el mundo ahora mismo. Si quieres, te lo enseño, porque lo que es con Stephen sólo verás salas de conciertos y viejas cacatúas.

—De acuerdo —dije—. Enséñame lo más *in.*

—¿Qué te apetece ver?

—*Lawrence de Arabia.*

—¿Cómo dices?

—La película.

—De acuerdo. La gente lleva meses hablando de ella. Dicen que sale un actor egipcio que es guapo de morir. Te alabo el gusto: siempre es mejor ver a un *bel uomo* que el cambio de la guardia en Buckingham. Cierto que la forman soldaditos muy monos, pero son ingleses y, por si no lo sabes, el hombre inglés tiene un témpano entre piernas y una calculadora en el corazón. Por eso hay que buscar en tierras lejanas. Sin caer en los moros, que ya es un extremo, a mí me mueven mucho los morenos italianos y más aún los españoles.

Ante aquella declaración de principios se me encendió la señal de alerta.

—Debo decirte que seguramente yo no sirvo para lo que tú esperas.

—No digas idioteces. Yo espero ver *Lawrence de Arabia.* Por lo demás, tengo un novio sueco que mide metro noventa y le cuelga una polla que no te cabe a ti en el culo. Así que tranquiliza tus temores y búscame mañana en la puerta del cine.

—El Dominion —dije yo, mientras ella se alejaba entre un grupo de amigos.

Y al ver que se dejaba besar por varios invitados a la vez, me eché a reír sin saber exactamente de qué.

—Veo que Lettie te ha divertido —comentó Stephen—. Sólo debes creer la mitad de lo que cuenta; el novio sueco no existe, y la dimensión del pene la habrá soñado en alguna borrachera.

Era muy propio de Stephen evitar el vulgarismo que Lettie había utilizado con tanta ligereza. Y era precisamente esta ligereza la que me dejaba fuera de combate.

—Nunca pensé que las señoronas inglesas se volviesen tan mal habladas cuando ponen los pies en Chelsea.

—Ella puede. Tiene tanto pedigrí que se le perdona todo. Piensa que puede lucir un Plantagenet entre sus antepasados.

Como muchos que lucen un Plantagenet en el catálogo familiar, se ganaba la vida como si hubiese tenido a todas las verduleras del Covent Garden. No sé si era por falta de liquidez o porque había tomado el trabajo como opción personal para liberarse de un mundo de estructuras agobiantes, pero se dedicaba al periodismo activo, colaborando en una revista femenina de gran tiraje. Demasiado, al parecer. Si algo le reprochaban sus amistades era que en lugar de acogerse a las selectas páginas de un *Vogue* o un *Ladie's Home Journal* estuviese lanzando sus mensajes a la inmensa multitud de mujeres de clase media, nuevas conquistadoras del mercado.

Al día siguiente, la noble dama llegó al Dominion con resaca. La vi dormitar de vez en cuando durante la primera parte de la película, que era muy larga, y sólo en el intermedio pareció recobrar algo de sí misma, gracias a un par de alkaséltzeres que le sirvieron en el bar. Yo le dije que estaba en condiciones de comprender su dolor porque era sinusítico crónico, y ella volvió a tratarme de tonto porque no había la menor relación entre la ginebra mezclada con el whisky y unos kilos de mucosidades amontonados en los recovecos de las fosas nasales.

—Basta ya —exclamó ella de pronto—. Es de muy mal gusto hablar de mocos con una señora de calidad.

—Sí, madame. Pero si se habla de sinusitis hay que hablar de mocos por narices. Si se me permite la expresión, madame.

—Déjalo, ¿quieres? —Se apresuró a cambiar de tema con gesto de hastío soberano—. Digan lo que digan las críticas, y debo reconocer que no he leído ninguna, esta película sólo me está gustando una pizca. Lo cual es grave para una obra que pretende volar tan alto.

—Yo es que no acabo de entenderla. Todo este tinglado entre los árabes y los ingleses y quién se apodera del Próximo Oriente me deja muy confuso. Y tantos políticos me aturden. No sé exactamente quién es quién.

—Pues está clarísimo. Basta con saber historia de Inglaterra. ¿Lo ves como eres tonto?

—Perdona, pero de eso ni hablar. Tampoco tú sabes quién era el alcalde de Móstoles. ¿A que no?

—Quienquiera que sea ese alcalde, no le conoce ni Dios.

—Porque Dios es inglés. Para que nos consideréis inteligentes, todos tenemos que saber quién es Shakespeare, pero vosotros no tenéis ni puta idea de quién es Cervantes. Para no hablar de otras culturas: no sabéis quién es Leopardi, ni Rabelais, ni Goethe. Sólo sabéis que Shakespeare creó el mundo en seis días y al séptimo descansó.

—Seguramente tienes razón. Tengo parientes que se han pasado media vida en la India y siguen pensando que Oxford Street atraviesa Bombay de cabo a rabo. Y de la mujer del último virrey se dice que se quejaba continuamente porque en los bazares de Calcuta no había una sucursal de Harrod's. Pero ¿a qué viene hablar de esta gente? *Fuck them!*

Aprovechando que el bar era *fully licensed* se zampó un whisky para soportar la cantidad de desierto que todavía nos esperaba en la siguiente hora y media de proyección.

—Volviendo a la película... —dijo, entre dos tragos—: Ese buen Lawrence fue la mayor maricona que ha tenido el Reino Unido, y esto no acaba de notarse. Espero que en la segunda parte lo enculen de una vez en beneficio del rigor histórico.

En pro del rigor histórico Lawrence fue enculado por un gobernador turco, según creí entender, y así quedó satisfecha Lettie y reivindicado el honor de cierta Inglaterra: no la de Buckinham Palace —edificio que ella invocaba a guisa de taco—, pero sí la de esa curiosa raza de trashumantes, bohemios y románticos tardíos a quienes su máxima representante en la tierra, Edith Sitwell, llamó «excéntricos ingleses».

No oculto que los admiré desde un principio como precursores de toda la extravagancia que la década había traído a Chelsea. ¡Qué pandilla tan apasionante! La propia Edith y sus loquísimos hermanos, Lytton Strachey, Isadora, incluso Florence Nightingale, con su nombrecito de porcelana quebradiza, todos formaban un amplio catálogo de fascinantes anomalías dentro de lo anómalo del carácter inglés.

Lettie encajaba en esta definición o no encajaba en ninguna.

También ella pertenecía a la raza de los que han optado por erigirse en espectáculo, de manera que cada uno de sus gestos parecía destinado a proyectarse hacia los demás y sobre todo a provocar en ellos el efecto de originalidad.

—Estoy rodeada de locas por todas partes y eso siempre es conveniente para una solterona. Te sientes realizada como objeto de adoración, porque ya sólo los homosexuales parecen conservar el arte de adorar; pero, *fuck them*, una no siempre está en disposición de sentirse santa de altar. Una siente la necesidad de descender entre los mortales de vez en cuando. Y entonces y sólo entonces sobreviene el desastre.

Siempre hay que temer a los hados cuando alguien invoca la palabra desastre porque es seguro que está invocando alguno que no tardará en caer sobre el interlocutor. Y Lettie, sin darse cuenta, estaba invocando el mío, que no era sino el retorno de una de mis constantes favoritas y más destructivas: anticipar el final de las cosas antes de esperar a que me cojan desprevenido. Y en esta ley destaca la destrucción precipitada de historias que no tenían por qué terminar.

En aquella ocasión mis anticipaciones tenían algún fundamento. Desde el corazón de Chelsea seguía oyendo una voz que continuaba dictando órdenes primordiales: estar donde está la acción, entrar en ella, aturdirse con sus dones. Pero yo ya no estaba en la acción: estaba en la quimera. Vivía inmerso en una forma de sexualidad que sólo se realizaba en su propio seno y que era, por tanto, una variante del onanismo. Es decir: de nuevo el ensimismamiento, la soledad entre los humanos, el fondo del arroyo donde Narciso sólo consigue vislumbrar su propio rostro. Y aunque es el más hermoso, no suele bastar.

Me lo hizo notar Carlitos cierta noche en que conseguí escaparme al Gigolo como en los buenos tiempos de francachela. Stephen se había visto obligado a desplazarse a Escocia para unos asuntos relacionados con el festival de Glyndebourne. Así, lejos del cerco que habían estrechado sobre mí Haendel, Vivaldi *and all the rest,* me entregué al bailoteo más desenfrenado mientras Carlitos intentaba ligar. Nos encontramos en la barra, consumiendo una de esas repugnantes mezclas de Coca-Cola y ginebra aguadas a partes iguales que sirven en los locales sin licencia. Con los oídos taladrados por una música singularmente barata sentí nostalgia de mis noches melómanas junto a Stephen pero, al mismo tiempo, me sentía asaltado por uno de mis habituales remordimientos a causa de algo que nunca he sabido concretar pero que se parece mucho a la nostalgia por las cosas que dejo sin hacer. Y aquella noche era el sexo, con toda evidencia y sin paliativos.

—Será que estás frustrado como una gata sobre un tejado de cinc caliente —dijo Carlitos—. Y no me extraña, porque solucionarse los ardores a base de palique no es algo que esté en los métodos.

Era inútil intentar explicarle que el erotismo tiene caminos mucho más intrincados que los que él solía recorrer aferrado a un cuerpo o a varios. Y era especialmente inútil en aquel caso, porque le sobraba la razón.

—Para esto no hacía falta huir de España. Tanto quejarte de Franco y vas a caer en algo parecido. Porque ya me dirás tú de qué te sirve la libertad si sólo la aprovechas en el coco y en la labia.

—Cierto. Franco estaría muy contento. Y no digamos los curas de la escuela. Sus leyes no prohíben entrar en un convento, que es lo que estoy haciendo. Ningún policía vendría a detenerme por contarle historias obscenas a un impotente... —De pronto, me detuve. Cualquier referencia a Stephen me dolía, obligándome a retroceder o, cuando menos, a silenciar—. No me hagas caso, hermanito. Diga lo que diga, soy feliz así.

—¿Cómo vas a ser feliz sin un mal cuerpo que te caliente?

—No sería feliz en ningún caso, de modo que lo soy porque me da la real gana. Y basta.

Es posible que una vez más llegase el simpático avestruz para imponerme su política. Es posible que aquella cárcel de oro en la que estaba viviendo fuese la que más me convenía: algo que me permitiera satisfacer mis antojos secundarios, con la cultura en primer lugar, sin tener que enfrentarme abiertamente al sexo y todas sus verdades. Y seguramente al renegar de ello no hacía más que allanarme el camino para el final que se estaba avecinando. Después de todo, era más fácil provocarlo como algo deseado que asumirlo como una evidencia que precipitaría mi tendencia al drama.

Fue durante aquellos días de crisis cuando sentí la que más podía afectarme, por cuanto concernía a mi trabajo de escritor. En los últimos meses no había dejado de escribir; es más, había hecho mía la vieja consigna que quiere que no pase un día sin haber escrito una línea. Entre mi diario y los artículos que continuaba mandando a *Film Ideal* había cumplido sobradamente la exigencia e incluso el rigor. Si la crisis se presentaba era en otro aspecto, mucho más profundo: un aspecto que afectaba al instrumento más preciado de todo escritor. Me estoy refiriendo al idioma.

En los últimos tiempos el trato con personas acostumbradas a hacer juegos de inteligencia por medio de las palabras me había enseñado una serie de posibilidades del inglés que, además de ampliar mi horizonte, me inspiraron voluntad de explorador. Como siempre que me he enamorado de un idioma —y esto ha ocurrido en varias ocasiones—, su aprendizaje se había convertido en una aventura apasionante y su realidad en una geografía millonaria en recovecos que parecían abrirse sólo para mí. Ya fuese porque vivía meses inmerso en todos sus giros, ya porque éstos ampliaban y retorcían todo cuanto aprendía en la calle, el inglés se me fue introduciendo en el cerebro y llegó a influir en mi estructura mental durante el resto de mis días.

Debo decir que en aquella época el inglés distaba mucho de conocer la popularidad que ha conocido después, y mucho menos entre sus hijos más refinados, que consideraban el francés como la lengua del cosmopolitismo. Y todo cuanto no había conseguido este idioma, con su estructura demasiado lógica para mi carácter, lo iba consiguiendo el inglés, con su asombrosa flexibilidad. Era un idioma tan abierto, tan lleno de posibilidades, que necesité jugar continuamente con ellas en el terreno que me había sido concedido como propiedad particular: la expresión literaria.

Animado por Stephen, decidí probar suerte empezando con una obra teatral, género que sólo me exigía ejercitarme en el dominio del diálogo. Dado el ambiente que me rodeaba, se comprenderá que me saliese una especie de alta comedia con personajes tan selectos que el más cercano a la realidad era el príncipe heredero de un país balcánico de esos que sólo existieron en los dominios de la opereta.

Llevada por su afecto a Stephen, Lettie se ofreció a interceder por mí ante el director de su revista. Parecía un camino natural. Cada semana publicaban un cuento primorosamente ilustrado, con énfasis especial en las taquimecas rubias y sus encuentros con ejecutivos de sienes plateadas en jardines llenos de rosas perladas de rocío. No era un modelo difícil de seguir, aseguró Lettie; y yo pensé para mis adentros que tenía a mis espaldas una tradición romántica que aquellos ingleses desconocían completamente: la copla andaluza y los boleros sudamericanos. Sólo precisaba adaptarlos a la mentalidad anglosajona y tendría material para llenar la revista durante un año. Por otro lado, Lettie me tranquilizó respecto a la cuestión lingüística; los autores de aquel tipo de literatura tenían un estilo que no sobrepasaba el nivel de una ama de casa que escribiese día a día su primoroso diario.

Se olvidó decirme que ésta era precisamente la razón del éxito de estos autores entre las amas de casa.

Lamentablemente para mis posibilidades comerciales, yo no vivía en un mundo bucólico donde acudiesen simpáticas musas a brindarme el mismo tipo de inspiración que prestaban a los autores de canciones para Petula Clark y similares. Yo vivía inmerso en un mundo de pasiones singulares que, al no realizarse por vías prácticas, tenían que salir por los caminos más imprevisibles. Y no hay nada más difícil de prever que la creación.

De haber tenido contactos carnales con regularidad es posible que mis narraciones hubiesen respondido a las premisas pretendidas por Lettie, pero toda mi sexualidad se destilaba en la imaginación, y esta dama suele ser muy artera. La imaginación no se para a pensar en destinatarios: impone sus caóticos envíos a la mente del creador, sin calcular jamás si el resultado lo leerán profesores de Oxford, carteros de Brighton o conserjes del Ritz. La imaginación llega y proclama: «Hazte tu paja, autor, y que los lectores se procuren las suyas.»

El primer cuento que escribí para las mujeres inglesas era el titulado *The martyrs*, consistente en una larga retahíla de suplicios aplicados a los testarudos cristianos que se obstinaban en mantener su fe contra viento y marea. Al poner punto final a aquel catálogo de atrocidades decidí que me había lucido con un perfecto ejemplo de delicadeza, a medio camino entre *La túnica sagrada* y *Fabiola.* En cuanto al segundo cuento, me permití alguna licencia que, en mi ingenuidad, no consideré excesiva. Se titulaba *The Demon* y ostentaba un subtítulo deslumbrante: «A tale of medieval depravity.» (Permaneció, años después, en la versión definitiva: «Una historia de depravación medieval.»)

En una de nuestras noches más aprovechadas expuse mi proyecto a Stephen. Sabía que podía interesarle porque transcurría en una Edad Media siniestra, con resabios de novela gótica, abundancia de subterráneos y cuevas tétricas, enanos jorobados y lebreles monstruosos y continuas referencias al tormento espiritual, cuando no al suplicio físico. En realidad, correspondía a mis influencias más arraigadas en aquellos días. Por un lado, destacaba el recuerdo de los obsesivos subterráneos de los filmes de Fritz Lang, pero sobre todo la plástica de *El séptimo sello* de Bergman, que me había dejado imágenes de un medievo tenebrista, completamente alejado de las novelas de Walter Scott que pusieron un punto de technicolor en mis sueños de infancia. Más recientemente, una exposición sobre el románico catalán y unas jornadas de Semana Santa en las entonces agrestes soledades del Valle de Bohí contribuyeron a fomentar en mi imaginación un batiburrillo de imágenes medievales convertidas en cabalgata de espectros encabezados por la peste, la superstición y la amenaza del Apocalipsis. Si a ello se añade la lectura reciente de los cuentos completos de Poe y la seducción cada día más creciente de Donatien Alphonse de Sade, se intuirán sin esfuerzo las características principales de *El demonio.*

Pero, además, en el personaje del joven protagonista recobraba un prototipo que ya me había fascinado en mi adolescencia. Era una variante del *jeune maudit* reforzada por la idea de la belleza del mal: un condesito perverso, vicioso y sexualmente ambiguo (además de insaciable), pero hermoso como un Dios caído. Nada que no hubiesen soñado los *outsiders* de muchas generaciones, pero en mi caso con las tintas recargadas en un tema que me obsesionaba desde siempre: la absoluta ambigüedad de la moral, la zafiedad y la hipocresía de la religión. Así, la historia arrancaba del manuscrito de un retorcido fraile de la orden del Cister convertido en preceptor del joven conde. Toda la técnica del relato estaba encaminada a describir el proceso de desintegración moral que va sufriendo el fraile fascinado por la supuesta perversidad de su discípulo que, a la postre, resulta ser un humanista precoz que se permitía inventar algo remotamente parecido al cinematógrafo.

Me apasionaba confundir los ya confusos límites que separan el Bien del Mal, pero, además, me complacía recreando una atmósfera enfermiza, donde lo fantástico se convertía en un itinerario por unas cuantas regiones del averno. No era casual que los habitantes de esta tenebrosa geografía se correspondiesen estrechamente con los prototipos eróticos que Stephen y yo convocábamos cada noche, entre óperas de Haendel y sinfonías de Mahler.

Stephen se excitó mucho con la historia, y yo me sentí recompensado, porque un oyente que se pone tórrido es como un lector que se conmueve. En ambos casos es un receptor de los caprichos del que narra. ¡Divina aventura!

Mi oyente/lector de aquella noche sólo tuvo un reparo que oponer.

—Es posible que en algún momento quede un poco fuerte para una revista femenina.

—¿A qué momento te refieres? —pregunté con sorpresa no fingida.

—Cuando queman al joven conde y él tiene una erección seguida de una eyaculación. No acabo de verlo adecuado para las lectoras de clase media.

—¿Es que esas tipas no han visto a sus maridos en situaciones parecidas?

—Algo les habrán visto, pero ardiendo en una pira no creo.

—Pues que corten, después, los de la revista; pero yo, en el momento de la creación, no puedo sentirme condicionado. Además, si invento a un *jeune maudit*, tiene que ser con todas las consecuencias. Como provocación, me va muy bien que en la pira, en lugar de arrepentirse por sus crímenes, tenga una eyaculación. Y ya está.

En recompensa a mis esfuerzos Stephen me contó una historia de sacrificios vikingos en alta mar que no tenía desperdicio. Como telón de fondo, el *Macbeth* de Verdi, con su carga de azufre.

El tiempo actúa en favor de los indecisos, porque es él quien acaba imponiendo sus decretos inexorables. Así, cuando el verano se había convertido en una realidad fulgurante y los ingleses se disponían a recibirlo como si fuese un cortejo de dioses providenciales, Stephen partió para Yanquilandia. Lo hizo a su manera: embarcándose en un transatlántico de los que salían en las comedias de los años treinta y bromeando sobre el apodo que debía adoptar para moverse por cubierta: ¿Lorelei Lee, en homenaje a Anita Loos, o Reno Sweeney en recuerdo de Cole Porter?

Prevaleció este último caballero, paladín indiscutible de la brillantez. Y acabamos canturreando sus viejas canciones en el curso de una cena improvisada con velas, espaguetis caseros y un buen chianti. Nada más justo que recurrir a *You're the top* porque Stephen era el tope a mis ojos y yo el tope a los suyos. Y ambos éramos el uno para el otro, el Coliseo, el Louvre, Mickey Mouse y el salario de la Garbo. Y al final nos dijimos:

You're the Nile
You're the Tower of Pisa
You're the smile
On the Mona Lisa

Pero entre bromas camp quise ser sincero. Si alguien lo merecía era aquel hombre que me había salvado durante dos meses por medio de la fantasía.

—Quiero decirte algo sin que te ofendas. He tenido todos los números para ser feliz y, sin embargo, no lo he sido porque, al presentir el final, me amargaba en el presente. ¿Por qué ha de ocurrirme siempre así?

—Porque no tienes arreglo. Como yo. Y no te digo que preguntes a Lettie porque en cuestión de arreglos siempre ha sido un desastre.

Estaba claro que no podía preguntar a nadie, porque la infelicidad seguiría siempre su curso permitiendo como mucho pequeñas pausas de dicha ficticia, aptas para hacernos creer que la existencia vale la pena a pesar de todo.

Pero una conversación de despedida no termina con tanta facilidad como presuponen los autores de melodramas, así que dimos muchas vueltas al asunto, intercambiamos halagos y reproches, y al final Stephen preguntó con voz tímida:

—No quiero hablar de amor, porque me parecería una impertinencia, pero dime: ¿me has cogido un poco de cariño?

—Mucho —dije. Y hasta se me escapó añadir—: Muchísimo.

—Yo también —dijo. Y añadió, avergonzado—: Aunque sea impertinente decirlo.

Lettie me acompañó a despedirle a la estación Victoria, donde debía tomar el tren que le llevaría a Southampton. Y recuerdo que llevaba un sombrero tirolés que recordaba al de Tartarín de Tarascón, sólo que preparado para hacer la ruta de los puritanos. Y cuando lo comenté nos reímos los tres recurriendo de nuevo al repertorio de Cole Porter, cuando decía que los tiempos habían cambiado tanto —tiempos en los que «todo vale»— que si los puritanos llegasen a Plymouth en lugar de desembarcar ellos en la roca desembarcaría la roca sobre ellos y... etcétera, etcétera. Y un *fucked* tercer etcétera.

Seguramente al ver alejarse el tren se me escapó una lágrima boba, porque Lettie me cogió por el hombro dirigiéndome hacia un *pub* cercano. En realidad, no hacía más que servir a sus intereses, porque era un pub con licencia.

—Tranquilo, muchacho —dijo—. Lo que la música ha unido no conseguirán separarlo los hombres.

—Los hombres no sé, pero el tiempo sí.

—Tonterías. El tiempo es como el whisky: lo consumes para vomitarlo. Y al final te das cuenta de que no existe.

Pero la partida de Stephen tuvo efectos más devastadores de lo que yo habría creído cuando deseé trascender el agobiante círculo de nuestras confidencias. No sólo me había quedado huérfano de estímulos eróticos, además me encontraba privado de los contactos que durante aquellos meses me habían permitido sentirme el niño mimado de Chelsea. No había pensado en la ley que preside todas las parejas del mundo: los amigos de cada uno de sus miembros desaparecen para el otro cuando la pareja se rompe. Esto fue particularmente cierto en mi caso, agravado además por mi condición de advenedizo. Era inútil que llamase continuamente en busca de compañía. Ninguno de los amigos de Stephen se puso al teléfono, y así tuve que rendirme a una evidencia brutal: yo había dejado de existir; es más, sólo había existido en función de Stephen. Fui, como mucho, el gracioso de la obra. Un españolito aventajado que había cometido la proeza de hablar bien el inglés.

Esto y sólo esto sirvió para que por un breve plazo de tiempo me hubiesen considerado persona.

Hubo una excepción que sólo podía llamarse Lettie. Ya porque me había cogido más cariño del que ambos suponíamos, ya porque se creyese en la obligación de prestar ayuda a alguien que había dado felicidad a su mejor amigo, me llamó en varias ocasiones para salir a cenar... con el consiguiente remate en alguna fiesta salvaje, que terminaba siempre de la misma forma: ella conduciendo borracha y yo con los ojos abiertos como faros para indicarle los coches que venían de cara.

Al día siguiente me llamaba para interesarse por mi estado, cuando lo lógico hubiera sido que yo estuviese seriamente preocupado por el suyo. Al fin y al cabo, incluso una mujer tan acostumbrada a las resacas debía de tener un límite.

—Estoy harta de fiestas —decía, en un arrebato de sinceridad—. ¿Qué nos ha dado a todos? Podríamos estar tranquilamente sentados en casa, dormitando ante una de esas adorables porquerías de la televisión, y en cambio nos vemos impulsados a arreglarnos a toda prisa y meternos en la ronda nocturna.

—¿Qué quieres que te diga? Uno nunca hace lo que no quiere.

—¡Qué listos sois los españoles! Es propio de los hijos de la miseria. Pero esta vez te has excedido, porque es precisamente lo contrario: una hace siempre lo que no quiere.

Stephen me escribió su primera carta durante las largas, perezosas horas de la travesía. Tenía, al parecer, mucho tiempo para el detallismo, porque describía escrupulosamente los salones del barco al tiempo que expresaba su furia ante los hechos vandálicos perpetrados en la decoración original: el elegante estilo art déco había sido sustituido por emplastos funcionales, típicos de los años cincuenta. Era un acto que clamaba al cielo, pero yo no le hice demasiado caso. Me hallaba enfrascado en la redacción de una novela que acabaría llamándose *El día que murió Marilyn.* Quería mandarla al premio Nadal y el tiempo se me echaba encima.

Pese a cuanto Lettie pudiera decir, el tiempo seguía existiendo.

ANTES DE ENFRENTARME AL PROYECTO que, en sus distintas etapas, ocuparía seis años de mi vida, terminé de corregir a toda prisa una primera versión del cuento *The Demon*, con la esperanza de que Lettie consiguiese colocarlo. Lo que empezó siendo un capricho se había convertido en una urgencia de carácter doble; por un lado, su venta me permitiría vivir en Chelsea sin necesidad de sepultarme en una cocina; por otro lado, su publicación serviría para comprobar si podía seguir manteniendo mis pretensiones de escribir en inglés. A la espera del veredicto continué utilizando este idioma para otros cuentos.

Entre fiesta y fiesta, y casi siempre con resaca, Lettie continuó estando a mi lado, como si se hubiese impuesto la obligación de velar perpetuamente por la propiedad de su amigo más querido. Tengo que agradecerle que, en atención a mis intereses, accediese a hacer una serie de cosas que sólo podía querer yo en mi recobrada calidad de turista vulgar. Fue tan gentil que accedió a romper algunos tabúes de su clase social, aunque es posible que se limitase a utilizarme para romperlos como forma de deporte cotidiano. En cualquier caso, me acompañó a Carnaby Street para elegir corbatas que nunca me atreví a comprar por lo chillonas, me llevó al antro de madame Tussaud para ver figuras de cera que eran un himno a la inmortalidad del *kitsch*, y, ya en el colmo de la generosidad, accedió a pasar la mañana en los baños de la Serpentine, donde descubrió que el pueblo llano era muy feo.

Gracias a una recomendación del crítico de cine de la revista consiguió que me aceptasen en los pases de prensa de las principales películas del verano. Dejando aparte el interés de cada proyección, recuerdo aquellas mañanas con particular fervor porque me permitieron entrar en contacto con una serie de personas de las que aprendí mucho. Claro que al hablar de contacto estoy exagerando los términos, pues nadie se dignó dirigirme la palabra. Ahora bien, yo había aprendido a sublimar el aislamiento por medio del oído, que era y sigue siendo mi principal arma de información. Mezclado entre los distintos grupos, seguía los más variados razonamientos, poniendo más atención en sus peculiaridades que en cuanto pudiera aprender de ellas. Había grandes discrepancias con el tipo de crítica que yo estaba acostumbrado a leer y, por supuesto, a seguir. Llegaba con un empacho de textos franceses generalmente pedantes, llenos de referencias extracinematográficas, de modo que cuando leía *Cahiers de Cinéma* nunca acababa de saber si me estaban hablando de John Ford o de Descartes. Pese a todo cuanto había aprendido de ellos, los franceses me parecían frívolos y su capacidad para destruir reputaciones tan escandalosa como su ligereza al levantar otras de muy bajo vuelo. No eran, por supuesto, defectos privativos: también una parte de la crítica inglesa comulgaba con parecidas ruedas de molino, comunión a la que no era ajeno un determinado sentimiento de inferioridad que los llevaba a decir amén a todo lo que llegaba de Francia, desde las películas de Godard a los cigarrillos Gauloises. Pero aparte de estos esnobs, adeptos al *continental flavour*, los críticos ingleses se pronunciaban con mayor claridad, sin mezclar un buen western con los intrincados bosques de la filosofía. Era consolador que alguien contase *Johnny Guitar* sin pretender escribir una tesis doctoral. Si, además, aparecía esa divina bendición inglesa que es el sentido del humor y asomaba la reverencia por el senecto mito de Joan Crawford tanto mejor para entretenerse a la hora del desayuno. La hora ideal para consumir este tipo de literatura.

También la crítica cinematográfica se regía en Inglaterra por un orden social muy estricto, una especie de escalinata cuyo peldaño más alto estaba ocupado por una dama de aspecto impresionante, que a mis ojos de paleto parecía la exacta encarnación de la realeza. Se llamaba Dylis Powell y tenía su propio reino en las páginas del *Sunday Times* y su categoría en una veteranía a prueba de bombas. Con treinta años ininterrumpidos de carrera se la consideraba la decana de la crítica y en atención a su rango no empezaban las proyecciones hasta que ella se hallaba sentada en su butaca de tercera fila. Por interesante que fuese la película, era imposible no desviar la mirada hacia aquella figura vetusta, tan bien peinada como Lana Turner en sus mejores tiempos. Pero, además, miss Powell ofrecía otro motivo de interés: su marido era un arqueólogo de importancia, Humfry Payne, director de la British School of Archaeology en Atenas, con quien ella pasó largas temporadas en la isla de Creta. Resultado de esta experiencia fue un libro que busqué con avidez en las tiendas de lance; se llamaba *The Villa Ariadne* y en sus páginas contaba miss Powell toda la peripecia de sir Arthur Evans durante sus excavaciones en las ruinas de Cnossos.

Mezclar al rey Minos con Antonioni me pareció algo muy inglés, pero no fue lo único sorprendente de aquellas matinales iluminadas por el cine y la arqueología. Por el contrario, descubrí que miss Powell no era la única representante de su sexo en los ámbitos de la crítica. Había otras damas de empaque: Penelope Houston, cabeza visible de la sesuda revista *Sight and Sound*, y la señora Lejeune, que había dejado de escribir crítica en 1960 después de interesar durante casi treinta años a los lectores del *Observer*.

La actividad de esas señoras en un mundo que en otros países parecía reservado a los hombres me dio una nueva pauta del tipo de mujer que me interesaría en el futuro y que, por extensión, se erigiría en centro de mi obra literaria. Mujeres inteligentes, poderosas, compañeras y madres a un tiempo. En realidad era la parcela que venía ocupando Lettie, la mujer más fascinante que había conocido en mi vida. Sólo que al situarla yo en un lugar tan alto, podía combinar fácilmente el papel de madre con el de maestra.

Si ella no tenía ganas de ver alguna película o simplemente tenía resaca para aguantar siquiera un simple *trailer*, me esperaba a la salida de la proyección y nos íbamos a comer a algún pequeño restaurante de la City para terminar visitando alguna exposición dictada por la moda. Al revés de aquella Verónique cuyo piso parisino había fregado tantas veces, la inglesa Lettie era ciega para el arte moderno. En esto se parecía a Stephen: todo lo que se estaba produciendo en los *sixties* le parecía producto de una pandilla de descerebrados.

—Hablando de descerebrados —dijo un día—, tu Stephen me ha escrito desde un lugar llamado Cincinatti. Dice que está horrorizado de tanta vulgaridad, pero la culpa es suya. Uno sólo debe ir a América para hacer compras en Nueva York o hacerse un *lifting* en Florida... ¿Qué te pasa? ¿Te entristece la perspectiva de un *lifting* o es el recuerdo de Stephen?

Como no sabía lo que era un *lifting* era evidente que pensaba en Stephen. Pero prefería mentir para no revelar que la ausencia me había dejado más dolor del que resultaba elegante demostrar.

—Ninguna de las dos cosas —murmuré—. Estoy triste y basta.

—¿Te da a menudo o sólo después de ver esos horribles cuadros pop?

—Me da siempre que pienso en la inutilidad de las cosas y sobre todo cuando comprendo que me dejo deslumbrar por las que no valen la pena. Y que a lo mejor todo lo que antes me atraía de Chelsea se está convirtiendo en oropel.

—¿Y qué quieres que sea? Oropel y del más barato. Y aun así, que dure y dure, y crezca y se multiplique. Porque lo contrario sería volver a lo de antes: a los convencionalismos que acaban por asfixiarte. Sería regresar al tedio de esta isla estúpida, que es mortal para las almas imaginativas.

Para conjurar el tedio volvió a llevarme a la ronda de las fiestas, y cuando no iba con ella me apuntaba al carro de Carlitos, que continuaba siendo el más veloz de Chelsea. Pero era un vehículo peligroso, porque la presencia constante de mi gemelo había conjurado antiguos demonios, y con sólo volver a verle ya sentía que me estaba asomando a los abismos de la melancolía.

Así son las contradicciones del amor: sus efectos pueden desaparecer temporalmente ante la presencia de una situación más cómoda, pero no tardan en reaparecer con mayor virulencia cuando esta situación ha desaparecido. Naturalmente, tantas estrategias, tantas apariciones y reparaciones autorizan a pensar que yo seguía confundiendo los términos del amor, pese a que sufría como si los conociera todos. (Y ésta fue, a partir de entonces, una de mis frases favoritas, y también de mis personajes.)

Llegó Lettie para consolarme, pero aportando otra parcela de desconsuelo. Acababa de pasar por la revista y le habían devuelto mis cuentos acompañados por una pregunta que el director consideraba fundamental para ampliar sus conocimientos sobre la raza humana:

«¿De dónde has sacado a semejante monstruo?»

Al parecer había escrito algunas escenas que no se correspondían con lo que un director de revistas femeninas espera de un escritor de veintidós años. Sobre el cuento de los mártires ni siquiera se atrevió a opinar. La lectora encargada de redactar el informe había proferido un aullido pavoroso al leer que a un cristiano le introducían los verdugos una cobra en el ano. Como no pasó de aquí no pudo enterarse de la moraleja: el joven Flavio moría por error porque había perdido la memoria y no se acordaba de quién leche era Cristo y por tanto no podía renegar de él y salvarse.

Curiosamente, la cobra, el ano y la blasfemia final pasaron tres años más tarde la censura franquista. Cierto que fue después de tres prohibiciones consecutivas, pero acabó pasando de todos modos, mientras quedaban prohibidos otros cuentos menos hirientes.

Lettie dedicó más atención al segundo cuento, seguramente porque era más largo y esto le hacía pensar que me había costado más trabajo. Idea, por cierto, peregrina. *Pedro Páramo* es una novela corta; *Mientras la ciudad duerme* es muy larga. ¿Quién trabajó más, Juan Rulfo o Frank Yerby? La inmortalidad nada sabe de extensiones. Y en última instancia, ¿dónde está, dónde estuvo nunca, la relación entre esfuerzo y calidad?

Más que por estas cuestiones, Lettie parecía preocupada por la reacción de su director.

—Si te fijas, el cerdo empezó tachando el subtítulo...

Cierto: ya no se trataba de una «historia de depravación medieval», pero al ir volviendo páginas me di cuenta de que no se trataba de nada: todo estaba tachado. Bajo la palabra fin el director había escrito de puño y letra una anotación: «*What's got the wicked fellow in that brain?*»

—¿De qué se me acusa? —pregunté, afectando asombro—. Será de pornógrafo por lo menos.

—Peor. De enfermizo.

—Pues Stephen lo aprobó casi todo —dije como un último intento de justificación.

—Comprenderás que, dados los antecedentes, Stephen no es la mejor recomendación para defenderte ante un tribunal de la moralidad pública.

Contesté con una mueca que pretendía ser encantadora. Sin duda estaba ensayando mis posibilidades de triunfar como ingenuo, porque conocía perfectamente el alcance de lo que había escrito, aunque no fuese lo que a ella le había escandalizado. De hecho, las posibilidades corrosivas de *El demonio* estaban en la pirueta final: la perversión está en la mente del fraile, todo es un montaje de su sexualidad reprimida; en cambio, mientras el cuerpo del joven conde arde en la pira, se descubre que era bondadoso y, encima, milagrero. En consecuencia, es elevado a los altares... pese a que el lector tiene todos los motivos para seguir creyéndole un canalla redomado. El valor de la santidad quedaba tan en ridículo que me sentí orgulloso.

Hélas! Era un cachondeo decididamente ilegal del que Lettie sólo había captado sus aspectos más elementales.

—No sé si te has dado cuenta, pero entre el perverso conde y su preceptor se establece una relación de la que, como mínimo, puede pensarse que es homosexual.

—Homosexualidad latente —corregí yo.

—En cualquier caso, no es lo más adecuado para nuestro público. ¿Por qué no conviertes el conde en condesita?

—A tus lectoras tampoco les gustaría, porque si ella hiciese lo que hace su hermano, sería, como mínimo, un putarrón.

Me detuve aquí. Estaba harto de hablar de moral. Ya sólo me importaba su opinión en términos literarios. Los únicos que podrían servirme.

—¿Y tú qué piensas? —pregunté a bocajarro.

—Yo pienso que tienes una imaginación riquísima pero, *fuck you!*, ¿no podrías aplicarla a una buena causa?

—¿Como cuál? ¿La vida de Bernadette Soubirous?

—Ni se te ocurra. Serías capaz de hacerla lesbiana.

Estuve a punto de bromear diciendo que yo era como Mae West, que nunca pudo cantar una canción de cuna sin hacerla sexy, pero esto habría sido como darle una pista sobre los ritmos avasalladores que estaba tomando mi sexualidad, de manera que me pareció altamente peligroso. Y al asumir este temor me di cuenta de que estaba denunciando un peligro todavía mayor. Acababa de comprender que, junto a Lettie se estaba reproduciendo la situación de dependencia que había vivido junto a Stephen, con el agravante de que ella no podía mantenerme y yo estaba en las postrimerías. Como resultado tuve que buscar un trabajo a toda prisa.

Mientras lo buscaba decidí la conveniencia de aprender a vivir de una vez y convertí a Carlitos en el espejo que me devolviese una imagen más audaz. Al cabo de unos días podía escribir en mi diario: «He hecho el amor con seis personas y sólo me han gustado dos. Con Stephen todo era más divertido. Él era el dueño de la magia; los demás sólo tienen cuerpos. De todos modos, voy dando un poco de sentido al mío. Ya es algo.»

CUANDO UN PÍCARO DE LEY REGRESA a sus antiguas correrías nunca lo hace provisto del mismo bagaje. Ha visto mundo, ha hecho cosas *(I've seen world, I've done things)* ha tomado de aquí y de allá y lo que es más importante: ha sabido guardar. A partir de este momento su picaresca vale más. Es en esto como las putas: de cada cliente aprende algo nuevo y con su técnica debidamente mejorada sabe que su cotización ya no será la de antes. Tanto el pícaro como la puta han aprendido a hacerse valer. Y en la jungla del siglo el que no sabe esto no sabe nada.

Consciente de los valores que los demás me habían otorgado durante mis dos meses junto a Stephen, decidí que, al ofrecerme para un trabajo, debía jugar la carta más alta. Hablaba un inglés excelente y además un francés pasable y ese italiano que todos los barceloneses cultos creemos conocer. Era evidente que no podía malgastar tantos dones en las profundidades de una cocina, así pues opté directamente por la plaza de camarero y fui obteniendo cuatro, una detrás de otra. De las tres primeras me echaron a la semana de prueba; la cuarta creí retenerla, y durante un mes nada hacía suponer lo contrario. Sólo me hacía sentir tambaleante la animosidad de dos *managers*: dos mariconas a falta de una. La primera, un italiano llamado Lorenzo, me detestó sin perder nunca los modales; la segunda, un inglés llamado Larry, me odió sin detenerse a pensar en la urbanidad. Creo recordar que en cierta ocasión estuvo a punto de pegarme una bofetada porque le traté de loca menopáusica. En fin: pequeñeces.

Todo esto ocurría en un selecto restaurante de Belgravia llamado La Byciclete, situado junto a otro no menos finústico llamado Le Matelot. Ambos pertenecían a un psiquiatra que, según supe después, utilizaba a los camareros como conejillos de indias. Sin duda encontraría bastantes ejemplos para documentarse a fondo sobre la histeria en todas sus formas. Y aunque yo no tenía la autoridad clínica del doctor James, podía hablar de patologías con conocimiento de causa, como algo experimentado en carne viva, gracias la hostilidad de mis dos jefes directos; pero gracias también a mi vocación de escritor pude vengarme de sus agresiones confesándolas a mi diario y reproduciéndolas, continuamente, cuantas veces han aparecido en alguno de mis libros los aspectos más frívolos de la homosexualidad. («Locas odiosas —escribía—. Locas subdesarrolladas cuyos únicos objetivos son las fiestas, el sexo y la satisfacción de su inagotable narcisismo.»)

Lo que en 1964 era una confesión *naive* fue manipulado más adelante por la esquizofrenia del escritor, y así, mis horas quedaron trasladadas a la experiencia vital de uno de mis personajes y al mismo tiempo una de mis contrafiguras más reconocibles. Se trata de Lleonard, el protagonista de *El sexo de los ángeles.* Y es que antes de introducirlo en la enorme peripecia cultural catalana, que es el centro de la novela, le hice pasar por Londres y servir como camarero en un restaurante que se parece sospechosamente a La Byciclete.

Otro personaje de la novela, el narrador que toma sobre sus hombros la peripecia vital de Néstor Almendros, se desdoblaba para representar también a un personaje que apareció en mi vida por aquellos días. Un actor llamado Neal que acababa de ingresar como camarero provisional a la espera de un buen papel o, simplemente, de un papel por malo que fuese. Destino paradójico, por cuanto acababa de cumplir el sueño de muchos actores, interviniendo en un título egregio de Federico Fellini: *Ocho y medio,* donde hacía el papel del joven que acompaña a la estrella caduca interpretada por Madeleine Lebeau.

En medio del loquerío que dominaba La Byciclete, la presencia de Neal fue como un remanso de paz. Frente a la horterez de importación, mantenía actitudes perfectamente británicas. Era sumamente educado, de modales exquisitos que se acoplaban de manera inquietante con un físico muy peculiar: un físico que recordaba al conde Drácula después de una sesión de embellecimiento. Significa, pues, que tenía facciones muy pronunciadas, ojos saltones y el morbo añadido de unos dientes que diríanse colmillos afilados, a punto para perderse en travesuras de sangre por las noches de Transilvania. Aunque de musculatura perfectamente equilibrada y razonablemente atractiva, era de cuerpo delgado, más bien enjuto. El tipo de hombre de quien César dice a Marco Antonio que no hay que fiarse. Sólo que en el caso de Neal, Shakespeare se habría equivocado. Era encantador y se mostró muy bondadoso conmigo. Desde el primer momento me obsequió con un respeto que negaba a los demás camareros.

Tomando como bandera unas cuantas anécdotas del rodaje de *Ocho y medio,* conquistó inmediatamente mi curiosidad, que se fue ampliando a medida que sus explicaciones se ampliaban a diversas facetas de la vida romana, todas fascinantes. O quizá lo fuesen sólo para un cultivador de quimeras como yo; un cultivador dispuesto a creer a pie juntillas que Roma continuaba siendo el orgiástico escenario del filme *La dolce vita.* Si a ello se añade que Neal era un enamorado de la Ciudad Eterna y, encima, un cinéfilo capaz de contabilizar todas las anécdotas ocurridas en los estudios de Cinecittà desde la época de Mussolini, se comprenderá que mi curiosidad entrase directamente en los dominios de la fascinación. Y no era la menor Barbara Steele, la joven inglesa que aparece en el filme de Fellini como entretenida de un maduro productor, o algo por el estilo. Más que el personaje se recuerda su mirada vampírica y sus insólitas minifaldas. Cuando se lo comenté a Neal, me contó que era íntimo amigo y confidente de la joven diosa.

No exagero al definirla. Por aquel entonces la Steel gozaba de un culto minoritario entre los cinéfilos extravagantes, adeptos a los llamados subgéneros: la ciencia ficción y el terror especialmente. De belleza rara y un tanto necrofílica, había ido dando tumbos por los estudios ingleses sin encontrar el papel adecuado. Como solía ocurrir a muchas *starlets* de la época, llamó por primera vez la atención con una película que estaba en las antípodas de las que ella deseaba interpretar: una historia de terror medieval en la que aparecía como bruja que muere en la hoguera y regresa siglos después para vengarse en los descendientes de quienes la habían condenado. Referencias y fotografías de este filme, titulado *La máscara del demonio*, aparecían constantemente en las revistas especializadas en cine de terror que empezaban a proliferar por el mundo.

La Steel aparecería en mi vida apenas tres años después; en el ínterin continuó cimentando su mito con otras películas de terror a la italiana, con todo lo que supone para una joven que estaba anhelando interpretar a Hedda Gabler.

No era la única amiga íntima de Neal. Ni siquiera la principal. En sucesivas conversaciones se fue revelando un mitómano por lo menos tan considerable como yo, lleno de furia para encarnizarse con quienes detestaba y de pasión para defender a sus adoradas. Que, no por casualidad, eran primeras damas de la escena. Entre ellas destacaban en primer lugar Pamela Brown y Diane Cilento, nombres poco conocidos más allá de las candilejas del West End y las excelentes producciones teatrales de la televisión británica. Esto no debe llamar a engaño: en aquella época una nueva ola de jóvenes actores estaba deslumbrando al mundo a través del cine y su adecuación física a la moda del momento, pero en un segundo término, ese término jamás condicionado por los vaivenes de la actualidad, quedaba una extensa pléyade de personalidades teatrales que confirmaban la opinión generalmente extendida de que los intérpretes ingleses eran los mejores del mundo.

Aunque apenas un mes antes asombré a los amigos de Stephen recitando una lista bastante completa de *dames* y *sirs* de la escena inglesa, mis conocimientos no alcanzaban a muchas de las figuras invocadas por Neal, de manera que, para reconocerlas, tuve que recurrir a experiencias cinematográficas más o menos recientes. No fue difícil en el caso de miss Cilento, ya que acababa de interpretar un divertido papel principal en la exitosa *Tom Jones* y aparecía en las revistas como oponente de Charlton Heston en la producción en curso de rodaje *El tormento y el éxtasis*. Por lo que se refiere a Pamela Brown, la localicé como la gran sacerdotisa de Isis en *Cleopatra*, papel que fue casi totalmente mutilado en la versión definitiva. Mejor parada quedó con el papel de la insidiosa reina Ana en el filme que se había convertido en el gran éxito del verano londinense: *Becket*, con Richard Burton y Peter O'Toole.

Como corresponde a la generosidad gay, Neal sentía por sus amigas una devoción que se traducía en un afán proteccionista dirigido lo mismo a su vida privada que a su carrera. Todos creemos que nuestras amigas actrices son las más firmes candidatas a la gloria, y que el papel que se merecen es, como mínimo, el de Medea, pero Neal iba más lejos pretendiendo poner en práctica lo que su mitomanía ensalzaba. Su intimidad con miss Cilento le llevaba a inmiscuirse continuamente en sus relaciones con su marido, que resultó llamarse Sean Connery.

En cuanto a miss Brown, Neal se contentaba con planear una carrera adecuada a su talento que, según él, no había sido aprovechado. Sólo vivía para levantarle una superproducción que la lanzase definitivamente al estrellato.

Cómo puede conseguirse semejante proeza trabajando de camarero en un restaurante de Belgravia es algo difícil de comprender, si no se ha conocido el entusiasmo de Neal y el absoluto convencimiento de que tenía en sus manos a Sarah Bernhardt y Eleonora Duse. A los pocos días de conocerme decidió que, además, tenía al Ibsen de la nueva televisión.

Al escucharle, supe que los estudios de la BBC sólo estaban esperando a Ramón Moix. Al fin y al cabo, Graham Greene estaba muy pachucho.

La lectura de mis cuentos y muy especialmente el clima conseguido en *The Demon* le cautivaron, y en la precariedad de mi estado de ánimo le quedé profundamente agradecido; sin embargo, las consecuencias fueron más dudosas desde un punto de vista práctico. Y es que, llevado por el entusiasmo, se dedicó a hincharme la cabeza sobre el citado proyecto televisivo; proyecto que, además, tenía que ser a gran escala, pues estaba destinado a Pamela Brown. Sería un guión sobre los amores de George Sand y Federico Chopin, con énfasis particular en las escenas dramáticas para lucimiento de los protagonistas.

No dudé un instante en que miss Brown estaría espléndida como la escritora, pero empecé a vacilar seriamente cuando Neal me anunció en quién había pensado para interpretar al compositor tísico.

—Connery, naturalmente. Aunque yo lo deteste, debo reconocer que en estos momentos es *alguien* en la taquilla.

¡No podía ser verdad! Parecía una broma típica del mundo del espectáculo. Y aun así contesté como si me lo estuviese tomando en serio.

—Es más que alguien. Y seguramente será más que nadie si la gente sigue haciendo tanta cola en el Odeon para ver eso de *Goldfinger.* El marido de tu amiga está fantástico como James Bond, pero esa corpulencia, ese torso tan hirsuto... no sé, no le veo escupiendo sangre delante del piano...

—Qué tonterías dices. La sangre no tiene que ser la suya: en cine y televisión suele utilizarse la marca de sangre Max Factor. Después viene lo del vello: no ignorarás que muchos actores se depilan. Sin ir más lejos, William Holden sale un día muy de pelo en pecho y otro tan fino como el culito de un bebé. En cuanto a la corpulencia, Connery se la quita con una buena cura de adelgazamiento. No olvides que es escocés, luego muy testarudo. Además, sé por Diane que está muy interesado en hacer un papel dramático para demostrar que puede ser algo más que un agente secreto con licencia para matar.

Como es sabido, el señor Connery demostró ampliamente sus excelencias interpretativas en los años que siguieron, pero yo no llegué a conocerle, pese a que Neal me obsesionó durante todo el verano con la promesa de que cualquier día iríamos a almorzar con él para discutir personalmente sus puntos de vista sobre el papel de Chopin y los cambios que sería necesario efectuar en un guión que ni siquiera existía.

Y es que, para ser sinceros, yo no acababa de ver el asunto demasiado claro.

Teniendo en cuenta sus planteamientos, no ha de extrañar que Neal decidiese convertirse en mi agente artístico. Pero consciente de que un solo representado no le bastaría para subsistir, se adjudicó también la representación de miss Brown y miss Cilento. Y con Sean Connery no se atrevió porque se lo estarían disputando todos los agentes del mundo.

Neal llamaba a su decisión una «segunda carrera», solución absolutamente necesaria por si fallaba la primera. Que, por cierto, fallaba, y mucho. Como se ha indicado, no eran actores en paro lo que faltaba en los restaurantes de Chelsea, ni en las barras de sus *pubs* escaseaban las jóvenes promesas con ansias de debutar en cualquier obra maestra del nuevo cine inglés. Y aunque no me dediqué a investigarlo, seguro que habría un aspirante a guionista debajo de cada tacita de té.

En cualquier caso, me vi inmerso en este mundo que se desarrolla en torno al teatro y que, en los años setenta, viviría con absoluta intensidad, a través de su versión barcelonesa. La de Chelsea no llegó a fascinarme por la sencilla razón de que los nombres que podían interesar a un mitómano habían dejado de frecuentar los bares no bien alcanzaron la fama. Y si bien es cierto que en un par de ocasiones tuve la fortuna de tropezar con Terence Stamp y Vanessa Redgrave, no lo es menos que, a cambio, me tocó sortear una ingente cantidad de principiantes que no tardaron en aburrirme. Todos eran compañeros de Neal, todos habían probado suerte en Roma y todos habían hecho una breve aparición en alguna película de Fellini. Era como si Chelsea se hubiese convertido en el imperio de las sombras.

Mientras Neal iba intrigando de casa en casa, yo me documentaba sobre la vida y milagros de George Sand y Chopin, con alguna sorpresa que me afectaba como español; y es que, tras leer por primera vez *Un invierno en Mallorca,* comprobé con horror cuán bordes habían sido los mallorquines con la irregular pareja. No se los comieron vivos de milagro. Más adelante supe que en la vida cultural de aquella isla no han ido mejor las cosas entre sus propios miembros, decididamente antropófagos, pero en aquella época lo más mallorquín que conocía eran las ensaimadas y aun creo que nunca las comí genuinas, porque para algo teníamos en la calle Ponent las de la pastelería La Barcelonesa, establecimiento que había nutrido toda mi infancia.

Es asombroso que pueda hablar de golosinas cuando las dos mariconas del restaurante me estaban preparando un cáliz de amargura. Seguramente no pudieron comprender que, entre plato y plato, dejase desatendidos a los clientes para seguir alguna obra de George Sand que mantenía abierta entre los cubiertos —creo que era *Consuelo,* en aquellos días—; y la indignación llegó a su punto culminante cuando derramé la salsa de un chateaubriand sobre una señora que resultó ser la secretaria de la princesa Margarita. En pleno caos nadie apreció un detalle que hoy me inclino a considerar exquisito: era un plato que ostentaba un nombre muy literario. O eso debí de pensar como simple defensa contra un nuevo embate de la realidad. Así, dije a mi diario: «Lo que tenía que ocurrir ya ha ocurrido. Me han despedido del restaurante, y aunque dicen que es a causa de mi irresponsabilidad, yo estoy en que se debe a las neurosis de los demás. Esas dos locas ajadas han aprovechado un error sin importancia para saciar todo su odio contra un pobre hijo de la inmigración (*sic*).»

En el convencimiento de que ninguno de mis errores era importante intenté seguir practicando la política del avestruz, pero en aquella ocasión resultó inútil porque debajo del ala no escondía ni una miserable posibilidad de trabajo inmediato. Con el aluvión de jóvenes extranjeros que llegaba diariamente a Londres, las cocinas estaban a reventar, y aunque Neal continuaba hablando de la BBC y prometía hacerme un adelanto a cuenta de mis honorarios como guionista, yo seguía pensando que nos movíamos en los terrenos de la irracionalidad absoluta.

¿Había olvidado la voz popular, siempre presta a consolar las más dramáticas emergencias? Entre los hipotéticos ventanucos que Dios suele abrir cuando te da con la puerta en las narices apareció una leve franja de luz en la persona del doctor James, que tuvo a bien resarcirme con una nueva posibilidad, que no una ganga. Se trataba del puesto de barman en un restaurante del *countryside*: más exactamente en un pueblito llamado Plaxtol que se perdía en algún lugar del condado de Kent. Al parecer, Neal había hablado en mi favor, destacando mis conocimientos lingüísticos; por otro lado, los únicos que podía exhibir. Pero como se trataba de atender a la gente elegante que tiene casa de *weekend* en las afueras —o los más elegantes aún, que son terratenientes fijos—, el doctor James consideró muy oportuno que yo pudiese dar las gracias en francés y lindezas por el estilo.

He dicho que el empleo no era una ganga, opinión compartida por todos los jóvenes que lo habían rechazado. Al fin y al cabo, a nadie se le ocurría venir a Inglaterra para encerrarse en algún remoto lugar al que no llegarían, ni siquiera amortiguados, los ecos de Chelsea. Esta opción quedaba para los inmigrantes «profesionales», no para los que habíamos elegido el ancho mundo como academia donde ejercer nuestro aprendizaje de la vida por los medios más heterodoxos posible.

Al margen de todas esas consideraciones, la voz de la prudencia me aconsejaba aceptar el empleo, aunque fuese a riesgo de limitar mi experiencia londinense a los días libres. Además, durante los años que Neal necesitaba para convencer a Sean Connery, yo tenía que comer. Y en este apartado debo decir que mi madre podía estar tan tranquila: los camareros del restaurante La Forge comíamos y cenábamos los mismos platos destinados a los clientes, de manera que nunca saboreé manjares tan suculentos; por algo estaban sacados de la gastronomía francesa, que siempre gozó de gran predicamento entre los esnobs de cualquier nacionalidad.

Todos mis temores no me prepararon para la sensación de tristeza que me esperaba al llegar a Plaxtol. Parecía un pueblo fantasma, construido en función exclusiva del restaurante y sin absolutamente nada más que ofrecer. Creo recordar que se limitaba a una calle principal con un par de tiendas donde se vendía de todo sin especialidad en nada: prensa, zapatos, confituras, artículos de jardinería, productos de limpieza, medicamentos y pienso para los caballos. Al final de la calle, cuajada de casitas que parecían de juguete, se hallaba el restaurante y, más allá, introduciéndose en pleno campo, un *cottage* que se estaba construyendo el doctor James. No recuerdo si los demás habitantes de Plaxtol vivían entre los árboles, pero es posible que así fuese, porque no conseguí ver a un solo transeúnte durante los dos meses que pasé allí.

Gracias a que las habitaciones del restaurante estaban ocupadas por los otros camareros, el doctor James se vio obligado a cederme su *cottage*, cesión que él consideraba un privilegio y yo un venturoso cúmulo de ventajas. En primer lugar me concedía una intimidad absoluta, ya que quedaba fuera de los límites del restaurante y, una vez terminado el trabajo, me permitía vivir completamente aislado de los demás. En segundo lugar, se hallaba en pleno campo, con lo cual la sensación de aislamiento se aliaba con la de bucolismo. Y, por último, el interior estaba siendo decorado con un gusto exquisito, como si los mejores anticuarios de Chelsea viniesen a depositar semanalmente lo más selecto de sus catálogos. Como suele ocurrir en los hogares gayos, aquél podía acabar ahogado por un exceso de decoración, pero de momento tenía los elementos justos para satisfacer y aun impresionar. Pero más me impresionaba la idea de que aquel edén de la selectividad estaba reservado para mi único deleite, el más íntimo y privado, y que éste se prolongaría durante el resto de mi vida. Tal es la capacidad de engaño del lujo prestado.

Para culminar esa sensación me encontré con un cuarto de baño como lo hubiera soñado la impar Paulina. En realidad eran dos, porque la bañera se hallaba aislada en un espacio rodeado por enormes vidrieras, de modo que el sol del estío entraba a raudales y uno tenía la sensación de que podía acariciar las begonias del jardín con sólo extender la mano. En cuanto a la bañera, no podía ser más caprichosa: estaba incrustada en el suelo y rodeada por frascos de varios colores donde esperé encontrar todos los perfumes de Oriente. Pero a la espera de que alguien se decidiese a habitar el *cottage*, todos los recipientes estaban vacíos, de manera que, a pesar de tanto boato, tuve que contentarme aplicando a mi cuerpo un gel económico que vendían en el estanco del pueblo, donde por cierto no faltaba MacLean's, la pasta dentífrica a la que me había acostumbrado Carlitos.

No bien dejé la maleta en el domitorio corrí a arrojarme a la bañera como si se tratase de una piscina y me quedé largo rato mirando el campo a través de los cristales. No sé si fue la terapia de la naturaleza, no sé si la del lujo, pero el caso es que me sentí invadido por una sensación de lasitud muy parecida a la paz interior. Y aunque nunca supe a ciencia cierta en qué consiste esta suprema proeza del espíritu, la asocié con algo que estaría en las antípodas de la fiebre de Chelsea. Sin duda sería el prestigio de la campiña inglesa, con toda su leyenda a cuestas. Se me aparecía la placidez como una alternativa necesaria, algo capaz de elevarme a esferas superiores de cualquier experiencia espiritual. No reparé entonces en que aquella sensación podía resultar una trampa para alguien que se había definido como el perfecto chelsiano adoptivo. Por más que buscase en la reputación del *countryside* un enriquecimiento de mis tendencias mitómanas, lo cierto es que la nueva elección me motivaba en sentido contrario al que correspondía a mi temperamento. Todo era demasiado sereno para un espíritu cuyos mejores impulsos seguían siendo los decretados por la pasión y el azogue romántico.

En esta especie de decorado fantasma el restaurante La Forge parecía el plató de una gran superproducción de la Gainsborough, la productora que dio al cine inglés de los años cuarenta sus inolvidables melodramas ambientados en la época de la Restauración (títulos señeros, que entretuvieron a los pobres ingleses bajo los bombardeos alemanes). En realidad se trataba de una herrería del siglo XVIII perfectamente conservada en sus rasgos esenciales, y apenas alterada por las exigencias de la hostelería moderna. Incluso el bar había sido habilitado en un altillo que en otros tiempos ejerciera las funciones de granero.

Pero en este bar, en vez de damas hechiceras como Margaret Lockwood o Phyllis Calvert, se esforzaba por mostrarse hechicero el trigueño Raymond Moix. Y, además, lo hacía satisfecho de su destino y orgulloso de su apariencia porque el doctor James era sumamente puntilloso con el aspecto de sus empleados, a quienes consideraba una pieza más de la exquisita decoración del restaurante. Es posible que años atrás nos hubiese obligado a vestirnos como el paje de María Estuardo, pero el espíritu de Chelsea continuaba enviando sus decretos, e incluso en un lugar de ambiente tan tradicionalista se imponía un poco de modernidad con algunas concesiones a lo informal. Lo más preciso para no desentonar con la elegancia de la clientela, pero también lo justo para proponer un poco de alegría: jerseys rojos de cuello de cisne para las noches frescas y nikis rayados, de marinero, para las calurosas. Algún cliente habría preferido vernos con la hoja de parra, pero la época no había llegado a tanto.

Yo me sentía moderadamente feliz. Al fin y al cabo no era lo mismo servir un calvados a un caballero rural, con su atuendo sport lucido como un esmoquin, que fregar retretes o cortar pollos en cocinas mugrientas. La felicidad se completó cuando el doctor James mandó instalar en una de las estanterías del bar los aparatos estéreo para que yo pudiese elegir la música ambiente. Judy se convirtió, así, en la reina indiscutible de las veladas y su recital del Carnegie Hall en el placer añadido de la selecta clientela. O su pesadilla, según se mire, porque la repetición constante se convirtió en una introducción obsesiva a los misterios del culto Garland.

Pasé muchas horas tras la barra, atendiendo a los señores y madamas de la clase *tweed*. Me había aconsejado el doctor James que colocase furtivamente alguna palabra francesa, y aunque los clientes no entendían ni papa, bastaba para que me preguntasen si había nacido en París; en estos casos, yo me apresuraba a decir: *«Mais non, monsieur, I'm from Montecarlo»*, y se quedaban todavía más satisfechos por sonarles más sofisticado, como si en Montecarlo no hubiera pobretones. Y en cierta ocasión me aventuré a ir más lejos en mis mentiras, dejando caer que mi tía Constance tomaba el té una vez al mes con Grace Kelly. *«You mean Princess Grace»*, decía una chica *tweed* con expresión de asombro. Y yo contestaba: *«But of course. Who else?»* Mi aplomo sirvió para que los habituales de cada sábado aprendiesen lo que vale un peine. Yo les salí peine de nácar.

En cualquier caso la certeza de que no era *en absoluto* español me colocaba por encima de los camareros de mesa, sin que esto me crease su animadversión, gracias a Dios, que ya venía yo muy quemado de maricuelas rencorosas. Al contrario, cuando nos reuníamos para tomar una última copa me decía un tal Camilín: «¿Así que eres de Montecarlo, monada?», y yo contestaba sin dejar de reír: «De Montecarlo, Niza y Aristos», que eran tres cines de mi infancia que siempre iban juntos, como la Santísima Trinité.

Lo que teníamos claro todos los camareros era que los ricachones ingleses eran más tontos de lo que su prestigio permitía suponer. Por cierto que su ingenuidad me hizo ganar un buen dinero: formaba parte del código de cualquier cliente distinguido invitar al barman a una bebida, y, en previsión de posibles y no deseadas borracheras, mi antecesor me había aconsejado una extraña mezcla que tenía el color del whisky y hacía el efecto del agua mineral. Podía cobrar todas las invitaciones sin alterarme en lo más mínimo. Y al final resultó que ganaba yo más haciendo de chulo tanguista que cualquier jefe de sección en un banco de la City.

Entre bromas y bromas, resultó que mis relaciones con los demás camareros fueron óptimas. Una vez más eran compatriotas por partida doble: por España y por Sodoma. Teniendo en cuenta las tendencias del doctor James, esta última ciudadanía no era de extrañar; creo incluso que le permitía desahogarse llegando inesperadamente y poniéndose a departir con los camareros, dando rienda suelta a su verdadero carácter o, como vulgarmente se dice, quitándose las horquillas y soltándose el pelo. Tan serio como parecía en Londres y al llegar al campo sólo le faltaba la peineta de Rita Hayworth en *Los amores de Carmen.*

Desde el primer momento comprendí que no podía granjearme la animadversión del personal, como me había ocurrido con las locas de La Casserole, así que, en lugar de mostrarme culto y pedante, me puse alegre como un caramillo y en alguna ocasión llegué a cantarles coplas de Marifé de Triana. Lo agradecieron porque ésta no es la actividad que se presupone a los altivos catalanes.

Como era el más joven dieron en llamarme Baby Raymond, aunque creo recordar que el mote vino de mistress

Ingraham, una viejuca del pueblo que hacía de jefa de cocina —*«my kitchen»*, decía siempre en tono imperativo— y llegaba todos los días en bicicleta, pese a que estaba en edad de circular en silla de ruedas. Por lo demás, era el típico ejemplar del costumario británico: llevaba gabardina, botas de agua y sombrero impermeable en pleno mes de agosto, hablaba sólo de sus petunias —aquel año le habían salido mustias— y sabía todo lo referente a la familia real, con énfasis especial en las idas y venidas de la reina madre, a quien sin duda sentíase unida por vínculos generacionales. Presumía de conocer el tiempo exacto de ebullición de una tetera antigua que le había regalado una parienta de Sussex, y vivía con el alma en vilo por la suerte de la joven soltera embarazada por un empleado de correos en *Coronado Street*, una serie televisiva que venía durando más que la monarquía.

Por alguna razón que yo no fomenté se le metió en la cabeza que tenía cara de santito, en contraste con mis tocayos que, al parecer, eran un catálogo de vicios. Luego supe que se limitaban a pendonear, aunque no mucho, y esta actividad bastaba para que mistress Ingraham recurriese a lo más intenso de su genio poético para proclamar pomposamente:

—El Señor te guarde de imitar a tus compañeros, Baby Raymond. Son ángeles caídos.

—¿Y eso, Mrs. Ingraham?

—Sé que hacen cosas, Baby Raymond, sé que hacen cosas. La espada flamígera del arcángel bueno los tiene señalados.

Esa señora habría leído a Milton, aunque fuese en *digest* porque todas las opiniones que vertió sobre la moral de mis compañeros parecían sacadas de *El paraíso perdido* y, además, con las lóbregas ilustraciones de Gustave Doré. Literatura aparte, lo cierto es que la ama era un poco cenizo. Sus repetidas imprecaciones contra los transgresores de la moral abarcaban un espectro tan amplio como preocupante: incluían por supuesto a Liz Taylor —la pecadora preferida de las viejecitas de la época—, pero también a una sobrina que se había dejado besar por el novio saliendo de una fiesta en Tumbridge Wells.

Con tales antecedentes y sobre todo tras el proceso de mitificación a que me había sometido, la vieja se habría quedado muerta de conocer mi biografía más reciente. Pero sin duda la intuía el doctor James, porque además de distinguirme con su *cottage* particular quiso dar a mis talentos ocultos una aplicación más provechosa, de lo que permitía mi flamante empleo de barman.

Cierto día me llamó a su despacho y, con expresión que intentaba ser simpática, me espetó:

—Baby Raymond, después de observar detenidamente tu forma de andar, tus modales y sobre todo tu mirada creo que empiezo a conocerte. Y aprovechando este conocimiento que sólo un buen siquiatra puede alcanzar y un esteta reconocer, me siento animado a pedirte un favor en nombre de la empresa. Nada arriesgado, no vayas a pensar. Tus compañeros ya se han prestado en numerosas ocasiones.

Temí que me pidiese renunciar a mi día libre, que es lo que solían hacer los otros para ganarse un sobresueldo y, además, no arriesgarse a gastar sus ahorros en las tentaciones que suponía un día entero en Londres.

Como sea que yo estaba siempre dispuesto a sacrificar todos mis caudales a cambio de un buen espectáculo, me horrorizaba la idea de renunciar a una sola hora de asueto. Por fortuna, no era esto lo que pretendía el doctor James.

—Baby Raymond, ¿eres siempre amable con los clientes masculinos?

—Soy un encanto —me apresuré a decir—. Y con las clientas femeninas también.

—Eso está bien. Siempre conviene distinguir a las damas con un último detalle. De todos modos, no te habrá pasado por alto que nuestro restaurante depende en gran parte de la clientela masculina. Para que me entiendas: tenemos un público de caballeros de calidad que, por ser solteros y sin familia a su cargo, gozan de un alto poder adquisitivo. Como, además, suelen estar relacionados con *la crème de la crème,* arrastran consigo a matrimonios amigos, todos de calidad inmejorable. Pero ellos siempre son, por así decirlo, el alma de la fiesta.

—No me había fijado especialmente, pero ya que usted lo dice es cierto que viene mucha maricona.

El doctor James hizo un mohín que pretendía ser de desagrado y se quedó en cursilería.

—Ésta no es exactamente la palabra, Baby Raymond. Desde luego *no* la que utilizaría yo. De todos modos es cierto que se trata del tipo de clientes que resultan, por decirlo de algún modo, un tanto singulares. Por el solo hecho de serlo precisan de un trato especial por parte de los camareros. A propósito, debo decirte para tu satisfacción que un abogado que goza de mi mayor afecto ha tenido palabras muy elogiosas para ti.

—¿Sobre mi forma de preparar el daiquiri? —pregunté, ilusionado de que alguien apreciase por fin mis verdaderos méritos.

—Sobre tus nalgas, querido.

—Pues si llega a ver las de mi hermano gemelo se corre encima, la muy zorra.

—Francamente, ese vocabulario... —Esbozó un mohín de disgusto. Al cabo, añadió—: No lo entiendo. Siempre te veo traginando libros: ¿en cuál de ellos has aprendido a hablar así?

—En su cocina, sir. De sus camareros. No sabe usted la de tacos que sueltan.

—¿Tacos en inglés? —preguntó, seriamente preocupado.

—En español, sir.

—Ah, bueno, entonces es cosa vuestra. A mí lo que me interesa es que extremes las amabilidades con los clientes hasta más allá de donde ellos mismos te pidan. No te será difícil satisfacerlos en toda regla. Al fin y al cabo, en mi humilde *cottage* dispones de libertad absoluta para llevar a quien quieras. Sería ideal que tu elección coincidiese con la de la empresa... Por cierto, no quisiera que estas sugerencias te violentasen. Siempre puedes olvidarlas al salir por esta puerta pero debo recordarte que, si lo hicieras, demostrarías ingratitud hacia la empresa y esto, como no ignorarás, siempre se paga.

No me sentí violento en absoluto. Al fin y al cabo me estaba proponiendo lo que había intentado hacer en París, bajo el cortante frío de las Tullerías, tan nocivo para mi sinusitis. Aquí, me traían los clientes a domicilio. Era una oferta difícil de mejorar.

—¿A medias en el precio? —pregunté, afectando la rudeza del negociante sin escrúpulos—. Quiero decir: ¿con qué comisión se queda la empresa?

—¿Pero qué dices? —exclamó el doctor James, escandalizado—. Esto es una gentileza al cliente. Que no me entere que has aceptado ni un penique. ¿Quieres que nos tomen por una casa de putas?

Volvió a resonar en mis oídos el refrán de la tía Florencia: «Para ser puta y no ganar nada, mejor honrada», pero en aquel caso no tenía razón de ser porque si es cierto que no ganaba nada con el puteo en cambio perdía todo si no aceptaba practicarlo. Es algo que los *hereus* catalanes hemos sabido desde siempre: no importa lo que se gana sino lo que se deja de ganar. Una variante de la ley de las tres emes aplicada a la ley del puterío.

—¡Gran muchacho! —exclamó el doctor James—. Te veo tan bien dispuesto que me permito augurarte horas muy placenteras. Además, debo decirte para tu tranquilidad que mi amigo, el abogado, es un maduro muy apuesto: el tipo de caballero que arrancaría muchos suspiros si apareciese en las comedias mundanas del West End. Tal vez por ser consciente de su atractivo es también muy exigente en los detalles. Hay uno que no debes olvidar: es estrictamente necesario que tengas siempre en la nevera una botella de champán.

—¿Francés?

—¿Es que puede haber otro? Dispondré que te lo repongan cada semana. No olvides que mi amigo, el abogado, lo necesita para su aseo.

—¿Se lava las manos con champán?

—Se lava el prepucio, querido. El prepucio.

—*Collons!* —exclamé.

Ya lo decía Espriu: en momentos críticos siempre sale la lengua materna. (*«Però a l'hora de morir xisclaràs en català.»*)

El prudente Espriu jamás habría aprobado las situaciones que me tocó vivir, pero yo encontré encantador ver cómo aquel caballero se lavaba sus partes un sábado con Dom Pérignon y otro sábado con Moët Chandon. No sé decir si era un aspecto original del erotismo británico o algo que harían los mejores excéntricos del mundo. Nada podía extrañarme desde que Neal me contó el caso de un primerísimo actor a quien los aduaneros italianos encontraron en la maleta todo un equipo de ropa interior femenina, usada y hasta sudada, y aunque él se apresuró a decir que era de su novia, todo el mundo sabía que la novia era él.

Cierto que a aquellas alturas mi sentido del humor empezaba a ser considerable, pero ya nada relativo al sexo me daba risa y era difícil que algo me pareciese digno de censura. Sabía por propia experiencia las dolorosas consecuencias de la intolerancia. ¿No me había pasado la vida soportándola? Jamás me pondría de su lado. Detestaba a los enemigos de la libertad en cualquiera de sus manifestaciones, y el sexo fue, entre todas, la más difícil de asumir. Yo sabía que por el sexo se llega a la alegría infinita, pero también a la desesperación. Que en este absurdo, lacrimógeno valle por donde deambula a trancas y barrancas la raza humana, cada uno encuentra su realización no como quiere, sino como buenamente puede. ¿Quién está libre de recovecos, quién de este último deseo inconfesable, que le aparta del resto de la sociedad? En mi *cottage* de Plaxtol a un abogado le dio por lavarse el prepucio con champán francés, y a un terrateniente de glorioso apellido pidió que alegrase sus entrañas con un consolador del tamaño de una mortadela. Pues qué bien. Si a alguien le hubiese dado por introducirse un cactus en el ano, yo habría pensado que sería menos dolorosa una barra de nardos. Pero nada más.

PLAXTOL SIGNIFICÓ MI PRIMER CONTACTO con la vida bucólica, y esto tenía que influir en la experiencia literaria. Lo quiere el tópico y en esta ocasión con cierta causa debido al prestigio de que goza el *countryside* inglés como paisaje y como forma de vida. Algunos conceptos como luminosidad, placidez y serenidad influyeron al parecer en numerosos escritores y yo decidí que no debía ser menos. O en aquel ambiente escribía una obra maestra o no lo haría nunca. De ahí que abandonase las narraciones cortas para enfrentarme a una obra de alcances más vastos; una novela cuyo tema principal, el paso del tiempo y el devenir de las generaciones, tenía que entrañar necesariamente una dimensión de magnitud.

La naturaleza me exigía ser magno, aunque fuese una naturaleza tan domesticada como la del *countryside.* Quise creer que a los veintitrés años acababa de alcanzar la serenidad del clásico, sin darme cuenta de que volvía a someterme a clichés preestablecidos que determinaban todos mis estados de ánimo, condicionados como siempre por el impacto de los motivos externos.

¿De qué extrañarse? Una de las características de la evasión en los años sesenta fueron los intentos de vencer las alienaciones de la vida urbana a través del contacto con la naturaleza. Allende el Atlántico, se estaba gestando lo que se dio en llamar «la revuelta de las flores», y unos chicos llamados *hippies* no tardarían en ponérselas en el pelo mientras buscaban en las costas de California una relación entre la luz solar y la plena realización del espíritu. En los primeros ejemplos de prensa contracultural que llegaban a Europa se hablaba de incipientes ensayos de vida en comunidad, basada siempre en el rechazo de las grandes ciudades. Esto podía ser nuevo para los yanquis, que son tan insultantemente nuevos ellos mismos, pero en culturas mucho más antiguas, que son las mías, la idea del escape de la vida urbana a través del campo estaba inserta en los privilegios heredados de la dominación romana: no hubo ciudadano de abolengo que no soñase con su villa campestre, y más de un poeta sucumbió a la fascinación de la propiedad. Cuenta alguno de mis autores que Augusto obsequió al sublime Virgilio con una posesión de alto precio, viña incluida. Es posible que el vate escribiese los mejores cantos de la *Eneida* en una letrina de la Subura, pero el regalo de Augusto le haría una ilusión bárbara. Una ilusión muy bien adaptada a Cataluña, por cierto. En esta tierra de paso, la relación entre tradición y carácter siempre ha resultado como mínimo sorprendente y como máximo ejemplar. La necesidad del bucolismo como fuerza revitalizadora de la actividad se supo, en Cataluña, desde que un urbanita fatigado recogió la tradición romana y se inventó el mito de la *caseta i l'hortet,* mito tan arraigado en nuestro inconsciente colectivo como el de la *botigueta i el calaix.* Es decir: la tienda, el lucro y la finca con un rincón para cultivar tomates. Todo muy romano, sí, pero también con un punto fenicio. Por tanto, todo de un prestigio que acojona.

En la década de los sesenta, los artistas catalanes ejemplarizamos esta tradición matándonos a trabajar para conseguir lo que los tiempos llamarían «segunda residencia», definición cursi donde las haya. En esencia se trataba de una casa restaurada —preferentemente una masía—, no necesariamente provista de una viña pero emplazada en paisajes consagrados por la reputación de algún artista que llegó antes que los demás. Esto hizo que muchos pintores sin mañana se sintiesen herederos de Dalí por el solo hecho de pasar los fines de semana en Cadaqués; al mismo tiempo, los escritores se radicaban en la planicie del Ampurdán para sentirse émulos de Josep Pla. Infinidad de artículos inútiles ejemplarizarían estas pretensiones dándoles un pretexto más o menos poético. Yo llegué a la quimera un poco antes. Llegué a considerarme compañero de tertulias de Henry James porque podía embadurnar mis cuartillas en pleno *countryside* inglés.

En Plaxtol, la naturaleza determinó que me plantease la experiencia literaria desde una escenografía particular y seductora; una escenografía que a su vez exigía todo un ritual. Antes de enfrentarme a la página en blanco me sometía a una serie de preparativos: buscar el rincón más soleado del jardín, considerar las petunias o begonias del parterre más cercano, transportar la mesa y la silla, preparar papel, lápiz y diccionarios, orientarme hacia un punto determinado del paisaje donde la mirada, errante, pudiese encontrar su inspiración mejor... acciones todas que me empeñaba en considerar tan literarias como el texto que pudiese pergeñar. De hecho jugaba a ser escritor con resultados contradictorios. Porque no era raro que, una vez instalado en aquel marco seductor, no me saliese una sola línea válida; o, simplemente, una sola línea.

Aprendí que la literatura necesita de un espacio propio para producirse, pero también sé que es tan caprichosa como para surgir a borbotones cuando nada la anuncia y ni siquiera el espacio la propicia. Ahora mismo, en la época de la opulencia, la literatura continúa siendo un gran misterio que las agencias de viajes no pueden programar. Yo he escrito, a orillas del Nilo, mis peores textos nilóticos, y en cambio la nostalgia de este río me ha provocado ideas deslumbrantes en un barucho cualquiera de cualquier ciudad. Y las mejores descripciones de *Olas sobre una roca desierta* pertenecen a ciudades que nunca he llegado a conocer.

No es necesario hallarse frente a un paisaje para describirlo; a veces, el sueño del paisaje puede mucho más. Y, así, en la distancia, Barcelona irradiaba un poder como nunca había conocido.

No es raro que en plena inmersión en el bucolismo me consagrase a una novela que estaba basada en lo contrario: en la nostalgia de la vida urbana y la glorificación del concepto de ciudad. Y es que entre otros elementos basados en la urgencia del testimonio, *El día que murió Marilyn* era una novela empeñada en la creación de Barcelona como mito literario. Desde el primer momento me fascinaba la idea del espacio urbano como personaje y, al ser tal, sometido a una evolución en el tiempo como los dos protagonistas. ¿O esta conciencia llegó después, cuando me sentí fascinado por la arrolladora Alejandría de Durrell? Tanto es así que a menudo me he preguntado si no debía poner a mi novela el subtítulo «El cuarteto de Barcelona». La influencia de Durrell fue poderosa a lo largo de los años, y sin embargo no debo descartar de aquella primera época lecturas más *naives*, como la hoy olvidada *Mariona Rebull*, de Ignacio

Agustí, con su arranque lleno de nostalgia: «Hablo de muchos años atrás. Mi ciudad alcanzaba su cima sin perder un ápice de su encanto recoleto. Cada barrio tenía su parroquia. Al doblar una esquina cualquiera el viandante percibía murmullos de rezos; las monjas de los conventos susurraban en el oratorio; y el tañido leve de las campanas conventuales, tan peculiar, se dilataba en la madrugada hasta morir en el lecho de nuestros abuelos...»

En razón del pasado político de su autor, las peripecias de la señorita Mariona y su viudo Rius siempre resultaron de difícil, si no comprometida, reivindicación entre la progresía, pero en mi adolescencia su carga de barcelonismo nostálgico tuvo el poder de impresionarme vivamente. ¡Pasa el tiempo tan veloz sobre los libros! Transcurre con tan destructiva celeridad como sobre las personas, y del olvido final sólo resurge una impresión que sin darnos cuenta influyó en nuestro futuro. No sólo los textos inmortales obran este prodigio: de la lectura más humilde podemos sacar a veces una inspiración que llega por sorpresa, desconocido ya su origen. Esto hizo por mí aquel texto hoy proscrito de las obligaciones del lector de gusto: me inculcó la idea de esa Barcelona que va creciendo como un todo en la memoria y se va construyendo, amada y maldita a la vez, como una predestinación fatal.

Mi Barcelona no podía ser la del señor Rius, con una sociedad formada por hijos díscolos que acaban asumiendo su destino, siguiendo la tradición paterna. A buena hora habría yo reaccionado como el joven Desiderio, que renuncia a su vocación de pintor para acompañar a su padre a abrir el negocio todas las mañanas del mundo. Mi Barcelona tenía que estar formada por jóvenes adeptos al rechazo; *hereus* ingratos que obsequian a la tradición depositando un *cagarro* a los pies de la Virgen de Montserrat. Por otro lado, mis opciones políticas estaban en las antípodas de Ignacio Agustí. Aun desde la ingenuidad, yo tenía muy claro que a través de mis dos protagonistas tenía que efectuar un poderoso rechazo de la sociedad franquista. Rechazo que la casquivana Mariona Rebull no habría comprendido porque la existencia de un Franco en su época le hubiera permitido ir al Liceo sin temor a bombas anarquistas y fruslerías parecidas.

Siempre se dijo que la altísima burguesía catalana, entre el peligro de una bomba y el peligro de un Franco, no dudan un momento: eligen a este último, disfrazándolo, eso sí, con todas las coartadas aprendidas en civilizados viajes por las ciudades más cultas de Europa.

Lo repito: aun desde la ingenuidad yo tendía a expresar mi repugnancia por el pasado que me había sido impuesto, y ese pasado empezaba en mi hogar antes de alcanzar a los calabozos de la Vía Layetana, donde se torturaba a manta pese a que Franco se dispusiese a celebrar un curioso sarao al que dio en llamar «Veinticinco años de paz».

Cuando, seis años después, *El día que murió Marilyn* ya era una novela pulida y terminada, María Aurelia escribió: «El libro es de cabo a rabo una pregunta insistente para conocer las razones de la gran derrota, de una derrota en la que él no ha participado.» Y si bien esto es cierto en los aspectos políticos, no lo es menos que podía extenderse a mi historia personal, atrapada en la red de los afectos caníbales —«el infierno son los demás», de Sartre— y más concretamente en el desorden que imperó siempre en mi vida familiar.

Esta idea, que siempre consideré nefasta para la formación de mi carácter, permanecía tan arraigada que el primer título de la novela fue, precisamente, *El desorden.* Mucho antes de la primera redacción, el tema aparecía esbozado en unas notas de mi diario: «Es como si llevásemos el desorden dentro. En la casa, en el alma, en mi vida. Siento dentro de mí un cúmulo de cosas desencajadas y su agitación me angustia. Tengo ganas de gritar, pero no puedo y en realidad no sé qué gritaría...

»En casa siempre reina el desorden. Papeles, trapos, cosas viejas. A mamá no le importa la casa. La única persona con quien se llevaba bien es... con NADIE. Somos una familia pintoresca, pero de un pintoresquismo abocado al desastre. A veces siento envidia de otras casas: en ellas reina el orden, existe un respeto de unos por otros que en mi casa nunca ha habido. No sé si hubiese sido preferible nacer en una familia totalmente burguesa como la de los tíos de la Diagonal, que en este caos, donde vivimos por un lado como burgueses y por el otro como bohemios, siendo el resultado una total no-adaptación a ninguna de las dos cosas. Estoy tan desesperado que he llegado a aconsejar a mis padres que se separen de una puta vez.»

Tiempo después, escribí la siguiente apostilla: «¿Por qué hace un año escribí esto como perteneciente a *El desorden*? No lo sé, supongo que ya estaba gestando la parte autobiográfica de la novela.»

MIENTRAS LA LITERATURA ME ASALTABA, la vida seguía en Plaxtol su curso de placidez, sólo interrumpida por el alboroto de las mariquitas del restaurante, que solían divertir sus ocios a base de peleas amistosas y gritonas imitaciones de las folclóricas de los años cincuenta. Nada que oponer. Era una espléndida respuesta racial a tanta Judy Garland, tanta Marlene Dietrich y tanta hostia.

Yo sólo deseaba que llegase de una vez mi día libre para desplazarme a Londres y dejarme contagiar de nuevo la fiebre de Chelsea. Me llevaba uno de esos encantadores trenes ingleses parecido al que tomaba Greer Garson en *La señora Miniver*: vagones pequeños, confortables como una salita de estar y con aroma permanente a menta recalentada. Disponía del mismo plazo de tiempo que se concedía Celia Johnson en *Breve encuentro*: apenas un día para sumirme en el torbellino de la gran ciudad y darme cuenta de cómo lo echaba de menos. Pero mi entusiasmo era, una vez más, el resultado de un espejismo. Al no poder vivir las noches, mi experiencia londinense quedaba reducida a la condición de espectador de provincias, ese que encuentra en la gran ciudad un buen pretexto para hacer unas pocas compras en los grandes almacenes de siempre, y asistir a un espectáculo en el West End en régimen de *matinée* para llegar a tiempo al último tren o a ese autocar donde ya le están esperando todas las solteronas y abuelitas del pueblo.

Al pasar por la casa del World's End la encontraba vacía, triste, estéril porque todos sus ocupantes se hallaban trabajando a aquellas horas. Sin el bongo de Jungle King y sobre todo sin el trasiego coquetón de Carlitos, la casa parecía un sepulcro. Y no quería pensar siquiera en lo que habría sido una visita a mi otro hogar, el *loft* de Stephen. No echaba de menos el mundo que había puesto en mis manos, aquel espejismo de vida social, pero seguía considerando mi cambio de vida como un exilio. Volver a ser villano después de haber sido señor era una experiencia muy dura. Sólo me consolaban sus postales, que llegaban desde los lugares más inverosímiles para un personaje como él: Seattle, Detroit, Los Ángeles... Habría podido preguntarle: ¿qué demonios hace lord Brummell entre la vulgaridad de Yanquilandia? A buen seguro que me hubiera contestado: se pierde, se pierde continuamente.

De momento, el más perdido era yo.

Falto de vida nocturna, mis incursiones londinenses me dejaban reducido a la condición de turista más o menos avisado: cumplía la cuota visitando los Turner de la Tate o soñando viajes imaginarios ante las antigüedades egipcias del British Museum y la sección de libros de historia del tercer piso de Foyle's.

El viejo sueño del Nilo renacía en lo más profundo de mis anhelos. Pensando siempre en un posible viaje perdía horas recorriendo agencias de viajes con el propósito de amontonar folletos con precios al alcance de todos los bolsillos. Por desgracia, el mío no estaba contemplado en ninguna oferta.

De todos modos, comprobé que el sueño del Nilo estaba mejor programado para un inglés de clase media que para un español dotado del mayor poder adquisitivo. Lo mismo ocurría con las islas griegas: en las páginas de los periódicos era habitual descubrir anuncios que ofrecían villas en Creta o Rodas con alquileres razonables. Mi imaginación se desbordaba ante unas ofertas que en España ni siquiera habían empezado a apuntarse. Recordaba como el colmo de la sofisticación ciertos cruceros de la alta burguesía barcelonense, anunciados en *Destino*: llegaban a Alejandría, los llevaban en autobús a El Cairo, los dejaban retratarse ante las pirámides y los devolvían al barco sanos y salvos para proseguir la ruta. Es cierto que era todo lo que veían de Egipto, pero era Egipto de todos modos, y el solo nombre de este país continuaba encendiéndome la imaginación. Incluso había llegado a saber que ahora se llamaba Misra, pero a mí me gustaba más el nombre de antes, entre otras cosas porque creía a pie juntillas que Sinuhé mantenía abierta su consulta en los muelles de Tebas, y Nefer-Nefer-Nefer se ganaba la vida llevándose a su catre babilónico a los lectores de *Destino* que se hubieran empeñado el palco del Liceo o la tribuna del Nou Camp para pagar tan altos favores.

Nuestra Dama Fantasía continuaba moviendo mis anhelos y en aquellos desplazamientos a Londres no dejaba de empujarme hacia la satisfacción de mis intereses culturales. En realidad, no había dejado de hacerlo en el *countryside*; si se exceptúan los grandes espectáculos teatrales, mi cuota de espectador se cumplía con rápidos viajes a la vecina Sevenoaks, una encantadora ciudad de provincias cuyos cines, de la cadena Rank y ABC, seguían puntualmente la actualidad cinematográfica de la capital. No cabía pensar en una programación exigente —es decir, ni clásicos ni arte y ensayo—, pero el material básico para mi cuota de entretenimiento estuvo siempre asegurado. Títulos tan agradables como *Charada* o *Ella y sus maridos* me permitían seguir pensando que Hollywood todavía estaba vivo. Naturalmente estas experiencias se tradujeron en distintos artículos que fui enviando a *Film Ideal*, donde ya me sentía plenamente integrado hasta el punto de considerarme algo parecido a un corresponsal en el extranjero.

Fue lo más parecido a la fantasía que viví en aquel entorno donde lo idílico, convertido en cotidiano, amenazaba con derivar hacia la pesadez. Cierto que era maravilloso sentirse rey en el *cottage* del doctor James, cierto que esto me proporcionaba una intimidad inesperada para un vulgar camarero, pero el tedio empezaba a hacer mella en mi ánimo, y cuando me apartaba de la máquina de escribir la fiebre de la creación no compensaba la falta de la fiebre de Chelsea.

La esclavitud seguía siendo sofisticada, las camisas que el doctor James elegía para sus camareros eran alegres, vistosas y de calidad, pero esto sólo significaba que le complacía rodearse de siervos bien vestidos; los ratos detrás del mostrador me permitían vislumbrar todo el esplendor de los ricos del *countryside*, pero ellos podían arrogarse el papel de dueños a cambio de una propina no niego que generosa. Todo seguía siendo servidumbre, a fin de cuentas.

En mis desplazamientos a Londres continuaba viéndome con Neal y Lettie, y cada uno de ellos insistía en la pretensión de convertirme en escritor inglés, cuando no había demostrado siquiera ser escritor aceptable siquiera en mi propio idioma. Lettie fue la primera en darse por vencida, porque cada uno de los cuentos que le proponía se iba apartando más y más de las exigencias de una revista femenina. Cuando no incurría en algún atentado a la moral, cosa fácil dada la pacatería de este tipo de publicaciones, me perdía por terrenos de fantasía que eran pasos en el delirio para un público acostumbrado a las leyes más estrictas del realismo.

Lo irreal debía limitarse a los romances. La forma de hacerlos viables tenía que ceñirse a las leyes más elementales de la estructura. Y en estas condiciones, los mundos irreales que bullían en mi imaginación debían de ser tan insultantes como sorprendentes fueron, mucho después, en el seno de la cultura catalana.

Coincidiendo con la decadencia de mi interés en una posible carrera inglesa, Lettie fue espaciando nuestras citas de una manera tan incomprensible que temí haber cometido algún error del que yo mismo no tuviera conciencia pero que me convertía en un ser abominable a sus ojos. Y cierta tarde en que la invité a ver *La noche de la iguana*, se me ocurrió elogiar la escena en que Ava Gardner se baña en el mar con un par de machitos, y ella comentó que se trataba de un exceso abominable. Opinión por cierto inusitada en una mujer tan liberada.

—Es una escena ridícula —exclamó en tono airado—. Ninguna mujer que se estime se pondría en ridículo con dos chicos tan jóvenes.

—Que sí, que sí —dije yo en tono jovial—. Tú misma te pondrías las botas. Y harías bien. Seguro que te aprovecharía más que el whisky.

Ella me miró de arriba abajo, como examinándome para el patíbulo.

—Eres tonto. Eres tontísimo. ¿Qué sabes de mí para aventurar tales sandeces? —De pronto cambió de tono, poniéndose agresiva—: No te das cuenta de nada. O no lo deseas. ¿Tanto miedo tienes de que te viole una mujer más lista que las demás? O acaso más desgraciada, porque ¡menuda violación sería!

Entre todas las frases inoportunas, ésas se llevaban la palma. Y yo quedé perplejo e intimidado a un tiempo.

—¿Por qué dices esto? Si se trata de un reproche, ni lo entiendo ni lo merezco.

—Olvídalo. Al llegar a una edad determinada, una mujer debe saber cuándo ha llegado el momento de retirarse.

Apresuró el paso en dirección a una parada de taxis. Yo intenté retenerla con unas palabras que confié serían de su agrado.

—Espera. Quería que leyeses la carta que me ha mandado Stephen.

Pero ella ya estaba dentro del taxi. Y antes de cerrar la puerta con extrema violencia, exclamó:

—Que se vaya a la mierda. Y tú también. Iros a la mierda todos los sucios maricas del mundo.

A la perplejidad siguió la indignación y lentamente el dolor por un pequeño drama que empezaba. Si una mujer como Lettie reaccionaba de aquel modo no sería porque yo le hubiese fallado como autor de textos románticos. Y tampoco era plausible que un humor tan agresivo surgiese de repente sólo porque apareciese en la pantalla del Loew's una escena más o menos erótica con una dama madura dándole placer al cuerpo. ¿Me había tratado de tonto? Era posible que no andase desencaminada. En mi inexperiencia de aquella época no había percibido que en nuestros últimos encuentros ella mostraba cierto desasosiego alternado con soplidos de furia, poco razonables en la mujer superior a quien tanto admiraba. La hacía extravagante pero en modo alguno neurótica, y si ahora no descartaba esta posibilidad lo hacía obligado por unas circunstancias que me eran ajenas. ¿O no lo eran tanto? ¿O estaba yo más implicado en el mal humor de Lettie de cuanto había creído? En cualquier caso, estaba claro que no lo quería creer.

La política del avestruz me ayudaba a ignorar escenas que cualquier aficionado al melodrama habría visto claras y diáfanas. Y la misma política, una idéntica estrategia de cobarde, reapareció cuando Neal organizó una escena parecida con el agravante de que mezclaba los sentimientos con los negocios. Todo excesivamente complicado para no retroceder a toda prisa, agobiado por la idea de que Londres entero estaba conspirando para atraparme en una red de sentimientos no deseados. Porque ni siquiera la necesidad de escapar a la soledad a través del amor conseguía que el amor se me impusiera sin mi consentimiento.

Recurrí de nuevo al pretexto de las *amitiés amoureuses.* Seguía siendo una opción muy culta, y en el caso de Stephen había funcionado a la perfección. Conseguimos pasárnoslo bien sin que mediase el amor, y el giro que acababa de tomar mi amistad con Neal me confirmaba que la presencia de un sentimiento tan comprometido era una amenaza para la perfecta armonía entre camaradas. De pronto, nuestros encuentros se habían convertido en una complicada sucesión de altercados que surgían por el menor motivo —una película, un disco, un libro— y aun sin que mediase ninguno. Eran salidas de tono tan histéricas, tan a destiempo, que por fuerza tuve que compararlas con las de Lettie. Por cierto que ninguno de los dos quedaba bien parado a mis ojos, antes bien se rebajaban. Ambos me colocaban en una situación de diosecillo que me resultaba incómoda por cuanto era incapaz de corresponderla. Reviví los sinsabores del amor, pero a la inversa. Ya no era el rechazado, papel que me sabía de memoria, pero al verme obligado a rechazar me sentía en una situación igualmente incómoda, presa de una angustia parecida.

Mientras esta compleja red de sentimientos insanos amenazaba con estrangularme, pensaba en Stephen con una extraña mezcla de nostalgia y desesperación. Nadie podía sustituirle como maestro de música pero, al mismo tiempo, nada le sustituía como compañero. Empezaba a experimentar la insoportable sensación de que algo muy importante se me estaba escapando. Y me encontraba negando mis propias palabras, cuando le dije que no había sido feliz a pesar de tener el mundo en mis manos. Renegaba de esta idea, tan peregrina como el concepto mismo de felicidad. Me acusaba a mí mismo de embustero involuntario, además de estúpido porque me creía sincero.

Si hubiese aspirado realmente a la sinceridad habría comprendido que me estaba repitiendo. La ignorancia de mis verdaderos motivos se parecía al desconcierto que me acometió durante las últimas jornadas de mi viaje con Alexander. Había mucho amor en aquella ocasión y es probable que también lo hubiese habido en el *loft* de Stephen. Pero lo que no supe en Beirut tampoco lo sabía en Londres. Continuaba viajando a la deriva.

Para complicar las cosas, releía constantemente la carta que acababa de enviarme Stephen: «Te recuerdo con nostalgia, te recuerdo siempre como eras en nuestras noches de Chelsea; evoco tu entrega a las cosas que siempre me han gustado, el afán de tus preguntas, tu satisfacción ante mis respuestas. Todo esto me llena de un orgullo pocas veces sentido porque es como si estuviese contribuyendo a crear algo magnífico en otro ser. Debo decir que, a cambio, me has ayudado a vivir una segunda existencia. A través de tu pasión por la cultura he ido recordando a cada momento mi propia pasión juvenil, la emoción ante cada cosa que iba aprendiendo cuando era como tú. Y al pensar que nos une algo tan sublime como la música comprendo que, además, nos hermana la voluntad de preservar la belleza por encima de los desmanes de la época. Es una lástima que el amor no haya encontrado un sitio en nuestra pequeña cofradía, porque habríamos alcanzado la perfección.»

Esta carta, debidamente reciclada por el estilo literario y adecuada a un personaje de características muy distintas a las de Stephen, fue a parar a las páginas de *El día que murió Marilyn,* aunque no recuerdo si fue en la versión de Plaxtol o en alguna de las sucesivas. Correspondía, en cualquier caso, a mi idea del homosexual maduro que se proyecta en el más joven en calidad de educando; idea que, sin yo presentirlo entonces, llegaría a aplicar a mi vez. Cartas de nobleza para unas relaciones en las que seguía viendo reflejada la reputada imagen helénica del *erasta* y el *erómeno.*

Era también el papel que se había atribuido Neal, aunque, debo reconocerlo, con menos garantías de impresionarme. En primer lugar, su cultura no era tan amplia como la de Stephen, su oficio menos prestigioso y sus ofertas excesivamente frívolas. Entre enseñarme a apreciar una cantata de Haendel a proponerme un guión televisivo, había una diferencia cualitativa que incluso yo podía apreciar.

Lo triste es que no conseguía creer en él. Aunque es cierto que, desde niño, estaba acostumbrado a fantasear con la loca idea de que los mejores papeles juveniles de la MGM me estaban reservados, no era tan tonto como para no retroceder ante la peregrina idea de que la BBC pudiese estar dispuesta a convertirse en mi feudo particular. Y en esto debo dar las gracias porque si bien los dioses no me habían dado la serenidad del clásico me habían concedido cuando menos la prudencia que se presupone a un *hereu.*

No sé cómo justificar en estos momentos la pretensión de que el flamante y triunfal James Bond hiciese de Chopin en el primer guión televisivo jamás escrito por un camarero español; pero el caso es que Neal fue alimentando el proyecto y engrosándolo hasta darle dimensiones desproporcionadas. Cuando anunció que se desplazaría a Roma para proponerle la dirección al mismísimo signor Fellini —*«I know him; he'll give the world to make this film»*—, comprendí que estaba perdiendo los papeles. Peor aún: los papeles continuaban en blanco. Y cuando yo intentaba salirme del asunto alegando que el señor Connery estaba muy ocupado en una película junto a Gina Lollobrigida, él me animaba, diciendo: «No importa. Esperaremos. En la televisión, como en el cine, siempre hay que esperar un poco.»

Tanto optimismo superaba mi facultad de sorpresa. Neal continuaba viendo con regularidad a la Brown y a la Cilento, pero cada vez que llegaba del hogar de esta última parecía transfigurado. Por una parte quería interesar a James Bond en el asunto; por el otro le salía el amigo consejero que, al conocer las desavenencias de un matrimonio, se obstina en ayudar a su amiga a base de consejos típicos de cuñadas y vecinitas de enfrente. En aquel caso, su consejo más recurrente era: *«Darling, you should leave that man and make a happy life for yourself. Let's face it, sweetie: he is not worth of you.»* No sé si lo dijo como él lo contaba, pero lo cierto es que aquel matrimonio acabó muy mal.

Así fue como me enteré de los asuntos domésticos de James Bond, amén de todos los chismes del rodaje de *El tormento y el éxtasis*, la biografía de Miguel Ángel Buonaroti —*of all sorts!*— que Cilento acababa de rodar en Roma junto a Charlton Heston. Según Neal, el Ben-Hur de ayer se ponía algodón en el slip para marcar paquete bajo sus mallas renacentistas. No sé qué pensar. Al fin y al cabo nunca se dijo que Miguel Ángel se distinguiese por su elefantiasis.

¡Cotilleos! ¿Podía mi vida quedar durante tardes enteras dedicada a este arte? Demasiada dispersión para alguien que sólo estaba deseando aclararse en su quehacer literario. Por otra parte, Neal demostraba ser un soñador más desmadrado que yo, o acaso más desesperado, porque su decisión de invertir tantas horas haciendo el papel de agente literario venía demasiado apegada a su fracaso como actor para ser creíble. Y yo pensaba que si después de trabajar a las órdenes de Fellini no había encontrado un mal papel en la más ínfima producción de serie B, mal conseguiría colocar mi posible guión en un coto tan vedado como la televisión inglesa.

Por suerte para su bolsillo y providencia para mi novela, Neal consiguió de repente un pequeño papel en un western de los que en aquella época empezaban a producir los italianos y que no tardarían en sustituir al ya agotado filón de las películas de romanos. Precisamente aquel verano acababa de leer en *Films and Filming* la crónica de su corresponsal en Italia, el pintoresco John Francis Lane, que explicaba cómo la fiebre del West se había instalado a orillas del Tíber y los templos de cartón piedra que habían invadido los platós de Cinecittà eran aprovechados para construir a toda prisa un poblado de Oregón, un campamento apache o un fortín tejano. Era el año de *Por un puñado de dólares*, el filme que abrió el camino al género conocido como «*spaghetti western*» y que pudo añadir el picante gazpacho y la rotunda butifarra no bien los indios y vaqueros de Siracusa se trasladaron a los arenales de Almería y a los Estudios Balcázar de Barcelona.

Como vivíamos los años de la impostura, nadie se extrañó de que un género tan genuinamente yanqui como era el western pudiese sufrir traslados geográficos tan clamorosos; al fin y al cabo, Hollywood había obrado a la inversa convirtiendo el noble film japonés *Rashomon* en western para lucimiento de Paul Newman. En semejante estado de cosas, siempre pensé que Neal podría haberse abierto camino gracias a su físico peculiar. No tuvo esta suerte, y lo más que consiguió fue otro pequeño papel en otro de los filones de la época: las películas sobre la segunda guerra mundial. Aquélla trataba de la invasión alemana en Grecia y debía rodarse en la isla de Patmos. Era lógico que Neal, conociendo mis aficiones, me instase a acompañarle. Y para facilitarme el viaje, se hacía cargo de todos los gastos porque cobraba en dólares y esto en aquella época movía montañas.

—Imposible —dije a regañadientes—. Debo terminar a tiempo mi novela para mandarla al premio literario más importante de España.

La prudencia más elemental seguía guiando mis pasos, y en la placidez de Plaxtol prescindí por fin de cantos de sirena británicos para concentrarme en las voces que llegaban de mi ciudad o, para ser exacto, del fondo de su alma a través del tiempo.

La memoria se iba entremetiendo con la creación, intercalando datos personales, nostalgias dolorosas, imágenes y vivencias que el alma había almacenado desde la infancia, y aun antes, desde la juventud de mis padres.

Pero toda la emoción que el pasado estaba imprimiendo a mi novela estuvo a punto de irse al traste por culpa de la pedantería. Cometí el error de creerme tributario de los grandes, especialmente de Joyce. Cierto que estaba en deuda con él, pero sólo la ingenuidad y la pasión justifican que me atreviese a considerarme digno de enmendarle la plana. En el orden de plagios inevitables para cualquier alma inquieta sobresalía el *Ulises*, desafío para toda una generación de lectores que nos habíamos impuesto su lectura como un deber. Fue una experiencia tan poderosa que influyó en materiales que no le correspondían. Así la estructura inicial de *El día que murió Marilyn* —monólogos de cuatro personajes en épocas distintas— se vio alterada varias veces por una especie de jugueteo literario que no correspondía tanto a una necesidad intrínseca de la narración cuanto a un esnobismo de autor en ciernes. Es cierto que después de leer a Joyce las cosas no pueden ser como antes, pero hay que ser muy bueno para atreverse a cambiarlas. Yo sólo era audaz.

Más adelante, me salvaría del desastre un joven de dieciocho años llamado Pedro Gimferrer. Lejos de Plaxtol, en Barcelona, acababa de aparecerse a Ana María de la manera más sorprendente, según me contó ella mucho después. Y como sea que el propio Gimferrer contó su versión en su prólogo a *El Peso de la Paja,* este conocimiento esencial en mi vida llega mediatizado por la memoria ajena.

La versión de Gimferrer incide en el hecho de que la lectura de mis textos en *Film Ideal* le había animado a conocerme. Nos unían demasiadas cosas para que no fuese así, y el tiempo lo ha confirmado. Sólo que a causa de mi ausencia conoció primero a Ana María, y ahora es su voz la que adquiere un privilegio.

No fue en la calle Ponent, como asegura Pedro, sino en la calle de Casanova donde yo vivía entonces con la tía Florencia. Tenía que ser así porque recuerdo que subió la portera, asustada, pidiendo que llamásemos urgentemente a la policía porque había un señor que había preguntado por ti y a continuación empezó a hacer cosas raras.

Al parecer se había pasado todo el rato espiando detrás de un árbol antes de atreverse a preguntar, y entre esconderse, salir, dar unos pasos y volverse a esconder había transcurrido media hora. Todo esto me confirmó que me encontraba ante un tímido de mucha consideración.

Ya sea cierta, ya deformada por la memoria, la aparición resulta tanto más entrañable si se piensa que Gimferrer podía presentarse sin timidez alguna, protegido por la autoridad que ya entonces le prestaba su tremenda preparación cultural. Era un pequeño erudito. Era el repelente niño Vicente, pero en imprescindible. Tenía dieciocho años y ya había leído todo lo que otras personas presuntamente cultas no han leído en toda una vida. Yo creo que mientras de otros niños de la época se decía que venían al mundo con un pan bajo el sobaco, él nació con el título de académico entre las manos.

Néstor solía decir que en sucesivos viajes a Barcelona le sorprendió encontrar una generación muy preparada. En realidad, tuvo suerte: mi hermana Ana María, Maruja, Pere Gimferrer, José Luis Guarner, compañeros todos de aquel tiempo, formábamos un conglomerado que estaba, cuando menos, ansioso por adquirir conocimientos. En la atroz penuria del franquismo, ese afán de curiosidad es algo que posteriormente no ha sido lo bastante considerado.

En Londres yo ignoraba que este grupo me esperaba en Barcelona para propulsar mi aprendizaje y mejorarlo continuamente. Pero acaso presintiendo lo que estaba ocurriendo en casa, mi novela se iba enriqueciendo al incluir de manera decisiva el concepto de generación.

MIENTRAS HURGABA EN EL FONDO DE MI PASADO barcelonés, el mundo no quiso detenerse y la historia fue transcurriendo a mi alrededor sin que yo hiciese nada para darme cuenta. Pero a veces el impacto era más fuerte que mi apatía y la historia entraba hasta el fondo de la cocina de La Forge para agarrarme por los pelos y hacerme reaccionar. Así, en el televisor portátil que los camareros teníamos en el salón, los seriales de clase media y las viejas películas de Claudette Colbert cedían el paso a noticias a veces pintorescas —como la siempre cambiante moda de Carnaby Street— y normalmente dramáticas, como una serie de tremendos altercados que sacudían los barrios negros de algunas ciudades norteamericanas. En 1964, esos *riots* nos hicieron pensar que una raza esclavizada tenía cojones de rey.

La encantadora mistress Ingraham podía decir con conocimiento de causa que el mundo estaba muy revuelto y que se estaban viendo cosas que no tenían comparación desde los bombardeos alemanes de 1943. Olvidaba decir que, si se habían visto, no llegaron a la salita de estar. La tragedia en el *foyer*, los cadáveres en el bocadillo, era una de las innovaciones más sangrientas de la época y marcaba el apogeo del medio destinado a definirla. Para quienes recordábamos la lejana radio, aquel nuevo artefacto daba mucho que pensar. Pero era inútil hacerlo porque esto era algo que la televisión nunca se planteó. La televisión ya se había apoderado del cetro que le permitía traernos la mierda a casa. Ya nada podría detener esta interferencia en nuestra intimidad.

Intimidad. ¡Qué cosa tan vulnerable en la confusión del siglo! Estábamos cenando todos los camareros antes de que llegasen los primeros clientes, y nuestras alegres cháchatas veíanse interrumpidas por imágenes atroces de cierta contienda que se estaba desarrollando en un imprevisto lugar llamado Vietnam. No tenía todavía esta guerra la tremenda repercusión que tuvo después, por lo menos no entre las simpáticas mariquitas españolas de un restaurante situado en el idílico campo inglés. Creo que algún locutor contaba, con expresión escandalizada, que los americanos estaban ensayando armas secretas que garantizaban el extermino con ciertas garantías de limpieza abrasiva. En cuestión de armas, yo me había quedado en el Winchester 73, de manera que tuve que esperar algún tiempo para comprender el horror implícito en aquella opción. Sí entendía, en cambio, que la de los negros americanos iba en serio. De esto sí se había hablado, y mucho. Y se volvería a hablar y a insistir hasta formar uno de los episodios de la lucha por las libertades en la segunda parte de la década.

Pero aquel año del 64 la historia se adelantó, presentándose en Inglaterra sin pedirme permiso. Llegó en un vehículo tan normal como son unas elecciones, y nadie pensó que para un chico español educado bajo Franco aquélla era una práctica tan sorprendente como los viajes a la luna que estaban intentando los rusos y los americanos, cada uno por su lado.

Precisamente me hallaba redactando los fragmentos de mi novela en que Bruno se ve asaltado de continuo por las advertencias de su padre sobre los peligros de la libertad. Era, por supuesto, un mensaje que yo mismo me vi obligado a escuchar demasiadas veces a lo largo de mi vida: los peligros de la democracia conduciendo directamente a la anarquía, la quema de conventos, los pobres niños burgueses torturados en las checas marxistas y crueldades por el estilo.

En lo más profundo de mi ser improvisé una plegaria por la pobre Inglaterra, irremediablemente abocada al caos. Pasé la noche pensando en los mil métodos de salir del país si se desencadenaba una guerra civil de la noche a la mañana. También era probable que no hubiese para tanto y el Apocalipsis quedase reducido a unas cuantas bombas colocadas en puntos estratégicos. Como sea que debía desplazarme a Londres para reunirme con Lettie temblé ante la posibilidad de que la ciudad entera fuese un objetivo de la furia de todos los partidos entregados a actos vandálicos. Sentía, pues, el terror que tanto Franco como mis padres habrían esperado. Un terror digno de la tía Florencia.

Si la educación recibida estaba dando sus frutos más absurdos, la democracia daba también los suyos en una forma sorprendente para todos los bobitos procedentes de dictaduras bananeras.

Fue una jornada espléndida, que celebré en Trafalgar Square, ahogado por una ingente multitud que seguía el desarrollo de las elecciones en una enorme pantalla ante la mirada atónita de mi querida Lettie. Siguiendo con su costumbre de sorprenderme tanto o más que su país, iba soltando tacos al tiempo que apuraba su petaca de whisky. Y cuando toda la plaza prorrumpió en un clamor unánime ante el anuncio de la victoria del Partido Laborista, ella exclamó en tono despectivo:

—Ya han ganado los villanos. Dejemos que demuestren lo que pueden hacer. Y a esperar que el tiempo pase rápido hasta que lleguen las próximas elecciones.

Decididamente, las marquesonas inglesas eran de lo más raro: plebeyas a la hora de divertirse, pero aristócratas furiosas cuando se trataba de ceder el puesto a los plebeyos.

Mientras el Londres de los poderosos jugaba a los dados del destino con una elegancia y un cinismo dignos de personajes de Oscar Wilde, el espíritu de Chelsea había ganado su primera partida política. Yo apuntaba en mi cuaderno alguna reflexión sobre las benditas ventajas de la democracia.

Pero aquella tarde ocurrió algo definitivo en mis relaciones con Lettie. No nos detuvimos en demasiadas consideraciones sobre la actualidad. Seguía mostrándose nerviosa, irascible por cualquier causa y muy especialmente por cualquiera de mis reacciones. Y yo demostré ser el colmo de la ineptitud al apelar a su ternura hablándole de un tema que no podía sino mortificarla:

—Es una suerte tenerte como confidente, Lettie. ¿Sabes una cosa? Me ha costado mucho, pero al fin he comprendido que estoy profundamente enamorado de Stephen.

Nos sentamos en un café italiano. Después de ordenar la consumición, ella se encogió de hombros y murmuró:

—Es lo que temía. Tú has descubierto que estás enamorado de Stephen y él hace tiempo que ha descubierto que lo está de ti. Me consta. —Guardó silencio mientras trituraba literalmente un pastelito de crema. Al cabo, gruñó—: Sólo deseo con todas mis fuerzas que Stephen prolongue su estancia en los USA un año más. O dos. O toda la vida, si es sabio.

—¿Por qué me hablas así? —repliqué—. ¿Qué demonios quieres hacerme pagar?

—No te excites, pequeño. Sólo pienso que, el día que se acabe la música, tú y Stephen no tendréis nada que ofreceros. Aunque no sé por qué le complico a él, pobre loco. Todo el problema es tuyo. Cuando te canses de escuchar *La Traviata*, sólo podrás ofrecerle infierno.

—Entonces es que he llegado tarde, como siempre.

—Vuelve a ser tu problema. No involucres a Stephen en él.

—Si cuando regrese estoy todavía en Londres, todo cambiará.

—Te equivocas. Todo será igual. Porque tú eres un monstruo de egoísmo. Todos los que te rodeamos estamos hasta el coño de tu maldito aprendizaje. Has utilizado a Stephen como maestro y ahora descubres que estabas enamorado de él. Me utilizarás a mí como madre, amiga y confidente, y sólo cuando regreses a tu mierda de país te darás cuenta de que estrenándote conmigo habrías sido muy feliz. Y a este Neal no le arriendo la ganancia. ¿Cómo vas a reaccionar cuando dentro de un año, en cualquier ciudad de África, te des cuenta de que también le amabas? Francamente, la gente merecemos algo más que un crío inmaduro que sólo reacciona cuando ya no hay nada que hacer.

Me pareció una escena desagradable. Sobre todo porque yo no necesitaba irme a África para comprender que no tenía nada que hacer con ella. Admirarla sí, dejarme aconsejar sí, pero cualquier otra pretensión por su parte no entraba en mis deseos ni en la voluntad de la Naturaleza.

Pero quise tranquilizarla dejando bien claro que no volvería con Stephen (cosa que, por otro lado, ella sabía perfectamente). No se me ocurrió nada más oportuno que la eterna huida hacia la ficción.

—No debes preocuparte por Stephen. Le rendiré homenaje obrando como un personaje que él me enseñó a apreciar. Haré como la Mariscala. Me retiraré del amor con un gesto de suprema elegancia.

—¿Tienes que decir necesariamente esas idioteces? —exclamó Lettie, a punto de saltar de la silla.

Sin duda las dije, y como todos mis errores se repiten en el tiempo las repetí en otra ocasión. Corrían ya los años ochenta y Montserrat Caballé cantaba la Mariscala en el Liceo de Barcelona. Me contaba que había cantado ese papel muchos años atrás, durante su época en Alemania, y que repetirlo ahora significaba para ella una prueba de madurez. Curiosamente la excelsa amiga se expresaba en los mismo términos que Stephen, y yo supe llevar éstos y cualquier término a mi propio terreno, dinamitado en aquella época por un poderoso desengaño sentimental que incluía a un tercero.

Al terminar la representación acudí al camerino de Montse para besar los pies del genio, como solía, pero en aquella circunstancia, entré imbuido por un excelso deber que acababa de comunicarme Strauss.

—Antes de permitir que mi drama se consuma voy a imitar a la Mariscala, retirándome a tiempo en provecho de mi rival.

—Muy bonito —dijo Montse en su tono más plácido—. La Mariscala es un prodigio de generosidad. Pero ten cuidado. Piensa que la que queda *fotuda* es ella.

Era lo que había dicho Lettie, años antes:

—Ten cuidado. La Mariscala podrá ser muy generosa, pero no olvides que es ella la que pierde. Y como yo no quiero perder, y por otra parte tú no eres el noble Octavian, me voy a casa antes de que acabe escupiéndote a la cara.

Tuvo el detalle de pagar la consumición, aunque esto no tenía mucho mérito, porque yo sólo me había tomado una pésima degradación del café con leche que aquellos ingleses tenían el valor de llamar *capucino*.

No sabía si acababa de perder a una madre, una compañera, una vecinita o un pendón desorejado ansioso de robar la virginidad a jovencitos que la han depositado en otros altares. Sería injusto si pensase esto de la generosa Lettie, o si limitase a este campo su desbordante humanidad, pero años después me contó Stephen que la había visto en el Festival de Salzburgo como amante de un joven violinista que llevaba gafas, y que al año siguiente reapareció en Chelsea protegiendo a un pintor de dieciocho años que también llevaba gafas. Y como sea que yo soy gafudo desde los siete años, comprendí que había formado parte del extenso repertorio de una dama cuyos fetichismos oscilaban entre el consultorio de un oftalmólogo y un parvulario de niños sensibles.

Es un objetivo común: la búsqueda del hijo ideal que anuncia en su interior la sublime semilla del arte. Sólo se equivocan cuando se empeñan en redimir a alguien que no quiere ser redimido. Entonces, esas mujeres admirables se convierten en despistadas aprendizas de Mariscala que pretenden ponerle gafas a su Octavian.

Siempre resultará curioso que una existencia apoteósica pueda ir desembocando en un anticlímax.

A partir de un momento determinado, que la memoria se ve incapaz de precisar, Chelsea se me representó como un yermo que ya no me pertenecía. Suntuoso, sí, frenético, vivo, pero ajeno al profundo cambio que adivinaba en mi interior sin poderlo definir.

Estaba a punto de cumplir veintitrés años, y aunque no me dolían sí me amenazaban. Llegarían llenos de mensajes que me advertían sobre la inutilidad de mi vida presente. Pero entonces ignoraba que cualquier otra existencia me parecería inútil porque lo único provechoso era la ambición: cualquiera que fuera su rumbo, necesitaba un lugar fijo para desarrollarla y, a continuación, arrojarla como un cohete dispuesto a enseñorearse de todas las galaxias. En aquella época no se estilaba la expresión programar como no fuese asimilada a los cines, pero puedo decir que yo me estaba programando en la ambición y en el reposo que se precisa para alimentarla.

Se me estaba imponiendo la partida, pero ¿hacia dónde? España era una voz potente, pero al mismo tiempo era una amenaza que la libertad experimentada durante las elecciones inglesas me había enseñado a temer. El regreso a la España del partido único, del mando inquebrantable, de la unidad indivisible. ¡Qué pereza! Y, sobre todo, ¡vaya mierda! Debía de haber alguna otra solución en el movimiento continuo del mundo que me rodeaba.

Había en Chelsea grupos de amigos que empezaban a moverse en todas las direcciones. Unos hablaban de la India —es decir, muchos empezaban a hablar de la India en aquella época—, otros se contentaban con las islas griegas —concretamente, cierta isla llamada Creta—, algunos se aventuraban a hablar de Ibiza, una isla tan salvaje que ni siquiera tenía luz eléctrica.

Sin embargo, la nostalgia de mi ciudad, restituida a través de mi propia literatura, se iba imponiendo sobre todos los destinos fabulosos. La partida dejaba de ser una duda para convertirse en una necesidad acuciante. Y Carlitos la precipitó como había precipitado nuestra llegada.

Cuando regresé a su lado para reanudar la entrañable camaradería de otro tiempo, le encontré amancebado con otro camarero español que, al parecer, era un dechado de virtudes morales y un semental en la cama. Bajo su cuerpo, Carlitos estaba viviendo una pasión que abarcaba todas las reglas del juego, incluida la convivencia. Había dejado la habitación del World's End para instalarse con su amigo en un confortable piso de Fulham Road. Nunca entendí cómo podía conciliar su vocación de ama de casa tradicional con su tendencia al puterío, pero era evidente que, en aquella ocasión, el amor le había ayudado a encontrar un *mezzo termine.* Apenas salía de casa, porque la felicidad es un fenómeno de salita de estar, de aparato de televisión compartidos en las horas punta del atardecer, de mesa camilla con té para dos.

¡Cómo se precipitaban los hados del desastre!

Incluso Carlitos iba desapareciendo progresivamente de mi vida. Ya nada volvería a ser igual. Ya no éramos hermanitos, ya no parecíamos gemelos, la gente no nos encontraba tan iguales pese a que yo había aprendido a vestir como él y a sonreír como si hubiese conocido intensamente los triunfos del lecho.

Quebrantada la unidad de los capricornios, me vi arrojado de nuevo a la soledad y para combatirla sólo acerté a sumirme en un ajetreo continuo, expresado en los bares de ligue y, sobre todo, en ligues con quienes ni siquiera me apetecía ligar. Hubo cuerpos, hubo nombres pero, en el fondo, sólo hubo una gran desolación. Y para demostrar al mundo que era enteramente mía, tomé del brazo a la desolación y la llevé de pareja a las mejores fiestas de Chelsea o como mínimo a las que Juan Alfonso, el cubano, me aconsejaba que serían más divertidas.

Y de fiesta en fiesta veía avanzar entre las humaredas del porro a la gente a la que había ido liquidando en mi paso por Chelsea.

Stephen, Lettie, Neal, Carlitos, todos habían desaparecido en pocos días, hasta perderse en una dimensión a la que yo nunca podría acceder. Esta dimensión era la certeza, la claridad, el cara a cara; en cambio, yo sólo era el esquivo avestruz que había perdido toda su simpatía para convertirse en un amargo ejemplo de la senectud.

Todos estos personajes, y con ellos la fiebre de Chelsea, yacían sometidos a una condena que venía arrastrando desde niño: deseaba la luna con todas mis fuerzas, luchaba ardientemente para conseguirla y cuando tenía la luna en las manos me cansaba de ella y me ponía a buscar estrellas errantes. De las que tampoco tardaría en cansarme, como era de esperar.

Y en la espantosa soledad de King's Road cuando ya dormían los últimos borrachos, avanzaba hacia la casa del World End, pensando en las lunas que había dejado atrás.

Lunas, planetas, astros, todo eran nombres distintos para definir mi desesperante imposibilidad de aferrar el presente como una persona normal. Sólo triunfaban las voces del pasado llamándome desde el inmenso coño de Barcelona, ciudad de la nostalgia...

Imágenes que habían ido a parar a mi libro, y libro que estallaba en mi interior con una urgencia que ya me sentía capaz de definir. Seguramente era la prisa del escritor que empezaba a imponerse sobre el aprendiz de la vida.

Así fue como partí de Chelsea, un día de invierno muy cercano a la Navidad, según atestiguaban los arbolitos, coronas, papásnoeles y campanitas de cristal que encendían las calles de Londres. Una decoración apta para atraer a todos los viajeros del mundo pero que, en mi caso, obraba el efecto contrario: me remitía a mi punto de origen, el único donde la Navidad tendría todavía el tono de la infancia. Y al regresar no planeaba volver a ella; todo lo contrario: mi infancia se habría prolongado de continuar en Chelsea, mientras que el reencuentro con Barcelona me proponía una aseveración de madurez.

Tenía que tomar un tren en la estación Victoria y éste me llevaría a un transbordador que me depositaría en Calais, donde tomaría otro tren para París y allí, en la *gare* d'Austerlitz, otro que atravesaría Francia para dejarme en la frontera y a lo mejor, desde allí, una diligencia con jamelgos famélicos para depositarme en la ciudad de los bárbaros. Mi ciudad, en cualquier caso.

El espectro amado/odiado que seguía aullando en mi interior.

Carlitos se puso su mejor americana John Stephen para acompañarme y, además, se ofreció a llevar un enorme saco donde había amontonado todos los libros comprados o robados desde nuestra llegada a Londres. Era el cargamento más entrañable que jamás llevó viajero alguno, porque llevaba a mis mejores amigos de aquel tiempo.

Y Carlitos, que había sido el amigo más amado, preguntó, entre jadeos:

—Pero ¿vas a leerte todo esto algún día?

—Ya lo he leído —dije, sin querer ser presuntuoso, sólo sincero.

—Pues son ganas de ir cargado.

—Ganas, sí. Pero son las que tengo. Quiero conservar estos libros durante toda mi vida.

Y lo hice. Y lo hago. Siguen esos libros en mi biblioteca del Ampurdán, amarillos ya, deshojados algunos, desencuadernados otros, pero ostentando todos el recuerdo vivo de mi tiempo de Chelsea. Un recuerdo expresado en la firma vacilante de Ramón y la fecha de adquisición que ponía siempre en la primera página.

Mientras avanzábamos con paso rápido por el andén, Carlitos se limitaba a quejarse a causa del peso.

—¡Joder! Y luego dirán que el saber no ocupa lugar.

Pero lo ocupa, sin duda, porque mi cabeza estaba a reventar y mi espíritu rebosaba de todas las cosas que me había dado Londres. Y sólo la afición de asesinar la felicidad en el momento en que empezaba a pronunciarse me impulsaba a abandonar aquella ciudad cuando la década estrenaba sus más hermosas palabras.

Igualmente bellas eran las que me dirigió Carlitos cuando yo ya estaba subido en el tren:

—Somos tan iguales que tengo la sensación de ser yo quien se marcha y tú quien me despides.

—Y es cierto que los astros no se equivocaron aquella noche de enero, porque te veo tan triste como estoy yo.

—No lo estaremos cuando volvamos a vernos —dijo él gimoteando—. Será en Barcelona. Me llevarás al teatro Griego... si no ponen algo muy difícil. Aunque sea *Doña Francisquita* me conformaré.

¡El teatro griego, colgado de la montaña de Montjuich! El inefable Delfos de mi adolescencia. Mis catorce años. Las tórridas noches del verano. El aprendizaje del drama. Las manos brujas de Espert invocando a la luna en los sortilegios de Medea. Los muslos de Orestes entre la oscura baba de la venganza. ¡Ah, todo volvería a estar a mi alcance en pocos días! Toda mi nostalgia de Barcelona, de mis primeros años de aprendiz convertida en un abrazo de amor que deseaba efectuar como antes había deseado ardientemente escupir con un rechazo.

Y a partir de aquel día la gente fue transcurriendo hasta desaparecer por completo.

Volví a ver a Carlitos algunas veces, luego se perdió en ese aluvión de viajes a cualquier parte que caracterizó la segunda parte de la década. Neal vino a Barcelona con el propósito de hacerme volver a Londres con él, porque había conseguido interpretar un par de series en la televisión y se consideraba en condiciones de protegerme. Trajo como regalo dos libros de mi predilección: una enloquecida biografía de Edith Sitwell y el diario de Cecil Beaton durante el rodaje de *My Fair Lady*. Pura delicia. No así los dos días que Neal y yo pasamos juntos, en una pensión de Sitges. Fueron de peleas continuas porque él sostenía que mi negativa a regresar a Londres equivalía a enterrarme en vida en un país subdesarrollado donde no tendría salvación posible. Nos mandamos a la mierda mutuamente, y ya no supe más de él.

En los años siguientes, cada vez que visitaba Londres almorzaba con Stephen en el Savoy y él se preocupaba de advertirme de que mi pronunciación inglesa estaba empeorando a marchas forzadas. Le envié puntualmente todos mis libros, pero *No digas que fue un sueño* (1986) me fue devuelto en dos ocasiones. Cuando en ese mismo año visité Londres, para asistir al estreno de una obra de Lorca que dirigía Espert, me dirigí al *loft* de Chelsea con el propósito de saber algo de mi amigo. Había muerto el año anterior, y los nuevos inquilinos acababan de sustituir su inmensa discoteca por una extraña colección de bestias disecadas.

¿Y qué fue de Londres, ciudad de la quimera? Antes de que su fama fuese sustituida por el apogeo de Nueva York continuó llenando la vida de muchos jóvenes, pero para mí se había convertido en un sueño del que había decidido apearme a tiempo. ¿O acaso lo hice prematuramente? Nunca he llegado a saberlo. Durante muchos años todo lo que aprendí en aquella ciudad ha llenado mi obra, ha dado lugar a numerosos artículos y en definitiva ha contribuido a hacerme como soy. Tal vez hubiera podido ocurrir en cualquier lugar, pero tuvo que ser en Londres cuando el tiempo era tan joven como yo.

También el tiempo envejeció, demostrando que los dioses son crueles incluso con los suyos. Nada fue igual que antes, y sobre las cosas que había conocido empezó a cernirse el espectro de la muerte. Ya no existe en Bloomsbury la tienda que hacía las delicias de Stephen. El cine Classic de King's Road ha sido convertido en una cafetería más o menos agradable. Han desaparecido también los restaurantes donde fregué platos: La Bicyclette, Le Matelot, Le Bistrot, y en los sótanos de lo que en otro tiempo fue La Casserole no esperéis encontrar a maricuelas sicodélicas bailando pavanas de soledad, pues tampoco existe el Gigolo, y Jaime, su *manager*, hace ya años que regenta un restaurante en México, próspera industria que empezó con el alquiler de habitaciones en una esquina del World's End. ¿Creéis que por lo menos sigue existiendo aquella casita donde tocaba el bongo Jungle King? Ni ella ni las casas vecinas de dos plantas: todo ha sido arrasado por nuevas construcciones de corte impersonal, con enormes supermercados y un regusto a falso confort.

Sólo queda el frenético recuerdo de unos años que tuvieron el arte de mezclar y la piedad de consentir que en su mezcla fascinante entrase también yo. Y de este recuerdo todavía asoma un extraño sentimiento que ya entonces me atenazaba el alma: la certeza de que la fiebre de Chelsea estaba destinada a apagarse algún día, la plena conciencia de que todo está destinado a morir, ese convencimiento que nace como una flor del mal en los momentos más dorados de la vida.

Todavía estaba por terminar la década y ya me anticipé a su muerte redactando un réquiem lleno de dolor: «Cuando lleguen los años setenta, esos chicos y esas chicas, casados y con hijos, volverán a Chelsea y sentirán que el corazón se les rompe bajo la evidencia del recuerdo: con la nueva década, que los habrá convertido en adultos, sentirán ese dolor insoportable, difícil de definir, del tiempo y la juventud que han desaparecido de forma bárbara, sin remedio ya. Pero tendrán esa nostalgia, ese dolor suyo, que nadie les podrá robar, y que guardarán para siempre como un hito inolvidable de su tiempo del sueño pop...» (1).

Podría añadir que de todos esos jóvenes sólo quedé yo para contarlo. Yo, que nací en Chelsea cuando nacer era un accidente tan bonito.

(1) *Olas sobre una roca desierta* (1969).

SEGUNDO INTERMEDIO

—

DE LETRAS Y AFECTOS

Después, poco a poco,
el tiempo nos hizo olvidarnos de él,
es decir, el tiempo nos acostumbró.
Quizás, el tiempo sea una excusa.

ANA MARÍA MOIX
El hermano

YA NO RECUERDO EN CUÁL DE SUS NUMEROSAS reestructuraciones decidí encabezar mi novela con la dedicatoria: «A todos los que tenían veinte años el día en que murió Marilyn.» Fue en un momento en que esta edad ya era una referencia lejana; la década acababa de cerrarse y el libro estaba en imprenta con voluntad de salir quemando. Pero cualquiera que fuese el momento de la decisión, el solo cambio de título implicaba un cambio de rumbo decisivo: con *El desorden* pretendía retratar un estrato social privado —la familia— en estado de descomposición; en cambio, al colocarme bajo la advocación de Marilyn recurría a un fetiche que había afectado a millones de personas, y con la referencia a su muerte invocaba una fecha decisiva en la que, según Bruno, el protagonista, mi generación empezaba a tener un rostro con el que aspiraba a identificarse.

Algo parecido me ocurría a mí cuando regresé a España, con las sirenas del pop británico resonando en mis oídos mientras en las calles de mi ciudad gruñían las sirenas de la policía reprimiendo manifestaciones antifranquistas.

Cuando *El día que murió Marilyn* apareció en 1970 yo tenía cuatro obras publicadas y dos premios literarios; el personaje Terenci pululaba por la vida pública con un peso específico que habría asombrado al Ramón de Plaxtol, pese a que fue él quien lo inventó. Pero esta toma de poder tendría poca importancia en la repercusión de la novela y en la cualidad de testimonio generacional que se le atribuyó. No se equivocaban los periodistas jóvenes del momento cuando me concedían voluntad de portavoz. Enlazaba con otra figura en la que trabajé a conciencia: la del joven furioso y su variante más tópica: el *enfant terrible.* Alguna fuerza de veracidad tendría esta imagen porque me ha seguido acompañando hasta muchos años después.

El germen de ambas actitudes se había ido desarrollando en Chelsea, en la forma de la dualidad que ha definido toda mi obra. En un extremo, estaba el joven aprendiz de perverso que se complacía retorciendo fantasías turbulentas en el cúmulo de atrocidades que pretendían ser los cuentos de *La torre de los vicios capitales,* un libro que iría perfilando su clara función provocadora. En otro extremo, pugnaba el joven concienciado que, desde hacía tiempo, quería adscribirse a las tendencias más progresistas de su tiempo.

En el cruce de cartas con Maruja Torres y Ana María, así como en los espejos más íntimos de mi diario, aparece como una obsesión la idea de asumir una condición de animal político que me llevase a participar en las luchas de los demás. Era una necesidad que se oponía rotundamente al complejo de Peter Pan, a la creencia de que todo me era debido por el mero hecho de ser joven. Así, confesaba a mi diario: «¿A qué estoy jugando? A todo menos a la sinceridad. No puedo permitirme el lujo de seguir interpretando a una especie de niño prodigio que para sorprender al mundo sólo cuenta con las armas de la precocidad y el descaro. Esto resultaba gracioso cuando tenía diecisiete años, pero ahora tengo veintidós y he de decidirme a buscar intereses más sólidos...»

En aquella lucha por el autorreconocimiento, el tema generacional aparece y reaparece hasta convertirse en obsesión. Es posible que al abordarlo me diese cuenta de que no estaba tan aislado en el mundo como mi *spleen* romántico pretendía. Es posible que me supiese rodeado de jóvenes que se hallaban en condiciones idénticas a las mías, con las mismas cosas para rechazar y parecidas incógnitas por resolver. Me faltaba saber que, de todo esto, surgiría la necesidad de algo por construir.

Insistía mucho en nuestra unión a través de las pequeñas cosas —lo que di en llamar «el sueño pop»—, pero pronto me di cuenta de que nos unían realidades más dramáticas que recordar la llegada del cinemascope o los tebeos del Guerrero del Antifaz. En unos años cruciales para la historia de mi país, el tema generacional se iba ampliando para convertirse, al fin, en una pregunta más rigurosa: ¿de dónde veníamos, qué proclamábamos, en qué consistía nuestra originalidad?

Plasmar esta pregunta en términos literarios implicaba buscar un antes y un después, dejando al mismo tiempo espacio para una actitud de rechazo. Podía hablar de los jóvenes de Chelsea, París o Nueva York, pero era evidente que los dos protagonistas de mi novela tenían una especificidad que los convertía en casos especiales dentro del «caso especial» en que se había convertido la juventud de todo el mundo. Eran hijos de una educación, unos impedimentos, unos traumas que sólo se explicaban desde el franquismo. Y cuando pensaba en la modernidad asumía que mientras España viviese aplastada por una dictadura, no tenía demasiado sentido hablar de los hippies californianos.

Tenía, pues, muy claro que mi novela debía convertirse en el manifiesto de una generación de jóvenes españoles, pero esta idea no podía excluir otros temas mayores, so pena de caer en el panfleto. Así, a medida que la década se me iba deshaciendo entre las manos, comprendí que seguía irremediablemente atado a una de las ideas iniciales: la que nos situaba a los hijos de todas las décadas como víctimas propiciatorias del transcurrir del tiempo. Porque era él quien acabaría derrotando a los que tuvimos la ingenuidad de creer en la eterna prolongación de la juventud.

Atendiendo a esta nueva incursión del gran enemigo de los hombres, la dedicatoria definitiva incluiría una desviación al terreno del afecto, donde el Tiempo también tiene mucho que decir. Siempre nos resultarán dolorosas sus repercusiones sobre los seres más próximos: los que van cayendo de forma inexorable en las redes de la vejez, como los parientes mayores, o los que abandonan las sacrosantas praderas de la infancia para madurar ante nuestros ojos, sin reparar en que están contribuyendo a nuestra propia senectud. Y ésta era Ana María. Acababa de cumplir dieciocho años y, a partir de su ingreso en la universidad y el contacto con jóvenes inquietos de su promoción, se inscribía en un camino de tránsito difícil. O, cuando menos, lo era para mí. Porque yo seguía siendo el niño egoísta, centralizador del mundo, usurpador exclusivo de todos los derechos de la existencia; y, así, la más reciente evolución de

Ana María se me había ido escapando entre dos largos viajes. Poseído por la obsesión de lo que había dado en llamar «mi aprendizaje» había perdido en la vida de mi hermana ese horrible episodio que se ha dado en llamar «la edad del pavo», pero era consciente de que el tránsito no había sido sencillo. De todos modos, parecía haberse completado. La dejé «pollita» y la recobré convertida en empollona, y, lo que era más sorprendente: con aspiraciones de escritora bajo los auspicios de la que había sido una de nuestras devociones fijas de adolescencia: Ana María Matute.

¿Otro aprendizaje?, dirá el lector, cansado del tema. Otro, en efecto, pero, en el caso de la nena Moix, aprendizaje efectuado sin aspavientos, poco espectacular, negado a la exasperación romántica, muy meditado y, sobre todo, eficaz.

Esta situación enervaría sin duda a Peter Pan. Seguro que sí. El pobre niño eterno empezaba a estar hasta los cojones de ver a tanta gente evolucionando sin su permiso.

La evolución de una hermana completaría la dedicatoria de mi novela: «A Ana María, que se ha hecho tan mayor.»

El dolor que me producía esta constatación demuestra que el beso de Peter Pan no se me había borrado de la mejilla.

EL NOVELISTA CATALÁN Manuel de Pedrolo dejó dicho en su diario *post mortem* que *El día que murió Marilyn* me la reescribieron entre varias personas. Éste es el tipo de idiotez que un escritor prudente debe llevarse a la tumba, sobre todo si no se ha molestado en constatarla. Cierto que en la lenta gestación de la novela intervinieron algunas personas con sus consejos, reproches y hasta reprimendas (1), pero no creo que exista en todo el mundillo intelectual alguien tan generoso como para depositar en un libro ajeno las horas y horas de insomnio que le dediqué yo. Insomnio que, de la mesa de trabajo, pasó a las noches previas a la concesión de los distintos premios a los que concurrí sin éxito. O con ese éxito relativo que concede un honorable lugar de finalista, lugar que suelen apreciar sobremanera quienes alardean de espíritu deportivo. No es ésa una virtud de la que yo pueda hacer alarde. La máxima «lo importante no es ganar, sino participar» me ha parecido siempre el consuelo del bendito. Yo, desde niño, o ganaba o me irritaba. Ya sea en el amor, ya en un premio literario, ya en un vulgar juego de parchís.

Con tales premisas el día de Reyes del 65 constituyó un Waterloo de proporciones descomunales. Tanto, que quise quemar el original de *El desorden* y dedicarme a dibujar cómics el resto de mis días.

Quedar ganador del Nadal cuando el día anterior uno ha cumplido veintitrés años habría significado el golpe más espectacular de mi vida, la fulminante consagración del niño prodigio; pero quedar finalista en cuarto lugar se limitaba a ser un mérito que mi desmesurada ambición me impedía celebrar. Los demás lo hicieron por mí. Néstor lo

(1) Para el recuerdo y el agradecimiento: Joaquim Molas, Joaquín Marco, Maria Aurèlia Capmany y, naturalmente, Gimferrer, Maruja y la nena Moix.

consideró un avance prometedor; Maruja y Ana María se emocionaron, papá fue el hombre más feliz del mundo, porque mi nombre aparecía en *Destino*, y mamá comentó lo bien vestidas que iban las señoras en la cena considerada «el acontecimiento cultural y social del año». En cuanto a la tía Florencia, se limitó a sonarse estentóreamente, como cada vez que se disponía a lanzar un exabrupto.

—Te está bien empleado por confiar demasiado en eso de los libros. Todo lo que no sea el número de los ciegos o la lotería del Niño, no es dinero.

El premio Nadal de aquel año no fue dinero, efectivamente, y ni siquiera pude ver publicada la novela... para suerte mía. Aunque entonces no podía darme cuenta, la diosa Fortuna me concedía sus dádivas en forma de aplazamiento; ella era la que dilataba el tiempo para que, a la postre, el triunfo no se trocara en desastre. Como me hizo ver, muy sagazmente, el dueño de Ediciones Destino en persona.

La capacidad de sorpresa de mi padre casi se agotó cuando le dije que acababa de llamarme don Josep Vergés, pidiendo que pasase a verle por la editorial. Cualquier otro editor habría provocado un pequeño impacto, pero aquel caballero no se limitaba a ser un fabricante de libros; era, además, el director de la revista que marcaba el pulso de la vida ciudadana, la revista en la que todo buen burgués soñaba con aparecer en alguna ocasión. Por otra parte, la cena del Nadal cristalizaba las aspiraciones sociales de mamá, que veía en aquella congregación de grandes señores y espléndidas damas un acontecimiento tan importante como las veladas del Liceo. Las mesas del Ritz, reproducidas cada año en las páginas de *Destino*, congregaban a una ingente cantidad de médicos, abogados, notarios, funcionarios del ayuntamiento y miembros de las grandes familias, índice inconfundible de que estar allí equivalía a estar en el mundo. Por otra parte, en las fantasías de mamá merecían siempre un gran respeto los personajes que sabían destacar por su prestancia, cosa que en aquella época ya empezaba a ser difícil, porque el mundo de los burgueses se estaba volviendo muy mediocre. El señor Vergés representaba una excepción. O yo no entendía el mundo o era uno de los más apuestos caballeros que circulaban por el mundo editorial. Era el ejemplar que en catalán se define espléndidamente con la expresión *ben plantat*. Alto, distinguido, de facciones nobles y con esa clase de cabello canoso que tanto puede parecer nieve como plata fundida.

Cuando cuatro años después gané el premio Josep Pla en su primera convocatoria (1), un escritor joven, poco dado a la diplomacia, me atrajo hacia un rincón del Ritz y me sometió a un desagradable interrogatorio sobre las artimañas que se precisan para obtener un galardón literario de tanta envergadura. Acabó preguntándome si me había visto obligado a acostarme con el dueño de Destino.

—¡Qué más quisiera yo! —exclamé—. Lo que pasa es que él no querría. Así que, desgraciadamente, he ganado por mis propios méritos, que son los de la novela. *Et voilà!*

Era cierto. Lo jodido de los malditos premios literarios es que los gané todos sin llevarme un mal jurado a la cama. Y esto en una época en la que andaba tan necesitado como para acostarme con el fantasma de *mossèn* Cinto Verdaguer.

(1) Concedido por Ediciones Destino con motivo del veinticinco aniversario del premio Nadal.

La acogida del señor Vergés fue tan cordial que en seguida vi en él a un posible padre literario. No exagero en absoluto. Era un hombre deseoso de ayudarme, y lo demostró ofreciéndome las páginas de su revista «para lo que quiera usted mandar». Que no sería mucho porque yo me hubiera sentido más que recompensado con una columna mensual en *Destino*. Pero este alarde de modestia no debe llevar a engaño: viendo que se me otorgaba un poco de confianza, decidí coger toda la que pudiese quedar y dije que, más que en la revista, tenía los ojos puestos en la importante colección literaria donde figuraban los grandes nombres de la novelística española de aquellos tiempos. Gente como Camilo José Cela, Ana María Matute, Miguel Delibes o Carmen Martín Gaite estaban solicitando mi compañía con urgencia.

—Todo llegará —dijo el señor Vergés—. Si publicásemos ahora su novela le haríamos un flaco favor, por no decir que contribuiríamos a su ruina. Cierto que despertaría sensación, porque reconozcámoslo, tiene tela marinera en sus aspectos sexuales, pero aun en el caso de que pasase censura, nos quedaríamos en un escándalo provisional, y usted no tardaría en desaparecer de la circulación.

Era muy desagradable encontrarme ante un asunto que no podía manipular. Era incluso humillante que en el negocio de las ideas —y eso era para mí una editorial— alguien pudiera obrar conmigo como el oficial Ramírez cuando le salía respondón.

—Me deja usted en pelota viva —exclamé—. Claro que le agradezco que me ofrezca colaborar en su revista, pero, ¡diantre!, yo tengo una novela por publicar. En este sentido me parece la hostia de mal que usted se digne recibirme sólo para jorobarme.

El señor Vergés se echó a reír cuando bien podía haberme mandado a un correccional por malhablado.

—No diga tonterías. ¿Cree usted que hago esto con todos los finalistas del Nadal? En los veintitantos años de vida del premio sólo habré conocido personalmente a dos o tres. Está claro que si a usted le recibo y, encima, le abro las páginas de mi revista es porque, evidentemente, le reconozco unos valores que no son comunes en los que empiezan.

Mandó llamar a dos personas de gran importancia en la empresa: el poeta Joan Teixidor, su socio, y Néstor Luján, director de la revista y jurado del premio Nadal. Se trataba de que ambos confirmasen lo que él acababa de decirme y, en efecto, lo hicieron casi con las mismas palabras y citando de paso algunos consejos de Josep Pla a los escritores. Como el señor Pla era la estrella de la casa, tuve motivos para mostrarme atento. No estaba de acuerdo en todo, porque sus opiniones eran cualquier cosa menos jóvenes, pero consideré prudente fingir un cauto acuerdo.

Cuando volvimos a quedarnos solos, el señor Vergés me habló de lo que él consideraba el problema básico de mi novela: me había empeñado en contar en lengua castellana un mundo típicamente catalán y esto no hubiera ofrecido mayores problemas si hubiese asumido completamente el trasvase; pero, llevado por la contradicción, había optado por una espantosa mezcla de los dos idiomas, una jerga que se quedaba en tierra de nadie, situación ésta que, en literatura, suele conducir al desastre. En tales circunstancias, no extrañará que el señor Vergés acabase por sugerir que reescribiese mi novela, pero esta vez en catalán.

No extrañará hoy, pero en aquel momento me desconcertó. Aunque el catalán era mi lengua materna y siempre lo habíamos hablado en casa, desconocía por completo sus modelos más prestigiosos. Es cierto que apenas tres años antes Maruja nos había hecho vibrar a un grupo de amigos escuchando el primer disco de un joven valenciano llamado Raimon, y que sus canciones —entre ellas *Al vent*— anticiparon todo el ímpetu de la canción protesta que vino después; también es cierto que en otros sectores de la cultura catalana se estaban moviendo las cosas de una manera que permitían hablar de un despertar, pero en aquella época yo no podía considerar el catalán como algo más que un dialecto que resultaba entrañable para hablar con mis padres y divertido para charlar con las vecindonas. Además, la tía Florencia se expresaba en el dialecto de Nonaspe, una lengua ni catalana ni castellana: las dos a la vez, y de manera tan pintoresca que le llaman chapurreado.

Y, en última instancia, me parecía pintoresco que el señor Vergés me aconsejase escribir en la lengua del barrio cuando yo me había esforzado por escribir en inglés, que empezaba a ser el idioma del mundo.

La condición de antigualla del catalán se acentuaba ante mis ojos a causa de la utilización que se estaba haciendo de él en los pocos medios de comunicación a que tenía acceso. En este terreno se me ofrecían ejemplos que merecen un puesto de honor en los anales del *kitsch*: una monja que se llamaba sor Nuri cantaba su catálogo de horrores en catalán, acompañándose con su guitarra, a imitación de aquella monja francesa tan cursi llamada Dominique. Grabaron su microsurco en catalán Rita Pavone, Gianni Morandi y otras figuras de la canción italiana; y lo mismo hicieron algunos ídolos locales, como Francisco Heredero —rebautizado Francesc—, que se atrevió con el repertorio del rey Presley en un disco titulado *El meu amic Elvis.* A mí particularmente me parecía un despropósito, pero los tiempos han demostrado que puede ser la regla. No sé si por cierto la tenían, en su sentido más fisiológico, las Hermanas Serrano, dos señoritas vestidas con can-can que vertieron al vernáculo el tema musical de la película netamente madrileña *El día de los enamorados*:

Tu-tuá, tu-tuá
Avui és dia, de tots els que s'estimen
el dia dels que estem enamorats...
Tu-tuá, tu- tuá.

También en un escenario del Paralelo un vocalista de moda, José Guardiola, hacía algo parecido con el maravilloso cantable *Los niños del Pireo,* que se convirtió en *Els minyons del Pireu.* Esto pertenecía a la película prohibidísima *Nunca en domingo* —¡Melina hacía de puta portuaria!—, pero también se podía entrar a saco en el musical norteamericano, incluso en el más progresista de todos ellos; así, el locutor Salvador Escamilla, meritorio propulsor del fenómeno de la *nova cançó,* trasladó de ambiente a los golfos de *West Side Story* haciéndoles cantar «*calma, noi*» en lugar de «*keep cool boy*».

Estos ejemplos me parecían poco estimulantes para aplicarlos a una carrera literaria. Sin embargo, obedecían al criterio de normalización de la lengua, y en este sentido los promotores de la resistencia le hubieran vendido su alma al diablo para conseguir que en la televisión estatal apareciese cualquier vocalista cantando cualquier cosa mientras fuese en catalán.

Aquella mañana de enero del 65, los consejos lingüísticos del señor Vergés cayeron en saco roto. Me importaba más descubrir que, a pesar de todas las deficiencias apuntadas, mi novela tenía una fuerza que despertaba la atención de personas entendidas en la materia. Y este sentimiento de satisfacción era el que debería prevalecer, aunque entonces lo disfrazase de derrota.

Consideré por fin la oportunidad que el señor Vergés me brindaba al abrirme las páginas de su semanario, y en este sentido no perdí el tiempo. A los tres meses del Nadal, llenaba seis enormes páginas de *Destino* con el artículo «La orilla joven de París», ilustrado con fotos de Néstor sobre aspectos pintorescos de Saint-Germain-des-Prés.

El señor Vergés nunca pudo imaginar que estaba dando de comer a un futuro Oscar de Hollywood, pero en mi caso tuvo muy claro que podría serle de alguna utilidad en el terreno literario. En realidad se dedicó a prepararme para que pudiese desarrollar los matices más variados de mi personalidad, desde una imagen de joven moderno, que exploté de manera bien vendible en un artículo sobre los años sesenta —«Londres ahora»—, hasta intereses culturales de alcance más comprometido de cara a los lectores de *Destino*, tan cultivados ellos. Al finalizar el año, pude descubrir que la generosidad de Vergés había sobrepasado sus propios límites, permitiéndome ocupar muchas más páginas de las que solían concederse a los colaboradores de escaso nombre. Así ocurrió con un extenso reportaje sobre el románico del Valle de Bohí, que me ocupaba cincuenta cuartillas y tuvo que ser dividido en dos semanas, después de cortarlo mucho.

Sin duda mi tendencia a la grafomanía era del agrado del señor Vergés, que no paraba de recordarme las opiniones de Pla sobre la profesionalización del escritor. Fueron consejos útiles, emitidos en reuniones entrañables. En aquella época en que buscaba en todas las mujeres la imagen de mi madre, el señor Vergés se me aparecía como el padre que hubiese deseado tener, y seguramente era un reflejo del mío propio, sólo que adornado con virtudes de dignidad, galanura y prestigio. Vergés fue desde el primer día mi amigo y consejero, y su editorial mi propia casa durante toda la primera etapa de mi carrera. Creo recordar que acabamos discutiendo por lo que es habitual entre autores y editores: una cuestión de dinero o derechos de autor o no sé qué endiablado conflicto de este tipo. Tampoco debo descartar un gesto de rebeldía por mi parte cuando el trato paternalista que el editor me dispensaba empezaba a ser perjudicial para mis intereses. Para él siempre fui *el nen*, y este tratamiento me acompañó hasta una época en que resultaba ridículo seguir siendo un niño. Entre otras cosas porque siempre acaban teniendo razón los mayores, y esto, en los negocios, es muy mal asunto.

TUVE QUE ESPERAR CINCO AÑOS hasta ver la novela publicada, pero entretanto llegó Pedro Gimferrer para demostrarme que, además de graves indecisiones de lenguaje, adolecía de serios problemas de estructura. La conocida sentencia «si no sabes beber, no bebas» se convirtió en «si no eres Joyce, no intentes serlo». Y como era consejo de Pedro, fue a misa.

Por fin conocía personalmente a esa avecilla rara cuya aparición me había anunciado Ana María en términos de absoluto pintoresquismo. La verdad es que lo poseía a discreción aquel joven apenas salido de la adolescencia y revestido con la gravedad de un sesudo profesor. Y no me estoy refiriendo sólo a su capacidad intelectual, sino a su aspecto físico. Creo que en más de treinta años de amistad no le he visto una sola vez sin corbata y traje oscuro, detalle que por otro lado no debe hacer pensar en un oficinista gris y anodino; por el contrario, desde su uniforme de empleado de la funeraria, Gimferrer ha ido sorprendiendo al mundo con excesos que no se le presuponían y que en cierta manera inclasificable le colocan en la perdida tradición de la bohemia. Jamás siguió la pauta de la moda, jamás los decretos de la década, pero hay que reconocer que un joven de menos de veinte años que comparecía con abrigo, bufanda y paraguas en pleno mes de agosto es digno de figurar en los anales de Chelsea como símbolo de originalidad suprema.

Desde el momento que nos conocimos se estableció una comunicación absoluta respecto al tema que nos había unido en la distancia: el cine y sus derivaciones críticas, especialmente las que se exponían en *Cahiers du Cinéma*. Gracias a mis viajes, yo disponía de mayor repertorio, pero su capacidad de análisis era superior y sus conclusiones me parecían el colmo de la sensatez, de manera que incluso al aventurarse a prestigiar algún producto que otros considerarían menor, parecía bendecido por la razón pura. Ya apunté que, además, poseía una sólida formación literaria que le servía para reforzar sus opiniones, trasladándolas a terrenos de interés mucho más vasto que el campo en que nos movíamos. Se vio, más adelante, que al contrario de la mayoría de cinéfilos, la amplitud de sus intereses le permitía convertir una simple crítica —o, mejor dicho, ensayo— en una espléndida síntesis cultural.

Al punto me di cuenta de su insaciable curiosidad, que pasaba del cine y la literatura a indiscretas pesquisas sobre mi familia o cualquiera de mis amigos. Esta actitud, así como la inteligencia con que abordaba los asuntos relacionados con la cultura, hizo que me confiase a él sin reservas, y así ha seguido siendo a lo largo de los años.

La fascinación que siempre me han despertado los primeros de la clase tendrá sin duda mucho que ver con mis carencias, pero al mismo tiempo habré ejercido yo algún efecto parecido sobre las de ellos, no por mi formación en el estudio sino seguramente por mi aprendizaje en la vida. Al punto percibí esta diferencia cuando imaginé a Gimferrer en la cerrazón de su estudio, con la cabeza hundida entre volúmenes arcaicos: era como aquel principito de Benavente, que lo aprendió todo de los libros mientras los demás se dedicaban a vivir. Nunca he sabido quién sale ganando en este pleito, pero no hay duda de que Pedro lo sabía cuando, años después, me decía en un exabrupto: «La experiencia intelectual es infinitamente más rica que la experiencia vital.» Tenía autoridad para hablar así, porque desde un principio él convirtió ambas cosas en una.

Vinieron muchas horas de cine compartido o de discusiones en aquellas grandes cafeterías que hoy son sucursales de banco, especialmente El Oro del Rhin, con su magnífica ornamentación modernista a base de motivos wagnerianos. Largas conversaciones, sí, pero en modo alguno aburridas, porque el sentido del humor de Pedro era muy parecido al mío, y siempre quedaba un hueco para el chiste o la broma. Creo que fue por esta época cuando

Pedro conoció a Néstor, que seguía con sus visitas a Barcelona, tributo de nostalgia y a la vez intento de abrirse camino. Todavía no era un nombre importante en el mundillo cinematográfico, pero Pedro le acogió como si lo fuese. Triunfó desde el principio una alianza sentimental entre cinéfilos distinguidos, y esta alianza estaba destinada a ser perenne. *Et pour cause!* Néstor respetaba extraordinariamente la opinión de Pedro y éste decidió desde un principio que era «entrañable», adjetivo que utiliza muy a menudo, tanto para distinguir a un ser humano como para definir una película concebida para satisfacción de los humanos.

En aquella época, o desde muy poco tiempo después, Pedro se carteaba con algunos nombres importantes de las letras hispanas. Creo que fueron muy importantes para él Vicente Aleixandre, Joan Brossa y el pintor Antoni Tàpies, pero a los efectos que más atañen a nuestra relación profesional interesan sus contactos con Camilo José Cela, a la sazón fundador de la editorial Alfaguara, que dirigía su hermano Juan Carlos.

La importancia de este contacto resultó fundamental para un proyecto que habíamos venido pergeñando Pedro y yo en las últimas semanas. Se trataba sin duda de una osadía: una *Historia del Cine* con todas sus consecuencias: etapas fundamentales, autores básicos, industrias nacionales, evolución del lenguaje y, por si algo faltaba, desmitificación de lo que llamábamos «falsos valores» y reivindicación de autores «subvalorados». Es decir: la pera.

Don Camilo nos recibió en su habitación del hotel Colón, situado frente a la catedral y, a causa de este emplazamiento privilegiado, cita de escritores importantes durante muchos años. Yo tenía algún recuerdo del bar porque cuando estudiaba para actor me había dedicado a frecuentarlo con el propósito de conocer a Tennessee Williams, su huésped más internacional. Supongo que mantenía la vaga esperanza de caerle en gracia para que me catapultase a algún escenario de Broadway, previos favores carnales. Debo aclarar que ésta no era en absoluto la intención que me llevaba a Cela, pese a que le admiraba tanto como al autor de *Un tranvía llamado deseo.* Con admiración original, por cierto, como todas las mías. Mientras los lectores normales veneraban *La familia de Pascual Duarte,* yo me había sentido deslumbrado por un pequeño libro que me sirvió de compañía durante mis itinerarios por el Valle de Bohí. Se llamaba *Viaje al Pirineo de Lérida* y, además de deleitarme como lector, se fue convirtiendo en una clase privada de escritura.

No recuerdo si Pedro estaba nervioso; yo, muchísimo. Llevábamos una parte de nuestro manuscrito en una carpeta de cartón un tanto basta, por no decir de saldo. Nada extraño si se piensa que la época todavía no había impuesto a los aprendices de escritor el uso de la cartera de piel de cocodrilo o el *attaché* de diplomático. Claro que tampoco don Camilo nos recibió en esmoquin. Iba envuelto en una toalla de baño y agitaba violentamente el auricular del teléfono mientras formulaba una serie de estentóreas reclamaciones a causa de un baúl que alguien se había olvidado en la habitación. Descuido bastante inaceptable: ¿a quién pudo pasarle por alto un equipaje que casi abultaba tanto como el armario?

—¡Releche! —exclamó el escritor—. A ver si lo abro y me encuentro con los sostenes de una sueca.

Que de toda la conversación con una gran figura de las letras me quedase con esta frase se deduce la gracia con que don Camilo la pronunció. Entonces no había prodigado todavía su fama de lenguaraz a través de la televisión, y para mí —y supongo que para Pedro— era un nombre sacralizado por el prestigio y el magisterio. De modo que un exabrupto dedicado a dos aprendices intimidados, tenía que permanecer necesariamente en mi recuerdo como un ejemplo de surrealismo puro.

Comprobé que, gracias a algunas colaboraciones en la revista *Papeles de Son Armadans*, Pedro gozaba de cierta estima cerca de don Camilo, porque éste aceptó nuestra propuesta, convirtiéndola en contrato con adelanto incluido. Así, la evidencia de la publicación —es decir, un hecho físico— nos animó a continuar con moral de éxito el espinoso camino que habíamos emprendido.

Tan espinoso como condensar en doscientas páginas lo que otros habían necesitado varios volúmenes. Y tan arriesgado como la respondona actitud que nos guiaba: contradecir con nuestra voluntad de modernidad la *Historia del Cine* de Georges Sadoul, considerada la Biblia del cinéfilo pero al mismo tiempo ejemplo de dogmatismo exacerbado y de sectarismo llevado a sus últimas consecuencias.

Pedro ha recordado que, durante varios meses, acudió diariamente al oscuro entresuelo de la calle Ponent para trabajar en la redacción de nuestro libro. Recuerda también que en el mediocre *pick-up* sonaba continuamente una versión mexicana de *My Fair Lady* cuyas cualidades *kitsch* valdrían hoy su peso en oro. Frases como «*The rain is Spain stays mainly in the plain*» convertidas en «la lluvia en Sevilla es pura maravilla» tenían el poder de maravillarnos por su decidida falta de vergüenza, lo cual demuestra que nuestro sentido del humor iba a la par, de manera que era imposible no coincidir en casi todos los puntos del libro. Y si alguna vez disentíamos —Pedro era más valiente que yo en la negación de algunos valores establecidos—, procedíamos a largas y escrupulosas discusiones hasta llegar a un pacto satisfactorio.

Al cabo de poco tiempo, Pedro se había convertido en un amigo de la familia, muy querido y respetado. No dudo de que para un chico de la parte alta de Barcelona el mundo de la calle Ponent tenía que resultar como mínimo pintoresco y como máximo apasionante. Además de la complicidad que le unía a mi hermana, compañera de universidad, el gallinero que formaban mis padres y la tía Florencia disponía de suficientes elementos populares para despertar su sorpresa, su simpatía y hasta sus aficiones de antropólogo, si las tuvo. Lo que quedaría colmada sería su curiosidad de cinéfilo, pues no hubo día que no se viese obsequiado con una sesión de neorrealismo barcelonés, en color o en blanco y negro según el humor de la familia.

Las horas de trabajo con Pedro hicieron que mi regreso a Barcelona fuese mucho más gratificador de lo que en un principio parecía. Era, en efecto, muy difícil aclimatarse después de haber conocido la fiebre de Chelsea, pero me sentía acometido por la fiebre de la escritura, y Pedro sabía secundarla como un amigo y a la vez como un maestro precoz. Pasado el verano, prolongamos nuestra colaboración en un artículo sobre los cómics que apareció publicado en *Destino*. Creo que fue de los primeros que trataron este tipo de literatura popular en una revista de prestigio.

Paralelamente a todos estos sucesos, las mujeres fundamentales de mi vida se destaparon con los insospechados atisbos de madurez que ya apunté al referirme al cabreo de Peter Pan. Maruja llevaba algún tiempo anunciando su decisión de dar un giro definitivo a su vida, pasando de una mediocre oficina comercial —yo la llamaba «empaquetadora de bombillas», pero seguro que era una oficina— a otro tipo de empleo que le permitiese estar en contacto con el mundo de las letras. Tanto para ella como para Ana María fue decisiva en esta época la amistad con la escritora Carmen Kurtz, relación que serviría para encauzar sus intereses literarios y, en el caso de Maruja, sus primeros pasos como profesional, pues entró a formar parte de la redacción del periódico *Solidaridad Nacional* —vulgo, «la soli»—, en cuyas páginas colaboraba la señora Kurtz. Es probable que esté adelantando fechas y acontecimientos, porque en el recuerdo esta época se precipita constantemente, y nuestras vidas se hunden en la vorágine de afirmación que caracterizaría a la segunda parte de la década. En cualquier caso, ningún aprendizaje sabe de calendarios ni relojes, porque se va produciendo por acumulación y no hay acierto ni error que sean inseparables del conglomerado total, absoluto e, insisto, vertiginoso.

En este vértigo fomentado por la obsesiva búsqueda de la madurez, el itinerario de la periodista excepcional que acabó siendo Maruja empieza en un periódico, prosigue como eficaz Señorita Viernes en una revista femenina —*Garbo*— y encuentra su primera culminación como la asombrosa Madame Sans-Gêne de la revista destinada a recoger el pulso de los años sesenta e imponerlo como el catálogo iconográfico de toda una generación. Me estoy refiriendo a *Nuevo Fotogramas* y me estoy adelantando a 1968, salto sin duda impertinente por cuanto implicaría a una serie de personas —Elisenda Nadal y Jesús Ulled, entre ellos— cuya alianza tanto amistosa como profesional apenas se perfilaba cuando Maruja entró en la «soli» dispuesta a emular a la dinámica Rosalind Rusell de *Luna Nueva* (este tipo de periodista siempre fue una de las referencias favoritas de la Torres, así como la comprobación de que, a la larga, todos hemos sido lo que el cine de los sábados nos enseñó a soñar).

Esta Maruja primeriza continúa siendo inolvidable, y su largo camino hacia la afirmación es el ejemplo de las virtudes que siempre admiré en la mujer; virtudes que había conocido en Lettie y que me hicieron sentir tan próximas y cálidas a algunas capitanas dispuestas a vencer a toda costa en terrenos que les estaba vedado frecuentar. Aparecen y reaparecen constantemente esas mujeres madres, amigas, compañeras de trinchera, que empiezan ejerciendo sobre mí la fascinación de la esfinge, como querían los egipcios, y lentamente se van quedando en esfinges sin secretos, como quería Wilde. Ya no son las grandes damas del cine, perdidas siempre en nebulosas inalcanzables —perturbadoras, pues— sino esas mujeres que, situadas a ras de suelo, sin plumas, visones ni lacmé, imparten lecciones de supervivencia cotidiana en un mundo hostil y a menudo mediocre.

Y siempre está Ana María, hermana y privilegio a la vez, testigo silencioso en ocasiones, socarrón en otras, secreto las más y, siempre, caja de sorpresas que un buen día se descuelga con una primera muestra de creatividad en las páginas de *Destino*, tan deseadas por cualquier escritor, como vengo comentando. Que en esta publicación precoz tuvo mano la Matute no lo dudo —las dos Anas siempre fueron muy generosas la una con la otra— pero también vuelve a contar la buena disposición del señor Vergés, convertido en ángel tutelar de la casa Moix. («Su hermana escribe muy fino y muy bien», solía decirme.)

El primer escrito de Ana María, publicado en el primer semestre del 65, era una narración minimalista llamada *El hermano,* y tenía un principio soberbio, que yo mismo habría firmado sin vacilar:

«Con frecuencia sucede que imágenes que permanecen en nuestro recuerdo despiertan repentinamente. Es curioso el hecho de que, a veces, al observar una hoja seca, o un atardecer otoñal u otra estampa melancólica, con un cierto tinte amarillento, recibo en mi mente la llegada del recuerdo de un verano... Es un mundo curioso el de los recuerdos...»

Tan curioso, añado yo, que pasaría de dolor vital a sustentación ocupando un lugar de privilegio en las primeras obras de Ana María, con motivos iguales, o en cualquier caso parecidos, a los que me asaltaban durante la redacción de *El día que murió Marilyn.* Entre estos motivos destaca la figura del hermano muerto, de Miguel, convertido en una figura que mi familia solía invocar en pintorescas sesiones de espiritismo y que Ana María y yo recobrábamos en esta tremenda forma de exorcismo que es la literatura autobiográfica. Reaparece ese hermano en la primera novela larga de Ana María —*Julia*— pero ya se hace presente en aquella entrañable primera narración de *Destino,* donde una escritora de dieciocho años asume plenamente el drama de la memoria. Que es, en resumen, el de la vida.

«Poco a poco se me fue difuminando su figura, se me fue olvidando el tono de su voz, sus gestos; al principio, tenía que hacer un gran esfuerzo para que mi mente pudiera representar una imagen fiel a él; ahora me sería imposible describirlo tal y como era... Entonces fue cuando descubrí que había dejado de ser mi hermano para convertirse en el hermano. Me di cuenta de que ya era un recuerdo...»

También para mí se estaban convirtiendo en recuerdos las cosas más recientes; demasiadas cosas, en realidad. A los dos meses de mi regreso a Barcelona, y desde el encierro que me exigía la redacción de tantos proyectos a la vez, sentí de nuevo la angustia de la cárcel y la comezón típica de los culos de mal asiento, necesitados de afirmarse por medio de un movimiento repentino, inesperado y acaso innecesario. Fue entonces cuando la fiebre de Chelsea volvió a asaltarme, mostrando su verdadero rostro; que era precisamente el mío. Es decir, todo lo que Chelsea me había inspirado era un impulso que latía en mi interior y que me obligaba al movimiento, cualquiera que fuese la causa, quienquiera que resultase ser el destinatario. Necesité vibrar de nuevo, y esto era algo que no podían darme los libros ni la incógnita de la página en blanco.

Fue entonces cuando decidí viajar a Madrid con el propósito de conocer a la redacción de *Film Ideal*, con algunos de cuyos miembros había mantenido correspondencia. Aunque es posible que se tratase sólo de un pretexto. Si alas necesitaba, alas tuve. Pero no las puso ninguna revista. Una vez más, eran mías.

LIBRO TERCERO

—

APRENDIZAJE DEL DOLOR
(Madrid-Barcelona)
1965-1966

> Para resucitar, tengo
> que morir primero.
>
> GABRIELE D'ANNUNZIO
> *El martirio de San Sebastián*

MADRID HOY, AHORA MISMO, es decir treinta años después. No hace falta preguntar de qué. De cualquier cosa, pues cualquiera de las que entonces me importaba ha muerto en el trayecto o fructificó de tal manera que ya no constituye una novedad ni se parece a sí misma. Madrid de ahora: otoñal como entonces, con niebla sobre la misma Ciudad Universitaria, pero envolviendo mi regreso de casa de otros amigos, de gente impensable entonces. Igual que los amores. Porque aquí, a mi lado, está el Niño del Invierno, inexistente, no anunciado entonces. Le faltaban cinco años para nacer y, al abrazarle hoy, dulce, suavemente, como un padre dispuesto a consolar, mis ojos cerrados ven desfilar otros abrazos, otros pálpitos parecidos, otros suspiros coincidentes. Pero todos de entonces.

Hoy suena Elvis cantando *My Way*. Hace pocas horas, lo cantaba Sinatra. Coincidencia de dos fragmentos de la memoria del siglo condensada en voces distintas. Temblor del tiempo en esas piezas diminutas, que han sustituido al vinilo. Y pensar que éste fue la gran novedad de mi adolescencia. ¡Y pensar que Alexander llevaba su colección como el más preciado de los dones arriba y abajo de Europa! Todo fue entonces y, sin embargo, no sé qué fue ni cuándo. ¿A qué entonces me estoy refiriendo, si se van mezclando tantos? Sólo prevalece el don evocador de la palabra y el onanismo de la música.

Entonces era el otoño de 1965. El otoño de hoy me está llevando hacia el final de 1997. Lo que pudiera parecer un fin del mundo no es más que otro instante apto para garantizar que el tiempo sigue avanzando. Si llegó hasta aquí, quiere decir que ya nada conseguirá detenerlo.

La gente que me dispongo a evocar tiene hoy nombres y apellidos cuando entonces tenían vida. Fueron insustituibles aquel año y de pronto desaparecieron de mi vida, siguieron su evolución y los he ido encontrando después, en la prensa, la radio o la tele. Son firmas a las que sigo con mayor o menor respeto, a las que celebro o maldigo, en quienes creo o de quienes desconfío según la evolución de sus méritos, que arrancan también de entonces.

En el Madrid del 65 las firmas de la crítica cinematográfica eran otras, en general cincuentones que arrastraban la rémora del franquismo o por el contrario se oponían a él mediante actitudes de izquierdas, en todas sus variantes. La división de la guerra civil se mantenía en este choque de contrarios caracterizada, de un lado por una prensa de derechas —*Ya*, *ABC*— y, del otro, por revistas de resistencia como *Cuadernos para el Diálogo* y *Triunfo*, que habían pasado de ser cronicón del espectáculo a publicación política y alimento de la nueva generación de lectores progresistas. En un terreno intermedio, los diarios *Pueblo* e *Informaciones* ocupaban el espacio, siempre ambiguo, de lo que se dio en llamar prensa liberal. Si bien se recuerdan principalmente los nombres que gozaban de gran poder personal como directores, había también los que ejercían una mísera dictadura cultural a través de la crítica. No era éste un sistema nuevo ni, por desgracia, en curso de extinción, pero en aquella época aparecía notablemente envejecido por estar en manos de personas cuyos planteamientos se habían quedado, como mucho, en los años cincuenta.

En este panorama mis amigos formaban un curioso batallón de reemplazo al que alguien dio en llamar la Joven Crítica. Y me estoy refiriendo al cine, naturalmente, porque es la salida que tuvo nuestro pensamiento, desesperado al contemplar la voluntad de eternidad de la dictadura. Ella, para confirmarlo, decidió celebrar los «25 años de paz». Por su calaña, eran muchos más de lo que cualquier pacifista auténtico habría deseado. Y el eslogan «*Spain is different*» pedía guerra a todos los demócratas que aspiraban a lo contrario: a que, de una puta vez, España no fuese tan distinta de Europa.

La paz reinaría en España, pero no entre la Joven Crítica. Cuando llegué a Madrid había una verdadera batalla ideológica entre *Film Ideal* y una publicación de más reciente cuño, *Nuestro Cine*, dirigida por un pensamiento izquierdoso, por no decir abiertamente marxista. Mientras la primera llevaba a su exasperación el sistema crítico de *Cahiers du Cinéma*, la segunda optaba por el cine italiano, el Nuevo Cine español y cuantas opciones conllevase el llamado «cine de mensaje». Curiosamente, ambas revistas, con todas sus exageraciones, sobreviven en la memoria como piedras básicas de nuestra formación. Sobre todo para alguien que, como yo, seguía optando por conciliar la carga política de *Salvatore Giuliano* con el escapismo de *Cantando bajo la lluvia*.

Llevado por la urgencia de integrarme en cualquier polémica intelectual que Madrid pudiera ofrecer, no demoré un instante mi aterrizaje en un bar de la Puerta de Alcalá, donde se celebraba semanalmente un encuentro entre todos los colaboradores de *Film Ideal*. Ese día resulté ser el celebrado, no porque fuese el tópico soplillo de aire nuevo que llegaba del Mediterráneo sino porque mis artículos londinenses habían despertado curiosidad entre los miembros más jóvenes de la revista.

El director, Félix Martialay, fue extremadamente considerado, y al punto le cogí confianza, pese a que Gimferrer me había advertido de que era militar, carrera que siempre he asociado con un tipo de cine que detesto. Todavía hoy, cuando veo en vídeo algún filme de guerra, paso a toda velocidad las batallas y aun las escenas de cuartel, con lo cual suelen quedarse en cortometrajes sobre el permiso del soldado y sus citas con la chica que dejó tras de sí. Pero Martialay no solía aplicar en sus encuentros con la redacción una moral cuartelera; se limitaba a ser un cinéfilo más, con los mismos peligros de exageración que esto conlleva. Sólo al cabo de un tiempo se destapó con un artículo sobre *El Evangelio según san Mateo* donde execraba a Pasolini por su condición de homosexual y marxista. Éste fue el momento en que algunos colaboradores abandonamos la revista para pasarnos a otra de reciente fundación: se llamaba *Griffith* y seguía directrices parecidas bajo la mirada atenta de Juan Cobos, máximo oficiante del culto a Orson Welles y persona de probada seriedad.

Antes de estos tristes sucesos, mi relación con *Film Ideal* fue un idilio que parecía destinado a durar siempre. Por primera vez hice vida de redacción y me gustó mucho. Con el trabajo compartido se rompía la soledad del escritor frente a su absurda página en blanco. Pasábamos largas horas confeccionando la revista, eligiendo fotos, traduciendo textos extranjeros, adjudicando críticas a cada colaborador según su especialidad y talante. Las comentábamos por las noches, en las reuniones del bar de Alcalá; pero, además, asistíamos en grupo a los estrenos y aun nos juntábamos para entrevistar a algún director extranjero que encajase con nuestros delirios particulares. En tales ocasiones, el magnetófono acababa echando humo, pues regresábamos a la redacción con un mínimo de diez cintas grabadas. Como sea que directores como Anthony Mann o el citado Welles se veían asediados por cinco cinéfilos a la vez, la transcripción de las preguntas y respuestas se convertía en un trabajo de chinos. No era el caso de cansarse; todo lo contrario: éramos infatigables y seguíamos siéndolo a la hora de escribir una simple crítica sobre una película no necesariamente buena. La cantidad de páginas que podíamos llenar analizando un melodrama absurdo o un western rutinario debía de provocar el asombro de los críticos oficiales, que se creían cumplidos si alcanzaban a llenar dos columnas de los periódicos más prestigiosos. No sería menor su asombro ante la escasa rentabilidad de nuestro trabajo. Aunque hubiese estado muy bien pagado habría sido imposible amortizarlo porque nos obligábamos a ver varias veces la misma película en primera sesión de tarde. Ocupábamos la cuarta fila, de manera que nos sentíamos engullidos por la pantalla, que era como pasearnos a nuestras anchas por todos los recovecos de la imagen. Sus luces nos servían de lamparilla-guía, completamente imprescindible porque íbamos tomando nota de todos los detalles concernientes a la planificación, iluminación, movimiento de actores, todo cuanto se integraba en aquel concepto mágico que nuestros maestros de *Cahiers* habían dado en llamar *misse en scène.*

En aquellos días de imágenes repetidas hasta la saciedad no podíamos imaginar que en tiempos todavía lejanos un artilugio llamado videógrafo nos permitiría efectuar el mismo trabajo sin movernos de casa. Entonces, esa función estaba reservada a las moviolas, reservadas a su vez para usos profesionales. Es cierto que Vicente Blasco Ibáñez, en los años veinte, intuía la llegada del vídeo, afirmando que, del mismo modo que sus coetáneos poseían sus músicas preferidas grabadas en placa, los hombres del futuro dispondrían en sus casas de sus películas preferidas. Me recordaba Rafael Ventura Melià que el escritor valenciano hacía estas afirmaciones en su novela *La reina Calafia,* pero en la época de mi aprendizaje Blasco Ibáñez no estaba entre las lecturas aconsejadas por la modernidad. Sigue sin estarlo ahora, pero esto sólo significa que, a veces, la modernidad se equivoca.

La madrugada acogía nuestros últimos cartuchos en prolongados paseos por el Madrid de los Austrias, callejas entonces desiertas, sin los automóviles que hoy esconden sus mejores fachadas. Los duendes de Madrid echaban a volar y el batir de sus alas calentaba el aire, que en aquellos años era frío y cortante. Ya nunca volvieron esas noches glaciales, cuyos estragos se prolongaban en el modesto cuarto de la pensión apenas animado por una estufa barata y una manta a la que era necesario añadir la gabardina y el abrigo para que produjese algún efecto. Pero era como si el frío nos animase y la incomodidad nos volviera más literarios, cual figuritas sacadas de un belén de Galdós; como si Fortunata, Benigna o la pesada señora de Bringas se hubiesen convertido en nuestras parejas de baile. Éste era, por cierto, de lo más animado: subiendo y bajando costanillas de La Latina, improvisábamos alocados pasos al estilo Gene

Kelly mientras alguien —preferentemente Martínez Sarrión— recitaba poemas de Neruda o de Alberti, estrellas fijas de las amadas constelaciones que, desde la lejanía, nos hablaban de libertad. Y en esta onda, rasgábamos el silencio de la noche con canciones de la guerra civil aprendidas en un disco de importación: la banda sonora de la película *Morir en Madrid*, prohibida por la dictadura y perseguida por todos los que viajaban al extranjero. Cantábamos a voz en grito y esto sí me helaba la sangre porque siempre podría haber un policía más culto que su gremio entero dispuesto a sacar la porra para machacarnos. Si no algo peor, que era llevarnos a tenebrosas mazmorras por donde ya habían pasado intelectuales más importantes que nosotros: Caballero Bonald, López Salinas y Tierno Galván, sin ir más lejos.

Esas noches de poesía y vino tinto no eran la única vía de comunicación que me ofrecía el Madrid de los jóvenes cinéfilos. Antes habíamos pasado unas horas en el local que la memoria generacional ha mitificado, porque durante unos años fue punto de encuentro de la cultura madrileña en sus más variadas manifestaciones, aunque su centro de gravitación era el mundo del espectáculo. Me estoy refiriendo al club Oliver, esa colmena inolvidable cuyos propietarios eran Adolfo Marsillach y Jorge Fiestas.

El local había nacido con el propósito de acoger a la gente de teatro que necesitaba tomar una copa después de la función, pero no tardó en incluir a la gente de cine y progresivamente a cantantes, poetas, pintores y periodistas. Si cuento que, en algunas ocasiones, se dejaba caer por allí la mismísima Ava Gardner, explico una parte de la leyenda de Oliver, pero no la completo. Esa ilustre dama, que llenó las noches madrileñas con anécdotas turbulentas y una aura de divinidad, formaba parte del devocionario del dueño y de sus amigos cinéfilos, de manera que hallaba en Oliver su mejor altar. Pero el resto de la parroquia también tenía nombres bien definidos y las mesas de la planta baja empezaban a nutrirse de un universo particular alimentado a su vez por el emergente monstruo llamado televisión. Sus personajes no procedían del teatro, ni siquiera del cine: habían alcanzado una fama local en este medio destinado a arrasar con todo. Incluso con ellos mismos, porque muchos no durarían más de tres temporadas. Y es justicia poética que si la fama adquirida en medios tan acreditados como el teatro y el cine es tremendamente pasajera, la que proporciona la televisión sea, simplemente, flor de un día.

(En este inesperado, nuevo recipiente de la memoria colectiva que acabó siendo la televisión, hay excepciones que pueden deberse tanto al mérito del intérprete como al poder de determinados personajes. Cuando voy a algún lugar con el actor Pepe Martín siempre aparece alguien que le recuerda vestido de Edmond Dantès en la versión televisiva de *El conde de Montecristo*, rodada en 1969.)

La memoria se envalentona y mezcla en un saco dorado nombres y situaciones que diríanse sacados de la crónica social y que, en cambio, eran el día a día del reinado de Jorge Fiestas. Se me aparece una neblina roja, como la tapicería que cubría el suelo y las paredes de Oliver, noto un sabor a San Francisco y Alexandra, mis cócteles preferidos, me acarician las melodías de Cole Porter e Irving Berlin, que solía tocar una vez tras otra el pianista Paco Miranda.

Cada vez que en años posteriores regresé a Madrid, Oliver fue mi campo de operaciones, y cuando en 1972 presenté allí mi libro *Hollywood Stories*, Jorge congregó a tal número de personalidades que el corresponsal de *La Vanguardia* tuvo que titular su crónica «Terenci, *vedette* en Madrid». Y aunque tal afirmación pueda parecer frívola, respondía a una realidad más valiosa aún que el éxito: implicaba el catálogo de amigos que había conseguido crearme en Oliver cuando Oliver era el corazón de Madrid y hasta la Cibeles tenía un gran cabreo por sentirse desplazada.

Este ambiente ha sido muy bien tratado por los cronistas madrileños, e incluso un joven llamado Francisco Umbral dedicó toda una novela a contar los cosquilleos eróticos de los personajes más conocidos de Oliver (ese día, Jorge Fiestas se frotó las manos ávidamente, al tiempo que comentaba: «Escándalo a la vista. ¡Menuda publicidad!»). Con tales antecedentes, mi única aportación puede ser la de un ceniciento que siempre llegaba de otro planeta con la imperiosa necesidad de sentirse amado o, por lo menos, de que le permitiesen amar.

La memoria se conmueve con recuerdos dispersos atrapados cual instantáneas en un continuo discurrir de mesa en mesa. Largas disertaciones con Raúl del Pozo sobre los bajos fondos de alguna ciudad portuaria que acaso sólo estuvo en nuestra imaginación. Risas ininterrumpidas con el chascarrilleo de Charo López, tan bella que la propia diosa Ava debió de sentirse ofendida al verse copiada. Luego llegaba Geraldine Chaplin, a la sazón musa del director Carlos Saura; la hija de Charlot contaba cosas de sus tiempos escolares en Suiza y de dos compañeras de cuarto que se llamaban Mia Farrow y Liza Minnelli. Un coro de poetas en ciernes se arracimaba en torno a Carlos Bousoño y Francisco Brines, considerados maestros en Madrid y desconocidos en mi vida barcelonesa. Y en su mesa reservada a perpetuidad lanzaba miradas sabias María Asquerino, cancillera de todas las noches; recogía datos para sus columnas Jesús Amilibia, empezaban a navegar Juby Bustamante y Miguel Ángel Aguilar, también Pilar Trenas —que tuvo mala muerte, pobrecita—, y así la flor y nata de lo que sería la prensa española en años sucesivos.

La mesa más codiciada era la de Adolfo Marsillach, y no por ser la de uno de los dueños, sino porque este gran talento de la escena gozaba de enorme prestigio en una profesión cuyos miembros siempre han necesitado arrimarse a un buen árbol para sobrevivir. Ser elegido para un montaje de Marsillach era la mejor garantía para ingresar en una esfera de exigencia muy superior al teatro que se hacía entonces; una exigencia que incluía, además, actitudes políticas decididamente progresistas. Sin descartar un poderoso atractivo personal e intelectual, que pude constatar dos años después, cuando Marsillach montó compañía con Espert para representar un «programa Sartre» y conseguí entablar amistad con ambos. Es decir: los dos gigantes del teatro que más podían apasionarme.

Noches de Oliver y madrugadas de churrerías, que abríamos o cerrábamos, ya no sé, acaso tuvieron siempre las puertas abiertas de par en par, como los ojos ilusionados de mis amigos noctámbulos.

Entre este alud de amigos encontré a un hermano previsible. Éste fue Jorge Fiestas desde el primer momento o, para ser exactos, desde el primer intercambio de cromos. Porque una vez se habían ido los clientes y él repasaba las cuentas de la noche, nuestra conversación giraba invariablemente en torno a las grandes estrellas que nos habían robado la voluntad desde el espacio remoto de la infancia.

El respeto con que Jorge hablaba de ellas resultaba tan conmovedor como drástica era su escala de valores. A las grandes estrellas las trataba de miss; las petarditas quedaban sentenciadas con la expresión *small piece of shit* (debida a Ava), y las anónimas ni siquiera existían. Las devociones de Jorge eran legendarias: contaba con orgullo que, en cierta ocasión, fue a Nueva York a visitar a su favorita, Joan Crawford, y como sea que la ya anciana señora se había quedado sin servicio y daba un *party* dos horas después, él se arremangó y le fregó el apartamento de arriba abajo. En cuanto a su reina espiritual, Ava Lavinia Gardner, recibía tratamiento de miss G (pronúnciese Gi) y el mundo se detenía cuando ella se dejaba caer por Oliver pagando la devoción de Jorge con una presencia que valía su precio en oro en términos de promoción.

Yo me quedaba embobado cada vez que Jorge me contaba que había conocido a María Félix —«más guapa que nadie»—, que dio la mano a Dolores del Río —«más joven que ninguna»— y que estuvo a punto de desmayarse cuando al entrar en uno de los ascensores del Waldorf se encontró cara a cara con Heddy Lamar —«más guapa ahora que hace veinte años»—. Teniendo en cuenta que las tres damas sumarían entonces unos ciento cuarenta años, se comprenderá que la capacidad de adoración de Jorge era infinita.

Al margen de su local, Jorge tenía el periodismo como principal actividad. Gran parte de su prestigio provenía de la época en que había cuidado del departamento de promoción de Suevia Films, la productora del zar del cine español, don Cesáreo González. A Jorge se deben algunas de las frases más afortunadas de la publicidad cinematográfica y es seguro que a estas creaciones no era ajena la influencia de la industria americana, cuyos productos había mamado desde niño. Cuando le conocí, escribía en las páginas de *Fotogramas*, donde practicaba un chismorreo *light*, inofensivo, que sólo en algunas ocasiones se atrevió a salirse de tono.

Sus colaboraciones en *Fotogramas* incluían siempre la famosa frase «una película con Fulánez dentro me gusta más», y debo decir que si este índice de preferencias empezó de manera muy restringida, reservándose la elección a la flor y nata de los histriones nacionales, acabó incluyendo a media humanidad, con lo cual llegué a pensar que a Jorge le gustaban todas las películas. Lo cierto es que, en ocasiones, había incluido a intérpretes en decadencia, o simplemente en paro temporal, con el solo propósito de ayudarlos, haciéndolos salir en la prensa.

Viajero impenitente, recorría cada temporada los centros internacionales del ocio —Londres y Nueva York, principalmente— para ver los grandes espectáculos de ultimísima hora a condición de que fuesen montajes muy vistosos o vehículos de estrellas seductoras, a quienes visitaba invariablemente en su camerino con la intención de fotografiarse a su lado. Regresaba a Madrid cargado de libros de cine y fotos antiguas, verdaderas piezas de coleccionista que le guardaban en Cinemabilia, una tienda especializada que hoy ya no existe por defunción del dueño. Y este comentario no es gratuito: la mayoría de las tiendas de cine de Nueva York desaparecieron en los años ochenta, cuando sus dueños fueron arrasados por la epidemia del sida. El drama sirvió para que muchos confirmasen la estrecha relación entre la homosexualidad y la nostalgia cinematográfica. Tardaron mucho en enterarse.

Las experiencias internacionales de Jorge, como por otro lado las de Néstor, sirvieron durante algún tiempo para mantenerme en contacto con las principales novedades del extranjero. Éste era, además, el tono que Jorge consiguió imprimir a su club durante algunos años. Gracias a Oliver, Madrid consiguió parecerse al mundo, cuando de hecho estaba viviendo de espaldas a él.

¡Qué extraña ciudad se me antojaba, una vez salía de Oliver o me apartaba de la reuniones de *Film Ideal*! No se parecía en nada al Madrid que había conocido cuando hice el servicio militar, seis años atrás. La ciudad que se me había presentado tan simpática y acogedora, cálida y entrañable, la ciudad de mis amores nuevos era ahora una colmena de intereses feroces que saltaban en cualquier esquina, produciendo la impresión de que todo el mundo llegaba para vender algo e irse después, habiendo robado a Madrid un poco más de su carácter y ternura.

Tampoco se parecía a lo que fue años después, cuando la sacudió la feliz virulencia llamada «movida». Era, en 1966, un tránsito entre la Nada y la lobreguez, una ciudad que parecía vivir en estado de permanente cuaresma, con ministerios que recordaban la mediocre uniformidad del hormigón y edificios demasiado monumentales para no sugerir un autoritarismo sospechoso, con los tintes oscuros del guante de un dictador.

Para un chelsiano, algunos aspectos del Madrid franquista entraban directamente en la Leyenda Negra. Comiendo en los restaurantes de la calle Echegaray, sorprendía conversaciones que parecían surgir del fondo de una sacristía. Se notaba la presencia de una clase media tan timorata como represiva, con ojos que observaban ávidamente a su alrededor, dispuestos a censurar con ánimo inquisitorial cualquier atentado contra las formas que ellos consideraban apropiadas, indestructibles por el solo mérito de ser suyas. Esta impresión de sentirme espiado culminó cierto viernes en que me hallaba en el Luarqués, saboreando una pierna de cordero con toda la ingenuidad de quien se limita a saborear una pierna de cordero. De pronto, una señora de sombrerito ajado y renard falso me señaló con el dedo, al tiempo que gritaba a la dueña: «¡Pero bueno! ¿Cómo le ha servido carne a este joven, siendo vigilia?»

¡Mujer inmunda! La consideré peor que a doña Urraca, la harpía de mis tebeos infantiles. Pero la consideré, sobre todo, de la estirpe de los dictadores anónimos, esos eternos mensajeros de la intolerancia que envenenan el aire donde algunos privilegiados hemos aprendido a respirar tranquilos.

La existencia de personajes de este estilo me obliga a comer carne en viernes santo, y me obligaría a utilizar como perchero el brazo incorrupto de santa Teresa, si no lo hubiesen usurpado ellos. Siempre servirá, en su defecto, el pene de don Quintín *el Amargao.*

Éste es el aire que respiré en Madrid, sin quererlo respirar: tufillo de reacción y de gente que vivía de ella. Pero emanaba, además, una sensación completamente desconocida para un periférico: allí estaba el poder, desde allí arrojaba sus flechas esclavizando bajo un mismo yugo a todos los pueblos de España. Y esta sensación resultaba tan incómoda que en cierta ocasión pregunté a Marsillach cómo había podido dejar Barcelona para sumirse en semejante olla de grillos.

—Precisamente por eso —contestó Adolfo—. Porque en esta olla se cuece todo. Porque aquí sucede todo. Y esto te hace partícipe en todo. No eres nunca un testigo: eres un intérprete siempre en activo.

Entre la sensación de tristeza que me embargaba apareció de pronto una necesidad de lo moderno que resultó tan imperiosa como ingenua, luego conmovedora para la memoria. La noción de pop empezaba a triunfar y la música se hizo eco de ella antes que nada, y lo convirtió en eco por encima de todos los ecos del país.

Un día 2 de julio los Beatles llegaron a Madrid y la prensa se refirió a unos «melenudos», expresión entre despectiva y perpleja que estaba destinada a prosperar. Es posible que hubiera alguna melena anárquica entre los numerosos fans que esperaban a los ídolos en el aeropuerto de Barajas, pero no consiguieron llenar, como se esperaba, la plaza de Las Ventas. Eso sí: hubo gritos, y dicen que hasta algún desmayo, de manera que los grises de la porra se extrañaron al comprobar que esta nueva juventud empezaba a parecerse a la del extranjero.

Más adelante, una revista emblemática, *Mundo Joven*, quiso recoger la nueva melodía de la época, como una avanzadilla de todo lo que serían capaces de ofrecer los años sesenta en su segunda parte. Sonaban, es cierto, algunos vocalistas de gran popularidad —Raphael y Karina—, pero la gran novedad eran los grupos. Se recuerda a Los Bravos, Los Brincos, Los Sirex, Los Mismos, Los Pekenikes, jovencitos que se atrevían con melenas incipientes y canciones apresuradas; voces tiernas, todavía inmaduras, que deshacían la lógica de las palabras introduciendo el modelo ye-ye (¡y esto era audacia!). Las letras presentaban alguna novedad: seguían obedeciendo a la sempiterna ley del romance, pero ya no era la misma que habían consagrado vocalistas como Antonio Machín y Lorenzo González en los años cincuenta, con galanes de bigotito engominado esclavizados por la voluntad de hembras adúlteras con un punto de burguesa respetable; por el contrario, el romance de las nuevas musiquillas aparecía vivido por adolescentes que estrenaban un rubor y se atrevían a suspirar por un beso cuando, sólo tres años atrás, se preguntaban si los niños venían de París. Un par de jóvenes conocidos como el Dúo Dinámico había sentado las bases al confesar que su amor tenía quince años y le gustaba mucho bailar el rock; y otra estrellita no menos célebre, Rocío Dúrcal, declaraba con orgullo en una de sus películas que «ya» tenía diecisiete años. Todo era juvenil, o quería serlo a toda costa. Por lo demás, esos romances púberes sonaban ingenuos, tenuemente cursis, y sólo el sonido de las primeras guitarras eléctricas contribuía a darles aires de revolución. Pero al socaire de estas novedades empezaba a agruparse una juventud de características nuevas a las que intenté acercarme en la desesperada búsqueda de complicidad e identificación.

Las ansias de modernidad continuaban con el menor pretexto y cualquiera podía ser bueno para sobrevivir un poco más. Cuando se estrenó en el cine Callao el segundo filme de los Beatles, *Help!,* la redacción de *Film Ideal* en pleno se congregó en el vestíbulo mezclándose con los ye-yes auténticos. Si bien encontré los delirios de la crítica un poco fuera de tono, no pude dejar de mezclarme en la atmósfera orgiástica, que empezó por los disfraces —alguien de mediana edad llegó luciendo una gorrita *salut les copains*— y terminó abriendo una botella de cava cuyos chorros saltaban por el vestíbulo como si fuesen metralla. No digo que los Beatles no mereciesen esto y más, pero estoy en condiciones de afirmar que los gritos de delirio con que me uní al griterío de los otros eran una imposición que me estaba haciendo a mí mismo. Al releer mi agenda —campo de anotaciones apresuradas que sustituía a mi diario— veo que hablo de un ambiente «que no me pertenece». Y acababa reconociendo que mi personalidad, si la tenía, veíase continuamente maltratada por influencias externas, en las que caía no sé si por esnobismo, no sé si por indefensión. Porque lo cierto es que me sentía muy solo si no subía al carro de los demás, y esto me llevaba a hacer las cosas que seguramente no habría hecho por gusto y voluntad.

La curiosidad por sus vidas me dominaba. Quisicosas de colegios mayores, donde residían muchos de ellos; incidencias en las que yo nunca podría participar porque renuncié al medio universitario. Esta renuncia me producía un sentimiento de inferioridad que llegaba al punto de amargarme, porque en aquella época todavía imaginaba a los universitarios españoles como pertenecientes a una capa social superior. Todavía pensaba que haber leído a Sartre servía de poco si uno no era bachiller. Pero sobre todo me importaba la presencia en mi vida de un colectivo que me excluía; y yo seguía ansiando por pertenecer de una vez a alguno, porque es cierto que en medio de mis obsesiones me sentía muy solo. Y sin embargo, ese complejo de inferioridad me llevaba a superarme continuamente, pensando que en la penumbra de mi habitación podría suplir, mediante la lectura, lo que los demás aprendían en la universidad. O lo que, en muchos casos, nunca llegaron a aprender, como pude comprobar mucho después.

Los días estaban marcados por una necesidad de amontonar conocimientos de cualquier signo, de cualquier categoría. Gloriosa etapa ésta en que el día tenía muchas horas y en cada hora cabían todas las experiencias del mundo. ¿O es que acaso el tiempo multiplicó aquel otoño sus recursos para serme útil de una vez y no dañino como había sido hasta entonces? Cada tarde íbamos al cine, casi cada noche a los teatros, terminábamos las madrugadas con amplios coloquios en los bares predilectos, la vida de relación era intensa y, además, las lecturas fluían con una celeridad que hoy resulta incomprensible. Es así como en mi agenda de aquel otoño pasan en una semana Baroja, Gorki, Cortázar y Duras; espectáculos de Arniches, Chéjov y O'Neill; una cantidad tal de películas que ya no sé si las soñé: porque al lado de las obras maestras que la Filmoteca nos proponía en cuentagotas, aparecen todos los estrenos y todos los programas dobles de un Madrid donde el cine estaba acabando su reinado. Nosotros le rendimos pleitesía por última vez y, lo que es más pintoresco, traspasamos al texto incluso sus productos más abominables. Porque una de las características de la última etapa de *Film Ideal* fue la reivindicación del mal cine, con grandes hallazgos y penosas planchas.

Nació así el grupo de «los marcianos», apelativo que inventaron los veteranos de la revista y que lo mismo podía denotar desprecio por nuestros excesos que asombro ante lo que estábamos proponiendo. Una cosa no excluía la otra. El delirante amor al cine nos llevaba más allá de la llamada «política de autores» de *Cahiers*, glorificando un tipo de cine comercial y a veces rematadamente malo como abierto a todas las posibilidades. Nos gustaba hablar de los «elementos físicos», con lo cual está claro que toda película tenía elementos dignos de ser salvados, desde el lento derivar de una nube sobre el cielo de Texas, al modo de moverse de actrices completamente anodinas y hasta hubo quien descubrió en un filme de aventuras africanas como *Hatari!*... ¡la existencia de Dios!

Yo tuve las cosas más claras y los sentimientos más confusos. Buscando los elementos físicos del filme de Tourneur *La batalla de Maratón*, me descolgué con una exaltación del cuerpo masculino que, más que a un análisis, obedecía a la excitación que me había producido el suculento desfile de atletas acaudillados por Steve Reeves, todos en taparrabos helénico. En aquella ocasión necesitaba escupir un mensaje homosexual solapado y me servía de la crítica como posteriormente de la literatura. Una buena masturbación me hubiera tomado menos tiempo.

En otro artículo, *«El musical y su laberinto»*, intentaba conciliar el musical *kitsch* de Broadway y las teorías de Brecht, lo cual equivalía a conciliar *Sonrisas y lágrimas* con *Madre Coraje.* Tan lamentable colisión de extremos sólo se explica mediante la eterna pugna entre el sentimiento y la razón. Desde el punto de vista sentimentaloide no podía descartar el placer que entonces me producía la cursilería de Rodgers y Hammerstein, pero desde el terreno de la lógica más estricta me sentía obligado a reconvertir aquella visión decadente y transformarla en términos de teoría.

Esta misma irresuelta pugna entre un gusto popular, representado por la gran industria de Hollywood, y la necesidad de ordenarlo críticamente me llevó a un nuevo intento de carácter más ambicioso y logros superiores. Contra la teoría del cine de autor yo alimentaba desde hacía tiempo la convicción de que el cine americano se había regido siempre por las líneas maestras diseñadas por la productora, dando lugar a un *look* específico que distingue a cada filme según su origen de producción y hace que uno de la Warner sea radicalmente distinto de otro de la Fox de la misma época y también a lo largo de las décadas.

Siguiendo la onda de la época titulé esta serie de tres artículos «*A la búsqueda de un pop cinema*». Es un título que induce a error por incorporar una terminología ajena a lo que era simplemente un acercamiento al método de producción que se dio en llamar «sistema de estudios».

En realidad estaba legitimando el cine que había amado desde niño, sin necesidad de coartadas culturales, y en este sentido el principio era más una escapada sentimental que una declaración de principios estéticos. Así, bajo el encabezamiento «Sueños que fueron fórmula», escribía: «Hubo una vez un estilo casi olvidado que requirió del amor. Comunión absoluta de extrañas ficciones paradisíacas con unos receptores drogados que vieron en ellas la realización de no se sabe qué anhelo ancestral. Comunión del amor entre vidas momificadas en la técnica para vidas momificadas en su contemplación: antivida, en cualquier caso, porque todas las identidades se perdieron tanto detrás como delante de la pantalla; dentro o fuera de ella, la recepción facilitó, ante todo, un vasto proceso de alienaciones.»

Retórica aparte, la teoría del «sistema de estudios» hizo fortuna y fue muy citada no sólo entonces sino muchos años después, cuando los citadores no se acordaban ya de su origen o lo desconocían completamente. (En especial el concepto del *look*, o característica visual de cada productora, quedó fijado en el léxico habitual de los cinéfilos.)

No debo pecar de modesto: tuve en aquella época intuiciones válidas, como un texto que combinaba el cine de Wyler, el mito Marilyn y el estilo del cinemascope Fox; tampoco debo presumir de infalible: escribí barbaridades que, releídas hoy, me provocan una violenta sensación de vergüenza ajena. En algunos casos, la pedantería me llevaba a perderme por caminos inútiles, que daban como resultado un barroquismo tan inútil como confuso.

Estoy en condiciones de afirmar que pocos de mis textos de *Film Ideal* pueden ser aprovechados en la actualidad, pero esto no evita que, al revisarlos, me asalte una profunda melancolía por aquella época en que me sentía capaz de conquistar el vasto mundo de las ideas con sólo aporrear las teclas de mi pequeña Olivetti. Resulta asombroso que pudiera llenar tantas y tantas cuartillas para expresar tan pocas ideas razonables, pero daría cualquier cosa por recuperar aquel momento en que la insensatez era uno de los atributos de una ya irrecuperable juventud.

Lo mismo me ocurría con la *Historia del Cine*, donde me esforzaba hasta lo inhumano escribiendo sobre etapas que sólo conocía a través de los libros. Mientras, en Barcelona, Gimferrer seguía trabajando en los fragmentos que le correspondían.

El destino de este libro fue a la postre sorprendente. Debido a no sé qué extraña razón de índole editorial, se fue postergando su publicación hasta quedar suspendida. No llegamos a recuperar el original y mucho tiempo después Pedro supo, por fuentes misteriosas, que al quebrar Alfaguara se lo llevó un cajero a quien le habían quedado a deber un sueldo o varios. Nunca supimos si la historia era cierta y, de serlo, si al hombre le había servido para algo aquel montón de hojas producidas por dos autores novatos.

Algunos fragmentos de la *Historia del Cine* se me convirtieron en una carga (¿no iba a serlo el solo hecho de abordar en pocos días la cuestión de las vanguardias francesas y el cine soviético de combate?). Para escapar a lo que había pasado de ser devoción a obligación pura y dura, me entregaba con vehemencia a la ficción, en variantes que ya había ensayado en Londres y con los temas que continuaban obsesionándome. Había aparcado *El desorden* para recuperar los cuentos que acabarían formando parte de *La torre de los vicios capitales*, y algunos de ellos, los escritos inicialmente en inglés, fueron completamente reescritos en castellano, no sin urgencia y desde luego con una gran dosis de entusiasmo. Llevado por la obsesión, pasaba largas horas escribiendo en los bares con el placer que produce saberse seguidor de una tradición madrileña consagrada por plumas muy ilustres.

La obsesión por la escritura me hizo conocer intensamente la soledad que sólo su cultivo es capaz de producir; soledad mucho más rabiosa en la juventud, cuando uno la desea como forma de afirmación romántica. Esas horas robadas a la vida se iban convirtiendo en vida en sí misma, tan intensa y fecunda como podía serlo el onanismo. Ni siquiera podría decir que fuese otra cosa; en cambio, sí puedo asegurar que me ofrecía el mismo panorama contradictorio. Por divinos que fuesen los minutos de la masturbación, había un momento en que aspiraba a salir de ellos para encontrar la mano de otro ser, alguien a quien pudiese llamar mi pareja. Así me sentía también en el paraíso de la soledad literaria: después de pasar ocho horas escribiendo o leyendo, necesitaba contrastar mis opiniones con otros maniáticos. Lo cual podía ocupar cinco horas, por lo bajo.

En este aspecto fui afortunado. Por primera vez en mi vida, mi obsesión era compartida por mi nuevo grupo de amigos, pues para algunos de ellos la crítica cinematográfica fue sólo un apartado de un quehacer literario que se anunciaba más vasto (1). A la postre, lo que siguió uniéndonos fue la obligación de avanzar en el siglo mediante la modernidad. Y no digo que yo estuviese siempre a la altura de estas pretensiones: al contrario, la ligereza con que muchos se imponían el deber de sentirse modernos me inspiraba serios resquemores. Cierto que era una arma de combate contra el oscurantismo, y en este sentido me complacía verla aplicada a la evolución de las costumbres, pero me echaba atrás cuando veía cómo se aplicaba en el mundo del arte, en cualquiera de sus manifestaciones. En mi firme voluntad de edificarme una formación sólida desconfiaba de la frivolidad y en muchas ocasiones sentía un pavor indescriptible a que me tomasen el pelo.

Cada vez que yo presentaba estas reservas había alguien que me consideraba de vuelta de todo: «Claro, como tú has vivido en Londres...» Y equivalía a darme el carnet de ciudadano del mundo cuando sólo había sido el realquilado de un sueño.

Caí en Madrid con mi pobre experiencia a cuestas, obedeciendo siempre a la necesidad de encontrar almas pare-

(1) En distintos aspectos del quehacer literario han destacado posteriormente: Antonio Martínez Sarrión, Vicente Molina Foix, Álvaro del Amo, Augusto Martínez Sarrión y Juan Tébar, salvo error o lamentable omisión.

jas, y si bien las estaba encontrando, todavía faltaba la principal, la que no pudiera compartir con nadie. Llegó de la forma más inesperada en la persona de un agradable levantino llamado Daniel. Tenía dieciocho años y era el primero de la clase y de cualquier clase. Yo tenía veintitrés y había tomado algunas clases más que él, aunque acaso no tantas como suponía. Desde un primer momento la suerte estuvo echada. Y no en mi favor, aunque aparentemente yo disponía de más cartas que todas las que tiene la baraja.

Daniel era el más joven de todos nosotros, facultad ésta que entrañaba una cierta dosis de coquetería acaso involuntaria pero irremediablemente eficaz. Yo no la desconocía, antes bien la jugué a menudo, pero frente a alguien más joven que yo estaba en inferioridad de condiciones: y ante alguien que hacía un despliegue de conocimientos completamente inusitados para su edad estaba definitivamente embrujado. En última instancia no hay que descartar un factor de semejanza que place siempre a los narcisos: el niño aquel demostraba una ambición que se parecía mucho a la mía. Era virgen en el sexo, me dijo, pero completamente desvirgado en la ambición, y no creo equivocarme si digo que tenía muy claro que debía llegar muy lejos como poeta, narrador, autor teatral y crítico de cualquier gama del arte habida y por haber. Porque todo esto le interesaba y en casi todo pretendió mostrarse maestrillo. Tanto es así que, a los pocos días de conocerlo, le debía algún descubrimiento cultural de no poca envergadura.

Como sucede en las historias de guateques de los años cincuenta, nuestra amistad prosperó dentro del grupo, con las consabidas reuniones de *Film Ideal*, salidas a cines y teatros, coloquios de madrugada en casa de Ramón G. Redondo y robatorio en las librerías de la época (especialmente en Visor, que importaba grandes cosas). Todo muy rápido, veloz seguramente, porque yo debía regresar a Barcelona, donde tenía asegurado el pan familiar y el domicilio que no paga alquiler.

Barcelona fue de nuevo la monotonía y Daniel, en la distancia, era una pregunta que provocaba por el mero hecho de intrigar. No creo que hubiésemos ido más allá de lo platónico, porque nunca abordábamos directamente el tema sexual y no estaba claro que yo no tuviese esposa e hijos en algún lugar de Cataluña y él cinco novias en Castellón de la Plana. Debo decir, en sibilina defensa de las represiones como instigación del sexo, que esta ambigüedad había aportado a nuestra amistad un tono que, en la distancia, recuerdo como mucho más excitante de lo que hubiera sido la plena realización sexual. No es nada que descubriese yo; se encuentra en todos los manuales del flirteo, sólo que en este caso handicapado por un problema básico y acuciante. Tampoco se trataba de la impaciencia por revelar unos sentimientos, sino la que producía el solo hecho de revelar una identidad sexual. El miedo a que ésta fuese descubierta por el resto de la redacción y al mismo tiempo la necesidad urgente de que lo fuese de una vez. Algo tan terrible como el tener que fingir unos instintos cuando hay otros que luchan por salir a borbotones. Y ésa sí es la verdadera represión: la más espantosa que puede padecer un ser humano; un sorteo de muros que en una relación heterosexual ni siquiera se plantearían.

La distancia puso a nuestra amistad los tintes románticos que precisaba para atormentarme más. Cada noche había llamadas encantadoras: el niño sabio estudiaba hasta altas horas de la madrugada y yo las pasaba rescribiendo los cuentos de *La torre de los vicios capitales.* Volví a descubrir en esos días el poder de la radio, convertida en mensaje que nos unía: el mismo programa que él escuchaba en Madrid —música para estudiantes— lo escuchaba yo en Barcelona. Nos acostumbramos a una canción en la que yo no habría reparado jamás y que a él, en su amena juventud, le correspondía abrazar: era del grupo Los Brincos, se llamaba *Con un sorbito de champagne* y sabía dulce como la mermelada y tierna como un pudín con pasas.

Reconócelo, lector: cuando un intelectual con pretensiones progresistas se enternece ante frases como *«nunca te podré olvidar / porque me enseñaste a amar / con un sorbito de champán»,* está definitivamente perdido, si no para la causa sí para la tranquilidad del espíritu.

El mío navegaba por océanos de inconsecuencia, debidamente vulnerado no sólo por las llamadas de Madrid sino también por los descubrimientos continuos que me ofrecía Barcelona. Y, sin embargo, a cada página de mi diario iba anotando: «No me pertenece.» Porque era cierto que todo a mi alrededor continuaba siendo ajeno y nada ni nadie podían complacerme. Sólo prosperaba el recuerdo del estudiante de Madrid aferrado a sus libros y a las ingenuas canciones de la radio.

Mi relación con *Film Ideal* se mantenía a través de una redacción barcelonesa de la que formaban parte Gimferrer, Jos Oliver y José Luis Guarner, nuevos amigos estos dos últimos y definitivamente valiosos en el terreno de la información y el intercambio de ideas. Fueron días fructíferos, que culminaron con una invitación al Festival de San Sebastián, meta del cinéfilo en aquellos tiempos oscuros. Aunque, correspondiendo a la época, no puede decirse del certamen que fuese un resplandor. Las estructuras del cine español propiciaban, como mucho, una luciérnaga corta de luces.

Que san Juan Bosco me perdone, pero la industria cinematográfica colocada bajo su advocación era una patética variante del esperpento, que encontraba su máxima expresión el día de los premios del Sindicato. El programa era de cuchufleta: por la mañana, la misa de la Paloma, con folclóricas como Paquita Rico y Carmen Sevilla rezando en actitud contrita desde el interior de sendos visones. A mediodía, la Comida de los Pobres —estrellas y astros servían con sus propias manos un cocidito a los indigentes—; después, un almuerzo de Hermandad y por la noche entrega de premios, con todos los horteras luciendo galas. Sólo tras el telón de acero podían verse actos tan oficializados como los que reproducían las revistas de la época. Cierto que siempre se veía a los galanes y galanas de moda bailando un foxtrot después de recibir algún galardón, pero en general destacaban sobremanera las mesas de las autoridades, con su inevitable contribución al cutrerío. Más que autoridades eran piojos resucitados, con esposas regordetas que una hora antes estarían desatascando el váter y de pronto se encontraban dando la mano a Jorge Mistral, con tintineo de pulseras estafadas.

Siempre había algún jefe nacional de algo y un delegado que llevaba gafas oscuras y un ministrable con bigote de chiste. Quiero significar que había muchos representantes del Movimiento. En realidad, más Movimiento que arte.

El Festival de San Sebastián pretendía introducir un poco de *glamour* en tan lóbregas estructuras, pero el *glamour* quedaba reducido a lo siguiente: una *starlet* polaca, otra finlandesa y una documentalista uruguaya, vestidas todas de tiros largos, subían las escaleras del teatro Victoria Eugenia custodiadas por unos mozos vestidos de zarzuela vasca. No sé exactamente qué música tocaban los tamboriles, pero no era nada sofisticado. Para rematar el efecto, las estrellitas salían al escenario antes de la proyección de su película y eran entrevistadas por una gloria nacional. Siempre decían lo maravilloso que era España y que no les importaría casarse con un español. Era el momento en que los españoles de la sala aprovechaban para ausentarse.

En las circunstancias apuntadas, con tanto Movimiento inmiscuyéndose en el mundo del cine, era difícil levantar un festival obligado a competir con otros más prestigiosos y que, encima, se celebraban en países que gozaban de libertad. A San Sebastián no le quedaba más remedio que conformarse con una programación formada por títulos desechados por Cannes y Venecia o bien supeditarse a los intereses de las grandes productoras de Hollywood. Éstas, siempre mandonas, imponían el material que les interesaba promocionar y que habría resultado inaceptable en cualquier festival serio (aquel año, la Paramount mandó una mediocre adaptación de *Moll Flanders* presentada personalmente por Kim Novak, actriz de culto para los cinéfilos de mi generación gracias a *Picnic* y *Vértigo*). Pese a tanta miseria no cabía descartar la posibilidad de que se nos ofreciese algún filme exótico, imposible de ver en las pantallas comerciales. Recuerdo, así, dos obras magníficas: *El manuscrito encontrado en Zaragoza* y *El Desna encantado,* de Julia Solntseva, señora viuda de Dovzhenko, maestro que fue.

En esencia, el festival era como una verbena de provincias; sin embargo, algunas revistas extranjeras mandaban algún corresponsal de esos que venden su alma por unas cuantas delicias gastronómicas. Que eran, por cierto, una de las grandes atracciones, pues entre la fiesta del Náutico, el cóctel de la delegación italiana a bordo de un yate y otras cachupinadas del mismo estilo, la gente se ponía morada. Además, la organización nos proporcionaba unos vales que permitían comer en los mejores restaurantes de San Sebastián y sus aledaños. Ajeno entonces, y ahora, a los placeres de la buena mesa, ignoraba la reputación donostiarra en este sentido, pero todos mis compañeros la conocían perfectamente y así acabábamos reunidos en un local, Casa Nicolasa, donde el pescado y el marisco circulaban con mayor prodigalidad que las buenas películas en la pantalla.

Entre toda esta fanfarria surgió una pléyade de nuevos amigos, que serían de gran importancia para mi vida de cinéfilo, y especialmente para mi recién inaugurada actividad de festivalero. Mientras un ciclo dedicado al cine de terror me permitía intimar con los especialistas de este género, intereses más generales me ponían al lado de algunos miembros de la nueva generación de directores agrupados bajo el lema «nuevo cine español». Y aunque es cierto que esta definición ha sido acuñada década sí, década no, en aquella ocasión se perfilaba como la única opción progresista que podía abrazar un crítico joven. Al lado de nombres que ya habían tenido una notable repercusión crítica con su primera película —Saura, Picazo, Eceiza— aparecían los más flamantes licenciados de la Escuela Oficial de Cine, cuya pequeña leyenda se levantaba sobre una práctica de fin de curso definitivamente brillante. Intimé rápidamente con el bilbaíno Pedro Olea, cuyo cortometraje *Anabel* había sido saludado con albricias por mis compañeros de revista, entre otras razones —todas óptimas— porque llevábamos en el alma el poema de Edgar Allan Poe *Anabel Lee.* Por simple que pueda parecer, estas cosas contaban en aquella época. Unían más que toda razón.

Pedro, gran director en el futuro, resultó ser en aquel presente un compañero encantador que, además, andaba muy sobrado de apostura. A su lado iba siempre una joven de aspecto andrógino procedente también de la escuela y reputada por ser la primera mujer que se atrevía a dirigir en las cavernas de Televisión Española. Se llamaba Pilar Miró y era muy popular entre los jóvenes de la crítica, actividad que ella también ejercía pues había estudiado periodismo y, además, era el único medio para acreditarse en un festival de cine. Seguramente no hubo acreditación más merecida, porque aquella Pilar era una excelente espectadora y, sobre todo, una ávida coleccionista de experiencias cinematográficas. Tenía, además, una enorme afición por la ópera, afición que nos hermanaba y que no podía resultar más insólita entre los jóvenes progresistas. Mucho tiempo después, todavía pesqué en su contestador automático el dúo verdiano del príncipe Carlos y su amigo Rodrigo y, al elogiarle yo la elección, contestó entre risas: «Acuérdate, Ramoncito, de aquella época en que todos nuestros amigos arremetían contra la ópera por considerarla un género decadente.» Lo cierto es que ella ya iba por San Sebastián tarareando las arias de la princesa de Éboli.

Compartimos otros certámenes, y en más de una ocasión me dormí en su hombro, o ella en el mío: dependía de la pretenciosidad de la película y a quién de los dos afectaba más. Creo recordar que los franceses nos podían a los dos por igual.

Se la recuerda como una mujer muy severa. Más de veinte años después, cuando ejercía el cargo de directora general de Televisión Española y yo era uno de sus contratados —y, gracias a ella, con un buen contrato—, se me acercó en un restaurante de Somosaguas y, sin el menor reparo, me espetó: «Ramoncito, lo que estás haciendo no es el programa que me prometiste. Siento decirte que estás bajo mínimos. Así que espabílate.» La reprimenda sirvió para que yo intentase ponerme sobre máximos.

En nuestros días festivaleros Pilar era, como mucho, una mujer retraída, muy atacada al parecer por una irrefrenable timidez. Esto no evitaba que pudiese ser agradable y en momentos incluso dulce y dada a las confidencias. En aquellos tiempos en que todos intentábamos abrirnos camino en algo, ella estaba plenamente convencida de que su lugar estaba en el cine. Nunca mostró vacilaciones en este sentido. En cambio yo seguía con las mías, y el hecho de manifestarlas continuamente la impulsó a aconsejarme, cierta mañana en que nos hallábamos comiendo bocadillos baratos en un bar del puerto de Cannes.

—Tú me produces una sensación desconcertante. Estás metido hasta el cuello en el mundo del cine y, sin embargo, yo no te veo en él. Vamos, que ni en pintura.

—Te equivocas. Acaban de ofrecerme un magnífico puesto de pajillero en ese cine de la Puerta del Sol... ¿cómo se llama?

—Tú sabrás. Yo no necesito de estos primeros auxilios. Pero no me líes, que tienes una gran tendencia a la dispersión. Quería decirte que cuando pienso en nuestros compañeros los veo como directores, productores o críticos de por vida. En cambio a ti te veo como escritor. Se nota en tus críticas. Eres mejor cuando cuentas una película que cuando la analizas. ¿Por qué no te dedicas a contar tus cosas y dejas el cine en segundo término?

Años después me recordó aquella escena en su despacho de directora general. Yo le comenté:

—Ya ves que tuviste razón. Y, además, hice santamente dejando el cine. Una Cleopatra estuvo a punto de arruinar a la Fox. Yo habría arruinado a todos los estudios de Hollywood.

—Pues no arruines a Televisión Española. Te estás volviendo muy exigente. Recuerda que Liz Taylor sólo hay una.

Pasamos a discutir de dinero, cuestión en la que ella se ponía muy dura y yo muy tenaz. Llegó a gritar y hasta soltó algún taco. Yo procuraba permanecer impasible hasta que se le pasase el berrinche. Como sea que continuaba recordándome no sé qué extraña historia de presupuestos generales, adopté mi expresión más angelical y, con voz dolorida, supliqué:

—No me trates así, por favor. Piensa que soy huérfano.

Se detuvo, impresionada. Acababa de tocar su cuerda sentimental, la que la llevaba a impresionarse con las heroínas de ópera que se hallaban en casos tan desesperados como el mío. De pronto, reaccionó. Estaba hablando con un profesional de cuarenta y siete años, no con el niño Oliverio Twist.

—¿Qué me estás contando? —gritó, hecha una furia—. ¡Coño, Ramoncito! También yo soy huérfana y me aguanto. Porque, vamos a ver, ¿somos adultos o no somos adultos?

—Depende. Es una opción como cualquier otra.

Continuamos con la discusión y al final acabamos acalorándonos los dos. La pelea concluyó con la rebaja que siempre debemos aceptar los contratados, so pena de que pongan a otro en nuestro lugar. Por otro lado, la rebaja que Pilar me pedía era bastante razonable, al fin y al cabo sólo se trataba de demostrar que, en lo de los jornales, yo no era Liz Taylor. En otras cosas, no sé.

Antes de salir del despacho, Pilar me tendió un papel encabezado con el membrete de la sección de contrataciones cinematográficas.

—Como acabo de darte un disgusto, voy a recompensarte con una satisfacción. Acabo de contratar *La madona de las siete lunas.*

—¡Ostras, Pilar! —exclamé, loco de alegría—. Hace años que estaba fuera de circulación.

(¡Aquella madona! Uno de los disparates más famosos de los años cuarenta. La inconmensurable magia del despropósito. El melodrama pasional metido en las entrañas del sicoanálisis. La Italia tópica reconstruida en estudios ingleses. ¡Ay, Madona de las siete lunas! La desquiciada historia de una selecta y virtuosa dama que, llevada por misteriosas alucinaciones y el poder de una refulgente joya, descubre en su interior aspectos canallescos que la lanzan por los caminos, vestida de gitana, con consecuencias fatales. Entre ellas, obsesionar a un divino gitano llamado Stewart Granger, joven cuyos rizos engominados harían historia en la larga tradición de los amantes ingleses disfrazados de italiano.)

—Sé perfectamente que es una película muy difícil de encontrar —dijo Pilar—. Es una de mis frustraciones de infancia. Mis padres no me permitieron verla porque estaba calificada con un cuatro (1). Me he pasado la vida soñando con ella, así que ahora que tengo autoridad he mandado revolver cielos y tierra para localizarla. Podrás verla cualquier madrugada del próximo mes. Por cierto que, en agradecimiento, podrías hacerme otra rebajita en tus honorarios.

—¡Vete a la mierda, guapa! —exclamé, dando un portazo.

Fue una escena muy dura, pero no evitó que yo siguiera siendo pilarista durante el resto de mis días. Porque era una gran mujer y, a pesar de su acreditada dureza, seguía llamándome Ramoncito, como en los días perdidos de San Sebastián.

PEDRO OLEA Y YO NOS REUNÍAMOS a menudo con un grupito que, sin ánimo de menosprecio, podríamos calificar de frívolo. Capitaneado por Jorge Fiestas, este grupo aportaba el alivio de la mitomanía declarada, la que no precisaba de coartadas culturales para justificarse, la que sabía vibrar con el festival recordando que antes que nada era una celebración.

Jorge siempre aparecía custodiado por mitómanos encantadores: José Ruiz, sacerdote del culto Liz Taylor, el futuro diplomático Miguel Cordomí, y Hugo Ferrer, corresponsal argentino convertido en embajador de toda Sudamérica. Junto a estos amigos recorría los salones del María

(1) Un cuatro en la calificación moral de la época equivalía a gravemente peligrosa.

Cristina, buscando entre lámparas y tapices a los grandes nombres del estrellato internacional. Como éstos faltaban no teníamos inconveniente en rendir pleitesía a los españoles o sudamericanos, que no fallaron un sólo año por necesidades de promoción. Y teniendo en cuenta que Marilyn Monroe estaba muerta y Greta Garbo retiradísima, siempre había a mano una rubia oxigenada que se presentaba heredera de las dos. Pero a veces llegaba el productor Luis Sanz en forma de ángel y permitía que nos dijera cuatro gracias Lola Flores —gracias que equivalían a cuatro mil de los demás—, y hasta conseguía ponernos en la mesa a alguna estrella de su devocionario particular que, casualmente, también era el nuestro.

Hay un montón de cosas que ya no recuerdo. Una de ellas: ¿por qué extraña razón entablé lío con el rubio más blondo que jamás nos envió la Gran Bretaña? Ese efebo, Robin *Whatever-the-Name*, era uno de los dos corresponsales de mi revista fetiche, *Films and Filming*, siendo el otro su director, Peter Baker, a quien se debe una de las líneas inmortales de la crítica cinematográfica: un año antes había calificado *La tía Tula* de drama marital. Pero esto sería un mal menor para los lectores ingleses, que debían de considerar la novela de Unamuno como la apasionante saga noruega que no tuvo tiempo de interpretar Greta Garbo. La mezcla de sensibilidad homosexual, fascinación esnob por el cine «continental» y desesperados intentos por estar al día caracteriza a este tipo de crítico, y Baker era su adalid. En cuanto al efebo, era un aprendiz de conocedor de cine y aventajado sibarita en cuestiones más venales. «¿Entiende?», preguntaban, intrigados, mis amigos de Madrid. Lo cierto es que Robin entendía hasta el esperanto, y de su lengua finísima brotaban todos los idiomas que no necesitan palabras. Era tan generoso en sus dádivas que mi cama no se abrió en cinco días, mientras la suya estaba permanentemente deshecha. Claro que no frecuenté este edén sin pagar peaje: perezoso para entender lo que estaba ocurriendo a su alrededor, el mozo me pidió que le escribiese la crónica del festival mientras él tomaba baños de sol en la Concha. Tras corregirme algunas faltas de ortografía mandó su crónica a Londres y así me vi publicado, por fin, en una de mis revistas predilectas. Con un artículo firmado por otro.

El rubito me dio una leyenda de conquistador que otros nombres más famosos que yo superaron en el futuro; al parecer, algunas actrices convirtieron San Sebastián en un burdel de lujo, pero no seré yo quien dé nombres ni precios, si los hubo. Y al fin y al cabo, en un festival tan mediocre como aquél la gente tenía que entretenerse en algo. Si alguna rubia oxigenada obtenía a golpes de coño algún contrato para aparecer en una película italiana de agentes secretos, miel sobre hojuelas. No hay que extrañarse: lo que en España se ha fornicado para aparecer en un spaghetti-western es una historia que todavía está por escribir.

Pero el gran acontecimiento de aquel año fue la retrospectiva dedicada al cine de terror. Nos permitió a los jóvenes conocer algunos clásicos que llevaban más de dos décadas fuera de la circulación, y si bien nos sentimos decepcionados con el célebre *Drácula* de Bela Lugosi, pusimos las primeras piedras del culto *King-Kong*, película que estaba a punto de ser recuperada en régimen de exhibición comercial.

Además de estas perlas raras tuvimos la ocasión de disfrutar con los increíbles títulos del terror mexicano, emporio de chamacas que hacían de vampiras mordedoras y lucían clámides griegas para ir de la cripta al cabaret.

Ni que decir tiene que nuestras fantasías se enriquecían con el punto de distanciamiento irónico que siempre exige la apreciación del *kitsch* de buena ley. En parecido terreno se movieron los dos números especiales de *Film Ideal* que compaginé, junto a Juan Tébar, utilizando los conocimientos adquiridos en mi etapa de aprendiz de dibujante. Pero ocho años no habían pasado en vano, mi gusto visual se había estancado en los cincuenta y a la postre hice alguna chapuza basada en la acumulación de cenefas y ornamentaciones.

Lo importante de aquel ciclo fue el encuentro con una serie de personas conectadas con el terror. En Francia funcionaba con regularidad una revista llamada *Midi-minuit Fantastique* y de ella llegó Michael Caen particularmente interesado en los entrañables bodrios mexicanos, en especial los del luchador Santo, alias «el enmascarado de plata». Por parte de la revista estaban Juan Antonio Molina Foix, persona entrañable, y el citado Tébar, cuyos conocimientos en vampiros, *golems* y zombies le convertían en un enciclopedista del género. Y no podía faltar Luis Gasca, no sólo especialista de peso sino el mayor coleccionista que había conocido. Además de sus conocimientos en la fanta-ciencia y en el *bizarre,* poseía un archivo de cómics que excedía todo lo imaginable. Mis recuerdos de San Sebastián se centran en las horas que pasé en su cueva de maravillas rebuscando entre las toneladas de papel que contenían mis sueños de niño. Y para completar mi asombro Luis me contó que tenía todo aquel material microfilmado y conservado en una caja fuerte en previsión de un posible accidente.

La omnipresencia en nuestras conversaciones de géneros considerados ínfimos demuestra que algo estaba cambiando en el mundo de la crítica. Y en un festival tan sumamente ecléctico, en unas reuniones donde era tan importante haber leído el *Drácula* de Stoker como el divino serial de Proust, apareció por fin Barbara Steele. La gran amiga de Neal. La suprema mujer vampiro.

Si se exceptúa su deslumbrante aparición en *Ocho y medio* de Fellini, su carrera seguía limitada a una serie de apariciones puntuales en títulos de terror de la escuela italiana. Más lista que Neal, había optado por renunciar a Inglaterra para establecerse definitivamente en Roma, no sólo porque allí estaba el pan suyo de cada día sino porque entre todas las ciudades del mundo Roma era el mejor anillo para un dedo tan inquieto. No en vano esta ciudad estaba emitiendo las últimas vibraciones de la *dolce vita*, con el estrépito que corresponde a los derrumbes espectaculares.

Con el pelo recogido y el enjuto cuerpo envuelto en chales orientales, Barbara ofrecía un aspecto impresionante. Su belleza poseía los visos de fantasmagoría necesarios para ingresar en el mito. Pero renegaba abiertamente de él, hasta el punto de que en uno de nuestros coloquios acabó plantándonos con las palabras: «Señores, esta conversación me indigna, me humilla y, lo que es más: me aburre.»

Lo que en realidad le gustaba era dejar bien sentada su disconformidad con el mundo y hablar de *Bajo el volcán.*

Al día siguiente, mientras tomábamos el sol en la playa, le pregunté por qué había reaccionado de un modo tan brusco durante nuestro sesudo coloquio.

—¿Cómo quieres que reaccione? Yo soy una actriz con aspiraciones elevadas que se ve encasillada en películas de bajo presupuesto donde me toca hacer siempre de bruja, vampira o zombie. Me avergüenza que deis importancia a estos subproductos. Dime tú cómo te sentirías si tuvieses que leer siempre el mismo libro... Por cierto, ¿qué lees?

Cogió el pequeño volumen que yo había dejado sobre la toalla. Era una edición Penguin de *La luna y las hogueras*. Ella se echó a reír, mirándome con extrañeza.

—¿A quién se le ocurre leer a Pavese en inglés?

—A los que no tenemos otra opción. Este libro está prohibido en España. Sólo lo he encontrado en inglés. Los censores supondrán que es un idioma que se lee poco, luego el peligro queda limitado a mi pobre mollera.

—Qué raros sois los españoles.

—No, guapa, el que es raro es el régimen, que no nos permite ser normales.

—Como a mí los productores. Me muero por hacer un personaje cotidiano, humano, que no tuviese relación alguna con el Más Allá... ¿Por qué no me dan un papel como Filomena Marturano? Te lo diré: porque los productores esperarían que acabase chupándoles la sangre a todos los habitantes de Nápoles.

Se limitó a absorber la voluntad de los miembros de la Joven Crítica, que la adoraron mientras pasaba inadvertida por el gran público. Demostró que, una vez abandonadas las criptas góticas y los aquelarres escoceses, sabía ser una excelente compañera de jolgorio. Durante unos días fuimos inseparables y a veces Pedro Olea todavía recuerda su divinidad y su elevado sentido del humor. Con sus atuendos exóticos, sus audaces minifaldas y su sentido de la libertad absoluta, era una hija incuestionable de los años sesenta. Su sola presencia anunciaba que ya estaban llegando a España.

Además de la lista de nuevos amigos, aquel festival inocuo para la historia del cine me proporcionó un excelente material para mi obra literaria. La sucesión de fiestas y recepciones se fue convirtiendo en un batiburrillo trivial y hortera que no era sino el imperio del vacío en un mundo dominado por la apariencia. A partir de estos escenarios caducos, poblados de máscaras decadentes, imaginé una historia de pasiones reprimidas que se irían retorciendo para desembocar en la Nada. Volvía a ser, si se quiere, las pervivencias del mensaje existencialista, pero ahora aplicado a las turbulencias eróticas que venían agitándome en los últimos tiempos.

Empecé a pergeñar una historia que, como buen niño terrible, pretendía titular *La orgía,* y el buen sentido aconsejó titular *La gala.* Como elemento primordial contaba con la mirada severa de Pilar Miró, testimonio de mujer superior con gran sentido crítico, esencial para una narración escrita en primera persona. En calidad de contrapunto aparecía la actitud hastiada de Barbara como la mujer que ha descubierto los engaños de la fama. En medio de las dos mujeres, el rostro del rubio Robin como incentivo erótico.

A medida que avanzaba en la redacción se iban produciendo numerosos cambios respecto a su planteamiento original: el más importante es que Robin, sometido a mi habitual proceso de mitificación, se convertía en dos gemelos también rubios, hermosos como Cástor y Pólux y, además, incestuosos. Con su aspecto angelical, actuaban como Némesis de la protagonista y acababan humillándola como a una perra. Ella dejaba de ser Pilar, prometedora alumna de la Escuela de Cine, y pasaba a encarnar a una experimentada periodista que vivía en Roma, y utilizaba la decadencia del festival para extrovertir todas sus frustraciones. Básicamente su hastío vital y su escasa confianza en los valores de la sociedad contemporánea.

Cuando Pilar leyó *La gala* me comentó con cierto asombro:

—¡Qué mente tan retorcida tienes, Ramoncito! Esos hermanos son dos monstruos de corrupción. En cuanto al personaje que te he inspirado, creo que idealizas mi mala leche. Por si no lo sabes, mi película preferida es *Mujercitas*.

—Todo encaja. Por si tú no lo sabes, las cuatro hijas del doctor March son lesbianísimas. Las tres mayores se tiran periódicamente a la tuberculosilla.

—Tráeme ese guión y lo producimos en Suecia —exclamó ella, entre risas—. Pero te arriesgas a que te digan lo mismo que yo. Que tratas de sentimientos muy retorcidos.

Seguramente eran los que deseaba experimentar para creerme interesante, si bien es cierto que algunos ya los había sometido a prueba en lo más profundo de mi imaginación. ¿Acaso la imagen de dos gemelos incestuosos no expresaba mi frustrada relación con Carlitos? Tan iguales eran, tan idénticos, tan calcados que sólo podían satisfacer su deseo en la réplica de su yo agresivo. El eterno regreso a sí mismo. Narciso duplicado pero sin olvidar que seguía siendo un solo Narciso.

De regreso en Barcelona continué trabajando en la redacción de *La gala*, sabiendo perfectamente que en algunos de sus aspectos eróticos estaba efectuando una confesión a tumba abierta. Sólo algunos conocimientos de técnica literaria me ayudarían a cerrarla en el momento oportuno. Y éstas son las máscaras que la literatura presta cuando las confesiones amenazan con convertirse en suicidio.

El toque autobiográfico se limitaba a las descripciones objetivas del festival, donde mis ojos habían sido una cámara atenta, como quería Christopher Isherwood. Pero cuando la autobiografía se interiorizaba, cuando irrumpían los sentimientos retorcidos que, años después, detectaría Pilar, no hacía sino distribuir en los personajes fragmentos del carácter que me hubiera gustado inventar para mí. En realidad, creaba sentimientos novelescos porque yo mismo quería ser una novela y no un ser humano.

Ni Pilar ni todos mis amigos madrileños sabían que mis sentimientos más retorcidos aparecieron tres años antes en forma de libro, el primero que publiqué y el que mantuve oculto durante mucho tiempo. El que he venido ocultando al lector, como si fuese el único pecado de juventud del que pudiera arrepentirme, no sé si con razón.

Corría el año 62 y todavía estaba trabajando en la Editorial Mateu cuando publiqué este primer libro, es decir, un objeto que tiene páginas encuadernadas a las cuales se sobrepone una cubierta con el título y el nombre del autor y, a veces, una fotografía o un dibujo. En mi caso se trataba de una mancha negra, porque mi texto estaba incluido en una colección policíaca. El título era ostentoso y me atrevo a decir que afortunado: *Besaré tu cadáver*. En cuanto a la autoría, defraudé todas las esperanzas de mi padre al utilizar un seudónimo —Ray Sorel— que no le permitía pasearse por tiendas y comercios exhibiendo el primer triunfo de su primogénito. Siempre podían preguntarle quién demonios era aquel Sorel que sonaba a demasiado extranjero como para suponer que algún día acertó a pasar por la calle Ponent. Y, sin salir de la familia, alguna cuñada hubo que preguntó con malvado retintín si me avergonzaba de mi apellido. Sin duda era la decisión más dramática que podía adoptar un primogénito decente.

No me avergonzaba de mi apellido, pero tampoco me sentía orgulloso de mi trabajo. Entre otras cosas, porque la novela negra todavía no se había convertido en una moda cultural que me justificase y, si lo era en algún lugar, yo sólo la asociaba con los bolsilibros de amor o del Oeste que los trabajadores de mi padre intercambiaban en un quiosco de la escalera situada delante de casa. (Aquí, la memoria quiere homenajear a esos esmirriados negocios colocados en varias escaleras del barrio, con jubilados que nos vendían tebeos usados y noveluchas manoseadas, pero también chufas, pipas, altramuces y chupa-chups.)

En realidad, *Besaré tu cadáver* fue un encargo que me hizo el editor, y que obedecía al intento de emular una colección que estaba obteniendo un gran éxito en Francia: las aventuras del comisario San Antonio. Era una obsesión del señor Mateu y obsesión ciertamente bendita, que, a falta de otra cosa, favoreció mi primera salida al extranjero ya que, después de comprobar personalmente que podía mantener una conversación en francés, aquel buen amigo me envió a París para que gestionase los derechos del dichoso comisario. Fue una gestión infructuosa y una estancia corta que no me deparó mejores oportunidades que las de hacer turismo cultural.

Volver a Barcelona sin el contrato despertó las iras del señor Mateu, y con razón. Como ya conté en otra parte, se estaba hartando de obsequiarme con empleos en los que yo iba fracasando sucesivamente. Pero seguía confiando en mis posibilidades como escritor y, así, me encargó un plagio directo de las novelas que nos habían negado, cambiando de aquí y de allá sin poner demasiado esfuerzo, porque al ir destinadas a una colección barata, tenían que ser rentables antes que otra cosa. Me darían siete mil pesetas por título publicado. No recuerdo si era un buen dinero en aquella época, aunque ahora que conozco el negocio editorial imagino que no sería un dinero excelente. De todos modos, en mi precaria situación económica fue como si se abriese la cueva de Ali Babá para hacerme depositario de todos sus potosíes.

Sin embargo, no había dinero suficiente para compensar el aburrimiento que produce el oficio de plagiario. Dejando aparte las más elementales cuestiones éticas, el plagio, si se hace bien, acaba requiriendo tanto esfuerzo como la creación. Sólo se justifica si quien lo hace carece de ideas, pero yo las tenía para llenar veinte libros —tan insensata es la imaginación del aprendiz—, de modo que resultaba mucho más cómodo verterlas en una narración cuyo significado último, seamos sinceros, me importaba un pito.

No era, ni mucho menos, el tipo de literatura que yo había consumido hasta entonces, si se exceptúa a Agatha Christie, a quien siempre consideré mi abuelita predilecta. Por bisoñez en el género o, si se prefiere, por pereza mental, no estaba preparado para enfrentarme a la novela problema, y aunque intenté adoptar la fórmula no tardé en comprobar mi fracaso. Buscando y rebuscando, caí en los grandes autores norteamericanos, previamente aconsejado por un texto de Simone de Beauvoir sobre la novela negra y supongo que por muchos otros textos dispersos. Al no ser tampoco un gran consumidor de películas policíacas, las novelas de Raymond Chandler, Ellery Queen y Dashiell Hammett significaron la revelación de un universo completamente nuevo que me fascinó sin dificultad y con motivo. Al fin y al cabo, era una literatura del desencanto, y éste suele abrirse un buen camino en las almas aquejadas de romanticismo.

Pese a las intenciones del señor Mateu, *Besaré tu cadáver* se alejó completamente de lo que habíamos dado en llamar «el modelo San Antonio» y, a partir de un momento determinado, de todos los modelos que iba conociendo. Si bien es cierto que tomé de la novela negra americana la idea de itinerario por la putrefacción de distintas capas sociales a partir de un *fait divers,* no lo es menos que esta idea también provenía del filme de Fellini *La dolce vita,* o, mejor dicho, de lo que había leído sobre él, ya que era, y siguió siéndolo durante muchos años, la bestia negra de la censura franquista. Completé el aporte de influencias de segunda mano situando la novela en Roma, ciudad que sólo conocía a través de las películas.

¿Qué era, al final, esta novela negra que nacía bajo auspicios tan extraños? En realidad sólo un pretexto para que el autor arrojase todas sus obsesiones, sin preocuparse excesivamente de una intriga que, en rigor, debía haber sido el elemento sustentador. Cierto que existía un caso criminal que era preciso resolver, pero sólo servía para llegar a un poco edificante epílogo: el inocente era castigado y el culpable se quedaba tan feliz, disfrutando de su crimen en medio de un intenso acto necrofílico.

Este culpable era encantador y con oficio de divino: un joven apenas salido de la adolescencia, de buena familia, apuesto, elegante, culto hasta la pedantería, con la suficiente inteligencia para convertir el asesinato «en una de las bellas artes» y con el grado de astucia imprescindible para hacer que su maldad triunfase sobre la mediocridad del mundo. Era, en resumen, el antihéroe que me fascinaba y que tenía antecedentes directos en el joven Lafcadio de Baraglioul, protagonista de *Los sótanos del Vaticano* y continuador en mi vida de la fascinación por las teorías de amoralidad absoluta propagadas por su creador, André Gide. Teorías que, en este caso, desembocaban en la filosofía del acto gratuito.

Para completar el atractivo, la novela estaba en el Índice de libros prohibidos por la Santa Madre Iglesia, y todo cuanto esta institución prohibiese era a mis ojos digno de imitación.

Creo recordar que, para ilustrar a la brava la filosofía de su autor, Lafcadio se dedicaba a cometer un serie de acciones que para muchos serían ejemplos de perversidad, también de desatino, y que a mí se me antojaban deslumbrantes ejemplos de albedrío elevado a alturas cósmicas.

Además de perverso, Lafcadio era jovencísimo, bien parecido, culto y esnob: tenía, pues, todos los ingredientes para cautivarme en un momento en que me sentía particularmente fascinado por el Mal, fascinación que hoy entiendo como una provocación contra el mundo que me rodeaba: todo cuanto fuese en contra de sus valores, todo cuanto se opusiese a su ética fundamental me parecía válido, mucho más si, encima, se acercaba a la absoluta amoralidad que caracterizó mi infancia. Del niño que se crió déspota porque el mundo le hacía demasiado caso, al joven angustiado porque el mundo ya no le hacía ninguno sólo mediaban una serie de acciones miméticas: las únicas que en aquella época daban sentido a mi vida. Si ya había intentado ser James Dean mediante la oposición, y hasta el odio, a mi padre, era lógico que quisiera ser Lafcadio sin odio y, en última instancia, sin motivo. Un perverso que nacía de la nada y se aplicaba rigurosamente a acciones dañinas era más de lo que el propio Gide hubiera podido pedir, por lo menos en Barcelona.

En la desesperada búsqueda de un acto gratuito que justificase mi perversidad —como si el propio Lafcadio tuviese que darme el aprobado— no se me ocurrió nada más creativo que robar cinco mil pesetas a mi abuela, sin otro interés que el decretado por las leyes de la ficción. Lo más provechoso del caso es que me investigué a fondo para descubrir si sentía algún remordimiento, y al no sentirlo en ninguna de sus manifestaciones, me felicité a mí mismo por tener ramalazos del superhombre de Nietzsche. También me llené de parabienes porque había conseguido ser perverso desde la cultura. Siempre se ha dicho que el cine violento contribuye a fomentar la maldad de los niños, pero a mí no me gustaban las películas de gángsters, ni las de guerra, ni las del Oeste y, en cambio, había conseguido ser más malo que Scarface, Little Caesar y toda su pandilla. Era un malo de la rama Gide con algunos puntos del ruso Raskolnikov. ¡Y esto tiene un mérito!

Un proceso parecido seguí en la elección del seudónimo que tanto había indignado a papá. Con lo de Ray intentaba poner un punto de empaque en mi nombre de pila, que podría ser muchas cosas pero nunca sofisticado; en cuanto al apellido Sorel, nadie sospechará que el inspirador fuese otro que Julian, el «*petit Julien*», como le llama la dulce madame de Renal. Él era otro de los espejos en que deseaba contemplarme. Un pícaro desgraciado cuya cabeza acabó en el regazo de la magnífica Matilde de la Mole, aristócrata rebelde, caprichosa, despótica y, sin embargo, sentimental.

Mi predilección por Matilde, por encima de la sublime madame de Renal, coincidió años después con un extraordinario prólogo de Consuelo Bergés y representaba el tipo de mujer poderosa que me cautivaba y que sería el germen de mis grandes amigas en el futuro. Aunque es probable que todas ellas se presentasen ya aquel año 62, cuando la literatura me sirvió de psicoanálisis gratuito.

Julian Sorel. Lafcadio. Raskolnikov también. Criminales idealizados contra bondadosos despreciados. Con tales influencias, el protagonista de *Besaré tu cadáver* no podía hacer otra cosa que besuquear la cabeza cortada de su amada en la placidez de un lujoso yate mientras un inocente era ajusticiado en su lugar. Y como sea que la novela empezaba con el descubrimiento de la referida cabeza que, además, viajaba por distintos puntos de la ciudad de Roma, no es de extrañar que el título inicial del producto fuese *Suntuoso sabor de necrofilia*. Sólo que el señor Mateu lo encontró un poco raro para lucir en un quiosco popular.

Fue, sin embargo, el título que puse a mi artículo sobre el terror para el número de *Film Ideal* que se pergeñó en el Festival de San Sebastián, tres años después de mi frustrado debut como plagiario.

Es realmente curioso que tantos elementos autobiográficos confluyesen en una novela que, a fin de cuentas, sólo era un encargo. Ya he dicho que en el futuro oculté su existencia y hasta me molestó que algunos amigos la descubriesen en las librerías de lance; esto ocurría cuando yo tenía publicados los libros que consideraba serios, y la revisión de aquel texto primerizo se me antojaba una impúdica mirada al corazón de alguien que se había perdido con el tiempo: un jovencito iluso llamado Ramón, a quien el neonato Terenci intentaba asesinar aun al precio de renunciar a su originalidad. Bien curiosamente, los nuevos lectores de aquella rareza —con Néstor y Joan de Sagarra en primer lugar— le encontraron una serie de valores que una nueva rescritura al amparo de la experiencia podría potenciar.

No lo hice. Me contentaba repitiendo el prototipo de Lafcadio en los textos que tanto inquietaron a Pilar Miró.

PERO A LOS VEINTITRÉS AÑOS TENÍA muchos más intereses de los que deseaba reconocer y muchas más esperanzas de cuantas me interesaba aparentar. Entre ellas, las llamadas de Daniel desde Madrid y la necesidad de ponerme a una altura superior para deslumbrarle.

Sabía que una criatura como aquélla no se dejaba ofuscar como el Robin inglés: no bastaba con escribirle una crónica sobre películas mediocres, porque en sus cartas hablaba una filmoteca. Es posible que en el futuro considerase pedante esta actitud; en aquel momento la encontraba deliciosa: y a fin de cuentas era consolador descubrir que, en mi generación, había un mancebo que en un momento determinado aparcaba las canciones de Los Brincos y se ponía a hablar de la Biblioteca Breve.

Esta continua provocación cultural era el máximo incentivo de una relación en la que lo físico no había dicho siquiera su primera palabra. Es posible que mezcle fechas y no tenga la memoria el menor interés en enmendarlas, pero aquel verano estuve ocupado por la lectura de los libros que Daniel me iba arrojando como un desafío. Huelga decir que a este conglomerado se unían los títulos recomendados por Gimferrer, que seguía devorando material y, además, asimilándolos a tal velocidad que, en un momento determinado, era imposible seguirlo. Sobre todo porque, una vez había leído todos los títulos registrados en los manuales de la alta cultura, empezó por lo que entonces y ahora llamamos «los raros». Era un sepulturero que trabajaba a la inversa: desenterraba continuamente nombres que sólo figuraban en el callejero de algún remoto pueblito de provincias.

Sin darme cuenta, Pedro se iba convirtiendo en un modelo cultural a gran escala. Tanto es así que el 21 de diciembre de 1966 anoté en mi agenda: «Pedro obtiene el Premio Nacional de Literatura. ¿Por qué no me decido a imitarle, en lugar de perder tanto el tiempo?»

Sin duda era excesivamente severo conmigo mismo. En esta época no sólo no estaba perdiendo el tiempo; mientras, terminaba *La gala* en forma de novela corta, trabajaba en una nueva versión de *El desorden*. Pero era obvio que mi ambición estaba hecha de impaciencia y mi impaciencia de desaliento, de manera que todo cuanto no fuese igualar a los demás me parecía una pérdida de tiempo y, lo que es peor, un fracaso histórico.

Pero antes de referirme a todos estos hechos debo regresar al verano de 1965, cuando Daniel llegó a Barcelona cargado de referencias del *nouveau roman*, películas de la serie B reivindicadas al nivel de un Eisenstein y hasta proyectos para montajes teatrales de Arthur Miller.

Seguía siendo el primero de la clase, aunque revestido con una aureola de ingenuidad que redoblaba su encanto. Aquella aureola le hizo ganar muchas batallas, hasta el punto de que Pedro pudo exclamar: «Daniel es entrañable.» Por cierto, que nunca más volvió a decirlo.

DANIEL LLEGABA ANIMADO por una fascinación que incluía a la ciudad de Barcelona pero también a su cultura y a los hombres que la estaban forjando. Su actitud no obedecía a una casualidad: era la época en que empezaba a apreciarse un renacimiento que no había pasado por alto a los intelectuales castellanos y que propiciaría lo que se dio en llamar «puente del diálogo», época fecunda de colaboración en la lucha antifranquista, cuando se hizo normal ver a Pedro Altares cenando en la mesa de Maria Aurèlia Capmany, a José Luis Aranguren en la de José María Castellet, y a Jesús Aguirre en casa de Gil de Biedma.

Conviene esperar para referirse a esta época con la extensión que merece; de momento, la mirada soprendida de Daniel —chico de provincias, al fin y al cabo— no se cansaba de descubrir signos externos de sorprendente modernidad: el fenómeno de la Nova Cançó bebía directamente de la canción francesa —Brassens, Barbara, Ferré—, la colección Biblioteca Breve traducía a los grandes nombres de la literatura internacional, con apuestas a menudo arriesgadas, mientras promovía a escritores españoles como García Hortelano, los hermanos Goytisolo, Caballero Bonald, Rabinad, y otros que nos llevaban del entusiasmo a la polémica por partes iguales, consagrando definitivamente la gestión de Carlos Barral como una de las piezas fundamentales de nuestra educación adulta.

Más cercano a mi generación, y siempre presente en mi cariño, estaba Juan Marsé, que aquel año ganaba el Premio Biblioteca Breve con una de las novelas fundamentales de la década: *Últimas tardes con Teresa*, revisión de los clichés de la nueva burguesía barcelonesa a través de un personaje completamente original, el Pijoaparte, trasunto del charnego como exponente de una nueva clase social que Joan Fuster definiría con un nombre afortunado, «*els altres catalans*», en un libro famoso, polémico y precursor que inauguraba la Colección de Ensayo de otra editorial fundamental, Edicions 62, la gran obra de Castellet como director literario.

En aquella época yo estaba muy lejos del mundo que retrataba Marsé, pero supe después que el personaje de Teresa había sido inspirado por Helena Valentí, una de esas mujeres magníficas que darían a la Barcelona de los *sixties* su tono más elevado: una raza de barcelonesas europeizadas que culminaría en una serie de amazonas inscritas con letras de oro en mi devocionario particular: Rosa Regás, Beatriz de Moura, Esther Tusquets o Serena Vergano, por citar unas pocas.

Chico de barrio como yo, Marsé nunca pretendió dejar de serlo para convertirse en lo que el mercado ha dado en llamar una «figura literaria». Al contrario: pocas veces he visto a alguien menos imbuido de este papelón y más satisfecho del justo término que tanto es de agradecer en un ser humano; algo que a menudo olvidan los intelectuales españoles, excesivamente aficionados a incluir en su documento nacional de identidad la profesión que los eleva sobre el resto de los mortales. En el carnet de Juan nunca figuraron cosas como «novelista de vaguardia», «intelectual comprometido» o «poeta gay», según la época y las consignas de los suplementos literarios; su personalidad sería fácilmente reconocible con que pusiese en cualquiera de sus carnets «antiguo espectador del cine Roxy»; y aquí nos entenderemos, porque en esta identidad —como en la de Manuel Vázquez Montalbán— reaparecen todos los estigmas de una generación de chicos de barrio que, mientras aspiraban a la cultura superior, tuvieron que contentarse bebiendo la tinta china de los tebeos de posguerra y los embrujos que servía la perversa Madre Shing-Li en la ciudad de Shangai. Quien los probó, nunca pudo olvidarlos.

Además de demostrar su categoría como novelista de altura, Juan es cinéfilo de alma noble —es decir, de los que prefieren hablar de Yvonne de Carlo que de Alain Resnais— y a finales de la década se revelaba como un formidable satírico, que supo retratar con agudas pinceladas a una serie de figuras y figurones del dudoso mapa que se dio en llamar «panorama nacional». Al margen de estos valores, tan reconocidos, su mayor hazaña de interés cívico fue la de hacer realidad el sueño oculto de casi todos los intelectuales barceloneses: llamarle chorizo a Baltasar Porcel, escritor desconocido de todos los españoles que no ostenten alguna jerarquía de poder, pero que ya buscaba su propia parcela aquel verano del 65.

Los chicos que llegaban de Madrid, como Daniel, eran poco propensos a encandilarse con la sobrasada mallorquina; preferían conocer a Jaime Gil de Biedma, cuya figura y repercusión glosé en el anterior volumen de estas Memorias. Su magia era tanta como su autoridad y, así, diríase que todos aquellos jóvenes hacían seiscientos quilómetros con el solo objeto de convertirle en su confesor. Yo los escuchaba un poco aburrido porque tenía el privilegio de ser amigo de Jaime, me divertía con él y no necesitaba convertirle en oráculo poético. Por otra parte, éste no era su oficio favorito. Al igual que Marsé, nunca cayó en el mal gusto de ir por el mundo vestido de poeta intensivo. Bastante es que algunos de sus versos quedasen como referencia inevitable para los jóvenes de mi generación. A los que tenían remordimientos de tipo clasista —los marxistas de procedencia burguesa— les iba como anillo al dedo su confesión de la pérgola. A quienes empezábamos a estar heridos por el paso del tiempo nos quedó como una puñalada el clásico «De casi todo hace ya casi veinte años...», frase que han llegado a citar personas que jamás han leído a Jaime Gil de Biedma.

Sin embargo, debo anotar que cometió un imperdonable error de cálculo. Porque hoy sé que ya han pasado treinta y tres años desde el día en que Daniel llegó a Barcelona.

Y vendrán más años. Y más. Y más.

Pero sólo Jaime parecía pensar en esas cosas aquel verano del 65. Esperanzados por la idea de que el franquismo quedaba a seiscientos quilómetros de distancia, los barceloneses nos disponíamos a inaugurar una época de feliz optimismo y quien más quien menos sacaba ánimos de flaqueza pensando que Francia estaba a la vuelta de la esquina. Así, empezaba a no ser extraño que un barcelonés culto se encontrase más a sus anchas en Aviñón que en Valladolid, y que leyese *Le Monde* antes que cualquier periódico de Madrid (algunos avanzados leían incluso el *Corriere della Sera*). Esta actitud no era una novedad: ya en los años treinta, la *elite* barcelonesa había sido profundamente europeísta según me informaban los que entendían de élites, de europeísmo, de generaciones y de hostias consagradas.

Todavía no estaba oficializado el espíritu del grupo que después se llamaría *gauche divine*, pero es lícito pensar que Daniel ya lo presentía. También intuyó rápidamente que la cultura barcelonesa era un fenómeno más complejo de lo que se creía en Madrid; y que no podía descartar a los escritores que se expresaban en lengua catalana. Ya he dicho que, en aquella época, mi información sobre esta cultura era casi nula, pero llevábamos tres años viviendo el movimiento que se dio en llamar «la Represa» y, al recordarlo, no puedo sino lamentar de nuevo la atroz ignorancia que me impuso el franquismo. Resulta sintomático que a algunos nombres que habrían de ser cruciales en mi vida, como Maria Aurèlia Capmany, Ricard Salvat y Salvador Espriu los descubriese a través de la revista madrileña *Primer acto*, que tanto Daniel como yo coleccionábamos. Y en este aspecto debo resaltar que el amor al teatro del Niño Sabio superaba al mío, hasta el punto de ponerme al día sobre las intensas convulsiones que estaban sacudiendo la escena española.

Aquel verano del 65 Daniel vino a Barcelona a respirar aires nuevos, y en compensación, nos trajo más de un soplo agradable. Por lo menos esto percibiría Gimferrer, que escribió un notorio poema sobre la fascinación que le inspiraban los niños sabios (aunque empezaba con un verso ambiguo: «Odio a los adolescentes»).

La musa llegó por los caminos más inesperados, como ellas suelen. Gustándole a Pedro fisgar en todos los ambientes, venía cada mañana a recogernos para dar algún paseo y, con tal pretexto, se introducía en mi dormitorio e investigaba entre las sábanas de mi cama y en la que mamá había improvisado para Daniel. Como no encontrase nada, y presentía mucho, se pasaba el día preguntando qué estaba ocurriendo. Diré, en honor a la verdad, que acababan de ocurrir todas las maravillas que yo había esperado, pero Daniel estaba obsesionado en ocultar nuestra relación por temor a que llegase a oídos de sus padres. Al parecer no quería matarles de un disgusto. Yo me limitaba a pensar que los padres españoles se mueren por muy poca cosa.

Pedro, detective genial como se ha visto, no fue el único de mis amigos que Daniel conoció aquel año. Pasaron los demás miembros de la delegación barcelonesa de *Film Ideal* —Daniel ya admiraba a Guarner—, pasaron también algunos amiguitos de la Maria dels Ous, y pasó, sobre todo, Néstor Almendros, que se encontraba en uno de sus viajes anuales, siempre en busca de sus raíces barcelonesas. Como fue su costumbre durante años, nos seguía a todos con su cámara fotográfica, sacándonos en escenarios que a su juicio nos definían en nuestra relación con Barcelona. A Daniel y a mí nos tocó la fachada de la catedral, pero esto no tendría mayor mérito si el genio de Néstor no nos hubiera arrancado la principal característica de aquel verano: la ternura que sentíamos el uno por el otro. Todavía hoy, la mirada que me dirige el Niño Sabio tiene una carga de emoción más poderosa que la memoria del tiempo.

La memoria me devuelve los aspectos más felices de aquel verano, tan lleno de acontecimientos. Cada uno de ellos había servido para alimentar una pasión basada en la originalidad, y Daniel y yo, convertidos en pareja, sucumbimos a la originalidad y a la pasión sin oponer la menor resistencia. Pero el tiempo iba transcurriendo a mayor velocidad de lo que hubiéramos deseado y cuando ya faltaban pocos días para que terminasen las vacaciones de Daniel, decidimos reanudar nuestras relaciones en otros ámbitos: cualquiera sería propicio, dada la intensidad que nos guiaba. Así, cuando Daniel partió para pasar el resto del verano con su familia —una partida que mi alma asoció con la desesperación— sentimos ambos la imperiosa necesidad de reunirnos muy pronto en su casa, pero concediéndonos después un pequeño viaje que nos permitiese sentirnos libres y, de paso, cumplir con las necesidades carnales, que sería difícil desarrollar plenamente en el ámbito familiar.

Convencí a los de *Destino* para que me financiasen una serie de reportajes que, tomando como pretexto el desarrollo turístico en la Costa del Sol, me permitiría viajar con mi amigo por Andalucía, con apoteosis en Granada. Como suele suceder cuando los escritores nos movemos por estos medios, la financiación apenas dio para tortugas en forma de trenes, autobuses malolientes y habitáculos de segunda. Pero éramos tan jóvenes que cualquier incomodidad nos parecía un encantador tributo a las leyes de la aventura, y cuando encontrábamos un hotel decente creíamos que se habían desparramado sobre nosotros todos los dones del cuerno de la Fortuna.

De hecho ocurrió así durante mi estancia en la ciudad de Daniel, gracias a la acogida de su familia, en todo momento generosa y gentil. Vivían en un piso muy digno, que me daba la seguridad de hallarme entre gente bien nacida. Al compararlo con el lúgubre entresuelo de mis padres, me sentía humillado y me complacía en rebajarme, colocando a Daniel en un nivel social superior al que realmente pertenecía. Él se encargó de abonar esta impresión, mostrándome con orgullo su bien nutrida biblioteca. Señal de que no había mentido en sus pretensiones culturales y que su fetichismo por los libros —creo que mantenido hasta la vejez— no era algo improvisado por la moda o las compañías de Madrid. Como era de esperar, esta obsesión sirvió para estimularme, en actitud declaradamente competitiva, y así, en aquellos días pasé de leer todo el teatro de Arrabal —cuyas excelencias solía cantar Daniel— a cosas de Robbe Grillet *(Le voyeur)*, Duras *(Moderato cantabile)* y Bassani *(El jardín de los Finzi-Contini)*. O así figura en mi agenda, cuyas diminutas páginas están a punto de reventar con tantos descubrimientos y tanto Daniel.

Pero, además, cada tarde había cine, y una memorable noche de agosto subimos a la fortaleza árabe que coronaba la ciudad para asistir a una representación de la *Fedra* de Unamuno. No puede decirse que la severidad mesetaria de este buen hombre encajase con los duendes del Mediterráneo, que la brisa nocturna nos enviaba en alegre cabalgata. Él dijo en cierta ocasión que a los levantinos nos ahoga la estética, pero yo seguía prefiriendo una Fedra untada de pasión marina a otra más seca que un carrascal.

Felizmente ahogados de estética, empleamos las fuerzas que nos quedaban para ahogarnos en océanos de sexo. Fue una borrachera de los sentidos, algo que había olvidado en favor de mis fetiches habituales. Daniel era ardiente y yo acababa de descubrir que también podía serlo, pero, además, habíamos visto mucho cine, teníamos muchas lecturas y conocíamos todo el repertorio de palabras sublimes que los mejores amantes del mundo se habían dedicado para elevar sus orgasmos por encima de la rutina y a pocos metros por debajo del Olimpo. No exagero ni me pongo cursi: simplemente, los aspavientos de mi pareja eran de tal envergadura que incluso Zeus, el de los rayos, quedaba abúlico a su lado. Y en la intensidad de la batalla, nuestras promesas de fidelidad rayaban a la altura del mito.

Culminamos nuestra pasión con prolongados paseos de plenilunio por un pueblo rodeado de palmerales. El hecho de que Daniel hubiese nacido entre ellos aportaba una serie de incitaciones étnicas que mi imaginación no podía descartar. De pronto, el efebo que había despertado la vena poética de Gimferrer viajaba a través de los milenios para imponer unos rasgos que me fascinaban. A la luz de la luna, aquel rostro redondo como ella misma adquiría los infinitos matices de un pasado rico en prestigio. Nunca fui tan sensible al poderío de una piel como aquellos días en que Daniel vino a encarnar la suavidad de todas las odaliscas del Jardín de Alá. Esa piel me esclavizó como el paisaje al que pertenecía, y a partir de entonces el mancebo entró a formar parte de mi obra literaria, como me estaba sucediendo desde hacía tiempo con un montón de humanos. Pocas ocasiones había más justificadas que aquélla. Por ridículo que pueda parecer, entre el impacto de una piel y el soplo de la escritura sólo media el paso de la excitación.

Y el cine seguía triunfando en nuestras percepciones: todo tipo de cine, todo tipo de intérpretes, todos los mitos cultivados a lo largo de los años se resumieron en este viaje, que alternó estrenos absolutos con reposiciones de clásicos que Daniel, por su edad, no podía conocer. Fueron placeres indiscriminados. Pasamos del James Bond de aquel año a *Sansón y Dalila* —mi película de infancia— y sobre todo a *El ladrón de Bagdad*, maravilla que había madurado con el tiempo hasta alcanzar el lugar que nunca le concedieron los críticos ortodoxos: el de obra maestra. Pero nosotros éramos entonces la heterodoxia, y por eso nos sentíamos felices: porque ya no obedecíamos a nadie y nos creíamos las películas del verano como si fuesen cuentos de infancia.

Bendito aquel que sabe disfrutar del cine sin necesidad de consignas.

Pese a esas notas encantadoras, algunas etapas del viaje al sur fueron una especie de pesadilla estética. Mi compromiso con *Destino* nos obligaba a detenernos en localidades espantosas, donde comprobábamos los horrores perpetrados por la política del desarrollo turístico. Nunca habíamos imaginado las formas que podía adoptar la fealdad cuando lo moderno y lo atávico coinciden con el falso tipismo. Ya entonces, el mar empezaba a desaparecer tras densas murallas de hormigón armado. Estas pésimas imitaciones de los rascacielos yanquis creaban en su interior colmenas monstruosas, de cuyas celdas colgaban toallas, bañadores y hasta bragas y calzoncillos. Prosperaban las *boutiques*, abarrotadas de artículos estúpidos pensados para complacer a una nueva raza: el turista hortera. No podía pedirse gente más fea ni cuerpos más repulsivos ni colores más vulgares en toallas, gorros y bañadores. Ni siquiera un minúsculo pañuelo de bolsillo escapaba al mal gusto. Y lo peor es que el gusto ya nunca volvería a ser bueno.

Aunque era fácil comprender las verdaderas dimensiones del desastre, éstas no se vieron reflejadas en mis artículos, que resultaron moderadamente elogiosos y más atentos a la descripción ambiental que a la crítica. También es posible que estuviese influido por la idea de que el turismo servía para abrirnos al exterior, rompiendo las tinieblas del franquismo; es evidente que así ocurrió, como bien dicen los libros que tratan de la época, pero no lo es menos que aquella invasión nos puso en condiciones de esclavitud frente a las naciones más desarrolladas. Ya que no podíamos ser la reserva espiritual de Occidente, como pretendía el régimen, nos convertíamos en el retrete de Europa. Todos se nos habían cagado encima a cambio de unas divisas.

Entonces distaba mucho de intuir que el turismo de masas iría creciendo como un monstruo que se extendería a todo el litoral mediterráneo, y que la abominación no se limitaría a llenar de chiringuitos las playas españolas, sino que llegaría a esos lugares de Grecia por donde yo sé que caminaron los propios dioses.

Por fortuna, no siempre nos movimos en los terrenos de la abominación: algún autocar de línea, algún tren de cercanías, nos permitía detenernos en pequeños pueblos del interior, villorrios lo bastante olvidados de Dios como para favorecer una ilusión de autenticidad. Estábamos podridos de literatura, pero esto era preferible a la acumulación de fealdad que nos ofrecían las zonas más desarrolladas. Y hasta nos permitimos ser *progres* decidiendo que en aquellos pueblos humildes, y no en otro lugar, estallaría la revolución social. (Sin duda estábamos leyendo algún texto sobre los problemas del Tercer Mundo, preferentemente de la emblemática editorial mexicana Fondo de Cultura Económica.)

Tomé las fotos para mis artículos, en modesto blanco y negro. Es sintomático que, al llegar a Granada, nos llegase también el Kodakolor: señal de que en este lugar bendito caímos en brazos del ensueño; señal de que el amor y la estética volvían a coincidir en un punto de intensa felicidad. Nuestra aventura, malhadada en tantas cosas, tuvo por fin categoría de romance absoluto. Llevado por alas tan sutiles permití a la sensibilidad prostituirse en manos de la sensiblería. Así, un verso inscrito en la entrada de la Alhambra tuvo el poder de conmoverme como si fuese una modistilla:

Dame limosna, mujer,
que no hay en la vida nada
como la pena de ser
ciego en Granada.

Verso singularmente oportuno porque habrás observado, lector, que yo he sido ciego en muchos paraísos. Y esto es de compadecer.

Pero aquel día mantuve bien abiertos los ojos de la imaginación y reviví los fastos del palacio, no tanto en mi propio honor como en el de mi compañero. Para él hice desfilar a lo más florido de la corte nazarí y, al conjuro de mi erotismo exacerbado, su piel recuperó los tonos de cierta noche entre las palmeras de su pueblo natal, y así volvió a ser moro y así fue mitificado de nuevo.

Pero el mito, cuidadosamente elaborado durante las últimas semanas, estaba a punto de derrumbarse. Al recordar esta caída estrepitosa, la memoria se revuelve y se convierte en agresión. El amor y el desengaño, el placer y el crimen se entremezclan, los años no cuentan, las personas van desapareciendo de mi vida y sólo quedan esas imágenes desperdigadas, pregoneras del aprendizaje del dolor.

Inicié esta nueva andadura de forma imprevista y sin estar preparado. El idilio se interrumpió bruscamente, por motivos tan ajenos a mi voluntad que la anulaban completamente, poniéndola al servicio de la voluntad ajena.

Daniel había recibido una llamada de su madre comunicándole que la revista acababa de mandarle la acreditación para cierto festival cinematográfico. Si era Bérgamo, Karlovy Vary o Venecia lo sabemos Daniel y yo. Lo único importante es que aquella circunstancia imprevista interrumpía un viaje que yo había querido ver como consolidación definitiva de nuestra alianza.

No estaba preparado para el dolor, pero en realidad es muy posible que tampoco lo estuviese para asumir las responsabilidades de una relación adulta, a la que era necesario responder con reacciones de amante maduro. Sin duda todo lo contrario de la actitud que tomé ante aquella emergencia, pues no se me ocurrió otra cosa que poner a Daniel en la disyuntiva de elegir entre su festival y nuestro viaje.

No era una propuesta. Era una orden tajante. Era algo tan basto como decir «El mundo o yo». Otro clisé entre los muchos que me habían dejado los melodramas del cine de los sábados. Y aunque entonces creí que me guiaba un sentimiento noble, ahora sé que era un romanticismo infecto, fruto de una sensibilidad pervertida.

Yo, que me creía el mensajero de la nueva moral, actuaba como el marido más reaccionario de la España de la pandereta.

También debo decir que pasar del agasajo constante a las obligaciones de pareja requiere otro tipo de madurez, que Daniel no estaba dispuesto a demostrar. A lo irracional de mi ultimátum, él reaccionó con una espléndida muestra de egoísmo juvenil. Por primera vez comprendí que en aquel terreno me ganaba; más allá de la dulzura que me había demostrado hasta entonces se escondía una de las personas más egoístas que he conocido en mi vida.

Siempre tenemos una máscara a punto para disimular este tipo de reacciones y Daniel la tenía perfectamente dispuesta en forma de coartada intelectual. Se puso a cantar las excelencias de un certamen que incluía las obras más importantes del cine que se hacía entonces. No había menú más apropiado para un chiquillo culto ni forma más cultivada de arrojarme a la soledad. Porque ya había hecho su elección sin contar conmigo, sin contar siquiera con mi decepción al tener que interrumpir un viaje que era la culminación de todos mis sueños sentimentales.

El pleito quedaba establecido en una medida que marca cualquier relación donde debe decidirse quién es el más fuerte y quién el más débil; o, en términos más patéticos: quién es el que necesita y quién el necesitado. Y entonces descubrí con horror que yo era el más débil de los dos, porque le necesitaba con todas mis fuerzas mientras sus necesidades habían quedado sobradamente satisfechas recitando palabras de amor con palmerales de fondo y un toque de luna lunera cascabelera.

Planteada esta situación, que sonaba a pasodoble, él se fue en busca de sus películas mientras que yo me embarcaba en un tren siniestro, camino de Málaga. Era una obstinación absurda, pues sabía que continuar el viaje en soledad implicaba muchas garantías de sufrimiento, pero necesitaba demostrarme a mí mismo que todavía me quedaba esa pizca de fortaleza imprescindible para no sentirme ridículo, además de abandonado.

De nuevo en mi vida, el tren se convierte en una pesadilla: el calor agobiante, la lentitud que exaspera, las paradas en las estaciones indiferentes, las horas muertas y las ganas de morir en ellas. Todos los sueños han desaparecido y sólo queda la ausencia física, el vacío que se impone sobre cualquier ensoñación: la verdad última del amor, la que hace que el mundo entero pase por el ser amado y que todo cuanto no le concierne deje de existir. Y en aquel tren exasperante supe por primera vez que la ausencia es la verdadera mutilación. La he sentido otras veces y nunca he podido acostumbrarme a sus estragos.

Sudado, sucio, pegajoso, recorrí las calles de Málaga perdiéndome por rincones que parecían resplandecientes a los demás y a mí se me antojaban un gigantesco cementerio. También conozco ese vagar. Es algo más que la soledad: es una voz desesperada que nos advierte del final del amor aun cuando el cerebro se obstine en decirnos lo contrario. Porque el cerebro, pésimo conocedor del alma humana, todavía quería convencerme de que los grandes maestros del cine y yo éramos perfectamente compatibles en los intereses de un chico de dieciocho años, ansioso de vivir.

Me recuerdo como un autómata que paseaba bajo un sol de justicia, frente a playas acribilladas por las masas dispuestas a sacarle al verano todo su lustre. Pero yo no era un limpiabotas de la conciencia y ésta se estaba llenando de mugre, porque en mi desvarío llegué a alimentar incluso el odio. Y entre planes de venganza y el llanto que me producía el solo hecho de planearla, cayó la noche y busqué refugio en una pensión de mala muerte o de muerte absoluta, si se prefiere. Porque tuve que dormir hacinado entre diez inmigrantes portugueses en una especie de cuadra que tenía en el centro un pozo cubierto por unos cañizares.

No puedo precisar cómo llegué a Barcelona: sería de nuevo la terrible tortura del tren y, después, el tormento de los días, desmenuzados con la crueldad que el obseso suele dirigirse a sí mismo; tormento y días convertidos en fragmentos de una ignominiosa totalidad. Y el tiempo, que siempre me jugaba malas pasadas, vino a jugarme la peor de todas, porque se detuvo cuando yo menos lo deseaba.

Maldito enemigo, el tiempo. ¿Por qué no transcurría a mayor velocidad? Sólo pensaba en el final del festival; más aún: en el tren que devolvería a Daniel a Barcelona. Así empecé a contar las horas, los minutos, los segundos. Y el tiempo seguía sin transcurrir.

De pronto, mi obsesión se apartaba del final para concentrarse en cada minuto del tiempo de Daniel en su lejanía. Se me representaba en todas sus acciones, como si una cámara misteriosa le estuviese filmando. Convertida mi mente en espía, se convirtió también en un despertador. Telefoneaba varias veces al día y muchas más durante la noche; no podía dormir pensando en él, y cuando lo había conseguido por puro cansancio, me despertaba de golpe y desmenuzaba el contenido de nuestra última conversación, analizaba cada palabra de Daniel a la caza de un error, de una mentira o de aquel último deje de indiferencia que temía sobre todas las cosas del mundo. Y en última instancia, dejaba de dormir porque quería llamarle al despuntar el día, sorprenderle antes de que se dispusiera a salir para alguna proyección matinal. Para colmo de molestias, me veía obligado a utilizar el teléfono del almacén con el fin de escapar a la vigilancia de mis padres.

El tiempo es engañoso en todo. Fingía no transcurrir y, sin embargo, voló. Arrastró consigo a las mejores películas del mundo, arrastró las mejores horas de Daniel y dio fin al maldito festival para que yo pudiera volver a vivir.

Si a lo que me esperaba puede llamársele vivir.

Fui a esperar a Daniel a la estación. Llegaba con otros compañeros, alegres todos, felices y, en especial, muy jóvenes. Yo lo era tanto como ellos, pero no lo parecía. Presentaba un aspecto tan demacrado que los demás manifestaron al instante su preocupación o, como mínimo, su interés por mi salud. Menos Daniel, que se limitó a esbozar su sonrisa más ingenua y —después lo he comprendido— un orgullo total y, además, lógico. No todos los chicos peliculeros tienen a punto un esclavo que los espere cuando las cortinas se cierran sobre la palabra «fin».

Después de despedir a sus acompañantes —que, por supuesto, nada sabían de nuestra relación— exclamó en tono admirado:

—Eres un amante perfecto. Ya nadie hace cosas así.

—¿Qué cosas? —pregunté, fascinado todavía por tenerlo junto a mí.

—Esperar la llegada de *un* amigo. Pareces Montgomery Clift en *Estación Termini.*

—Mala comparación —dije—. Le tocaba sufrir como un perro.

Le llevé de tapeo por las tascas del Barrio Chino y, después, al bar de la Esmeralda, donde pudimos conversar libremente mientras sonaban las eternas canciones de la Piaf. Y a pesar de la felicidad que me embargaba, mi aspecto debía de ser tan penoso como antes, porque Daniel empezó a improvisar un montón de excusas sobre cosas que yo ni siquiera había planteado.

De pronto, me contó que durante el festival había sufrido una poderosa transformación interior. Llevaba varios días reflexionando sobre una película que le había impresionado por afectar en cierto modo a su visión de las relaciones sentimentales. ¿No habíamos pasado todo un verano asegurando que la nuestra iba a durar toda la vida? Pues en la película de marras, firmada por el maestro Dreyer, acababa de descubrir a una cantante madura que estaba en posesión de una verdad distinta. La dama recapacitaba largo y tendido sobre su agitada vida amorosa para llegar a la conclusión de que lo más inteligente es vivir sin amor.

¡Fantástico! *That was my boy.* Tan deliciosamente literario, tan cultivado que recurría a una obra maestra para arrojarme al abismo. Y a fin de quitar hierro a la situación, se apresuró a decir que aquellas meditaciones no nos afectaban en absoluto —«no afectan a lo nuestro», dijo— y al instante me colocó a mí en el interior de otra película que también le había impresionado vivamente. Trataba de un incesto principesco, y él asociaba a los protagonistas del mismo con los hermanos Moix. Y es que, por alguna razón que nunca entendí, se le había metido en la cabeza que Ana María y yo éramos incestuosos, y en semejante idea hallaba motivo de fascinación.

Pero no regresó a Madrid tan fascinado como yo esperaba. Prevalecían, me consta, las meditaciones de la cantante escéptica sobre la inutilidad del amor, mensaje que Daniel aplicaba a sus propios intereses. Cualesquiera que éstos fuesen, yo tenía derecho a preocuparme. Mala cosa es el amor razonado en exceso, y mal asunto para un amante ponerse a meditar en vez de sentir. Además, cuando un chico de dieciocho años llega a las mismas conclusiones que una cantante de cuarenta, o está harto del amor o ni siquiera lo ha conocido.

No sabía cuál de las cosas era más peligrosa para mi pobre tranquilidad.

PASÉ EL OTOÑO EMBADURNANDO CUARTILLAS que reproducían el rostro de Daniel, y sólo cuando cedía la obsesión pasaba a mecanografiar otras cuartillas con parecido fervor porque veía en la fiebre de la escritura un método para curarme. Si, como he dicho, la *Historia del Cine* nunca vio la luz, a cambio Cela Trulock eligió *La gala* para su colección de bolsillo «La Novela Popular», y así, la posibilidad de ver un primer libro publicado me dio una parte de la ilusión que necesitaba (1). La otra parte llegó por conductos externos gracias a los nuevos impulsos de Barcelona en ese momento en que sus élites culturales empezaban a romper la oscuridad del franquismo a cuchilladas.

(1) No llegó a publicarse. Traducida después al catalán, formó parte de *La torre de los vicios capitales.*

Algo ocurría. Algo se estaba moviendo. Un serpenteo subterráneo que me obligó a mirar a mi alrededor y descubrir que los gérmenes de creatividad que me habían deslumbrado en Londres se estaban reproduciendo en mi propia ciudad. La cultura, hasta entonces remanso de paz donde solazar mi espíritu, se estaba poniendo brava y por todas partes surgían síntomas de que algo estaba a punto de estallar. Y estoy por decir que lo que me deslumbró de aquellos primeros síntomas fue lo que tenían de arma de combate.

El teatro fue la primera manifestación directa de las nuevas actitudes o cuando menos la que teníamos más a mano quienes no guardábamos relación alguna con la política de resistencia. Las polémicas en torno al cine eran agua de mayo comparadas con las que se generaban en torno a manifestaciones teatrales que, como no tardé en comprender, estaban íntimamente ligadas al marxismo y al catalanismo. En Madrid, obras como *La camisa,* de Lauro Olmo, o *La mordaza,* de Alfonso Sastre, habían marcado las directrices de un teatro de oposición; en Barcelona este espíritu se reproducía en las obras de José María Rodríguez Méndez representadas en un inolvidable teatro de bolsillo que se llamó Candilejas, pero en otros terrenos el idioma catalán estaba manifestando su firme voluntad de resucitar con una voz más actual que no la que le prestaban sus recientes aplicaciones en la nostalgia. En este aspecto el estreno de la obra *Una vella, coneguda olor* no sólo significaba la revelación de un importante autor de veinticinco años llamado Josep Maria Benet i Jornet; además, levantaba sobre el escenario el mensaje de una generación dispuesta a entrar activamente en la vida del país. En mi caso concreto, la obra me impresionó vivamente porque reproducía aspectos fundamentales de la vida de un barrio popular, que era el de Benet i Jornet y, casualmente, el mío propio.

El espíritu de la década estaba llegando a Barcelona en forma de pequeños escándalos culturales. Era la época de los pateos, y a fe que se producían por los motivos más inesperados. Como cada otoño, se celebró el ciclo de Teatro Latino, que dirigía el veterano escritor Xavier Regàs, padre de mis futuros amigos Rosa, Oriol y Georgina, y uno de los hombres más enamorados del teatro que jamás he conocido. Este caballero entrañable, conversador de raza y amante de la cultura francesa como mandó su generación, nos brindaba la oportunidad de ver una serie de espectáculos extranjeros que de otro modo habrían estado vedados a nuestro conocimiento. La escasez del presupuesto, creo que municipal, no permitía grandes alharacas —dicen que en alguna ocasión el propio Regàs tuvo que poner dinero de su bolsillo—, pero algunos espectáculos dignos sí se vieron; con todo, no se evitó que algunos grupos boicoteasen el festival exigiendo la presencia de un teatro más comprometido o que fuese propagandista de las señas de identidad recién descubiertas. En este sentido no hubo pitada más clamorosa que la que acogió el estreno de la obra de Porcel *Història d'una guerra*.

Se trataba de un pastiche brechtiano adornado con los típicos cantables distanciadores; piezas que, en esta obra en concreto, podríamos resumir con el eslogan: Kurt Weill sin Kurt Weill. Los cantaba Nuria Feliu, que se había distinguido como excelente vocalista de jazz junto al maestro Tete Montoliu. Pero cualquier forma de prestigio anterior carecía de valor ante las razones de un pateo. La cantante fue abucheada con tal intensidad que no la dejaron terminar.

En nuestro asiento del gallinero, Ana María y yo nos quedamos perplejos. ¿Tanto había degenerado la voz de la Feliu en las últimas semanas?

En absoluto. Seguía siendo una voz irreprochable. El pataleo era consecuencia de su anunciada decisión de grabar un disco en castellano.

Los ataques eran, pues, de tipo tangencial: había que dar muchas vueltas para comprender su origen y muchas más para apoyar sus razones. Otro pateo estrepitoso fue el que acogió el estreno de *La ópera de tres peniques*, primer Brecht que se montaba en Barcelona en régimen comercial. La verdadera razón aducida por los reventadores fue que el montaje no respondía a la ortodoxia brechtiana, concepto que iba a hacer fortuna para pasar a Madrid como madre de todos los pateos. Según las lenguas picoteras, el de aquella noche del otoño de 1965 había sido organizado por el más influyente de los grupos teatrales del momento: la Escuela Dramática Adrià Gual, que dirigía Ricard Salvat y contaba en sus filas con lo mejor del teatro catalán de un futuro inmediato. Supe también que las constantes de la escuela pasaban por el catalanismo y la aplicación estricta de las doctrinas de Brecht.

Yo seguía observando esos fenómenos con los ojos de un extraño y pensando que en cada uno de los pateos debía privar el sentido de calidad. Que era normalmente lo último que importaba. Pero la noticia de la existencia de la Adrià Gual me intrigó profundamente, y a través de sus repercusiones en *Primer acto* alimenté la esperanza de que allí encontraría a un montón de extraños que pensaban como yo o, como mínimo, rechazaban lo mismo que yo. Mientras esto llegaba, las amistades se hacían en los estrenos, seguidos de largas veladas en algún bar del Barrio Gótico, discutiendo con tanto calor que a veces llegaba la policía a pedirnos la documentación, tomándonos por conspiradores cuando éramos, como mucho, fervientes defensores de la causa de Beckett contra la de Ionesco o viceversa.

La tensión social crecía especialmente en los medios universitarios. Yo no estuve por la sencilla razón de que ignoraba la existencia de tales movimientos. Lo más parecido a la revolución que podía distinguir era la que proponían los viejos clásicos del cine soviético. Todo cuanto perteneciese a la universidad me había sido vedado y era causa de mis múltiples traumas. Tanto es así que en ninguno de mis diarios aparecen anotados los acontecimientos que socavaban la seguridad del régimen y sí, en cambio, estrenos teatrales y aluviones de cine.

Y en los recintos que albergaban estas celebraciones iban apareciendo nuevas amistades que a su vez me llevaban a otras en la incesante rueda que venía a aliviarme del tedio y, sobre todo, a depositar en mi aprendizaje la furia que necesitaba para no quedar reducido a una simple masturbación culturalista.

También el cine empezó a ponerse furioso. Si en Madrid había conocido a los miembros de la joven crítica, la flamante sucursal de *Film Ideal* en Barcelona me sirvió para frecuentar el mundillo cinematográfico en sus vertientes más intelectualizadas. Creo recordar esta época como otra desesperada búsqueda de mis semejantes, aunque no desdeñaba entenderme con opuestos. El Festival de Cine en Color, que se celebraba anualmente, me permitía entrar en contacto con nuevos directores de lo que entonces se empezaba a llamar «cine catalán», pero también con los nombres más importantes de la teoría cinematográfica, sometida a las mismas convulsiones que la década estaba generando en el extranjero.

Parecidos todos en el mismo fervor por el cine, los cinéfilos barceloneses se distinguían, en cambio, por la diversidad de sus aproximaciones: por un lado, los que seguían la ecléctica línea de *Cahiers*, con José Luis Guarner a la cabeza; otros, como Román Gubern, conciliaban un cine de contenido político con la aplicación de principios semánticos y un creciente interés por los fenómenos de la cultura de masas (creo que fue Román el primero que me habló de Marshall McLuhan). No faltaba la línea política inevitablemente inspirada por las directrices del Partido Comunista; era el más importante de sus portavoces Ricardo Muñoz Suay, que más adelante fue suavizando su postura hasta proteger los excesos experimentalistas de lo que se dio en llamar la Escuela de Barcelona, alguno de cuyos miembros —Joaquim Jordà, Pere Portabella o Carles Duran— destacaban también por su actividad política. En esta línea los hubo que llegaron a extremos de verdadero estalinismo. Éste era el caso de Alfonso García Seguí, antiguo condiscípulo de Néstor Almendros y siempre proclive a una radicalización que le habría llevado a considerar *El acorazado Potemkín* como una obra desviacionista. Como, además, abominaba en bloque del cine americano que nosotros estábamos reivindicando, era lógico que para Néstor fuese el ejemplo palpable del intelectual «beato». Pero a pesar de discrepancias tan radicales —por no hablar del problema cubano— ambos extremistas mantuvieron su amistad hasta la muerte, y esto demuestra que el gran cine era capaz de conciliar a Dios con el diablo. Aunque no puedo imaginar qué diría el marxista furibundo si llegara a leer un artículo de Néstor empeñado en demostrar que *Potemkín* era una película homosexual a causa del deleite con que Eisenstein se dedicaba a fotografiar a los marineros... mientras convertía unos vulgares cañones en símbolos fálicos.

Antes de llegar a estas insólitas divagaciones, Néstor escribía sus artículos sobre el cine iberoamericano con la mirada puesta en el estómago. Ya conté que había aceptado un encargo de la revista *Cuadernos* con este propósito, y el resultado fue una serie de gran valor informativo, que acabaría formando parte de un libro cuidadosamente editado por Gimferrer. De hecho, Néstor murió poco después de corregir las galeradas (1).

Dieciséis años antes, Guarner, Gimferrer y yo mismo conseguimos que aquella importante tanda de artículos apareciesen en *Film Ideal*, no sin que antes me escribiese Néstor para preguntarme si la pagarían, pues estaba ahogado en deudas, como siempre. Una vez solucionado el tema del dinero —que no fue mucho—, manifestó la ilusión que le producía verse publicado en una revista española. No podía olvidar que en las publicaciones de los años cuarenta —*Primer Plano*, *Cámara* y *Cinema*— había aprendido a amar el cine, pero, además, había heredado de su padre un respeto por la letra impresa que yo he conocido en pocas personas. En esta misma onda cabe situar a un conocido abogado que dedicaba todo su tiempo libre a los estudios cinematográficos. Se llamaba Arnau Olivar y ejercía de lúcido mediador entre los extremos críticos a que he aludido

(1) Néstor Almendros, *Cinemanía*, Seix Barral, 1992.

anteriormente. Poseía una sólida formación humanista que le llevaba a potenciar el cine de elevado contenido espiritual, sin detrimento de sus valores sociales, antes bien potenciándolos en prudente conciliación. Su piso del Ensanche era un nido de nobles referencias, un continuo recordatorio del legado cultural que, durante un tiempo, fue la característica de la mejor burguesía ilustrada. Producía una gran sensación de seguridad entrar en el piso de Arnau para discutir una película y encontrar vetustas bibliotecas donde la gran novela del XIX alternaba con los clásicos griegos y latinos de la prestigiosa colección Bernat Metge. Como, además, Arnau se mostraba abiertamente catalanista, era posible combinar en una misma visita la nueva película de Pasolini con los últimos versos de Espriu o Pere Quart.

La gran creación de Arnau fueron los *weekends* cinematográficos del cine-club Linterna Mágica, que se celebraban trimestralmente en Perpiñán por razones obvias. Mucho antes de que se impusiera la moda —o mejor la necesidad— de cruzar la frontera para ver todo el cine prohibido en España, Arnau inspiró esta necesidad a una élite de intelectuales barceloneses, imponiéndoles una programación exigente, que no se permitía una sola fisura de frivolidad. El cine polaco, el cine japonés, el cine hindú, o autores como Eisenstein, Antonioni y Visconti fueron hitos de esta programación tan severa como, en algunos casos, aburrida. Porque ver ocho títulos exigentes entre sábado y domingo, todos en versión original y a veces sin subtítulos, era más de lo que podía soportar un espíritu joven. Y sin embargo lo soportábamos con estoicismo porque seguía siendo la época en que las experiencias no valían por sí mismas sino en lo que tenían de inversión cultural. Máxime cuando, a fin de adquirirla, se nos exigía el esfuerzo de un desplazamiento bastante agotador, pues no existía la autopista, y la marcha de un seiscientos cargado con cinco personas podía ser cualquier cosa menos rápida.

La élite de Olivar —pintores, escritores, arquitectos— solía aprovechar la pausa entre dos películas checas para proveerse de publicaciones de carácter político, con particular énfasis en las de la editorial Ruedo Ibérico. Pasar la frontera con aquel material era una empresa tan ardua como deslizar una bomba de relojería. Para los aduaneros de Franco, la letra era tan peligrosa como un puñal, y, desde luego, más enigmática. Tenían, al parecer, una lista negra de títulos, pero seguramente disfrutaban de autoridad para añadir los que a ellos les pareciesen sospechosos. Tanto es así que todavía en 1970 me secuestraron un ejemplar de bolsillo de *Le diable et le bon dieu* pese a que Arnau gritaba, a mis espaldas: «No pueden hacer esto. Sartre es un premio Nobel.»

A los aduaneros de Franco, el Nobel les sonaría a letrina.

Y no hablo ya del cine sexual. Esto vino mucho después. En aquel invierno de 1965 los habituales del cine-club Linterna Mágica sólo intentábamos introducir en España retazos de normalidad. Pero éste era un sueño que acabábamos de dejar atrás, en una sala oscura de Perpiñán.

FUERA DEL ÁMBITO INTELECTUAL tuve la suerte de conectar con un grupo de jóvenes alegres pero no disparatados; por lo menos no tanto como para abandonar las formas de la pequeña burguesía en cuyo seno habían nacido. La embajada de Ruritania en el Ensanche nunca estuvo mejor custodiada ni en sus salones hubo público más limpio, mejor vestido y más educado que el que formaban Enric, Pere, Federico y Joaquín, entre otros. Eran simpáticos, tenían capacidad de ternura y les gustaba reunirse. Y aunque no participaban en las intrigas del mundo cultural las seguían muy de cerca y en algún momento incluso tuvieron aficiones artísticas (el que quiso ser actor, el que cantante de ópera, quien director de cine, quien figurinista teatral). Es posible que alguno tuviese aptitudes, pero a todos les faltaba capacidad de sacrificio. Comprendiendo que llegar a la cima en el mundo del arte exige un gran esfuerzo y muchas renuncias, prefirieron optar por la seguridad de un buen empleo como administrativos de lujo, y pagarse puntualmente su palco en el Liceo o un pequeño apartamento en Sitges, localidad cada día más caracterizada como capital de la comunidad gay.

Ya se ve que los nuevos compinches tenían vicios muy menores; el único que a ojos de los puritanos pudiera ser nefando era a mis ojos una virtud, como el lector habrá comprendido.

Diletantes en la sensibilidad en todos sus aspectos, mis amigos formaban parte de ese público fiel que mantenía abiertos los teatros y ponía una nota de color en los estrenos cinematográficos. Eran una presencia muy de agradecer porque al revés de Madrid, donde cada estreno diríase un carnaval, en Barcelona este tipo de actos carecía de relieve social, entre otras cosas porque el catalán es enemigo de dar su intimidad al pregonero, y si hay lucimiento y farde se producen siempre de puertas para adentro. Es notorio el caso de una ricachona de las de toda la vida a la que una revista pretendía retratar en la intimidad del hogar, rodeada de su magnífica colección de cuadros. A la madama le pareció un despropósito tal que exclamó, alarmada: «Uy, no. ¿Y si después de verlos me los roban?»

Dejemos para Madrid el lucimiento, el oropel, las máscaras puestas a todas horas del día y situemos a mis nuevos amigos en ese terreno de la madama de los cuadros: capacidad adquisitiva alta, que no quiere decir dispendio, e indiferencia hacia las normas morales constituidas, que no significa exceso. Y admiración ilimitada por las divas del teatro, la ópera y el cine. Es decir, de las divas en general.

Pero eran sobre todo los admiradores fijos de la gran Lilí Barcelona. El público potencial de sus hechizos.

Al entrar Lilí en escena vuelve a mezclarse la realidad con la ficción, y en este concubinato compruebo hasta qué punto la vida que me rodeaba, por anodina que pudiera parecer, aspiraba a convertirse en literatura. Porque entre la placidez que definía el ocio del grupo —domingos en la playa de Sitges, noches de sábado con cine y tertulia— estaba el germen del que había de ser mi cuento más celebrado. El que lleva el nombre de Lilí Barcelona, precisamente.

Entre el grupo que estoy describiendo destacaba con cualidades de jefe un joven llamado Joaquín, que pertenecía a un estrato superior, aunque venido a menos, por no decir a nada. Era el típico caso de segunda generación de la burguesía barcelonesa: muere el padre —notario, abogado, médico, tal vez— dejando un pequeño capital que se agota en pocos años. De momento sirve para que la viuda pueda conservar su palco del Liceo y proporcionar a sus hijos una elevada educación en los mejores colegios. En realidad, la única herencia de que estos niños podrán presumir en el futuro es la que les permite hablar un francés más que correcto y haber escuchado a Gianna d´Angelo mientras sus futuros amigos estábamos comiendo tortilla de patatas en los cines de barrio.

Joaquín correspondía al prototipo que acabo de esbozar, con el agravante de tener que cargar con su madre, una señora encantadora que había decidido no salir a la calle mientras Barcelona no volviese a ser lo que había sido, lo cual equivalía a decir mientras ella no recuperase los privilegios de antaño. Al mismo tiempo, había asimilado la triste retórica de las madres de homosexuales que no eran tan flamencas como la mía: después de casar a la hija mayor con un rico industrial, no les quedaba otro remedio que buscar apoyo en ese hijo solterón y pasarse el resto de sus días asumiendo con penas y trabajos que nunca las haría abuelas. La inquietud favorita de esas señoras era preguntarse constantemente: «¿Qué será del niño cuando yo falte? ¿Quién le cuidará?», como si un homosexual fuese un pobre impedido que no pudiera valerse por sí mismo cuando faltan los desvelos de mamá. Y si es así, mal asunto, porque será homosexual, pero no hombre.

Joaquín había conseguido mantener un refugio acorde con la caducidad de su ambiente social: un piso del Ensanche, atiborrado de muebles antiguos que intentaban prolongar el prestigio familiar cuando, de hecho, perpetuaban una crisis definitiva. La noción del prestigio equivalía a largos pasillos, oscurecidos por pesadas cortinas de terciopelo verde y los tonos broncos del mobiliario. Y este ambiente, muy apto para llenar de pesadumbre a cualquier espíritu medianamente moderno, me proporcionó todas las notas de ambientación que precisaba para otro de mis cuentos: el titulado *Ensanche*, donde una *vielle dame* de la burguesía ve agonizar sus días rodeada por los símbolos que acabo de esbozar.

Pese a lo agónico de su ambiente, Joaquín era un joven que se apuntaba siempre a lo último y en este aspecto solía acompañarse de gente «muy viajada» —como se decía entonces—, de manera que «tenía conversación» —como también solía decirse—. Era, pues, mundano, culto y, como fuimos comprobando, tierno y dado a la amistad. Con tales atributos no fue difícil que se convirtiese en jefe de grupo, de manera natural y sin necesidad de celebrar elecciones.

Con la misma naturalidad, adoptamos la costumbre de reunirnos en su casa, con aportaciones valiosas del mundillo teatral, entre ellos el director Antoni Chic y el dramaturgo Enrique Ortembach, que había obtenido un gran éxito con una excelente comedia costumbrista sobre la clase media barcelonesa —*Joc de taula*— y después padeció el crepúsculo de otros autores barceloneses de expresión castellana que fueron oscurecidos por el empuje de la cultura catalana y ninguneados por sus feroces camarillas. Ignoro cuál habría sido el destino de Ortembach en otras circunstancias, lo cierto es que en aquella época se quedó inevitablemente en una tierra de nadie, imagino que con rencor, por otro lado lógico. Pero era un hombre entrañable y de conversación siempre útil a quienes intentábamos superarnos en el terreno del conocimiento. Al cabo de mucho tiempo volví a encontrarle convertido en *chevalier servant* de Esther Tusquets y asiduo impenitente de las timbas de póquer de esta gran señora, donde también suelen dejarse las horas de la madurez mi hermana Ana María y la imperecedera *baronne* Concha Serra Ramoneda.

Enrique estaba en contacto permanente con los principales nombres de la vida teatral madrileña, entonces omnipotente y centralizadora. Entre esos nombres destacaba José Luis Alonso, director de grande y merecido prestigio que en los últimos años nos había impresionado con montajes como *El jardín de los cerezos, Rinoceronte* o *El luto le sienta bien a Electra*, por citar sólo los más recientes.

La presencia de José Luis era un regalo en unas veladas que nos regalábamos unos a otros como una civilizada forma de comunicación. Ignoro si era lo que él andaba buscando en aquella Barcelona con fama de ciudad canalla, pero como al decir de los reclamos cervantinos también era archivo de cortesía, no dudo que vio cumplidas sus expectativas porque mejor albergue no podía darles. Encontró veladas deliciosas; a cambio, él aportó su conocimiento del mundillo teatral madrileño —«de la capital», decíase entonces— expuesto con aquel tono sutil, pausado, que era su característica principal.

Así transcurría la noche del sábado, en atmósfera de charla amena y audición de musicales americanos o recitales de ópera importados de Italia, chismes bienintencionados y pequeñas escaramuzas que nunca sobrepasaban el besuqueo entre parejas establecidas, porque casi todo el mundo mantenía una situación legal; es decir, de liados. Y a una hora determinada, cuando Joaquín había servido el champán y cumplido sus mejores deberes de anfitrión, aparecía el asombro hecho mujer.

Era la hora de Lilí Barcelona.

Scaramouche femenino, Fregoli con falda sirena y escote bañera, esta efervescente aparición representaba una deliciosa caricatura de la burguesa catalana, convertida en matrona de alto rango, tal como nosotros la soñábamos en un cruce disparatado con los mitos de Hollywood. Se suponía que pertenecía a una de las grandes familias de la ciudad, con apellido notorio e historial de raza, pero había elegido Lilí como Marlene en *El expreso de Shangai,* y Barcelona para dar, por contraste, ese toque doméstico inevitable para conseguir la eficacia de la ironía (algo parecido escribí en mi narración, pero ya no lo recuerdo y por otro lado la memoria es enemiga de comprobaciones).

Lilí llegaba siempre del Liceo, como era su obligación y la nuestra. Llegaba como las elefantas de *Dumbo*: con la trompa llena de noticias. Esto significaba que lo había visto todo, oído todo, escudriñado todo y metido baza donde podía. Y como por su palco pasaba la *crème de la crème* era como el periódico viviente de aquel gran teatro.

Todos sus movimientos eran magistrales. Demostraba el aplomo del poder económico, el refinamiento de una reina y la coquetería de la mantenida de un rey. Y lo que era capaz de hacer con una copa en la mano no está en toda la historia de la opereta.

Yo creía firmemente en Lilí Barcelona como si fuese una virgen de la frivolidad. Pasaba la semana esperando el sábado para verla aparecer, agitando los guantes, metiéndose con todos, humillando a los hombres —como años después haría el gran Pawlosky— prometiendo un *striptease* que nunca llegaba a hacer. Y luego supe que se resistía a hacerlo para así mantener un misterio que los demás habían descubierto hacía tiempo. Hasta que por fin hizo el prometido *striptease*..., y resultó que Lilí Barcelona era Joaquín disimulado bajo las pelucas y vestidos de Liceo de su hermana mayor.

Debía de ser yo muy torpe para pasarme dos meses sin darme cuenta del engaño, pero esta torpeza me fue favorable para crear la atmósfera de ambigüedad que mi cuento precisaba: ambigüedad de la que se sirve la turbadora Lilí para hacer vacilar a un joven heterosexual que acaba obsesionado por sus encantos. Ahora bien, contando con las libertades a que la ficción siempre autoriza, prescindí de mis amigos para efectuar un ácido retrato del pijerío barcelonés, la sociedad de los nuevos ricos que se movían en el Club de Golf o en las terrazas de la plaza Calvo Sotelo; es decir, el imperio de los gilipollas. Y aunque el cuento tenía un final dramático, nada había más alegre que las evoluciones de Joaquín esgrimiendo una boquilla como la de Audrey en *Desayuno con diamantes*, y pidiendo a José Luis Alonso que le hablase del montaje que estaba preparando en Madrid. (¿Era algo de Antonio Gala? Es probable. Este autor se estaba imponiendo como una de las grandes promesas del teatro español, especialmente después de la obra poética *Los verdes campos del Edén*, estrenada, creo, dos años antes.)

Joaquín fue un amigo inolvidable, un personaje refinado cuyo *savoir faire* le permitió destacar más adelante en el mundo del turismo. En los negocios se olvidó de la frivolidad, pero cuando le nombraron mánager de un barco que efectuaba el crucero del Alto Nilo se vio obligado a recurrir a la experiencia de Lilí Barcelona para atender a las señoras que le asediaban para pedirle consejos sobre compras, peinados, qué ponerse y esas fruslerías que sus aburridos maridos se veían incapaces de solucionar y sólo un mánager verdaderamente gay puede saber.

Joaquín murió cuando no debía; es decir, pronto. Fue de los primeros en caer víctima de una enfermedad que tuvo el mal gusto de ponerse de moda en los años ochenta. Nunca pensaría la gran Lilí que a ella pudiera afectarla un virus que el champán no podía curar.

Cuando en la hora presente la moda de las *drag queens* ofrece el travestismo como una vulgar parada de monstruos grotescos, esperpentos sin gracia y *freaks* de pim-pam-pum, el refinamiento de Lilí Barcelona, la gracia de su gestualidad, el dominio del fraseo me parecen todavía la obra maestra de una sensibilidad ida con el viento.

Desde el conjunto de *La Torre de los vicios capitales*, Lilí tuvo suerte y me la dio. Cuando el libro apareció (en 1967) todavía representaba una transgresión sacarla al ruedo ibérico, pero un escritor tan prestigioso como Llorenç Villalonga la incorporó a su universo creacional, haciendo que la protagonista de una de sus últimas novelas, *La Lulú* (1970), montase una boutique a la que ponía por nombre *Lulú Barcelona.*

«—*¿Y que nombre le pondremos a la boutique?*

—Lulú Barcelona. ¿Tú conoces una narración de Terenci Moix, ese chico que está tan de moda en Barcelona?

—Tengo una ligera idea... ¿Quién es, un filósofo?

—Un chico original, que ha recorrido Egipto y el Japón. Vive casi siempre en Roma. Muy versado en sadismo.

—¿Sadismo? No me gusta. ¿Es de esos tipos que siempre van a puñetazos?

—No esto, precisamente. Sadismo literario. ¿Tú sabes quién era Sade?

—No me hables. Tuve un amigo que me dejaba el cuerpo lleno de moratones. No, no simpatizo con el sadismo. Ahora que el título de Lulú Barcelona lo encuentro agradable... Es un plagio (plagio viene a ser como robo, ¿verdad?) de una narración divertidísima, pero que hace pensar...»

Dejando aparte lo que esta cita tiene de halago personal, me emocionó particularmente por venir de quien venía. Yo admiraba a Villalonga desde el descubrimiento, tardío acaso, de su novela *Bearn*, considerada como una anticipación mallorquina de *El gatopardo*. El personaje central, Don Tonet, influyó notablemente en la imagen que tanto en Barcelona como en Madrid se tenía del autor: un gran señor del siglo XVIII, una pintoresca reminiscencia de aristócrata humanista, príncipe ilustrado, *fin de race*, en resumen.

Él cultivaba esta imagen, no dudo que con más ironía de la que jamás poseyeron quienes le creían a pie juntillas, pero no tanto como para permitir que la leyenda fuese puesta en entredicho. Y creo que la ruptura de relaciones con uno de sus mejores amigos y fiel adorador, Jaume Vidal Alcover, se debió a que éste osó revelar ciertos datos que atestaban un rudo golpe sobre el pretendido árbol genealógico del escritor.

Tant pis pour la legende! Yo sólo sabía de él lo que su mito autorizaba a pensar, pero a medida que me fui introduciendo en su obra, la imagen del rancio abolengo, así como la del enciclopedista desplazado en el tiempo, fueron cediendo ante otra imagen que me apasionaba mucho más: la de un satírico mordaz con el valor necesario para poner en la picota a la buena sociedad mallorquina en una novela genial —*Mort de Dama*— y al mismo tiempo un dandy refinado, con visos de hereje sexual, que consagraba los grandes mitos de los años treinta y sentíase seducido por todas las facetas de la modernidad. Ya fuesen sus colaboraciones en la revista *Brisas*, ya obras como *Fedra* o *Silvia Ocampo*, constituían una celebración de los fastos del art déco, con una Mallorca cosmopolita, de noches en los bares de la zona conocida como «el Terreno», damas emancipadas y un poco absurdas que toman un dry martini tras otro, y galanes atléticos pero vacíos de coco.

¡Magnífico Llorenç! ¡*Charmeur* de las letras! Debo agradecer a Lilí Barcelona que lo devuelva a mi memoria, cuando mi presente está tan necesitado de personajes como él. Le admiré, le quise y, lo que es igual de importante, me deleitó. Una carta suya era siempre una pequeña golosina literaria. Recuerdo con gusto la primera que me envió a Roma, después de frecuentarnos brevemente en su posesión mallorquina de Benisalem:

«Permítame entrar en el terreno del *potin*. ¿Se llama usted Terenci por elección o por linaje? Si es por linaje, le felicito. Si por elección, le felicito doblemente.»

La pregunta va más allá de la curiosidad y es incluso probable que Llorenç se divirtiese implicándose a sí mismo en un flagrante caso de mezclas literarias: un sincretismo total. El linaje de ese Terenci al que alude nunca existió: fue un invento de Ramón, pero en este ardid se me anticipó él con gran ventaja y un punto de genialidad. Si inventó al aristócrata Villalonga, esta invención no le disminuye en absoluto, porque consiguió que pareciese verdad. Yo podría parafrasear su carta diciendo que le felicito por partida doble. Fue un lujo para las letras, y aquí no quiero disminuirle refiriéndome sólo a las letras catalanas que, por otro lado, no sé si han llegado a aprovecharle. Es posible que no. En cuanto a las letras españolas ya es una cuestión más grave: Llorenç, como otros, como yo mismo, pagó el elevado precio de hallarse situado entre dos culturas, ninguna de las cuales se distingue por su ecuanimidad.

En la larga retahíla de difuntos divinos que van poblando estas memorias con alarmante frecuencia, la inolvidable Lilí Barcelona me ha deparado la posibilidad de saludar de nuevo a un gran señor. Me vienen ganas de imitar el estilo de Joaquín, saludándole, sombrero en mano, ante la gloriosa escalinata del palacio de Bearn:

—*Alors, Laurent, l´accolade?*

Mientras el mundo avanzaba, mientras cada día se confirmaba como un salto violento sobre el anterior, yo seguía consumiéndome en la pasión que concentraba todas mis ansias en la villa de Madrid, donde Daniel vivía la misma vida que yo en Barcelona, pero con la ventaja de no albergar sufrimiento alguno por los hechos del verano anterior. Hubo cartas, hubo llamadas, hubo nuevas referencias a las canciones de la radio, pero el tono tenía la frialdad del abandono no declarado. Tono tanto más desesperante cuanto yo lo percibía sin decidirme a abordarlo directamente. Fui, por esta razón, insistente hasta la pesadez con la misma, angustiosa pregunta contestada desde el otro lado del hilo con vacilaciones inquietantes, cuando no silencios que me desesperaban.

Como cada 5 de enero desde el nacimiento del mundo cumplí años. Era ésta una forma muy obvia de reconocer que yo era más importante que el mundo, pero no tenía claro que fuese completamente digno el lugar que se me otorgaba. Así se lo dije a mi diario: «Por fin soy un hombre. Ya tengo veinticuatro años. Pero he de ganar el derecho a tenerlos.»

Otra vez la exigencia colocada más allá de mis fuerzas.

¿Qué más podía exigirme a mí mismo en las pobres veinticuatro horas que tiene el día? Era una ambición que me atormentaba tanto como la pasión no correspondida. Era la sensación de que la meta se me escapaba continuamente y que debía redoblar mis fuerzas hasta morir al pie del altar, si era necesario. Pero, sobre todo, la incapacidad para discernir entre lo importante y lo accesorio, o lo que era lo mismo: incapacidad para colocar en su justo lugar el triunfo y el fracaso. Es probable que se tratase de una enfermedad imaginaria. Ni el fracaso ni el triunfo podían modificar sustancialmente el ímpetu de una alma ambiciosa: mi temple seguiría siendo el mismo, aunque todo se hundiese a mi alrededor. Así pues, mi verdadera frustración, la llama adversa que me consumía, no era el trabajo. Se llamaba Daniel y estaba en Madrid.

Una voz amiga me aconsejaba:

—Deberías ir a triunfar a Madrid. En Barcelona, una vez has colaborado en *Destino*, ya no puedes llegar más alto. Se te cortan todos los caminos, porque Barcelona es provincia.

Esta nueva voz, que llega tan a tiempo, pertenece a Josep Anton X, un joven director de cine que acababa de debutar con un excelente drama sobre la burguesía barcelonesa que no había conocido ni el éxito ni la difusión merecidos. Él mismo pertenecía a esta clase social en sus aspectos más refinados, y quiso ser, desde el principio, mi nuevo mentor. Era culto, experto en ópera y literatura, había cursado estudios en el Centro Sperimentale de Cinematografia y poseía un barniz italianizante digno de consideración. Se la tuve en muchas cosas y desatendí otras que, en mi locura juvenil, consideraba decadentes; la principal de ellas era la gastronomía, ciencia a la cual rendía culto absoluto en compañía de Néstor Luján, Álvaro Cunqueiro y otros golosos de gran prestigio.

Sin abandonar completamente sus raíces barcelonesas, Josep Anton había fijado residencia en Madrid, donde ocupaba unas lujosas habitaciones en casa de una viuda de militar, señora de apariencia distinguida y trato afable, como suelen ser todas ellas. Partiendo de este entorno, que se correspondía con su propia magnificencia, Josep Anton había sabido crearse un exquisito círculo de amistades en el que figuraban pintores, cineastas y algún escritor. Era una nómina como para deslumbrar a un pardillo y yo me dejé deslumbrar, agradeciendo, además, lo que tenía de nuevo avance en el conocimiento del mundo. Y el que Josep Anton me ofreció era a todas luces generoso y al mismo tiempo perjudicial para él. Porque su afecto había llegado a extremos que la prudencia aconseja no frecuentar, mientras mi imprudencia me impulsaba a anhelar el afecto de Daniel hasta extremos que frecuentaban la demencia.

Así regresé a Madrid un 18 de enero, festividad de la poco celebrada santa Prisca. Fue siempre éste un nombre de chiste como lo era mi situación sentimental. Realicé mi viaje ajeno a todo, obsesionado con la idea del rostro de Daniel apareciendo entre las brumas de la estación. Sólo una cosa me animaba: estaba viajando en un tren llamado Talgo, símbolo del confort de la nueva España, vehículo que se parecía a una victoria sobre el tiempo. Sólo habían pasado seis años desde que efectué aquel mismo trayecto, camino del servicio militar, en un tren para bestias de carga. No habían pasado doce meses desde que, en los trenes del sur, aprendí el verdadero valor de la agonía. Y todo quedaba borrado ante las paredes plateadas de aquel vagón que me remitía a los trenes de las películas americanas, soñados como una dádiva de la fortuna en las plateas del cine de los sábados.

Pero seguía siendo un extraño a pesar de todo. Intenté romper el hielo que me envolvía uniéndome a un grupo de estudiantes internacionales: había argentinos, mexicanos, una filipina, un alemán y varios árabes con apariencia de familia rica. Era suficiente para creer que España se había convertido en una sucursal del mundo. Pasamos la noche cantando y bebiendo un extraño mejunje tan inofensivo como el agua y fumamos abundantes bisontes porque ninguno de aquellos jóvenes sabía lo que era la marihuana. Pero yo habría deseado tener un poco de la que me daban los *beatniks* de la Shakespeare and Company, y al recordar aquella época —¡tres años ya!— deseé con todas mis fuerzas estar en brazos de Alexander, bajo la claraboya de nuestra buhardilla. E intenté concentrarme en aquel abrazo para escapar durante unas horas a la obsesión que me dominaba: ¿tendría Daniel el detalle de esperarme en la estación, como yo había hecho en otras ocasiones?

Lo primero que vi al asomarme por la ventanilla fue el rostro de Josep Anton, sonriente, hospitalario, franco paladín de una nueva vida. Todo en él era abierto, sin doblez, digno de amor, pero yo buscaba a Daniel y no sonreí hasta localizarlo. Como sea que también él sonreía, le encontré tierno, gentil y adorable. Le habría concedido todos los dones excepto el de la elegancia. Porque aparecía enfundado en un abrigo de confección mediocre, que daba excesivo volumen a su cuerpo. (A veces, la ropa de invierno modifica las adorables impresiones del verano, y la piel que nos había parecido el último don de los abencerrajes aparece amarillenta y sin sustancia.)

Josep Anton conocía nuestra historia, pero sería un gran señor o un gran inconsciente, porque en vez de despedir a su rival con viento fresco le invitó a compartir nuestra cena en el Argentina, un restaurante famoso por la excelente calidad de sus carnes. El buen amigo discutió con Daniel por culpa de algún clásico de la novela decimonónica cuya lectura pretendía aconsejarnos. Le tildamos de anticuado. Éramos entonces demasiado modernos para reconocer que Balzac e incluso *La Regenta* pudieran ser más interesantes que el último mono propuesto por los exégetas del *nouveau roman.* Tanto peor para mí. El afán de modernidad de Daniel me contagió un rechazo absoluto a todas las lecturas básicas que Josep Anton me aconsejaría en el futuro y siempre con excelente criterio. Por fortuna, el síndrome de reacción se me pasó pronto y decidí recrearme con algunos de los títulos que adornaban su biblioteca. (Básicamente franceses: Mirbeau, Loti, Julien Grac —recuerdo con agrado *La rivière des Sirtes*—, Morand, Céline, etcétera.)

Aquella noche estaba lejos de pensar en cualquier literatura que no hubiese forjado yo mismo en lo más tortuoso de mi cerebro y, sobre todo, que no incluyese a Daniel como fantasma principal. Llevado por mi anhelo de pasar la noche juntos le acompañé hasta su casa, pero ni entonces, ni creo que nunca, me invitó a conocerla. Atravesé el absoluto silencio de Madrid, desde Argüelles hasta Alcalá, desperdiciando no sé cuántas lágrimas que mezclaban una agobiante sensación de soledad con la ira por el desprecio ajeno. Para mayor tortura, cuando llegué al piso de Josep Anton le encontré despierto, con su ración de dolor y también de ira a causa de mi conducta. Yo me limité a reconocer que había sido desconsiderado con un anfitrión perfecto y en el curso de una discusión, no tremenda pero sí incómoda, acabamos haciendo el amor y de pronto creí enloquecer porque era diestro y tierno y todo en él hablaba de vida y no de fantasías absurdas. Pero todos sus dones, toda la seguridad que me ofrecía, no bastaban para que me apease de un burro que seguía trotando por Madrid a ritmo desbocado.

Y a partir de esta noche en que me cerré a la sensatez llega una vorágine no sé si provocada por el vértigo natural de la vida madrileña o por los desvaríos de la pasión. En esta vorágine vuelven a entrar el cine, los estrenos teatrales, las noches de Oliver, las largas caminatas con los amigos y hasta una manifestación ante la embajada de Estados Unidos. He olvidado qué jugada habría hecho Nixon aquel viernes 4 de febrero, pero recuerdo la fecha porque, después de huir de una carga de la policía, acabé junto a Pedro Olea en una sala de proyección viendo un pase privado de la última película de Orson Welles: *Campanadas a medianoche*. Y a fe que esto no se olvida.

En esta vorágine, la pasión me iba llevando hacia la histeria. Daniel inició un juego irritante que quise confundir con la coquetería juvenil cuando seguramente era un deseo de que me quitase de en medio sin atreverse a decírmelo. Lo he vivido otras veces y, como el capitán que se niega a abandonar el barco en pleno hundimiento, he ido aguantando hasta que me he encontrado intentando sobrevivir en el fondo del océano.

La táctica del Niño Sabio consistió básicamente en incumplir citas, dejar de acudir a los lugares donde yo presuponía su asistencia y acudir, en cambio, a otros a los que no había acudido por ignorar que él decidiría asistir.

••••••

Al salir todo el grupo de un cine-club —película mítica, *Días de vino y rosas*—, Antonio Martínez Sarrión organiza en su casa lo que él solía llamar «un festival» a base de cena, charla múltiple y dispar, y música de la película *Los paraguas de Cherburgo*, que los demás adoran y yo encuentro una cursilada imperdonable. Pero toda mi obsesión la ocupa Daniel, que se ha negado a venir pretextando una cita. Esta ausencia no se limita a herirme: intuyo en ella un complot. Empiezo a beber, contra mi costumbre. Adopto la estrategia de los engañados: revestirme de orgullo mientras el alma se va pudriendo. No tardo en marearme. Se habla de Godard. Vomito sobre Godard y sobre el Pequeño Canalla. Completamente borracho, siento su ausencia como una espina emponzoñada. Estoy a punto de gritar: «¡Cagoendiós, qué mal se pasa con el amor!», pero me trago el grito porque ninguno de estos amigos heterosexuales lo comprenderá. ¿Quiénes son ellos, al fin y al cabo? Jóvenes que tampoco me pertenecen, por más que quiera. Consigo sentirlos, en algún momento, pero ninguno podría ayudarme. Porque entre tanta camaradería yo sólo busco desesperadamente el amor.

¡Cagoendiós, qué mal se pasa!

Duermo la borrachera hasta las seis de la tarde. Todavía es tiempo para que la soledad, esa mala soledad típica del domingo de los solitarios, se apodere de mí. Es inútil esperar la llamada de Daniel. Por fin me trago el orgullo y llamo yo. Quiero comunicarle mi angustia. No reconozco mi propia voz: es la de un demente. Debo de ser una presencia incómoda, hasta para los clásicos, porque Daniel se va a ver *La Celestina* con un amigo. Recurro a Josep Anton. La sexualidad me invade, pero sólo es un desgarro lo que consigue arrancarme. El buen hombre comprende o finge comprender. Me da un consejo no por tópico menos útil: el trabajo ahuyenta las penas. Me instalo delante de la máquina de escribir. Hago arreglos en la *Historia del Cine,* que cada vez se me antoja más impersonal y falsa. No sé si estoy hablando de Hitchcock o de la Bella Otero. Me pongo a rematar *La gala.* No hay una sola palabra que tenga sentido. La creación de hace un mes me parece hoy basura.

Esa maldita ausencia me está desgarrando el alma. Y con el correr de los días se me lleva la vida a rastras, como un toro malhechor.

El Instituto Francés nos nutre de cine. ¡Benditos sean todos los institutos extranjeros, cuyas sesiones especiales aportan luz a las tinieblas de la dictadura! Pero no esta luz de hoy, por Dios. Esos últimos planos de *Hiroshima, mon amour* parecen una premonición: nada menos que la mitificación del olvido. Mal tema para amenizar la clásica caminata acompañando yo a Daniel y nunca al revés, porque el niño se sabe dueño de la situación y ejerce sus derechos. Surge el tema acostumbrado: quiero hurgar en sus sentimientos, conocer la verdad o ir hasta el fondo de la desesperación. Prosigue una indiferencia que yo confundo con la ambigüedad. Puede resultar más cómodo para mí, pero dista de ser cierta.

Se va perfilando, con acentos estremecedores, la certeza del abandono puro y duro.

Desde que estoy en Madrid me acuesto a las cinco de la madrugada y me despierto a las tres de la tarde. Cuando veo a Josep Anton sólo es para oír sus reproches. No atiendo. Corro en busca de Daniel, dondequiera que esté. Espío durante largas horas los sitios que suele frecuentar. Si no lo encuentro, corro a olisquear otros rincones. Paso la noche en vela, temiendo lo peor de una situación que ya no puede empeorar.

Se digna acompañarme a ver *La ratonera*, a teatro vacío. La ausencia de testigos es un buen pretexto para juntar nuestras rodillas, como hicimos en los cines del verano. Pero incluso esta posibilidad me está negada y lentamente caigo en la cuenta de que soy idiota. Mucho más cuando voy descubriendo facetas ingratas en el carácter del Pequeño Ídolo: lleva el egoísmo hasta la tacañería al negarse a prestarme cien pesetas después de que yo lo he invitado a cenar noche tras noche. Empiezan a surgir las negras facetas del noble carácter que forjé. Lentamente, él se irá derrumbando en mi interior, lo aborreceré y por este aborrecimiento podré ser libre de nuevo. A menos que mi masoquismo acabe por imponerse a la razón.

Ahora sé que necesito el desprecio para curarme de una vez.

¡Qué vanas son las soluciones de los locos! Yo, el mayor del mundo, el bufón de un niñato, sigo persiguiéndole sabiendo que al hacerlo sufro más. Llenaré ese vacío con un buen aprovisionamiento de vitaminas culturales. En un mismo día vemos *La notte* y, en teatro, *Los siete infantes de Lara.* Yo sólo espero el momento de la salida, el largo paseo por esa ciudad donde el frío se ha convertido en un flagelo. Devoro los cigarrillos por encima de la bufanda. Él me grita: «El tabaco acabará matándote.»

Es, ciertamente, un crío precursor.

Pero esos paseos —estériles, vacíos, tediosos— ya deben mucho a las heroínas de Antonioni. Algo providencial está ocurriendo: la conversación de Daniel me aburre. Seguro que a él le ocurre igual conmigo. Conscientes ambos de la imposibilidad de trascender nuestros caracteres, nos quedamos cada uno a un lado de la barrera. Nada sucede. Nada se anuncia. Y esto debe de ser la verdadera incomunicación. Sólo yo, en todo el mundo, creo vencerla por el solo hecho de ignorarla.

PERO MADRID, SIENDO DANIEL, había sido Madrid desde mucho antes, y aun en el fondo de mi locura aprendí a notar que se estaba acostumbrando a mí y empezaba a quererme. Pude haber vivido Madrid intensamente y en cambio preferí convertirlo en el escenario ideal de una representación sadomasoquista destinada a destruirme. Enfrascado en este juego mortal dejé transcurrir el invierno, sin aprovechar lo que Madrid me ofrecía porque todo se hallaba condensado en una obsesión enfermiza. Lo que ayer era novedad que me deslumbraba, se convertía de pronto en una rutina aplastante, de la que ni siquiera intentaba huir por no tener nada con que compensarla.

En estas circunstancias mi locura tuvo el detalle de mostrarse sensible con Josep Anton por medio de la verdad. Rechacé el hospedaje que tan gentilmente me ofrecía, y mientras encontraba un lugar definitivo, ocupé una buhardilla que tuvo la gentileza de ofrecerme Miguel Cordomí. Este joven diplomático, a quien el lector ha conocido como acompañante de Jorge Fiestas en el Festival de San Sebastián, había decorado aquel espacio con gusto exquisito, llenándolo de libros y discos que lo convertían en un auténtico refugio de placer. Era sofisticado pero en absoluto pretencioso, y los amigos de Miguel le habían puesto un nombre que explica sus características, así como la de todos ellos: le llamaban el *château*. Ni que decir tiene que supe convertirme en el mejor de los *châtelains* posibles, aunque sin perder de vista que mi situación era provisional. En cualquier caso duró lo bastante como para deslumbrar a Daniel, que aceptó visitarme en alguna ocasión, con resultados aparentemente felices. Porque, propiciados por aquel ambiente ideal, intentamos revivir nuestra pasión del verano, no sé si con deleite por su parte pero sí con locura por la mía. ¿Supo Miguel de estas visitas? Es posible, porque conocía perfectamente el estado de mi demencia y en más de una ocasión me había oído lamentar que no dispusiera de un lugar propio para verme con mi amigo. En cualquier caso, Miguel demostró que ya entonces era un gran diplomático, porque no me hizo la menor indicación sobre las cosas que pudiera hacer en su buhardilla. Jamás me dijo: «No traigas a nadie», dejando a mi buen criterio la elección de los personajes a los que debería recurrir... inevitablemente. Y en última instancia, conocía mi tendencia a buscar el erotismo entre gente recomendable y, además, culta. Demasiado, tal como me habían ido las cosas.

En el *château,* Daniel se avino a secundar mis fetichismos, convirtiendo cada una de sus visitas en una representación tan romántica como esnob. Después de montar una cena con velas y «un sorbito de champán», bailábamos completamente desnudos, mientras sonaba la hermosa canción que cerraba el fatídico mensaje nuclear de *Dr. Strangelove...* (1):

> *We'll meet again*
> *don't know where*
> *dont't know when*
> *but I know we'll meet again*
> *some sunny day...*

... y al terminar nos tumbábamos en el suelo, uno junto al otro, acaso cada cual encima de cada cual, pero en silencio, sin enturbiar el libre curso de las músicas, como si nos bastase el mutuo contacto. Que no bastó. En realidad no llegó a significar nada. Un Daniel reincidente no era en modo alguno un Daniel enamorado; sólo era un limosnero que se había dignado mostrarme su compasión por unas noches. Cuando las velas se apagaron definitivamente, descubrí la magnitud del engaño. Daniel demostraba, como mucho, nobleza de alma, pero con su actitud volvía a dejar la mía hecha trizas. La compasión sólo ayuda a quien la imparte:

(1) En *Teléfono rojo, volamos hacia Moscú,* Stanley Kubrick cierra su apocalíptico discurso con un ballet de bombas atómicas que van destruyendo el mundo mientras suena la melancólica voz de una vocalista de los años cuarenta.

le hace sentirse engrandecido, mientras el otro se va empequeñeciendo hasta llegar a la menudencia. Y no era precisamente esto lo que a mí me faltaba.

Recuperé paso a paso mi capacidad de agonía. La falta de práctica en los últimos días no se notaba. Bien al contrario: seguía siendo capaz de apurar hasta el fondo el cáliz de excrementos en que el amor volvía a convertirse.

Cuando Miguel me comunicó que necesitaba su buhardilla, busqué una habitación cualquiera en un piso de un barrio no elegido. Resultó ser Chueca, detrás de la Gran Vía, pero pudo haber sido en el propio infierno, a varios metros debajo de cualquier vía. Bastaba conque hubiese llamas y grilletes. El mejor refugio para un endemoniado.

Tenía demonios, en efecto, pero eran tantos que me sentía incapaz de reconocerlos. Cuando acertaba a ponerme lúcido, comprendía que mi desdichada historia con Daniel escondía muchas otras cosas que no había tenido el valor de analizar. Ni siquiera las conversaciones con aquel dechado de paciencia llamado Josep Anton conseguían aclarármelas. O él menos que nadie. Era la persona que podía ayudarme pero yo rechazaba su ayuda y, al mismo tiempo, alimentaba una suerte de aversión de naturaleza tan desconocida que sólo puedo asociar con la ingratitud y, en último extremo, la crueldad. Cuanto más me mimaba, más le despreciaba, considerando su generosidad una muestra de debilidad completamente indigna. Cumplíase una vez más la inexorable ley que me había ayudado a ver Néstor, en los ya lejanos días de París: la ley del pequeño déspota que pagaba con puñales la bondad de los demás y en cambio se rebajaba como un perro ante quienes sabían humillarle con cierta destreza. Es posible que si aquel buen amigo hubiese sabido ser más cruel que Daniel, yo no hubiese vacilado un momento en ponerme los grilletes en honor suyo.

Conocí la vida de pensión, que ya había experimentado años antes, durante la época de mi servicio militar. Entonces, la confortable habitación en el piso de una viuda en la calle del Mesón de Paredes había sido una gozosa oportunidad para escapar a las noches en el cuartel y, gracias a los enloquecimientos de la imaginación, pude soñar que estaba viviendo algún nuevo episodio de *La casa de la Troya*; ahora las circunstancias eran muy otras: una habitación bastante digna en el piso de otra viuda, en la calle de Augusto Figueroa, era una jaula de tristeza y austeridad donde me sentía solo, frío y desesperado.

Nadie me respaldaba económicamente y, desde luego, no iba a esperar que lo hiciesen mis padres, de manera que tuve que buscar una manera de ganarme la vida. Pero había pasado aquella época bendita de Londres y París, cuando no había retrete que se me resistiera ni vajilla que brillase más. Por otro lado, mis primeras colaboraciones en la prensa me habían proporcionado una sensación de autoestima de la que no podía prescindir; dedicarme a otro oficio que no estuviese relacionado con la letra equivalía a un fracaso que contribuiría a hundirme todavía más. Con tal de evitarlo cambié mi lectura habitual de los periódicos —las secciones de cultura y espectáculos— por la de ofertas de empleos. Empecé a consultarlas como un obseso, y durante unos días la locura por los desaires de Daniel alternó con la locura por los desaires de la sociedad. Un joven abandonado en el amor y sumido en la angustia del desempleo era más de lo que podía soportar el joven que había decidido colmar su vida de triunfos.

Por una de esas casualidades que llenan mi vida en los momentos más comprometidos, entré en contacto con dos italianos que habían fundado una agencia de noticias gráficas. Y esgrimiendo como garantía de eficacia los tres idiomas que conocía y otros tres que nunca hablé, fui aceptado para llenar cuartillas sobre actrices de moda y actores que el mundo ha olvidado con tanta justicia como olvidaría, de conocerlos, mis textos de aquel tiempo.

No se necesitaba ser un genio para traducir a cuatro idiomas las sentencias lapidarias de alguna vampiresa del peor celuloide. Los fotógrafos habían improvisado algunas preguntas rápidas y yo debía revestirlas con algo parecido a una forma literaria. Lo que verdaderamente importaba era el material gráfico, siempre excelente y firmado, en general, por César Lucas; en cambio, las opiniones de una folclórica sobre el sentido último de la vida o la penosa situación del Tercer Mundo perdían mucho traducidas al francés o al italiano; pero como las de las estrellitas extranjeras quedaban igual traducidas al español, decidí que no había que esforzarse más que lo que el cerebro de todas ellas permitía, y aproveché las primeras horas de la mañana, en que estaba solo en la oficina, para estudiar alemán. Recordaba la idea comúnmente aceptada de que un chico listo «debe tener lenguas» y, por otro lado, Alemania era un mercado posible en los planes de la agencia, y yo había asegurado descaradamente que era capaz de leer a Thomas Mann en versión original y traducir a Rilke como si fuese un cantable de la Piquer.

No tardé en asumir que el idioma alemán no estaba hecho para mi sensibilidad, decisión torpe a juzgar por el aluvión de cultura germánica que me esperaba al regresar a

Barcelona. Acaso encuentre justificación en los impedimentos que me acechaban cada mañana, al otro lado de la pared que me separaba de mis vecinos de rellano. Eran éstos un conocido coreógrafo argentino y una no menos conocida primera actriz del teatro español, nombres ambos que el más elemental sentido de la discreción me impide revelar. Sin embargo, ella estaba en voz del mundillo a causa de sus incontables «romances», palabras muy propias de Jorge Fiestas, y que la tía Florencia habría traducido simplemente por «jodiendas». Se decía que la diva era tan buena en la cama como en el escenario, y en el escenario lo era mucho, de manera que yo tenía motivos para admirarla por partida doble.

Era una auténtica abanderada de la emancipación sexual y, como pude comprobar mucho después, extraordinariamente simpática, pero aquel invierno de 1966 tuve motivos para odiarla porque la voz que todos admirábamos en el teatro traspasaba el muro e invadía mis clases de alemán con todos los gemidos, aullidos e imprecaciones que se derivan de un acto sexual ejecutado en estado de gracia. O en estado de delirio, si se prefiere.

Como sea que la pareja solía retirarse a las ocho de la mañana, siempre me pescaba el zafarrancho quitándome la bufanda; una vez situado ante los libros de alemán me llegaba todo el diálogo gritado de tal modo que me pregunto cuántos vecinos se estarían haciendo una paja a la salud de los fogosos amantes. No hablaban en alemán, no, que se expresaban en perfecto español —él con acento del Mar del Plata—, y mientras yo ponía toda mi concentración en una retahíla de declinaciones imposibles, me iban llegando frases como «Pégame, macho», «Córrete en mi boca, cerdo», «Pásate la polla por las tetas, puta mía» y lindezas por el estilo.

El placer ajeno acentuaba mis carencias, que seguían teniendo el nombre del mismo chico armado con el cuchillo de siempre. Nuestra relación reposaba definitivamente sobre el atroz deporte que los demás llamaban tira y afloja y que yo estaba aprendiendo a calificar de suicidio prolongado.

Un buen día, la ficción quiso venir en mi ayuda como había hecho en tantas ocasiones. Tuve la oportunidad de pasear libremente por el primer decorado cinematográfico que veía en mi vida y, además, uno de los más gigantescos que se construyeron en toda la historia del cine: el del filme *La caída del Imperio romano,* que había quedado en la anécdota como «la caída del productor Bronston». Era un doble tema para un romántico empedernido: la ruina del presente sobre las ruinas del pasado. El resumen de todas las caídas, en manos del Tiempo.

El proteico decorado representaba el foro de los césares y se levantaba en un lugar de la sierra madrileña llamado Las Matas. Por lo que me contaron, era más rentable dejar que se fuera consumiendo por sí solo antes que contratar ingentes brigadas de obreros para destruirlo. Cuando lo visité junto a un reportero de la agencia, acusaba el paso de los meses y la erosión de los elementos. Lo vi completamente nevado y bajo un frío polar, pero esto no evitaba que las partes que quedaban en pie estuviesen siendo reutilizadas para una nueva producción titulada *Golfus de Roma* (era mejor el título inglés del musical en que se basaba: *A Funny Thing Happened in the Way to the Forum*).

Más adelante estuve de nuevo con los chicos de *Film Ideal* para entrevistar al director Richard Lester, considerado uno de los grandes nombres de la nueva vanguardia inglesa; pero en aquella primera visita mi compañero de la agencia tenía que hacerle unas fotos a Buster Keaton, que se quedaba pocos días en Madrid porque su papel en la película no era muy extenso. Después de tres décadas de olvido, con su fama ofuscada por la omnipotente sombra de Charlot, el cómico estaba viviendo una etapa de reivindicación por parte de la crítica joven, pero esto no bastaba para devolverle la cotización que conoció en su época dorada.

Era impresionante ver a un rey del pasado pasear con indiferencia por escenarios que pronto quedarían completamente inservibles. Más que su figura mítica, me impresionó el desinterés con que se dirigía a los periodistas. Desde su decadencia no esperaría demasiado de un remoto lugar del mundo llamado España. Sólo se animó cuando le demostramos que nuestra cinefilia salía del corazón y no de las rotativas. Y se emocionó profundamente cuando le dije que, dos años antes, una vieja película suya —tan vieja que era muda— había sido votada como la mejor del año por la redacción de *Film Ideal* (1). Le contamos la devoción que su personaje había inspirado a autores como Rafael Alberti o Francisco Ayala. No le impresionó demasiado, y era lógico. ¿Cómo contarle a todo un Buster Keaton que mientras él estaba trabajando en los enormes estudios de la Metro floreció en la modesta España un momento de gloria llamado «la generación del veintisiete»? De todos modos, hice la machada de traducirle fragmentos del poema de Alberti donde se demuestra que la novia de Buster era

(1) *El maquinista de la General,* 1926.

una verdadera vaca, como por otro lado sabíamos todos los *progres* de la época.

El gran Pamplinas —que así es como le llamaba mi padre—, el inconmensurable Cara de Palo era igual que aquel decorado: una ruina del siglo que se revestía ante mis ojos con los mismos atributos que las ruinas de la antigüedad clásica. Era lo inmortal metiéndole un gol a la mediocridad cotidiana.

Dejé a mi compañero haciéndole fotos en un rincón que representaba un mercado de esclavos y me puse a caminar entre los edificios que, dos años atrás, habían visto la entrada triunfal del odioso emperador Comodo. También corrió por aquí, gritando como una posesa, Sofía Loren vestida de hija de Marco Aurelio. Era una secuencia gigantesca: miles de extras se entregaban al desenfreno mientras ella intentaba lanzarles un mensaje apocalíptico, ahogado por el barullo general:

—*Gods of Rome! Your empire is dying. The light of the world is gone. People of Rome, people of Rome! They have robbed us our most precious treasures. Our pride. Our glory. Our wisdom. Our honour* (1).

Presagios funestos entre las ruinas del cine. Cielo funesto sobre los techos de Madrid. Muerte funesta en el aire como ese día aciago en que la hija de Marco Aurelio corría entre los bacantes sin que nadie le hiciese caso:

—*People of Rome! Cry out!... They do not see. They do not*

(1) ¡Dioses de Roma! Vuestro Imperio está muriendo. La luz del mundo se ha apagado. ¡Pueblo de Roma! Nos han robado nuestros tesoros más preciados. Nuestro orgullo. Nuestra gloria. Nuestra sabiduría. Nuestro honor.

hear. Only the jackals are waiting in the darkness now. Only the vultures are riding in the black sky (1).

Malos augurios. El Imperio romano derrumbándose. La indiferencia de sus habitantes. Y, por encima de todo, el olvido, que acecha siempre al final de los imperios y aun de los augurios.

Allí, en aquel foro, había terminado uno de mis sueños preferidos: el de un cine que fue más grande que la vida. Este cine gigantesco crucificó al Rey de Reyes ante miles de extras salidos del ejército español, reedificó Santa Gadea para que Charlton Heston obligase a jurar a su rey mientras Urraca y Jimena se arrancaban el moño por sus favores; en nombre de este cine gigantesco se construyeron ciudades chinas, fuertes germánicos, un circo que gobernó el mismísimo John Wayne y no llegó a prosperar la corte de los Reyes Católicos porque el productor se arruinó antes de que Glenda Jackson y John Philip Law cometieran el error de ponerse delante de la cámara.

Surgieron otros decorados, es cierto, porque la megalomanía no moriría nunca. En realidad, muchos actores españoles estaban aprendiendo inglés e italiano a marchas forzadas porque en Almería se estaban construyendo decorados pertenecientes a un nuevo imperio. Pero eran de westerns muy sudados, y a mí no me afectaba el sudor de los vulgares machos del Oeste.

Fue horrible regresar a Madrid y no poder llamar a Daniel para contarle mis impresiones. Y fue más horrible com-

(1) ¡Pueblo de Roma! ¡Grita!... No ven. No oyen. Ahora ya sólo están los chacales esperando en las tinieblas. Sólo los buitres vuelan sobre el cielo negro.

probar que uno de los puntos más dramáticos del final del amor es que uno se queda sin confidente, y aunque se ponga a buscar otro con urgencia resulta inútil porque ya nadie puede comprender que alguien se conmueva ante una vieja gloria paseando entre las calles de una Subura de cartón piedra. Así pues, tuve que llorar a solas, que es como decir que lloré sin aplausos.

Eran lágrimas estéticas. Las verdaderas, las que secan el alma, continué derramándolas en la pensión, como cada noche, con la luz apagada y las uñas clavadas en la carne y sin esperar siquiera el consuelo del onanismo, porque cualquier intento de buscar imágenes satisfactorias habría sido usurpado por la imagen de Daniel, y ésta ya no me inspiraba deseo. Sólo desesperación.

Y después de muchas noches mojando con lágrimas las mesas de Oliver y sin ganas de acudir siquiera al estreno de *My Fair Lady,* decidí cometer lo que para un cobarde es lo más parecido a un acto desesperado. Al llegar a la pensión escribí en mi diario: «Hoy me rapo.» Dicho y hecho: cogí la máquina de afeitar eléctrica y procedí a la lenta rasuración del cuero cabelludo. No era el método más adecuado, pero quedé mondo, lirondo y armado con el secreto convencimiento de que aquel acto heroico bastaría para despertar la atención de Daniel y, lo que era más importante, su cariño. Después de todo, si un chico sensible no reacciona favorablemente ante el sacrificio de otro chico dotado de igual sensibilidad, es difícil que reaccione ante nada.

Pero antes de comprobar el efecto de mi acción tenía que reaccionar yo mismo ante el despliegue de mierda que podía desarrollar una dictadura en sus momentos más inspirados. Sería al día siguiente, en la localidad de Baeza, donde las fuerzas de la España democrática se concentraban para homenajear a don Antonio Machado, poeta.

EL SÁBADO 19 DE FEBRERO me encontré con Martínez Sarrión para dirigirnos al punto de encuentro de los expedicionarios, un lugar que ya no recuerdo, y cuya sola descripción sería por mi parte un acto de hipocresía. Lo mismo debo decir de los intelectuales, notorios e importantes, que esperaban en los distintos grupos, dispersándose como siempre para no despertar las sospechas de la policía. Ese Quién es Quién —que incluía a personalidades como Alfonso Sastre, Tierno Galván, Pedro Dicenta y Úrculo— lo supe después, aunque no en los días siguientes, porque en la prensa no apareció referencia alguna, para mi indignación y asombro. Novato como era en estas lides, todavía no había llegado a asumir la capacidad silenciadora del franquismo. Tanto es así que aun a pocos minutos de nuestra partida no conocía el verdadero significado de aquel viaje. Para mí sólo era una celebración cultural lícita, limpia y naturalmente hermosa.

Excitado por la prisa así como por la posibilidad de aprendizaje que siempre implicaba la compañía de Martínez Sarrión, me había despertado sin recordar la calentura de la noche anterior, de modo que al mirarme en el espejo y descubrirme completamente rasurado volví a caer en la depresión porque mi problema principal continuaba latiendo, aunque ahora sin pelo. Por otro lado, me sentía ridículo tanto por mi acción como por mi aspecto, de manera que intenté salir del trance con un gorro ruso imitación de astracán que me prestó Jorge Fiestas. Ataviado de esta guisa debía de ofrecer un aspecto de lo más sospechoso porque Antonio, al verme llegar, se echó a reír y me comparó con un alto jefe del KGB.

Durante el viaje, Antonio se dedicó a instruirme sobre la identidad, oficio y graduación política de algunos de los pasajeros y yo reaccioné con la sensación de extrañamiento que acompañaba todos mis pasos sobre la tierra, sensación que en este caso me vi obligado a abandonar en provecho de una afirmación más interesante. Todos aquellos personajes, cuyos textos seguía con fervor en *Triunfo*, *Cuadernos para el Diálogo* y algún que otro panfleto subversivo, constituían la parcela más dinámica de un Madrid al que hasta entonces no me había siquiera acercado. Seguía siendo un extraño, encerrado en un sueño cultural que mantenía pocos contactos con la realidad del país.

Harto de explicaciones, Martínez Sarrión intentó mantenerme callado poniendo en mis manos unos poemas de Eliot que dieron como único resultado unas anotaciones torpes en mi diario de viaje: «Por más que lo intento no acabo de entrar en la poesía... ¿Me estoy lanzando a este compromiso empujado únicamente por influencias externas a mi voluntad? Quiero parecerme a mis compañeros poetas sin saber que a lo mejor sería un excelente ebanista.»

Lo más extraordinario de estas anotaciones sobre la marcha es que reaparece un texto que no recordaba haber escrito: algo titulado *Desconhort*, a medio camino entre la poesía y la prosa; un híbrido con cuya lectura agredí a Antonio durante la primera parte del viaje. Anoté que le había gustado, y estoy seguro de que él disfrutó dándome los consejos que gustan prodigar los poetas de raza (y siempre debo recordar que él era de raza nobilísima). Por lo demás, un nuevo e incruento esfuerzo de la memoria me permite recordar que ese *Desconhort*, ahora resucitado, era un largo lamento de amor que extrovertía mis penares, no sé si por medio del metro clásico, no sé si en rima libre o simplemente a ritmo de castañuela. Sólo una cosa quedaba clara: para acceder a la expresión poética tenía que partir del sufrimiento por un amor contrariado, lo cual me incapacitaba definitivamente para el tipo de cultura que solían fabricar los ocupantes de aquel autocar: lo que se dio en llamar «cultura de la militancia». Es la que nos convirtió a todos en «militantes de la lectura», en lugar de lectores, y «militantes del cine», en lugar de espectadores. No hablemos ya de las artes plásticas. Cuando me dijeron que en un pedazo de barro pegado a un pedazo de arpillera el pintor Antoni Tàpies había expresado un feroz alegato contra la represión franquista en las minas de Asturias, comprendí que tenía que ponerme al día rápidamente. Después de todo, militar desde la ignorancia absoluta no deja de ser triste.

Hicimos escala en Valdepeñas, donde sin duda rendiríamos honores al famoso vino; y alguna provisión haríamos para el resto del viaje, pues al llegar a Linares estaba completamente borracho y Antonio tuvo que sostenerme durante el paseo que efectuamos por callejas dormidas, estrechos ámbitos de una severidad a la que no estaba acostumbrado y que era, por tanto, una nueva, original manifestación de la belleza.

Por insólito que pueda parecer, el mundo amaneció bajo el imperio del Domingo de Carnaval, y a fe que yo parecía haberme acordado, con el gorro ruso y un abrigo de pana negro que parecía ondear a ritmo de balalaika. Pero los ritmos del día empezaron a mostrarse contrarios. No bien llegamos a Úbeda una patrulla de policía vino a informarnos de que todos los accesos a la vecina Baeza habían sido cortados para el tráfico de autocares. Desde el fondo de mi resaca oí gritos de protesta seguidos por aullidos de represión, y hasta creo recordar que alguna porra bailó bajo la lluvia, pero es posible que la danza no empezase hasta media hora después, cuando ya nos encontrábamos en Baeza.

Y es que al conocer la prohibición, muchos de los que habían llegado a la ciudad en coche propio se brindaron a desplazarse hasta Úbeda con el propósito de recoger a los que habíamos decidido emprender el camino a pie, que fuimos casi todos. Así empezó un Carnaval que en adelante recordaría como cualquier cosa menos divertido. En aquella marcha esforzada, con los nervios a punto de estallar, tomé mis primeras lecciones de civismo. Lo lamentable era que tuviesen que partir de la represión.

Recuerdo los gritos indignados del cantante Raimon, a quien consideraba amigo desde unas conversaciones mantenidas después de un recital en Madrid que, por cierto, casi tuvo que celebrarse a puerta cerrada debido a las amenazas de los ultras, gente que por aquella época disponía de mucho tiempo libre para dedicarse a sembrar el terror. Raimon lo recordó tiempo después, en una *trattoria* romana del Pórtico de Octavia, durante un divertido almuerzo con Alberti, María Teresa León y Santiago Carrillo. Supimos que, en Italia, actuaban unos tipos pertenecientes a las llamadas Tramas Negras que no tenían nada que envidiar a los ultras que en tantas ocasiones habían intentado boicotear los recitales del cantante valenciano. Su esposa Adalgisa, que era de Ostia, contó que aquellos energúmenos tenían intereses muy amplios: lo mismo podían pegarle una paliza a Pasolini que poner una bomba en la Sinagoga Nueva o en la librería Feltrinelli.

Yo he admirado mucho a Raimon, tanto en su vertiente de cantante cívico como en su no menos cívica dedicación a la obra de Espriu y Ausiàs March. Aquella mañana de Baeza llevaba ya muchas horas escuchando sus discos, con voluntad de aprendiz, como para no considerarle una fuerza capaz de protegerme contra la represión que él había denunciado en tantas ocasiones, de manera que me puse a su lado y proseguí la marcha, sin atreverme a levantar los ojos. Cuando lo hacía comprobaba que la ruta proponía innumerables ejemplos de belleza arquitectónica, pero no era el mejor momento para apreciarla, ni llegó a serlo nunca, porque no regresé a Baeza pese a mis promesas de hacerlo con miras culturales.

Domingo de Carnaval, sí, Carnestolendas que estuvo en un tris de ser trágico. Porque, de pronto, apareció un pelotón de policías, guardias civiles o enviados del maldito Mekong de los tebeos que nos vedaban el paso, con las porras exhibidas sin el menor pudor. Eran porras enhiestas, como penes de burro dispuestos a convertir sus meados en ríos de sangre. Pero los amantes de la poesía de Machado seguían avanzando, y aunque yo sentía un terror infinito que me impedía razonar, me vi arrastrado entre Raimon y Martínez Sarrión, y al cabo de unos instantes cruzábamos la muralla de la bofia, recibiendo los garrotazos que iban cayendo con admirable precisión. Tan admirable que de algunas cabezas empezaba a brotar sangre. Y aunque es cierto que yo recibí algún tiento, el gorrito de astracán impidió que el impacto fuese a mayores.

¡Christian Dior contra el fascismo andante! En el fondo, seguía siendo un original.

Sensaciones agolpadas: la indignación y el pavor, en primer lugar. La vergüenza de verme perseguido por primera vez en mi vida. Saber cuán indigna y torpe era aquella farsa. Dos mil personas vejadas. Dos mil gritos que el miedo ahogaba en mi garganta. Y el caos, un tremendo caos provocado por nuevos avances de la policía, que había roto la barrera y se lanzaba a perseguirnos por todos los rincones de una plaza Mayor o lo que recuerdo como tal. Eché a correr, no recuerdo cómo, ni con qué fuerzas, y alguien más experto que yo me arrastró hasta un bar y, una vez allí, me ordenó que entrase en el retrete. Sin duda es el mejor lugar para que un intelectual educado pueda defecar sobre la memoria de todos los dictadores del mundo. Dispuse de tanto rato para hacerlo que se me irritó el ano.

Salimos de Baeza como buenamente pudimos, o, mejor dicho, tan malamente que algunos dejaron sangre en la ruta. Una vez en los autocares conservamos un silencio reverencial, no sé si en memoria de Machado, no sé si por compasión de nosotros mismos. Curiosamente, no puedo recordar si Daniel estuvo allí, o qué actitud tomamos si llegamos a encontrarnos. Por primera vez en mucho tiempo, él no aparecía en mi horizonte mental. Sé que este olvido es imperdonable en un pobre esclavo del amor, pero diré en mi descargo que la represión policial acababa de descubrirme la verdadera esclavitud. Y, con ella, la vergüenza de estar en el mundo.

PESE A MIS DESEOS DE INTEGRARME a la realidad, todos sus elementos volvieron a escaparse y la enfermedad del amor continuó avanzando hasta acabar con mis defensas. Ya no necesitaba grandes motivos para caer en el desvarío; el menor de todos bastaba para arrojarme, además, al ridículo. De pronto, los amigos me decían que Daniel había prometido acompañarles a un estreno de no sabía qué. En realidad, no importaba saberlo. Sería un cine, sería un circo, sería un fornicio de pulgas amaestradas en el pintoresco Teatro Chino de Manolita Chen, que tanto gustaba a los progres aficionados al camp. Daba igual lo que fuese. Todas las diversidades podían quedar resumidas en un mismo objeto, y yo le seguía como un perro sumiso que, para colmo, no había sido llamado. Tan imbécil era que no precisaba el silbido del amo. Esto habría sido consolador. Significaría que, por lo menos, me necesitaba para fustigarme. Ni siquiera esto. Tenía que fustigarme yo solo.

En esta flagelación solitaria la literatura volvió a sustituir a la vida como una forma de onanismo que renegaba abiertamente de la razón, caso de que ésta hubiera existido. Empecé una larga carta que, tres años después, acabaría convertida en narración... inspirada a su vez por un nuevo fracaso sentimental de proporciones gigantescas. Y en esta alternancia de cataclismos, la literatura seguía respondiendo a la esquizofrenia y ésta me dominaba. Porque ahora, pasados tantos años, ya no sé precisar cuál de los dos amores desafortunados influyó en el texto y cuándo fui yo mismo, ni en qué momento dejé de serlo.

La vida vencía a la ficción, pero no contribuía a mejorarme como escritor. Bien al contrario. El texto se resentía de un exceso de sentimentalismo. Más adelante le pondría letra correcta y algún estribillo pegadizo; ahora sólo sonaba a música mediocre. ¿O simplemente a música? Buena, pésima o regular, ahí estaba la música, siempre de regreso para acompañarme. No faltaban sus estímulos. No faltaron nunca. Toda mi vida ha estado acompañada de canciones; también el siglo lo estuvo, y ahora que su final se está precipitando me hago depositario de todos sus cantables, me nombro garante de la melancolía colectiva.

No aspiraba a tanto en aquellos días de Madrid. Las canciones que acompañaban mi aprendizaje del dolor eran las que habían acompañado mi aprendizaje de la vida; canciones de infancia, de adolescencia, de hombría y, todas en una mezcla que combinaba el dramatismo, la cursilería y hasta al cachondeo. Éste es un escape que no puede excluirse del libre curso del dolor: en el fondo del abismo siempre queda un momento de lucidez para la autoparodia, y yo me acogía a ella como a un consuelo desesperado que me permitía ponerme a cantar «Rascayú, Rascayú, cuando muera que harás tú» como si fuese mi epitafio. Pero era la desesperación la que continuaba mandando, pues acto seguido, al llegar a la soledad de alguna plazoleta recién regada, me ponía a pensar en las promesas del verano como si hubiesen sido la culminación de la sublimidad y ésta todavía me reservase alguna sorpresa.

¡He aquí a un verdadero imbécil!

Todo un verano de amor desembocaba en un invierno estéril donde el amor se había convertido en un juego de asesinos. Yo, la víctima, era al mismo tiempo el verdugo de mí mismo, alguien que se estaba asesinando no sin una especie de placer dulce y tristón al mismo tiempo. En el fondo tenía que saborearlo antes de integrarme para siempre a la gran mentira del mundo: la del consuelo por obligación. Sabía de memoria todas las palabras que podían decirme los demás: «Ahora estás aprendiendo, ahora te endureces, ahora empiezas a crecer...» Y, sin embargo, no. De ningún modo. Yo sabía que, lejos de crecer, estaba menguando. Y no en edad o estatura. Tampoco sicológicamente. Era probable que en eso saliese ganando. Menguaba, me empequeñecía como una oruga, porque a partir de aquel momento ya no podría creer en el amor. Era una pérdida lamentable para los demás porque Daniel no había mentido: podía ser el mejor amante del mundo si me daban la oportunidad.

Seguro que todas esas cosas se olvidan con el tiempo, porque ya he dicho que volví a enamorarme y, al terminar cada nuevo amor, caí en abismos parecidos, y aún peores. Ni siquiera me quedó el consuelo de pensar que eran infiernos propios de la década, abismos inventados por la originalidad de sus hijos. Nada de esto: ya las habría experimentado algún efebo ingenuo que deshojaba margaritas en la palestra de Olimpia para saber si acabaría queriéndole su atleta indeciso.

¿No he escrito en alguna ocasión que los crímenes del amor se olvidan con el tiempo? Habré mentido. Se olvidan porque llega el asesinato que impone cada nuevo amor, y conviene aprender los nuevos métodos del sufrimiento, pero siempre permanece el recuerdo de la agonía y la molesta sensación de que estamos sufriendo por una innecesariedad convertida en imprescindible. Dicen los católicos que el dolor justifica no sé qué cosa. Algún adepto a los manierismos existencialistas diría: sufro de amor, *ergo summum.* Y, según todos, la madurez nacería partiendo de la muerte total de la belleza. Pero es mentira. Todo carroña. Cualquier consuelo era mierda. Ni siquiera quedaban cuatro escupitajos del humanismo: los dejé olvidados en algún lugar de Andalucía, el pasado verano. Olvidé el alma entre las palmeras del pueblo de Daniel y ahora me enajenaba el solo hecho de pensar que no me había quedado un puto dátil.

Los días de Madrid empezaron a hacerse fatigosos porque ya sólo eran el recuento cotidiano de una obsesión. Todo pasaba por ella, todo estaba encaminado a cultivarla intensamente, y tanto me acostumbré a hacerlo que acabé convirtiéndola en mi forma de vida. Yo era esa obsesión, y todo cuanto antes me había alimentado —cine, libros, trabajo— pasaba a llevar el nombre de Daniel y, por tanto, todo era sustituido por una sombra.

La memoria del amor se convertía en mi peor enemigo. Recordaba los lugares a los que solíamos acudir y los amigos que compartíamos; recordaba las charlas en las cafeterías deliciosamente *démodées* —cláusula esencial de nuestro esnobismo—; recordaba un sinfín de cosas sin importancia que, de pronto, adquirían en la memoria la categoría de gran acontecimiento. Y, sobre todo, el viaje, la práctica y el arte del viaje, esa realidad movediza a ciento veinte por hora que iba culminando nuestra comunicación estival. La calma nocturna de las ciudades que nos vieron pasear, las alegres lluvias que sólo duraban un instante, la sorpresa de hacer el amor en hoteles cada vez distintos, la inquietud de abrazarnos entre las matas, ante el orgulloso castillo de la Alhambra, convertido ahora en sepulcro de águilas derrotadas.

Y así seguía. Y seguía. Y seguía.

Cuando acertaba a vislumbrar alguna ilusión que no se llamase Daniel intentaba aferrarme a ella, pero sin ánimo de ir más allá, porque toda novedad exigía un esfuerzo que la mente no estaba dispuesta a aportar. Para encontrar algún consuelo tenía que volver a mis fetiches, los que me habían entretenido siempre, los que habían contribuido a hacerme como era. ¿O sería mejor hablar del desastre que era yo? ¡Qué releche! El desastre siempre son los demás.

Una serie de crisis internas en la redacción de *Film Ideal* motivó serias reconsideraciones ideológicas por parte de todos nosotros, pero incluso esta posibilidad de concentrarme en algo coherente me había sido negada. Oía discutir a mis compañeros y sabía que, cualquiera que fuese la decisión final, yo seguía sin pertenecerles. ¿Qué podía importarme el análisis de las películas cuando yo me había convertido en el film más patético de toda la industria?

Al llegar a este punto quise morir.

Era una salida natural. En realidad, era la única que la razón encontraba acertada aunque la hubiese dictado el sentimiento. Por una vez hubo acuerdo entre los dos. Pero a los veintitrés años la muerte es como la masturbación: requiere la ayuda de una buena mano. Y la mía se había vuelto autónoma. No sé cómo sabría accionar sin la ayuda del cerebro, no sé cómo sabría dónde guardaba las píldoras que me había dado Miguel Cordomí para ayudarme a combatir los fantasmas de la noche, pero las buscó ávidamente y las guardó en el bolsillo del abrigo. Era, pues, una mano más sabia que la propia inteligencia. Una mano que sabría ser imperativa y hacer un ademán majestuoso en el momento de la muerte. Este gesto de *grandeur* era absolutamente necesario. Ya que no tenía cojones para llegar al crimen y que mis espectadores pudieran decir: «Ese macho de ley ha matado a un ingrato»; siempre podrían comentar: «Ese pobre chico ha muerto mejor que la tonta Ofelia.»

¡Soberbia elección! Morir bañado por las luces de las candilejas, con un gesto supremo, a imitación de Espert.

Dirigí mis pasos hacia Oliver, porque si algo me daba miedo era la soledad, y era evidente que hablando de Ava Gardner con un buen amigo se muere mejor. Como sea que todavía no habían terminado los teatros, podía permitirme el lujo de acaparar a Jorge Fiestas y convertirle en testigo de mi suntuoso melodrama.

Empecé a tomar mis píldoras con el primer San Francisco, y al llegar al tercero había tomado seis. Jorge comentaba el estreno teatral más sonado de la semana. De vez en cuando se interrumpía para decir que me encontraba raro. Y era cierto que empezaba a verle a través de un filtro como los que se ponen en el objetivo de la cámara para que las divas no delaten las arrugas de la esfinge.

—¿Tienes la música del *Dr. Strangelove*? —pregunté a bocajarro—. La que suena mientras van cayendo bombas atómicas sobre esa mierda de mundo...

La tenía, pero en su casa. Propuso cualquier otra canción del mismo estilo: dulce, acaramelada, estelar. No me servía. Quería la canción que siempre escuchaba con Daniel. Era el último tormento que me faltaba y no quería dejarlo perder.

La canturreé por lo bajo, y Jorge se me unió a la mitad:

We'll meet again
don't know where
dont't know when
but I know we'll meet again
some sunny day... (1).

Seguramente Jorge comprendió que estaba peor que otras noches, lo cual equivalía a decir que me hallaba instalado en la culminación de la catástrofe. Él intentaba animarme, pero en un momento determinado descubrió que me estaba llevando una píldora a la boca y empezó a alarmarse. Cuando caí desplomado sobre el mostrador reparó en el tubo de valiums y me miró, completamente horrorizado:

—Faltan ocho bombones —dije, afectando frivolidad—. Me los he ido tomando mientras tú hablabas, pero te importan tanto los malditos estrenos que no te has dado cuenta. Y si quieres hacerme un último favor, llama a este cabrito de Daniel y cuéntaselo todo. Igual llega a tiempo de ponerme la mortaja.

Podía morirme tranquilo. Acababa de pronunciar mi frase brillante. Era magnífica para un final de acto.

Jorge se apresuró a pedir a alguien que llamase a Daniel. Todo fue muy rápido a partir de este momento o acaso todo fue un instante prolongado en la eternidad; imposible saberlo desde la somnolencia absoluta, desde el fondo

(1) Volveremos a encontrarnos / no sé dónde / no sé cuándo / pero volveremos a encontrarnos / en un día soleado.

de aquel sueño innoble en el que de pronto me hallé sumido, aquel intenso ardor que me estaba subiendo por el estómago y amenazaba con estallar para que mis vísceras quedasen pegadas para siempre en la entrañable moqueta de Oliver.

Oía gritos histéricos: los de Jorge, en plena desesperación de amigo y, a partir de un momento determinado, los lamentos de Daniel en calidad de no sé qué. Seguramente de amigo también, pero al no poder mostrarse como amante su amistad quedaba fuera de lugar. La demostró, de todos modos, acompañándome al departamento de urgencias de algún hospital.

Mientras me preparaban para el lavado de estómago me preguntó varias veces al oído si llevaba encima mi agenda telefónica. Señalé la americana antes de someterme al ritual de los vómitos.

El dulce Daniel todavía tuvo tiempo de arrancar la página donde figuraba su nombre y dirección. Eso sí lo recuerdo con certeza. Recuerdo que era listo y tenía sangre fría. Cualquier acción era buena para no verse comprometido en una historia tan desagradable.

Médicos y enfermeras se aprestaron a realizar sus filigranas. La agonía del espíritu había sido horrible, pero la del cuerpo fue repulsiva. En adelante sólo recordaría agua y vómitos sin que aún ahora consiga diferenciarlos. Había algo de humillación en aquel ritual, pero también mucho dolor. Sentí una molestia muy aguda en el estómago: me estaban introduciendo una goma. Empezaron a echar agua. ¿Estaba fría como el hielo o caliente como los meados del sol? Tenía, en cualquier caso, el sabor de los vómitos y el de los mocos y el del semen cuando se atraganta.

Daniel regresó a su casa, y aunque hacía tiempo que la sensación de abandono me estaba acompañando, en aquella ocasión se convirtió en una presencia física tan real y palpable como los médicos, las enfermeras y el aire empapado con aromas de éter y alcohol. A partir de entonces, la noche presentó los tintes siniestros de una pesadilla ni siquiera animada por la presencia de monstruos pintorescos. Ni golems, ni zombies, ni licántropos, sólo una patética sensación de vacío, un paso hacia la Nada absoluta, un espacio inmenso, baldío, que se iba abriendo ante mí a medida que hacía su efecto un cuerpo extraño que estaba penetrando en mi sangre. Pero no era una penetración consoladora: se trataba del pinchazo de la anestesia con la que, por fin, acabaron por dormirme. (¿No era cloroformo? A saber con qué empozoñaban en aquella parte del siglo a los niños malos que jugaban al suicidio.)

Aquellos amables doctores me ahorraron la agonía de la noche, pero no consiguieron evitarme el horror del despertar. Cuando abrí los ojos, mucho antes de lo esperado, me encontré en una habitación ocupada por otras cinco camas, y en cada una de ellas había un cuerpo que parecía arrancado de un cuadro del Bosco. Y la luz del alba, al filtrarse por un ventanuco de cristales sucios, colocaba sobre los rostros un velo grisáceo, pálido como una mortaja que las Parcas hubiesen tejido con hilos de seda.

Eran cinco ancianos que yacían con los brazos acribillados por gomas conectadas a unas botellas que les transmitían gotas de vida, ignoro por qué medios. Sólo comprendí que yo era uno de aquellos cuerpos, algo decadente, acabado, un finiquito de la vida mucho peor que la misma muerte. Eran como esqueletos vivientes a los que la luz del alba prestaba el color de los reptiles. Y de sus bocas descarnadas surgían ronquidos entrecortados que sólo cesaban momentáneamente para dejar paso a un silencio todavía más pavoroso.

Poseído por un terror inexplicable, me levanté de golpe y busqué a tientas por los armarios hasta dar con mi ropa. Estaba completamente estupidizado a causa de la anestesia, pero la sensación de decrepitud que invadía la estancia me daba fuerzas para vestirme a toda prisa y buscar la salida. Esto no ocurrió sin que intentase detenerme una monja lógicamente alarmada. Saqué un último momento de fuerza y la empujé violentamente, mientras echaba a correr por los pasillos. Ni siquiera me molesté en reparar si la había matado de un golpe en la nuca al dar contra uno de los ancianos.

Daniel contó durante mucho tiempo que, en mi locura, había ido a apedrear los cristales de sus ventanas. Si fue así, no lo recuerdo. ¿O acaso ocurrió antes? ¿Qué ventanas, en cualquier caso? ¿Podrían ser las de su piso de Argüelles, podrían ser las de un colegio mayor, podrían ser las del calabozo en que había convertido mi vida? Forzado a olvidar, olvidé incluso estos detalles, de manera que...

Sólo recuerdo que, de pronto, el terror dio paso a una intensa sensación de paz, si éste es buen sinónimo para expresar la completa sensación de abandono absoluto, la impresión de derivar por un océano de aguas tan planas como un espejo y de fondo tan estéril como un vacío. Caminaba a tientas por el Madrid que despertaba de un sueño más apacible que el mío, iba dando traspiés, como si estuviese borracho, y así debía de ser, porque habían transcurrido pocas horas desde que me anestesiaron y el mejunje tenía que hacer su curso. ¿O no fue anestesia? Insisto: ¿cloroformo tal vez? O esas divinas adormideras que tomaban los felices lotófagos en la isla de la ninfa Calipso.

¡Pobrecita Calipso! Se enamoró de Ulises y el héroe la plantó. Pero ella era una loca reincidente. Llegó el joven Telémaco en busca de papá y ella cayó rendida a sus pies. Telémaco también la dejó para vestir dioses. ¡Pobrecita Calipso, que tenía nombre de baile y por tanto recordaba a Harry Belafonte!

Es el tipo de idioteces que uno piensa cuando descubre, para su horror, que no se ha muerto de una puñetera vez.

Y llegó puntualmente el sentido de la miserabilidad. Un ratón tenía más posibilidades de sobrevivir que yo. Lo único que podía ofrecer al mundo era la cabeza monda y lironda que me había quedado al raparme. Aquella misma noche, en un bar de ligue, alguien podría pensar que me parecía a Yul Brynner. ¿Y por qué no, si era calvo como él? Pura ilusión. Mondo y lirondo de acuerdo, pero en todo lo demás bajito, canijo, estrecho de hombros y sin una mala limpieza de cutis en toda mi vida. No se necesita a los veinticuatro años, pero yo acababa de cumplir todos los del amor. Muchos jodidos siglos de agonía disfrazada de ilusión.

No sé cuántas horas pasé durmiendo, pero debieron de ser muchas, porque la dueña de la pensión tuvo tiempo de llamar a Barcelona manifestando su inquietud, ya que la policía había venido a hacer comprobaciones. ¿O fue Daniel que, asustado por la posibilidad de nuevas locuras, se puso en contacto con mi madre? ¿O mi hermano Miguel, desde el séptimo cielo, lo anunció en el curso de una sesión de espiritismo?

En un momento impreciso de la tarde, se encendió la luz y apareció la patrona abriendo paso a mi madre y a mi hermana. Y yo oía las palabras más previsibles: mamá agradecía a doña Pilar todas sus atenciones, se disculpaba por las molestias que yo le había causado y, entre las dos decidían que era un buen chico aunque demasiado confiado en los demás. Son, en cualquier caso, las cosas que se dicen.

Mamá iba divinamente vestida. Como si se dirigiera a una ceremonia importante, ya fuese bautizo, bodorrio o funeral de estado. Era una mujer preparada para la adversidad, no en vano había pasado una guerra civil, el final de un amor y la muerte de un hijo. Podía hundirse el mundo y ella siempre sabría reaccionar, porque sabía que el luto le sentaba divinamente.

De todos modos, declaró que se había traído ropa de alivio, por si salíamos. Y como era consciente de hallarse en la capital del reino, hizo un considerable ahorro de aspavientos, de modo que la patrona pudo considerarla una gran señora.

Quedó en el anecdotario de la familia que Ana María, al verme despertar, comentó en tono desangelado:

—¿Lo ves, mamá, como no ha tenido valor para suicidarse?

No puedo confirmar este punto. Y tampoco la importancia de mi acto. Al fin y al cabo, como decía la voz de la calle Ponent, un suicida no es más que un suizo que se quita de en medio.

Conviene pasar por encima los excesos sentimentales de mamá, y centrarse en sus reconvenciones decididamente surrealistas sobre los aspectos económicos de la cuestión:

—A la patrona habrá que darle una propina. Ya es un milagro que no te haya puesto de patitas en la calle, después de la que has armado. ¡Qué desastre eres, hijo mío! Sólo nos traes gastos. Excuso decirte lo que nos ha costado el avión. Más de lo que come la tía Florencia en un mes.

—Pero te habrá gustado —dije, entre bostezos—. Ahora podrás decir a los vecinos que eres moderna. Ahora ya has ido en avión.

—Eso sí. Me ha parecido muy moderno y, además, más limpio que el tren, ¿verdad, nena? —Ana María se encogió de hombros—. Y, desde luego, los pasajeros mucho más distinguidos, ¿verdad, nena? —Ana María volvió a encogerse de hombros—. Por cierto, esas chicas, las azafatas, muy finas y muy atentas. Viendo que estaba tan angustiada al tener otro hijo a las puertas de la muerte me han preparado un cubalibre y no me lo han querido cobrar. Por cierto, que estaba tan rico como los que preparaban en el bar Gustavo de Sitges. ¿Te acuerdas de la terraza del Gustavo, cuando las familias decentes todavía podíamos ir a Sitges?

Siempre he sentido especial predilección por las azafatas y azafatos españoles, pero en aquella época no había tomado nunca un avión y no podía confirmarlo. Recordaba perfectamente el bar Gustavo, pero no tenía el menor deseo de volver al Sitges de mis catorce años, y mucho menos recobrar a las familias decentes en sustitución de la muy amena sociedad gay que lo ha poblado después.

Como no podía soportar que mamá exportase a Madrid su costumbre de registrar todas mis cosas, decidí vestirme a toda prisa y sacarla a divertirse.

—¡Ay, sí, salgamos, hijo! Ya sabes que Madrid me gusta mucho. Es más capital que Barcelona, no lo negarás.

—Yo qué sé, mamá. Yo qué coño sé.

No hacía falta ir a Madrid para ver *My Fair Lady*, pero era el tipo de película que podía enloquecer a mamá y aun darle ideas para algún modelito previa adaptación a la estética de la calle Ponent. Y volvió el cine a desarrollar toda su magia para darme el amor que me faltaba, y Audrey me enamoró como cierta noche de mis trece años, cuando la descubrí en *Vacaciones en Roma*, desde la general del Goya. Pero a medida que iba viendo la película volví a sentir deseos de llorar porque Daniel no estaba a mi lado para comentarla. Y lloré, pese a que Audrey triunfaba en el baile de la embajada y esto debía darme satisfacción, porque siempre nos gusta que nuestras divinas se luzcan en sociedad.

Fue un acierto llevar a mamá a Oliver. No hubo rostro famoso que no la deslumbrase ni vestido que no le pareciese digno de imitación. Y después de encontrarlo todo divino se sintió divina ella gracias a los inevitables elogios de Jorge Fiestas:

—Miss Angelina, ¿conoce usted a una actriz llamada Lana Turner?

—No conozco a otra —contestó mamá, con la arrogancia de quien intuye por dónde irán los tiros más agradables.

—Pues usted se parece mucho a ella. En *Imitación a la vida,* Lana sacaba un *tailleur* gris perla muy parecido al suyo.

—No le extrañe, joven. En Barcelona *sabemos* vestir.

Presta siempre a la conciliación entre capitales, me comentó por lo bajo:

—En Madrid saben cómo tratar a una señora. Es evidente que, aquí, la gente tiene más mundo.

Ana María seguía con su escepticismo habitual. No recuerdo si ya colgaba de sus labios la colilla que la ha acompañado durante todo su vida, pero en la memoria no le sobra en absoluto. Acentúa su expresión de sarcasmo ante el despliegue de esplendores de la noche madrileña navegando en la gran noche del franquismo.

Pululaba incansablemente a nuestro alrededor el enjambre de habituales, los famosos de siempre, los de un día, los fuegos fatuos de una noche y no más. Circulaba la farándula, el periodismo, el cine, la televisión, la literatura y, en algún rincón privilegiado, Ava Gardner acariciaba a *Oliver*, el perro de Jorge. Un setter travieso a quien ella llamaba «el mala leche».

Recordé que en una taberna del viejo Madrid había visto un letrero que rezaba: «Aquí no ha estado la Gardner, ni el Hemingway ni el Dominguín.» Y pensé que en el pasquín del mundo, allí donde aparece inscrita la inmensa lista de las generaciones, un dedo de fuego podría haber escrito:

«En el mundo no estuvo nunca Ramón Moix.»

Buena prédica. Al fin y al cabo, llevo el nombre de un santo nonato.

REGRESÉ A BARCELONA DESHECHO y sin ganas de vivir. Dos años después, en el mundillo literario se hablaba insistentemente del «caso Terenci», y al terminar la década me había convertido en una de las polémicas favoritas de la vida cultural barcelonesa. ¿Cuántas horas de soledad hubo en esos años para llegar a obtener algún resultado sobre la esterilidad total? Todo lo que había vivido pasó a la literatura y en ella concentré todos mis esfuerzos a partir de entonces. Atrás quedaba lo que podía haber sido y no fue, o, en su defecto, algo tan fuerte, tan fiero, que sólo la literatura podía domar. Mi método de curación se llamaba ahora *La torre de los vicios capitales* y *El día que murió Marilyn*. Y en algún lugar de mi ciudad el buen Gimferrer me estaba esperando para darme el coñazo con una película de Fritz Lang y Maruja Torres tendría preparada alguna manifestación contra los yanquis y Lilí Barcelona habría descubierto un nuevo bar de ligue donde los jóvenes se ofreciesen con una desesperada necesidad de amor.

No regresé a Madrid hasta seis años después, para promocionar la edición castellana de alguno de mis libros. Raúl del Pozo me trataba en *Pueblo* de «campeón de la *gauche divine*» y Juby Bustamente escribía en *Informaciones*: «pocas personas conocen la existencia de un Terenci madrileño...».

Era lógico, porque fue Ramón el que sufrió en Madrid, y ese Terenci que reaparecía en 1971 sólo era el asesino voluntario de aquel niño que murió de amor. De un mal amor, como diría Jorge Fiestas, seis años antes, mientras me despedía poniendo en mis manos la biografía de alguna estrella de ayer para que entretuviera las largas horas del viaje en tren.

No me entretuvo ni Dios, porque pasé el viaje llorando y no dejé de llorar en muchos de los días que siguieron. Si llegaron a seguir, que no lo sé. Que no se sabe nunca. Porque el tiempo corre de nuevo, se precipita, escapa, y el enfermo del alma no tiene más remedio que correr con el tiempo, intentando no precipitarse, no escaparse y, en última instancia, no perderse con él.

TODAVÍA ME QUEDABA ALGO QUE HACER en Madrid. Javier, un buen amigo de las horas de la Filmoteca, me había llamado para comunicarme que Buster Keaton acababa de morir en un hospital de Los Ángeles. Cuando, cinco años atrás, Maruja me llamó al piso de los neozelandeses para comunicarme la muerte de Marilyn no pudimos plantearnos siquiera la posibilidad de coger un avión para acercarnos a Los Ángeles y velar el cadáver de la santa; pero Buster había estado en las cercanías de Madrid, junto a las tinajas, cestos y abalorios que figuraban un mercado de esclavos. Y si algo importante ocurrió camino del foro fue precisamente la presencia de un genio en nuestras pobres vidas.

Javier se ofreció a acompañarme en su coche, porque también él era mitómano de los que creían que el guante de Gilda y la espada de Errol Flynn no desmerecerían junto a Las Meninas en una exposición sobre los logros más importantes de la humanidad. A fin de cumplir el ritual con todos sus requisitos, compramos una orquídea para depositarla en el lugar donde vi por primera vez a Pamplinas. No éramos excesivamente originales. Algún tiempo después, Ángel Zúñiga me contó que solía hacer algo parecido cada vez que volvía a Barcelona: pasaba por los teatros donde cantó Raquel Meller y depositaba a la entrada un ramo de violetas. Sólo había un problema: todos aquellos teatros se habían convertido en entidades bancarias y el público que iba a hacer transacciones no sabía quién era Raquel, ni qué fue el teatro El Dorado. Y, en última instancia, el mundo pronto dejaría de saber qué es un ramo de violetas.

Pero yo tenía una ventaja sobre todos los que hacen transacciones comerciales: yo había aprendido a conocer íntimamente la materia de que están hechos los sueños. Era, precisamente, la estofa de que estaba hecha mi vida.

Llegamos por fin al decorado de *La caída del Imperio romano.* Seguía derrumbándose, como la última vez que estuve en él. Avanzamos por lo que quedaba de los mercados imperiales y Javier se emocionó cuando le mostré el sitio exacto donde había conocido a Pamplinas. Intentamos recordar el poema de Alberti, pero no lo sabíamos entero. Y entonces señalamos el cielo y vimos que por las nubes cargadas de nieve aparecía Buster Keaton buscando a su novia que, en efecto, era una verdadera vaca, como quiso Rafael.

El viento sacudía unas columnas. El viento estaba a punto de llevarse el frontón del capitolio. Y a buen seguro que un huracán arrancaría un día u otro todas las piedras de la Via Sacra. Porque era cierto que allí, ante mis ojos, el Imperio romano estaba cayendo por segunda vez.

Sentí la voz de la antigüedad mezclada con todas las voces de mi tiempo. Era la época del cartón piedra. La mía. La de los partenones de plástico. Mi época. La de las Florencias de luces de neón. Mi edad del sueño pop.

Caminé a solas entre las ruinas mientras reaparecían, en el fondo de mi alma, los nuevos capítulos del aprendizaje del dolor. No podía descartarse el que me producía la memoria. En aquel decorado imponente recordé las ruinas de Baalbek trasladadas ahora al cartón piedra. Era como caminar por una inmensa ciudadela del silencio. Avanzaba a paso lento, entre la nieve almacenada en las junturas de las piedras, en los escalones, sobre los altares derribados. Al trasponer un muro, forrado de cenefas ondulantes volvía a entrar en la Nada: extrañas ruinas de la ficción, torpes simulacros del mármol gris, la piedra rosada, la argamasa oscura, todo formaba un caos del que intentaba huir levantando la mirada, y así seguía avanzando, con los ojos extraviados en las alturas, absortos en la conjunción que formaban los capiteles con el gris del cielo. Y cuando la mirada regresaba a la tierra descubría que ésta se había vuelto más pequeña.

En aquella antigüedad embustera recordé el tierno abrazo de Alexander y todas sus bondades. Qué curioso. ¿Cuánto tiempo llevaba sin pensar en él? Y, sobre todo, ¿qué habría sido de su vida y en qué afectó él a la mía? También sería algo maravilloso que no llegó a ser. O algo que, aun no teniendo razón de existir, se había convertido en mi reincidencia favorita. La piedra destinada a multiplicarse para que yo fuese tropezando en veces multiplicadas.

El viento emitía silbidos alucinantes entre las columnas del imperio del cine. El frío me cortaba la cara. Una pandilla de cuervos batía sus alas como si fuesen curas supersónicos. La nieve ofrecía el color de una eyaculación afortunada. Todo era tranquilo y siniestro, pacífico y terrible. Y si Buster Keaton no había encontrado a su vaca, tampoco debía preocuparse: tenía toda una década fabulosa para dedicarse a buscarla. Igual que yo. Era joven y la década se abría ante mí. ¿Estábamos en 1966? Olvídense de números. Era la década que se deslizó entre dos sueños, y uno de ellos no había terminado. Lo mejor estaba por llegar.

Pero la soledad sí había llegado. La soledad comparecía con un rigor indignante. No era privativa de los años sesenta. Era la eterna soledad del hombre sobre la tierra. El aullido interior. La mala sombra negra, agorera de sepulcros.

—¡Cagoendiós! —exclamé—. ¡Qué mal me lo estoy pasando! ¡Qué mal me lo voy a pasar!

Se lo había gritado al foro, pero no había motivos para hacerlo. No tenía nada que reprocharle. Al fin y al cabo, había quedado muy vistoso en la gran pantalla. Ahora mismo, era el cartón piedra más bonito que había visto en mi vida. Era la materia de que se hicieron los sueños del cine.

¡Niñerías! También aquel cine había terminado para siempre. Ya nadie volvería a recrear los vastos escenarios de Tebas, ya nadie construiría un circo inmenso para albergar una carrera de cuádrigas, y en los estudios de Cinecittà jamás se levantarían las arrogantes murallas de Troya. Deberíamos prepararnos para el famoso día en que todos los sueños del cine se solucionarían golpeando las teclas de un ordenador. Sin orgullo, sin arrogancia y, sobre todo, sin fe.

Yo era igual que el cine de los sábados: estaba muerto, y lo sabía. Y también sabía que mi muerte iba a durar mucho. Cierto que tenía dos libros por terminar y muchas personas por conocer, pero toda la excitación que la década me deparaba no debía engañarme sobre mi estado actual. Navegaba a la deriva por el sumidero que arrastra sueños y quimeras; sueños que quedaban aprisionados en aquel simulacro de ruinas, junto al recuerdo de Daniel y su acto criminal.

Avancé hacia el coche. No era una cuádriga, pero bastaba para huir.

Pero ¿hacia dónde? Hacia la literatura. Y, desde allí, hacia el gran espectáculo de mí mismo. Sólo en él podría desafiar a las leyes del tiempo. No curar las heridas, porque ninguna obra literaria curó jamás un dolor, pero sí revivir al niño que estaba muriendo y, al mismo tiempo, al personaje que ese niño estaba dispuesto a inventar. Y de la unión de estas dos criaturas todavía podrían nacer más seres extraños, mutantes insólitos como los que solía inventar para Stephen en las lejanas noches de Chelsea.

En alguna de mis tardes infantiles oí decir a un viejo payaso que el espectáculo debe continuar aunque mueran todos los artistas. Esto lo sabían ya mis antepasados del Nilo, cuando en el principio de los tiempos marcaron los caminos de la eternidad. De ellos aprendieron los poetas que la muerte es un tránsito indispensable. Y aunque el niño Ramón siempre tuvo horror a la muerte, el escritor que lo sustituía aprendió que debía morir muchas veces si aspiraba a renacer otras más.

FIN DE *EXTRAÑO EN EL PARAÍSO*

Madrid, enero 1997 – Barcelona, marzo 1998.

ENVOI

En el resultado final de esta obra debo agradecer la ayuda de algunas personas que han atendido mi implacable cerco con lecturas previas, consejos y correcciones. Destaco a mis consejeros habituales, Enrique Murillo, Pere Gimferrer, Ana María Moix, Nuria Espert y Pedro Manuel Víllora, e incorporo con el mayor agradecimiento a Gloria Gutiérrez, por su aliento y comprensión del texto en su estado primitivo. También a Elisenda Nadal y Charo Albarrán, disfrazadas de lectoras de a pie.

Ningún libro mío existiría ya sin Inés González, puesta aquí en el límite de la paciencia; pero este libro en concreto no habría llegado a la imprenta antes del siglo XXI *sin un soberbio golpe de genio de Carmen Balcells y sus oportunas provisiones de guaraná. También agradezco las gestiones de Carina Pons y la capacidad de sufrimiento del grupo planetario: Ymelda Navajo, Oleguer Sarsanedas, Basilio Baltasar, Carlos Creuheras, Ana Gavín, Helena Rosa* —one good cover is worth a mine—, *Dolors Escoriza y Francesc Bruch, entre otros. Con la aportación, decididamente paternal en entrega y aguante desde hace once años, de José Moreno. Mi agradecimiento también al taller de preimpresión Foinsa por su eficacia.*

Quiero destacar especialmente la ayuda de Marcos Ricardo Barnatán, cuyas informaciones sobre la cultura judía han sido de gran importancia para mi comprensión del carácter de Alexander, tantos años después de París.

Como sea que cuando expreso mis agradecimientos suele aparecer algun hideputa diciendo que el libro me lo han escrito los demás, quiero dejar constancia de que el autor absoluto de Extraño en el paraíso *se llama Terenci Moix. Y soy yo.*

ÍNDICE

Este libro se imprimió en los talleres
de Printer Industria Gráfica, S. A.
Sant Vicenç dels Horts
Barcelona